Michail Bulgakow

Gesammelte Werke
Band 1

Aus dem Russischen von
Larissa Robiné

Bulgakow

Die weiße Garde

Roman

Verlag Volk & Welt
Berlin

Herausgegeben
und mit literaturgeschichtlichen Anmerkungen
versehen von Ralf Schröder

Redaktionelle Bearbeitung: Thomas Reschke
Titel der russischen Originalausgabe
Belaja gvardija
Erschienen im Verlag »Chudošestvennaja literatura«, Moskau 1989
Die Urfassung der Kapitel 19 bis 21 stellte Igor Fëdorovič Vladimirov
freundlicherweise zur Verfügung.
Übersetzung: Thomas Reschke

Die Deutsche Bibliothek – CIP-Einheitsaufnahme

Bulgakov, Michail A.:
Gesammelte Werke / Bulgakow. [Hrsg. und mit literaturgeschichtlichen
Anm. vers. von Ralf Schröder]. – Berlin : Verl. Volk und Welt
NE : Bulgakov, Michail A. : [Sammlung <dt.>]; Schröder, Ralf [Hrsg.]
Bd. 1. Die weiße Garde : Roman / Aus dem Russ. von Larissa Robiné. –
1992
ISBN 3-353-00925-6

Lektorat: Christina Links
Buchgestaltung: Lothar Reher
Gesetzt aus der ITC New Baskerville, Linotype
Satz: deutsch-türkischer fotosatz, Berlin
Druck und Bindearbeiten:
Offizin Andersen Nexö Leipzig GmbH
Printed in Germany
ISBN 3-353-00925-6

Inhalt

Ljubow Jewgenjewna Beloserskaja
gewidmet

Erster Teil

Es fing an zu schneien, erst ganz fein, dann plötzlich in mächtigen Flocken. Der Wind heulte; nun war der Schneesturm da. In einem Augenblick floß der dunkle Himmel mit dem Schneemeere in eins zusammen. Alles verschwand.

»Nun, Herr!« schrie der Kutscher. »Welch ein Unglück: der Schneesturm ...«

»Die Hauptmannstochter«

Und die Toten wurden gerichtet nach der Schrift in den Büchern, nach ihren Werken.

1 Groß war es und fürchterlich, das eintausendneunhundertundachtzehnte Jahr nach Christi Geburt, das zweite aber nach Beginn der Revolution. Reich war es im Sommer an Sonnenschein und im Winter an Schnee, und besonders hoch standen am Himmel zwei Sterne: der abendliche Hirtenstern Venus und der rote, flimmernde Mars.

Aber die Tage fliegen in friedlichen wie in blutigen Jahren pfeilgeschwind dahin, und die jungen Turbins bemerkten gar nicht, wie in klirrendem Frost der weißzottige Dezember angebrochen war. Oh, du unser Väterchen Frost, strahlend in Schnee und Glück! Oh, Mutter, lichte Königin, wo weilst du?

Ein Jahr nachdem die Tochter Jelena dem Hauptmann Sergej Iwanowitsch Talberg angetraut worden war und in der Woche, als der älteste Sohn, Alexej Wassiljewitsch Turbin, aus zermürbenden Feldzügen, aus Kriegsdienst und Elend zurückkehrte in die Ukraine, in die STADT, ins häusliche Nest, wurde der weiße Sarg mit dem Leichnam der Mutter den steilen Alexejewski-Hang hinuntergetragen nach Podol, ins Kirchlein des Guten Nikolai, das im Wswos stand.

Als für die Mutter die Totenmesse gelesen wurde, war es Mai, Kirschbäume und Akazien klebten die Spitzbogenfenster zu. Vater Alexander, vor Trauer und Verlegenheit stolpernd, blinkte und funkelte unter den goldhellen Lichtern, und der lilagesichtige Diakon, bis zu den Spitzen der knarrenden Stiefel in Gold gefaßt, rollte finster die kirchlichen Abschiedsworte für die Mutter, die ihre Kinder verließ.

Alexej, Jelena, Talberg, die im Hause der Frau Turbin aufgewachsene Anjuta und auch der vom Tod betäubte Nikolka mit seinem auf die rechte Braue herabhängenden Wirbelhaar standen zu Füßen des altersbraunen Sankt Nikolai. Nikolkas dicht an der langen Schnabelnase sitzende blaue Augen blickten verwirrt und todtraurig. Von Zeit zu Zeit hob er sie zum Ikonostas oder zu dem im Halbdunkel vergehenden Altarbogen, wo der traurige, geheimnisvolle alte Gott sich aufschwang und zwinkerte. Wofür dieses Leid? Ist das nicht ungerecht? Warum wird uns die Mutter genommen, als gerade alle zusammengekommen sind und Erleichterung eingetreten ist?

Der zum geborstenen schwarzen Himmel aufstrebende Gott gab keine Antwort, und Nikolka selbst wußte noch nicht, daß alles, was geschieht, richtig ist und sich stets zum Guten wendet.

Die Totenmesse war beendet, alle traten hinaus auf die hallenden Platten des Vorplatzes und geleiteten die Mutter durch die ganze riesige STADT zum Friedhof, wo unter einem schwarzen Marmorkreuz schon lange der Vater lag. Auch die Mutter wurde begraben. Ach … Ach …

Viele Jahre vor diesem Tod wärmte und hegte der Kachelofen im Eßzimmer des Hauses Nummer dreizehn auf dem Alexejewski-Hang die kleine Jelena, den Ältesten Alexej und den winzigen Nikolka. Wie oft wurde an der glutatmenden Kachelwand »Zar und Zimmermann« gelesen, die Uhr spielte eine Gavotte, und Ende Dezember roch es stets nach Tannengrün, auf dessen Zweigen verschiedenfarbiges Paraffin brannte. Gleich nach der bronzenen Spieluhr, die in Mutters – jetzt Jelenas – Schlafzimmer stand, ließ im Eßzimmer die schwarze Wanduhr ihren Turmuhrschlag ertönen. Der Vater hatte sie vor langer Zeit gekauft, als die Frauen noch die komischen Puffärmel trugen. Solche Ärmel trug man jetzt nicht mehr, die Zeit war wie ein Funke verstoben, der Vater, ein Professor, gestorben, die Kinder waren herangewachsen, aber die Uhr war die gleiche geblieben und schlug ihren Turmuhrschlag. Alle hatten sich so an sie gewöhnt, daß, verschwände sie durch ein Wunder von der Wand, es traurig wäre, als sei eine vertraute Stimme gestorben, und den leeren Platz hätte nichts ausfüllen können. Die Uhr war aber zum Glück unsterblich wie Zar und Zimmermann und die holländischen Kacheln, heiß und lebenspendend auch in schwerster Zeit wie ein weiser Fels.

Diese Kacheln, die alten roten Plüschmöbel, die Betten mit den glänzenden Kugeln, die verwetzten rosabunten Wandteppiche, darauf Alexej Michailowitsch, der einen Falken auf dem Arm trägt, und Ludwig XIV., der sich am Ufer eines seidenen Sees im Paradiesgarten aalt, türkische Teppiche mit dem wundersamen Geranke auf orientalischem Feld, das dem kleinen Nikolka im Scharlachfieber vor den Augen flimmerte, die bronzene Lampe mit dem Schirm, die besten Schränke der Welt mit den Büchern, die nach alter, geheimnisvoller Schokolade rochen, mit Natascha Rostowa und der Hauptmannstochter, die vergoldeten Tassen, das Silber, die Porträts und Portieren – die sieben verstaubten und vollgepfropften Zimmer, in denen die jungen Turbins aufgewachsen waren, das alles überließ die Mutter in schwerster Zeit den Kindern; schon schwächer werdend und nach Atem ringend, klammerte sie sich an die Hand der weinenden Jelena und sagte:

»Lebt in Eintracht ...«

Aber wie? Wie sollte man leben?

Alexej Wassiljewitsch, der Älteste, ein junger Arzt, war achtundzwanzig Jahre alt, Jelena vierundzwanzig, ihr Mann, Hauptmann Talberg, einunddreißig und Nikolka siebzehneinhalb. Ihr Leben wurde just zu Beginn seiner Blüte entwurzelt. Der Sturm hatte schon lange von Norden her geweht, und er wütete je länger, desto schlimmer. Der älteste Turbin war nach dem ersten Schlag, der die Berge am Dnepr erschüttert hatte, in die Heimatstadt zurückgekehrt. Nun würde, so hoffte man, alles sich beruhigen und das in den Schokoladebüchern geschilderte Leben anfangen, doch im Gegenteil, es wurde immer schrecklicher. Im Norden tobte der Sturm, und hier unter den Füßen grollte und brodelte der aufgewühlte Schoß der Erde.

Das achtzehnte Jahr eilte seinem Ende zu und wurde von Tag zu Tag schrecklicher und widerhaariger.

Die Wände werden einstürzen, der Falke wird erschrocken vom weißen Handschuh auffliegen, das Licht in der Bronzelampe wird erlöschen und die Hauptmannstochter im Ofen verbrennen.

»Lebt in Eintracht«, hatte die Mutter den Kindern gesagt.

Sie aber würden sich quälen und sterben.

Einmal gegen Abend, kurz nach der Beerdigung der Mutter, kam Alexej Turbin zu Vater Alexander und sagte:

»Ja, Trauer haben wir, Vater Alexander. Es ist schwer, die Mutter zu vergessen, noch dazu in so schrecklicher Zeit. Zumal ich gerade erst zurückgekehrt bin. Ich dachte, wir würden unser Leben in Ordnung bringen, und nun ...«

Er verstummte, und so, in der Dämmerung am Tisch sitzend, blickte er nachdenklich in die Ferne. Die Zweige des

Kirchgartens hatten das Häuschen des Geistlichen ganz verdeckt. Es war, als begänne gleich hinter der Wand dieser engen, mit Büchern vollgestopften Studierstube ein geheimnisvoll wirrer Frühlingswald. Das dumpfe Brausen der abendlichen Stadt drang herbei, es duftete nach Flieder.

»Was soll man tun, was soll man tun?« murmelte der Geistliche verlegen. (Er war immer verlegen, wenn er mit Menschen sprechen mußte.) »Alles liegt in Gottes Hand.«

»Vielleicht geht all das eines Tages doch zu Ende, und es kommen bessere Zeiten?« fragte Turbin vor sich hin.

Der Geistliche regte sich im Sessel.

»Die Zeiten sind zweifellos schwer, sehr schwer«, murmelte er. »Aber man darf nicht den Mut verlieren.«

Dann schob er plötzlich die weiße Hand aus dem schwarzen Ärmel seines Priesterrocks, legte sie auf einen Stoß Bücher und öffnete das oberste, da, wo das buntbestickte Lesezeichen lag.

»Man darf nicht verzagen«, sagte er verlegen, aber irgendwie sehr überzeugend. »Verzagtheit ist eine große Sünde. Obwohl mir scheint, uns stehen große Prüfungen bevor. Ja, ja, große Prüfungen.« Er sprach immer sicherer. »In letzter Zeit, wissen Sie, sitze ich viel über den Büchern, natürlich aus meinem Fachgebiet, meist über Gottes Wort.«

Er hob das Buch so, daß das letzte Licht vom Fenster auf die Seite fiel, und las:

»Und der dritte Engel goß aus seine Schale in die Wasserströme und in die Wasserbrunnen; und es ward Blut.«

2

Es war also ein weißzottiger Dezember. Rasch näherte er sich seiner Mitte. Schon war der Abglanz von Weihnachten auf den verschneiten Straßen zu spüren. Das achtzehnte Jahr würde bald zu Ende sein.

Oberhalb des zweigeschossigen Hauses Nummer dreizehn, das eine ganz seltsame Bauart hatte (die Turbinsche

Wohnung lag zur Straße im ersten Stock und zu dem kleinen, zum Haus her abfallenden gemütlichen Hof im Erdgeschoß), in dem Garten, der an einem steilen Berg klebte, hingen die Zweige, vom Schnee gebeugt. Der Berg war verschneit, und die Schuppen im Hof hatten sich in einen riesengroßen Zuckerhut verwandelt. Das Haus hatte eine Generalsmütze aufgesetzt, in der unteren Etage (zur Straße hin Erdgeschoß, zum Hof aber, unter Turbins Veranda, Kellergeschoß) glomm das gelbliche Licht beim Ingenieur, Feigling, Bourgeois und Scheusal Wassili Iwanowitsch Lissowitsch auf, und in der oberen Etage leuchteten hell und lustig die Fenster der Turbins.

In der Dämmerung gingen Alexej und Nikolka in den Schuppen nach Holz.

»Oh, verdammt wenig Holz. Sieh mal, sie haben wieder gestohlen.«

Aus Nikolkas Taschenlampe sprang ein bläulicher Lichtkonus, in dem man sah, daß die Bretterwand von außen abgerissen und flüchtig wieder angenagelt worden war.

»Weiß Gott, ich würde die Halunken gerne abschießen. Setzen wir uns doch heute nacht hier auf Wache! Ich weiß, das sind die Schuhmacher aus Nummer elf. Diese Schurken! Dabei haben sie mehr Holz als wir.«

»Laß sie. Komm, faß an.«

Das rostige Schloß quietschte, Schnee fiel vom Dach auf die Brüder, sie trugen das Holz in die Wohnung. Um neun konnte man die Kacheln schon nicht mehr anfassen.

Der herrliche Ofen hatte auf seinen blendendweißen Kacheln folgende historische Inschriften und Zeichnungen, draufgetuscht zu verschiedenen Zeiten des Jahres achtzehn von Nikolka und erfüllt von tiefem Sinn und Bedeutung:

Wenn man dir sagt, die Verbündeten würden uns zu Hilfe eilen, glaube es nicht. Die Verbündeten sind Schurken.

Er sympathisiert mit den Bolschewiken.

Eine Zeichnung: Die Fratze von Momus.
Unterschrift:

»Der Ulan Leonid Jurjewitsch.«

Schreckliches Gerücht im Lande:
Zieht heran die rote Bande!

Eine farbige Zeichnung: Ein schnauzbärtiger Kopf mit einer Papacha, von deren Spitze ein langer blauer Schwanz hängt.
Unterschrift:

»Nieder mit Petljura!«

Jelena und die alten zärtlichen Jugendfreunde der Turbins, Myschlajewski, Karausche und Scherwinski, hatten mit Farben, Tusche, Tinte und Kirschsaft geschrieben:

Jelena liebt uns alle sehr,
den einen noch, den andern nicht mehr.

Jelena, ich habe Karten für »Aida«
1. Rang, Loge 8, rechts.

Am 12. Mai 1918 habe ich mich verliebt.

Sie sind dick und häßlich.

Jetzt bleibt mir nur eines – Selbstmord.

(Darunter war, gut getroffen, ein Browning gezeichnet.)

Es lebe Rußland!
Es lebe die Monarchie!

Juni. Barkarole.

Und nicht umsonst gedenkt ganz Rußland
des Heldentags von Borodino.

Mit Druckbuchstaben hatte Nikolka darunter geschrieben:

Ich befehle nachdrücklich, kein unnützes Zeug auf den Ofen zu kliern. Bei Zuwiderhandlung droht jedem Genossen Erschießung nebst Entzug der bürgerlichen Rechte. Der Kommissar des Stadtbezirks Podol. Damen-, Herren- und Frauenschneider Abram Prushiner

30. Januar 1918

Die bemalten Kacheln verstrahlten Hitze, die schwarze Uhr ging wie vor dreißig Jahren: ticktack. Der ältere Turbin – blond, glattrasiert, seit dem 25. Oktober 1917 finster und gealtert – lag in einem Uniformrock mit riesigen Taschen, in blauer Reithose und neuen weichen Schuhen im Sessel – seine Lieblingsstellung. Zu seinen Füßen saß auf einer Fußbank Nikolka mit seinem Haarwirbel, die Beine fast bis zum Büfett ausgestreckt – das Eßzimmer war klein. An den Füßen hatte er Schnallenstiefel. Seine Freundin, die Gitarre, sang zärtlich und dumpf: »Trrrum.« So unbestimmt – »trrrum«, denn, sehen Sie, vorläufig wußte man nichts Bestimmtes. Unruhig, nebelhaft, schlimm war es in der STADT.

Auf den Schultern hatte Nikolka Unteroffiziersklappen mit weißer Litze und auf dem linken Ärmel einen dreifarbigen Winkel. (Erstes Infanteriebataillon, dritte Kompanie. Es wird in Anbetracht der herannahenden Ereignisse schon den vierten Tag neu aufgestellt.)

Aber ungeachtet aller Ereignisse ist es im Eßzimmer eigentlich sehr schön. Warm, gemütlich, die cremefarbenen Vorhänge zugezogen. Die Ofenhitze macht die Brüder träge.

Der Ältere legt das Buch zur Seite und reckt sich.

»Spiel doch mal die ›Aufnahme‹.«

Trum-ta-tam-ta … Trum-ta-tam-ta …

»Schicke Stiefel,
flotte Mützen,
Junkeringenieure marschieren!«

Der Ältere fällt ein. Seine Augen sind finster, aber in ihnen flammt ein Fünkchen auf, das Blut pulsiert schneller. Doch leiser, meine Herren, leiser, leiser.

»Seid gegrüßt, ihr Sommerfrischler,
seid gegrüßt, ihr schönen Fraun …«

Die Gitarre spielt einen Marsch, im Takt der Saiten marschiert die Ingenieurkompanie – eins, zwei! Vor Nikolkas Augen tauchen Erinnerungen auf:

Die Infanterieschule. Die abgebröckelten Alexandersäulen, die Geschütze … Junker kriechen auf dem Bauch von Fenster zu Fenster und erwidern das Feuer. In den Fenstern stehen Maschinengewehre.

Eine Wolke von Soldaten belagert die Schule, eine wahre Wolke. Was tun? General Bogorodizki, eingeschüchtert, ergibt sich, ergibt sich zusammen mit den Junkern. Diese Schande …

»Seid gegrüßt, ihr Sommerfrischler,
seid gegrüßt, ihr schönen Fraun,
längst begann die Geländevermessung.«

Auf Nikolkas Augen legt sich ein Schleier.

Hitzewellen über den rotgoldenen ukrainischen Feldern. In einer Staubwolke marschieren die staubgepuderten Junkerkompanien. Das alles war einmal, war wirklich, und nun ist es aus. Eine Schande. Ein Blödsinn.

Jelena zog die Portiere auseinander, und in der dunklen Öffnung zeigte sich ihr rötlichblonder Kopf. Den Brüdern schickte sie einen sanften Blick, der Uhr aber einen beunruhigten, sehr beunruhigten. Das war verständlich. In der Tat, wo blieb Talberg? Die Schwester war aufgeregt.

Um ihre Aufregung nicht zu zeigen, wollte sie mitsingen, hielt aber plötzlich inne und hob den Finger.

»Wartet mal. Hört ihr?«

Die Kompanie blieb plötzlich auf allen sieben Saiten stehen: Haalt! Alle drei horchten – ja, Kanonendonner. Schwer, fern und dumpf. Da, noch einmal: Bum ... Nikolka legte die Gitarre beiseite und stand rasch auf, ächzend erhob sich auch Alexej.

Im Wohnzimmer war es stockdunkel. Nikolka stieß gegen einen Stuhl. Vor den Fenstern die Oper »Die Nacht vor Weihnachten« – Schnee und Lichter. Flimmernd und blinkend. Nikolka drückte sich ans Fenster. Aus seinen Augen schwanden die Hitze und die Schule, die Augen forschten höchst gespannt: Wo? Er zuckte die Unteroffiziersschultern.

»Weiß der Teufel. Scheint, als ob bei Swjatoschino geschossen wird. Merkwürdig, so nah kann's doch nicht sein.«

Alexej stand im Finstern, Jelena näher zum Fenster, und es war zu sehen, daß ihre Augen vor Angst dunkel waren. Warum ist Talberg noch nicht da? Der Ältere spürte ihre Erregung und sagte daher kein Wort, obwohl er gerne etwas gesagt hätte. In Swjatoschino also. Kein Zweifel. Geschossen wird zwölf Kilometer vor der STADT, nicht weiter. Was bedeutet das?

Mit einer Hand faßte Nikolka den Fensterriegel, mit der anderen drückte er die Nase gegen die Scheibe, als wolle er sie zerdrücken und hinauskriechen.

»Ich möcht gerne hin, erfahren, was los ist.«

»Ja, du hast dort gerade noch gefehlt.«

Jelenas Stimme klang beunruhigt. So ein Unglück. Ihr Mann sollte spätestens – hören Sie: spätestens heute nachmittag um drei zurückkehren, und jetzt war es schon zehn.

Schweigend kehrten sie ins Eßzimmer zurück. Die Gitarre schwieg finster. Nikolka brachte aus der Küche den Samowar, der drohend zischte und spuckte. Auf dem Tisch standen Tassen, außen mit zarten Blumen verziert und innen vergoldet, besondere Tassen, kunstvollen Säulen gleich. Als die Mutter Anna Wladimirowna noch lebte, war dies das Sonntagsservice der Familie gewesen, jetzt benutzten die Kinder es jeden Tag. Das Tischtuch war trotz der Kanonen, der zermürbenden Unruhe und allen Unsinns schneeweiß gestärkt. Dafür sorgte Jelena, die nicht anders konnte, dafür sorgte die im Hause Turbin aufgewachsene Anjuta. Der Fußboden glänzte, und jetzt, im Dezember, standen auf dem Tisch in einer hohen Milchglasvase hellblaue Hortensien und zwei traurige, glühende Rosen, die die Schönheit und Festigkeit des Lebens bestätigten, obwohl auf den Zugangswegen zur STADT ein heimtückischer Feind lauerte, der wohl imstande war, die herrlich verschneite STADT zu zerschlagen und die Reste der Ruhe mit den Stiefeln zu zertreten. Blumen. Diese Blumen waren ein Geschenk von Jelenas treuem Verehrer, dem Gardeleutnant Leonid Jurjewitsch Scherwinski, einem Freund der Verkäuferin im berühmten Süßwarengeschäft »Marquise« und der Verkäuferin im gemütlichen Blumenladen »Flora aus Nizza«. Im Schatten der Hortensien standen ein blaugemustertes Tellerchen mit ein paar Scheiben Wurst, Butter in einer Glasdose und ein Brotkorb mit einer Brotsäge und einem länglichen Weißbrot. Wie gemütlich hätte man Tee trinken und essen können, wären nicht diese betrüblichen Umstände gewesen. Ach ... Ach ... Auf der Teekanne ritt ein aus bunter Wolle gehäkelter Hahn, und der blanke Samowar spiegelte verzerrt die drei Gesichter der Turbins; Nikolkas Wangen sahen wie die von Momus aus. In Jelenas Augen stand Trauer, und ihre rötlich behauchten Strähnen hingen mutlos.

Talberg war irgendwo mit dem Geldzug des Hetmans steckengeblieben und hatte den Abend verdorben. Weiß der Teufel, vielleicht war ihm etwas zugestoßen? Die Brüder kauten mißmutig ihre Brote. Vor Jelena erkaltete die Tasse

Tee, daneben lag das Buch »Der Herr aus San Franzisko«. Ihre verschleierten Augen sahen blicklos auf die Worte:

Dunkelheit, Ozean, Sturm.

Jelena las nicht.

Schließlich hielt es Nikolka nicht mehr aus:

»Ich möchte doch wissen, warum so nah geschossen wird. Es kann schließlich nicht sein ...«

Er unterbrach sich selbst, und sein Spiegelbild im Samowar verzerrte sich von der Bewegung.

Pause.

Der Zeiger kroch über die zehnte Minute und strebte – ticktack – gegen Viertel elf.

»Es wird geschossen, weil die Deutschen Schurken sind«, knurrte plötzlich der Ältere.

Jelena hob den Kopf zur Uhr und fragte:

»Wollen die uns etwa unserm Schicksal überlassen?« Ihre Stimme klang traurig.

Die Brüder wandten ihr wie auf Kommando die Köpfe zu und begannen zu lügen.

»Keiner weiß was«, sagte Nikolka und biß ein Stück Brot ab. »Ich hab das ... hm ... als Vermutung gesagt. Das sind Gerüchte.«

»Nein, das sind keine Gerüchte«, antwortete Jelena trotzig, »das ist die Wahrheit; heute hab ich die Stscheglowa getroffen, die hat mir erzählt, daß zwei deutsche Regimenter aus der Gegend von Borodjanka abgezogen wurden.«

»Unsinn.«

»Überlege selbst«, sagte der Ältere, »ist es denkbar, daß die Deutschen diesen Halunken auch nur in die Nähe der Stadt lassen? Na? Mir ist unbegreiflich, wie sie mit dem auch nur eine Minute auskommen können. Ein völliges Absurdum. Die Deutschen und Petljura. Sie nennen ihn selbst nicht anders als Bandit. Lächerlich.«

»Ach, was erzählst du da! Ich kenne jetzt die Deutschen. Ich habe selber schon einige mit roten Schleifen gesehen. Und einen betrunkenen Unteroffizier mit einem Weib. Das Weib war auch betrunken.«

»Was hat das zu sagen? Fälle von Zersetzung können auch in der deutschen Armee vorkommen.«

»Ihr meint also, Petljura wird die Stadt nicht einnehmen?«

»Hm ... Ich halte das für ausgeschlossen.«

»Apsolman. Gieß mir bitte noch ein Täßchen Tee ein. Reg dich nicht auf. Bewahre, wie es heißt, die Ruhe.«

»O Gott, wo bleibt nur Sergej? Ich bin überzeugt, der Zug ist überfallen worden und ...«

»Was ›und‹? Warum machst du dir unnötige Sorgen? Die Eisenbahnstrecke ist doch frei.«

»Warum ist er dann noch nicht zurück?«

»Oh, mein Gott! Du weißt doch selbst, was jetzt Fahren heißt. Bestimmt haben sie auf jeder Station vier Stunden gestanden!«

»Eine revolutionäre Fahrt. Eine Stunde fahren, zwei Stunden stehen.«

Jelena seufzte tief, sah zur Uhr, schwieg eine Weile und begann dann wieder:

»O Gott, o Gott! Wenn die Deutschen nur nicht diese Niedertracht begehen, dann ist alles in Ordnung. Zwei ihrer Regimenter reichen aus, um euren Petljura zu zerquetschen wie eine Fliege. Nein, ich sehe, die Deutschen treiben ein gemeines Doppelspiel. Und wo bleiben die gepriesenen Verbündeten? Diese Schurken! Nur Versprechungen, Versprechungen ...«

Der Samowar, der bislang still gewesen war, begann plötzlich zu summen, und mit Asche bedeckte Glut fiel aufs Tablett. Die Brüder blickten unwillkürlich zum Ofen. Dort stand die Antwort. Bitte schön:

Die Verbündeten sind Schurken.

Der Zeiger verharrte auf Viertel, die Uhr knarrte solide und schlug einmal. Sogleich antwortete ihr eine schrille Klingel in der Diele.

»Gott sei Dank, da kommt Sergej«, sagte der Ältere erfreut.

»Das ist Talberg«, bestätigte Nikolka und lief, um aufzumachen. Jelena erhob sich, ihr Gesicht rötete sich leicht.

Aber es war nicht Talberg. Drei Türen knallten, und im Treppenflur ertönte Nikolkas erstaunte Stimme. Dann eine Antwortstimme. Den Stimmen folgte das Poltern beschlagener Stiefel und das Aufschlagen eines Gewehrkolbens. Durch die Dielentür kam Kälte herein, und vor Alexej und Jelena erschien eine hohe, breitschultrige, bis zu den Fersen in einen Militärmantel gehüllte Gestalt mit khakifarbenen Schulterstücken, auf die mit Tintenstift drei Leutnantssterne gezeichnet waren. Sein Baschlik war reifbedeckt, das schwere Gewehr mit dem braunen Bajonett war so lang wie die Diele.

»Guten Abend«, sang die Gestalt mit heiserem Tenor und griff mit kältesteifen Fingern zum Baschlik.

»Vitja!«

Nikolka half ihm, die Enden aufzubinden, die Kapuze rutschte herab, darunter zeigte sich eine flache Offiziersmütze mit dunkel gewordener Kokarde, und sie erkannten über den mächtig breiten Schultern den Kopf des Leutnants Viktor Viktorowitsch Myschlajewski. Dieser Kopf war sehr schön, von der merkwürdig traurigen, anziehenden Schönheit einer alten, echten, im Aussterben begriffenen Rasse. Schön waren seine verschiedenfarbigen, kühn blickenden Augen und die langen Wimpern. Die Nase hatte einen kleinen Höcker, die Lippen waren stolz, die Stirn weiß und glatt, ohne besondere Merkmale. Ein Mundwinkel aber war traurig herabgezogen und das Kinn schräg abgeschnitten, als hätte ein Bildhauer, der ein adeliges Gesicht modellierte, in einem Anflug wilder Phantasie plötzlich Lust bekommen, ein Stück Lehm abzubeißen und dem mannhaften Gesicht ein kleines, unregelmäßiges Frauenkinn zu geben.

»Wo kommst du her?«

»Vorsicht«, antwortete Myschlajewski schwach, »nicht zerschlagen. Da ist eine Flasche Wodka drin.«

Nikolka hängte den schweren Militärmantel behutsam auf, aus der Tasche sah ein mit Zeitungspapier umwickelter Flaschenhals hervor. Daneben hängte er die schwere Mauserpistole im hölzernen Futteral, durch die der Kleiderständer mit dem Hirschgeweih ins Wanken kam. Erst jetzt drehte sich Myschlajewski zu Jelena um, küßte ihr die Hand und sagte:

»Aus Krasny Traktir. Erlaube, daß ich bei euch übernachte, Lena. Ich schaff's nicht bis nach Hause.«

»Ach Gott, selbstverständlich.«

Plötzlich stöhnte Myschlajewski, versuchte, sich auf die Finger zu pusten, aber die Lippen gehorchten ihm nicht. Die weißen Augenbrauen und der reifgraue gestutzte Schnurrbart begannen zu tauen, das Gesicht wurde feucht. Der ältere Turbin knöpfte ihm die Uniformjacke auf, tastete die Naht entlang und zog das schmutzige Hemd heraus.

»Das hab ich mir gedacht. Es wimmelt.«

»Hör zu, Nikolka.« Die erschrockene Jelena wurde hastig und vergaß für einen Moment Talberg. »In der Küche ist Holz. Lauf schnell und heize den Badeofen. Wie ärgerlich, daß ich Anjuta Ausgang gegeben habe. Alexej, zieh ihm rasch die Uniformjacke aus.«

Im Eßzimmer bei den Kacheln sank Myschlajewski auf den Stuhl und hielt das Stöhnen nicht mehr zurück. Jelena lief hin und her und klirrte mit Schüsseln. Alexej und Nikolka knieten vor Myschlajewski und zogen ihm die eleganten Stiefel mit den Wadenschnallen aus.

»Nicht so doll … och, langsam …«

Widerliche fleckige Fußlappen wickelten sie auf. Darunter kamen lila Seidensocken zum Vorschein. Die Uniformjacke verfrachtete Nikolka gleich auf die kalte

Veranda, damit die Läuse krepierten. Myschlajewski in seinem dreckstarrenden Batisthemd, über dem sich die schwarzen Hosenträger kreuzten, und in seiner blauen Hose mit den Schnürbändern sah dünn und schwarz, krank und bedauernswert aus. Die blau gewordenen Handflächen tasteten, patschten über die Kacheln.

Schreckliches Gerücht ...
Zieht heran ... rote Bande ...

Am 12. Mai ... verliebt ...

»Was sind das für Schurken!« schrie Turbin plötzlich auf. »Konnten sie euch nicht Filzstiefel und Pelzjacken geben?«

»Filz ... stiefel«, wiederholte Myschlajewski weinend. »Filz ... stief ...«

In der Wärme schmerzten seine Hände und Füße unerträglich. Als er Jelenas Schritte in der Küche verhallen hörte, schrie er wütend und weinerlich: »Saustall!«

Zischend und sich windend fiel er um, zeigte mit dem Finger auf die Socken und stöhnte:

»Ausziehen, ausziehen, ausziehen ...«

Es roch widerlich nach denaturiertem Sprit, in einer Schüssel taute ein Schneeberg, und von einem Glas Wodka wurde der Leutnant Myschlajewski so betrunken, daß seine Augen ganz trüb aussahen.

»Wird man etwa amputieren müssen? O Gott ...« Er wiegte sich kummervoll im Sessel.

»I wo, warte doch. Ist nicht so schlimm ... So, der große Zeh ist angefroren. Das vergeht. Das hier auch.«

Nikolka hockte sich hin und zog ihm saubere schwarze Socken an, und Myschlajewskis steife Arme fuhren in die Ärmel eines Bademantels. Auf seinen Wangen erblühten rote Flecke, der fast erfrorene Leutnant, am Ofen zusammengekauert, in sauberer Unterwäsche und im Bademantel, fühlte sich entspannt und neu belebt. Gräßliche Flüche prasselten ins Zimmer wie Hagelkörner aufs Fenstersims. Zur Nase schielend, beschimpfte er mit unflätigen Worten den Stab in den Wagen erster Klasse, einen Oberst Stschotkin, den Frost, Petljura, die Deutschen, den Schneesturm und schließlich mit den gemeinsten Gassenausdrücken sogar den Hetman der Ganzen Ukraine.

Alexej und Nikolka sahen zu, wie der sich erwärmende Leutnant mit den Zähnen klapperte, und riefen von Zeit zu Zeit »sachte, sachte«.

»Hetman, hä? ... seine Mutter!« knurrte Myschlajewski. »Elitetruppen? Im Schloß? Hä? Und uns haben sie rausgejagt, so wie wir waren. Vierundzwanzig Stunden in Frost und Schnee ... O Gott! Ich dachte, wir würden alle umkommen. Zum Teufel! Ein Offizier vom andern hundert Sashen entfernt, das soll eine Kette sein? Beinah wären wir wie Hühner abgeschlachtet worden!«

»Moment mal.« Turbin war ganz benommen von den Flüchen. »Sag doch, wer steht da eigentlich bei Traktir?«

»Ach!« Myschlajewski winkte ab. »Kein Mensch weiß Bescheid! Weißt du, wie viele wir bei Traktir waren? Vierzig Mann! Kommt doch dieser Hurenbock, Oberst Stschotkin, und sagt« (Myschlajewski verzog sein Gesicht zu einer Grimasse und ahmte den ihm verhaßten Oberst Stschotkin mit hoher Lispelstimme nach): »›Meine Herrn Offiziere, alle Hoffnungen der Stadt liegen in Ihren Händen. Rechtfertigen Sie das Vertrauen der am Rand des Abgrunds stehenden Mutter der russischen Städte. Sollten sich feindliche Truppen zeigen, so gehen Sie zum Angriff über, Gott mit uns! In sechs Stunden schicke ich Ablösung. Ich bitte jedoch, mit Munition zu sparen.‹« (Myschlajewski sprach mit normaler Stimme weiter:) »Und er verduftete im Auto mit seinem Adjutanten. Finster wie im Arsch! Der Frost stach wie mit Nadeln.«

»Wer ist denn dort, um Gottes willen? Petljura kann doch unmöglich schon bei Traktir stehen!«

»Weiß der Teufel! Glaubst du, gegen Morgen waren wir fast verrückt. Um Mitternacht hatten wir Stellung bezogen und warteten auf die Ablösung. Hände und Füße wie tot. Die Ablösung kommt nicht. Feuer konnten wir natürlich nicht machen, zwei Werst von uns war ein Dorf, und eine Werst ab lag Traktir. In der Nacht schien das Feld sich zu bewegen, als ob sie gekrochen kämen. Was werden wir wohl machen? dachte ich. Wir rissen das Gewehr hoch und überlegten: schießen oder nicht? Verlockend war's ja. Wir standen und heulten wie die Wölfe. Wenn ich rief, antwortete jemand in der Kette. Schließlich hab ich mich in den Schnee gebuddelt, mir mit dem Gewehrkolben ein Grab gewühlt, mich reingehockt und mich bemüht, nicht einzuschlafen, denn wenn man einschläft, ist es aus! Gegen Morgen konnte ich mich nicht mehr halten, ich merkte, daß ich anfing einzuschlafen. Weißt du, was mich gerettet hat? Maschinengewehre. Im Morgengrauen hör ich's plötzlich drei Werst entfernt rattern. Und kannst du dir vorstellen, ich hatte keine Lust aufzustehen! Da bumst auch eine Kanone los. Ich stand auf, jeder Fuß schien ein Pud zu wiegen. Durch den Kopf zuckte es: Gratuliere, Petljura ist da! Mühsam zogen wir die Kette zusammen, riefen einander. Dann beschlossen wir: Sollte was kommen, bilden wir einen Trupp und ziehen uns, das Feuer erwidernd, zur Stadt zurück. Wenn wir abgeschossen werden, haben wir Pech gehabt. Dann gehen wir wenigstens gemeinsam zugrunde. Und, stell dir vor, es wurde wieder still. Am Morgen liefen wir zu dreien nach Traktir, um uns aufzuwärmen. Weißt du, wann die Ablösung kam? Heute um zwei Uhr nachmittags. Aus dem ersten Bataillon an die zweihundert Junker. Und stell dir vor – bestens angezogen: Papachas, Filzstiefel, ein Maschinengewehrtrupp dabei. Oberst Nai-Turs befehligte sie.«

»Ah, das ist einer von uns!« rief Nikolka

»Wart mal, ist er etwa ein Belgoroder Husar?« fragte Turbin.

»Ja, ja, ein Husar. Verstehst du, die waren entsetzt, als sie uns sahen: Wir dachten, hier sind zwei Kompanien, sagten sie, mit Maschinengewehren. Aber wie habt ihr euch hier gehalten?

Sie erzählten, gegen Morgen habe eine an tausend Mann starke Bande einen Angriff auf Serebrjanka unternommen, daher das Maschinengewehrfeuer. Zum Glück haben die nicht gewußt, daß dort nur eine Kette ungefähr wie unsere stand, sonst hätte die ganze Meute der Stadt einen Besuch abgestattet, das kannst du dir vorstellen! Zum Glück bestand Verbindung mit Post-Wolynski. Sie benachrichtigten die dortigen Artilleristen, und eine Batterie schoß Schrapnellfeuer. Na, der Eifer der Bande hat sich schnell gelegt, verstehst du, sie unterbrach den Angriff und scherte sich zum Teufel!«

»Aber wer war das? Etwa Petljura-Leute? Das kann doch nicht sein.«

»Weiß der Teufel. Ich glaube, es waren Bauern aus den umliegenden Ortschaften, Dostojewskis Gottesträger! Himmeldonnerwetter!«

»O Gott!«

»Ja ...«, krächzte Myschlajewski und zog an der Zigarette, »wir wurden, Gott sei Dank, abgelöst. Zählten ab – achtunddreißig. Da haben wir's: Zwei waren erfroren. Zum Teufel. Zwei andere mußten getragen werden, ihnen wird man die Füße amputieren.«

»Sind die ganz und gar erfroren? Tot?«

»Was dachtest du? Ein Junker und ein Offizier. In Popeljucha aber, das ist bei Traktir, da war's noch schöner. Ich war mit Unterleutnant Krassin hingegangen, um einen Schlitten für die Erfrorenen zu besorgen. Das Dörfchen wie ausgestorben, keine Menschenseele. Endlich entdecken wir einen Alten mit Schafpelz und Krückstock. Stell dir vor, der freut sich, wie er uns sieht. Ich ahne gleich Böses. Was mag das bedeuten? überleg ich. Weshalb freut sich dieser Gottesträger so? ›Jungs ... Jungs ... ‹ Und ich sag freundlich zu ihm: ›Tag, Großvater. Gib uns rasch einen Schlitten.‹ Da meint er: ›Wir haben keine. Die Offiziershalunken haben alle Schlitten nach Post requiriert.‹ Ich zwinker Krassin zu und frag: ›Die Offiziershalunken? Soso. Wo sind denn eure Männer?‹ – ›Zu Petljura abgehauen‹, platzt der Alte heraus. Wie findest du das? Er hat nicht richtig sehen können, daß wir unter den Baschliks Schulterstücke hatten, und hielt uns für Petljuraleute. Na, du wirst verstehen, daß ich mich nicht mehr beherrschen konnte. Die Kälte ... kochende Wut ... Ich pack den Alten am Schlafittchen, daß ihm beinah die Seele entweicht, und schrei: ›Zu Petljura abgehauen? Ich knall dich ab, dann wirst du wissen, wie man zu Petljura abhaut! Ins Himmelreich beförder ich dich, du Aas!‹ Na, klarer Fall, dem heiligen Ackerbauern, Sämann und Beschützer« (Myschlajewski stieß einen lawinenartigen fürchterlichen Fluch aus), »dem geht ein Licht auf. Natürlich fällt er mir zu Füßen und jammert: ›Oh, Euer Hochwohlgeboren, verzeihen Sie mir Altem, ich hab's in meiner Dummheit gesagt, ich konnte nicht richtig sehen, ich hol sofort Pferde, bloß schießen Sie mich nicht tot!‹ Wir kriegten Pferde und Schlitten.

In der Dämmerung kamen wir nach Post. Was dort los war, kannst du dir nicht vorstellen. Auf den Gleisen habe ich vier Batterien gezählt, noch eingepackt – keine Munition. Ein Stab auf dem andern. Keiner kennt sich aus. Wir wußten nicht, wohin mit den Toten. Endlich finden wir einen fliegenden Verbandplatz. Glaubst du, wir haben die Toten dort mit Gewalt abgeladen, sie wollten sie nicht nehmen. ›Fahrt sie in die Stadt‹, hieß es. Da sind wir fuchsteufelswild geworden. Krassin wollte einen vom Stab abknallen. ›Das sind ja Petljuramanieren‹, sagte der und verduftete. Abends hatte ich endlich den Wagen von Stschotkin gefunden. Erster Klasse, elektrisch Licht. Und was glaubst du? Steht doch da ein Lakai und läßt mich nicht rein. Was sagst du dazu? ›Er schläft‹, sagt er, ›ich darf keinen reinlassen.‹ Da hab ich den Gewehrkolben gegen die Wand gehauen, und auch die andern haben randaliert. Aus allen Abteilungen kamen sie rausgesaust, Stschotkin auch. Er dreht und wendet sich: ›Ach du lieber Gott. Aber natürlich. Sofort. He, Melder, Kohlsuppe und Kognak. Werden euch gleich unterbringen. Völlige Ruhe. Das ist ja Heldentum. Ach, was für ein Verlust, aber was soll man machen, es sind eben Opfer. Ich habe mich selber abgequält ... ‹ Dabei hatte er eine Kognakfahne fünf Meter gegen den Wind. Uaaah!« Myschlajewski gähnte plötzlich und nickte ein. Wie im Schlaf murmelte er weiter: »Der Trupp bekam einen Güterwagen mit Ofen ... Jaaa! Ich hatte Schwein. Er wollte mich wohl los sein nach diesem Krach. ›Ich kommandiere Sie in die Stadt ab, Leutnant, zum Stab von General Kartusow. Machen Sie dort Meldung.‹ Jaaa! Ich auf eine Lok ... steifgefroren ... Tamaras Schloß ... Wodka ...«

Die Zigarette fiel ihm aus dem Mund, er lehnte sich an den Ofen und schnarchte los.

»Das sind ja Sachen«, sagte Nikolka verwirrt.

»Wo ist Jelena?« fragte der Ältere besorgt. »Wir müssen ihm ein Badetuch geben. Bring ihn ins Bad.«

Jelena weinte unterdessen im Zimmer neben der Küche, wo hinter einem Kattunvorhang im Badeofen bei der Zinkwanne trockene Birkenscheite loderten. Die heisere Küchenuhr schlug elf. In ihrer Vorstellung sah sie Talberg tot. Natürlich, der Zug mit dem Geld ist überfallen, die Wache getötet worden, und auf dem Schnee liegt Blut und Gehirn. Jelena saß im Halbdunkel, durch die zerzauste Haarkrone leuchtete die Flamme, über die Wangen flossen Tränen. Tot. Tot ...

Da plötzlich bimmelte die Klingel durch die ganze Wohnung. Jelena raste durch die Küche und die dunkle Bibliothek ins Eßzimmer. Die Lichter brannten heller. Die schwarze Uhr begann zu ticken, zu schlagen, zu laufen.

Die Stimmung Nikolkas und des älteren Bruders sank jedoch nach dem ersten Freudenausbruch rasch. Sie hatten sich ohnehin mehr für Jelena gefreut. Talbergs keilartige Achselklappen des Hetmankriegsministeriums widerten die Brüder an. Im übrigen war schon vor den Achselklappen, gleich nach Jelenas Hochzeit, im dünnen Gefäß der Turbinschen Beziehungen ein Riß entstanden, durch den das gute Wasser unmerklich entwich. Das Gefäß war nun trocken. Die Hauptursache lag wahrscheinlich in den zweischichtigen Augen des Hauptmanns im Generalstab Sergej Iwanowitsch Talberg.

Ach, ach ... Wie dem auch sei, die vordere Schicht war jetzt deutlich zu lesen. Sie zeigte schlichte menschliche Freude über die Wärme, das Licht und die Sicherheit. Dahinter aber lag eine sichtbare Unruhe, und die hatte Talberg jetzt mitgebracht. Die hinterste Schicht war natürlich wie immer verborgen. Jedenfalls war Talbergs Gestalt nichts anzusehen. Sein Koppel war breit und hart. Von den beiden weißen Abzeichen – von der Akademie und der Universität – ging ruhiger Glanz aus. Die hagere Gestalt drehte sich unter der schwarzen Uhr wie ein Automat. Talberg war sehr durchgefroren, lächelte aber allen wohlwollend zu. Auch in diesem Wohlwollen war Unruhe zu spüren. Nikolka mit seiner langen Schnüffelnase bemerkte das als erster. Talberg erzählte langsam, die Worte dehnend, in fröhlichem Ton, wie der Zug, der Geld in die Provinz beförderte und den er begleitet hatte, bei Borodjanka, vierzig Werst vor der STADT, von Unbekannten überfallen wurde. Jelena kniff vor Angst die Augen zu und drückte sich an die Abzeichen, die Brüder riefen wieder »sachte«, und Myschlajewski schnarchte in tiefem Schlaf, drei Goldkronen zeigend.

»Was waren das für welche? Petljura-Leute?«

»Dann«, sagte Talberg mit nachsichtigem und zugleich unruhigem Lächeln, »würde ich mich hier kaum mit euch ... äh ... unterhalten. Ich weiß nicht, wer sie waren. Wahrscheinlich demoralisierte Serdjukleute. Sie drangen in die Wagen ein, fuchtelten mit den Gewehren und schrien: ›Von wem kommt der Konvoi?‹ Ich antwortete: ›Von Serdjuk!‹ Sie wurden unsicher, traten von einem Fuß auf den anderen, und dann hörte ich das Kommando: ›Raus, Jungs!‹ Und sie verschwanden. Ich nehme an, sie suchten Offiziere, dachten wahrscheinlich, es war kein ukrainischer, sondern ein Offizierskonvoi.« Talberg schielte bedeutungsvoll auf Nikolkas Litzenwinkel, sah zur Uhr und sagte dann plötzlich: »Jelena, komm, ich muß dich sprechen.«

Jelena folgte ihm eiligst in ihr gemeinsames Schlafzimmer, wo auf dem Wandteppich überm Bett der Falke auf weißem Handschuh saß, wo auf Jelenas Schreibtisch weich die grüne Lampe brannte und auf dem Mahagonipostament bronzene Hirtenjungen auf dem Fronton der Uhr standen, die alle drei Stunden die Gavotte spielte.

Es kostete Nikolka viel Mühe, Myschlajewski wachzurütteln. Er wankte im Gehen, stieß zweimal polternd gegen die Tür und schlief in der Wanne wieder ein. Nikolka paßte auf, daß er nicht ertrank. Der ältere Turbin aber, ohne selbst zu wissen warum, ging ins dunkle Wohnzimmer, drückte sich ans Fenster und lauschte: Wieder waren in der Ferne dumpfe, wie durch Watte dringende harmlose Kanonenschüsse zu hören, selten und entfernt.

Die goldhaarige Jelena schien älter und häßlicher geworden zu sein. Ihre Augen waren gerötet. Mit hängenden Armen hörte sie Talberg traurig zu. Er, diese dürre Säule des Stabes, ragte über ihr auf und sagte erbarmungslos:

»Jelena, es geht nicht anders.«

Da sagte Jelena, sich mit dem Unvermeidlichen abfindend, folgendes:

»Nun, ich verstehe. Du hast natürlich recht. In fünf, sechs Tagen also? Vielleicht wendet sich doch noch alles zum Guten?« Talberg wurde schwer zumute. Er nahm sogar sein ewiges patentiertes Lächeln vom Gesicht. Es wurde älter, und jeder Punkt darauf zeigte Entschlossenheit. Jelena ... Jelena. Ach, unsichere, schwankende Hoffnung. Fünf ... sechs Tage. Aber Talberg sagte:

»Ich muß sofort weg. Der Zug fährt um ein Uhr nachts.«

Eine halbe Stunde später stand im Zimmer mit dem Falken alles kopf. Der Koffer lag auf dem Boden, sein innerer Segeltuchdeckel ragte hoch. Jelena, abgemagert und mit strengen Falten um den Mund, packte schweigsam Hemden, Unterhosen und Laken in den Koffer. Talberg kniete vor der unteren Schublade des Schranks und stocherte mit dem Schlüssel im Schloß. Und außerdem … und außerdem sah das Zimmer abscheulich aus wie jedes Zimmer, wo die Unordnung des Packens herrscht. Noch schlimmer ist es, wenn der Schirm von der Lampe abgenommen wird. Nehmt niemals, niemals den Schirm von der Lampe ab! Der Schirm ist heilig. Flieht niemals wie eine Ratte vor einer Gefahr ins Ungewisse! Träumt lieber am Lampenschirm, lest – laßt den Sturm heulen – und wartet, bis man zu euch kommt.

Talberg aber wollte fliehen. In seinem langen Militärmantel, mit schwarzen Ohrenschützern, mit graublauer Hetmankokarde und mit umgehängtem Säbel ragte er über seinem verschlossenen, schweren Koffer und zertrat Papierfetzen.

Auf dem Ferngleis des Stadtbahnhofs I steht schon ein Personenzug, allerdings noch ohne Lok, wie eine Raupe ohne Kopf: neun Wagen mit blendendweißem elektrischen Licht. Mit diesem Zug fährt um ein Uhr nachts der Stab des Generals von Bussow nach Deutschland ab. Talberg wird mitgenommen. Talberg hat Verbindungen … Das Hetmanministerium, das ist eine dumme, abgeschmackte Operette (Talberg liebte es, sich trivial, aber kraftvoll auszudrücken) wie übrigens auch der Hetman selbst. Um so mehr abgeschmackt, als …

»Versteh doch« (flüsternd), »die Deutschen lassen den Hetman im Stich, und es ist möglich, sehr möglich sogar, daß Petljura die Stadt einnimmt. Er hat eigentlich gesunde Wurzeln. Die Masse der Bauern ist auf seiner Seite, und das, weißt du …«

O ja, Jelena wußte! Jelena wußte sehr gut. Im März 1917 war Talberg der erste gewesen, verstehen Sie, der erste, der mit einer breiten roten Binde am Ärmel in die Militärschule kam. Das war in den ersten Tagen des Jahres, als bei den Nachrichten aus Petersburg noch allen Offizieren in der STADT Zornröte ins Gesicht schoß und sie sich in dunkle Korridore zurückzogen, um nichts mehr zu hören. Talberg und kein anderer hatte als Mitglied des Revolutionären Kriegskomitees den berühmten General Petrow festgenommen. Als aber gegen Ende des berühmten Jahres in der STADT schon viel Wunderbares und Merkwürdiges geschah, als Menschen auftauchten, die keine Stiefel trugen, dafür aber weite Pumphosen, die unter den langen grauen Militärmänteln hervorsahen, und als diese Menschen erklärten, daß sie unter keinen Umständen an die Front gehen würden, wo sie nichts zu tun hätten, sondern hier in der STADT blieben, denn das sei ihre STADT, eine ukrainische und keineswegs eine russische Stadt, da war Talberg recht reizbar geworden und hatte trocken erklärt, das sei nicht das richtige, sondern eine abgeschmackte Operette. Und er hatte in gewisser Hinsicht recht behalten. Denn es wurde wirklich eine Operette daraus, freilich keine einfache, sondern eine mit großem Blutvergießen. Die in den Pumphosen wurden sehr bald von grauen Regimentern aus der STADT verjagt, Regimentern, die hinter den Wäldern hervor aus der Ebene, die nach Moskau führte, gekommen waren. Talberg sagte, die Wurzeln, wenn sie auch bolschewistisch seien, säßen in Moskau, die mit den Pumphosen aber seien Abenteurer.

Eines Märztages aber rückten die Deutschen in grauen Reihen in die STADT. Auf den Köpfen hatten sie rötlichbraune Metallschüsseln, die sie vor Schrapnellkugeln schützen sollten, und ihre Husaren trugen so zottige Mützen und ritten solche Pferde, daß Talberg bei ihrem Anblick sofort begriff, wo die Wurzeln saßen. Nach einigen schweren Schüssen der deutschen Kanonen nahe der STADT verschwanden die aus Moskau irgendwo hinter den graublauen Wäldern, um Aas zu fressen, und die mit den Pumphosen zogen hinter den Deutschen in die STADT ein. Das war eine große Überraschung. Talberg lächelte verwirrt, fürchtete aber nichts, denn die Pumphosen waren in Anwesenheit der Deutschen sehr still, wagten niemand zu töten und liefen sehr vorsichtig durch die Straßen, als seien sie sich ihrer selbst nicht sicher. Talberg erklärte, daß sie keine Wurzeln besäßen, und leistete zwei Monate lang keinerlei Dienst. Nikolka Turbin lächelte, als er eines Tages Talbergs Zimmer betrat. Talberg saß und schrieb auf einem großen Blatt Papier grammatische Übungen, und vor ihm lag ein dünnes, auf schlechtem grauem Papier gedrucktes Büchlein:

»Ignati Perpillo – Ukrainische Grammatik«.

Im April neunzehnhundertachtzehn, zu Ostern, summten im Zirkus lustig die elektrischen Milchglaskugeln, und der Zirkus war bis zur Kuppel schwarz von Menschen. Talberg stand in der Arena wie eine fröhliche, kampflustige Säule und zählte die Stimmen: Mit den Pumphosen war es aus, es würde eine Ukraine geben, aber eine Hetmanukraine – man wählte den »Hetman der Ganzen Ukraine«.

»Wir sind gegen die blutige Moskauer Operette abgeschirmt«, sagte Talberg und paradierte mit seiner komischen Hetmanuniform zu Hause vor den altvertrauten Tapeten. Verächtlich krächzte die Uhr – ticktack, und das letzte Wasser lief aus dem Gefäß ihrer Beziehungen. Nikolka und Alexej wußten nicht mehr, worüber sie mit Talberg reden sollten. Das wäre auch sehr schwer gewesen, denn Talberg wurde bei jeder Unterhaltung über Politik sehr böse, zumal wenn Nikolka taktlos begann: »Aber im März, Serjosha, hast du gesagt ...« Talberg zeigte dann gleich die auseinanderstehenden, aber großen und weißen oberen Zähne, in den Augen blitzten gelbe Funken, und er begann sich zu erregen. Demzufolge gewöhnte man sich Gespräche ganz ab.

Ja, die Operette ... Jelena wußte, was dieses Wort von den etwas vollen baltischen Lippen Talbergs bedeutete. Es drohte jetzt Schlimmes an, nicht den Pumphosen, nicht denen aus Moskau, nicht irgendeinem Iwan Iwanowitsch, sondern Sergej Iwanowitsch Talberg selbst. Jeder Mensch lebt unter seinem eigenen Stern, und nicht umsonst hatten die Hofastrologen des Mittelalters mit Horoskopen die

Zukunft geweissagt. Oh, sie waren weise! Sergej Iwanowitsch Talbergs Stern aber paßte nicht zu ihm, es war kein glücklicher Stern. Talberg hätte es gut gehabt, wenn alles in einer geraden, bestimmten Linie verlaufen wäre, doch die Ereignisse in der STADT verliefen damals nicht gerade, sie machten bizarre Zickzacksprünge, und Talberg suchte vergeblich zu erraten, was kommen würde. Es gelang ihm nicht ... Noch stand weit von hier, hundertfünfzig oder auch zweihundert Werst von der STADT entfernt, auf grell erleuchteten Gleisen ein Salonwagen. Darin kullerte wie eine Erbse in der Schote ein glattrasierter Mann umher, während er seinen Schreibern und Adjutanten in einer seltsamen Sprache, mit der selbst Perpillo seine Mühe gehabt hätte, etwas diktierte. Wehe Talberg, wenn dieser Mann in die STADT einrückte, und er konnte einrücken! Wehe ihm. Die Nummer der »Westi« war allen bekannt und der Name des Hauptmanns Talberg, der den Hetman gewählt hatte, auch. In der Zeitung gab's einen Artikel aus Talbergs Feder, darin standen die Worte:

»Petljura ist ein Abenteurer, der mit seiner Operette unser Land mit Untergang bedroht ...«

»Dich, Jelena, kann ich auf die Wanderung ins Ungewisse nicht mitnehmen, das verstehst du doch?«

Jelena sagte kein Wort, denn sie war stolz.

»Ich hoffe, es gelingt mir, über Rumänien auf die Krim und von dort zum Don zu gelangen. Von Bussow versprach mir Unterstützung. Man schätzt mich. Die deutsche Okkupation hat sich in eine Operette verwandelt. Die Deutschen rücken schon ab.« (Flüsternd:) »Petljura wird sich nach meiner Schätzung auch nicht mehr lange halten können. Die wahre Kraft kommt vom Don her. Und du weißt, ich darf nicht fehlen, wenn eine Armee der Ordnung und des Rechts formiert wird. Fernbleiben bedeutet die Karriere zugrunde richten; du weißt, Denikin war mein Divisionschef. Ich bin überzeugt, in knapp drei Monaten, spätestens aber im Mai kommen wir in die STADT. Du brauchst keine Angst zu haben. Man wird dich auf keinen Fall belästigen, im schlimmsten Fall hast du den Personalausweis mit deinem Mädchennamen. Ich werde Alexej bitten, dich zu beschützen.«

Jelena wurde plötzlich lebhaft.

»Warte«, sagte sie, »wir müssen den Brüdern sofort sagen, daß die Deutschen uns verraten.«

Talberg wurde über und über rot.

»Natürlich, natürlich, ich werde ihnen unbedingt ... Im übrigen, sag du's ihnen lieber selbst. Obwohl das an der Sache nicht viel ändert.«

Ein merkwürdiges Gefühl durchzuckte Jelena, aber sie hatte keine Zeit, Überlegungen anzustellen: Talberg küßte bereits seine Frau, und es war einen Augenblick lang in seinen zweischichtigen Augen nur eines – Zärtlichkeit. Jelena hielt es nicht mehr aus und begann zu weinen, aber leise, leise, sie war eine charakterfeste Frau, eine würdige Tochter Anna Wladimirownas. Dann fand im Wohnzimmer der Abschied von den Brüdern statt. In der bronzenen Lampe flammte rosa Licht auf und überflutete die ganze Ecke. Das Klavier zeigte gemütliche weiße Zähne und die Margarete-Partitur, aufgeschlagen an der Stelle, wo die schwarzen Notenkrakel in dichten Reihen marschieren und der buntgekleidete rotbärtige Valentin singt:

Ich lasse Margarete,
Sie bleibt hier ohne Schützer,
Die Mutter wacht nicht mehr!

Selbst Talberg, dem sentimentale Regungen fremd waren, prägten sich in diesem Moment die schwarzen Akkorde und die abgegriffenen Seiten des ewigen Faust ins Gedächtnis. Ach, ach ... Talberg würde nicht mehr die Kavatine vom allmächtigen Gott vernehmen, würde nicht mehr hören, wie Jelena auf dem Klavier Scherwinski begleitete! Dennoch würden, wenn Talberg und die Turbins nicht mehr auf der Welt waren, die Tasten wieder tönen, und der buntgekleidete Valentin würde an die Rampe treten, in den Logen würde es nach Parfüm duften, und zu Hause würden Frauen, vom Licht gefärbt, akkompagnieren, denn Margarete, wie auch Zar und Zimmermann, ist absolut unsterblich.

Am Klavier stehend, erzählte Talberg. Die Brüder schwiegen höflich und bemühten sich, die Augenbrauen nicht zu heben. Der jüngere aus Stolz, der ältere, weil er ein Waschlappen war. Talbergs Stimme zitterte.

»Beschützt Jelena.« Die vordere Schicht seiner Augen blickte bittend und unsicher. Er stand noch eine Weile unschlüssig, sah dann zerstreut auf die Taschenuhr und sagte hastig:

»Ich muß weg.«

Jelena zog ihren Mann am Hals zu sich herunter, bekreuzigte ihn flüchtig und küßte ihn. Talberg stach beide Brüder mit den Spitzen seines kurzgestutzten schwarzen Schnurrbarts. Dann öffnete er die Brieftasche, prüfte nervös einen Packen Papiere, zählte in dem mageren Fach das ukrainische Papiergeld und die deutschen Mark und schritt lächelnd, angespannt lächelnd, und sich umdrehend hinaus. Klirr ... klirr ... In der Diele das Oberlicht, im Treppenhaus das Poltern des Koffers. Jelena lehnte sich über das Geländer und sah zum letztenmal die Spitze des Baschliks.

Um ein Uhr nachts fuhr vom fünften Gleis, hinaus aus der mit den Friedhöfen leerer Güterwaggons vollgestopften Dunkelheit, mit hoher dröhnender Geschwindigkeit und glutatmendem Zugloch ein krötengrauer Panzerzug ab und heulte wild. Er durchfuhr acht Werst in sieben Minuten, erreichte Post-Wolynski mit seinem Lärm, Gepolter und Laternenlicht und bog, ohne die Geschwindigkeit zu vermindern, über rasselnde Weichen von der Hauptstrecke ab. In den halberfrorenen Junkern und Offizieren, die in Güterwaggons kauerten oder direkt bei Post-Wolynski Kette standen, schwache Hoffnung und

Stolz erweckend, fuhr er kühn, nichts fürchtend, in Richtung der deutschen Grenze. Zehn Minuten nach ihm passierte ein Personenzug mit Dutzenden erleuchteter Fenster und einer riesigen Lok Post. Die pfostenartig massiven, bis über die Augen eingemummten deutschen Posten auf den Perrons huschten vorbei, ihre breiten schwarzen Bajonette blinkten. Die Weichenwärter, denen vor Kälte der Atem stockte, sahen die langen Pullmanwagen auf den Gleisfugen federn, die Fenster warfen Lichtgarben auf sie. Dann verschwand alles, und die Seelen der Junker füllten sich mit Neid, Wut und Sorge.

»Uuuch ... diese Halunken!« stöhnte es irgendwo an der Weiche, und über die Güterwaggons peitschte ein glühender Schneesturm. Post-Wolynski wurde in dieser Nacht zugeschneit.

Im dritten Wagen von vorn saß in einem Abteil mit gestreiften Überzügen, höflich und untertänig lächelnd, Talberg einem deutschen Leutnant gegenüber und sprach deutsch.

»O ja«, ließ sich von Zeit zu Zeit der dicke Leutnant vernehmen und kaute an seiner Zigarre.

Nachdem er eingeschlafen, jede Abteiltür zugezogen und im warmen, blendendhellen Wagen ein monotones Gemurmel eingetreten war, trat Talberg in den Gang, zog den blassen Fenstervorhang mit den durchsichtigen Buchstaben »S-W-Bahn« zurück und starrte lange in die Dunkelheit. Dort sausten Funken vorbei, stiebte Schnee, und vorn jagte die Lok und pfiff so schrecklich, so unangenehm, daß selbst Talberg mißmutig wurde.

3 Zu dieser nächtlichen Stunde herrschte unten in der Wohnung des Hausbesitzers, des Ingenieurs Wassili Iwanowitsch Lissowitsch, völlige Stille, die nur von Zeit zu Zeit im kleinen Eßzimmer von einer Maus gestört wurde. Die Maus knabberte aufdringlich und geschäftig im Büfett an einer alten Käserinde und verfluchte die Knauserigkeit

der Ingenieursgattin Wanda Michailowna. Die also verfluchte, knochendürre, eifersüchtige Wanda schlief fest im dunklen Schlafzimmer der kühlen und feuchten Wohnung. Der Ingenieur aber war noch wach und hielt sich in seinem mit Möbeln und Büchern vollgestopften, mit Vorhängen verhängten und demzufolge urgemütlichen Arbeitszimmer auf. Eine Stehlampe, die eine ägyptische Prinzessin darstellte, tauchte mit ihrem grüngeblümten Schirm das ganze Zimmer in zarte und geheimnisvolle Farben, und auch der Ingenieur in seinem tiefen Ledersessel sah geheimnisvoll aus. Geheimnis und Zwiespältigkeit der unsicheren Zeit drückten sich vor allem darin aus, daß der Mann im Sessel gar nicht Wassili Iwanowitsch Lissowitsch war, sondern Wassilissa. Das heißt, er selbst nannte sich Lissowitsch, und viele, mit denen er zu tun hatte, nannten ihn Wassili Iwanowitsch, aber nur ins Gesicht. Hinter seinem Rücken, in der dritten Person, wurde der Ingenieur nur Wassilissa genannt. Das kam daher, daß der Hausbesitzer seit Januar 1918, als in der Stadt unbestreitbar schon Wunder geschahen, seine deutliche Schrift verändert hatte und statt des bestimmten »W. Lissowitsch« aus Angst vor künftiger Verantwortung in Fragebögen, Bescheinigungen, Ausweisen, Ordern und auf Karten nur noch »Was. Lis.« schrieb.

Nachdem Nikolka am achtzehnten Januar achtzehn aus Wassili Iwanowitschs Händen die Zuckerkarte empfangen hatte, bekam er statt Zucker auf dem Krestschatik mit schrecklicher Wucht einen Stein ins Kreuz und spuckte zwei Tage Blut. (Eine Artilleriegranate war direkt über der Zuckerschlange detoniert, die aus furchtlosen Menschen bestand.) Zu Hause angekommen, hielt sich Nikolka, grün im Gesicht, an der Wand fest, preßte aber doch ein Lächeln heraus, um Jelena nicht zu erschrecken. Er spuckte die Schüssel voll Blutflecke und antwortete auf Jelenas Schrei »O Gott! Was ist passiert?«:

»Das ist Wassilissas Zucker, daß ihn der Teufel hole!« Dann wurde er leichenblaß und kippte zur Seite. Nach zwei Tagen stand er wieder auf, Wassili Iwanowitsch Lissowitsch aber existierte nicht mehr. Zuerst im Hof des Hauses Nummer dreizehn und dann in der ganzen Stadt nannte man den Ingenieur nur noch Wassilissa, und allein der Träger dieses Frauennamens stellte sich noch mit »Lissowitsch, Vorsitzender des Hauskomitees« vor.

Nachdem Wassilissa sich überzeugt hatte, daß die Straße vollkommen ruhig geworden, daß auch kein gelegentliches Knirschen von Schlittenkufen mehr zu hören war, horchte er aufmerksam auf das Pfeifen aus dem Schlafzimmer seiner Frau, ging in den Korridor, befühlte Schlösser, Riegel, Kette und Haken und kehrte in sein Arbeitszimmer zurück. Der Schublade seines massiven Schreibtisches entnahm er vier blanke Sicherheitsnadeln. Dann ging er auf Zehenspitzen irgendwohin in die Dunkelheit und brachte ein Laken und ein Plaid. Noch einmal horchte er, legte sogar den Finger auf die Lippen. Dann zog er die Jacke aus, krempelte die Ärmel hoch, holte vom Regal ein Glas Kleister, ein sorgfältig zusammengerolltes Stück Tapete und eine Schere. Nun trat er dicht ans Fenster, beschirmte die Augen mit beiden Händen und blickte aufmerksam auf die Straße. Vor das linke Fenster hängte er bis zu halber Höhe das Laken und vor das rechte mit Hilfe der Sicherheitsnadeln das Plaid. Sorgfältig zupfte er alles zurecht, damit keine Ritzen frei blieben. Dann stieg er auf einen Stuhl, suchte tastend über der oberen Bücherreihe, ritzte mit seinem Taschenmesser die Tapete zuerst vertikal und dann rechtwinklig zur Seite, schob das Messer unter den Schnitt und legte ein akkurates, zwei Backsteine großes Geheimfach frei, das er in der vergangenen Nacht selbst gebaut hatte. Das Türchen – eine dünne Zinkplatte – drückte er zur Seite, stieg herunter, sah sich ängstlich um, befühlte das Laken. In der unteren Schublade, die er mit zweifach klirrender Schlüsseldrehung öffnete, zeigte sich ein sorgfältig in Zeitungspapier verpacktes, kreuzweise verschnürtes und versiegeltes Päckchen. Dieses steckte Wassilissa in das Geheimfach und schloß die Tür zu.

Lange schnitt er auf dem roten Tuch seines Tisches Streifen zu, bis er sie so hatte, wie er sie brauchte. Mit Kleister eingestrichen, legten sie sich so fein auf die Schnittstelle, daß es eine Freude war: ein halbes Sträußchen des Musters ans andere, ein Quadrat ans andere. Der Ingenieur stieg vom Stuhl und überzeugte sich, daß an der Wand keine Spuren des Geheimfaches zu sehen waren. Zufrieden rieb er sich die Hände, zerknüllte und verbrannte die Tapetenreste, verrührte die Asche und versteckte den Kleister.

Auf der schwarzen, menschenleeren Straße kletterte eine zerlumpte graue Wolfsgestalt vom Ast einer Akazie herunter, auf dem sie frierend eine halbe Stunde gesessen hatte, gierig die Arbeit des Ingenieurs durch den Spalt über dem Laken beobachtend. Gerade mit diesem Laken vor dem grünbeleuchteten Fenster hatte der Ingenieur das Unglück heraufbeschworen. Elastisch sprang die Gestalt in den Schnee und ging die Straße hinauf, etwas weiter tauchte sie mit ihrem Wolfsgang in den Gassen unter, und der Schneesturm, die Dunkelheit und die Schneewehen verschlangen sie und verwischten ihre Spuren.

Es ist Nacht. Wassilissa sitzt im Sessel. Im grünen Schatten sieht er wie Taras Bulba aus. Sein buschiger Schnauz hängt herunter: Wieso Wassilissa? Das ist ein richtiger Mann! In den Schubladen summt es zart, und vor Wassilissa auf dem roten Tischtuch liegen Packen länglichen Papiers – grün getüpfelt wie Spielkarten:

Geldschein der Staatsbank
50 Karbowanzen
Den Banknoten gleichgestelltes Zahlungsmittel.

Auf den Tüpfeln ein Bauer mit Hängeschnauz, bewaffnet mit einem Spaten, und eine Bäuerin mit Sichel. Auf der Kehrseite in ovalem Rahmen die vergrößerten rötlichen Gesichter desselben Bauern und derselben Bäuerin. Auch hier der Schnurrbart auf ukrainische Art nach unten hängend. Und über allem die Warnung:

Fälschung wird mit Zuchthaus bestraft.

Eine energische Unterschrift:

Direktor der Staatsbank, Lebid-Jurtschik.

Auf ehernem Pferd Alexander II. mit dem abgegriffenen gußeisernen Seifenschaum des Backenbartes inmitten seiner Reiter; er schielt gereizt auf Lebid-Jurtschiks Kunstwerk und wohlwollend zu der Lampenprinzessin. Von der Wand blickt entsetzt ein Beamter mit einem Stanislaw-Orden am Hals auf die Staatspapiere – Wassilissas Vorfahr in Öl. Im grünen Licht glänzen weich die Buchrücken von Gontscharow und Dostojewski, machtvoll steht in Reih und Glied die schwarzgoldene Gardekavallerie der Enzyklopädie Brockhaus-Efron. Gemütlichkeit.

Die fünfprozentige Anleihe ist sicher im Geheimfach unter der Tapete versteckt. Dort liegen auch fünfzehn »Katharinas«, neun »Peters«, zehn »Nikolaus I.«, drei Brillantringe, eine Brosche, eine »Anna« und zwei »Stanislaws«.

Im Geheimversteck Numero zwei: zwanzig »Katharinas«, zehn »Peters«, fünfundzwanzig Silberlöffel, eine goldene Uhr mit Kette, drei Zigarettenetuis (»Dem lieben Kollegen«, obwohl Wassilissa nicht raucht), fünfzig goldene Zehnrubelmünzen, Salznäpfe, ein Besteckkasten mit Silber für sechs Personen und ein silbernes Teesieb. (Es ist ein großes Versteck im Holzschuppen, von der Tür zwei Schritt geradeaus, ein Schritt links, ein Schritt von einem Kreidezeichen auf einem Balken an der Wand. Alles in Blechdosen von Einem-Gebäck, in Wachstuch mit geteerten Nähten, zwei Arschin tief.)

Das dritte Versteck ist der Dachboden: zwei Spannen vom Schornstein Richtung Nordost, unter dem Balken im Lehm liegen eine Zuckerzange, hundertdreiundachtzig goldene Zehnrubelmünzen und Wertpapiere für fünfundzwanzigtausend Rubel. Die Lebid-Jurtschiks sind für die laufenden Ausgaben.

Wassilissa sah sich um wie immer, wenn er Geld zählte, und begann, die Tüpfel zu besabbern. Sein Gesicht wurde hingebungsvoll. Plötzlich erblaßte er.

»Fälschung, Fälschung«, murmelte er wütend und schüttelte den Kopf, »ein Jammer.«

Wassilissas blaue Augen wurden todtraurig. Im dritten Zehnerpäckchen ein falscher Schein, im vierten zwei, im sechsten zwei und im neunten hintereinander drei Scheine, für die Lebid-Jurtschik mit Zuchthaus drohte. Von einhundertdreizehn Scheinen trugen, bitte schön, acht deutliche Spuren einer Fälschung. Der Bauer sah irgendwie mürrisch aus, mußte aber lustig aussehen, und an der Garbe fehlten die geheimen, aber sicheren Zeichen: ein auf den Kopf gestelltes Komma und zwei Punkte. Das Papier war auch besser als das von Lebid-Jurtschik. Wassilissa sah gegen das Licht, und Lebid-Jurtschik leuchtete deutlich gefälscht durch.

»Einen kriegt morgen abend der Droschkenkutscher«, sagte Wassilissa zu sich selbst, »ich muß sowieso fahren. Und dann natürlich auf den Markt.«

Sorgfältig legte er die für den Kutscher und für den Markt bestimmten gefälschten Scheine zur Seite und versteckte den Packen hinter dem klirrenden Schloß. Er fuhr zusammen. An der Decke ertönten Schritte, und die Totenstille wurde von Lachen und dumpfen Stimmen zerrissen. Wassilissa sagte zu Alexander II.:

»Bitte schön: Niemals hat man Ruhe.«

Oben wurde es wieder still. Wassilissa gähnte, strich sich den bastartigen Schnurrbart, nahm das Plaid und das Laken von den Fenstern und zündete im Wohnzimmer, wo matt der Grammophontrichter blinkte, eine kleine Lampe an. Zehn Minuten später herrschte in der ganzen Wohnung Dunkelheit. Wassilissa schlief neben seiner Frau im klammen Schlafzimmer. Es roch nach Mäusen, nach Schimmel, nach mürrischer, schläfriger Langeweile. Da erschienen ihm im Traum Lebid-Jurtschik zu Pferde und irgendwelche Diebe aus Tuschino mit Dietrichen und brachen sein Geheimfach auf. Ein Herzbube stellte sich auf den Stuhl, spuckte ihm auf den Schnurrbart und schoß aus nächster Nähe. Wassilissa fuhr, in kalten Schweiß gebadet, mit einem Schrei hoch, und das erste, was er hörte, war eine Maus, die sich samt Familie im Eßzimmer mit einer Zwiebacktüte abmühte, dann vernahm er überaus zärtlichen Gitarrenklang und Lachen durch die Decke und die Teppiche.

Oben sang eine mächtige und leidenschaftliche Stimme, und die Gitarre spielte einen Marsch.

»Das einzige Mittel – ihnen die Wohnung kündigen.« Wassilissa zappelte in den Laken. »Unerhört! Weder bei Tag noch bei Nacht hat man Ruhe.«

Singend marschieren
die Junker einher …

»Obwohl, im Falle eines Falles … Stimmt schon, wir leben in einer schlimmen Zeit. Wen ich kriege, weiß keiner, und die hier sind immerhin Offiziere, und kommt was, hat man Schutz … Husch!« schrie Wassilissa die emsige Maus an.

Gitarrenklang … Gitarrenklang … Gitarrenklang …

Im Kronleuchter des Eßzimmers brennen vier Lampen. Blaue Rauchhechte. Die Glasveranda mit den cremefarbenen Vorhängen dicht verhängt. Die Uhr nicht zu hören. Auf schneeweißem Tischtuch frische Sträuße Treibhausrosen, drei Flaschen Wodka und schlanke, deutsche Weißweinflaschen, geschliffene Gläser, Äpfel in funkelnden hohen Kristallschalen, Zitronenscheiben, Krümel, Krümel, Tee …

Auf dem Sessel ein zerknülltes Blatt der humoristischen Zeitung »Teufelspuppe«. Durch die Köpfe streichen Nebelschwaden, ziehen bald hin zur goldenen Insel unbegründeter Fröhlichkeit, bald hinein in die trübe Woge der Unruhe. Aus dem Nebel tauchen lose Worte:

Mit nacktem Hintern soll man sich nicht
auf einen Igel setzen!

»Ein lustiges Blättchen ... Die Kanonen sind verstummt. Geistreich, hol mich der Teufel! Wodka, Wodka und Nebel. Tram-ta-ta-tam! Gitarre.«

Melonen nicht auf Seife backen!
Die Amis sitzen uns im Nacken.

Irgendwo hinter dem Rauchvorhang lacht Myschlajewski. Er ist betrunken.

Des Breitmanns Witze sind trivial.
Wo bleiben die Truppen vom Senegal?

»Wo sind sie? Im Ernst, wo bleiben sie?« fragt der betrunkene Myschlajewski hartnäckig.

Die Schafe lammen gern im Walde,
Rodsjanko wird Präsident sehr balde.

»Sie sind begabt, die Schurken, das muß man ihnen lassen!«

Jelena, der man nach Talbergs Abreise keine Zeit ließ, zur Besinnung zu kommen ... vom Weißwein vergehen Kopfschmerzen nicht, werden nur dumpfer ... Jelena saß in ihrem Sessel an der Schmalseite des Tisches. Ihr gegenüber Myschlajewski: flauschig, weiß, im Bademantel, das Gesicht rotfleckig vom Wodka und von grenzenloser Müdigkeit. Die Augen rot umrandet – Kälte, überstandene Angst, Wodka, Erbitterung. An einer Längsseite des Tisches Alexej und Nikolka, an der anderen Leonid Jurjewitsch Scherwinski, Leutnant des ehemaligen Ulanenregiments der Leibgarde und zur Zeit Adjutant im Stab des Fürsten Belorukow, und neben ihm Unterleutnant Fjodor Nikolajewitsch Stepanow, ein Artillerist, der vom Alexander-Gymnasium her den Spitznamen Karausche trug.

Der kleine, gewandte und einer Karausche wirklich sehr ähnliche Stepanow war zwanzig Minuten nach Talbergs

Abreise direkt vor Turbins Haustür mit Scherwinski zusammengetroffen. Beide hatten Flaschen bei sich, Scherwinski ein Paket mit vier Flaschen Weißwein, Karausche zwei Flaschen Wodka. Außerdem trug Scherwinski einen riesengroßen, in drei Schichten Papier verpackten Strauß Rosen, für Jelena Wassiljewna selbstverständlich. Schon vor der Haustür teilte Karausche eine Neuigkeit mit: Auf seinen Schulterstücken glänzten goldene Kanonen – er habe es nicht mehr ausgehalten, alle müßten kämpfen gehen, denn mit dem Unterricht an der Universität sei ohnehin nichts los, und wenn Petljura die Stadt einnehme, werde noch weniger los sein. Alle müßten gehen, und die Artilleristen gehörten in die Mörserdivision. Deren Kommandeur sei Oberst Malyschew, die Division sei prächtig, heiße auch Studentendivision. Er, Karausche, sei verzweifelt, daß Myschlajewski sich zu dem blödsinnigen Bataillon gemeldet habe. Einfach dumm sei das. Habe sich als Held zeigen wollen und übereilt gehandelt. Wo er jetzt sei, wisse der Teufel! Vielleicht sei er schon vor der STADT gefallen.

Myschlajewski aber war hier, war oben! Die goldhaarige Jelena puderte im dämmrigen Schlafzimmer vor dem von Silberblättern umrahmten ovalen Spiegel eilig ihr Gesicht und kam heraus, um die Rosen entgegenzunehmen. Hurra! Alle waren hier! Karausches goldene Kanonen auf den zerknitterten Schulterstücken waren ein Nichts neben den blassen Kavalleristenschulterstücken und den gebügelten dunkelblauen Reithosen Scherwinskis. In den frechen Augen des kleinen Scherwinski tanzten Freudenfünkchen bei der Nachricht von Talbergs Verschwinden. Der kleine Ulan fühlte sogleich, daß er wie noch nie bei Stimme war, und das rosa Wohnzimmer füllte sich mit einem mächtigen Orkan von Tönen. Er sang das Epithalamium an den Gott Hymen, und wie er sang! Ja, wahrscheinlich ist alles auf der Welt Unsinn neben einer Stimme, wie Scherwinski sie hat. Natürlich, jetzt gibt es Stäbe, diesen blödsinnigen Krieg, die Bolschewiken, Petljura und die Pflicht, aber später, wenn alles wieder normal ist, wird er den Militärdienst quittieren, trotz seiner Petersburger Beziehungen – Sie wissen doch, was er für Beziehungen hat, o lala! –, und dann auf die Bühne. In der Scala, im Moskauer Bolschoi wird er singen, wenn die Bolschewiken in Moskau an den Laternenmasten des Theaterplatzes aufgehängt sind. In Shmerinka hat sich die Gräfin Lendrikowa in ihn verliebt, weil er beim Epithalamium »a« statt »f« sang und fünf Takte lang aushielt. Als Scherwinski »fünf« sagte, senkte er den Kopf etwas und sah sich verlegen um, als habe nicht er, sondern ein anderer davon erzählt.

»Tja, fünf Takte. Schon gut, gehen wir Abendbrot essen.«

Und nun die Fahnen, der Rauch ...

»Wo bleiben die Senegaltruppen? Antworte, du vom Stab. Jelena, trink Wein, Goldstück, trink. Alles wird wieder gut. Es ist sogar besser, daß er weggefahren ist. Er schlägt sich zum Don durch und kommt mit der Denikin-Armee hierher.«

»Jawohl!« donnerte Scherwinski. »Sie kommen. Erlauben Sie mir, eine wichtige Neuigkeit mitzuteilen: Heute habe ich am Krestschatik die serbischen Quartiermacher gesehen, übermorgen, spätestens in zwei Tagen, kommen zwei serbische Regimenter in die STADT.«

»Hör mal, stimmt das?«

Scherwinski wurde dunkelrot im Gesicht.

»Hm, merkwürdig. Wenn ich sage, daß ich sie gesehen habe, scheint mir diese Frage überflüssig zu sein.«

»Zwei Regimenter ... was sind schon zwei Regimenter?«

»Nun gut, dann hört bitte weiter. Der Fürst hat mir heute erzählt, im Odessaer Hafen werden Transporte ausgeladen: Griechen und zwei Divisionen Senegalesen sind angekommen. Wir brauchen uns nur eine Woche zu halten, dann pfeifen wir auf die Deutschen.«

»Diese Verräter!«

»Na, wenn das stimmt, dann brauchen wir nur noch Petljura zu fangen und aufzuhängen! Ja, aufzuhängen!«

»Den würde ich eigenhändig erschießen.«

»Noch einen Schluck? Ihr Wohl, meine Herren Offiziere!«

Schwupp – und völliger Nebel. Nebel, meine Herren. Nikolka, der drei Glas Wein getrunken hatte, ging in sein Zimmer, um ein Taschentuch zu holen. In der Diele (wenn niemand es sieht, darf man seinen Gefühlen freien Lauf lassen) drückte er sein Gesicht an den Kleiderständer. Scherwinskis Krummsäbel mit dem goldglänzenden Griff. Geschenk eines persischen Prinzen. Klinge aus Damaszener Stahl. Es war kein Prinzengeschenk und auch kein Damaszener Stahl, aber dennoch schön und teuer. Eine finstere Mauserpistole am Riemen im Futteral und Karausches »Steyr« mit brüniertem Lauf. Nikolka drückte das Gesicht an das kalte Holz des Pistolenfutterals, befühlte die Raubtiernase der Mauser und weinte fast vor Erregung. Kämpfen wollte er, jetzt, sofort, dort auf den verschneiten Feldern hinter Post-Wolynski. Man muß sich doch schämen! Es ist peinlich ... Hier ist Wodka, es ist warm, und dort Dunkelheit, Schneegestöber, die Junker frieren sich zu Tode. Was denkt man sich in den Stäben? Ach, das Freiwilligenbataillon nicht fertig, die Studenten nicht ausgebildet, die Senegalesen noch immer nicht da, wahrscheinlich sehen sie schwarz wie Stiefel aus. Erfrieren werden sie hier, vor die Hunde gehen! Die sind doch an heißes Klima gewöhnt!

»Ich würde euren Hetmann als ersten aufhängen!« schrie der ältere Turbin. »Weil er diese kleine Ukraine gegründet hat! Es lebe die freie Ukraine von Kiew bis Berlin! Ein halbes Jahr hat er die russischen Offiziere und uns alle zum Narren gehalten. Wer hat die Aufstellung der russischen Armee verboten? Der Hetman. Wer hat die russische Bevölkerung terrorisiert mit dieser scheußlichen Sprache, die es gar nicht gibt? Der Hetman. Wer hat das ganze Pack mit den Schwänzen auf dem Kopf herangezüchtet? Der Hetman. Jetzt, wo das Wasser schon bis zum Hals steht, stellt man da die russische Armee auf? Der

Feind steht vor der Tür, und die bilden Freiwilligentrupps und Stäbe? Paßt auf, paßt nur auf!«

»Du verbreitest Panik«, sagte Karausche ruhig.

Turbin wurde böse.

»Ich? Panik? Ihr wollt mich bloß nicht verstehen. Ich verbreite keine Panik, ich möchte nur sagen, was ich auf dem Herzen habe. Panik? Sei unbesorgt. Ich habe schon beschlossen, morgen gehe ich in deine Division, und wenn euer Malyschew mich nicht als Arzt nimmt, gehe ich als einfacher Soldat. Ich hab's satt! Keine Panik!« Ein Stück Gurke blieb ihm im Halse stecken, er hustete heftig und rang nach Luft, Nikolka schlug ihm auf den Rücken.

»Richtig!« Karausche bestätigte das Gesagte mit einem Fausthieb auf den Tisch. »Zum Teufel mit dem einfachen Soldaten, wir nehmen dich als Arzt.«

»Morgen gehen wir alle zusammen«, murmelte der betrunkene Myschlajewski, »alle zusammen. Das ganze kaiserliche Alexander-Gymnasium. Hurra!«

»Er ist ein Dreckskerl«, fuhr Turbin haßerfüllt fort, »er spricht doch diese verfluchte Sprache gar nicht. Stimmt's? Vorgestern frage ich diese Kanaille Doktor Kurizki, der kann seit November vorigen Jahres plötzlich kein Russisch mehr. Früher Kurizki, jetzt ukrainisch Kuryzky. Ich frage ihn also, wie ›Kater‹ auf ukrainisch heißt, das wußte er noch, aber als ich ihn frage, wie der Wal heißt, glotzt er mich an und schweigt.* Jetzt grüßt er mich nicht mehr.«

Nikolka lachte schallend und sagte:

»Das Wort ›Wal‹ gibt es im Ukrainischen nicht, weil es in der Ukraine keine Wale gibt, in Rußland aber gibt es von allem viel. Im Weißen Meer gibt es Wale.«

»Die Mobilmachung ...«, fuhr Turbin boshaft fort. »Schade, daß ihr nicht gesehen habt, was gestern in den Revieren los war. Alle Devisenschieber wußten drei Tage vorher von der Mobilmachung. Starkes Stück, was? Und jeder hatte einen Bruch oder eine angegriffene rechte Lungen-

* Kater – russ. Kot, ukr. Kit; Wal – russ. Kit

spitze, und wer keine Lungenspitze hatte, der war einfach wie vom Erdboden verschwunden. Das ist ein böses Zeichen, meine Lieben. Wenn in den Kaffeehäusern schon vor der Mobilmachung geflüstert wird und keiner hingeht, steht es schlecht um die Sache. Oh, diese Kanaillen! Wenn er im April, statt dieser Komödie mit der Ukrainisierung, angefangen hätte, die Offizierskorps aufzustellen, könnten wir jetzt Moskau einnehmen. Versteht doch, er hätte hier in der STADT eine fünfzigtausend Mann starke Armee aufstellen können, und was für eine! Eine Elitetruppe wäre das gewesen, weil alle Junker, alle Studenten, alle Gymnasiasten und Offiziere, und es sind Tausende in der STADT, alle mit Freuden gegangen wären. Kein Petljura wäre in der Ukraine, und Trotzki in Moskau hätten wir wie eine Fliege breitgeklatscht. Es ist gerade die richtige Zeit: Sie sollen dort schon Katzen fressen. Der Hundesohn hätte Rußland retten können.«

Turbins Gesicht bedeckte sich mit roten Flecken, die Worte flogen ihm zusammen mit Speicheltropfen aus dem Mund. Seine Augen glühten.

»Du ... solltest nicht Arzt, sondern Verteidigungsminister sein, wirklich wahr«, sagte Karausche. Er lächelte ironisch, aber Turbins Rede gefiel ihm, sie feuerte ihn an.

»Auf einer Kundgebung ist Alexej unentbehrlich als Redner«, sagte Nikolka.

»Nikolka, ich habe dir schon zweimal gesagt, daß du kein Witzbold bist«, sagte Turbin. »Trink lieber Wein.«

»Versteh doch«, sagte Karausche, »die Deutschen hätten die Aufstellung der Armee gar nicht zugelassen vor Furcht.«

»Das ist nicht wahr!« rief Turbin mit hoher Stimme. »Man braucht nur einen Kopf auf den Schultern zu haben, und man hätte sich mit dem Hetman immer einigen können. Den Deutschen hätte man erklären müssen, daß wir für sie ungefährlich sind. Es ist aus, wir haben den Krieg verloren! Jetzt haben wir etwas, was viel schrecklicher ist als der Krieg, als die Deutschen, als alles auf der Welt. Wir haben Trotzki. Den Deutschen hätte man sagen müssen:

Braucht ihr Brot, Zucker? Bitte, nehmt, freßt, verpflegt eure Soldaten. Erstickt daran, aber helft uns. Laßt uns eine Armee aufstellen, es ist auch für euch besser, wir helfen euch, in der Ukraine Ordnung zu halten, damit unsere Gottesträger nicht die Moskauer Krankheit bekommen. Und hätten wir jetzt in der STADT eine russische Armee, dann wären wir mit einer eisernen Wand gegen Moskau abgeschirmt. Und Petljura ...« Turbin hustete heftig.

»Halt!« Scherwinski erhob sich. »Warte. Ich muß etwas zur Verteidigung des Hetmans sagen. Es stimmt, er hat einige Fehler gemacht, aber sein Plan war richtig. Oh, er ist Diplomat. Das ukrainische Land. Hier gibt es Elemente, die in ihrer Sprache reden wollen. Sollen sie doch!«

»Fünf Prozent, aber fünfundneunzig Russen!«

»Richtig. Aber sie hätten die Rolle des ewigen Störenfrieds gespielt, sagt der Fürst. Also mußte man sie befrieden. Später hätte der Hetman es genauso gemacht, wie du gesagt hast: Eine russische Armee und nichts weiter. Was sagt ihr dazu?« Scherwinski zeigte feierlich irgendwohin. »In der Wladimirstraße wehen schon dreifarbige Fahnen.«

»Zu spät!«

»Hm ... ja. Das stimmt. Etwas zu spät, aber der Fürst ist überzeugt, daß der Fehler korrigierbar sei.«

»Gott geb's, ich wünsche es von ganzem Herzen.« Turbin bekreuzigte sich zur Ikone der Mutter Gottes in der Ecke hin.

»Sein Plan sah so aus«, sagte Scherwinski laut und feierlich. »Wenn der Krieg beendet wäre, hätten die Deutschen sich etwas gefaßt und uns im Kampf gegen die Bolschewiken geholfen. Hätten wir dann Moskau eingenommen, so hätte der Hetman feierlich die Ukraine seiner Majestät, dem Imperator Nikolaus Alexandrowitsch, zu Füßen gelegt.«

Nach dieser Mitteilung trat im Eßzimmer Totenstille ein. Nikolka erblaßte vor Kummer.

»Der Imperator ist tot«, flüsterte er.

»Was für ein Nikolaus Alexandrowitsch?« fragte Turbin verdutzt, und Myschlajewski äugte wankend seinem Nachbarn ins Glas. Es war klar: Lange hatte er Haltung bewahrt, doch jetzt war er blau wie ein Veilchen.

Jelena, die den Kopf in die Hände gestützt hielt, sah den Ulanen entsetzt an.

Scherwinski war nicht sehr betrunken, er hob die Hand und sagte mit mächtiger Stimme:

»Wartet, hört lieber zu. Aber ich bitte die Herren Offiziere« (Nikolka wurde rot und blaß), »einstweilen darüber zu schweigen, was ich Ihnen jetzt mitteilen werde. Wissen Sie, was sich im Schloß von Kaiser Wilhelm ereignet hat, als ihm das Hetmansgefolge vorgestellt wurde?«

»Keine Ahnung«, sagte Karausche sichtlich interessiert.

»Ich weiß es aber.«

»Nanu! Alles weiß er«, wunderte sich Myschlajewski. »Du warst doch gar nicht …«

»Meine Herren! Lassen Sie ihn aussprechen.«

»Nachdem Kaiser Wilhelm sich mit dem Gefolge gnädigst unterhalten hatte, sagte er: ›Ich verabschiede mich, meine Herren, über das Weitere spricht mit Ihnen …‹ Der Vorhang schob sich auseinander, und in den Saal trat unser Zar. Er sagte: ›Fahren Sie, meine Herren, in die Ukraine und formieren Sie Ihre Truppen. Im richtigen Augenblick stelle ich mich persönlich an die Spitze der Armee und führe sie nach Moskau, ins Herz Rußlands.‹ Und Tränen traten ihm in die Augen.«

Scherwinski sah mit hellem Blick die Gesellschaft an, trank in einem Zug sein Weinglas leer und kniff die Augen zu. Zehn Augen starrten ihn an, und Schweigen herrschte, bis er sich hingesetzt und ein Stück Schinken nachgegessen hatte.

»Hör mal, das ist doch eine Legende«, sagte Turbin und verzog schmerzlich das Gesicht. »Ich habe diese Geschichte schon mal gehört.«

»Sie sind alle erschossen worden«, sagte Myschlajewski. »Der Zar, die Zarin und der Thronfolger.«

Scherwinski schielte zum Ofen, holte Luft und sagte:

»Ihr mißtraut unbegründet. Die Nachricht über den Tod Seiner Kaiserlichen Majestät ...«

»Ist etwas übertrieben«, witzelte Myschlajewski im Rausch. Jelena zuckte entrüstet zusammen und trat aus dem Nebel. »Vitja, schäm dich. Du bist Offizier.«

Myschlajewski verschwand im Nebel.

»... haben die Bolschewiken selbst erfunden. Es ist dem Zaren gelungen, sich zu retten, mit Hilfe seines treuen Erziehers ... das heißt, Verzeihung, des Erziehers des Thronfolgers, Monsieur Gilliard, und einige Offiziere haben ihn, äh ... nach Asien gebracht. Von dort sind sie nach Singapur gefahren und dann übers Meer nach Europa. Und nun ist unser Zar Gast von Kaiser Wilhelm.«

»Aber Wilhelm ist doch auch rausgeworfen«, sagte Karausche.

»Sie sind beide Gäste in Dänemark, und mit ihnen die Zarenmutter Maria Fjodorowna. Wenn ihr mir nicht glaubt, mir hat's der Fürst persönlich erzählt.«

Nikolkas Seele stöhnte vor Verwirrung. Er wollte glauben.

»Wenn es so ist«, begann er plötzlich begeistert und wischte sich den Schweiß von der Stirn, »dann schlage ich einen Trinkspruch auf das Wohl Seiner Kaiserlichen Majestät vor!« Sein Glas funkelte, die goldenen Pfeile des geschliffenen Kristalls durchbohrten den deutschen Weißwein. Sporen klirrten gegen die Stühle. Myschlajewski erhob sich, wankte und hielt sich am Tisch fest. Jelena hatte sich auch erhoben. Ihre goldene Sichel hatte sich gelöst, die Strähnen hingen an den Schläfen herunter. »Wennschon! Wennschon! Und wenn er tot ist!« rief sie heiser. »Egal. Ich trinke. Ich trinke.«

»Niemals, niemals wird ihm seine Abdankung auf der Station Dno verziehen. Niemals. Aber wir haben jetzt bittere Erfahrungen gesammelt und wissen, daß nur eine Monarchie Rußland retten kann. Deshalb, wenn der Imperator tot ist: Es lebe der Imperator!« rief Turbin und hob sein Glas.

»Hur-ra! Hur-ra! Hur-ra!« donnerte es dreimal durch das Eßzimmer.

Unten fuhr Wassilissa hoch, in kalten Schweiß gebadet. Schlaftrunken schrie er auf und weckte Wanda Michailowna.

»O Gott, o Go …, Go …«, murmelte sie und klammerte sich an sein Hemd.

»Was ist denn das? Es ist doch drei Uhr nachts!« jammerte Wassilissa unter Tränen, an die schwarze Decke gewandt. »Ich werde mich doch noch beschweren!«

Wanda heulte los. Plötzlich erstarrten beide. Von oben her drang durch die Decke eine dicke ölige Welle, über der ein machtvoller Bariton schwebte, klangvoll wie eine Glocke:

… mächtiger Herrscher,
herrsche zum Ruhme …

Wassilissa blieb das Herz stehen, selbst seine Füße bedeckten sich mit kaltem Schweiß. Die hölzerne Zunge mühsam bewegend, murmelte er: »Nein … die sind bestimmt geisteskrank … Sie können uns in eine ausweglose Situation bringen. Die Hymne ist doch verboten! O Gott, was machen die bloß? Man hört das doch, man hört es doch auf der Straße!«

Seine Wanda hatte sich wie ein Stein herumgewälzt und war eingeschlafen. Wassilissa legte sich erst hin, als der letzte Akkord oben in dumpfem Gepolter und in Ausrufen schmolz.

»In Rußland ist nur eines möglich: orthodoxer Glaube und Selbstherrschaft!« schrie Myschlajewski wankend.

»Stimmt!«

»Ich hab … vor einer Woche … ›Paul I.‹ gesehen …«, murmelte Myschlajewski mit steifer Zunge. »Und als der Schauspieler diese Worte sagte, hab ich's nicht ausgehalten und ›stimmt‹ geschrien. Und was glaubt ihr, ringsum hat alles applaudiert. Nur irgendein Lump rief ›Idiot!‹ vom Rang.«

»Jidden«, rief der betrunkene Karausche finster.

Nebel. Nebel. Nebel. Ticktack ... ticktack. Wodka zu trinken war unmöglich, Wein zu trinken war unmöglich, sie gehen in die Seele hinein, kommen aber gleich wieder heraus. In der schmalen Toilette, wo die Lampe an der Decke wie verhext hüpfte und tanzte, verschwamm alles. Der blasse Myschlajewski mußte sich schwer übergeben. Turbin, selbst betrunken, mit der zuckenden Wange und den auf der Stirn klebenden Haaren schrecklich anzusehen, hielt ihn fest.

»Aah ...«

Endlich wich Myschlajewski stöhnend vom Klobecken zurück, verdrehte schmerzhaft die erlöschenden Augen und blieb in Turbins Armen hängen wie ein leerer Sack.

»Nikolka«, tönte eine Stimme durch Rauch und schwarze Streifen, und Turbin begriff erst nach einigen Sekunden, daß es seine eigene war. »Nikolka!« wiederholte er. Die weiße Wand der Toilette wankte und färbte sich grün. O Gott, ist mir übel! Nie wieder, das schwöre ich, nie wieder trinke ich Wodka und Wein durcheinander. »Nikol ...«

»Aah ...«, röchelte Myschlajewski und sackte zu Boden.

Der schwarze Spalt verbreiterte sich, Nikolkas Kopf und seine Tressen erschienen.

»Nikolka ... hilf mir, nimm ihn. Nimm ihn so, unter den Arm.«

»Ach, ach, z-z-z«, murmelte Nikolka, schüttelte mitleidig den Kopf und spannte sich. Der halbtote Körper pendelte hin und her, die Beine rutschten scharrend weg, der Kopf hing wie an einem Faden. Ticktack. Die Uhr glitt von der Wand und setzte sich wieder an ihren Platz. Die Blümchen an den Tassen tanzten in Sträußchen. Auf Jelenas Gesicht brannten rote Flecke, eine Haarsträhne baumelte über der rechten Augenbraue.

»So, leg ihn hin.«

»Schlag ihm wenigstens den Bademantel übereinander. Ich bin doch hier. Ihr Teufel versteht nicht zu trinken. Vitja! Was ist mit dir? Vit ...«

»Hör auf. Das hilft nicht. Nikolka, hör zu. In meinem Arbeitszimmer … im Regal ist ein Glas, darauf steht Liquor ammonii, eine Ecke des Etiketts ist abgerissen, zum Teufel, du wirst es sehen, es riecht nach Salmiakgeist.«

»Sofort … sofort … ach, ach.«

»Und du, Doktor, bist auch ganz schön …«

»Schon gut, schon gut.«

»Was ist? Kein Puls?«

»Unsinn, er wird schon zu sich kommen.«

»Eine Schüssel! Eine Schüssel her!«

»Bitte, die Schüssel.«

»Aaah …«

»Ach, ihr!«

Heftig stach der Salmiakgeist in die Nase. Karausche und Jelena öffneten Myschlajewski den Mund. Nikolka hielt ihn fest, und Turbin goß ihm zweimal das milchig gewordene Wasser in den Mund.

»A … kr … uch … tje … fe …«

»Holt Schnee, Schnee her.«

»O mein Gott. Mußte das sein … ?«

Ein nasser Lappen lag auf der Stirn, daraus tropfte es auf die Laken, unter dem Lappen waren die verschwollenen Lider und die verdrehten, entzündeten Augäpfel zu sehen, bläuliche Schatten lagen um die spitz gewordene Nase. Eine Viertelstunde lang stießen sie einander mit dem Ellbogen, hasteten hin und her, mühten sich um den besiegten Offizier, bis er die Augen öffnete und sagte:

»Ach … laß mich …«

»So, jetzt ist's gut, laßt ihn hier schlafen.«

In allen Zimmern brannte Licht, man lief hin und her und machte die Schlafstellen fertig.

»Leonid Jurjewitsch, Sie schlafen hier, bei Nikolka.«

»Zu Befehl.«

Scherwinski, dunkelrot im Gesicht, aber sich beherrschend, knallte mit den Sporen und zeigte bei der Verbeugung seinen Scheitel. Jelenas weiße Hände flimmerten über den Kissen auf dem Sofa.

»Bemühen Sie sich nicht, ich mach's selbst.«

»Nicht doch, warum zerren Sie das Kissen am Zipfel? Ich brauche Ihre Hilfe nicht.«

»Erlauben Sie mir, Ihnen die Hand zu küssen.«

»Aus welchem Anlaß?«

»Zum Dank für Ihre Bemühungen.«

»So wird's gehen. Nikolka, du schläfst in deinem Bett. Na, wie steht's mit ihm?«

»Nicht schlecht. Er fühlt sich besser, wird seinen Rausch schon ausschlafen.«

In dem Raum vor Nikolkas Zimmer wurden zwei Schlafstellen weiß bezogen. Hinter zwei zusammengerückten Schränken voller Bücher. Dieser Raum wurde in der Familie des Professors auch Bücherzimmer genannt.

Die Lichter im Bücherzimmer, in Nikolkas Zimmer, im Eßzimmer waren erloschen. Durch einen schmalen Spalt zwischen den Bahnen der Portiere drang ein dunkelroter Streifen aus Jelenas Schlafzimmer. Die Nachttischlampe störte sie, deshalb hatte sie ein dunkelrotes Häubchen darübergedeckt, das sie einst auf dem Weg ins Theater getragen hatte. An solchen Abenden hatten ihre Hände, ihr Pelz, ihre Lippen nach Parfüm geduftet, das Gesicht war zart gepudert gewesen, und sie hatte mit dem Häubchen wie Lisa in »Pique Dame« ausgesehen. Aber das Häubchen war im letzten Jahr merkwürdig schnell alt geworden, die Falten waren zerschlissen und hatten ihren Glanz verloren, die Bänder waren abgegriffen. Wie Lisa in »Pique Dame« saß die goldblonde Jelena im Morgenrock, die Hände im Schoß, auf dem aufgedeckten Bett. Ihre bloßen Füße waren in das alte abgenutzte Bärenfell getaucht. Der kurze Rausch war verflogen, und große schwarze Trauer umhüllte ihren Kopf wie eine Haube. Aus dem Nebenzimmer drangen durch die mit einem Schrank verstellte Tür Nikolkas leises Pfeifen und Scherwinskis lebendiges munteres Schnarchen. Im Bücherzimmer des halbtoten Myschlajewski und Karausches war es still. Jelena war allein, deshalb unterhielt sie sich mit dem lichtgefüllten Häubchen und mit den beiden dunklen Fensterflecken – bald halblaut, bald schweigend, kaum die Lippen bewegend.

»Er ist weg …«

Sie murmelte es, kniff die trockenen Augen ein und versank in Nachdenken. Ihre Gedanken waren ihr selbst unverständlich. Er ist weggefahren in einem solchen Augenblick. Aber erlauben Sie, er ist sehr vernünftig und hat richtig getan wegzufahren. Das ist doch zum Guten.

»Aber in einem solchen Augenblick …«, murmelte Jelena und seufzte tief.

»Was ist er für ein Mensch?« Sie glaubte, ihn zu lieben und sogar an ihm zu hängen. Jetzt empfand sie tiefste Trauer in der Einsamkeit des Zimmers, angesichts der Fenster, die heute an ein Grab erinnerten. Aber weder jetzt noch in den eineinhalb Jahren, die sie mit diesem Mann zusammen gelebt hatte, empfand sie jenes Wichtigste, ohne das auch eine solch glänzende Verbindung – zwischen der schönen goldblonden Jelena und dem Karrieristen vom Generalstab – nicht existieren kann, eine Ehe mit Häubchen, mit Parfüm, mit Sporen, eine unbeschwerte, kinderlose Ehe. Eine Ehe mit einem vorsichtigen Balten vom Generalstab. Was ist das für ein Mensch? Was ist jenes Wichtige, ohne das meine Seele leer ist?

»Ich weiß, ich weiß«, sagte Jelena zu sich, »die Achtung fehlt. Weißt du, Serjosha, ich achte dich nicht«, sagte sie bedeutsam zu dem roten Häubchen und hob den Finger. Sie erschrak vor dem, was sie gesagt hatte, erschrak vor ihrer Einsamkeit und wünschte, daß er in diesem Augenblick bei ihr wäre. Ohne Achtung, ohne das Wichtigste, aber er sollte jetzt hier sein. Er ist weg. Die Brüder haben ihn zum Abschied geküßt. Mußte das sein? Doch was sage ich? Was hätten sie denn tun sollen? Ihn zurückhalten? Auf keinen Fall. Lieber soll er in diesem schweren Augenblick nicht hier sein, nur nicht zurückhalten. Um keinen Preis. Soll er fahren. Sie haben ihn zwar geküßt, aber eigentlich hassen sie ihn. Jawohl. Immer wieder versucht man, sich zu täuschen, aber wenn man genau überlegt, ist es klar: sie hassen ihn. Nikolka ist noch etwas gutmütiger, aber der Ältere ... Nein, stimmt nicht. Aljoscha ist auch gut, doch er kann mehr hassen. O Gott, was sind das für Gedanken? Serjosha, wie denke ich von dir? Was wird, wenn wir getrennt bleiben? Du dort und ich hier?

»Mein Mann«, sagte sie seufzend und knöpfte den Morgenrock auf. »Mein Mann.«

Das Häubchen hörte interessiert zu, seine Wangen strahlten dunkelrotes Licht aus. Und es fragte:

»Aber was ist dein Mann für ein Mensch?«

»Er ist ein Schurke, weiter nichts!« sagte Turbin zu sich, als er allein war, durch Zimmer und Diele von Jelena getrennt. Er spürte Jelenas Gedanken, und sie brannten ihm auf der Seele. Ein Schurke ist er, und ich bin ein Waschlappen. Wenn ich es schon nicht fertiggebracht habe, ihn hinauszuwerfen, hätte ich mich wenigstens wortlos entfernen müssen. Fahr zu allen Teufeln! Ein Schurke ist er nicht nur, weil er Jelena in solchem Augenblick verläßt, das ist letztlich nicht so wichtig, der Grund liegt woanders. Aber wo? Teufel, ich durchschaue ihn völlig. Oh, dieser Halunke, der keine Ahnung hat, was Ehre bedeutet. Alles, was er sagt, klingt wie bei einer saitenlosen Balalaika, und so was ist Offizier von der russischen Militärakademie; das sollte das Beste sein, worüber Rußland verfügt!

Die Wohnung schwieg. Der Lichtstreifen aus Jelenas Schlafzimmer war erloschen. Sie war eingeschlafen, ihre Gedanken ruhten, aber Turbin quälte sich noch lange in seinem kleinen Zimmer an seinem kleinen Schreibtisch. Der Wodka und der deutsche Wein hatten ihm einen schlechten Dienst erwiesen. Mit entzündeten Augen saß er da, starrte in ein zufällig gegriffenes Buch und las gedankenlos immer wieder dieselbe Stelle:

Dem russischen Menschen ist die Ehre
nur eine überflüssige Last ...

Erst gegen Morgen kleidete er sich aus und schlief ein, im Schlaf aber quälte ihn ein Alpgespenst, das klein von Wuchs war, eine grobkarierte Hose trug und spöttisch zu ihm sagte:

»Mit nacktem Hintern soll man sich nicht auf einen Igel setzen! ... Das heilige Rußland ist ein hölzernes Land, ein bettelarmes und ... gefährliches Land, und dem russischen Menschen ist die Ehre nur eine überflüssige Last.«

»Ach, du Scheusal!« schrie Turbin im Schlaf. »Ich werd dich ...« Im Schlaf zog er die Tischschublade auf, um den Browning herauszuholen, er wollte das Alpgespenst erschießen, jagte ihm nach, aber das Alpgespenst verschwand.

Etwa zwei Stunden dauerte sein trüber, traumloser Schlaf, und als es vor den Fenstern des Zimmers, das mit der Glasveranda abschloß, blaß und zart zu dämmern begann, träumte Turbin von der STADT.

4 Wie ein vielstöckiges Wabengebilde rauchte, rauschte und lebte die STADT. Herrlich lag sie bei Frost und Nebel auf den Bergen am Dnepr. Ununterbrochen wand sich aus den zahllosen Schloten Rauch zum Himmel. In den Straßen stieg Dunst auf, die riesigen Massen zusammengepreßten Schnees knirschten ... Überall türmten sich vier-, fünf- und sechsstöckige Häuser. Tagsüber waren die Fenster schwarz, bei Nacht leuchteten ihre Reihen in der dunkelblauen Höhe. Wie Schnüre von Edelsteinen strahlten, so weit das Auge reichte, die elektrischen Kugeln auf hohen grauen Masten. Tagsüber fuhren mit angenehmem gleichmäßigem Surren die Straßenbahnen mit ihren weichen, nach ausländischer Art gefertigten gelben Strohsitzen. Von einer Steigung zur anderen fuhren schreiend die Droschkenkutscher, und die dunklen Kragen aus schwarzem und silbergrauem Pelz machten die Frauengesichter schön und geheimnisvoll.

Die Parks lagen stumm und ruhig, belastet mit unberührtem Schnee. Es gab in der STADT so viele Parks wie in keiner anderen Stadt der Welt. Wie riesige Flecke hatten sie sich überall ausgebreitet – mit Alleen, Kastanien, Schluchten, Ahornen und Linden.

Parks bedeckten die herrlichen Berge, die den Dnepr überragten, sie stiegen in immer breiteren Terrassen bergan, funkelten manchmal mit Millionen Sonnenfleckchen, lagen manchmal in zarter Dämmerung, und alles beherrschte der ewige Zarengarten. Die morschen schwarzen Balken der Brüstungen versperrten nicht den Weg zu den schrecklich tiefen Schluchten. Die Steilwände, von Schnee verweht, fielen auf die unteren Terrassen, und diese dehnten sich immer weiter aus, gingen über in die Haine an der Chaussee, die sich am Ufer des großen Flusses entlangwand, und das vereiste dunkle Band verlor sich im fernen Dunst, wohin ihm das menschliche Auge nicht einmal von den Höhen aus folgen konnte, dahin, wo die grauen Stromschnellen waren, die Saporoger Setsch, Chersones und das ferne Meer.

Wie in keiner anderen Stadt der Welt senkte sich im Winter Ruhe auf die Straßen und Gassen der oberen STADT auf den Bergen und der unteren STADT in der Schleife des vereisten Dneprs, das Getöse der Maschinen verkroch sich in die Steinbauten, wurde leiser und dumpfer. Die ganze Energie der STADT, im sonnen- und gewitterreichen Sommer aufgespeichert, entlud sich in Licht. Das Licht flammte schon ab vier Uhr nachmittags auf in den Fenstern der Häuser, in den elektrischen Kugeln, in den Gaslaternen, in den erleuchteten Hausnummern und in den Fensterreihen der Kraftwerke, die Gedanken an eine schreckliche, hastig elektrische Zukunft der Menschheit weckten, in den Fensterreihen, durch die die mächtigen Räder rastlos rotierender Maschinen zu sehen waren, die das Innere der Erde zu erschüttern schienen. Die STADT spielte mit dem Licht, sie funkelte, leuchtete, tanzte und schillerte die Nächte durch bis zum Morgen, am Morgen aber erlosch sie und hüllte sich in Rauch und Dunst.

Am schönsten aber funkelte das elektrische weiße Kreuz in den Händen des riesigen Wladimir auf dem Wladimir-Hügel; es war weithin zu sehen, und im Sommer zeigte es sich den Booten durchs undurchdringliche Dunkel, durchs Weidicht und über die verworrenen Buchten und Windungen des alten Flusses hinweg, half ihnen, sich zu orientieren und den Rückweg zur STADT, zu ihren Anlegestellen zu finden. Im Winter funkelte es in der schwarzen Höhe des Himmels und beherrschte kalt und ruhig die dunklen flachen Weiten des Moskauer Ufers, von dem zwei riesige Brücken herüberführten. Eine war die schwere Nikolaus-Kettenbrücke, die zu der Vorstadt am anderen Ufer führte, die andere eine hohe pfeilartige Brücke, über die die Züge kamen von dort, wo weit, sehr weit weg, seine bunte Mütze ausbreitend, das geheimnisvolle Moskau lag.

Jetzt, im Winter des Jahres 1918, lebte die STADT ein merkwürdiges, unnatürliches Leben, das wahrscheinlich im zwanzigsten Jahrhundert nicht mehr seinesgleichen finden würde. Hinter den steinernen Hauswänden waren sämtliche Wohnungen überfüllt. Die alteingesessenen Bewohner rückten nolens volens immer mehr zusammen, den geflüchteten Neuankömmlingen zuliebe, die der STADT zustrebten. Diese kamen über die pfeilartige Brücke, aus dem geheimnisvoll blauen, fernen Dunst.

Es flüchteten grauhaarige Bankiers mit ihren Frauen, es flüchteten erfolgreiche Geschäftsleute, die in Moskau Vertrauenspersonen zurückgelassen und ihnen aufgetragen hatten, Verbindung zu halten mit dem Neuen, das im Moskauer Reich im Entstehen war, es flüchteten Hausbesitzer, die ihre Häuser treuen geheimen Verwaltern überlassen hatten, Industrielle, Kaufleute, Juristen, Politiker. Es flüchteten Journalisten aus Moskau und Petersburg, käuflich, habgierig, feig. Es flüchteten Kokotten, anständige Damen aus aristokratischen Familien, ihre verwöhnten Töchter, blasse Petersburger Halbweltdamen mit karminrot gefärbten Lippen. Es flüchteten die Sekretäre der Departementsdirektoren, junge passive Päderasten. Es flüchteten Fürsten und Knauser, Dichter und Wucherer, Gendarmen und Schauspielerinnen der kaiserlichen Theater. Diese ganze Masse sickerte durch den schmalen Spalt und nahm ihren Weg in die STADT.

Während des ganzen Frühlings, seit der Wahl des Hetmans, füllte sie sich immer mehr mit Neuankömmlingen. In den Wohnungen schlief man auf Sofas und Stühlen. In reichen Wohnungen speisten große Gesellschaften. Man eröffnete eine Unmenge Imbißstuben, die bis tief in die Nacht auf hatten, Cafés, in denen man Kaffee und auch eine Frau erstehen konnte, ein neues Miniaturtheater, auf dessen Brettern die berühmtesten Schauspieler aus beiden Hauptstädten Faxen machten und das Volk belustigten, das berühmte Theater »Lila Neger« und in der Nikolajewskaja-Straße der imposante, bis zum hellen Morgen mit Tellern klirrende Klub »Dreschma« (Dichter – Regisseure – Schauspieler – Maler). Neue Zeitungen erschienen, in denen die besten Federn Rußlands Feuilletons veröffentlichten und die Bolschewiken beschimpften. Droschkenkutscher karrten ihre Kunden von einem Restaurant ins andere, nachts spielte im Kabarett eine Streichkapelle, durch Tabakrauch leuchteten in überirdischer Schönheit die blassen ausgemergelten Gesichter der kokainsüchtigen Prostituierten.

Die STADT schwoll an, breitete sich aus, quoll über wie ein Topf mit Sauerteig. Bis zum Morgengrauen raschelten die Spielklubs, dort spielten Persönlichkeiten aus Petersburg und aus der STADT, gewichtige und stolze deutsche Leutnants und Majore, von den Russen gefürchtet und geachtet. Es spielten Neger aus den Moskauer Klubs und ukrainisch-russische, schon am seidenen Faden hängende Gutsbesitzer. Im Café Maxim trillerte wie eine Nachtigall ein charmanter molliger Rumäne auf der Geige, seine

Augen mit den weißblauen Augäpfeln waren wunderschön, traurig und schmachtend, sein Haar glich Samt. Die mit Zigeunertüchern behängten Lampen warfen zweierlei Licht – nach unten weißes, nach den Seiten und nach oben orangefarbenes. Wie ein Stern aus verstaubter blauer Seide breitete sich die Decke aus, in den blauen Logen funkelten Brillanten, glänzten rötliche sibirische Pelze. Es roch nach gebranntem Kaffee, nach Schweiß, Sprit und französischem Parfüm. Den ganzen Sommer des Jahres achtzehn jagten durch die Nikolajewskaja-Straße Luxusfiaker, auf dem Bock hochmütige Kutscher in Wattejacke, und in der Nacht standen bis zum hellen Morgen lange Reihen von Autos mit brennenden Scheinwerfern. In den Schaufenstern der Läden wogten Blumenmeere, wie Balken aus goldgelbem Fett hingen Störrücken, Adlerwappen und Siegel funkelten verführerisch an Flaschen herrlichen Schaumweins »Abrau«.

Und den ganzen Sommer, den ganzen Sommer hindurch drängten immer Neue herein. Es kamen knorpelige weiße Solosänger mit grauen Stoppeln im Gesicht, mit glänzenden Lackstiefeln und frechen Augen, es kamen Mitglieder der Staatsduma mit Kneifer, Huren mit klangvollen Namen; Billardspieler gingen mit den Weibern in die Läden, um ihnen Lippenstifte und Batisthosen mit ungeheurem Schlitz zu kaufen.

Briefe wurden durch das einzige noch offene Loch gejagt, durch das undurchsichtige Polen (der Teufel mochte wissen, was dort los war und was das überhaupt für ein neues Land war), nach Deutschland, in das große Land der ehrlichen Teutonen, Briefe mit Visaanträgen und Geldüberweisungen, denn alle ahnten, daß sie wahrscheinlich weiter und immer weiter fahren müßten, dorthin, wo der schreckliche Krieg und das Getöse der bolschewistischen Kampfregimenter sie nicht erreichen konnten. Sie träumten von Frankreich und Paris, traurig bei dem Gedanken, daß es sehr schwer, fast unmöglich war, dorthin zu gelangen. Noch trauriger waren sie bei den schrecklichen und nicht ganz klaren Gedanken, die sie plötzlich in schlaflosen Nächten auf den fremden Sofas überfielen.

Was wird?, was wird?, was wird, wenn dieser eiserne Kordon platzt ... und die Grauen hierherströmen? Ach, schrecklich ... Solche Gedanken kamen, wenn aus weiter Ferne dumpfe Kanonenschüsse drangen – in der Umgebung der STADT wurde den ganzen strahlenden, heißen Sommer über geschossen, obwohl allerorts die metallenen Deutschen die Ruhe sicherten, und in den Vororten gar gab es dauernd Schießereien: da-da-da.

Wer auf wen schoß, wußte niemand. Das war nachts. Am Tag beruhigte man sich, denn über den Krestschatik, die Hauptstraße, oder durch die Wladimirstraße zog von Zeit zu Zeit ein deutsches Husarenregiment. Ach, was war das für ein Regiment! Zottige Mützen saßen über den stolzen Gesichtern, schuppige Riemen umspannten die steinernen Kinnladen, die rotblonden Schnurrbärte zeigten wie Pfeile nach oben. Die Pferde in den Schwadronen waren eins wie das andere groß, fuchsrot, und die graublauen Uniformröcke lagen den sechshundert Reitern an wie die gußeisernen Uniformen ihren üppigen deutschen Führern auf den Denkmälern des Städtchens Berlin.

Bei ihrem Anblick freuten und beruhigten sich die Bedrängten, grinsten schadenfroh durch den Stacheldraht der Grenzsicherung und sagten zu den fernen Bolschewiken:

»Wagt es nur!«

Sie haßten die Bolschewiken. Aber das war kein offener Haß, der den Hassenden befähigt, zu kämpfen und zu töten, sondern ein feiger, zischender, sich im Dunkel hinter der Ecke versteckender Haß. Sie haßten nachts, wenn sie mit unklarer Unruhe einschliefen, und am Tag in den Restaurants, wenn sie in den Zeitungen lasen, daß die Bolschewiken Offiziere und Bankiers mit der Mauserpistole durch Genickschuß töteten und daß in Moskau mit Rotzkrankheit infiziertes Pferdefleisch verkauft werde. Alle haßten die Bolschewiken – Kaufleute, Bankiers, Industrielle, Juristen, Schauspieler, Hausbesitzer, Kokotten, Mitglieder des Staatsrates, Ingenieure, Ärzte und Schriftsteller.

Da waren die Offiziere. Auch sie flüchteten vom Norden und Westen, wo einst die Front lag, in die STADT, es waren ihrer sehr viele, und ihre Zahl wuchs ständig. Sie setzten ihr Leben ein, denn für sie, die meist kein Geld besaßen und das unauslöschliche Siegel ihres Berufes trugen, war es am schwierigsten, falsche Papiere zu beschaffen und die Grenze zu passieren. Dennoch gelang es ihnen, durchzukommen und die STADT zu erreichen, mit gehetzten Blicken, verlaust und unrasiert, ohne Achselklappen, und ein Plätzchen zu finden, wo sie essen und leben konnten. Unter ihnen waren Alteingesessene der STADT, die aus dem Krieg in ihre Wohnnester zurückkehrten mit dem gleichen Wunsch wie Alexej Turbin – sich zu erholen und sich wieder ein nicht militärisches, gewöhnliches menschliches Leben einzurichten, aber auch Hunderte und aber Hunderte Fremde, die weder in Petersburg noch in Moskau bleiben konnten. Manche – Kürassiere, Kavalleristen und Gardehusaren – kamen leicht an die Oberfläche des trüben Schaumes der aufgestörten STADT. Die Hetmaneskorte trug phantastische Schulterklappen, und an den Hetmantischen fanden bis zu zweihundert Menschen mit öligen Scheiteln und faulen gelben Zähnen mit blinkenden Goldplomben Platz. Wen die Eskorte nicht beherbergen konnte, den beherbergten teure Pelze mit Biberkragen und halbdunkle, eichengetäfelte Wohnungen in Lipki, dem vornehmsten Stadtteil, oder Restaurants und Hotels.

Dann gab es die Armeestabskapitäne aus den erledigten und aufgelösten Regimentern, die aktiven Armeehusaren wie Oberst Nai-Turs, Hunderte von Fähnrichen und Unterleutnants, ehemalige Studenten wie Stepanow-Karausche, durch Krieg und Revolution aus den Lebensangeln gehoben, und die Leutnants, auch ehemalige Studenten, die aber der Universität für immer verloren waren, wie Viktor Myschlajewski. In abgeschabtem grauem Militärmantel, mit noch nicht verheilten Wunden, mit dem Schatten der Achselklappen auf den Schultern kamen sie in die STADT und schliefen bei ihren eigenen oder bei fremden Familien auf Stühlen, deckten sich mit dem Militärmantel zu, tranken Wodka, liefen umher, mühten sich ab und kochten vor Wut. Diese letzteren haßten die Bolschewiken mit dem heißen und aufrichtigen Haß, der zu Prügeleien aufstachelt.

Es gab die Junker. Zu Beginn der Revolution hatte die STADT noch vier Junkerschulen – eine Pionier-, eine Artillerie- und zwei Infanterieschulen. Sie hörten auf zu existieren, fielen im Knattern von Soldatenschüssen auseinander und warfen verkrüppelte, gerade fertige Gymnasiasten oder frisch gebackene Studenten auf die Straße, keine Kinder mehr und noch keine Erwachsenen, keine Militärs und keine Zivilisten, solche wie den siebzehnjährigen Nikolka Turbin.

»Das Ganze ist natürlich sehr nett, und über allem herrscht der Hetman. Aber, bei Gott, ich weiß nicht und werde wahrscheinlich bis an mein Lebensende nicht erfahren, was dieser Herrscher ohnegleichen mit seinem Titel, der mehr ins siebzehnte als ins zwanzigste Jahrhundert paßt, eigentlich darstellt.«

»Wer ist er überhaupt, Alexej Wassiljewitsch?«

»Ein General der Gardekavallerie, ein großer, reicher Gutsbesitzer, er heißt Pawel Petrowitsch.«

Durch eine sonderbare Tücke des Schicksals und der Geschichte fand seine Wahl im April des berühmten Jahres im Zirkus statt. Späteren Geschichtsschreibern wird dieser Umstand reichlich Stoff für spöttische Bemerkungen liefern. Den Bürgern aber, besonders denen, die in der STADT ansässig waren und die ersten Explosionen der inneren Unruhen erlebt hatten, war weder nach Spott noch nach Überlegungen zumute. Die Wahl wurde in verblüffender Eile durchgeführt – Gott sei Dank. Der Hetman trat die Regierung an – wunderbar. Hauptsache, auf dem Markt gab es Fleisch und Brot und auf den Straßen keine Schießerei, und Gott bewahre uns vor den Bolschewiken, und das einfache Volk soll nicht plündern. Nun, all das traf unter dem Hetman mehr oder weniger ein, man könnte sogar sagen, zum größten Teil. Die hierher geflüchteten Moskauer und Petersburger jedenfalls und auch die meisten Ansässigen spotteten zwar über das merkwürdige Hetmanland und nannten es, wie Hauptmann Talberg, eine Operette, ein hausbackenes Zarenreich, spendeten aber dem Hetman aufrichtiges Lob und … »Gott gebe, daß es ewig so bleibt.« Ob es ewig so bleiben konnte, wußte niemand, nicht einmal der Hetman selbst. Tja.

In der STADT gab es immerhin eine Schutzpolizei, ein Ministerium und sogar ein Heer, auch Zeitungen mit verschiedenen Namen, aber was ringsum vor sich ging, in der wirklichen Ukraine, die größer als Frankreich ist, in der Dutzende Millionen Menschen wohnen, das wußte niemand. Nichts wußte man, gar nichts, nichts von den entfernten Orten und – groteskerweise – nichts von den Dörfern, die nur fünfzig Werst vor der STADT lagen. Nichts wußte man, aber man haßte mit aller Kraft. Und auch als aus den entfernten Dörfern verschwommene Gerüchte eintrafen, daß die Deutschen die Bauern ausplünderten, erbarmungslos bestraften und mit Maschinengewehren töteten, erhob sich keine empörte Stimme zur Verteidigung der ukrainischen Bauern, im Gegenteil, oft sah man unter seidenen Lampenschirmen in den Wohnzimmern wölfisch gebleckte Zähne und hörte ein Gemurmel:

»Geschieht ihnen recht! Ist noch zuwenig! Ich hätte sie noch ganz anders angefaßt. Sie werden sich die Revolution gut merken. Die Deutschen werden's ihnen schon zeigen. Ihre eigenen wollten sie nicht haben, sollen sie die Fremden kennenlernen!«

»Oh, unklug sind Ihre Worte, unklug.«

»Was reden Sie, Alexej Wassiljewitsch! Das sind doch Schurken! Das sind wilde Tiere. Nun gut. Die Deutschen werden's ihnen schon zeigen.«

Die Deutschen!

Die Deutschen!

Und überall:

Die Deutschen!

Die Deutschen!

Schon gut: Hier sind die Deutschen, und dort hinter dem fernen Kordon, in den blaugrauen Wäldern, sind die Bolschewiken. Nur zwei Kräfte.

5 Unerwartet erschien auf dem riesigen Schachbrett die dritte Kraft. So gruppiert ein unerfahrener Spieler, nachdem er sich mit einer Bauernreihe gegen den gefährlichen Partner abgeschirmt hat, seine Läufer um den König. (Übrigens gleichen die Bauern den Deutschen mit ihren Blechschüsseln.) Aber die heimtückische Königin des Gegners findet plötzlich einen ungeschützten Weg von der Seite, dringt ins Hinterland ein, schlägt dort die Bauern und die Rössel, bietet das schreckliche Schach, und der Königin folgt der schnelle, leichte Läufer, ihr Offizier, in hinterlistigem Zickzack nähern sich die Rössel, und nun geht der schlechte Spieler unter, sein hölzerner König wird matt gesetzt.

All das kam schnell, aber nicht unerwartet, und dem, was kam, waren einige Vorzeichen vorausgegangen.

Einmal im Mai, als die STADT strahlend wie eine Perle auf Türkis erwacht und die Sonne aufgegangen war, um das Reich des Hetmans zu beleuchten, als die Bürger schon wie Ameisen ihren Geschäften nachgingen und die verschlafenen Verkäufer in den Läden ratternd die Rollos hochzogen, rollte eine schreckliche, unheildrohende Detonation durch die STADT. Sie war von einem nie gehörten Timbre, keine Kanone, kein Donner klang so, doch sie war so heftig, daß viele Lüftungsklappen sich von selbst öffneten und die Fensterscheiben klirrten. Die Detonation wiederholte sich, pflanzte sich durch die ganze obere STADT fort, senkte sich in Wellen auf die untere STADT, auf Podol, nieder und verschwebte über den blauen Dnepr hinweg in der Moskauer Ferne. Die Bürger erwachten, in den Straßen entstand Verwirrung. Sie breitete sich rasch aus, denn von der oberen STADT, von Petschersk, kamen schreiend und kreischend blutüberströmte Menschen gelaufen. Die dritte Detonation war so stark, daß in den Häusern von Petschersk die Fensterscheiben zerklirrten und die Erde unter den Füßen bebte.

Man sah hier Frauen, nur mit einem Unterhemd bekleidet, unter entsetzlichem Geschrei durch die Straßen laufen. Bald erfuhr man, woher die Detonationen kamen. Sie kamen vom Schädelberg, der vor der STADT direkt am Dnepr liegt. In den riesigen Munitionslagern des Berges hatte sich eine Explosion ereignet.

Fünf Tage lebte die STADT in der schrecklichen Angst, dem Schädelberg würden Giftgase entströmen. Aber die Detonationen hörten auf, Giftgase strömten nicht aus, die Blutüberströmten verschwanden, und die STADT nahm allerorts wieder ein friedliches Aussehen an, mit Ausnahme einer kleinen Ecke in Petschersk, wo ein paar Häuser eingestürzt waren. Selbstverständlich leitete das deutsche Kommando eine strenge Untersuchung ein, und selbstverständlich erfuhr niemand in der STADT etwas über die Ursachen der Explosion. Erzählt wurde allerlei.

»An der Explosion sind französische Spione schuld.«

»Nein, bolschewistische Spione.«

Schließlich geriet die Explosion in Vergessenheit.

Das zweite Vorzeichen ereignete sich im Sommer, als die STADT voll üppigen, staubigen Grüns war, als sie polterte und dröhnte und die deutschen Leutnants täglich ein Meer von Sodawasser austranken. Das zweite Vorzeichen war wirklich ungeheuerlich!

Am hellichten Tage wurde in der Nikolajewskaja-Straße genau an der Stelle, wo die Droschken standen, kein anderer als der Oberbefehlshaber der deutschen Armee in der Ukraine, Feldmarschall Eichhorn, ermordet, der unantastbare und stolze General, furchterregend in seiner Macht, der Stellvertreter Kaiser Wilhelms höchstselbst! Natürlich war der Täter ein Arbeiter und natürlich ein Sozialist. Vierundzwanzig Stunden nach dem Tode des Germanen hängten die Deutschen nicht nur den Mörder, sondern auch den Kutscher, der ihn zum Tatort gefahren hatte. Zwar konnte das den berühmten General nicht wieder lebendig machen, doch es weckte in den Köpfen der Klugen merkwürdige Gedanken über das Ereignis.

So saß abends am offenen Fenster Wassilissa – der Kragen seines rohseidenen Hemdes war offen – bei einem Glas Tee mit Zitrone und flüsterte Alexej Wassiljewitsch Turbin geheimnisvoll zu:

»Wenn ich alle diese Ereignisse vergleiche, komme ich unwillkürlich zu der Schlußfolgerung, daß unser Leben ziemlich unsicher ist. Mir scheint, den Deutschen wackelt es« (Wassilissa bewegte seine kurzen Finger in der Luft) »unter den Füßen. Überlegen Sie selbst: Eichhorn ... und an welcher Stelle? He?« Wassilissa machte erschrockene Augen.

Turbin hörte ihm düster zu, verzog das Gesicht und ging.

Ein weiteres Vorzeichen kam am nächsten Morgen und brach über Wassilissa herein. Früh, als die liebe Sonne gerade ihren fröhlichen Strahl in den finsteren Kellergang sandte, der vom Hof zu Wassilissas Wohnung führte, schaute Wassilissa hinaus und erblickte im Sonnenstrahl das Vorzeichen. Es sah herrlich aus im Glanz seiner dreißig Jahre, mit der funkelnden Münzkette um den königlichen Hals, mit den nackten schlanken Beinen und dem wogenden vollen Busen. Die Zähne des Vorzeichens glänzten, und die Wimpern warfen lila Schatten auf die Wangen.

»Heute fünfzig«, sagte das Vorzeichen mit einer Sirenenstimme und zeigte auf die Milchkanne.

»Aber Jawdocha«, rief Wassilissa mit kläglicher Stimme. »Fürchte die Strafe Gottes! Vorgestern vierzig, gestern fünfundvierzig, heute fünfzig. So geht es doch nicht!«

»Was soll ich machen? Alles ist teuer«, antwortete die Sirene. »Auf dem Markt, erzählt man, werden sogar hundert gefordert.«

Ihre Zähne blitzten wieder. Für einen Augenblick vergaß Wassilissa die fünfzig und auch die hundert, vergaß alles, und eine süße, freche Kälte durchdrang seinen Leib. Eine süße Kälte, die ihn jedesmal durchdrang, wenn diese herrliche Erscheinung im Sonnenstrahl auftauchte. (Wassilissa stand früher auf als seine Frau.) Er vergaß alles und stellte sich plötzlich eine Waldlichtung mit Tannenduft vor ... Ach, ach ...

»Nimm dich in acht, Jawdocha«, sagte Wassilissa, leckte sich die Lippen und schielte zur Tür, ob seine Frau nicht kam, »diese Revolution hat euch gänzlich verdorben. Paßt auf, die Deutschen werden euch schon Mores lehren.« Ob ich ihr einen Klaps auf die Schulter gebe? dachte Wassilissa qualvoll und wagte es doch nicht.

Ein breites Alabasterband aus Milch fiel schäumend in den Krug.

»Wer weiß, ob sie uns Mores lehren oder wir sie«, antwortete das Vorzeichen, strahlte, blitzte, klirrte mit der Kanne, schwenkte das Tragholz und stieg wie ein Strahl im Strahl aus dem Keller in den sonnenüberfluteten Hof. Was für Beine – ach! stöhnte es in Wassilissas Kopf.

In diesem Augenblick hörte Wassilissa die Stimme seiner Eheliebsten, drehte sich um und stieß mit ihr zusammen.

»Mit wem hast du gesprochen?« fragte die Gattin und warf einen raschen Blick nach oben.

»Mit Jawdocha«, antwortete Wassilissa gleichgültig. »Stell dir vor, die Milch kostet heute fünfzig.«

»Waas?« rief Wanda Michailowna. »Unerhört! So eine Frechheit! Die Bauern sind ja verrückt geworden. Jawdocha! Jawdocha!« rief sie und lehnte sich aus dem Fenster. »Jawdocha!«

Aber das Vorzeichen war verschwunden und kehrte nicht zurück.

Wassilissa betrachtete die krumme Gestalt seiner Frau, ihre gelben Haare, die knochigen Ellbogen und die dürren Beine und verspürte solchen Ekel vor dem Leben, daß er Wanda beinahe angespuckt hätte. Er bezähmte sich aber, seufzte und ging in das kühle Halbdunkel der Zimmer, ohne zu begreifen, was ihn eigentlich bedrückte: Wanda (er stellte sich plötzlich ihre gelben Schlüsselbeine vor, die herausstanden wie zwei zusammengebundene Deichseln) oder der unangenehme Unterton in den Worten der süßen Erscheinung.

»Oder wir sie! Wie findet ihr das?« murmelte Wassilissa vor sich hin. »Oh, diese Bauern! Nein, was sagt man dazu? Wenn sie die Deutschen nicht mehr fürchten, dann ist's aus. Wir sie. Ha? Ihre Zähne – eine Pracht ...«

Er stellte sich plötzlich Jawdocha in der Dunkelheit nackt vor wie eine Hexe auf dem Berg.

»Frechheit: Wir sie. Aber der Busen ...«

Und das war so schwindelerregend, daß Wassilissa schlecht wurde, und er ging, um sich mit kaltem Wasser zu waschen.

Unbemerkt wie immer schlich der Herbst heran. Dem fruchtreichen, goldenen August folgte der helle, staubige September, und der September brachte kein Vorzeichen mehr, sondern schon das eigentliche Ereignis, das auf den ersten Blick unbedeutend erschien.

Und zwar: an einem hellen Septembertag ging im Stadtgefängnis ein von der zuständigen Hetmanbehörde unterschriebenes Papier ein, nach dem der in Zelle 666 festgehaltene Verbrecher freizulassen sei. Das war alles.

Das war alles! Aber dieses Papier – zweifellos nur dieses Papier! – brachte soviel Kummer und Unglück, verursachte soviel Feldzüge, Blutvergießen, Brände, Pogrome, Verzweiflung und Entsetzen ... O weh, o weh, o weh!

Der entlassene Gefangene hatte einen ganz einfachen, unbedeutenden Namen: Semjon Wassiljewitsch Petljura. Er selbst nannte sich nach französischer Manier Simon (und auch die Zeitungen in der STADT taten es in der Zeit vom Dezember 1918 bis Februar 1919). Simons Vergangenheit war in dichten Nebel gehüllt. Es wurde erzählt, daß er von Beruf Buchhalter sei.

»Nein, Rechnungsführer.«

»Nein, Student.«

Am Krestschatik Ecke Nikolajewskaja-Straße war ein großes elegantes Tabakwarengeschäft. Ein längliches Schild zeigte einen wohlgelungenen Türken mit einem Fez auf dem Kopf, der eine Wasserpfeife rauchte. Seine Füße steckten in weichen gelben Schnabelschuhen.

Es fanden sich Leute, die schworen, vor nicht langer Zeit gesehen zu haben, wie Simon in diesem Geschäft in eleganter Haltung hinter dem Ladentisch gestanden und Tabakwaren der Firma Solomon Cohen verkauft habe. Gleich aber fanden sich andere, die sagten:

»Das kann nicht stimmen. Er war Bevollmächtigter des Städtebundes.«

»Nicht des Städtebundes, sondern des Semstwo«, sagten dritte. »Er ist ein typischer Semstwohusar.«

Die vierten (die Zugereisten) kniffen die Augen ein, um sich besser zu erinnern, und murmelten:

»Warten Sie … Warten Sie mal …«

Und sie erzählten, daß er vor zehn, Verzeihung, vor elf Jahren eines Abends in der Kleinen Bronnaja-Straße in Moskau gesehen worden sei, unterm Arm eine in schwarzes Kaliko gewickelte Gitarre. Sie fügten sogar hinzu, er sei zu einem geselligen Abend mit Landsleuten gegangen, deshalb die Gitarre, zu einem netten interessanten Abend mit fröhlichen rotwangigen Studentinnen aus der Ukraine, mit Pflaumenwein, der direkt aus der gelobten Ukraine geholt war, mit Liedern, dem herrlichen »Hriz«.

»Bleib, o bleib …«

Bei der Beschreibung des Äußeren wurden sie unsicher, verwechselten Daten und Orte.

»Glattrasiert, sagten Sie?«

»Nein, ich glaube, er trug einen Bart.«

»Gestatten Sie, stammt er etwa aus Moskau?«

»Aber nein, er war Student.«

»Das stimmt nicht. Iwan Iwanowitsch kennt ihn. Er war Lehrer in Tarastscha.«

Teufel noch mal. Vielleicht war er gar nicht in der Kleinen Bronnaja-Straße gewesen. Moskau ist eine große Stadt, in der Bronnaja gibt es Nebel, Rauhreif, Schatten. Die Gitarre … der Türke in der Sonne … die Wasserpfeife … die Gitarre – blim – blam … Unklar, nebelhaft, oh, wie nebelhaft und schrecklich ist das alles!

Singend marschieren sie …

Ja, sie huschen vorbei, die blutüberströmten Schatten, Trugbilder, gelöste Mädchenzöpfe, Gefängnisse, Schießerei und Frost und das Wladimir-Kreuz um Mitternacht.

Singend marschieren sie,
die Junker der Gardeschule,
mit Pauken und Trompeten
und schallenden Becken …

Kochgeschirre klappern, ein Pfiff schwingt sich wie eine Stahlfeder in die Höhe, mit Ladestöcken werden Menschen zu Tode geprügelt, auf hitzigen Pferden jagt die schwarzbemützte Reiterei dahin.

Ein prophetischer Traum rollt donnernd gegen Alexej Turbins Bett. Turbin – blaß, mit schweißfeuchter Haarsträhne – schläft, die rosa Lampe brennt. Das ganze Haus schläft. Aus dem Bücherzimmer kommt das Schnarchen Karausches, aus Nikolkas Zimmer das Pfeifen Scherwinskis. Es ist trüb … es ist Nacht. Auf dem Fußboden vor Alexejs Bett liegt der nicht zu Ende gelesene Dostojewski, und »Die Dämonen« höhnen mit verzweifelten Worten. Ganz still schläft Jelena.

»Ich will Ihnen etwas sagen: Es gibt ihn gar nicht. Es gibt ihn gar nicht, diesen Simon. Es gibt auch nicht den Türken, die Gitarre unter der schmiedeeisernen Laterne in der Bronnaja und den Semstwobund. Das war nur eine Mythe, geboren in der Ukraine im Nebel des schrecklichen Jahres achtzehn.«

Es gab etwas anderes – wilden Haß. Es gab vierhunderttausend Deutsche und um sie herum viermal vierzigmal vierhunderttausend Bauern, in deren Herzen grenzenlose Wut brannte. Oh, viel, sehr viel hatte sich in diesen Herzen angesammelt: Stockschläge ins Gesicht, Schrapnellfeuer gegen unbeugsame Dörfer, von hetmanschen Serdjuksoldaten mit Ladestöcken zerfleischte Rücken und auch Bescheinigungen auf Papierfetzen, geschrieben von der Hand der Majore und Leutnants der deutschen Armee:

»Das russische Schwein erhält für das bei ihm gekaufte Schwein 25 Mark.«

Und das gutmütige, geringschätzige Lachen über die, die mit solchen Bescheinigungen zum Stab der Deutschen in die STADT kamen.

Und die requirierten Pferde, das beschlagnahmte Getreide und die Gutsbesitzer mit ihren dicken Gesichtern, die unter dem Hetman auf ihre Güter zurückgekehrt waren, und das haßerfüllte Zittern bei dem Wort »Offizierspack«.

Das alles gab es.

Außerdem gab es Gerüchte über eine Bodenreform, die der Herr Hetman durchführen wolle,

o weh, o weh! Erst im November des Jahres achtzehn, als vor der STADT die Kanonen losdonnerten, begriffen die Klugen, unter ihnen auch Wassilissa, daß die Bauern diesen Herrn Hetman wie einen tollwütigen Hund haßten, und sie merkten, es gab bei den Bauern Überlegungen, daß diese blöde herrschaftliche Reform überflüssig sei und daß eine Bauernreform für alle Zeiten her müsse:

»Das ganze Land den Bauern!«

»Jedem hundert Deßjatinen.«

»Die Gutsbesitzer sollen verschwinden.«

»Für seine hundert Deßjatinen soll der Bauer eine sichere Urkunde auf Wappenpapier mit Siegel bekommen, die seinen Besitz auf ewige Zeiten mit Erbrecht – vom Großvater auf den Vater, vom Vater auf den Sohn, auf den Enkel und so weiter – bestätigt.«

»Kein Pack darf aus der STADT kommen, um Getreide zu fordern. Das Getreide gehört dem Bauern, wir werden es niemandem geben; was wir nicht aufessen, buddeln wir in die Erde ein.«

»Die STADT soll uns Petroleum liefern.«

»Nun, eine solche Reform konnte der vergötterte Hetman nicht durchführen. Kein Teufel kann sie durchführen.«

Es kamen schwermütige Gerüchte auf, wonach nur die Bolschewiken mit der hetmanschen und der deutschen Plage fertig würden, aber die Bolschewiken hätten ihre eigene Plage:

»Die Jidden und die Kommissare.«

»Ein schweres Los haben die ukrainischen Bauern! Es gibt für sie keine Rettung!«

Es gab auch Zehntausende Menschen, die aus dem Krieg zurückgekehrt waren und schießen konnten …

»Ausgebildet wurden sie von den Offizieren auf Befehl der Vorgesetzten!«

Es gab Hunderttausende Gewehre, die in der Erde vergraben, in Scheunen und Speichern versteckt und nicht abgeliefert wurden, ungeachtet der eiligen deutschen Militärgerichte, der Prügelstrafen mit Ladestöcken und des Schrapnellfeuers; Millionen Patronen in der gleichen Erde, in jedem fünften Dorf Kanonen, in jedem zweiten Maschinengewehre, in jedem Städtchen Munitionslager, Zeughäuser mit Militärmänteln und Papachas.

Und in diesen Städtchen lebten Volksschullehrer, Feldschere, Einhöfer, ukrainische Seminaristen, die das

Schicksal in Fähnriche verwandelt hatte, hünenhafte Imkersöhne, Stabskapitäne mit ukrainischen Namen, alle sprachen Ukrainisch, alle liebten die Ukraine, die zauberhafte, so wie sie sie sich in ihrer Phantasie ausmalten – ohne Pans, ohne moskowitische Offiziere –, und Tausende ehemalige gefangene Ukrainer, die aus Galizien zurückgekehrt waren.

Und das zusätzlich zu den Zehntausenden Bauern? Oho! Das alles gab es. Der Häftling aber, die Gitarre …

Bedrohliche Gerüchte sind im Lande.
Es zieht heran …

Blim-blam … Ach, ach, Nikolka.

Ein Türke, ein Semstwohusar, Simon. Nein, ihn gibt es gar nicht. Es gibt ihn nicht! Es gibt ihn nicht. Unsinn, Legende, Fata Morgana. Das ist nur ein Wort, in dem ungestillte Wut, bäuerlicher Rachedurst und die Hoffnungen all der treuen Söhne der sonnigen, heißen Ukraine zusammenflossen, die Moskau haßten, wie es auch sein mochte – bolschewistisch, zaristisch oder sonstwie.

Umsonst, ganz umsonst rief im bedeutungsvollen November, sich an den Kopf fassend, der weise Wassilissa: »Quos vult perdere, dementat!« und verfluchte den Hetman, weil er Petljura aus dem verdreckten Stadtgefängnis freigelassen habe.

»Unsinn ist das alles. Wenn nicht er, dann ein anderer, und wenn nicht der, dann ein dritter.«

Die Vorzeichen waren also vorbei, die Ereignisse hatten begonnen. Das zweite Ereignis war nicht so unbedeutend wie die Entlassung des mythischen Mannes aus dem Gefängnis, o nein! Es war so bedeutungsvoll, daß die Menschheit gewiß noch hundert Jahre davon sprechen wird. Die gallischen Hähne mit den roten Hosen im fernen europäischen Westen hatten die dicken eisenbeschlagenen Deutschen fast zu Tode gepickt. Es war ein schrecklicher Anblick: Die Hähne mit den phrygischen Mützen stürzten sich mit Schnarrlauten auf die gepanzerten Teutonen und rissen ihnen Fleischstücke mitsamt dem Panzer ab. Die Deutschen kämpften erbittert, stachen ihre breiten Bajonette in die gefiederten Brüste, bissen mit den Zähnen um sich, hielten aber nicht stand, und die Deutschen – die Deutschen! – flehten um Gnade.

Das nächste Ereignis war mit diesem eng verbunden und ergab sich aus ihm wie die Folge aus der Ursache. Die ganze niedergeschmetterte und erschütterte Welt erfuhr, daß der Mann, dessen Name und sechs Zoll langer hochgezwirbelter Bart der ganzen Welt bekannt waren und der bestimmt durch und durch aus Metall bestand, ohne die geringste Spur von Holz, daß dieser Mann also gestürzt war. Unwiderruflich gestürzt – er war kein Imperator mehr. Dann rauschte wie ein Wind dunkles Entsetzen über die Köpfe in der STADT: Man sah mit eigenen Augen, wie die deutschen Leutnants verblaßten, wie die Wolle ihrer graublauen Uniformen sich in Sackleinen verwandelte. Und das geschah überraschend schnell, innerhalb weniger Stunden verfahlten die Augen, in den Monokelfenstern der Leutnants erlosch das lebendige Licht, und aus den breiten gläsernen Scheiben blickte löchrige, magere Armut.

Da ging es wie ein elektrischer Strom durch die Hirne der Klügsten von denen, die mit harten gelben Koffern und üppigen Frauen durch das stachlige bolschewistische Lager in die STADT geschlüpft waren. Sie begriffen, daß das Schicksal sie an die Besiegten band, und ihr Herz füllte sich mit Grauen.

»Die Deutschen sind besiegt«, sagte das Geschmeiß.

»Wir sind besiegt«, sagte das kluge Geschmeiß.

Das begriffen auch die Einwohner der STADT.

Oh, nur wer selbst besiegt worden ist, weiß, wie dieses Wort aussieht! Es gleicht einem Abend in einem Haus, wo die elektrische Beleuchtung defekt ist. Es gleicht einem Zimmer, auf dessen Tapeten sich grüner Schimmel ausbreitet, voll krankhaften Lebens. Es gleicht rachitischen Dämonenkindern, ranzigem Pflanzenöl, einem schmutzigen Fluch aus einem Frauenmund im Dunkel. Kurzum, es gleicht dem Tod.

Alles aus. Die Deutschen verlassen die Ukraine. Das bedeutet also, daß die einen fliehen und die anderen, neue, sonderbare, ungebetene Gäste, in der STADT empfangen werden. Und folglich wird manch einer sterben müssen. Jene, die fliehen, werden nicht sterben, also wer wird sterben?

»Sterben ist kein Augenzwinkern«, sagt schnarrend der plötzlich vor dem schlafenden Alexej Turbin aufgetauchte Oberst Nai-Turs.

Er hat eine merkwürdige Uniform an: auf dem Kopf einen strahlenden Helm, auf dem Körper einen Kettenpanzer, und er stützt sich auf ein Schwert, so lang, wie es seit den Kreuzzügen keine Armee besessen hat. Ein Heiligenschein folgt ihm wie eine Wolke.

»Sind Sie im Paradies, Oberst?« fragt Turbin und verspürt ein wonniges Zittern, wie es ein Mensch im Wachen nie verspürt.

»Ja, im Paradies«, antwortet Nai-Turs mit einer Stimme, rein und durchsichtig wie ein Bächlein im Stadtwald.

»Merkwürdig, merkwürdig«, sagt Turbin. »Ich dachte, das Paradies sei … ein menschliches Phantasiegebilde. Und diese seltsame Uniform. Erlauben Sie mir die Frage, Herr Oberst, bleiben Sie im Paradies im Offiziersrang?«

»Der Herr sind jetzt in der Brigade der Kreuzritter, Herr Doktor«, antwortet Wachtmeister Shilin, der ganz bestimmt im Jahre 1916 zusammen mit der Schwadron Belgoroder Husaren an der Front bei Wilna gefallen ist.

Wie ein riesiger Recke steht der Wachtmeister da, und sein Kettenpanzer strahlt Licht aus. Seine groben Züge, an die sich Doktor Turbin, der Shilin damals die tödliche Wunde verbunden hat, gut erinnern kann, sind jetzt nicht zu erkennen; die Augen des Wachtmeisters sind wie die von Nai-Turs – rein, tief, von innen leuchtend.

Am meisten auf der Welt liebt Alexej Turbin mit seiner düsteren Seele Frauenaugen. Ach, was hat der liebe Gott für herrliches Spielzeug geschaffen mit diesen Frauenaugen! Aber die des Wachtmeisters sind unvergleichlich schöner!

»Wie ist das möglich?« fragt Doktor Turbin neugierig und höchst erfreut. »Wie konntet ihr hinein ins Paradies mit Stiefeln und Sporen? Ihr habt doch Pferde und den Troß und Lanzen?«

»Glauben Sie mir, Herr Doktor«, sagt Wachtmeister Shilin im Cellobaß und sieht ihm mit seinem blauen Blick, von dem einem warm ums Herz wird, direkt in die Augen. »Wir sind mit der ganzen Schwadron in Reih und Glied hierhergekommen. Sogar mit der Ziehharmonika. Es war natürlich etwas peinlich. Sie wissen es selbst, dort herrscht Sauberkeit, Fußböden wie in der Kirche.«

»So?« wundert sich Turbin.

»Und da kam gleich der Apostel Petrus. Ein alter Zivilist, aber gewichtig und liebenswürdig. Ich melde natürlich: So und so, die zweite Schwadron der Belgoroder Husaren hat wohlbehalten das Paradies erreicht, wo befehlen Sie, Quartier zu nehmen? Ich mach zwar die Meldung«, der Wachtmeister hüstelt zurückhaltend in die Faust, »aber ich dachte mir, was wird, dachte ich, wenn der Apostel Petrus einfach sagt, wir sollen uns alle zu des Teufels Großmutter scheren? Denn Sie wissen ja selbst, wir hatten Pferde mit, und ...« (Der Wachtmeister kratzt sich verlegen im Nacken). »Unter uns gesagt, es hatten sich uns ein paar Weiber angeschlossen. Ich sag das dem Apostel und zwinker meinem Zug zu – schmeißt die Weiber vorläufig raus, später sehen wir weiter. Sollen sie bis zur Klärung der Lage hinter den Wolken sitzen. Aber der Apostel Petrus war in Ordnung, obwohl er bloß Zivilist ist. Er peilt mit den Augen, und schon ist mir klar, daß er die Weiber auf den Wagen erspäht hat. Kein Wunder, ihre

Kopftücher sind hell, man sieht sie eine Werst weit. Scheibenhonig, dachte ich. Die ganze Schwadron fällt rein.

›Ach‹, sagt er, ›ihr habt Weiber mit?‹, und schüttelt den Kopf.

›Jawohl‹, sag ich, ›aber‹, sag ich, ›macht nichts, wir schmeißen sie achtkantig raus, Herr Apostel.‹

›O nein‹, sagt er. ›Ihre Handgreiflichkeiten lassen Sie lieber!‹ Na? Wie finden Sie das? Ein gutmütiger alter Herr. Sie wissen selbst, Herr Doktor, eine Schwadron auf dem Marsch kommt ohne Weiber nicht aus.«

Und der Wachtmeister zwinkert pfiffig.

»Das stimmt«, muß Alexej gesenkten Blicks zugeben. Irgendwelche Augen, ganz schwarz, und Leberflecke auf blasser rechter Wange blinken undeutlich in der schläfrigen Dunkelheit. Er räuspert sich verlegen, und der Wachtmeister fährt fort:

»›Na‹, sagt er, ›ich geh Sie anmelden.‹ Er geht, kommt zurück und sagt: ›Gut, wir werden euch unterbringen.‹ Wir haben uns so gefreut, daß ich es gar nicht ausdrücken kann. Doch eine kleine Verzögerung tritt ein. ›Wir müssen warten‹, sagt der Apostel Petrus. Doch schon nach einer Minute seh ich ihn geritten kommen«, der Wachtmeister zeigt auf den schweigenden stolzen Nai-Turs, der aus dem Traum spurlos in der Dunkelheit verschwindet. »Der Herr Schwadronskommandeur kommt auf seinem Dieb von Tuschino angetrabt. Hinter ihm, etwas später, ein unbekannter Junker zu Fuß.« Der Wachtmeister schielt zu Turbin hin und senkt einen Moment die Augen, als wolle er dem Arzt etwas verheimlichen, aber nicht etwas Trauriges, sondern ein freudiges, schönes Geheimnis; dann faßt er sich und fährt fort: »Petrus beschirmt die Augen mit der Hand und sagt: ›Na‹, sagt er, ›jetzt seid ihr alle da!‹ Und gleich reißt er die Tür sperrangelweit auf. ›Bitte schön‹, sagt er, ›zu dreien von der rechten Flanke her.‹«

Dunja, unser Blümelein,
trägt ein buntes Tüchelein ...

erschallt plötzlich wie im Traum ein Chor eiserner Stimmen, und eine italienische Ziehharmonika spielt.

»Im Schritt!« rufen die Zugführer in verschiedenen Stimmlagen.

Dunja, Dunja, Dunjalein,
liebe mich, mein Blümelein ...

Der Chor verhallt in der Ferne.

»Mit Weibern? So seid ihr einfach reingestiefelt?« Turbin ist verblüfft.

Der Wachtmeister lacht und fuchtelt freudig erregt mit den Armen.

»Oh, mein Gott, Herr Doktor, dort ist ja soviel Platz – unübersehbar. Und eine Sauberkeit! Man hätte noch fünf Korps mit Reserveschwadronen unterbringen können, was sag ich, zehn! Neben uns sind Gemächer – ach, du meine Güte! Die Decken so hoch, daß man sie gar nicht sieht! Ich sag: ›Darf ich fragen, für wen sind die?‹ Denn sie waren originell: rote Sterne, rote Wolken. ›Das ist für die Bolschewiken‹, sagt der Apostel Petrus, ›für die von Perekop.‹«

»Perekop?« fragt Turbin und strengt vergebens seinen armen irdischen Geist an.

»Dort, Euer Hochwohlgeboren, ist alles im voraus bekannt. Im Jahre zwanzig, als die Bolschewiken den Perekop bezwangen, sind ihrer unzählige gefallen. Zu deren Empfang waren die Räume hergerichtet.«

»Für die Bolschewiken?« Turbins Seele war bestürzt. »Sie verwechseln etwas, Shilin, das kann nicht sein. Die werden dort nicht eingelassen.«

»Herr Doktor, das dachte ich auch. Ich auch. Verwirrt fragte ich den Herrgott ...«

»Den Herrgott? Aber Shilin!«

»Sie brauchen nicht zu zweifeln, Herr Doktor, es stimmt, wozu sollte ich lügen, ich habe mehrmals mit ihm gesprochen.«

»Wie sieht er denn aus?«

Shilins Augen strahlen, der Stolz verfeinert seine Gesichtszüge.

»Und wenn Sie mich totschlagen, ich kann ihn nicht beschreiben. Sein Gesicht leuchtet, aber wie es aussieht – das begreift man nicht. Manchmal hab ich ihn angesehen, und es ist mir kalt über den Rücken gerieselt. Es war, als ob er mir selber glich. Ein Schreck fährt mir in die Glieder: Was bedeutet das? denk ich. Dann aber beruhigt man sich. Mannigfaltig ist sein Gesicht. Wenn er spricht, erfaßt einen solche Freude! Und dann geht von ihm ein blaues Licht aus. Hm ... nein, kein blaues.« (Der Wachtmeister überlegt.) »Ich weiß nicht. Es breitet sich über tausend Werst aus und leuchtet durch einen hindurch. Nun also, ich sprach weiter: ›Wie ist denn das, o Gott, deine Popen erzählen doch, die Bolschewiken kommen in die Hölle? Wie soll man das verstehen, sie glauben nicht an dich, und du richtest ihnen solche Kasernen ein?‹

›Glauben sie wirklich nicht?‹ hat er mich gefragt.

›Bei Gott – nein!‹ Diese Antwort hab ich ihm gegeben, dann bekam ich Angst, kein Wunder, wenn man so zum Herrgott redet! Doch er lächelt nur. Weshalb erzähl ich ihm das, ich Dummkopf, dachte ich, wenn er alles besser weiß als ich? Ich war aber neugierig, was er sagen wird. Und er sagte:

›Wenn sie nicht an mich glauben, kann man nichts machen. Laß sie. Mir ist davon weder heiß noch kalt. Dir auch nicht. Und ihnen auch nicht. Ich habe von eurem Glauben weder Gewinn noch Verlust. Der eine glaubt, der andere nicht, ihre Handlungen aber sind gleich: Bei jeder Gelegenheit gehen sie sich an die Gurgel. Was aber die Kasernen anbetrifft, Shilin, so mußt du's folgendermaßen verstehen: Für mich seid ihr alle gleich – im Kampf Gefallene. Das muß man kapieren, Shilin, und nicht jeder kapiert es. Im übrigen, Shilin, reg dich über solche Fragen nicht auf. Leb ohne Sorgen, geh spazieren!‹

Hat er's nicht wunderbar erklärt, Herr Doktor? ›Die Popen aber … ‹, sag ich. Er winkt nur ab. ›Erinnere mich nicht an die Popen, Shilin. Wenn ich bloß wüßte, was ich mit ihnen machen soll. Solche Dummköpfe wie eure Popen gibt es nicht noch mal auf der Welt. Unter uns, Shilin, die Popen sind eine Schande!‹

›Schmeiß sie doch allesamt raus, Herrgott! Wozu ernährst du die Schmarotzer?‹

›Sie tun mir leid, Shilin, das ist es‹, sagt er.«

Das Leuchten um Shilin wird bläulich, und das Herz des Schlafenden füllt sich mit unerklärlicher Freude. Er streckt die Arme nach dem leuchtenden Wachtmeister aus, stöhnt im Traum.

»Shilin, Shilin, kann ich nicht als Arzt zu eurer Brigade kommen?«

Shilin winkt freundlich und nickt bejahend. Dann entfernt er sich und verläßt Alexej Turbin. Dieser erwachte und sah statt Shilin das immer heller werdende Fensterquadrat vor sich. Der Arzt wischte mit der Hand übers Gesicht und merkte, daß es tränennaß war. Lange seufzte er in der Morgendämmerung, dann schlief er wieder ein, und sein Schlaf war ruhig und traumlos.

Tja, der Tod ließ nicht lange auf sich warten. Er kam über die herbstlichen und später winterlichen ukrainischen Landstraßen zusammen mit trockenem, peitschendem Schnee. Er ratterte in den Hainen mit Maschinengewehren. Er selbst war nicht zu sehen, sein Vorgänger aber, der wilde Bauernzorn, war ganz deutlich zu sehen. Er lief in Schneesturm und Kälte in zerlöcherten Bastschuhen, mit Heuhalmen im unbedeckten verfilzten Haar und heulte. In den Händen trug er einen riesigen Knüppel, ohne den im alten Rußland kein Beginnen möglich war. Auf den Dächern flackerten leichte rote Hähne auf. Dann zeigte sich im blutroten Licht der untergehenden Sonne ein an den

Geschlechtsteilen aufgehängter jüdischer Schankwirt. Und in der schönen polnischen Hauptstadt Warschau war folgende Erscheinung zu sehen: In einer Wolke stand Henryk Sienkiewicz und lächelte boshaft. Danach folgte eine richtige Teufelei, sie brodelte, wallte hoch und spie Blasen. Die Popen läuteten die Glocken unter den grünen Kuppeln der aufgescheuchten Kirchlein, und nebenan im Schulgebäude mit den zerschossenen Fenstern sang man revolutionäre Lieder. Über die Straßen ging ein Gespenst, ein gewisser Starez Degtjarenko, voll von duftendem Schnaps und schrecklichen, gekrächzten Worten, die sich in seinem dunklen Mund zu etwas zusammenfügten, was sehr an die Deklaration der Menschen- und Bürgerrechte erinnerte. Dann lag dieser Prophet da und heulte, und Menschen mit roter Schleife an der Brust schlugen ihn mit Ladestöcken. Und selbst das schlaueste Gehirn würde den Verstand verloren haben: wenn rote Schleifen, dann waren Ladestöcke undenkbar, und wenn Ladestöcke, dann waren rote Schleifchen unmöglich …

Nein, in solcher Zeit kann man in solchem Land ersticken. Zum Teufel mit ihm! Ein Mythos. Den Mythos Petljura. Ihn hat es überhaupt nicht gegeben. Er ist ein Mythos, genauso bedeutend wie der Mythos Napoleon, der nie existiert hat, nur ein weniger schöner Mythos. Etwas anderes geschah. Man mußte diesen Bauernzorn auf eine bestimmte Straße locken, denn in der Welt ist es eben so verhext eingerichtet, daß der Bauernzorn, so weit er auch läuft, schicksalhaft immer auf den gleichen Kreuzweg gelangt.

Das ist sehr einfach. Wenn nur Wirrwarr herrscht, die Menschen finden sich von allein.

Und so tauchte von irgendwoher Oberst Toropez auf. Es stellte sich heraus, daß er nicht mehr und nicht weniger war als ein Angehöriger der österreichischen Armee.

»Was Sie nicht sagen!«

»Sie können's mir glauben.« Dann tauchte der Schriftsteller Winnitschenko auf, den zwei Dinge berühmt gemacht hatten: seine Romane und der Umstand, daß, als ihn die zauberhafte Woge zu Beginn des Jahres achtzehn gerade an die Oberfläche des wilden ukrainischen Meeres gespült hatte, die satirischen Zeitschriften von Sankt Petersburg ihn sofort zum Verräter stempelten.

»Das hat er verdient ...«

»Na, ich weiß nicht. Da gibt es noch diesen geheimnisvollen Häftling aus dem Stadtgefängnis.«

Im September konnte sich in der STADT noch niemand vorstellen, was drei Mann, die das Talent haben, zu gelegener Zeit zu erscheinen, alles anzustellen vermögen, selbst in so einer nichtigen Stadt wie Belaja Zerkow. Im Oktober ahnte man es schon, und Züge mit Hunderten von Lichtern fuhren vom Stadtbahnhof I durch das neue, noch verhältnismäßig breite Schlupfloch, das neuerstandene Polen, nach Deutschland. Telegramme flogen ab. Dann verschwanden die Brillanten, die unsteten Augen, die Scheitel, das Geld. Einige strebten nach Süden in die Hafenstadt Odessa. Im November – o weh! – wußte man es schon ziemlich bestimmt. Das Wort

»Petljura!«

»Petljura!«

»Petljura!«

sprang von den Wänden, von den grauen Drahtberichten. Am Morgen tropfte es von den Zeitungsblättern in den Kaffee, und das göttliche tropische Getränk verwandelte sich im Mund sofort in widerliches Spülwasser. Es tanzte auf den Zungen und klapperte in den Morseapparaten unter den Fingern der Telegrafisten. In der STADT setzten Wunder ein im Zusammenhang mit dem geheimnisvollen Namen, den die Deutschen auf ihre Art aussprachen:

»Peturra.«

Einzelne deutsche Soldaten, die die widerliche Gewohnheit hatten, durch die Vorstädte zu schlendern, verschwanden nachts. Sie verschwanden, und am Tag stellte sich heraus, daß sie getötet worden waren. Deshalb patrouillierten nachts deutsche Streifen mit ihren Barbierschüsseln auf dem Kopf. Sie gingen, ihre Taschenlampen leuchteten – keine Dummheiten! Aber keine Taschenlampe konnte den trüben Wirrwarr, der in den Köpfen enstanden war, auflösen.

Wilhelm. Wilhelm. Gestern drei Deutsche getötet. O Gott, die Deutschen ziehen ab, wissen Sie schon? In Moskau haben Arbeiter Trotzki verhaftet! Irgendwelche Halunken haben einen Zug bei Borodjanka angehalten und gänzlich ausgeplündert. Petljura hat eine Gesandtschaft nach Paris geschickt. Und wieder Wilhelm. Schwarze Senegalesen in Odessa. Ein unbekannter geheimnisvoller Name – Konsul Enno. Odessa. Odessa. General Denikin. Und wieder Wilhelm. Die Deutschen gehen, die Franzosen kommen.

»Die Bolschewiken kommen, mein Lieber!«

»Hüten Sie Ihre böse Zunge, mein Lieber!«

Die Deutschen haben so einen Apparat mit Zeiger, man stellt ihn auf die Erde, und der Zeiger zeigt an, wo Waffen vergraben sind. Das ist ein Ding. Petljura hat den Bolschewiken eine Gesandtschaft geschickt. Das ist ein noch tolleres Ding. Petljura. Petljura. Petljura. Peturra.

Niemand, kein Mensch wußte, was dieser Petljura in der Ukraine eigentlich schaffen wollte, aber alle, ohne Ausnahme, wußten, daß er, der Geheimnisvolle und Gesichtslose

(obwohl die Zeitungen von Zeit zu Zeit das erstbeste der Redaktion in die Hände gefallene Bild eines katholischen Prälaten – jedesmal eines anderen – mit der Unterschrift »Simon Petljura« veröffentlichten),

die Ukraine erobern und, um sie zu erobern, die STADT einnehmen wolle.

6

Das Geschäft der Madame Anjou »Pariser Chic« befand sich direkt im Zentrum der STADT, im Parterre eines mächtigen mehrstöckigen Hauses in der Teatralnaja-Straße, die hinter dem Operntheater verläuft. Drei Stufen führten zu der gläsernen Eingangstür; die beiden Schaufenster rechts und links waren mit staubigen Tüllgardinen verhängt. Niemand wußte, wo Madame Anjou geblieben war und warum ihre Geschäftsräume nun handelsfremden Zwecken dienten. Auf das linke Fenster war ein bunter Damenhut gemalt, darüber stand in goldener Schrift »Chic parisien«, und im rechten Fenster hing ein riesiges Plakat aus gelbem Karton mit zwei gekreuzten Sewastopoler Kanonen, wie auf den Achselstücken der Artilleristen, und der Überschrift:

»Held brauchst du nicht zu werden, aber Freiwilliger zu werden ist deine Pflicht.«

Darunter stand:

»Hier werden Meldungen für den freiwilligen Dienst in der Mörserdivision des Oberbefehlshabers entgegengenommen.«

Vor dem Eingang zum Geschäft stand ein auseinandergeschraubtes rußiges Motorrad mit Beiwagen. Die gefederte Eingangstür klappte dauernd, und jedesmal, wenn sie sich öffnete, ertönte über ihr ein herrliches Glöckchen – klingeling-klingeling, das an die unlängst vergangenen glücklichen Zeiten der Madame Anjou erinnerte.

Turbin, Myschlajewski und Karausche waren nach der trunkenen Nacht fast gleichzeitig aufgewacht, zu ihrem Erstaunen mit vollkommen klarem Kopf, aber ziemlich spät, so gegen Mittag. Nikolka und Scherwinski waren nicht mehr da. Nikolka hatte am frühen Morgen ein geheimnisvolles rotes Päckchen gepackt, ein bißchen gestöhnt – ach, ach – und war dann zu seiner Abteilung gegangen, und Scherwinski war kurz darauf zu seinem Dienst beim Stab des Befehlshabers gefahren. Myschlajewski hatte sich in Anjutas vertrautem Zimmer hinter der Küche, wo hinter einem Vorhang der Badeofen und die

Badewanne standen, bis zum Gürtel entblößt und goß sich eiskaltes Wasser über Hals, Rücken und Kopf, wobei er vor Schreck und Begeisterung schrie: »Ah! Gut! Prima!«

In weitem Umkreis war alles vollgespritzt. Dann frottierte er sich mit dem Badetuch ab, kleidete sich an, pomadisierte und kämmte sich und sagte dann zu Turbin:

»Aljoscha, hm ... sei so gut, gib mir deine Sporen. Nach Hause schaff ich's nicht mehr, und ohne Sporen möcht ich dort nicht erscheinen.«

»Nimm sie dir, im Arbeitszimmer, rechte Schreibtischschublade.«

Myschlajewski ging ins Arbeitszimmer, machte sich dort klirrend zu schaffen und kam wieder zurück. Die schwarzäugige Anjuta, die am Morgen vom Ausgang zur Tante zurückgekehrt war, fuhr mit dem Staubwedel über die Sessel. Myschlajewski räusperte sich, schielte zur Tür, und statt geradeaus zu gehen, machte er einen Umweg und sagte leise:

»Guten Tag, Anjutalein.«

»Ich sag's Jelena Wassiljewna«, flüsterte Anjuta mechanisch und ohne Besinnen zurück und schloß die Augen wie ein Verurteilter, über dem der Henker schon das Beil erhoben hat.

»Dummchen ...«

Unerwartet sah Turbin durch die Tür. Sein Gesicht wurde giftig.

»Betrachtest den Staubwedel, Vitja? Soso. Schön ist er. Es wäre besser, du gingest deiner Wege, ja? Und du, Anjuta, merke dir: Wenn er dir verspricht, dich zu heiraten, glaube ihm nicht, er heiratet dich nicht.«

»Was willst du denn, mein Gott, darf man denn einen Menschen nicht begrüßen?«

Myschlajewski lief bei der unverdienten Kränkung rot an, warf sich in die Brust und verließ sporenklirrend das Wohnzimmer. Im Eßzimmer trat er an die hochmütige, goldblonde Jelena heran; seine Blicke huschten.

»Guten Tag, strahlende Jelena. Ähem …« (Aus Myschlajewskis Kehle kam statt des metallenen Tenors ein heiserer Bariton.) »Liebe Jelena«, rief er gefühlvoll, »sei mir nicht böse. Ich habe dich gern und bitte dich, mich auch gern zu haben. Daß ich mich gestern so ungehörig benommen habe, vergiß bitte. Oder hältst du mich etwa für einen Schurken, Jelena?«

Nach diesen Worten umarmte er Jelena und küßte sie auf beide Wangen. Im Wohnzimmer fiel weich der Staubwedel zu Boden. Jedesmal, wenn Leutnant Myschlajewski in der Turbinschen Wohnung aufkreuzte, widerfuhren Anjuta merkwürdige Dinge. Die Haushaltsgegenstände fielen ihr aus den Händen, in der Küche rasselten Messer oder die Untertassen vom Büfett zu Boden; Annuschka war zerstreut, lief unnütz in den Korridor und wienerte die Galoschen, bis sie die gelockerten Sporen klirren hörte und das schiefe Kinn, die breiten Schultern und die blauen Reithosen sah. Dann schloß sie die Augen und verließ vorsichtig die tückische Korridorschlucht. Jetzt hatte sie im Wohnzimmer den Staubwedel fallen lassen, stand versunken da und starrte blicklos durch die gemusterten Stores in den grauen, wolkenbedeckten Himmel.

»Vitja, Vitja«, sagte Jelena und schüttelte den Kopf, der einer blankgeputzten Theaterkrone glich, »wenn ich dich so sehe, bist so ein kräftiger Kerl, was hat dich bloß gestern so umgeworfen? Setz dich, trink Tee, vielleicht wird dir besser.«

»Bezaubernd siehst du heute aus, Jelena, bei Gott. Und dein Morgenrock steht dir großartig, Ehrenwort«, schmeichelte Myschlajewski und warf schnelle Blicke in die mit Spiegelglas ausgelegten Büfettfächer. »Karausche, sieh doch, dieser Morgenrock! Ganz grün. Du bist wunderschön.«

»Jelena Wassiljewna ist sehr schön«, sagte Karausche ernst und aufrichtig.

»Türkis ist das«, erklärte Jelena. »Vitja, sag lieber gleich, was du willst.«

»Weißt du, Jelena, nach der gestrigen Geschichte kann ich Migräne bekommen, und gegen Migräne hilft nichts.«

»Schon gut, im Büfett.«

»So ist's recht. Nur ein Gläschen. Es ist besser als Pyramidon.« Myschlajewski trank mit schmerzlich verzogenem Gesicht zwei Gläschen Wodka hintereinander und aß dazu eine welke saure Gurke vom Vortag. Dann erklärte er, sich wie neugeboren zu fühlen, und äußerte den Wunsch, Tee mit Zitrone zu trinken.

»Du, Lena«, sagte Turbin, auch etwas heiser, »mach dir keine Sorgen und warte auf mich, ich fahre hin, lasse mich eintragen und kehre gleich zurück. Was die Kriegshandlungen betrifft, so brauchst du dich nicht zu beunruhigen, wir werden in der STADT sitzen und die Angriffe dieses teuren ukrainischen Präsidenten, dieses Halunken, zurückschlagen.«

»Hoffentlich schickt man euch nicht irgendwohin.«

Karausche winkte beruhigend ab.

»Keine Bange, Jelena Wassiljewna. Die Division ist auf keinen Fall vor zwei Wochen fertig aufgestellt, denn wir haben noch keine Pferde und keine Munition. Und selbst wenn sie aufgestellt ist, bleiben wir zweifellos in der STADT. Die ganze Armee, die wir jetzt formieren, wird bestimmt zur Garnison erklärt. Vielleicht später, wenn wir gegen Moskau ziehen.«

»Nun, das wird nicht so bald sein. Ähem ...«

»Zuerst müssen wir uns mit Denikin vereinigen.«

»Sie brauchen mich nicht zu trösten, meine Herren, ich habe keine Angst, im Gegenteil, ich billige alles.«

Jelena sprach wirklich ganz munter, und in ihren Augen waren nur sachliche Alltagssorgen.

»Anjuta, meine Liebe«, rief sie, »auf der Veranda hängt Viktor Viktorowitschs Wäsche. Nimm sie, mein Kind, bürste sie gut und wasche sie gleich aus.«

Am meisten beruhigte Jelena der stämmige, blauäugige Karausche. Zuversichtlich stand er in der rostbraunen

Uniformjacke da und rauchte gelassen mit eingekniffenen Augen.

Im Korridor verabschiedeten sie sich.

»Gott schütze euch«, sagte Jelena ernst und bekreuzigte Turbin. Sie bekreuzigte auch Karausche und Myschlajewski. Myschlajewski umarmte sie, und Karausche, der den Riemen um den Uniformrock straff gezogen hatte, errötete und küßte ihr zärtlich beide Hände.

»Herr Oberst«, sagte Karausche, die Hand zum Gruß an den Mützenrand legend und die Sporen zusammenschlagend. »Ich bitte um Erlaubnis, sprechen zu dürfen.«

Der Herr Oberst saß in einem niedrigen grünen Boudoirsessel hinter einem kleinen Schreibtisch auf einer bühnenähnlichen Erhöhung im rechten Teil des Geschäftsraumes. Ganze Berge bläulicher Kärtchen mit der Aufschrift »Madame Anjou, Damenhüte« türmten sich hinter ihm und verdunkelten etwas das Licht, das durchs verstaubte, mit gemustertem Tüll verhängte Fenster einfiel. Der Herr Oberst hielt eine Feder in der Hand und war in Wirklichkeit kein Oberst, sondern ein Oberstleutnant mit breiten goldenen Achselklappen mit zwei Streifen, drei Sternen und zwei gekreuzten goldenen Kanönchen. Der Herr Oberst war etwas älter als Turbin – etwa dreißig, höchstens zweiunddreißig Jahre. Sein gutgenährtes, glattrasiertes Gesicht zierte ein amerikanisch gestutzter schwarzer Schnurrbart. Die sehr lebhaften und klugen Augen blickten sichtlich müde, doch aufmerksam. Um den Oberst herum herrschte ein Chaos wie bei der Erschaffung der Welt. Zwei Schritte von ihm knisterte das Feuer in einem kleinen schwarzen Ofen; von den verbeulten schwarzen Rohren, die sich hinter eine Trennwand zogen und dort in der Tiefe des Raumes verschwanden, tropfte bisweilen eine schwarze Brühe. Der Fußboden auf dem Podium wie auch im übrigen Teil des Ladens, wo er in merkwürdige Vertiefungen überging, war mit Papierschnipseln und mit Fetzen roten und grünen Stoffes bedeckt. In der Höhe, direkt über dem Kopf des Obersts, klapperte wie ein aufgeregter Vogel eine Schreibmaschine, und als Turbin den Kopf hob, sah er, daß sie hinter einem Geländer sang, das direkt unter der Ladendecke verlief. Hinter diesem Geländer waren Beine und ein Hintern in blauen Reithosen zu sehen, den Kopf aber schnitt die Decke ab. Eine zweite Schreibmaschine zirpte im linken Teil des Ladens, in einer Vertiefung, wo die bunten Achselklappen eines Freiwilligen und ein heller Kopf, aber weder Arme noch Beine zu sehen waren.

Viele Gesichter und goldene Achselklappen mit Kanonen umflimmerten den Oberst, eine gelbe Kiste mit Telefonhörern und Leitungen stand da, und neben Hutschachteln lagen ein Haufen konservenbüchsenähnlicher Handgranaten mit Holzstielen und mehrere zusammengerolle Maschinengewehrgurte. Unter dem linken Ellbogen des Herrn Oberst stand eine Nähmaschine, und an seinem rechten Bein steckte ein Maschinengewehr seinen Rüssel vor. In der Tiefe des Raumes, im Halbdunkel hinter einem Vorhang, der an einer blanken Stange angebracht war, mühte sich eine Stimme, wohl am Telefon: »Ja, ja, ich spreche. Ich spreche ... ja, ja, ich spreche.«

Kling ... machte die Glocke. Ping ... sang das sanfte Vögelchen in der Vertiefung, und von dort hörte man einen jungen Baß murmeln:

»Division, ich höre, ja ... ja.«

»Bitte schön«, sagte der Oberst zu Karausche.

»Erlauben Sie mir, Herr Oberst, Ihnen Leutnant Viktor Myschlajewski und Doktor Turbin vorzustellen. Leutnant Myschlajewski ist jetzt im zweiten Infanteriebataillon als einfacher Soldat eingetragen und möchte entsprechend seinen Fachkenntnissen gerne in Ihre Division versetzt werden. Doktor Turbin bittet, ihn als Divisionsarzt aufzunehmen.«

Nach beendeter Meldung nahm Karausche die Hand vom Mützenrand, und Myschlajewski salutierte. Teufel, ich muß so schnell wie möglich eine Uniform anziehen, dachte Turbin ärgerlich, denn er kam sich wie ein dummer Junge vor ohne Mütze und in dem schwarzen Mantel mit Persianerkragen. Die Augen des Obersts streiften ihn flüchtig und blieben auf Myschlajewskis Militärmantel und Gesicht haften.

»So«, sagte er, »das ist sehr gut. Wo haben Sie gedient, Leutnant?«

»In der schweren N-Division, Herr Oberst«, antwortete Myschlajewski und wies damit zugleich auf seine Stellung im Krieg mit den Deutschen hin.

»In der schweren? Ausgezeichnet. Teufel noch mal, warum werden bloß die Artillerieoffiziere in die Infanterie gesteckt? Ein Durcheinander!«

»Nein, Herr Oberst«, antwortete Myschlajewski und räusperte sich die Kehle sauber, »ich hatte mich freiwillig gemeldet, da der Ausmarsch nach Post-Wolynski so dringend war. Jetzt aber, da das Bataillon einigermaßen komplettiert ist ...«

»Höchst lobenswert ... gut«, sagte der Oberst und sah Myschlajewski tatsächlich höchst lobend in die Augen. »Ich freue mich, Ihre Bekanntschaft gemacht zu haben. Also ... ach ja, Doktor? Sie wollen auch zu uns?«

Turbin neigte schweigend den Kopf, um nicht mit seinem Persianerkragen »Jawohl!« zu antworten.

»Hm ...«, der Oberst sah aus dem Fenster. »Wissen Sie, dieser Gedanke ist natürlich gut. Zumal in den nächsten Tagen wahrscheinlich ... Tja ...« Er hielt plötzlich inne, verkniff die Äuglein und fuhr mit gesenkter Stimme fort: »Nur, wie soll ich mich ausdrücken ... Eine Frage wäre noch zu klären, Herr Doktor. Die sozialen Theorien und ... hm ... Sie sind doch Sozialist? Nicht wahr? Wie alle intelligenten Menschen?« Seine Augen sprangen zur Seite, seine ganze Gestalt, die Lippen und die süßliche Stimme drückten den lebhaften Wunsch aus, daß Doktor Turbin sich als Sozialist und nichts anderes erweise. »Unsere Division heißt Studentendivision.« Der Oberst lächelte innig, ohne die Augen zu zeigen. »Natürlich, es klingt etwas sentimental, aber ich selbst, wissen Sie, bin von der Universität.«

Turbin war höchst erstaunt und enttäuscht. Teufel ... Wieso hatte Karausche ... Er spürte ihn in diesem Moment rechts von sich und merkte, ohne hinzusehen, daß der krampfhaft bemüht war, ihm etwas zu verstehen zu geben, aber was, konnte er nicht erraten.

»Ich bin leider nicht Sozialist, sondern ... Monarchist«, schoß Turbin plötzlich heraus, und seine Wange zuckte. »Ich kann sogar, das muß ich gestehen, das Wort ›Sozialist‹ nicht ertragen. Von allen Sozialisten hasse ich am meisten Alexander Fjodorowitsch Kerenski.«

Aus Karausches Mund hinter Turbins rechter Schulter flog ein Laut. Ärgerlich, daß ich mich von Karausche und Vitja trennen muß, dachte Turbin, aber hol der Teufel diese soziale Division!

Die Augen des Obersts kehrten augenblicklich in sein Gesicht zurück, glänzend und funkelnd. Er winkte mit der Hand, als wolle er Turbin höflich den Mund verschließen, und sagte:

»Das ist traurig. Hm ... sehr traurig. Die Errungenschaften der Revolution und so weiter ... Ich habe Befehl von oben, die Komplettierung mit monarchistischen Elementen zu vermeiden, da die Bevölkerung ... Eine gewisse Zurückhaltung ist notwendig. Außerdem der Hetman, mit dem wir in enger und unmittelbarer Verbindung stehen, wie Sie wissen ... traurig, traurig ...«

Aber die Stimme des Obersts drückte dabei keineswegs Trauer aus, im Gegenteil, sie klang sehr froh, und seine Augen befanden sich in völligem Widerspruch zu dem, was er sagte.

Ah so, dachte Turbin erleuchtet, ich bin ein Dummkopf, aber dieser Oberst ist gar nicht dumm. Wahrscheinlich ein Karrierist, nach dem Gesicht zu urteilen, aber das macht nichts.

»Ich weiß nicht recht ... Im gegenwärtigen Augenblick«, der Oberst betonte das Wort »gegenwärtig«, »im gegenwärtigen Augenblick, wie gesagt, ist unsere unmittelbare Aufgabe, die STADT und den Hetman vor den Petljurabanden und wahrscheinlich vor den Bolschewiken zu schützen. Und dann, dann werden wir sehen. Darf ich erfahren, Herr Doktor, wo Sie bis jetzt gedient haben?«

»Neunzehnhundertfünfzehn, nachdem ich die Universität extern absolviert hatte, habe ich in der venerologischen Klinik, dann als Assistenzarzt im Belgoroder Husarenregiment und später als Lazarettordinator gearbeitet. Zur Zeit bin ich demobilisiert und betreibe eine Privatpraxis.«

»Junker!« rief der Oberst. »Bitten Sie den diensthabenden Offizier zu mir.«

Ein Kopf verschwand in der Vertiefung, dann erschien vor dem Oberst ein junger Offizier, dunkelhaarig, lebhaft und energisch. Er trug eine runde Pelzmütze mit roter Tuchspitze, auf der sich zwei Litzen kreuzten, einen langen Militärmantel à la Myschlajewski mit straffgezogenem Koppel und Revolver. Seine zerknitterten goldenen Schulterstücke wiesen ihn als Stabskapitän aus.

»Hauptmann Studzinski«, sprach der Oberst ihn an, »schicken Sie bitte an den Stab des Befehlshabers ein Schreiben wegen der sofortigen Versetzung des Leutnants ... äh ...«

»Myschlajewski«, sagte Myschlajewski salutierend.

»... Myschlajewski entsprechend seiner Ausbildung aus dem zweiten Bataillon zu uns. Und dann noch ein Schreiben, daß ich den Arzt ... äh ...«

»Turbin.«

»... Turbin dringend als Divisionsarzt benötige. Wir bitten um seine sofortige Ernennung.«

»Zu Befehl, Herr Oberst«, antwortete der Offizier mit falscher Betonung und salutierte. Ein Pole, dachte Turbin.

»Sie brauchen nicht zu Ihrem Bataillon zurück, Leutnant« (zu Myschlajewski). »Der Leutnant übernimmt den vierten Zug« (zum Offizier).

»Zu Befehl, Herr Oberst.«

»Zu Befehl, Herr Oberst.«

»Und Sie, Doktor, sind von diesem Moment an im Dienst. Ich empfehle Ihnen, sich in einer Stunde im Hof des Alexander-Gymnasiums einzufinden.«

»Zu Befehl, Herr Oberst.«

»Folgen Sie dem Arzt sofort eine Uniform aus!«

»Zu Befehl.«

»Ich höre, ich höre!« rief die Baßstimme in der Vertiefung.

»Hören Sie? Nein. Ich sage: nein. Nein, ich spreche noch«, schrie es hinter dem Vorhang.

Kling ... Ping ... sang das Vögelchen in der Vertiefung.

»Hören Sie?«

»›Freie Nachrichten‹! ›Freie Nachrichten‹! Das neue Tageblatt ›Freie Nachrichten‹!« rief der Zeitungsjunge, der sich ein Frauenkopftuch über die Mütze gebunden hatte. »Demoralisierung Petljuras. Ankunft schwarzer Truppen in Odessa. ›Freie Nachrichten‹!«

Turbin war für eine Stunde nach Hause gekommen. Aus dem Dunkel des Schreibtisches in seinem kleinen Arbeitszimmer neben dem Wohnzimmer wurden die silbernen Achselklappen hervorgeholt. Im Arbeitszimmer hingen an den Scheiben der Glastür, die zum Balkon führte, weiße Gardinen, ein Schreibtisch mit Büchern und einer Schreibgarnitur stand da, Regale mit Medikamenten und Instrumenten hingen an der Wand, und die Liege war mit einem weißen Laken bedeckt. Es war ärmlich und eng, aber gemütlich.

»Lena, sollte ich mich heute verspäten, dann sag, wenn jemand kommt: heute keine Sprechstunde. Ständige Patienten habe ich nicht. Beeil dich, meine Liebe.«

Jelena nähte ihm eilig die Schulterstücke auf die Uniformjacke. Das zweite Paar – graugrün auf schwarzem Tuch – nähte sie auf den Mantel.

Bald darauf eilte Turbin zum Vorderausgang hinaus und warf einen Blick auf das weiße Schild:

Dr. A. W. Turbin
Facharzt für Geschlechtskrankheiten
606-914
Sprechstunden von 16 bis 18 Uhr

Er klebte die Berichtigung »von 17 bis 19 Uhr« an und lief den Alexejewski-Hang hinauf.

»›Freie Nachrichten‹!«

Turbin blieb stehen, kaufte dem Zeitungsjungen eine Zeitung ab und faltete sie unterwegs auseinander.

Unparteiische demokratische Zeitung.
Erscheint täglich.
13. Dezember 1918

Die Fragen des Außenhandels und speziell des Handels mit Deutschland zwingen uns …

»Aber wo ist denn …« Die Hände froren.

Wie unser Korrespondent mitteilt, werden in Odessa Verhandlungen über die Ausschiffung von zwei Divisionen schwarzer Kolonialtruppen geführt. Konsul Enno hält es für ausgeschlossen, daß Petljura …

Ach, ein Hundesohn, dieser Bengel!

Überläufer, die gestern in den Stab unseres Befehlshabers in Post-Wolynski kamen, berichten von einer ständig zunehmenden Demoralisierung in den Reihen der Petljura-Banden. Vorgestern eröffnete ein Kavallerieregiment im Raum Korosten das Feuer auf ein Infanterieregiment der Hetmantruppen. In den Petljurabanden ist ein starker Hang zum Frieden zu beobachten. Anscheinend geht Petljuras Abenteuer seinem Zusammenbruch entgegen. Nach Aussage desselben Überläufers ist Oberst Bolbotun, der gegen Petljura rebellierte, mit seinem Regiment und vier Geschützen in unbekannter Richtung verschwunden. Bolbotun neigt zur Orientierung auf den Hetman.

Die Bauern hassen Petljura wegen seiner Requirierungen. Die Mobilmachung, die er in den Dörfern ausgerufen hat, bleibt ohne Erfolg. Die Bauern halten sich in Massen in den Wäldern versteckt, um ihr zu entgehen.

»Nehmen wir an … Ach, verfluchter Frost! Verzeihung.«

»Sie treten einem ja die Füße ab, mein Lieber! Zeitung liest man zu Hause!«

»Verzeihung.«

Wir haben immer behauptet, daß Petljuras Abenteuer …

»So ein Schurke! Ach, diese Schurken …«

Wer ehrlich ist, nicht dekadent,
tritt ein ins Freiwilligenregiment …

»Iwan Iwanowitsch, weshalb sind Sie heute so schlecht gelaunt?«

»Meine Frau petljurat dauernd mit mir rum. Schon seit dem frühen Morgen treibt sie ihre Bolbotunien.«

Turbin erbleichte bei diesem Witz, knüllte ärgerlich die Zeitung zusammen und warf sie auf den Gehsteig. Er lauschte.

Bum – sangen die Kanonen. Uuch – klang es wie aus dem Innern der Erde vor der STADT.

»Was soll das, zum Teufel?«

Turbin drehte sich heftig um, hob die zerknüllte Zeitung auf, glättete sie und las noch einmal aufmerksam auf der ersten Seite:

Im Raum Irpen gab es Zusammenstöße unserer Spähtrupps mit einzelnen Gruppen von Petljura-Banditen.
In Richtung Serebrjanka ist alles ruhig.
In Krasny Traktir ist die Lage unverändert.
In Richtung Bojarka hat ein Regiment von hetmanschen Serdjuksoldaten in einer kühnen Attacke eine Bande von eineinhalb-

tausend Mann zerschlagen. Zwei Mann wurden gefangengenommen.

Hu ... hu ... hu ... Bu ... bu ... bu ... – brummelte die graue winterliche Ferne irgendwo im Südwesten. Turbin riß plötzlich den Mund auf und erblaßte. Mechanisch stopfte er die Zeitung in die Tasche. Vom Boulevard her kroch durch die Wladimirstraße eine schwarze Menge. Mitten auf dem Damm gingen die Menschen in schwarzen Mänteln. Auf den Bürgersteigen liefen Weiber nebenher. Ein Berittener vom Staatlichen Polizeidienst ritt voran wie ein Heerführer. Sein hochgewachsenes Pferd spitzte die Ohren, schielte und bockte. Die Visage des Reiters war verwirrt. Von Zeit zu Zeit schrie er etwas und fuchtelte ordnungshalber mit der Nagaika, aber niemand hörte auf ihn. In den vorderen Reihen der Menge waren die goldbestickten Gewänder und die Bärte von Geistlichen zu sehen, Kirchenfahnen flatterten. Von allen Seiten kamen Jungs gelaufen. »›Nachrichten‹!« schrie ein Zeitungsverkäufer und lief der Menge entgegen.

Küchenjungen mit flachen weißen Hauben tauchten aus der Unterwelt des Restaurants »Metropol« auf. Die Menge zerfloß auf dem Schnee wie Tinte auf Papier.

Lange gelbe Kisten schwankten über der Menge. Als die erste auf gleicher Höhe mit Turbin war, sah er auf der Seite in ungefüger Kohleschrift die Worte:

»Fähnrich Juzewitsch«

Auf der nächsten Kiste stand:

»Fähnrich Iwanow«

Auf der dritten:

»Fähnrich Orlow«

In der Menge ertönte plötzlich ein Schrei. Eine grauhaarige Frau mit in den Nacken geschobenem Hut lief, stolpernd und irgendwelche Päckchen fallen lassend, vom Gehsteig in die Menge hinein.

»Was ist das? Wanja?!« gellte ihre Stimme. Irgendwer lief mit blassem Gesicht weg. Eine Frau begann zu schreien, mit ihr eine andere.

»O Gott, Jesus Christus!« murmelte es hinter Turbin. Jemand drückte ihm gegen den Rücken, atmete ihm gegen den Hals.

»O Gott, das ist das Letzte. Jetzt werden schon Menschen abgeschlachtet. Wo soll das hin ...«

»Alles könnte ich eher sehen als so etwas.«

»Was? Was ist? Was ist los? Wer wird beerdigt?«

»Wanja!« gellte es in der Menge.

»Das sind die Offiziere, die in Popeljucha niedergemetzelt wurden«, haspelte eine Stimme vor Gier, als erster zu erzählen. »Sie sind nach Popeljucha ausgezogen, haben dort mit der ganzen Abteilung übernachtet, und in der Nacht haben die Bauern und die Petljuraleute sie umzingelt und restlos niedergemetzelt. Ohne Ausnahme. Die Augen haben sie ihnen ausgestochen und ihnen Schulterklappen in die Haut geschnitten. Total verstümmelt.«

»So etwas. Ach, ach, ach ...«

»Fähnrich Korowin«
»Fähnrich Gerdt«

Die gelben Särge schwebten vorüber.

»Daß wir so etwas erleben müssen. Denken Sie bloß!«

»Bürgerkrieg.«

»Wie ist denn das möglich?«

»Sie sind eingeschlafen, heißt es.«

»Geschieht ihnen recht«, pfiff plötzlich in der Menge hinter Turbin ein unheilvolles Stimmchen, und ihm wurde grün vor Augen. Gesichter und Mützen flimmerten vor ihm. Er steckte den Arm zwischen zwei Hälse und packte wie mit einer Zange die Stimme am schwarzen Ärmel. Der Gefangene drehte sich um und erschrak entsetzlich.

»Was haben Sie gesagt?« fragte Turbin zischend, doch seine Wut verging sogleich.

»Aber ich bitte Sie, Herr Offizier«, antwortete die Stimme angstzitternd. »Ich habe gar nichts gesagt. Ich schweige. Was wollen Sie?« Die Stimme flatterte.

Die Entennase des Festgehaltenen wurde blaß, und Turbin begriff sogleich, daß er sich versehen und den Falschen gepackt hatte. Unter der Entennase saß eine durchaus regierungstreue Physiognomie. Sie konnte nichts Derartiges gesagt haben und verdrehte nur vor Angst die runden Äuglein.

Turbin ließ den Ärmel los und suchte in kalter Wut unter den Mützen, Hälsen und Kragen, die um ihn wogten. Mit der linken Hand war er bereit, jemanden zu packen, mit der rechten hielt er in der Tasche den Griff des Brownings. Der traurige Gesang der Geistlichen schwamm an ihm vorbei, neben ihm weinte bitterlich eine Frau mit einem Kopftuch. Es war entschieden niemand da, den er packen konnte, die Stimme war wie in den Boden verschwunden. Der letzte Sarg schaukelte vorüber:

»Fähnrich Morskoi«

Ein Schlitten flitzte vorbei.

»›Nachrichten‹!« gellte ein heiserer Alt an Turbins Ohr.

Turbin holte das zerknüllte Blatt aus der Tasche und stieß es, außer sich vor Erregung, dem Jungen zweimal ins Gesicht, wobei er zähneknirschend sagte:

»Da hast du! Da hast du! Da hast du Nachrichten! Du Aas!«

Damit war sein Wutanfall verflogen. Der Junge ließ die Zeitungen fallen, rutschte aus und setzte sich in eine Schneewehe. Sein Gesicht verzog sich zu unechtem Weinen, aber die Augen füllten sich mit echtem, wildem Haß.

»Was ist ... Warum ... Weshalb schlagen Sie mich?« näselte er, bemühte sich zu heulen und suchte mit den

Händen etwas auf dem Schnee. Ein Gesicht glotzte Turbin erstaunt an, fürchtete sich aber, etwas zu sagen. Von Scham und Pein gepackt, zog Turbin den Kopf ein, drehte sich schroff um und lief, vorbei an einer Gaslaterne, der weißen Wand des riesigen runden Museums, an aufgewühlten Gruben mit schneebedeckten Backsteinen, zu dem bekannten riesigen Platz – dem Hof des Alexander-Gymnasiums.

»›Nachrichten‹! Das demokratische Tageblatt!« hörte er von der Straße her.

Das dreistöckige, hundertachtzigfenstrige, riesige Gebäude des wohlvertrauten Gymnasiums rahmte als offenes Rechteck den Hof. Acht Jahre hatte Turbin hier verbracht, acht Jahre lang war er im Frühjahr während der Pausen auf diesem Hof umhergelaufen und hatte ihn im Winter, wenn er tief verschneit und die Klassenzimmer voll stickigen Staubs waren, vom Fenster aus betrachtet. Acht Jahre lang hatte das steinerne Gebäude Turbin und die jüngeren Karausche und Myschlajewski erzogen und unterrichtet.

Und genau vor acht Jahren hatte Turbin den Garten des Gymnasiums zum letztenmal gesehen. Sein Herz verkrampfte sich vor grundloser Angst. Ihm schien plötzlich, daß eine schwarze Wolke den Himmel verdeckte und daß ein Wirbelwind das ganze Leben weggefegt hätte, so wie eine riesige Woge eine Anlegestelle wegspült. Oh, die acht Lehrjahre! Wieviel Sinnlosigkeit, Trauer und Verzweiflung hatten der Knabenseele zugesetzt, aber auch wieviel Freude! Grau ein Tag wie der andere, ut consecutivum, Gajus Julius Cäsar, schlechte Zensur in Kosmographie und ewiger Haß auf die Astronomie seit dieser Zensur. Dafür aber gab es Frühling, Frühling und Gepolter in den Klassenzimmern, Gymnasiastinnen mit grünen Schürzchen auf dem Boulevard, die Kastanien und den Mai und das Wichtigste, ewiger Leuchtturm vorn – die Universität, die freies Leben verhieß. Verstehen Sie, was die Universität bedeutet? Sonnenuntergang am Dnepr, Freiheit, Geld, Kraft, Ruhm.

Und nun hatte er das alles schon hinter sich. Die ständig geheimnisvollen Augen der Lehrer und die schrecklichen Bassins, die ihm noch jetzt in Träumen erscheinen, aus denen ewig Wasser fließt, das aber nie alle wird, und die komplizierten Erörterungen darüber, wodurch sich Lenski von Onegin unterscheidet und wie häßlich Sokrates war und wann der Jesuitenorden gegründet wurde und wann Pompejus an Land ging und noch jemand und wieder ein anderer im Lauf von zweitausend Jahren.

Damit nicht genug. Nach acht Gymnasiumsjahren, nun schon ohne Traumbassins, die Leichen in der Anatomie, weiße Krankenzimmer, gläsernes Schweigen in den Operationssälen und dann drei Jahre im Sattel, fremde Wunden, Qualen und Erniedrigungen – oh, du verfluchtes Bassin des Krieges! Und jetzt war er wieder auf demselben Hof, im selben Garten. Ziemlich krank und nervös lief er darüber, umklammerte in der Tasche den Browning, lief weiß der Teufel wohin und weshalb. Wahrscheinlich, um dieses Leben, diese Zukunft zu verteidigen, um derentwillen er sich mit den Bassins und mit den verdammten Fußgängern, von denen einer am Punkt »A« und ein anderer am Punkt »B« losgegangen war, herumgequält hatte.

Von den schwarzen Fenstern ging vollständige und düstere Ruhe aus. Man sah auf den ersten Blick, daß es eine tote Ruhe war. Merkwürdig, im Zentrum der STADT, mitten in Zerfall, Brodeln und Unruhe, war ein totes Dreideckschiff stehengeblieben, das einst Zehntausende von Leben ins offene Meer getragen hatte. Niemand mehr schien es zu bewachen, überall war es still, keine Bewegung in den Fenstern und an den gelbgestrichenen Wänden. Eine unberührte Schneeschicht lag auf den Dächern, saß mützengleich auf den Kronen der Kastanien, bedeckte glatt den Hof, und nur ein paar Fußspuren zeigten, daß der Schnee gerade erst begangen worden war.

Und das Wichtigste – niemand wußte und niemand interessierte sich, wo das alles geblieben war. Wer lernt jetzt in diesem Schiff? Und wenn niemand – weshalb nicht? Wo sind die Wächter? Warum stehen die schrecklichen stumpfschnauzigen Mörser unter der Kastanienreihe am Gitter, das den inneren Vorgarten am Haupteingang umzäunt? Weshalb ist das Gymnasium ein Zeughaus? Wessen? Warum?

Niemand wußte das, wie auch niemand wußte, wo Madame Anjou geblieben war und warum in ihrem Geschäft neben den leeren Hutschachteln Handgranaten lagen.

»Mörser – los!« schrie eine Stimme. Die Mörser setzten sich in Bewegung. An die zweihundert Mann liefen nebenher, duckten sich und sprangen neben den riesigen eisenbeschlagenen Rädern wieder hoch. Es flimmerte von gelben Halbpelzen, grauen Mänteln und Papachas, von khakifarbenen Militär- und blauen Studentenmützen.

Als Turbin den riesigen Hof überquerte, stellten sich die vier Mörser in eine Reihe, den Rachen auf ihn gerichtet. Die hastige Ausbildung an den Mörsern war beendet, die bunte Rekrutenformation der Division trat in zwei Reihen an.

»Herr Hauptmann«, sang Myschlajewskis Stimme, »der Zug ist bereit.«

Studzinski erschien vor der Formation, trat einen Schritt rückwärts und schrie:

»Links schwenkt – marsch!«

Krachend setzte sich die Formation, uneinheitlich durch den Schnee stapfend, in Bewegung.

An Turbin vorbei zogen bekannte und typische Studentengesichter. An der Spitze des dritten Zuges marschierte Karausche. Ohne zu wissen, wohin und weshalb, ging Turbin neben dem Zug her.

Karausche trat aus der Reihe, ging rückwärts und zählte besorgt:

»Links. Links. Eins. Eins.«

Wie eine Schlange verschwand die Formation im schwarzen Rachen des Kellereinganges, der eine Reihe nach der anderen verschluckte.

Innen wirkte das Gymnasium noch lebloser und düsterer als außen. Das Echo des Militärschritts weckte rasch die steinerne Stille und das unsichere Halbdunkel des verlassenen Gebäudes. Längs der Gewölbe flogen seltsame Laute, als wären die Dämonen erwacht. Durch die schweren Schritte hörte man Rascheln und Piepsen – die aufgestörten Ratten flüchteten in dunkle Winkel. Die Formation ging durch die endlosen backsteingepflasterten, schwarzen Kellerflure und kam in einen riesigen Saal, wo durch schmale Gitterfenster und tote Spinngewebe spärliches Licht hereindrang.

Ein höllisches Poltern brach die Stille. Hölzerne, eisenbeschlagene Munitionskisten wurden geöffnet, endlose Gurte und tortenrunde Magazine für Lewis-Maschinengewehre herausgeholt. Schwarze und graue, bösen Mücken ähnliche Maschinengewehre kamen zum Vorschein. Muttern klapperten, Zangen zerrten, in einer Ecke kreischte eine Säge. Die Junker holten Berge zusammengepreßter kalter Papachas, Mäntel mit metallharten Falten, steife Koppel, Patronentaschen und filzbezogene Feldflaschen hervor.

»Schnel-ler!« rief Studzinski.

Sechs Offiziere mit goldblinkenden Achselklappen schlängelten sich hindurch wie Seetang im Wasser. Myschlajewskis genesener Tenor sang etwas.

»Herr Doktor!« rief Studzinski aus der Dunkelheit. »Übernehmen Sie bitte den Sanitätstrupp und geben Sie ihm Instruktionen.«

Vor Turbin tauchten zwei Studenten auf. Einer von ihnen, klein und aufgeregt, trug ein rotes Kreuz auf dem Ärmel des Studentenmantels. Der andere hatte einen grauen Mantel an, und die Papacha rutschte ihm über die Augen, so daß er sie dauernd zurechtrückte.

»Dort sind Kisten mit Medikamenten«, sagte Turbin. »Holen Sie sich dort Schultertaschen und für mich eine Arzttasche mit entsprechendem Satz. Geben Sie jedem Artilleristen zwei Verbandpäckchen und erklären Sie kurz, wie man sie im Notfall öffnet.«

Aus der grauwimmelnden Versammlung tauchte Myschlajewskis Kopf. Er war auf eine Kiste gestiegen, schwenkte das Gewehr, knackte mit dem Schloß, setzte krachend einen Ladestreifen ein, zielte und warf aus, zielte und warf aus, und die Patronen regneten auf die Junker herab. Danach begann es im Keller wie in einer Fabrik zu krachen. Klirrend und krachend luden die Junker ihre Gewehre.

»Wer's noch nicht kann: Vorsicht«, sang Myschlajewskis Stimme, »Junker, weisen Sie die Studenten ein!«

Riemen mit Patronentaschen und Feldflaschen wurden über die Köpfe gereicht.

Ein Wunder geschah. Die buntscheckige Menschenmenge verwandelte sich in eine kompakte Masse, über der die harten Borsten der Bajonette flirrten.

»Bitte die Herren Offiziere zu mir«, erklang irgendwo Studzinskis Stimme.

Im Dunkel des Korridors fragte Studzinski unter leisem Sporengeklirr:

»Ihr Eindruck?«

Die Sporen bewegten sich unschlüssig. Myschlajewski tippte nachlässig, aber flott mit den Fingern an den Mützenrand, trat näher zum Stabskapitän und sagte:

»In meinem Zug haben fünfzehn Mann keine Ahnung von einem Gewehr. Es ist schwierig.«

Studzinski sah mit seelenvollem Blick nach oben, wo durch die Scheiben bescheiden und grau das letzte spärliche Licht hereindrang, und fragte:

»Die Stimmung?«

Wieder sprach Myschlajewski:

»Hm … hm … Die Särge haben viel verdorben. Die Studenten sind etwas niedergeschlagen. So etwas deprimiert sie. Sie haben es durchs Gitter gesehen.«

Studzinski sah ihn mit seinen hartnäckigen schwarzen Augen an.

»Versuchen Sie, die Stimmung zu heben.«

Sporenklirrend gingen die Offiziere auseinander.

»Junker Pawlowski!« dröhnte Myschlajewskis Stimme wie die des Radames in »Aida« durchs Zeughaus.

»Pawlowski-ki-ki!« antwortete das Zeughaus mit steinernem Echo und dem Gebrüll der Junkerstimmen.

»Hi-ier!«

»Sind Sie von der Alexej-Schule?«

»Jawohl, Herr Leutnant.«

»Los, ein Lied, möglichst ein munteres. Es soll wie ein Siegesmarsch über Petljura klingen, daß ihn die Pest hole.«

Eine Stimme – hoch und rein – stimmte unter dem steinernen Gewölbe an:

»Als Artillerist bin ich geboren ...«

Aus dem Dickicht der Bajonette antworteten Tenöre:

»Die Brigade war mein Elternhaus ...«

Das ganze Studentengewühl zuckte zusammen, nahm schnell nach dem Gehör die Melodie auf, und plötzlich explodierte das ganze Zeughaus in einem spontanen Baßchoral, der wie das Echo eines Kanonendonners widerhallte:

»Kartätschen tauften mich statt Wasser,
und reicher Samt umwallt mich kraus.
Mit Feuer ...«

Es klirrte in den Ohren, in den Patronenkisten, auf den trüben Scheiben, in den Köpfen, und ein paar vergessene, verstaubte Trinkgläser auf den schrägen Fensterbrettern zitterten und klapperten.

»Und mit den langen Bremsenseilen
die Kanoniere wiegten mich.«

Studzinski fischte sich aus der Menge von Mänteln, Bajonetten und Maschinengewehren zwei rosige Fähnriche und erteilte ihnen hastig flüsternd den Befehl:

»Vestibül ... den Vorhang abreißen ... schnell.«

Die Fähnriche rannten davon.

»Sie gehen und singen,
die Junker von der Gardeschule!
Mit Pauken und Trompeten
und schallenden Becken!«

Durchs leere Steingehäuse des Gymnasiums dröhnte und heulte der schreckliche Marsch, und die Ratten saßen in ihren tiefen Löchern starr vor Entsetzen.

»Eins, eins!« brüllte Karausche schrill.

»Fröhlicher!« rief Myschlajewski mit reiner Stimme. »Alexej-Schüler, wen beerdigt ihr?«

»Näherinnen, Köchinnen, Stubenmädchen, Wäscherinnen
sehn den marschierenden Junkern nach!«

Nicht eine unschlüssige graue Raupe kroch da, sondern eine feste, von Bajonettstacheln umkleidete Formation marschierte den Korridor entlang, und der Fußboden bebte unter dem Stampfen der Füße. Sie marschierte durch den endlosen Korridor in die erste Etage, auf das riesige, von der Glaskuppel hell beleuchtete Vestibül zu, und plötzlich stutzten die ersten Reihen.

Auf edlem Vollbluthengst, dessen Satteldecke das kaiserliche Monogramm zeigte, mit strahlendem Lächeln, einen seitlich aufgebogenen Dreispitz auf dem Kopf, mit weißem Federbusch und angehender Glatze erschien vor den Artilleristen der Zar Alexander. Er sandte ihnen ein Lächeln nach dem anderen zu, voll arglistigen Charmes, und seine

Säbelspitze wies auf die Regimenter von Borodino. Geschoßwölkchen bedeckten die Felder von Borodino, und der ganze Hintergrund des zwei Sashen breiten Bildes war in Wolken von Bajonetten gehüllt.

»Es gab doch siegreiche Gefechte?«

»Jawohl, so heißt's«, sagte Pawlowski schallend vor.

»Jawohl, so heißt's, und was für welche!«

dröhnten die Bässe.

»Und nicht umsonst gedenkt ganz Rußland
des Heldentages von Borodino!«

Der strahlende Alexander jagte gen Himmel, und der abgerissene Vorhang, der ihn ein ganzes Jahr lang verdeckt hatte, wallte zu Hufen seines Pferdes.

»Habt ihr den Imperator Alexander den Gesegneten nicht gesehen? Richt' euch, richt' euch! Eins. Eins. Links. Links!« brüllte Myschlajewski, und die Raupe kroch höher, mit dem schweren Schritt der Alexander-Infanterie die Treppe stürmend. Die Division ging mit der linken Schulter an dem Besieger Napoleons vorbei und kam in die riesengroße Aula mit den beidseitigen Fensterreihen. Hier verstummte das Lied, und die Division stellte sich mit flimmernden Bajonetten in dichten Reihen auf. Düsteres fades Licht herrschte im Saal, wie tote blasse Flecke hingen zwischen den Fenstern die riesigen Porträts der letzten Zaren.

Studzinski trat einen Schritt zurück und sah auf seine Armbanduhr. In diesem Moment kam ein Junker gelaufen und flüsterte ihm etwas zu.

»Der Divisionskommandeur«, hörten die in der Nähe Stehenden.

Studzinski gab den Offizieren ein Zeichen. Sie liefen zwischen den Reihen entlang und richteten sie aus. Studzinski ging in den Korridor, dem Kommandeur entgegen.

Sporenklirrend kam Oberst Malyschew, zu Alexander hinschielend und sich zu ihm umdrehend, die Treppe herauf und auf den Saaleingang zu. Ein kaukasischer Krummsäbel mit kirschrotem Portepee baumelte an seiner linken Hüfte. Er trug eine Mütze aus schwarzem Samt und einen langen Mantel mit riesigem Rückenschlitz. Sein Gesicht war besorgt. Studzinski ging rasch auf ihn zu und blieb salutierend stehen.

Malyschew fragte ihn:

»Eingekleidet?«

»Jawohl. Alle Befehle ausgeführt.«

»Wie steht's?«

»Sie werden kämpfen. Aber vollkommen unerfahren. Auf hundertzwanzig Junker kommen achtzig Studenten, die kein Gewehr halten können.«

Ein Schatten legte sich auf Malyschews Gesicht. Er schwieg.

»Ein großes Glück, daß wir gute Offiziere haben«, fuhr Studzinski fort, »besonders dieser Neue, Myschlajewski. Irgendwie werden wir's schon schaffen.«

»Soso. Also hören Sie zu: Nach meiner Besichtigung schicken Sie die ganze Division nach Hause mit Ausnahme der Offiziere und sechzig der besten und erfahrensten Junker, die Sie zur Bewachung der Kanonen, des Zeughauses und des Gebäudes dabehalten. Morgen früh um sieben versammelt sich die ganze Division wieder hier.«

Studzinski war so verblüfft, daß er sehr ungehörig den Oberst anglotzte und den Mund aufriß.

»Herr Oberst« – Studzinski war sehr aufgeregt –, »erlauben Sie mir eine Bemerkung: Das geht nicht. Die einzige Möglichkeit, die Schlagkraft der Division zu erhalten, ist, sie heute hier übernachten zu lassen.«

Der Oberst zeigte auf der Stelle und sehr schnell eine neue Eigenschaft – er konnte prächtig in Wut geraten. Hals und Wangen färbten sich dunkelrot, die Augen blitzten.

»Hauptmann«, sagte er mit unangenehmer Stimme. »Künftig bekommen Sie keinen Adjutantensold mehr, sondern das Gehalt eines Lektors, der den Divisionskommandeuren Lektionen hält, und das ist mir sehr fatal, denn ich hoffte, in Ihnen einen erfahrenen Offizier und nicht einen Universitätsprofessor zu haben. Also: ich brauche keine Lektionen. Ich empfehle Ihnen, mir keine Ratschläge zu erteilen! Hören und merken. Merken und gehorchen!«

Sie standen einander wie Kampfhähne gegenüber.

Kupferne Röte breitete sich über Studzinskis Hals und Wangen aus, seine Lippen zuckten.

»Zu Befehl, Herr Oberst«, sagte er mit knarrender Stimme.

»Ja, gehorchen. Alle nach Hause schicken, mit dem Befehl, sich auszuschlafen, keine Waffe mitzunehmen und morgen früh um sieben hier zu erscheinen. Nach Hause schicken, in kleinen Grüppchen und nicht in Zugformationen und ohne Schulterklappen, um die Aufmerksamkeit der Gaffer nicht mit soviel Pracht auf sich zu ziehen.«

In Studzinskis Augen blitzte Verständnis auf, die Kränkung erlosch.

»Zu Befehl, Herr Oberst.«

Der Herr Oberst änderte sogleich den Ton.

»Alexander Bronislawowitsch, ich kenne Sie nicht erst seit heute als erfahrenen, tüchtigen Offizier. Aber Sie müssen mich doch auch kennen. Sie haben mir also nichts übelgenommen? Übelnehmen ist in solcher Zeit nicht angebracht. Ich habe es in unangenehmem Ton gesagt, vergessen Sie es, denn Sie haben ja auch ...«

Studzinski wurde über und über rot.

»Jawohl, Herr Oberst, es ist meine Schuld.«

»Na, dann ist ja alles in Ordnung. Wollen keine Zeit verlieren, damit die Stimmung nicht sinkt. Kurzum, alles auf morgen verschieben. Morgen werden wir klarer sehen. Dennoch sage ich Ihnen schon jetzt: Mit den Geschützen brauchen Sie sich nicht zu beschäftigen, denn wir bekommen weder Pferde noch Munition. Deshalb ab morgen früh nur Gewehrschießen und nochmals Gewehrschießen. Machen Sie es so, daß die Division bis morgen mittag wie ein preisgekröntes Regiment schießt. Und allen erfahrenen Junkern geben Sie Handgranaten. Verstanden?«

Dunkle Schatten legten sich auf Studzinskis Gesicht. Er hörte gespannt zu.

»Herr Oberst, darf ich etwas fragen?«

»Ich weiß, was Sie fragen wollen. Sie brauchen die Frage nicht zu stellen. Ich antworte Ihnen auch so: Sehr schlecht. Es gibt schlimmere Situationen, aber selten. Alles klar?«

»Jawohl!«

»Dann ist Ihnen auch klar«, Malyschew senkte die Stimme, »daß ich keine Lust habe, in diesem Steinsack eine unsichere Nacht zu verbringen und vielleicht noch zweihundert Jungs zugrunde zu richten, von denen hundertzwanzig nicht einmal schießen können.«

Studzinski schwieg.

»So ist das. Alles Weitere abends. Wir werden alles schaffen. Ab zur Division.«

Sie betraten den Saal.

»Stillgestanden! Die Herren Offiziere!« rief Studzinski.

»Guten Tag, Artilleristen!«

Hinter Malyschews Rücken gab Studzinski wie ein geschäftiger Regisseur ein Zeichen mit der Hand, und die graue, stachelige Wand brüllte auf, daß die Fensterscheiben klirrten:

»Guten Tag, Herr Oberst!«

Malyschew musterte die Reihen freudig, nahm die Hand vom Mützenschirm und sagte:

»Tadellos ... Artilleristen! Ich möchte keine Worte verlieren, bin kein Redner, ich habe noch nie auf Kundgebungen gesprochen, deshalb mach ich's kurz. Wir werden den Hundesohn Petljura schlagen, seid unbesorgt. Unter euch sind Schüler der Wladimir-, der Kostantin- und der Alexej-Schule, deren Falken sich noch nie mit Schande bedeckt haben. Und viele von euch sind Zöglinge dieses berühmten Gymnasiums. Seine alten Wände schauen auf euch. Ich hoffe, daß wir uns für euch nicht zu schämen brauchen werden. Artilleristen der Mörserdivision! Wir werden die große STADT in der Stunde der Belagerung durch den Banditen halten. Wenn wir diesen ulkigen Präsidenten mit unseren Sechszöllern eindecken, wird ihm der Himmel nicht größer als seine Unterhose vorkommen, Himmel, Arsch und Donnerwetter!«

»Haha ... Haha ...«, antwortete die stachelige Menge, ganz überwältigt von den Kraftausdrücken des Herrn Oberst.

»Gebt euch Mühe, Artilleristen!«

Wieder gab Studzinski wie ein Regisseur hinter der Kulisse ein Zeichen, und wieder wirbelte die Menge mit ihrem Gebrüll, dem donnerähnliches Echo folgte, ganze Schichten Staub auf.

»Hur-ra! Hur-ra! Hur-ra!«

Nach zehn Minuten standen in der Aula, wie auf dem Feld von Borodino, Hunderte Gewehrpyramiden. Auf beiden Enden der mit Bajonetten bepflanzten staubigen Parkettebene tauchten zwei dunkle Wachpostengestalten auf. Irgendwo unten hörte man entfernt die Schritte der befehlsgemäß auseinandergehenden frisch gebackenen Artilleristen. In den Korridoren hallten eisenbeschlagene Schritte und die Rufe der Offiziere – Studzinski stellte selbst die Wachposten auf. Dann ertönte unerwartet eine Trompete. In ihren zerrissenen, abgestandenen Tönen, die durchs ganze Gymnasium flogen, war die Strenge gebrochen, sie klang unruhig und falsch. Oben im Korridor, zwischen den ins Vestibül führenden Treppen, stand ein Junker und blies die Wangen auf. Abgeschabte Ordensbänder hingen von der stumpfen Messingtrompete. Die Beine zirkelartig gespreizt, stand Myschlajewski vor dem Bläser und versuchte, ihm etwas beizubringen.

»Es dringt nicht durch. Jetzt ist's besser. Blasen Sie sie durch, kräftig, sie hat zu lange ungebraucht gelegen, die gute. Nun, blasen Sie Alarm.«

»Tra-ta-ta-tra-ta«, blies der Trompeter und versetzte die Ratten in Schreck und Trauer.

Die Dunkelheit drang schnell in den Saal mit den beidseitigen Fensterreihen. Vor dem Feld mit den Gewehrpyramiden blieben Malyschew und Turbin stehen. Malyschew sah den Arzt finster an, setzte dann aber rasch ein freundliches Lächeln auf.

»Na, Doktor, wie sieht's bei Ihnen aus? Ist der Sanitätstrupp in Ordnung?«

»Jawohl, Herr Oberst.«

»Sie können nach Hause gehen, Doktor. Die Feldschere auch. Die sollen morgen mit den anderen um sieben hier erscheinen. Und Sie …« (Malyschew kniff nachdenkend die Augen ein.) »Ich möchte Sie bitten, morgen um vierzehn Uhr hierherzukommen. Bis dahin sind Sie frei.« (Malyschew überlegte weiter.) »Noch etwas: Die Achselklappen brauchen Sie einstweilen nicht zu tragen.« (Malyschew schwieg eine Weile unschlüssig.) »Wir sind nicht daran interessiert, Aufmerksamkeit zu erregen. Kurzum, bitte morgen um vierzehn Uhr.«

»Zu Befehl, Herr Oberst.«

Turbin trat von einem Fuß auf den anderen. Malyschew holte sein Etui heraus und bot ihm eine Zigarette an. Turbin entzündete ein Streichholz. Zwei rote Sternchen glühten auf, und daran merkte man, daß es schon ziemlich dunkel geworden war. Malyschew sah besorgt nach oben, wo die weißen Bogenlampen undeutlich zu erkennen waren, und ging in den Korridor. »Leutnant Myschlajewski, kommen Sie bitte zu mir. Hören Sie zu: Ich übertrage Ihnen die elektrische Beleuchtung des Gebäudes. Versuchen Sie bitte, so schnell wie möglich das Licht einzuschalten. Nehmen Sie alles so in die Hand, daß Sie es jederzeit ein- oder ausschalten können. Die Verantwortung für die Beleuchtung tragen Sie allein.«

Myschlajewski salutierte und machte kehrt. Der Bläser piepste noch einmal und hörte dann auf. Myschlajewski lief sporenklirrend die Haupttreppe hinunter, so schnell, als ob er Schlittschuh liefe. Gleich darauf donnerten seine Faustschläge und Kommandorufe. Als Antwort flammte im Haupteingang, in den das breite Vestibül mündete, das Licht auf und warf einen schwachen Widerschein auf Alexander. Malyschew riß entzückt den Mund auf und sagte zu Turbin:

»Teufel noch eins, das ist ein Offizier, was? Haben Sie gesehen?«

Unten auf der Treppe erschien eine Gestalt, die langsam die Stufen heraufstieg. Als sie sich auf dem ersten Treppenabsatz umgedreht hatte, sahen Malyschew und Turbin, die sich über das Geländer beugten, sie von vorn. Sie ging auf zitternden kranken Beinen und wackelte mit dem weißen Kopf. Bekleidet war sie mit einer zweireihigen Uniformjacke mit Silberknöpfen und grünen Kragenspiegeln. In den zitternden Händen trug sie einen riesigen Schlüssel. Myschlajewski ging hinter ihr her und rief von Zeit zu Zeit:

»Schneller, schneller, Alter! Was kriechst du wie eine Laus?«

»Euer ... Euer ...«, murmelte der Alte schlurfend. Aus der Dunkelheit des Treppenabsatzes tauchte Karausche auf und hinter ihm ein anderer hochgewachsener Offizier, dann wurden zwei Junker und schließlich ein Maschinengewehr mit spitzem Rüssel sichtbar. Der Alte prallte entsetzt zurück, bückte sich und verbeugte sich tief vor dem Maschinengewehr. »Euer Hochwohlgeboren«, murmelte er.

Oben tastete die Gestalt im Dunkeln umher, öffnete mit zitternden Händen einen länglichen Kasten an der Wand, und zum Vorschein kam ein weißer Fleck. Der Alte steckte die Hand hinein, knipste, und im gleichen Augenblick überflutete Licht das obere Vestibül, den Aulaeingang und den Korridor. Die Dunkelheit rollte sich zusammen und flüchtete in die Ecken. Myschlajewski bemächtigte sich sogleich des Schlüssels, steckte die Hand in den Kasten, begann zu spielen und mit den schwarzen Griffen zu knacken. Das Licht, so grell, daß es rosa schimmerte, flammte bald auf, bald erlosch es. Im Saal leuchteten die Kugeln auf und gingen aus. Plötzlich brannten auch zwei Kugeln an den Enden des Korridors, und die Dunkelheit schlug Purzelbaum und verschwand gänzlich.

»He, wie ist es?« rief Myschlajewski.

»Aus«, antworteten Stimmen von unten aus dem Vestibül. »Da! Jetzt brennt es!« rief es von unten.

Nachdem Myschlajewski genug gespielt hatte, schaltete er im Saal, im Korridor und im Reflektor über dem Zaren Alexander das Licht ein, schloß den Kasten ab und steckte den Schlüssel in die Tasche.

»Hau ab, Alter, schlafen«, sagte er in beruhigendem Ton. »Alles in Ordnung.«

Der alte Mann plinkerte schuldbewußt mit den kurzsichtigen Augen.

»Und der Schlüssel? Der Schlüssel, Euer Gnaden? Werden Sie ihn behalten, oder wie?«

»Den Schlüssel behalte ich. So ist es.«

Der alte Mann zitterte noch eine Weile und ging dann langsam.

»Junker!«

Ein dicker, rotgesichtiger Junker stieß den Gewehrkolben neben dem Schaltkasten auf und nahm Haltung an.

»Den Kasten dürfen nur der Divisionskommandeur, der Adjutant und ich öffnen. Sonst niemand. Im Notfall, auf Befehl eines der drei, können Sie den Kasten aufbrechen, aber vorsichtig, damit die Schalttafel nicht beschädigt wird.«

»Zu Befehl, Herr Leutnant.«

Als Myschlajewski an Turbin vorbeiging, flüsterte er ihm zu:

»Das war Maxim, hast du gesehen?«

»O Gott, ja«, flüsterte Turbin zurück.

Der Divisionskommandeur stellte sich an den Aulaeingang, und tausend Lichter spielten auf der Silbergravierung seines Säbels. Er winkte Myschlajewski zu sich und sagte zu ihm:

»Nun, Leutnant, ich bin zufrieden, daß Sie in unsere Division gekommen sind. Sie sind in Ordnung.«

»Danke gehorsamst, Herr Oberst.«

»Bringen Sie noch die Heizung im Saal in Gang, damit die Ablösungen der Junker sich hier wärmen können, für das übrige sorge ich selbst. Ich besorge euch auch Verpflegung und Wodka, nicht viel, aber ausreichend zum Erwärmen.«

Myschlajewski bezeugte dem Herrn Oberst mit einem angenehmen Lächeln seine Freude und räusperte sich eindringlich. Turbin hörte nicht mehr zu. Er beugte sich über das Geländer und wandte keinen Blick von der weißhaarigen Gestalt, bis sie unten verschwunden war. Leere Trauer erfaßte ihn. Hier an dem kalten Geländer tauchte vor ihm überdeutlich eine Erinnerung auf:

Eine Menge von Gymnasiasten aller Altersgruppen läuft begeistert durch diesen Korridor.

Der stämmige Maxim, der Oberpedell, führt energisch zwei kleine schwarze Gestalten an der Spitze dieses wunderlichen Zuges.

»Nein, nein, nein«, murmelt er, »aus Anlaß der freudigen Ankunft des Herrn Kurators soll sich der Herr Inspektor an dem Anblick von Herrn Turbin und Herrn Myschlajewski erfreuen. Das wird ihnen wahres Vergnügen machen, außerordentliches Vergnügen!«

Offensichtlich sind die Worte Maxims böse Ironie. Nur einem Menschen mit verdorbenem Geschmack könnte der Anblick der Herren Turbin und Myschlajewski Vergnügen bereiten, noch dazu in der freudigen Stunde der Ankunft des Kurators.

Bei Herrn Myschlajewski, den Maxims linke Hand klammert, ist die Oberlippe schräg gespalten, und der linke Ärmel hängt an einem Faden. Bei Herrn Turbin, den Maxims rechte Hand gepackt hält, fehlt der Gürtel, und die Knöpfe sind nicht nur an der Bluse abgesprungen, sondern auch am Hosenschlitz, so daß die Unterwäsche und selbst der nackte Körper aufs unanständigste den Blicken der anderen preisgegeben sind.

»Lassen Sie uns los, lieber, lieber Maxim«, flehen Turbin und Myschlajewski und wenden Maxim die blutbeschmierten Gesichter mit den flehenden Augen zu.

»Hurra! Schlepp ihn weiter, heiliger Max!« rufen hinten die aufgekratzten Gymnasiasten. »Wo gibt's denn so was, daß man die Kleinen unbestraft verunstaltet!«

O mein Gott, mein Gott! Damals war Sonnenschein, Lärm und Gepolter. Auch Maxim war damals nicht so weißhaarig, traurig und hungrig wie heute. Damals hatte er auf dem Kopf eine schwarze Schuhbürste, die nur stellenweise mit weißen Fäden durchsetzt war, hatte eiserne Zangen statt der Hände und am Hals eine Medaille, so groß wie ein Wagenrad. Ach, das Rad, das Rad! Ständig fuhr es vom Dorf »B« mit n Umdrehungen los, und nun war es in der steinernen Leere angelangt. O Gott, diese Kälte! Jetzt mußte man verteidigen ... Aber was? Die Leere? Den Widerhall der Schritte? Kannst du, Alexander, mit den Regimentern von Borodino das untergehende Haus retten? Werde lebendig, führe sie von der Leinwand herab! Sie würden Petljura schlagen können.

Turbins Beine trugen ihn von selbst die Treppe hinunter. Maxim! wollte er schreien, dann aber verlangsamte er den Schritt und blieb schließlich ganz stehen. Er stellte sich Maxim in der Kellerwohnung vor, wo die Pförtner wohnten. Sicherlich hockt er zitternd am Ofen, hat alles vergessen und weint vielleicht sogar. Ihm, Turbin, schnürt die Trauer ohnedies die Kehle ab. Man muß auf all das pfeifen. Schluß mit der Sentimentalität! Wir waren unser ganzes Leben lang zu sentimental. Schluß.

Und dennoch ging Turbin, nachdem er die Feldschere nach Hause geschickt hatte, in einen leeren, düsteren Klassenraum. Kohlschwarz sahen von den Wänden die Tafeln herab. Die Bänke standen in Reihen. Er konnte es sich nicht verkneifen, hob den Pultdeckel und setzte sich. Es ging schwer, war unbequem. Wie nah war die schwarze Tafel! Ja, ich schwöre, das ist dieselbe Klasse oder die daneben, denn aus dem Fenster hat man denselben Ausblick auf die STADT. Dort ist der schwarze, tote Koloß der Universität. Der Pfeil des Boulevards, mit weißen Lichtern gesäumt, die Kästen der Häuser, die Schluchten der Dunkelheit, die Wände, der hohe Himmel ...

Und vor den Fenstern die Oper »Die Nacht vor Weihnachten« in Natur – Schnee und Lichter, zitternd und flimmernd. Gern wüßte ich, warum in Swjatoschino geschossen wird! So harmlos, so entfernt wie durch Watte schießen die Kanonen – bum, bum.

»Schluß.«

Turbin klappte den Pultdeckel herunter, ging in den Korridor und von dort an den Wachposten vorbei durchs Vestibül auf die Straße. Am Haupteingang stand das Maschinengewehr. Auf der Straße waren wenig Passanten, große Schneeflocken fielen.

Der Herr Oberst hatte eine unruhige Nacht. Viele Male mußte er den Weg zwischen dem Gymnasium und dem zwei Schritt entfernten Geschäft der Madame Anjou machen. Gegen Mitternacht lief die Maschine auf vollen Touren. Im Gymnasium verbreiteten die Glühlampen in den Glaskugeln leise zischend rosa Licht. Im Saal war es bedeutend wärmer geworden, denn den ganzen Abend und die ganze Nacht loderten Flammen in den altertümlichen Öfen der anliegenden Bibliotheksräume.

Unter Myschlajewskis Kommando hatten die Junker mit den »Vaterländischen Blättern« und der »Lesebibliothek« auf das Jahr 1863 die weißen Öfen angeheizt und dann die ganze Nacht hindurch alte Schulbänke mit Beilen zerhackt und verbrannt. Nachdem Studzinski und Myschlajewski je zwei Teegläser Sprit getrunken hatten (der Herr Oberst hatte sein Versprechen gehalten und ihnen eine Menge geschickt, die ausreichte, sich zu erwärmen – sechs Liter), schliefen sie abwechselnd zwei Stunden, in einer Reihe mit den Junkern, auf ihren Mänteln neben den Öfen, und rote Lichter und Schatten spielten auf ihren Gesichtern. Dann standen sie auf und kontrollierten die Posten. Karausche stand an den Gartenausgängen Wache mit Junkern als Maschinengewehrbedienung. Mit stündlicher Ablösung wachten vier Junker in Schafpelzen an den großschnauzigen Mörsern.

Bei Madame Anjou war der Ofen höllisch heiß, in den Röhren summte und zog es, einer der Junker stand Wache an der Eingangstür und wandte keinen Blick vom Motorrad, und im Geschäft schliefen fünf Junker wie tot auf ihren ausgebreiteten Mänteln. Um ein Uhr nachts ließ sich der Herr Oberst endgültig bei Madame Anjou nieder, gähnte, legte sich aber noch nicht schlafen, sondern telefonierte lange. Um zwei Uhr nachts fuhr pfeifend ein Motorrad vor, dem eine Militärperson in grauem Mantel entstieg.

»Durchlassen. Er will zu mir.«

Die Person brachte dem Oberst ein umfangreiches Bündel, in ein Laken gewickelt und über Kreuz mit einem Strick verschnürt. Der Herr Oberst versteckte es eigenhändig in einer kleinen Kammer und schloß sie mit einem Vorhängeschloß ab. Der graue Mann fuhr mit dem Motorrad wieder weg, und der Herr Oberst stieg auf die Galerie, breitete dort seinen Mantel aus, raffte einen Haufen Flicken unter den Kopf, legte sich nieder, und nachdem er dem Wachposten befohlen hatte, ihn punkt sechs Uhr dreißig zu wecken, schlief er ein.

7

Tief in der Nacht legte sich kohlschwarzes Dunkel auf die Terrassen des schönsten Fleckchens der Welt – auf den Wladimir-Hügel. Die backsteingepflasterten Wege und Alleen waren unter einer endlosen unberührten Schneeschicht verborgen.

Keine Menschenseele aus der STADT, kein Fuß betrat im Winter dieses mehrstöckige Massiv. Wer geht schon in der Nacht auf den Hügel und dazu in solcher Zeit? Man würde sich einfach fürchten! Selbst Tapfere gehen nicht hin. Man hat ja dort auch nichts zu schaffen. Es gibt dort nur eine beleuchtete Stelle: Auf dem schrecklichen schweren Postament steht schon hundert Jahre der gußeiserne schwarze Wladimir und hält senkrecht in der Hand das drei Sashen lange Kreuz. Jeden Abend, sobald sich Dunkel auf die Hänge und Terrassen legt, flammt das Kreuz auf und brennt die ganze Nacht. Es ist weithin zu sehen, etwa vierzig Werst in die dunkle Ferne, die nach Moskau führt. Hier aber beleuchtet das blasse elektrische Licht nicht viel, es sinkt herab, streift die grünschwarze Seite des Postaments, entreißt der Dunkelheit die Balustrade und ein Stück Gitter, das die mittlere Terrasse umgibt. Sonst nichts. Etwas weiter völlige Dunkelheit. Die Bäume sehen in der Dunkelheit merkwürdig aus, wie Kronleuchter in einem Gazeüberzug, sie tragen Schneemützen, und ringsum sind mannshohe Schneewehen. Gruselig. Nun, es war klar, daß hierher kein Mensch kommen würde. Auch nicht der tapferste. Was sollte er auch hier? Ganz anders ist es in der STADT. Die Nacht ist unruhig, gewichtig, eine Kriegsnacht. Die Laternen brennen wie Glasperlen. Die Deutschen schlafen, aber nur mit einem Auge. In der dunkelsten Gasse flammt plötzlich ein blauer Lichtstrahl auf.

»Halt!«

Knirschen ... Knirschen ... In der Mitte der Straße kriechen Figuren mit Blechschüsseln auf dem Kopf. Schwarze Ohrenschützer. Knirschen. Die Gewehre nicht auf dem Rücken, sondern über den Arm gelegt. Mit den Deutschen ist nicht zu spaßen, vorläufig ... Sie sind eine ernste Angelegenheit. Sie gleichen Mistkäfern.

»Dokument!«

»Halt!«

Ein Strahl aus der Taschenlampe. He-he!

Da kommt ein schweres schwarzlackiertes Auto, vorn vier Scheinwerfer. Es ist kein gewöhnliches Auto, denn dem spiegelglatten Wagen folgt in leichtem Trab ein Geleit – acht Berittene. Aber den Deutschen ist es gleich, sie befehlen auch dem Auto:

»Halt!«

»Wohin? Wer? Weshalb?«

»Der Befehlshaber, General der Kavallerie Belorukow.«

Nun, das ist natürlich ganz etwas anderes. Bitte schön. Durch das Glas des Wagens war in der Tiefe ein blasses schnurrbärtiges Gesicht zu sehen. Ein schwacher Glanz auf den Schultern des Generalsmantels. Die deutschen Blechschüsseln salutierten. Zwar war es ihnen im Grunde egal, ob das der Befehlshaber Belorukow, Petljura oder der Häuptling der Zulus in diesem hundsgemeinen Lande war. Dennoch ... Unter Zulus muß man nach Zuluart heulen. Die Blechschüsseln salutierten. Höflichkeit ist international, wie man so sagt.

Es ist eine militärisch wichtige Nacht, eine Kriegsnacht. Aus den Fenstern des Geschäfts von Madame Anjou fällt Licht. Das Licht zeigt die Damenhüte, Korsetts, Schlüpfer und Sewastopoler Kanonen. Ein Junker pendelt hin und her, friert, zeichnet mit dem Bajonett die Initialen des Zaren. Im Alexander-Gymnasium brennen die Lichtkugeln wie bei einem Ball. Myschlajewski, der sich hinlänglich mit Wodka gestärkt hat, läuft dauernd, um Alexander den Gesegneten zu sehen, und wirft Blicke zum Schaltkasten. Im Gymnasium geht es lustig und gewichtig zu. Auf Wache sind immerhin acht Maschinengewehre, und Junker sind keine Studenten! Sie werden kämpfen. Myschlajewskis Augen sehen rot aus wie die eines Kaninchens. Die wievielte Nacht schon – wenig Schlaf, viel Wodka und genug Aufregung. Nun, in der STADT ist es vorerst leicht, die Unruhe zu bekämpfen. Wenn du ein sauberes Gewissen hast, bitte schön, kannst du spazierengehen. Natürlich wirst du mindestens fünfmal angehalten. Doch wenn du Dokumente hast, bitte, geh weiter. Es ist zwar verwunderlich, daß du dich in der Nacht herumtreibst, aber geh …

Und wer sollte auf den Hügel steigen? Das wäre ausgemachter Unsinn. Außerdem ist es dort oben windig. Wenn der Wind in den schneeverwehten Alleen pfeift, glaubst du Teufelsstimmen zu hören. Wagt sich dennoch jemand auf den Hügel, so muß das ein Ausgestoßener sein, einer, der sich unter allen Regierungen der Welt bei seinen Mitmenschen wie ein Wolf in einer Hundemeute fühlt. Ein ganz Elender, wie bei Hugo. Einer, der sich in der STADT gar nicht zeigen darf, und wenn, dann auf eigene Gefahr. Schlüpfst du zwischen den Patrouillen durch – dein Glück, kommst du nicht durch – hast du Pech gehabt. Wenn so ein Mensch auf den Hügel geht, so müßte man ihn rein menschlich bedauern.

So etwas wünscht man nicht einmal einem Hund. Der Wind ist eisig. Fünf Minuten in solchem Wind, und du verlangst schon nach Hause, aber …

»Wie, fünf Stunden noch? Da erfrieren wir ja!«

Das Schlimmste ist, man kommt nicht am Panorama und am Wasserturm vorbei in die obere STADT, dort, wissen Sie, in der Michailowski-Gasse, im Klostergebäude, befindet sich der Stab des Fürsten Belorukow. Und alle Minuten kommt mal ein Auto mit Geleit, mal ein Auto mit Maschinengewehren, mal …

»Offiziere, hol sie der Teufel, mit Blindheit sollen sie geschlagen sein!«

Patrouillen, Patrouillen, Patrouillen.

Über die Terrassen in die untere STADT, nach Podol, zu kommen, daran ist nicht zu denken, denn auf der Alexandrowskaja-Straße, die sich am Fuße des Hügels windet, sind erstens eine ganze Kette Laternen und zweitens die Deutschen, hol sie der Teufel! Eine Patrouille nach der anderen! Vielleicht erst gegen Morgen? Aber bis zum Morgen erfrieren wir. Der eisige Wind – hu-huuu – jagt durch die Alleen, und es ist, als wären in den Schneewehen am

Gitter menschliche Stimmen zu hören. »Wir erfrieren, Kirpaty!«

»Halt aus, Nemoljaka, halt aus. Sie patrouillieren bis zum Morgen und gehen dann schlafen. Wir aber schlüpfen zum Wswos durch und wärmen uns bei Sytschicha auf.«

Wenn die Dunkelheit am Gitter sich bewegt, kommt es einem vor, als ob drei schwarze Schatten sich darüberbeugen und nach unten sehen, wo wie auf dem Präsentierteller die Alexandrowskaja-Straße liegt. Sie ist jetzt still und menschenleer, was aber, wenn plötzlich zwei bläuliche Lichtstrahlen aufflammen, deutsche Autos vorbeijagen oder die schwarzen Blechschüsseln sich zeigen, von denen kurze spitze Schatten fallen? Alles liegt wie auf dem Präsentierteller.

Ein Schatten löst sich auf dem Hügel, seine heisere scharfe Wolfsstimme zischt:

»He, Nemoljaka, riskieren wir's! Gehen wir. Vielleicht kommen wir durch.«

Es ist nicht schön auf dem Hügel.

Im Schloß, stellen Sie sich vor, war es auch nicht schön. Dort herrschte eine merkwürdige, für die nächtliche Stunde direkt unanständige Hast. Durch den Saal, wo die geschmacklosen vergoldeten Stühle standen, lief wie ein Mäuschen über das spiegelnde Parkett ein alter Lakai mit Backenbart. Irgendwo in der Ferne läutete schrill eine elektrische Klingel, klirrten Sporen. Im Schlafzimmer warfen die Spiegel im stumpfen, kronenverzierten Rahmen ein merkwürdiges, unnatürliches Bild zurück. Ein hagerer Mann mit ergrautem Haar und gestutztem Schnurrbart im rasierten, fuchsähnlichen Pergamentgesicht lief in einem reichen Tscherkessenrock mit silberbeschlagenen Patronentaschen vor den Spiegeln hin und her. In seiner Nähe bewegten sich drei deutsche Offiziere und zwei Russen, einer ebenfalls im Tscherkessenrock, wie die zentrale Figur, der andere in einem Uniformrock nebst Reithose, offensichtlich ein Gardekavallerist, auf den Schultern aber hatte er die keilförmigen Hetmanschulterstücke. Sie alle halfen dem Fuchsähnlichen beim Umkleiden. Der Tscherkessenrock, die weite Hose und die Lackstiefel wurden ausgezogen. Der Mann legte die Uniform eines deutschen Majors an und sah nicht schlechter und nicht besser aus als Hunderte andere Majore. Dann öffnete sich die Tür, die verstaubten Schloßportieren gingen auseinander und ließen noch einen Mann in der Uniform eines deutschen Militärarztes durch. Er brachte einen Haufen Verbandpäckchen mit, öffnete sie und verband mit geschickten Händen den Kopf des frischgebackenen deutschen Majors, so daß nur das rechte Fuchsauge und der schmale Mund zu sehen waren, in dem Gold- und Platinkronen blinkten.

Die unanständige nächtliche Hektik im Schloß dauerte noch eine Weile fort. Den Offizieren, die im Saal mit den geschmacklosen Stühlen und im Nebensaal herumlungerten, teilte ein deutscher Offizier in deutscher Sprache mit, Major von Schratt habe sich beim Entladen seines Revolvers unversehens am Hals verletzt und müsse eiligst ins deutsche Lazarett gebracht werden. Irgendwo klingelte das Telefon, und an einer anderen Stelle sang ein Vögelchen – piu! Dann rollte durch das spitzbogige Gittertor der Seiteneinfahrt ein geräuschloses deutsches Auto mit dem roten Kreuz, und der in Mull gewickelte und in den Militärmantel gepackte geheimnisvolle Major von Schratt wurde auf der Bahre hinausgetragen. Die hintere Tür des Autos wurde geöffnet und die Bahre hineingeschoben. Das Auto fuhr los, es brüllte nur einmal gedämpft im Tor.

Im Schloß dauerte die Unruhe und Hast bis zum Morgen, die Lichter brannten in den vergoldeten Sälen und in den Bildergalerien, oft klingelte das Telefon, die Gesichter der Lakaien schienen frech geworden zu sein, in den Augen spielten lustige Funken.

In einem schmalen Zimmerchen im Erdgeschoß erschien ein Mann in der Uniform eines Obersts der Artillerie. Behutsam schloß er die Tür der kleinen weißgetünchten Telefonzentrale, die gar nicht einem Schloßraum glich, nahm den Hörer ab und bat das schlaflose Fräulein vom Amt, ihm die Nummer 212 zu geben. Er sagte »merci«, zog besorgt und streng die Augenbrauen zusammen und fragte gedämpft und vertraulich:

»Ist dort der Stab der Mörserdivision?«

Leider konnte Oberst Malyschew nicht bis halb sieben schlafen, wie er es vorgehabt hatte. Schon um vier sang das Vögelchen im Geschäft der Madame Anjou hartnäckig los, und der wachhabende Junker mußte den Herrn Oberst wecken. Der Herr Oberst war erstaunlich rasch hellwach und begriff sofort alles, als hätte er überhaupt nicht geschlafen. Er war auch dem Junker nicht böse, daß er ihn geweckt hatte. Kurz nach vier wurde er mit dem Motorrad fortgebracht und kehrte gegen fünf zu Madame Anjou zurück. Von schweren Gedanken erfüllt, zog er die Augenbrauen genauso besorgt und streng zusammen wie der Oberst im Schloß, der von der Telefonzentrale aus die Mörserdivision angerufen hatte.

Um sieben Uhr stand auf dem von rosa Lampenglocken beleuchteten Schlachtfeld von Borodino, murmelnd und in der Morgenkälte fröstelnd, die gleiche langgezogene Raupe, die gestern die Treppe empor auf Alexander zustrebte. Stabskapitän Studzinski stand etwas abseits von ihr in einer Gruppe von Offizieren und schwieg. Merkwürdig: In seinen Augen lag derselbe schräge Widerschein der Unruhe wie in denen des Obersts Malyschew seit vier Uhr morgens. Wer jedoch den Oberst und den Stabskapitän in dieser berühmten Nacht genau beobachtet hätte, würde sofort einen Unterschied festgestellt haben: In Studzinskis Augen war die Unruhe der Vorahnung, in Malyschews Augen aber eine ganz bestimmte Unruhe, als sei schon alles völlig klar verständlich und miserabel. Aus Studzinskis Ärmelaufschlag ragte die lange Liste der Artilleristen seiner Division. Er hatte soeben Appell gehalten und sich überzeugt, daß zwanzig Mann fehlten. Deshalb trug die Liste Spuren der heftigen Bewegungen von Studzinskis Fingern: Sie war zerknittert.

Im erkalteten Saal kräuselte Rauch, die Offiziersgruppe hatte Zigaretten angezündet.

Punkt sieben erschien vor der Formation Oberst Malyschew und wurde, wie auch am Vortag, donnernd begrüßt. Der Herr Oberst trug, wie auch am Vortag, den silbernen Krummsäbel, aber die Silbergravierung spielte nicht mehr mit tausend Funken. An der rechten Hüfte des Obersts hing der Revolver im Futteral, das infolge einer dem Oberst gar nicht eigenen Zerstreutheit offenstand.

Der Oberst stellte sich vor der Division in Positur, legte die behandschuhte Linke auf den Säbelgriff, die Rechte ohne Handschuh auf die Revolvertasche und sprach folgende Worte:

»Ich befehle den Herren Offizieren und Artilleristen der Mörserdivision, mir aufmerksam zuzuhören! In der letzten Nacht hat sich unsere Lage, die Lage der Armee und, ich möchte sagen, die Lage des Staates Ukraine plötzlich und wesentlich verändert. Deshalb gebe ich Ihnen bekannt, daß die Division aufgelöst ist! Ich empfehle Ihnen, die Dienstgradabzeichen zu entfernen, aus dem Zeughaus alles mitzunehmen, was Sie wünschen und was jeder wegschleppen kann, nach Hause zu gehen, sich dort zu verstecken, sich durch nichts bemerkbar zu machen und eine erneute Aufforderung von mir abzuwarten!«

Er schwieg eine Weile, und es war, als ob er damit die absolute Stille im Saal noch mehr hervorhöbe. Sogar die Glaskugeln hörten auf zu zischen. Die Artilleristen und die Offiziere blickten sämtlich auf einen Punkt im Saal – auf den gestutzten Schnurrbart des Herrn Oberst.

Dieser fuhr fort:

»Eine solche Aufforderung meinerseits wird erfolgen, sobald eine Veränderung der Lage eingetreten ist. Ich muß Ihnen aber sagen, daß darauf wenig Hoffnung besteht. Ich weiß selbst noch nicht, wie sich die Verhältnisse gestalten werden, aber ich denke, das Beste« (der Oberst schrie dieses Wort), »was jeder ... äh ... von Ihnen erhoffen kann, ist die Abkommandierung an den Don. Also: Ich befehle der ganzen Division mit Ausnahme der Herren Offiziere und der Junker, die heute nacht Wache hielten, sofort nach Hause zu gehen!«

Ein Brausen ging durch die Menge, und die Bajonette schienen sich plötzlich zu senken. Man sah verwirrte Gesichter, wohl auch einige fröhliche ...

Aus der Offiziersgruppe löste sich Stabskapitän Studzinski, bläulichblaß, mit schielenden Augen, machte einige Schritte auf Oberst Malyschew zu und sah sich nach den Offizieren um. Myschlajewski blickte nicht zu ihm, sondern noch immer auf die gleiche Stelle – den Schnurrbart des Obersts Malyschew – und sah so aus, als wollte er, wie gewöhnlich, einen greulichen Fluch ausstoßen. Karausche hatte die Arme in die Seiten gestemmt und plinkerte. In einer kleinen Gruppe junger Fähnriche raschelte plötzlich ein unpassendes, zersetzendes Wort: »Verhaften.«

»Was ist los? Wie?« ertönte in der Reihe der Junker eine Baßstimme.

»Verhaften!«

»Verrat!«

Studzinski sah plötzlich eingebungsvoll zu der brennenden Glaskugel über seinem Kopf auf, schielte dann zu seiner Pistolentasche und rief:

»He, erster Zug!«

Die erste Reihe bröckelte ab, die grauen Gestalten traten hervor, eine merkwürdige Hast entstand.

»Herr Oberst!« sagte Studzinski heiser. »Sie sind verhaftet.«

»Er muß verhaftet werden!« gellte hysterisch einer der Fähnriche und ging auf den Oberst zu.

»Halt, meine Herren!« rief Karausche langsam, aber die Lage gut begreifend.

Myschlajewski sprang aus der Gruppe, faßte den expansiven Fähnrich am Ärmel und zog ihn zurück.

»Lassen Sie mich los, Herr Leutnant!« schrie der Fähnrich mit wutverzerrtem Mund.

»Ruhe!« tönte überaus sicher die Stimme des Obersts. Zwar zuckte sein Mund nicht weniger als der des Fähnrichs, zwar bedeckte sich sein Gesicht mit roten Flecken, aber in seinen Augen war mehr Sicherheit als in der ganzen Gruppe der Offiziere. Alle blieben stehen.

»Ruhe!« wiederholte der Oberst. »Ich befehle Ihnen, sich auf die Plätze zu stellen und zuzuhören!«

Stille trat ein, und Myschlajewskis Blick wurde sehr aufmerksam, als ob ein Gedanke seinen Kopf durchfuhr und als ob er von dem Herrn Oberst noch wichtigere und interessantere Mitteilungen erwartete.

»Ja, ja«, begann der Oberst, und seine Wange zuckte, »ja, ja ... Wie wäre es mir ergangen, wenn ich mit einer solchen Truppe, die der Herrgott mir zugeteilt hat, in den Kampf gezogen wäre? Wie stünde ich da! Was aber bei einem freiwilligen Studenten, einem jungen Junker und zur Not bei einem Fähnrich verzeihlich wäre, ist bei Ihnen, Herr Stabskapitän, unverzeihlich!«

Dabei durchbohrte er Studzinski mit seinem Blick. In seinen Augen hüpften die Funken echter Gereiztheit, an der Studzinski schuld war. Wieder trat Stille ein.

»So ist das also«, fuhr der Oberst fort. »In meinem Leben habe ich noch nie große Reden gehalten, aber jetzt werde ich es wohl müssen. Reden wir also! Nun: Ihr Versuch, Ihren Kommandeur zu verhaften, zeigt zwar, daß Sie gute Patrioten sind, er zeigt aber auch, daß Sie ... äh ... wie soll ich sagen? – unerfahren sind! Kurz: Ich habe keine Zeit, und ich versichere Ihnen«, er betonte es böse und bedeutungsvoll, »Sie haben auch keine. Frage: Wen wollen Sie verteidigen?«

Schweigen.

»Wen wollen Sie verteidigen? frage ich«, wiederholte der Oberst drohend.

Mit Funken großen und warmen Interesses in den Augen trat Myschlajewski aus der Gruppe, salutierte und sagte: »Wir sind verpflichtet, den Hetman zu verteidigen, Herr Oberst.« Seine Augen sahen den Oberst hell und kühn an.

»Den Hetman?« fragte der Oberst zurück. »Nun gut. Division stillgestanden!« schrie er so laut, daß die Division zusammenfuhr. »Herhören! Der Hetman ist heute gegen vier Uhr morgens, uns alle schmählich unserm Schicksal überlassend, geflüchtet! Geflüchtet wie die erbärmlichste Kanaille und der größte Feigling! Eine Stunde nach dem Hetman ist auch der Befehlshaber unserer Armee, Kavalleriegeneral Belorukow, wie der Hetman in den deutschen Zug geflüchtet. Nicht später als in einigen Stunden werden wir Zeugen einer Katastrophe sein, wenn betrogene und in ein Abenteuer hineingezogene Menschen wie ihr gleich Hunden niedergemetzelt werden. Hört zu: Petljura hat auf den Zugangswegen zur STADT eine mehr als hunderttausend Mann starke Armee, und morgen, was sage ich, noch heute«, der Oberst zeigte auf das Fenster, wo der Schleier über der STADT schon blau zu schimmern begann, »werden die versprengten, zerschlagenen Formationen der bedauernswerten Offiziere und Junker, die von den Stabshalunken und diesen beiden Schurken, die man aufhängen müßte, im Stich gelassen wurden, der gutbewaffneten und zwanzigfach überlegenen Armee Petljuras gegenüberstehen. Hört zu, meine Kinder!« rief mit gebrochener Stimme Oberst Malyschew, der dem Alter nach eher ein älterer Bruder war als ein Vater derer, die da mit Bajonetten bewaffnet standen. »Hört mir zu! Ich, ein aktiver Offizier, der den ganzen Krieg gegen die Deutschen mitgemacht hat, was Stabskapitän Studzinski bezeugen kann, übernehme die ganze Verantwortung! Ich warne euch! Ich schicke euch nach Hause! Verstanden?« schrie er.

»Jaa ... wohl«, antwortete die Masse, und ihre Bajonette wogten. Im zweiten Glied brach ein Junker in lautes, krampfhaftes Schluchzen aus.

Stabskapitän Studzinski, völlig unerwartet für die ganze Division und wohl auch für sich selbst, bedeckte mit einer merkwürdigen, gar nicht offiziersmäßigen Geste die Augen mit den behandschuhten Händen, wobei ihm die Liste der Division herunterfiel, und weinte.

Von ihm angesteckt, begannen noch mehrere Junker zu weinen, die Reihen zerfielen, und die Stimme von Radames-Myschlajewski schrie, den wirren Lärm übertönend, dem Trompeter zu:

»Junker Pawlowski! Blasen Sie das Schlußsignal!«

»Herr Oberst, erlauben Sie, das Gebäude des Gymnasiums anzuzünden?« sagte Myschlajewski und sah dem Oberst klar in die Augen.

»Nein, das erlaube ich nicht«, antwortete Malyschew höflich und ruhig.

»Herr Oberst«, sagte Myschlajewski bewegt, »das Zeughaus, die Geschütze und das Wichtigste«, er wies mit der Hand durch die Tür, wo im Vestibül der Kopf Alexanders zu sehen war, »werden Petljura in die Hände fallen.«

»Ja«, bestätigte der Oberst höflich.

»Können wir das verantworten, Herr Oberst?«

Malyschew drehte sich zu Myschlajewski um, sah ihn aufmerksam an und sagte:

»Herr Leutnant, in drei Stunden fallen Hunderte von Leben Petljura in die Hände, und das einzige, was ich bedaure, ist, daß ich auch mit dem Einsatz meines Lebens und sogar des Ihren, das noch viel wertvoller ist, ihren Tod nicht aufhalten kann. Ich bitte Sie, mir nicht mehr von Bildern, Geschützen und Gewehren zu sprechen.«

»Herr Oberst«, sagte der herzugekommene Studzinski, »in meinem Namen und im Namen der Offiziere, die ich zu diesem häßlichen Vorfall angestiftet habe, bitte ich um Entschuldigung.«

»Gewährt«, antwortete der Oberst höflich.

Als der Morgennebel über der STADT sich zu zerstreuen begann, standen die stumpfschnäuzigen Mörser ohne Schlösser auf dem Hof des Alexander-Gymnasiums, die

Gewehre und Maschinengewehre, auseinandergeschraubt und zerschlagen, lagen an geheimen Stellen auf dem Dachboden verborgen. Im Schnee, in Gruben, in Kellerverstecken lagen Haufen von Patronen, die weißen Lichtkugeln im Korridor und im Saal verstrahlten kein Licht mehr, die weiße Schalttafel hatten Junker unter Myschlajewskis Kommando mit Bajonetten zerschlagen.

Die Fenster waren schon ganz blau. Und im blauen Licht auf dem Treppenabsatz blieben die beiden letzten stehen – Myschlajewski und Karausche.

»Ob der Kommandeur Alexej Bescheid gesagt hat?« fragte Myschlajewski besorgt.

»Natürlich, du siehst doch, daß er nicht gekommen ist«, antwortete Karausche.

»Können wir heute nicht zu den Turbins gehen?«

»Nein, am Tage wird's nicht möglich sein, wir müssen dies und jenes beiseite schaffen. Fahren wir nach Hause!«

In den Fenstern war das Licht blau, draußen aber schon weiß; der Nebel stieg und zerwehte.

Zweiter Teil

8 Ja, es war nebelig. Stechende Kälte, Bäume mit zottigen Schneetatzen, dunkel in der mondlosen Nacht und grau gegen Morgen; außerhalb der STADT ferne, mit Blattgoldsternen bedeckte blaue Kirchenkuppeln und bis gegen Morgen, der vom Moskauer Dnepr-Ufer nahte, in unerreichbarer Höhe das die Stadt überragende Wladimir-Kreuz.

Gegen Morgen erlosch es. Auch die Lichter über der Erde erloschen. Aber der Tag wollte nicht recht beginnen, er versprach, grau zu bleiben und einen undurchdringlichen niedrigen Vorhang über die Ukraine zu ziehen.

Oberst Kosyr-Leschko erwachte in der Morgendämmerung fünfzehn Werst vor der STADT, als das säuerliche, diesige Licht durch das trübe Fenster in eine Kate des Dorfes Popeljucha drang. Das Erwachen fiel mit dem Wort »Disposition« zusammen.

Zuerst glaubte er dieses kalte Wort in einem sehr warmen Traum gesehen zu haben und wollte es mit der Hand beiseite schieben. Aber das Wort schwoll an und drang zusammen mit den widerlichen roten Pickeln im Gesicht der Ordonnanz und einem zerknüllten Briefumschlag in die Kate. Seiner Kartentasche mit Plexiglas und Koordinatennetz entnahm Kosyr am Fenster eine Karte, fand darauf das Dorf Borchuny, dahinter Bely Gai, zeichnete mit dem Fingernagel die Gabelung der Straße nach, die auf beiden Seiten mit den Punkten des Buschwerks besät war wie mit Fliegenklecksen, und gelangte zu dem großen schwarzen Fleck – der STADT. Es stank nach Machorka von dem Besitzer der roten Pickel, der auch in Kosyrs Beisein rauchen zu dürfen glaubte, was dem Krieg keinen Abbruch tun würde, und nach dem starken minderwertigen Tabak, den Kosyr selbst rauchte.

Kosyr sollte sofort in den Kampf ziehen. Er nahm diese Tatsache munter zur Kenntnis, gähnte herzhaft und warf sein kompliziertes Riemenzeug rasselnd über die Schultern. Er hatte im Mantel geschlafen und nicht einmal die Sporen abgenommen. Das Weib umtanzte ihn mit einem Krug Milch. Kosyr trank nie Milch und verschmähte sie auch diesmal. Von irgendwo kamen die Kinder angekrochen. Eines von ihnen, das Kleinste, rutschte mit nacktem Hintern über die Bank zu Kosyrs Mauserpistole, erreichte sie aber nicht, da er sie an sein Koppel schnallte.

Sein ganzes Leben, bis 1914, war Kosyr Dorfschullehrer gewesen. 1914 zog er mit einem Dragonerregiment in den Krieg und wurde 1917 zum Offizier befördert. Der Morgen des vierzehnten Dezember neunzehnhundertachtzehn sah Kosyr am Fenster als Oberst der Petljuraarmee, und kein Mensch (am wenigsten er selbst) konnte sagen, wie das gekommen war. Gekommen war es, weil der Krieg für Kosyr die Berufung war und die Lehrertätigkeit nur ein lang dauernder großer Irrtum. So geht es oft im Leben. Einer hält zum Beispiel zwanzig Jahre lang Vorlesungen über römisches Recht, und im einundzwanzigsten Jahr stellt sich plötzlich heraus, daß ihm das römische Recht vollkommen fremd ist, er es nicht versteht und nicht liebt, daß er in Wirklichkeit ein guter Gärtner und von brennender Leidenschaft für Blumen erfaßt ist. Das liegt wahrscheinlich an der Unvollkommenheit unserer Gesellschaftsordnung, bei der die Menschen häufig erst gegen Ende ihres Lebens auf den richtigen Platz gelangen. Kosyr war mit fünfundvierzig Jahren auf den richtigen Platz gelangt. Bis dahin war er ein schlechter Lehrer gewesen – streng und langweilig.

»Sagen Sie den Jungs, sie sollen aus den Katen kommen und aufsitzen«, sagte Kosyr und zog den knirschenden Riemen auf dem Bauch zurecht.

Aus den Schornsteinen der weißen Katen im Dorf Popeljucha stieg Rauch auf, die Formation des Obersts Kosyr, vierhundert Säbel stark, rückte ab. Über der Formation wölkte in Schwaden Machorkarauch, und der fünf Werschok hohe braune Hengst unter Kosyr tänzelte nervös. Die Schlitten des Trosses, eine halbe Werst lang, zogen knarrend hinter dem Regiment her. Das Regiment schaukelte in den Sätteln, und gleich hinter Popeljucha wurde an der Spitze der Kolonne die gelbblaue Fahne entrollt.

Tee konnte Kosyr ebenfalls nicht ausstehen, er zog morgens allem in der Welt einen Schluck Wodka vor. Besonders liebte er den Zarenwodka. Vier Jahre hatte es keinen gegeben, aber jetzt, unter der Regierung des Hetmans, war er in der ganzen Ukraine zu haben. Der Wodka rann wie lustiges Feuer aus der grauen Feldflasche in Kosyrs Adern. Er rann auch durch die Reihen der Berittenen aus Feldflaschen, die in den Magazinen von Belaja Zerkow gefaßt worden waren, und gleich darauf spielte an der Spitze der Kolonne eine Ziehharmonika, und eine Falsettstimme sang:

»Hei, hinterm Hain,
hinterm grünen Haine …«

In der fünften Reihe dröhnten die Bässe:

»… pflügte ein Mädchen,
mit einem schwarzen Ochsen.
Sie pflügte, pflügte,
kam nicht zu Rande,
bat ein Kosaklein,
Geige zu spielen …«

Wie eine lustige Nachtigall pfiff und schnalzte der Reiter mit der Fahne. Die Lanzen schwankten, die sargschwarzen Mützen hüpften, ihre Posamenten und Troddeln erinnerten an Sargschmuck. Der Schnee knirschte unter tausend beschlagenen Hufen. Lustig dröhnte die Trommel.

»So ist's recht! Keine Wehmut, Jungs!« sagte Kosyr beifällig. Die Pfiffe schrauben sich über den verschneiten ukrainischen Feldern hoch.

Als sie Bely Gai passierten, lichtete sich der Nebel, und auf allen Straßen waren bewegliche schwarze Punkte zu sehen, war das Knirschen des Schnees zu hören. Hinter Bely Gai ließen sie auf einer Kreuzung eineinhalbtausend Mann Infanterie vorbei. Die vorderen Reihen trugen blaue Überröcke aus gutem deutschem Tuch von einheitlichem Schnitt, ihre Gesichter waren feiner, beweglicher, die Gewehre hielten sie geschickt – das waren Galizier. Die hinteren Reihen trugen lange Krankenhauskittel bis zu den Fersen und waren mit weißgegerbten Riemen umgürtet. Auf allen Köpfen schwankten deutsche breitrandige Helme, über die Papachas gestülpt. Die beschlagenen Schuhe walkten den Schnee.

Von dieser Kraft färbten sich die weißen Wege zur STADT schwarz.

»Hurra!« rief die vorbeiziehende Infanterie der gelbblauen Fahne zu.

»Hurra!« hallten in Bely Gai die Haine wider.

Dem Hurra antworteten Geschütze hinten und links. Der Kommandeur des Belagerungskorps, Oberst Toropez, hatte schon nachts zwei Batterien zum Stadtwald geschickt. Die sechszölligen Geschütze wurden im Halbkreis im Schneemeer aufgestellt und eröffneten im Morgengrauen das Feuer. Ihre Donnerwellen weckten die Mastenkiefern. Auf die riesige Siedlung Pustscha-Wodiza wurden zwei Salven abgegeben, die in vier Straßen die Fensterscheiben der tief im Schnee versackten Häuser herausfliegen ließen. Einige Kiefern zersplitterten, riesengroße Schneefontänen sprangen auf. Dann wurde es in Pustscha ruhig. Der Wald stand wieder wie im Halbschlaf, nur die aufgestörten Eichhörnchen huschten raschelnd die hundertjährigen Kiefern hoch. Die beiden Batterien wechselten von Pustscha zur rechten Flanke, durchquerten die endlosen Äcker, die reichen Forstungen, bogen in einen schmalen Weg ein, erreichten eine Gabelung und entfalteten sich in Sichtweite der STADT. Vom frühen Morgen an platzten in Podgorodnaja, Sawskaja und in der Vorstadt Kurenjowka Schrapnells.

Unter dem niedrigen, schneereichen Himmel rasselten Schellen, als ob jemand spielte. Dort saßen die Bewohner der Häuschen schon seit dem frühen Morgen in den Kellern, und in der Morgendämmerung war zu sehen, wie die durchfrorenen Junkerketten sich in Richtung Stadtzentrum zurückzogen. Im übrigen stellten die Geschütze bald das Feuer ein, statt dessen begann eine lustige knallende Ballerei irgendwo am nördlichen Stadtrand. Dann hörte auch sie auf.

Der Zug des Obersts Toropez, Kommandeur des Belagerungskorps, stand auf einem Ausweichgleis, etwa fünf Werst von der verschneiten, von Knall und Widerhall betäubten, wie ausgestorbenen Siedlung Swjatoschino im dichten Wald. Die ganze Nacht brannte in den sechs Wagen Licht, die ganze Nacht klingelte an der Ausweichstelle das Bahntelefon, und in dem ramponierten Salonwagen des Obersts piepsten die Feldtelefone. Als aber der schneereiche Tag die Gegend ganz erhellt hatte, donnerten vorne, längs der Eisenbahnlinie, die von Swjatoschino nach Post-Wolynski führte, die Geschütze los, in den gelben Kästen sangen die Vögelchen, und der dürre nervöse Toropez sagte zu seinem Adjutanten Chudjakowski:

»Swjatoschino ist genommen. Ordnen Sie bitte an, Herr Adjutant, daß der Zug nach Swjatoschino geleitet wird.«

Toropez' Zug fuhr langsam an Reih und Glied des Winterwaldes vorbei und hielt unweit der Stelle, wo die Eisenbahnlinie die Chaussee kreuzte, die sich wie ein Pfeil in die STADT bohrte. Im Salonwagen des Zuges ging Oberst Toropez an die Ausführung seines Planes, den er in zwei schlaflosen Nächten in diesem verwanzten Salonwagen Nr. 4173 abgefaßt hatte.

Die STADT erwachte im Nebel – und war von allen Seiten belagert. Im Norden kamen die Belagerer vom Stadtwald und von den Äckern her, im Westen aus dem eingenommenen Swjatoschino, im Südwesten aus dem unglückseligen Post-Wolynski, im Süden von den Hainen, Friedhöfen, Weiden und Schießplätzen, die von der Eisenbahnstrecke eingefaßt waren; von überall – über Pfade und Wege und einfach über die Schnee-Ebenen – kroch und rasselte unaufhaltsam die schwarze Kavallerie, knarrten die schweren Geschütze und schritt, im Schnee einsinkend, die von der einmonatigen Belagerung ermüdete Petljura-Infanterie.

Im Salonwagen mit dem verwetzten Bodenbelag sangen alle Minuten die zarten Vögelchen, und die Telefonisten Franko und Haras, die die ganze Nacht nicht geschlafen hatten, waren schon ganz verdreht.

»Tiu ... piu ... Hallo! Piu ... tiu ...«

Toropez' Plan war schlau, und schlau war der schwarzbrauige, glattrasierte, nervöse Oberst Toropez selber. Nicht umsonst hatte er zwei Batterien zum Stadtwald geschickt, nicht umsonst ließ er es durch die frostige Luft donnern und die Straßenbahnlinie nach dem reifzottigen Pustscha-Wodiza zerschlagen. Nicht umsonst befahl er dann die Maschinengewehre von den Äckern nach vorn, näher an die linke Flanke heran. Er wollte die Verteidiger der STADT irreführen, sie sollten annehmen, er würde die STADT von seiner linken Flanke (von Norden), von der Vorstadt Kurenjowka her einnehmen; dann würden sie ihre Armee dorthin ziehen, und er konnte die STADT von vorn, von Swjatoschino her, über die Brest-Litowsker Chaussee, und außerdem von der rechten Flanke her, von Süden, aus Richtung des Dorfes Demijewka besetzen.

In Ausführung seines Plans bewegten sich also Einheiten der Petljura-Armee von der linken Flanke zur rechten. Mit Pfeifen und Harmonikamusik, die Starschinas an der Spitze, marschierte auch das schwarzbemützte Regiment von Kosyr-Leschko. »Hurra!« dröhnte es in Bely Gai und rollte über die Haine. »Hurra!«

Das Regiment ließ Gai seitlich liegen, überquerte die Bahnlinie auf einer Bohlenbrücke und erblickte die STADT. Sie war noch warm vom Schlaf; Nebel oder Rauch stieg über ihr empor. Kosyr richtete sich in den Steigbügeln auf und blickte durch das Zeissglas dahin, wo sich die Dächer der mehrstöckigen Häuser und die Kuppeln der alten Sophienkathedrale türmten.

Rechts von Kosyr war der Kampf schon im Gange. In zwei Werst Entfernung donnerten ehern die Kanonen, zirpten die Maschinengewehre. Dort lief die Petljura-Infanterie in Schützenkette auf Post-Wolynski zu, und ebenfalls in Schützenkette setzte sich die von dem heftigen Feuer zermürbte, schwache, buntscheckige weißgardistische Infanterie aus Post ab.

Die STADT. Niedriger, verhangener Himmel. Eine Straßenecke. Häuser am Stadtrand, vereinzelte Militärmäntel.

»Soeben wurde durchgegeben, daß man sich mit Petljura geeinigt hat, alle russischen Truppenteile mit Waffen zum Don, zu Denikin durchzulassen.«

»Ist das wahr?«

Kanonen ... Kanonen ... Wum ... bum, bum, bum ...

Da ratterte ein Maschinengewehr los.

Verzweiflung und Erstaunen in der Stimme des Junkers:

»Erlaube mal, dann müssen wir doch den Widerstand einstellen?« Trauer in der Stimme des Junkers:

»Weiß der Teufel!«

Frühmorgens war Oberst Stschotkin nicht im Stab, aus dem einfachen Grunde, weil der Stab nicht mehr existierte. Schon in der Nacht zum Vierzehnten war Stschotkins Stab zurück zum Stadtbahnhof I gefahren und hatte die Nacht am Telefon im Hotel Rose von Stambul, nahe dem Telegrafenamt, verbracht. In Stschotkins Zimmer pfiff ab und zu der Telefonvogel, aber gegen Morgen verstummte er. Am Morgen waren die beiden Adjutanten des Obersts spurlos verschwunden. Eine Stunde später, nachdem Stschotkin in den Schubladen gekramt und Papiere zerrissen hatte, verließ auch er die vollgespuckte »Rose«, aber nicht mehr im Militärmantel mit Schulterklappen, sondern im flauschigen Zivilmantel und mit einem brötchenförmigen Hut auf dem Kopf. Wo er das alles herhatte, weiß niemand.

Nachdem der Zivilist Stschotkin einen Häuserblock hinter sich gelassen hatte, nahm er eine Droschke und fuhr nach Lipki. An der Tür einer engen, gutmöblierten Wohnung klingelte er, küßte eine üppige goldblonde Frau und ging mit ihr in das abgelegene Schlafzimmer. Direkt in die entsetzt gerundeten Augen der Blondine flüsterte er die Worte:

»Alles aus! Oh, bin ich erschöpft ...« Er zog sich in den Alkoven zurück und schlief nach einer von der Blondine zubereiteten Tasse schwarzen Kaffees ein.

Nichts von alldem wußten die Junker des ersten Bataillons. Schade! Hätten sie es gewußt, so wären sie vielleicht auf den Gedanken gekommen, statt sich unter dem Schrapnellhimmel bei Post-Wolynski herumzutreiben, nach Lipki in die gemütliche Wohnung zu gehen, den schlaftrunkenen Oberst Stschotkin herauszuholen und ihn an dem Laternenmast gegenüber der Wohnung mit dem goldblonden Persönchen aufzuhängen.

Das wäre eine gute Tat gewesen, aber sie vollbrachten sie nicht, weil sie nichts wußten und nichts begriffen.

In der STADT hatte niemand etwas begriffen, und auch in Zukunft würde man nicht so schnell etwas begreifen. Bedenken Sie nur: In der STADT waren die eisernen, wenn auch etwas angeschlagenen Deutschen, in der STADT war der schlanke, schnurrbärtige Schlaufuchs Hetman (von der Halswunde des geheimnisvollen Majors von Schratt wußten am Morgen nur sehr wenige), in der

STADT war Seine Durchlaucht Fürst Belorukow, in der STADT war General Kartusow, der die Bataillone zur Verteidigung der Mutter der russischen Städte aufgestellt hatte, in der STADT klingelten und pfiffen immerhin die Telefone der Stäbe (niemand wußte, daß sie seit dem Morgen auseinanderliefen), die STADT war voller Schulterklappen. In der STADT geriet man in Wut bei dem Wort Petljura, und noch in der heutigen Nummer der Zeitung »Westi« verlachten ihn sittenlose Petersburger Journalisten. In der STADT liefen Kadetten herum, aber bei den Datschen in Karawajewo pfiff schon wie eine Nachtigall die buntgekleidete, bemützte Reiterei, und von der linken zur rechten Flanke zogen in schlankem Trab verwegene Haidamaken. Wenn sie schon in fünf Werst Entfernung pfiffen, so muß man fragen, worauf hoffte der Hetman? Sie pfiffen doch zu seinem Verderben! Oh, sie pfiffen ... Vielleicht würden die Deutschen ihm beistehen? Aber warum lachten dann diese tumben Deutschen so gleichgültig in ihre gestutzten deutschen Schnurrbärte auf dem Bahnhof Fastow, wenn ein Militärzug mit Petljura-Truppen nach dem anderen an ihnen vorbei in Richtung STADT fuhr? Vielleicht gab es mit Petljura eine Übereinkunft, ihn ungehindert in die STADT zu lassen? Aber warum, zum Teufel, schossen dann die weißen Offizierskanonen auf Petljura?

Nein, niemand würde begreifen können, was am vierzehnten Dezember in der STADT vor sich ging.

In den Stäben klingelten die Telefone, wenn auch immer seltener.

Seltener!

Seltener!

Drrrr!

»Tiu ...«

»Was ist bei euch los?«

»Tiu ...«

»Schickt Patronen für den Oberst!«

»Für Stepanow.«

»Für Iwanow.«

»Für Antonow!«

»Für Stratonow!«

»An den Don … An den Don, Jungs, hier bringen wir nichts zustande.«

»Tiu …«

»Zum Teufel mit dem Stabsgesindel!«

»An den Don!«

Immer seltener und gegen Mittag nur noch ganz selten.

Rund um die STADT, bald da, bald dort, krachte es und hörte wieder auf. Aber in den Vormittagsstunden, ungeachtet des Krachens, lebte die STADT noch ein ziemlich normales Leben. Die Läden waren offen, und es wurde verkauft. Die Gehsteige waren voller Passanten, Türen klappten, die Straßenbahn fuhr surrend.

Mittags aber begann von Petschersk her ein lustiges Maschinengewehr seine Musik. Die Hügel von Petschersk warfen das Geratter zurück, und es flog ins Zentrum der STADT. Moment mal, das ist doch schon ganz nah! Was ist los? Die Passanten blieben stehen, schnupperten. An manchen Stellen lichteten sich die Gehsteige.

Was ist das? Wer ist das?

»Arrrrrrrr-ta-ta-ta-ta! Ta! Ta! Ta! Rrrrrrrrrrrrrrrrrrr!«

»Wer ist das?«

»Wer? Das wissen Sie nicht, Bürger? Das ist Oberst Bolbotun.«

Tja, so sah die Auflehnung gegen Petljura aus!

Oberst Bolbotun, der Ausführung des schwierigen Generalstabsplans des Oberst Toropez überdrüssig, beschloß, die Ereignisse etwas zu beschleunigen. Seine Reiter warteten durchfroren hinter dem Friedhof ganz im Süden, von wo es ein Katzensprung zum weisen, verschneiten Dnepr war. Er selbst war auch durchfroren. Da hob er den Stock, und sein Reiterregiment setzte sich in Dreierreihen in Bewegung, zog sich auf der Straße auseinander und erreichte die Eisenbahnlinie, die die Vorstadt umschnürte. Niemand empfing ihn hier. Seine sechs Maschinengewehre jaulten los, daß das Echo durch den

Waldstreifen Nishnjaja Telitschka hallte. Blitzschnell überquerte Bolbotun die Eisenbahnlinie und stoppte einen Personenzug, der eben die Eisenbahnbrücke passiert hatte und eine frische Portion Moskauer und Petersburger mit rundlichen Weibern und zottigen Hündchen in die STADT brachte. Die Zuginsassen verloren den Kopf, aber Bolbotun hatte keine Zeit, sich mit den Hündchen abzugeben. Unruhige leere Güterzüge fuhren vom Güterbahnhof II zum Stadtbahnhof I, Rangierloks pfiffen, und Bolbotuns Kugeln rasselten wie plötzlicher Hagel über die Häuserdächer in der Swjatotroizkaja-Straße. Bolbotun kam in die STADT und zog ungehindert die Straße entlang bis zur Militärschule; in alle Gassen schickte er berittene Kundschafter. Erst hier, bei den bröckeligen Säulen der Nikolai-Schule, stieß er auf den Feind. Hier empfingen ihn ein Maschinengewehr und dünne Salven einer Schützenkette. Im vordersten Zug seiner ersten Hundertschaft fiel der Kosak Buzenko, fünf wurden verwundet und zwei Pferde an den Beinen getroffen. Bolbotun zögerte, ihn deuchte plötzlich, daß ihm ungeheure Kräfte gegenüberstünden. In Wirklichkeit aber hatten dem Oberst mit der blauen Mützenspitze nur etwa dreißig Junker und vier Offiziere mit einem Maschinengewehr Salut geschossen.

Bolbotuns Reiter saßen auf Kommando ab, legten sich in Deckung und begannen mit den Junkern ein Geplänkel. Petschersk füllte sich mit Getöse, das Echo prallte gegen die Mauern, und in der Gegend der Millionnaja-Straße brodelte es wie in einem Teekessel.

Bolbotuns Handlungen wirkten sich sofort auf die STADT aus: In der Jelisawetinskaja-, der Winogradnaja- und der Lewaschowskaja-Straße rasselten die eisernen Jalousien herunter. Die fröhlichen Läden erblindeten. Die Bürgersteige leerten sich im Nu und hallten ungemütlich. Die Hauswarte schlossen eilends die Tore.

Auch im Stadtzentrum war eine Auswirkung bemerkbar: Die Vögelchen der Stabstelefone verstummten allmählich.

Gepiepse von der Batterie zum Divisionsstab. Was für eine Teufelei – keine Antwort! Ohrenbetäubendes Gepiepse vom Bataillon zum Stab des Befehlshabers, man will etwas. Eine Stimme murmelt als Antwort irgendwelchen Unsinn.

»Tragen eure Offiziere Schulterklappen?«

»He? Was meinen Sie?«

»Tiu ...«

»Tiu ...«

»Sofort eine Abteilung nach Petschersk schicken!«

»He? Was meinen Sie?«

»Tiu ...«

Durch die Straßen kroch es: Bolbotun, Bolbotun, Bolbotun ... Woher wußte man, daß es Bolbotun war und nicht irgendein anderer? Das ist unbekannt, aber man wußte es. Vielleicht daher: Schon seit Mittag waren in der STADT zwischen den Passanten und den üblichen Gaffern städtischen Aussehens Leute in Mänteln mit Schafpelzkragen aufgetaucht. Sie liefen umher und schnüffelten. Den Junkern, Kadetten und Offizieren mit goldenen Schulterstücken folgten sie mit langen und klebrigen Blicken.

»Bolbotun ist in der STADT«, flüsterten sie.

Sie flüsterten das ohne Bedauern. Im Gegenteil, in ihren Augen war ein deutliches »Hurra!« zu lesen.

»Hurra-a-a-a-a-a-a!« auf den Hügeln von Petschersk.

Dann wurde allerlei Unsinn dahergeredet:

»Bolbotun ist der Großfürst Michail Alexandrowitsch.«

»Im Gegenteil: Bolbotun ist der Großfürst Nikolai Nikolajewitsch.«

»Bolbotun ist einfach Bolbotun.«

»Es wird einen Judenpogrom geben.«

»Im Gegenteil: Sie tragen rote Schleifen.«

»Laufen Sie lieber nach Hause.«

»Bolbotun ist gegen Petljura.«

»Im Gegenteil: Er ist für die Bolschewiken.«

»Ganz im Gegenteil: Er ist für den Zaren, aber ohne Offiziere.«

»Ist der Hetman geflohen?«
»Wirklich? Wirklich? Wirklich? Wirklich?«
»Tiu. Tiu. Tiu.«

Bolbotuns Aufklärungstrupp, mit dem Kosakenoberleutnant Galanba an der Spitze, zog die Millionnaja-Straße entlang und begegnete keiner Menschenseele. Und da, stellen Sie sich vor, öffnete sich ein Tor, und den fünf berittenen Haidamaken mit den langen Mützenspitzen trat niemand anderes entgegen als der Lieferant Jakow Grigorjewitsch Feldman. Sind Sie übergeschnappt, Jakow Grigorjewitsch, daß Sie bei solchen Ereignissen hier umherlaufen? Ja, Jakow Grigorjewitsch sah so aus, als sei er übergeschnappt. Die Sealmütze saß ihm im Nacken, der Mantel war aufgeknöpft. Die Augen flirrten.

Jakow Grigorjewitsch Feldman hatte allen Grund überzuschnappen. Gerade als es an der Militärschule zu rattern begann, ertönte aus dem hellen Schlafzimmer seiner Frau ein Stöhnen. Es wiederholte sich und erstarb.

»Oh«, antwortete Feldman auf das Stöhnen, blickte aus dem Fenster und überzeugte sich, daß es vor dem Fenster sehr schlecht aussah. Ringsum Getöse und Leere.

Das Stöhnen verstärkte sich und schnitt Feldman wie mit einem Messer ins Herz. Seine alte Mutter mit dem krummen Rücken kam aus dem Schlafzimmer und rief:

»Jakow! Weißt du? Es geht los!«

Feldmans Gedanken strebten nur einem Ziel zu: dem freien Platz an der Ecke Millionnaja-Straße, wo an dem Eckhaus gemütlich ein rostiges Schild mit Goldbuchstaben hing:

J. T. Schadurskaja
Hebamme

Die Millionnaja-Straße, wiewohl eine Querstraße, war ziemlich gefährlich, denn durch sie hindurch wurde vom Petscherskaja-Platz her der Kiewski-Hang beschossen.

Nur durchkommen ... Die Mütze im Nacken, Entsetzen in den Augen, schlich Jakow Grigorjewitsch Feldman die Wände entlang.

»Halt! Wohin?«

Galanba beugte sich aus dem Sattel. Feldman lief dunkel an, seine Augen irrlichterten. Vor ihm flimmerten die grünen Posamentenschwänze der Haidamaken.

»Ich bin ein friedlicher Bürger, meine Herren. Meine Frau kommt nieder. Ich muß zur Hebamme.«

»Zur Hebamme? Und warum versteckst du dich an den Wänden? He? Du Jidd?«

»Meine Herren, ich ...«

Die Reitpeitsche kroch wie eine Schlange über den Sealkragen und den Hals. Höllischer Schmerz. Feldman schrie auf. Er war nicht mehr dunkel, sondern weiß im Gesicht, zwischen den Schwänzen glaubte er das Gesicht seiner Frau zu sehen.

»Dokumente!«

Feldman holte die Brieftasche mit den Dokumenten hervor, öffnete sie, nahm das erste Blatt heraus und erzitterte plötzlich, zu spät fiel ihm ein ... o Gott, o Gott! Was hatte er angerichtet! Was haben Sie da herausgeholt, Jakow Grigorjewitsch? Aber kann man an solche Kleinigkeiten denken, wenn man beim ersten Stöhnen der Ehefrau aus dem Hause rennt? Oh, Feldman, wehe dir!

Galanba bemächtigte sich augenblicklich des Dokumentes. Es war nur ein dünnes Blättchen mit Siegel, aber dieses Blättchen bedeutete Feldmans Tod.

Der Inhaber dieser Bescheinigung, Jakow Grigorjewitsch Feldman, ist berechtigt, in Versorgungsangelegenheiten für die Panzerkräfte der Garnison die Stadt jederzeit zu verlassen bzw. in sie einzureisen sowie die Straßen nach 24 Uhr zu betreten.

Leiter der Versorgung Generalmajor Illarionow
Adjutant – Leutnant Lestschinski

Feldman lieferte dem General Kartusow Speck und Vaselinschmiere für die Kanonen.

O Gott, vollbringe ein Wunder!

»Herr Oberleutnant, das ist nicht das richtige Dokument! Erlauben Sie ...«

»Doch, es ist das richtige«, sagte Galanba und feixte diabolisch. »Keine Sorge, wir sind des Lesens kundig.«

O Gott! Vollbringe ein Wunder! Elftausend Karbowanzen ... Nehmt alles! Laßt mir nur das Leben! Das Leben! Höre, Israel!

Er ließ es ihm nicht.

Gut nur, daß Feldman eines leichten Todes starb. Der Oberleutnant Galanba hatte keine Zeit. Deshalb schlug er Feldman einfach den Säbel über den Kopf.

9 Nachdem Oberst Bolbotun sieben Tote, neun Verwundete und sieben Pferde verloren hatte, ritt er die halbe Werst vom Petscherskaja-Platz bis zur Resnikowskaja-Straße und machte wieder halt. Hier stieß Verstärkung zu der zurückweichenden Junkerkette. Sie hatte einen Panzerwagen. Die plumpe graue Schildkröte mit den Türmen kam von der Moskowskaja-Straße hergekrochen, und dreimal rollte ein dreizölliger Donnerschlag mit einem Kometenschweif, der an das Rascheln trockener Blätter erinnerte, über Petschersk. Bolbotun stieg sofort vom Pferd. Pferdehalter führten die Tiere in eine Gasse, Bolbotuns Regiment zog sich etwas in Richtung Petscherskaja-Platz zurück, legte sich in Schützenkette hin und begann ein fades Duell. Die Schildkröte sperrte die Moskowskaja-Straße und dröhnte von Zeit zu Zeit.

Dem Dröhnen antwortete spärliches Knattern aus der Einmündung der Suworowskaja-Straße. Dort lagen im Schnee eine Kette, die sich vor Bolbotuns Feuer aus der Petscherskaja-Straße zurückgezogen hatte, sowie ihre Verstärkung, die so zustande gekommen war:

»Dr-r-r-r-r-r-r ...«

»Erstes Bataillon?«

»Ja, hallo!«

»Schicken Sie unverzüglich zwei Offizierskompanien nach Petschersk.«

»Zu Befehl. Drrrrrrr. Ti … ti … ti …«

Nach Petschersk kamen: vierzehn Offiziere, drei Junker, ein Student, ein Kadett und ein Schauspieler vom Miniaturtheater.

Doch o weh! Die spärliche Kette konnte natürlich nichts ausrichten, trotz der Verstärkung durch die Schildkröte. Es sollten ja vier Schildkröten kommen. Und man kann mit Sicherheit sagen, wären sie gekommen, so hätte Bolbotun Petschersk verlassen müssen. Doch sie kamen nicht. Sie kamen nicht, weil in der Panzerabteilung des Hetmans, die aus vier sehr guten Kampfwagen bestand, der Kommandant des zweiten Wagens kein anderer war als der berühmte Fähnrich Michail Semjonowitsch Schpoljanski, der im Mai 1917 aus den Händen von Alexander Kerenski das Georgskreuz empfangen hatte.

Schpoljanski war dunkelhaarig und hatte einen samtenen Backenbart. Eugen Onegin sehr ähnlich. Gleich nach seinem Eintreffen aus Sankt Petersburg war er in der ganzen STADT bekannt geworden als ausgezeichneter Rezitator seiner eigenen Verse »Tropfen vom Saturn« im Klub »Dreschma«, als vorzüglicher Organisator der Dichter und als Vorsitzender des städtischen Dichterordens »Magnetisches Triolett«. Außerdem hatte Schpoljanski nicht seinesgleichen als Redner, außerdem konnte er sämtliche Autotypen fahren, militärische wie zivile, außerdem hielt er die Ballerina Mussja Ford vom Operntheater aus und noch eine Dame, deren Namen er als Gentleman niemandem verriet, außerdem hatte er sehr viel Geld und verborgte es großzügig an die Mitglieder des »Magnetischen Trioletts«;

er trank Weißwein,

er spielte chemin de fer,

er hatte sich das Bild »Badende Venezianerin« gekauft,

er wohnte nachts am Krestschatik,

morgens im Café »Bilbokee«,

tagsüber in seinem gemütlichen Zimmer im Hotel Continental, dem ersten Haus am Platze,

abends im »Dreschma«,

im Morgengrauen schrieb er an seiner wissenschaftlichen Arbeit »Das Intuitive bei Gogol«.

Die STADT des Hetmans ging drei Stunden früher zugrunde als nötig, weil Schpoljanski am Abend des zweiten Dezember 1918 im »Dreschma« zu Stepanow, Schejer, Slonych und Tscheremschin (dem Vorstand des »Magnetischen Trioletts«) folgendes gesagt hatte:

»Alle sind Schurken. Der Hetman und auch Petljura. Petljura ist obendrein Pogromstifter. Aber das ist nicht das Wichtigste. Ich langweile mich, weil ich schon lange keine Bomben geworfen habe.«

Nach dem Abendessen im »Dreschma«, das Schpoljanski bezahlte, wurde er, der einen teuren Pelz mit Biberkragen und einen Zylinder trug, vom ganzen »Magnetischen Triolett« und noch einer fünften, etwas bezechten Person in einem Ziegenfellmantel heimgeleitet. Über diesen fünften wußte Schpoljanski nur, daß er syphilitisch war, daß er gottlose Gedichte geschrieben hatte (Schpoljanski, der über weitreichende literarische Verbindungen verfügte, hatte sie in einem Moskauer Sammelband untergebracht), daß er Russakow hieß und Sohn eines Bibliothekars war.

Der Syphilitiker ließ unter einer Straßenlaterne am Krestschatik Tränen auf seinen Ziegenpelz fallen, klammerte sich an Schpoljanskis Biberaufschläge und sagte:

»Schpoljanski, du bist der Stärkste von uns allen in dieser Stadt, die genauso im Verwesen begriffen ist wie ich. Du bist so schön, daß man dir sogar die gruslige Ähnlichkeit mit Onegin verzeiht! Hör zu, Schpoljanski, es ist unanständig, Onegin zu ähneln. Du bist viel zu gesund. Du hast nicht den edlen Wurmstich, der dich wirklich zum hervorragendsten Menschen unserer Tage machen könnte. Ich verwese und bin stolz darauf. Du bist zu gesund, aber du bist stark wie eine Schraube, deshalb sollst du dich dorthin schrauben, nach oben, so ...«

Und der Syphilitiker zeigte es: Den Laternenpfahl umfassend, drehte er sich wirklich wie eine Schraube um ihn herum und wurde dabei lang und dürr wie eine Natter. Huren mit grünen, roten, schwarzen und weißen Hütchen gingen vorbei, schön wie Puppen, und warfen der Schraube heiter zu:

»Bist wohl voll, du Arsch?«

In weiter Entfernung schossen die Kanonen, und Schpoljanski sah im schneestöbernden Laternenlicht wirklich wie Onegin aus.

»Geh schlafen«, sagte er zu dem schraubenähnlichen Syphilitiker, wobei er das Gesicht etwas zur Seite wandte, damit dieser ihn nicht anhuste, »geh.« Er stieß den Ziegenmantel mit den Fingerspitzen gegen die Brust. Die schwarzen Glacéhandschuhe berührten den abgeschabten Cheviot, die Augen des Angestoßenen blickten glasig. Man trennte sich. Schpoljanski rief eine Droschke, nannte die Malo-Prowalnaja-Straße und fuhr davon, der Ziegenpelz wankte nach Hause, nach Podol.

In der Bibliothekarswohnung in Podol stand nachts vor dem Spiegel, eine brennende Kerze in der Hand, der bis zum Gurt entblößte Besitzer des Ziegenpelzes. Teuflische Angst flackerte in seinen Augen, die Hände zitterten, der Syphilitiker sprach, und seine Lippen bebten wie bei einem Kind:

»O Gott, o Gott, o Gott! Schrecklich, schrecklich, schrecklich! Ach, dieser Abend! Ich bin so unglücklich. Mit mir war doch auch Schejer dort, und er hat sich nicht angesteckt, weil er ein Glückspilz ist. Soll ich vielleicht hingehen und diese Ljolka umbringen? Doch was hätte das für einen Sinn? Wer kann mir erklären, was das für einen Sinn hätte? O Gott, o Gott ... Ich bin vierundzwanzig Jahre alt, und ich könnte ... Fünfzehn Jahre noch oder auch weniger, und dann – verschiedene Pupillen, weiche Beine, irrsinniges, idiotisches Gerede, und dann bin ich eine faule, nasse Leiche.«

Der magere Oberkörper spiegelte sich im verstaubten Trumeau, die Kerze tropfte in der erhobenen Hand, auf der Brust wucherte zarter, feiner Ausschlag. Tränen liefen unaufhaltsam über die Wangen des Kranken, sein Körper bebte und wankte. »Ich muß mich erschießen. Aber ich habe keine Kraft dazu, weshalb soll ich dich, mein Gott, belügen? Weshalb soll ich dich belügen, mein Spiegelbild?«

Aus der Schublade des kleinen Damenschreibtisches holte er ein auf schlechtes graues Papier gedrucktes schmales Büchlein. Auf dem Umschlag stand mit roten Buchstaben:

Phantomisten – Futuristen.
Gedichte von:
M. Schpoljanski
B. Fridman
W. Scharkewitsch
I. Russakow
Moskau, 1918

Der arme Kranke öffnete das Buch auf Seite dreizehn und erblickte die bekannten Zeilen:

I. Russakow
Gottes Höhle

Im Himmel gähnt
rauchig die Höhle.
Darin, wie ein Tier, das seine Pfote saugt,
der große, wahre Papst,
ein zottiger Bär –
Gott.
In der Höhle,
seiner Höhle
schlagt Gott!
Dem roten Hall
der Gottesschlacht
antworte ich mit einem Fluchgebet.

»Aach«, stöhnte der Kranke schmerzlich mit zusammengebissenen Zähnen. »Ach«, wiederholte er in unsagbarer Qual.

Verzerrten Gesichts spie er plötzlich auf die Seite mit dem Gedicht und warf das Buch zu Boden, dann kniete er nieder, bekreuzigte sich schnell mit zitternder Hand, verbeugte sich und begann, mit kalter Stirn das staubige Parkett berührend, zu beten, wobei er dann die Augen zum trostlosen schwarzen Fenster erhob:

»Herrgott, verzeih und vergib mir, daß ich diese gemeinen Worte geschrieben habe. Warum bist du so grausam? Warum? Ich weiß, daß du mich gestraft hast. Oh, wie hart hast du mich gestraft! Sieh meine Haut an. Ich schwöre dir bei allem, was mir heilig und teuer ist, beim Andenken an meine verstorbene Mutter, daß ich genug bestraft bin. Ich glaube an dich! Ich glaube mit ganzer Seele, mit ganzem Körper, mit jeder Faser des Gehirns. Ich glaube und wende mich nur an dich, denn ich habe auf der Welt niemanden, der mir helfen könnte. Ich habe keine andere Hoffnung als dich. Vergib mir und mach, daß mir die Arzneien helfen! Verzeih mir, daß ich zu dem Schluß kam, du existiertest nicht. Wärest du nicht, so wäre ich jetzt ein bedauernswerter räudiger Hund ohne Hoffnung. Aber ich bin ein Mensch und habe nur deshalb Kraft, weil du existierst, weil ich dich jederzeit um Hilfe bitten kann. Und ich glaube, daß du meine Bitten erhörst, mir vergibst und mich gesund machst. Mach mich gesund, o Gott, vergiß die Gemeinheit, die ich in einem Anfall von Wahnsinn, betrunken und unter Kokain geschrieben habe. Laß mich nicht verfaulen, und ich schwöre dir, daß ich wieder ein Mensch sein werde. Stärke meine Kräfte, befreie mich vom Kokain, befreie mich von der Schwäche des Geistes und von Michail Semjonowitsch Schpoljanski!«

Die Kerze tropfte, im Zimmer wurde es kälter, gegen Morgen bekam der Kranke Gänsehaut, fühlte sich aber erleichtert.

Michail Semjonowitsch Schpoljanski aber verbrachte den Rest der Nacht in der Malo-Prowalnaja-Straße in einem großen Zimmer mit niedriger Decke und einem altersdunklen Porträt, auf dem Epauletten der vierziger Jahre trüb blinkten. Ohne Jacke, nur im weißen Zephirhemd, über dem er eine schwarze Weste mit großem Ausschnitt trug, saß er auf einem schmalen Sofa und sprach zu einer blassen Frau folgende Worte:

»Julia, ich bin endgültig entschlossen und trete in die Panzerabteilung des Hetmans, dieses Lumpen, ein.«

Auf diese Worte antwortete die in ein flauschiges graues Tuch gehüllte Frau, die der feurige Onegin vor einer halben Stunde mit seinen Küssen gemartert hatte:

»Es tut mir sehr leid, daß ich deine Pläne nie verstanden habe und nie verstehen werde.«

Schpoljanski nahm von dem Tischchen vor dem Sofa ein Glas mit schmaler Taille, trank den aromatischen Kognak und sagte:

»Ist auch nicht nötig.«

Zwei Tage nach diesem Gespräch war Schpoljanski nicht wiederzuerkennen. Statt des Zylinders trug er eine brötchenähnliche Mütze mit Offizierskokarde, statt der Zivilkleidung einen knielangen Pelz und darauf zerdrückte khakifarbene Schulterklappen. Die Hände steckten in Stulpenhandschuhen, wie sie Marcel in den »Hugenotten« trug, die Beine in Gamaschen. Von Kopf bis Fuß, sogar im Gesicht, war Schpoljanski mit Maschinenöl und Ruß verschmiert. Einmal, und zwar am neunten Dezember, waren zwei Panzerwagen vor der STADT im Einsatz und hatten, kann man sagen, außerordentlichen Erfolg. Sie waren etwa zwanzig Werst die Chaussee entlanggekrochen, und nach den ersten Schüssen ihrer Dreizöller und nach einigem Maschinengewehrgeknatter ergriffen die Petljura-Ketten vor ihnen die Flucht. Fähnrich Straschkewitsch, ein rosiger Enthusiast und Kommandant des vierten Panzerwagens, schwor Schpoljanski, daß man die

STADT halten könne, wenn man alle vier Wagen auf einmal einsetzte. Dieses Gespräch fand am Neunten abends statt, und am Elften sagte Schpoljanski, der Diensthabende der Abteilung, zu Stschur, Kopylow und anderen (einem Richtkanonier, zwei Fahrern und einem Mechaniker) in der Dämmerung folgendes:

»Wißt ihr, Freunde, eigentlich ist es noch sehr die Frage, ob wir richtig tun, diesen Hetman zu verteidigen. In seinen Händen sind wir nichts als ein teures und gefährliches Spielzeug, mit dessen Hilfe er die finsterste Reaktion einführt. Wer weiß, vielleicht ist der Zusammenstoß Petljuras mit dem Hetman historisch bestimmt, und aus diesem Zusammenstoß wird eine dritte historische Kraft entstehen, die vielleicht die einzig richtige ist.«

Die Zuhörer vergötterten Schpoljanski aus dem gleichen Grunde, aus dem man ihn auch im Klub »Dreschma« vergötterte – wegen seines außergewöhnlichen Redetalents.

»Was ist das für eine Kraft?« fragte Kopylow und paffte eine Selbstgedrehte.

Der kluge, stämmige blonde Stschur kniff schlau die Augen ein und zwinkerte in Richtung Nordost. Die Gruppe unterhielt sich noch eine Weile und ging dann auseinander. Am zwölften Dezember fand abends im selben kleinen Kreis eine zweite Unterredung hinter den Fahrzeugschuppen statt. Der Gegenstand dieser Unterredung blieb unbekannt, bekannt wurde aber, daß am Vorabend des vierzehnten Dezember, als Stschur, Kopylow und der stupsnäsige Petruchin im Schuppen Wache hatten, Schpoljanski dorthin kam und ein großes, in Packpapier gewickeltes Paket mitbrachte. Stschur ließ ihn in den Schuppen ein, wo trübrot ein widerliches Lämpchen brannte. Kopylow wies familiär zwinkernd auf das Paket und fragte:

»Zucker?«

»Hm«, antwortete Schpoljanski.

Im Schuppen bewegte sich eine Laterne, augengleich zwinkernd, bei den Panzerwagen, und der besorgte Schpoljanski hantierte mit dem Mechaniker an den Wagen und bereitete sie zum morgigen Einsatz vor.

Der Grund: ein schriftlicher Befehl beim Abteilungskommandeur Hauptmann Pleschko – »am vierzehnten Dezember um acht Uhr morgens mit vier Panzerwagen nach Petschersk zu fahren«.

Die gemeinsamen Bemühungen von Schpoljanski und dem Mechaniker, die Wagen kampfbereit zu machen, zeitigten merkwürdige Ergebnisse. Die am Vortag noch vollkommen gesunden drei Wagen (der vierte war unter dem Kommando von Straschkewitsch im Einsatz) rührten sich am Morgen des vierzehnten Dezember nicht von der Stelle, als wären sie paralysiert. Was mit ihnen geschehen war, begriff niemand. Irgendein Dreck hatte die Düsen verstopft, und alles Durchpusten mit den Radpumpen half nichts. In der trüben Morgendämmerung war bei den drei Wagen trauriges Laternengewimmel. Hauptmann Pleschko war blaß, sah um sich wie ein gehetzter Wolf und verlangte nach dem Mechaniker. Und da begann die Katastrophe. Der Mechaniker war verschwunden. Es stellte sich heraus, daß entgegen allen Vorschriften seine Adresse in der Abteilung nicht bekannt war. Das Gerücht kam auf, der Mechaniker sei plötzlich an Flecktyphus erkrankt. Das war um acht, und um acht Uhr dreißig traf Hauptmann Pleschko der zweite Schlag. Fähnrich Schpoljanski, der um vier Uhr morgens nach seinen Bemühungen um die Panzerwagen mit einem von Stschur gelenkten Motorrad nach Petschersk gefahren war, kehrte nicht zurück. Stschur kam allein und erzählte eine traurige Geschichte. Sie waren nach Werchnjaja Telitschka gefahren, und Stschur hatte vergeblich versucht, Schpoljanski von unbesonnenen Handlungen abzuhalten. Schpoljanski, der in der ganzen Abteilung für seine außerordentliche Tapferkeit bekannt war, ließ Stschur stehen, nahm einen Karabiner und eine Handgranate und ging allein in die Dunkelheit an der Eisenbahnlinie auf Erkundung. Stschur hatte Schüsse gehört. Er war fest überzeugt, daß eine Streife des Gegners, die nach Telitschka vorgedrungen war, Schpoljanski gestellt und ihn natürlich im ungleichen Kampf getötet hatte. Stschur hatte zwei Stunden auf den Fähnrich gewartet, obwohl dieser ihm befohlen hatte, nur eine Stunde zu warten und dann zur Abteilung zurückzukehren, um sich und das Motorrad Nr. 8175 nicht in Gefahr zu bringen.

Hauptmann Pleschko wurde nach Stschurs Bericht noch blasser. Die Telefonvögelchen aus dem Stab des Hetmans und des Generals Kartusow sangen im Duett und verlangten den Einsatz der Panzerwagen. Um neun kehrte der rosige Enthusiast Straschkewitsch mit dem vierten Wagen zurück, und ein Teil seiner frischen Farbe übertrug sich auf die Wangen des Abteilungskommandeurs. Der Enthusiast fuhr mit dem Wagen nach Petschersk und sperrte dort, wie schon erwähnt, die Suworowstraße.

Ab zehn wich die Blässe nicht mehr von Pleschkos Gesicht. Spurlos verschwanden zwei Richtkanoniere, zwei Fahrer und ein Maschinengewehrschütze. Alle Versuche, die Panzerwagen von der Stelle zu bewegen, blieben erfolglos. Stschur, der auf Befehl Hauptmann Pleschkos mit dem Motorrad weggefahren war, kehrte nicht zurück. Das Motorrad, wie sich von selbst versteht, kehrte auch nicht zurück, es konnte schließlich nicht allein zurückkehren! Die Vogelstimmen der Telefone piepsten immer drohender. Je heller es wurde, um so mehr Wunder ereigneten sich in der Abteilung. Die Artilleristen Duwan und Malzew verschwanden und noch zwei Maschinengewehrschützen. Die Panzerwagen sahen geheimnisvoll und vernachlässigt aus, neben ihnen lagen Muttern, Schraubenschlüssel und Eimer herum.

Und in der Mittagsstunde, in der Mittagsstunde verschwand auch der Abteilungskommandeur Hauptmann Pleschko.

10

Merkwürdige Verschiebungen und Bewegungen, bald spontan, aus der Kampfsituation heraus, bald abhängig von eingetroffenen Ordonnanzen und vom Piepsen der Stabskästen, führten Oberst Nai-Turs' Truppe durch Schneeberge und Verwehungen über Krasny Traktir und Serebrjanka im Süden und Post-Wolynski im Südwesten wieder in die Nähe der STADT.

Am Vorabend des vierzehnten Dezember zog die Truppe wieder in die STADT ein, in die Gasse mit den verwahrlosten Kasernen, deren Fensterscheiben zur Hälfte zerschlagen waren.

Die Abteilung Nai-Turs' war eine merkwürdige Truppe. Alle, die sie sahen, bestaunten ihre Filzstiefel. Zu Beginn der letzten drei Tage bestand sie aus rund hundertfünfzig Junkern und drei Fähnrichen.

Zum Befehlshaber des ersten Bataillons, Generalmajor Blochin, war Anfang Dezember ein mittelgroßer, dunkelhaariger, glattrasierter Kavallerist mit traurigen Augen und den Schulterklappen eines Husarenobersts gekommen und hatte sich als Oberst Nai-Turs, gewesener Kommandeur der zweiten Schwadron des ehemaligen Belgoroder Husarenregiments, vorgestellt. Die traurigen Augen Nai-Turs' waren so beschaffen, daß jeder, der dem hinkenden Oberst mit dem verwetzten Georgsbändchen am alten Soldatenmantel begegnete, ihn sehr aufmerksam anhörte. Nach einem kurzen Gespräch mit Nai-Turs beauftragte ihn Generalmajor Blochin, bis zum dreizehnten Dezember die zweite Unterabteilung des Bataillons aufzustellen. Die Aufstellung war erstaunlicherweise schon am Zehnten beendet. Am Zehnten meldete Oberst Nai-Turs, der sehr wortkarg war, dem von allen Seiten mit Stabsgepiepse gepeinigten Generalmajor Blochin kurz, er, Nai-Turs, könne mit seinen Junkern schon ausziehen, aber unter der Bedingung, daß er für die ganze Truppe von hundertfünfzig Mann Papachas und Filzstiefel bekäme, ohne die er, Nai-Turs, den Krieg für unmöglich halte. Generalmajor Blochin hörte den schnarrenden und lakonischen Oberst an und schrieb ihm bereitwillig eine

Order für das Zeughaus, machte ihn aber darauf aufmerksam, daß er die Sachen kaum vor einer Woche bekommen könne, denn in den Zeughäusern und Stäben herrschten unvorstellbare Anarchie, Durcheinander und Unordnung. Der schnarrende Nai-Turs nahm das Papier, zuckte nach seiner Gewohnheit mit der linken Hälfte des gestutzten Schnurrbarts, und ohne den Kopf nach links oder rechts zu drehen (er konnte ihn nicht bewegen, da er seit seiner Verwundung einen steifen Hals hatte und, wenn er zur Seite sehen wollte, den ganzen Körper drehen mußte), verließ er das Zimmer des Generalmajors Blochin. Aus der Unterkunft des Bataillons in der Lwowskaja-Straße nahm Nai-Turs zehn Junker (komischerweise mit Gewehren) und zwei zweirädrige Karren mit und begab sich mit ihnen ins Zeughaus.

Im Zeughaus, einer herrlichen Villa in der Boulevard-Kudrjawskaja-Straße, saß in einem gemütlichen Arbeitszimmer, wo eine Karte Rußlands und ein aus den Zeiten des Roten Kreuzes übriggebliebenes Porträt der Alexandra Fjodorowna hingen, der kleine General Makuschin mit rotfleckigem Gesicht. Er trug eine graue Uniformjacke, unter deren Kragen saubere Wäsche hervorsah, was ihn Miljutin, Minister Alexanders II., sehr ähnlich machte.

Der General riß sich vom Telefon los und fragte Nai-Turs mit einer kindlichen Stimme, die an das Getriller einer irdenen Pfeife erinnerte:

»Was wünschen Sie, Oberst?«

»Wir rücken jetzt aus«, antwortete Nai lakonisch. »Ich bitte dringlichst, mir Filzstiefel und Papachas für zweihundert Mann auszugeben.«

»Hm«, sagte der General, bewegte die Lippen, als ob er kaute, und knüllte Nai-Turs' Order in der Hand. »Wissen Sie, Oberst, heute kann ich nichts ausgeben. Wir stellen heute erst den Plan für die Belieferung der Truppen auf. In drei Tagen können Sie schicken. Aber eine solche Menge habe ich gar nicht.«

Er legte Nai-Turs' Papier auf einen sichtbaren Platz unter einen Briefbeschwerer, der eine nackte Frau darstellte.

»Filzstiefel«, antwortete Nai-Turs monoton und schielte über seine Nase hinunter zu den Spitzen seiner Stiefel.

»Wie bitte?« Der General hatte nicht verstanden und starrte den Oberst verwundert an.

»Geben Sie die Filzstiefel sofort.«

»Was ist? Wie bitte?« Der General riß die Augen weit auf.

Nai-Turs drehte sich zur Tür um, öffnete sie und rief hinaus in den warmen Korridor:

»He, Zug, hierher!«

Das Gesicht des Generals bedeckte sich mit grauer Blässe, sein Blick wanderte von Nai-Turs' Gesicht zum Telefon, von dort zur Ikone der Gottesmutter in der Ecke und dann zurück zu Nai-Turs' Gesicht.

Im Korridor klirrte und trampelte es, und in der Tür erschienen die rotbepaspelten schirmlosen Mützen der Alexej-Junker; die schwarzen Bajonette blinkten. Der General erhob sich langsam aus dem weichen Sessel.

»So etwas höre ich zum erstenmal. Das ist Meuterei.«

»Unterschreiben Sie, Exzellenz«, sagte Nai. »Wir haben keine Zeit, in einer Stunde müssen wir ausrücken. Der Feind soll dicht vor der Stadt stehen.«

»Wie? Was?«

»Schnell, schnell«, sagte Nai mit Grabesstimme.

Der General zog den Kopf in die Schultern, holte das Papier unter der Frau hervor und kritzelte, tintespritzend, mit zitternder Hand in eine Ecke »Genehmigt«.

Nai-Turs nahm das Papier, schob es hinter den Ärmelaufschlag und befahl den Junkern, die auf dem Teppich schmutzige Fußspuren hinterließen:

»Ladet die Filzstiefel auf. Rasch!«

Die Junker gingen polternd und rasselnd hinaus. Nai-Turs blieb noch einen Augenblick stehen. Der General, dunkelrot im Gesicht, sagte zu ihm:

»Ich rufe sofort im Stab des Befehlshabers an und leite ein Militärgerichtsverfahren gegen Sie ein. Das ist ja ...«

»Versuchen Sie's«, antwortete Nai und schluckte Speichel. »Versuchen Sie's nur, versuchen Sie's spaßeshalber.« Er faßte den Griff, der aus der aufgeknöpften Revolvertasche ragte. Der General bedeckte sich mit roten Flecken und verstummte.

»Ruf doch an, du dummer Zausel«, sagte Nai-Turs plötzlich ganz offen. »Ich knall dir mit dem Colt eins an den Kopf, daß du die Beine ausstreckst.«

Der General sank in den Sessel. Über seinen Hals liefen rote Falten, das Gesicht aber blieb grau. Nai-Turs drehte sich um und ging.

Einige Minuten saß der General unbeweglich in dem Ledersessel, dann bekreuzigte er sich zur Ikone hin, nahm den Hörer ab, hielt ihn ans Ohr, hörte das dumpfe und vertraute »Amt«, spürte aber plötzlich wieder die traurigen Augen des Husaren, legte auf und blickte aus dem Fenster. Er sah im Hof die Junker hasten und graue Bündel von Filzstiefeln aus der Schuppentür tragen. In der dunklen Türöffnung starrte die Soldatenfratze des völlig verblüfften Zeughausverwalters. In der Hand hielt er das Papier. Nai-Turs stand breitbeinig am Karren und betrachtete ihn. Der General nahm mit schwacher Hand die frische Zeitung, faltete sie auseinander und las auf der ersten Seite:

»Am Fluß Irpen fanden Zusammenstöße mit einer gegnerischen Streife statt, die Swjatoschino einzunehmen versuchte.«

Er warf die Zeitung hin und sagte laut:

»Verflucht seien der Tag und die Stunde, wo ich mich in diese Sache eingelassen habe.«

Die Tür öffnete sich, und der Stellvertreter des Generals, ein Hauptmann, der einem schwanzlosen Iltis ähnelte, trat ein. Ausdrucksvoll blickte er auf die roten Falten über dem Kragen und sagte:

»Bitte melden zu dürfen, Herr General.«

»Hören Sie, Wladimir Fjodorowitsch«, unterbrach ihn der General mit irrem Blick und rang nach Atem. »Ich fühle mich plötzlich schlecht, ein Anfall ... hm ... ich fahre jetzt nach Hause, und Sie sind so freundlich, hier ohne mich Anordnungen zu treffen.«

»Zu Befehl«, antwortete der Iltis, der ihn neugierig betrachtete. »Wie soll ich verfahren? Das vierte Bataillon und auch die Gebirgskavallerie verlangen nach Filzstiefeln. Sie geruhten, zweihundert Paar auszugeben?«

»Ja. Ja!« antwortete der General schrill. »Ja, ich habe es angeordnet! Ich! Ich selbst! Ich geruhte! Eine Ausnahme! Sie rücken jetzt aus. Ja. In ihre Stellungen. Ja!!«

Neugierige Funken blitzten in den Augen des Iltis.

»Wir haben nur vierhundert im ganzen.«

»Was kann ich tun?« schrie der General heiser. »Soll ich Filzstiefel gebären? Gebären? Wenn jemand verlangt – geben Sie, geben Sie, geben Sie!«

Fünf Minuten später wurde General Makuschin mit einer Droschke nach Hause gefahren.

In der Nacht zum Vierzehnten wurden die toten Kasernen in der Brest-Litowsker Gasse wieder lebendig. In dem riesigen verschmutzten Saal flammte an der Wand zwischen den Fenstern eine elektrische Birne auf (die Junker hatten tagsüber an Laternen und Masten gehangen und Drähte gezogen). Hundertfünfzig Gewehre waren in Pyramiden zusammengestellt, und auf den schmutzigen Pritschen schliefen nebeneinander die Junker. Nai-Turs saß an dem wackligen Tisch, auf dem Brotkanten, Kochgeschirre mit Resten erkalteter Wassersuppe, Patronentaschen und Ladestreifen lagen, und hatte den Stadtplan auseinandergefaltet. Eine kleine Küchenlampe warf ein Bündel Licht auf das bunte Papier, auf dem der Dnepr wie ein verzweigter, trockener blauer Baum aussah.

Gegen zwei Uhr nachts übermannte ihn der Schlaf. Er schnaufte und beugte sich ein paarmal tief über den Plan, als wolle er etwas genau erkennen. Schließlich rief er nicht sehr laut:

»Junker!«

»Zu Befehl, Herr Oberst«, antwortete es von der Tür, und ein Junker schlurfte in Filzstiefeln zum Tisch.

»Ich lege mich jetzt hin«, sagte Nai-Turs. »Sie wecken mich in drei Stunden. Wenn ein Funkspruch kommt, wecken Sie Fähnrich Sharow; vom Inhalt hängt ab, ob er mich wecken wird oder nicht.«

Es kam kein Funkspruch. In dieser Nacht ließ der Stab Nai-Turs in Ruhe. In der Morgendämmerung marschierte der Trupp mit drei Maschinengewehren und drei zweirädrigen Karren los und zog sich auf der Straße weit auseinander. Die Häuschen am Stadtrand waren wie ausgestorben. Als aber der Trupp auf die breite Polytechnische Chaussee kam, sah er dort Bewegung. Im frühen Dämmerlicht ratterten Fuhren, schleppten sich vereinzelte graue Papachas dahin. Alles das ging zurück in die STADT und wich Nai-Turs' Trupp ängstlich aus. Langsam, aber unentwegt wurde es heller, über den Datschengärten und über der festgestampften Chaussee mit den vielen Schlaglöchern stieg zergehend der Nebel auf.

Von dieser frühen Stunde an bis drei Uhr nachmittags blieb Nai-Turs an der Polytechnischen Chaussee, denn von der Nachrichtentruppe war ein Junker mit dem vierten zweirädrigen Karren gekommen und hatte ihm vom Stab einen mit Bleistift geschriebenen Zettel mitgebracht:

»Die Polytechnische Chaussee bewachen, bei Feindberührung den Kampf aufnehmen.«

Diesen Feind erblickte Nai-Turs zum erstenmal um drei: weit links, auf dem verschneiten Platz vor der Militärbehörde, erschienen zahlreiche Reiter. Es war Oberst Kosyr-Leschko, der entsprechend dem Plan des Obersts Toropez die Polytechnische Chaussee zu erreichen und auf ihr ins Stadtzentrum zu gelangen versuchte. Eigentlich griff Kosyr-Leschko, der bis zum Anfang der Polytechnischen Chaussee keinem Widerstand begegnete, die STADT nicht an, sondern rückte einfach ein, in breiter

Front und siegesbewußt, denn er wußte sehr gut, daß seinem Regiment noch eine Einheit berittener Haidamaken des Obersts Sosnenko, zwei Regimenter der blauen Division, ein Regiment der Setsch-Strelitzen und sechs Batterien folgten. Als auf dem Platz die Pünktchen der Reiter erschienen, krepierten hoch am schneeverhangenen Himmel Schrapnelle. Die Pferdepunkte zogen sich zu einer Kette zusammen, nahmen die ganze Chausseebreite ein, vergrößerten sich, wurden dunkel und rollten auf Nai-Turs zu. In den Ketten der Junker rasselten die Gewehrschlösser. Nai-Turs holte die Pfeife hervor, stieß einen schrillen Pfiff aus und schrie:

»Auf die Kavallerie! Salvenweise – Feuer!«

Mündungsfeuer zuckte längs der grauen Ketten, die Junker schickten Kosyr die erste Salve. Dreimal riß der Leinenvorhang vom Himmel bis zu den Mauern des Polytechnischen Instituts auseinander, dreimal feuerte mit peitschendem Donner das Bataillon Nai-Turs'. Die berittenen schwarzen Bänder in der Ferne zerbröckelten und verschwanden von der Chaussee. In diesem Augenblick geschah etwas mit Nai-Turs. Eigentlich hatte kein Mensch in der Truppe ihn je erschrocken gesehen, aber plötzlich schien es den Junkern, als ob er etwas Gefährliches irgendwo am Himmel gesehen oder aus der Ferne gehört hätte, kurzum, er befahl, in die STADT zurückzugehen. Ein Zug blieb und feuerte die Chaussee entlang, um die zurückweichenden Züge zu decken. Dann lief auch er zurück. So rannten sie zwei Werst, warfen sich von Zeit zu Zeit hin und weckten die große Straße mit ihrem Gepolter, bis sie die Kreuzung der Brest-Litowsker Gasse erreichten, derselben Gasse, wo sie die letzte Nacht verbracht hatten. Die Kreuzung war tot, keine Menschenseele zu sehen.

Nai-Turs rief drei Junker zu sich und befahl ihnen:

»Im Laufschritt zur Polewaja- und Borstschagowskaja-Straße, feststellen, wo unsere Truppen sind und was mit ihnen los ist. Wenn ihr Fuhren, zweirädrige Wagen oder andere Transportmittel unorganisiert zurückgehen seht, nehmt sie fest. Bei Widerstand droht mit der Waffe und wendet sie dann auch an.«

Die Junker liefen ein Stück zurück, dann nach links und verschwanden schließlich, von vorn aber bekam der Trupp plötzlich Feuer. Die Kugeln prasselten auf die Dächer, flogen immer dichter, in der Kette fiel ein Junker und färbte den Schnee mit seinem Blut. Dann stöhnte ein zweiter auf und sank vom Maschinengewehr zur Seite. Nai-Turs' Ketten zogen sich auseinander und belegten die pfeilgerade Straße mit ununterbrochen knatterndem Lauffeuer, gezielt auf die wie durch Zauberei aus der Erde kriechenden dunklen Ketten des Feindes. Die verwundeten Junker wurden aufgehoben, weißer Mull auseinandergewickelt. Die Kaumuskeln des Obersts spielten unter der Haut. Öfter und immer öfter drehte er sich um, versuchte, möglichst weit die Flanken zu überblicken; ihm war anzusehen, daß er ungeduldig auf die fortgeschickten Junker wartete. Endlich kamen sie atemlos, schnauften, pfiffen und röchelten wie abgehetzte Jagdhunde. Nai-Turs merkte auf und wurde dunkel im Gesicht. Der erste Junker rannte auf ihn zu, baute sich vor ihm auf und meldete keuchend:

»Herr Oberst, unsere Truppen sind nirgends zu sehen, nicht nur in Schuljawka, überhaupt nirgends.« Er holte Atem. »Hinter uns schießen Maschinengewehre, und in Schuljawka war in der Ferne feindliche Reiterei zu sehen, als ob sie in die Stadt einzog.«

Die letzten Worte des Junkers übertönte schon Nai-Turs' durchdringender Pfiff.

Die drei Wagen rasselten durch die Brest-Litowsker Gasse, sprangen durch die Schlaglöcher der Fonarny-Gasse. In den Wagen waren zwei Verwundete, fünfzehn bewaffnete gesunde Junker und alle drei Maschinengewehre, mehr konnten sie nicht fassen. Nai-Turs drehte sich mit dem Gesicht zu den Junkerketten um und erteilte ihnen laut und schnarrend einen nie gehörten sonderbaren Befehl.

In einem verwahrlosten, überheizten Raum der ehemaligen Kasernen in der Lwowskaja-Straße saß, vor Ungeduld vergehend, die dritte Abteilung des ersten Infanteriebataillons – achtundzwanzig Junker. Kommandeur dieser Ungeduldigen war (ganz unerwartet) Nikolka Turbin geworden. Der eigentliche Kommandeur, Stabshauptmann Besrukow, und zwei seiner Fähnriche waren morgens in den Stab gefahren und noch nicht zurückgekehrt. Nikolka als Unteroffizier war der Rangälteste. Er trieb sich in der Kaserne herum, ging dauernd ans Telefon und sah es an.

So zog es sich hin bis gegen drei. Die Junker blickten wehmütig. Ach, ach …

Um drei piepste das Feldtelefon.

»Ist dort die dritte Abteilung des Bataillons?«

»Jawohl.«

»Bitte den Kommandeur an den Apparat.«

»Wer spricht dort?«

»Der Stab.«

»Der Kommandeur ist noch nicht zurück.«

»Wer ist am Apparat?«

»Unteroffizier Turbin.«

»Sind der Rangälteste?«

»Jawohl.«

»Führen Sie die Abteilung sofort zum festgelegten Einsatzort.« Und Nikolka führte die achtundzwanzig Mann auf die Straße hinaus.

Alexej Turbin schlief wie ein Toter. Er wachte ganz plötzlich auf, als habe ihn jemand mit kaltem Wasser übergossen, sah nach der auf dem Stuhl liegenden Uhr und stellte fest, daß es schon zehn vor zwei war. Er sauste durchs Zimmer, zog die Filzstiefel an, stopfte hastig Streichhölzer, Zigarettenetui, Taschentuch, Browning und zwei Magazine in die Taschen, vergaß bald dies, bald jenes, schnallte das Koppel enger um den Mantel, wollte noch etwas tun, zögerte aber, es kam ihm feig und schändlich vor, dann tat er es doch:

holte aus der Tischschublade seinen zivilen Arztpaß. Er drehte ihn in der Hand, beschloß, ihn mitzunehmen, aber in diesem Augenblick rief Jelena nach ihm, und er vergaß den Paß.

»Hör zu, Jelena«, sagte Turbin und zog sichtlich nervös das Koppel noch enger; sein Herz verkrampfte sich in böser Vorahnung, der Gedanke war ihm schrecklich, daß Jelena mit Anjuta in der großen Wohnung allein bleiben mußte. »Es ist nicht zu ändern. Ich muß gehen. Mir wird hoffentlich nichts zustoßen. Die Division wird nicht weiter als bis zu den Vorstädten ausrücken, und ich werde an einer sicheren Stelle sein. Gebe Gott, daß auch Nikolka unversehrt bleibt. Heute morgen habe ich gehört, daß die Lage etwas ernster geworden ist, nun, vielleicht gelingt es uns doch, Petljura zurückzuschlagen. Leb wohl, leb wohl!«

Im leeren Wohnzimmer allein geblieben, ging Jelena zwischen dem Klavier, wo noch immer die bunte Titelseite der Valentin-Arie lag, und der Tür von Alexejs Arbeitszimmer hin und her. Das Parkett knarrte unter ihren Füßen. Ihr Gesicht war unglücklich.

An der Einmündung seiner krummen Straße in die Wladimirstraße nahm Turbin eine Droschke. Der Kutscher willigte ein, ihn zu fahren, nannte aber finster schnaufend einen ungeheuren Preis und war offensichtlich nicht bereit nachzulassen. Zähneknirschend setzte Turbin sich in den Schlitten und fuhr in Richtung Museum. Es war frostkalt.

Ihm war schwer ums Herz. Im Fahren horchte er auf das entfernte Maschinengewehrfeuer, das ab und zu aus Richtung des Polytechnischen Instituts aufflackerte und dem Bahnhof zu gelten schien. Er dachte darüber nach, was es zu bedeuten hätte (den Mittagsbesuch von Bolbotun hatte er verschlafen) und spähte die Bürgersteige entlang. Dort herrschte chaotische, aber dennoch starke Bewegung.

»Halt … ha …«, sagte eine betrunkene Stimme.

»Was soll das?« fragte Turbin böse.

Der Kutscher zog die Zügel so jäh an, daß er beinah Turbin auf die Knie gefallen wäre. Ein puterrotes Gesicht tauchte bei der Deichsel auf, der Mann tastete sich längs der Zügel zum Sitz vor. Auf dem gegerbten Halbpelz blinkten die zerknüllten Achselklappen eines Fähnrichs. Aus einem Arschin Entfernung traf Turbin der schwere Gestank von Sprit und Zwiebeln. In den Händen des Fähnrichs tanzte ein Gewehr.

»Um … um … umdrehen«, sagte der rotgesichtige Betrunkene. »Schmeiß den Passagier raus.« Das Wort »Passagier« fand er komisch und kicherte.

»Was soll das?« wiederholte Turbin böse. »Sehen Sie nicht, wer ich bin? Ich fahre zum Sammelpunkt. Lassen Sie gefälligst den Kutscher in Ruhe. Fahr weiter!«

»Nein, fahr nicht«, sagte der Rote drohend, plinkerte mit den Augen und bemerkte erst jetzt Turbins Schulterklappen. »Ah, Doktor, na gut, fahren wir zusammen, ich steige ein.«

»Wir haben nicht den gleichen Weg. Fahr los!«

»Er … lauben Sie …«

»Fahr los!«

Der Kutscher zog den Kopf in die Schultern, wollte am Zügel ziehen, überlegte es sich aber anders; er drehte sich um und schielte böse und ängstlich zu dem Rotgesichtigen. Der ließ plötzlich von allein ab, denn er hatte eine leere Droschke entdeckt. Deren Kutscher wollte das Weite suchen, aber der Rotgesichtige hob mit beiden Händen das Gewehr und drohte ihm. Da blieb der Kutscher stehen, und der Betrunkene schleppte sich stolpernd und hinkend zu ihm hin.

»Hätte ich das gewußt, wäre ich auch für fünfhundert nicht gefahren«, murmelte der Kutscher wütend und peitschte seinem Gaul die Kruppe. »Wenn er mir in den Rücken knallt, wie kann man ihn belangen?«

Turbin schwieg finster.

So ein Gesindel … Solche bringen die ganze Sache in Verruf, dachte er böse.

An der Kreuzung beim Operntheater war hastiges Gewimmel. Mitten auf den Straßenbahnschienen stand ein Maschinengewehr, bewacht von einem durchfrorenen kleinen Kadetten in schwarzem Mantel und Ohrenschützern sowie von einem Junker in Grau. Passantengrüppchen klebten wie Fliegen am Gehsteig und sahen das Maschinengewehr neugierig an. Bei der Apotheke an der Ecke, wo das Museum schon zu sehen war, stieg Turbin aus.

»Legen Sie zu, Euer Hochwohlgeboren«, sagte der Kutscher boshaft und nachdrücklich. »Hätte ich das gewußt, wäre ich nicht gefahren. Sie sehen, was los ist!«

»Es reicht.«

»Die Kinder haben sie auch in diese Sache reingezogen«, sagte eine Frauenstimme.

Erst jetzt erblickte Turbin eine Gruppe Bewaffneter am Museum. Sie bewegte und verdichtete sich. Verschwommen tauchten auf dem Bürgersteig zwischen den Mantelschößen Maschinengewehre auf. Und plötzlich begann in Petschersk ein Maschinengewehr zu rattern.

Da-da-da-da-da-da …

Irgendeine Teufelei ist los, dachte Turbin zerstreut, beschleunigte den Schritt und ging über die Kreuzung zum Museum.

Habe ich mich etwa verspätet? Wie peinlich. Man könnte denken, ich wolle mich drücken.

Fähnriche, Junker, Kadetten, vereinzelte Soldaten wimmelten aufgeregt und geschäftig um den riesigen Eingang des Museums und am aufgebrochenen Seitentor, das zum Hof des Alexander-Gymnasiums führte. Die riesigen Scheiben der Tür klirrten ununterbrochen, die Tür stöhnte, und in das runde weiße Museumsgebäude, auf dessen Fronten mit goldenen Buchstaben die Inschrift

»Zu Nutz und Bildung des russischen Volkes«

stand, liefen bewaffnete, aufgeregte und bedrückte Junker.

»O Gott!« rief Turbin unwillkürlich, »sie sind schon abgerückt.« Die Mörser sahen Turbin stumm an, sie standen einsam und verlassen da, wo sie gestern gestanden hatten.

Ich verstehe nicht ... Was soll das bedeuten?

Ohne zu wissen warum, lief Turbin über den Hof zu den Geschützen. Sie vergrößerten sich, je näher er kam, und sahen ihn drohend an. Da war schon das erste. Turbin blieb wie angewurzelt stehen: Es war ohne Schloß. Schnell lief er über den Hof zurück und wieder auf die Straße. Hier herrschte noch größeres Durcheinander, viele Stimmen schrien auf einmal, Bajonette ragten zappelnd in die Höhe.

»Wir müssen auf Kartusow warten! Jawohl!« rief eine laute aufgeregte Stimme. Ein Fähnrich querte Turbins Weg, auf dem Rücken einen gelben Sattel mit baumelnden Steigbügeln.

»Der polnischen Legion übergeben.«

»Wo ist sie denn?«

»Weiß der Teufel!«

»Alles ins Museum! Alles ins Museum!«

»Zum Don!«

Der Fähnrich blieb plötzlich stehen und warf den Sattel auf den Bürgersteig.

»Zum Teufel! Soll doch alles zum Teufel gehen«, schrie er böse, »ach, dieses Stabsgesindel!«

Er sprang zur Seite und drohte jemandem.

Eine Katastrophe ... jetzt verstehe ich ... Das schlimmste ist aber, daß sie zu Fuß abgerückt sind. Ja, ja, ja. Zweifellos. Petljura ist sicherlich unerwartet gekommen. Pferde haben sie nicht, und nun gehen sie nur mit Gewehren los, ohne Kanonen. Ach, du lieber Gott. Ich muß zu Anjou laufen. Vielleicht erfahre ich dort etwas. Sogar sicher, irgend jemand muß ja dort geblieben sein.

Turbin drängte sich aus dem brodelnden Durcheinander und hastete, auf nichts mehr achtend, zum Operntheater zurück. Ein trockener Windstoß lief über den Asphaltweg und zauste die Ecke eines halb abgerissenen Anschlags am schwarzfenstrigen Seiteneingang des Theaters. Carmen. Carmen.

Da ist schon der Anjou-Laden. In den Fenstern keine Kanonen, keine goldenen Schulterklappen. In den Fenstern zitterte und flackerte ein unsteter Feuerschein. Ein Brand etwa? Die Tür klackte unter Turbins Händen, ging aber nicht auf. Er klopfte erregt. Klopfte noch einmal. Eine graue Gestalt tauchte hinter den Scheiben der Tür auf, öffnete sie, und Turbin betrat den Laden. Verblüfft sah er den Unbekannten an. Der trug einen schwarzen Studentenmantel und auf dem Kopf eine mottenzerfressene Zivilmütze mit Klappen, die oben zusammengebunden waren. Das Gesicht kam Turbin merkwürdig bekannt vor, aber irgendwie entstellt und verunstaltet. Der Ofen verschlang bullernd Papiere. Mit Papier war der ganze Fußboden bestreut. Die Gestalt ließ Turbin ein, stürzte ohne jede Erklärung wieder zum Ofen und hockte sich hin, roter Widerschein spielte auf dem Gesicht.

Malyschew? Ja, Oberst Malyschew. Turbin erkannte ihn.

Der Oberst hatte keinen Schnurrbart mehr. Ein glatter, bläulicher Fleck war an seine Stelle getreten.

Malyschew raffte, weit ausholend, Papiere vom Fußboden und steckte sie in den Ofen.

Aha!

»Was ist das? Alles aus?« fragte Turbin dumpf.

»Aus«, antwortete der Oberst lakonisch, sprang hoch, lief zum Tisch, suchte ihn mit den Augen ab, zog einige Male knallend die Schubladen auf und zu, bückte sich rasch, hob den letzten Packen Papiere auf und steckte ihn in den Ofen. Erst dann drehte er sich zu Turbin um und fügte ruhig und ironisch hinzu: »Wir haben Krieg geführt, und nun ist Schluß!« Er holte seine Brieftasche hervor, prüfte die Papiere, zerriß zwei Blätter über Kreuz und warf sie in den Ofen. Turbin beobachtete ihn. Malyschew hatte keine Ähnlichkeit mehr mit einem Oberst, er sah aus wie ein stämmiger Student oder ein Laienkünstler mit üppigen roten Lippen.

»Doktor, was ist mit Ihnen?« Malyschew zeigte besorgt auf Turbins Schultern. »Nehmen Sie sie rasch ab. Was machen Sie denn? Wo kommen Sie her? Wissen Sie denn nichts?«

»Ich habe mich verspätet, Herr Oberst«, sagte Turbin.

Malyschew lachte vergnügt. Plötzlich verschwand die Heiterkeit von seinem Gesicht, er schüttelte besorgt und schuldbewußt den Kopf und sagte:

»Ach du lieber Gott, das ist ja meine Schuld! Ich hatte Sie zu dieser Stunde bestellt. Sie sind bestimmt heute noch nicht aus dem Hause gegangen? Nun gut. Jetzt ist keine Zeit, darüber zu reden. Kurzum: Nehmen Sie schnell die Schulterklappen ab und fliehen Sie, verstecken Sie sich.«

»Was ist geschehen? Sagen Sie mir, um Gottes willen, was ist geschehen?«

»Was geschehen ist?« fragte Malyschew ironisch und fröhlich. »Petljura ist in der Stadt, in Petschersk, wenn nicht schon auf dem Krestschatik. Die Stadt ist eingenommen.« Malyschew zeigte schielend die Zähne und sprach plötzlich nicht mehr wie ein Laienkünstler, sondern wie der frühere Malyschew. »Die Stäbe haben uns verraten. Wir hätten schon am Morgen auseinanderlaufen müssen. Zum Glück, dank guten Menschen, habe ich noch in der Nacht alles erfahren und die Division auseinandertreiben können. Doktor, es ist keine Zeit zum Nachdenken, nehmen Sie die Schulterklappen ab!«

»Aber dort, im Museum, im Museum ...«

Malyschew wurde finster im Gesicht.

»Das geht mich nichts an«, antwortete er erbost. »Gar nichts! Nichts geht mich mehr an. Ich war vorhin dort, habe geschrien, gewarnt, gebeten auseinanderzugehen. Mehr kann ich nicht tun. Meine eigenen Leute habe ich vor dem Abschlachten bewahrt und vor der Schande!« Malyschew schrie hysterisch, wahrscheinlich hatte sich etwas in ihm angesammelt und kam jetzt zum Ausbruch, er konnte sich nicht mehr beherrschen. »Die Generäle!« Er ballte die Fäuste und drohte jemandem. Sein Gesicht lief rot an.

Da jaulte draußen, weiter oben, ein Maschinengewehr los und schien das große Nachbarhaus zu erschüttern.

Malyschew zuckte zusammen.

»Los doch, Doktor! Leben Sie wohl. Fliehen Sie! Nur nicht auf die Straße, sondern hier, durch den Hintereingang, und dann über die Höfe. Dort ist noch alles frei. Schnell!«

Malyschew drückte dem erschütterten Turbin die Hand, drehte sich rasch um und lief durch den dunklen Gang hinter der Trennwand fort. Sogleich wurde es still im Laden. Das Maschinengewehr auf der Straße war auch verstummt.

Turbin blieb allein. Im Ofen brannte das Papier. Ungeachtet der Warnung Malyschews ging Turbin schlaff und langsam zur Tür, fand den Riegel, schob ihn vor und kehrte zum Ofen zurück. Ungeachtet der Warnung tat er alles ohne Eile, seine Beine waren schlaff, seine Gedanken träge und verworren. Das schwache Feuer verschlang das Papier, die lustig flammende Ofentür wurde still und rötlich, der Laden dunkel. In grauen Schatten klebten die Regale an den Wänden. Turbin streifte sie mit dem Blick und dachte ebenfalls träge, daß es bei Madame Anjou noch immer nach Parfüm roch. Ganz zart und schwach, aber spürbar.

Die Gedanken in seinem Kopf hatten sich zu einem formlosen Knäuel geballt, und einige Zeit starrte er verständnislos dorthin, wo der rasierte Oberst verschwunden war. Dann, in der Stille, wickelte sich das Knäuel allmählich auseinander. Die wichtigste und grellste Realität tauchte auf – Petljura war da. »Peturra, Peturra«, sagte Turbin mit schwacher Stimme und lächelte, ohne zu wissen weshalb. Er ging zum Spiegel an der Wand zwischen den Fenstern, den ein Staubschleier bedeckte wie Taft. Das Papier war verbrannt, das letzte rote Zünglein flackerte und erlosch auf dem Fußboden. Es war fast dunkel.

»Petljura – das ist so irr … eigentlich ist das ein verlorenes Land«, murmelte Turbin im Dunkel des Ladens, dann faßte er sich: »Was soll die Träumerei? Die können jeden Moment hier sein.«

Plötzlich wurde er genauso hastig wie Malyschew vor seiner Flucht und riß die Schulterklappen ab. Die Fäden krachten, in den Händen blieben zwei silberne Streifen von der Jacke und zwei grüne vom Mantel. Turbin betrachtete sie, drehte sie in den Händen, wollte sie zum Andenken einstecken, überlegte aber, begriff die Gefahr und beschloß, sie zu verbrennen. An Heizmaterial mangelte es nicht, obwohl Malyschew alle Dokumente verbrannt hatte. Turbin raffte einen ganzen Haufen bunter seidener Flicken vom Boden, steckte sie in den Ofen und zündete sie an. Wieder huschten häßliche Schatten über Wände und Fußboden, und der Laden von Madame Anjou lebte für kurze Zeit auf. In den Flammen wurden die Silberstreifen wellig, blasig, stumpf und krümmten sich schrumpfend.

In Turbins Kopf tauchte eine wichtige Frage auf – was machte er mit der Tür? Verriegelt lassen oder nicht? Wenn ein Freiwilliger, so wie er, sich verspätet hatte und herkam, konnte er sich nirgends verstecken! Turbin schob den Riegel zurück. Dann durchzuckte ihn der Gedanke: Personalausweis? Er griff in die eine, dann in die andere Tasche – nicht da. Natürlich. Er hat ihn vergessen, ach, es ist ein Skandal. Was geschieht, wenn er ihnen begegnet? Der Militärmantel ist grau. Wer sind Sie? wird man fragen. Arzt ... Doch den Beweis ... Ach, verfluchte Zerstreutheit!

Schnell, flüsterte die innere Stimme.

Turbin überlegte nicht mehr, er stürzte nach hinten, wo auch Malyschew geflohen war, lief durch eine kleine Tür in den dunklen Korridor und von dort durch den Hinterausgang auf den Hof.

11 Der Stimme im Telefon gehorchend, führte Unteroffizier Nikolai Turbin die achtundzwanzig Junker durch die ganze STADT zum Einsatzort. Sie gelangten auf

eine vollkommen tote Kreuzung. Keinerlei Leben, aber viel Getöse. Ringsum – am Himmel, auf den Dächern, an den Wänden – ratterten Maschinengewehre.

Der Feind mußte hier irgendwo sein, denn die Kreuzung war der telefonisch genannte Einsatzort. Aber vorläufig zeigte sich kein Feind, und Nikolka war etwas verwirrt – was sollte er weiter tun? Seine Junker, ein bißchen blaß, aber tapfer wie ihr Kommandeur, legten sich in einer Kette auf die schneebedeckte Straße, der Schütze Iwaschin hockte sich an sein Maschinengewehr am Straßenrand. Die Junker hoben den Kopf und sahen erwartungsvoll in die Ferne.

Ihr Anführer aber war von so wichtigen und bedeutenden Gedanken erfüllt, daß er blaß und abgemagert aussah. Er war bestürzt, erstens, weil an der Kreuzung nichts von dem war, was die Stimme am Telefon versprochen hatte. Er sollte hier eine Abteilung des dritten Bataillons vorfinden und sie »verstärken«. Es gab aber nicht einmal Spuren von der Abteilung.

Zweitens bestürzte ihn der Umstand, daß das Maschinengewehrgeratter nicht nur vorn zu hören war, sondern auch links und sogar hinten. Drittens fürchtete er, Angst zu bekommen, und prüfte sich dauernd: Habe ich Angst? Nein, ich habe keine Angst, antwortete eine muntere Stimme in seinem Kopf, und vor Stolz, daß er erwiesenermaßen tapfer war, wurde er noch blasser. Der Stolz weckte in ihm den Gedanken, daß man ihn, wenn er fiele, mit Musik beerdigen würde. Sehr einfach: Über der Straße schwebt ein mit Silberbrokat ausgeschlagener weißer Sarg, und im Sarg liegt der im Kampf gefallene Unteroffizier Turbin mit edlem, wächsernem Gesicht. Schade, daß jetzt keine Kreuze verliehen werden, sonst trüge er bestimmt ein Kreuz und das Georgsbändchen auf der Brust. An den Toren stehen Frauen. Wer wird beerdigt, ihr Lieben? – Unteroffizier Turbin. – Ach, so ein schöner junger Mann! Und die Musik dazu. Es ist angenehm, im Kampf zu sterben, wissen Sie. Hauptsache, er muß sich nicht quälen. Die

Gedanken an die Musik und das Bändchen haben das unsichere Warten auf den Feind, der der Stimme am Telefon nicht gehorchte und sich nicht zeigte, etwas verschönert.

»Wir warten hier«, sagte Nikolka zu den Junkern, bemüht, seiner Stimme einen sicheren Klang zu geben, aber sie klang nicht besonders sicher, denn alles ringsum sah nicht so aus, wie es sollte, es sah dumm aus. Wo ist die Abteilung? Wo ist der Feind? Merkwürdig, daß es hinter ihm zu schießen schien.

Schließlich trat das ein, worauf der Anführer mit seiner Schar wartete. In der Quergasse, die von der Kreuzung zur Brest-Litowsker Chaussee führte, krachten unerwartet Schüsse, in schnellem Lauf kamen graue Gestalten durch die Gasse auf Nikolkas Junker zu, und ihre Gewehre ragten unordentlich nach allen Seiten.

Sind wir umgangen? durchzuckte es Nikolka, und er wußte nicht, welches Kommando er geben sollte. Doch bald bemerkte er goldene Flecke auf den Schultern einiger Fliehender und begriff, daß es eigene Leute waren.

Die stämmigen, hochgewachsenen, vom Laufen abgehetzten Konstantin-Junker mit der Papacha auf dem Kopf blieben plötzlich stehen, knieten nieder und gaben mit schwach aufblitzenden Gewehren zwei Salven in die Gasse ab, dorthin, wo sie hergekommen waren. Dann sprangen sie wieder auf, warfen die Gewehre weg und liefen über die Kreuzung an Nikolkas Trupp vorbei. Dabei rissen sie Schulterklappen, Patronentaschen und Koppel ab und warfen sie in den zerfahrenen Schnee. Ein großer, grauer, schwerfälliger Junker schrie im Vorbeilaufen keuchend, schallend Nikolkas Trupp zu:

»Flieht, flieht mit uns! Rette sich, wer kann!«

Nikolkas Junkerkette richtete sich verwirrt auf. Nikolka hatte den Kopf verloren, faßte sich aber blitzschnell, und ein Gedanke huschte durch seinen Kopf: Das ist der Moment, wo man ein Held werden kann. Dann schrie er mit seiner schrillen Stimme:

»Nicht aufstehen! Hört auf mein Kommando!«

Was machen sie denn? dachte er wütend.

Die Konstantin-Junker – etwa zwanzig – sprangen unbewaffnet über die Kreuzung davon, zerstreuten sich in der querlaufenden Fonarny-Gasse, und ein Teil von ihnen stürzte zum ersten riesigen Tor. Die eiserne Tür polterte heftig, durch den hallenden Torweg trampelten die Stiefel. Ein anderes Grüppchen verschwand im zweiten Tor. Nur fünf blieben übrig, liefen, den Schritt beschleunigend, die Gasse entlang und verschwanden in der Ferne.

Schließlich kam ein letzter Fliehender mit blaßgoldenen Schulterklappen auf die Kreuzung gerannt. Nikolka erkannte mit scharfem Blick sofort den Kommandeur der zweiten Abteilung des ersten Bataillons, Oberst Nai-Turs.

»Herr Oberst!« rief ihm Nikolka verwirrt und zugleich freudig zu. »Ihre Junker fliehen panikartig.«

Da ereignete sich etwas Ungeheuerliches. Nai-Turs kam auf die zerstampfte Kreuzung gelaufen, die Mantelschöße wie bei den französischen Infanteristen auf beiden Seiten hochgesteckt. Die zerknitterte Mütze saß ihm im Nacken und wurde nur noch vom Kinnriemen gehalten. In der Rechten trug er einen Colt, die geöffnete Revolvertasche schlug ihm gegen die Hüfte. Sein unrasiertes, borstiges Gesicht sah furchterregend aus, die Augen schielten zur Nase, und aus der Nähe waren deutlich die Husarenlitzen auf den Schultern zu sehen. Nai-Turs trat auf Nikolka zu und riß ihm mit der linken Hand zuerst die linke und dann die rechte Schulterklappe ab. Die Wachsfäden bester Qualität rissen krachend, wobei die rechte Schulterklappe einen Fetzen Mantelstoff mitnahm. Es schleuderte Nikolka so heftig zur Seite, daß er einen Begriff davon bekam, was Nai-Turs für kräftige Hände hatte. Er plumpste auf etwas nicht sehr Hartes, und dies nicht sehr Harte sprang mit Geschrei unter ihm hervor und erwies sich als der Maschinengewehrschütze Iwaschin. Dann umwimmelten ihn die verzerrten Gesichter der Junker, alles ging zum Teufel. Nikolka behielt in diesem Moment nur deshalb seine Fassung, weil keine Zeit war, so rasch hatte Oberst Nai-Turs gehandelt. Dieser wandte sich dem zerschlagenen Zug zu und gab kreischend mit einer ungewöhnlichen, nie gehörten Schnarrstimme ein Kommando. Nikolka dachte abergläubisch, daß solche Stimme zehn Werst weit, bestimmt aber in der ganzen STADT zu hören sein müßte. »Junker! Hört auf mein Kommando: Schulterklappen, Kokarden, Patronentaschen abreißen, Gewehre wegwerfen! Durch die Fonarny-Gasse über die Höfe in die Rasjesshaja-Straße und dann nach Podol! Nach Podol! Zerreißt unterwegs die Dokumente, versteckt euch, zerstreut euch und nehmt alle mit, alle, die euch begegnen!«

Dann, den Colt schwenkend, brüllte er wie ein Kavalleriehorn: »Durch die Fonarny-Gasse! Nur durch die Fonarny-Gasse! Rettet euch, geht nach Hause! Der Kampf ist aus! Im Laufschritt marsch, marsch!«

Einige Sekunden stand der Trupp starr. Dann wurden die Junker kreidebleich. Iwaschin riß sich vor Nikolkas Augen die Schulterklappen ab, Patronentaschen flogen in den Schnee, ein Gewehr polterte über die vereiste Bürgersteigkante. Gleich darauf lag die Kreuzung voll Koppel und Patronentaschen, auch eine zerdrückte Mütze war zu sehen. Durch die Fonarny-Gasse, durch die Höfe flohen die Junker zur Rasjesshaja-Straße. Nai-Turs steckte den Colt schwungvoll in die Revolvertasche, sprang zum Maschinengewehr auf dem Bürgersteig, hockte sich nieder und drehte den Lauf dorthin, woher er gekommen war. Mit der linken Hand ordnete er den Patronengurt. Dabei drehte er sich zu Nikolka um und brüllte wütend:

»Bist du taub? Lauf!«

Eine merkwürdige, rauschähnliche Ekstase stieg in Nikolka aus dem Bauch hoch, und ihm wurde ganz trocken im Mund.

»Ich will nicht, Herr Oberst«, antwortete er mit hölzerner Zunge, hockte sich hin, ergriff mit beiden Händen den Patronengurt und führte ihn ein.

Dort, wo der Rest der Abteilung Nai-Turs' hergekommen war, zeigten sich plötzlich fern Berittene. Undeutlich war zu sehen, daß die Pferde spielerisch tänzelten und die Reiter graue Säbel in den Händen hatten. Nai-Turs drückte die Griffe zusammen, das Maschinengewehr gab einige Schüsse ab, da-da-da, verstummte, gab wieder einige Schüsse ab, und dann donnerte eine lange Garbe hinaus. Die Hausdächer rechts und links brodelten auf. Zu den Berittenen gesellten sich weitere, dann schleuderte es einen von ihnen zur Seite, ins Fenster eines Hauses, ein zweites Pferd bäumte sich auf, sah schrecklich lang aus, reichte fast bis zur ersten Etage, einige Reiter verschwanden ganz. Dann zogen sich auch die übrigen zurück, waren wie vom Erdboden verschluckt.

Nai-Turs ließ die Griffe los, drohte mit der Faust gegen den Himmel, seine Augen füllten sich mit Licht, und er schrie:

»Jungs! Jungs! Dieses Stabsgesindel!«

Er drehte sich zu Nikolka um und rief mit einer Stimme, die Nikolka wie der Klang einer zarten Kavallerietrompete vorkam:

»Lauf weg, du dummer Junge! Lauf weg, sag ich dir.«

Er überzeugte sich mit einem Blick, daß die Junker alle verschwunden waren, dann sah er nach vorn, zur Parallelstraße der Brest-Litowsker Chaussee, und schrie voll Haß und Erbitterung:

»Ach, Teufel noch mal!«

Nikolka folgte seinem Blick und sah weit, weit in der Kadettenstraße auf dem unansehnlichen schneeverschütteten Boulevard dunkle Reihen auftauchen und in Deckung gehen. Dann knallte etwas gegen das Schild an der Ecke der Fonarny-Gasse über Nai-Turs' und Nikolkas Kopf:

Berta Jakowlewna Prinz-Metall
Zahnärztin

Irgendwo hinter dem Torweg zerklirrten Scheiben. Nikolka sah Putzbrocken auf den Bürgersteig fallen und zerspringen. Fragend blickte er Oberst Nai-Turs an, um zu erfahren, was von den fernen Ketten und dem Putz zu halten sei. Oberst Nai-Turs aber reagierte merkwürdig. Er hüpfte auf einem Fuß, schwang den anderen wie beim Walzer, und auf seinem Gesicht erschien ein unangebrachtes festliches Lächeln. Dann sah Nikolka ihn zu seinen Füßen liegen. Seinen Verstand verhängte dunkler Nebel, er hockte sich hin, schluchzte tränenlos, unerwartet für sich selbst, und zerrte den Oberst an den Schultern, um ihn aufzurichten. Aber aus dem linken Ärmel des Oberst lief Blut, und er verdrehte die Augen.

»Herr Oberst, Herr Oberst ...«

»Unter ... zier«, sagte Nai-Turs mühsam, Blut lief ihm aus dem Mund aufs Kinn, seine Stimme versiegte tropfenweise und wurde mit jedem Wort schwächer. »Hören Sie auf, zum Teufel, den Helden zu spielen ... ich sterbe ... Malo-Prowalnaja-Straße ...«

Mehr wollte Nai-Turs nicht erklären. Sein Unterkiefer bewegte sich noch dreimal, aber krampfhaft, als ob Nai-Turs am Ersticken wäre, dann blieb er unbeweglich, und der Oberst wurde schwer wie ein großer Mehlsack.

So stirbt man? dachte Nikolka. Das kann nicht sein. Er hat doch eben noch gelebt. Im Kampf verspürt man also gar keine Furcht. Ich aber bin nicht getroffen.

Zahnärztin ...

flatterte es zum zweitenmal über seinem Kopf, und wieder zersprangen Scheiben. Vielleicht ist er nur besinnungslos? kam es dem verwirrten Nikolka in den Sinn, und er versuchte, Nai-Turs hochzuziehen. Aber das war unmöglich. Habe ich Angst? dachte er und spürte, daß er wahnsinnige Angst hatte. Weshalb? Weshalb? dachte Nikolka und begriff sogleich, daß er vor Kummer und Einsamkeit Angst hatte, daß er, wäre Oberst Nai-Turs noch auf den Beinen, keine Angst verspüren würde. Aber Oberst Nai-Turs lag vollkommen unbeweglich, erteilte keine Befehle und beachtete weder, daß sich neben seinem Ärmel eine große rote Lache ausbreitete, noch daß von den Wänden wie verrückt der Putz wegspritzte. Nikolka fürchtete sich, weil er gänzlich allein war. Zwar rückten keine Reiter mehr von der Seite an, aber sicherlich war alle Welt gegen Nikolka, und er war der letzte und ganz allein. Die Einsamkeit trieb ihn von der Kreuzung weg. Er robbte, den rechten Arm auf den Ellbogen gestützt, denn in der Hand hielt er den Colt von Nai-Turs. Die richtige Angst kam, als bis zur Ecke nur noch zwei Schritte waren. Jetzt treffen sie mich ins Bein, dann kann ich nicht weg, und die Petljurasoldaten kommen und zerhacken mich mit den Säbeln. Es ist schrecklich, wenn man liegt und niedergesäbelt wird. Ich werde schießen, wenn der Colt geladen ist. Noch eineinhalb Schritte … noch ein Stück, noch ein Stück … schwupp … und Nikolka war in der Fonarny-Gasse.

Erstaunlich, höchst erstaunlich, daß sie mich nicht getroffen haben. Ein wahres Wunder. Wirklich ein Wunder Gottes, dachte Nikolka und erhob sich. Ein Wunder. Jetzt habe ich selbst eines gesehen – ein Wunder. Der Glöckner von Notre-Dame. Victor Hugo. Was ist jetzt mit Jelena? Und mit Alexej? Es ist klar: Wenn die Schulterklappen abgerissen werden, muß sich eine Katastrophe ereignet haben.

Nikolka sprang hoch, bis zum Hals mit Schnee verschmiert, schob den Colt in die Manteltasche und rannte die Gasse entlang. Das erste Tor rechts stand offen, Nikolka lief durch den hallenden Torweg, kam auf einen düsteren, schmutzigen Hof mit Schuppen aus rotem Backstein rechts und Holzstapeln links, begriff, daß der Durchgang in der Mitte sein mußte, stürzte hin und stieß auf einen Mann im Schafpelz. Ganz deutlich: roter Bart und kleine Äuglein, aus denen Haß triefte. Ein stupsnäsiger Nero mit Schafmütze. Der Mann, als wolle er lustig spielen, umfaßte Nikolka mit dem linken Arm und drehte ihm mit der rechten Hand den Arm nach hinten. Einige Augenblicke war Nikolka verdutzt. O Gott, er hält mich fest, er haßt mich. Ein Petljura-Anhänger …

»Du Lump!« schrie der Rotbärtige heiser und keuchend. »Wohin? Halt!« Dann schrie er plötzlich: »Haltet, haltet den Junker! Denkst du, man erkennt dich nicht, wenn du die Schulterklappen abgemacht hast, Lump? Haltet ihn!«

Rasende Wut packte Nikolka. Er bückte sich jäh, so daß auf dem Mantel hinten der Riegel platzte, drehte sich um und riß sich mit übernatürlicher Kraft los. Für einen Augenblick sah er den Roten nicht, denn er stand mit dem Rücken zu ihm, dann aber fuhr er herum und sah ihn wieder. Der hatte keine Waffe, er war nicht einmal Soldat, sondern Hauswart. Die Wut flatterte wie eine rote Decke vor Nikolkas Augen und wurde dann von einer unerschütterlichen Zuversicht abgelöst. Wind und Kälte drangen in seinen heißen Mund, denn er hatte die Zähne gefletscht wie ein junger Wolf. Er holte die Hand mit dem Colt aus der Tasche und dachte dabei: Ich bring den Mistkerl um, wenn nur der Colt geladen ist. Er erkannte seine Stimme nicht – so fremd und schrecklich klang sie.

»Ich bring dich um, Scheusal!« zischte er, betastete den komplizierten Colt und begriff sogleich, daß er vergessen hatte, wie man damit schießt. Als der rotbärtige Hauswart Nikolka bewaffnet sah, fiel er entsetzt und verzweifelt auf die Knie, jammerte und verwandelte sich auf wunderbare Weise aus einem Nero in eine Schlange.

»Ach, Euer Wohlgeboren! Euer ...«

Nikolka hätte geschossen, aber der Colt wollte nicht. Nicht geladen, so ein Pech! durchzuckte es ihn wie ein Blitz. Der Hauswart hielt schützend die Hand vor sich, wich zurück, kam von den Knien in die Hocke, fiel zurück und brüllte fürchterlich, Nikolka zum Verderben. Da Nikolka nicht wußte, was er tun sollte, um diesen lauten Rachen im kupfernen Bart zu stopfen, und verzweifelt war über den nicht schießen wollenden Colt, stürzte er sich wie ein Kampfhahn auf den Hauswart und schlug ihm – mit dem Risiko, sich selbst zu erschießen – den Griff in die Zähne. Seine Wut verflog. Der Hauswart aber sprang auf und rannte in die Toreinfahrt, durch die Nikolka gekommen war. Zu Tode erschrocken, brüllte er nicht mehr, er lief, stolperte, rutschte aus, drehte sich einmal um, und Nikolka sah, daß eine Hälfte seines Bartes blutig war. Dann verschwand er. Nikolka stürzte an dem Schuppen vorbei zu dem Tor, das auf die Rasjesshaja-Straße führte, und hier packte ihn Verzweiflung. Natürlich. Zu spät gekommen. Jetzt sitze ich in der Falle. O Gott, und er schießt nicht. Vergebens rüttelte er an dem riesigen Torriegel und am Schloß. Nichts zu machen. Der rotbärtige Hauswart hatte, als die Junker Nai-Turs' durchgerannt waren, das Tor zur Rasjesshaja-Straße verschlossen, und vor Nikolka stand als unüberwindliches Hindernis – eine bis oben glatte, blinde Eisenwand. Er drehte sich um, sah zum Himmel, der sehr tief hing, und erblickte an der Brandmauer eine leichte schwarze Leiter, die bis aufs Dach des dreistöckigen Hauses führte. Soll ich etwa hinaufklettern? dachte er und erinnerte sich, wie blöd es auch war, an ein buntes Bild: Nat Pinkerton in gelber Jacke, eine rote Maske vorm Gesicht, klettert eine solche Leiter hoch. Äh, Nat Pinkerton, Amerika ... Wenn ich hinaufklettere – was dann? Wie ein Idiot sitze ich auf dem Dach, und der Hauswart ruft unterdes die Petljura-Soldaten zusammen. Dieser Nero verrät mich ... Ich habe ihm die Zähne eingeschlagen. Das verzeiht er nie.

Und so war es. Aus dem Tor zur Fonarny-Gasse hörte Nikolka die verzweifelten Schreie des Hauswartes: »Hierher! Hierher!« und Hufschläge. Er begriff: Petljuras Reiterei ist von der Flanke in die STADT eingedrungen. Jetzt ist sie schon in der Fonarny-Gasse. Deshalb also hat Nai-Turs geschrien, daß man in die Fonarny-Gasse nicht zurückkehren dürfe.

Das alles ging ihm durch den Kopf, als er sich unerklärlicherweise auf einem Holzstapel neben dem Schuppen an der Mauer des Nachbarhauses wiederfand. Die vereisten Scheite wackelten unter seinen Füßen, er balancierte, fiel hin, zerriß sich die Hose, kam an die Mauer, spähte hinüber und erblickte einen Hof, der dem ersten so sehr glich, daß Nikolka den rothaarigen Nero im Schafpelz zu sehen erwartete. Aber niemand kam. Ein schneidender Schmerz im Bauch und im Kreuz, Nikolka saß auf dem Boden, im selben Augenblick zuckte sein Colt in der Hand, und dröhnend löste sich ein Schuß. Nikolka war erstaunt, dann begriff er, daß die Sicherung zugewesen war und sich jetzt verschoben hatte. Na so was!

Teufel, auch hier ist das Tor zur Rasjesshaja-Straße zu. Abgeschlossen. Also wieder zur Mauer. Doch o weh, hier war kein Holz. Nikolka sicherte den Revolver und schob ihn in die Tasche. Dann stieg er auf einen Haufen Ziegelschutt und kroch wie eine Fliege die steile Mauer hinauf, die Fußspitzen in Löcher steckend, in denen zu friedlichen Zeiten keine Kopeke Platz gefunden hätte. Die Fingernägel brachen ab, er riß sich die Finger blutig, klomm aber weiter. Eng an die Wand gepreßt, hörte er hinter sich, im ersten Hof, einen schrillen Pfiff und Neros Stimme, und vor ihm im dritten Hof sah ein angstverzerrtes Fraugesicht aus einem schwarzen Fenster der ersten Etage ihn an und verschwand sofort. Von der zweiten Mauer fiel er ziemlich günstig in einen Schneehaufen, dennoch knackte es im Hals und im Kopf. Mit Kopfsausen und schwarzen Flecken vor den Augen lief Nikolka zum Tor.

Welche Freude! Es war zwar auch verschlossen, war aber ein schmiedeeisernes Gitter und kinderleicht zu übersteigen. Wie ein Feuerwehrmann kletterte Nikolka hinauf, dann hinunter und befand sich in der Rasjesshaja-Straße. Die Straße war menschenleer. Eine viertel Minute muß ich verschnaufen, sonst platzt mir das Herz, dachte Nikolka und schluckte glühende Luft. Ja, die Papiere ... Nikolka holte aus der Tasche seiner Bluse einen Packen schmieriger Bescheinigungen und zerriß sie. Wie Schnee flatterten sie auseinander. Hinten in der Gasse, wo er Nai-Turs verlassen hatte, hörte er ein Maschinengewehr losrattern, dem Maschinengewehre und Gewehrschüsse aus der STADT, vor Nikolka, antworteten. So ist das also. Die

STADT ist eingenommen. In der STADT wird gekämpft. Die Katastrophe ist da. Nikolka, noch immer nach Atem ringend, klopfte sich mit beiden Händen den Schnee ab. Soll ich den Colt wegwerfen? Nai-Turs' Colt? Um nichts in der Welt. Vielleicht komme ich durch. Sie können doch nicht überall auf einmal sein.

Nikolka atmete schwer, merkte, daß seine Beine bedeutend schwächer geworden waren und den Dienst versagten, lief die ausgestorbene Rasjesshaja entlang und erreichte glücklich die Kreuzung zweier Straßen: der Lubotschizkaja nach Podol und der Lowskaja, die zum Stadtzentrum abbog. Hier erblickte er eine Blutlache neben dem Prellstein und Mist, zwei weggeworfene Gewehre und eine blaue Studentenmütze. Nikolka warf seine Papacha weg und setzte die Mütze auf. Sie war ihm zu klein und gab ihm das widerliche, draufgängerische, zivile Aussehen eines aus dem Gymnasium gefeuerten Vagabunden. Nikolka spähte vorsichtig um die Ecke in die Lowskaja und sah weit entfernt die tänzelnde Reiterei mit den blauen Flecken auf den Papachas. Dort schien ein Gefecht zu sein, Schüsse knallten. Nikolka huschte die Lubotschizkaja entlang und erblickte den ersten lebenden Menschen. Auf dem Bürgersteig gegenüber lief eine Dame mit schwarzem Hut, der ihr wie ein Flügel auf der Seite saß, und schwenkte mit einer Hand eine graue Tasche, aus der ein tollkühner Hahn sich zu befreien suchte und über die ganze Straße »Peturra, Peturra« schrie. Aus einer Tüte in der linken Hand der Dame fielen Mohrrüben auf den Bürgersteig. Die Dame schrie, weinte und rannte dauernd gegen die Wand. Wie ein Wirbelwind lief ein Kleinbürger vorbei, bekreuzigte sich nach allen Seiten und schrie:

»O Gott, o Gott! Wolodka! Wolodka! Petljura kommt.«

Am Ende der Lubotschizkaja waren schon mehr Menschen, sie hasteten umher, verschwanden in Toreinfahrten. Ein Mann in schwarzem Mantel stürzte, kopflos vor Angst, gegen ein Tor, steckte seinen Spazierstock in das Gitter und zerbrach ihn knackend.

Unterdessen flog die Zeit weiter und weiter, es dämmerte schon. Als Nikolka die Lubotschizkaja verlassen hatte und den Wolski-Hang hochrannte, flammte an der Ecke zischend eine elektrische Laterne auf. In einem kleinen Laden rasselte die Jalousie herunter und verdeckte die bunten Schachteln mit der Aufschrift »Waschpulver«. Ein Kutscher hatte seinen Schlitten in einer Schneewehe umgeworfen, als er um die Ecke bog, und peitschte unbarmherzig auf den Gaul ein. An Nikolka vorbei sprang ein dreistöckiges Haus mit drei Toreinfahrten, in denen ununterbrochen Türen knallten, und ein Unbekannter mit Sealkragen rannte an Nikolka vorbei und brüllte ins Tor:

»Pjotr! Pjotr! Bist du verrückt geworden? Mach zu! Mach das Tor zu!«

In der Toreinfahrt knallte die Tür, und man hörte eine Frauenstimme auf der dunklen Treppe schreien:

»Petljura kommt! Petljura!«

Je mehr sich Nikolka dem von Nai-Turs genannten rettenden Podol näherte, je mehr Menschen durch die Straßen rannten und hasteten, um so weniger Angst verspürte er. Nicht alle rannten in Nikolkas Richtung, manche kamen ihm auch entgegen.

Direkt am Hang zum Podol kam aus der Toreinfahrt eines steingrauen Gebäudes feierlich ein Kadett in grauem Mantel mit weißen Schulterklappen, auf denen ein goldenes »W« stand. Seine Nase glich einem Knöpfchen. Die Augen huschten flink umher, auf dem Rücken hing am Riemen ein schweres Gewehr. Die vorbeilaufenden Passanten sahen den bewaffneten Kadetten entsetzt an und rannten davon. Der Kadett blieb eine Weile auf dem Bürgersteig stehen, lauschte den Schüssen in der oberen STADT mit der gewichtigen Miene eines Kundschafters, zog Luft durch die Nase ein und wollte irgendwohin gehen. Nikolka änderte rasch seine Richtung, überquerte den Bürgersteig, trat dicht an den Kadetten heran und sagte im Flüsterton: »Werfen Sie das Gewehr weg und verstecken Sie sich augenblicklich.«

Der kleine Kadett fuhr zusammen, wich ängstlich zurück, faßte aber dann drohend ans Gewehr. Mit einer alterprobten Methode drängte Nikolka ihn so lange zurück, bis sie in einer Toreinfahrt waren, und dort, zwischen zwei Türen, sagte er mit Nachdruck:

»Verstecken Sie sich, sage ich Ihnen. Ich bin Junker. Alles ist zusammengebrochen. Petljura hat die Stadt eingenommen.«

»Eingenommen?« fragte der Kadett und sperrte den Mund auf, so daß man sehen konnte, daß ihm links ein Zahn fehlte.

»Ja«, antwortete Nikolka und fügte, in Richtung der oberen STADT weisend, hinzu: »Hören Sie? Dort ist Petljuras Reiterei auf den Straßen. Ich habe mich knapp retten können. Laufen Sie nach Hause, verstecken Sie das Gewehr und warnen Sie alle.«

Der Kadett war zur Salzsäule erstarrt, und so ließ ihn Nikolka in der Toreinfahrt stehen, denn er hatte keine Zeit, sich mit solch einem Unverstand zu unterhalten.

In Podol war die Unruhe nicht so zu spüren, aber die Hast war ziemlich groß. Die Passanten beschleunigten die Schritte, hoben oft horchend den Kopf, Köchinnen traten aus den Torwegen und wickelten sich rasch in ihr graues Tuch. Aus der oberen STADT kam ununterbrochenes Geknatter von Maschinengewehren. Aber in dieser Dämmerstunde des vierzehnten Dezember war nirgends mehr, weder nah noch fern, Kanonendonner zu hören.

Nikolkas Weg war lang. Bis er Podol durchquert hatte, waren die frostigen Straßen vollkommen in Dämmerung gehüllt, und die großen, weichen Schneeflocken, die durch die Lichtflecke der Laternen fielen, linderten die Hast und Unruhe. Durch ihr großmaschiges Netz blinkten die Laternen; in den Läden und Geschäften brannte lustiges Licht, aber nicht in allen, einige waren schon erblindet. Der Schnee fiel immer dichter. Am Fuß seiner Straße, des steilen Alexejewski-Hangs, sah Nikolka vor dem Tor des Hauses Nummer sieben folgendes Bild: Zwei Jungen in grauem Strickjäckchen und Mützchen waren gerade mit einem Schlitten den Hang heruntergerodelt. Einer von ihnen, klein und dick wie eine Kugel, ganz mit Schnee verschmiert, saß da und lachte. Der andere, etwas älter, schlank und ernst, knotete an der Strippe herum. Im Tor stand ein Bursche im Schafpelz und popelte. Die Schießerei wurde lauter. Sie kam von oben, von den verschiedensten Stellen.

»Waska, Waska, ich bin mit dem Hintern gegen den Prellstein gehauen!« schrie der Kleine.

Sie rodeln friedlich, dachte Nikolka erstaunt und fragte den Burschen freundlich:

»Sagen Sie bitte, was ist das für eine Schießerei dort oben?«

Der Bursche nahm den Finger aus der Nase, überlegte und sagte näselnd:

»Die Unseren schlagen das Offizierspack.«

Nikolka sah ihn finster an und faßte mechanisch nach dem Griff des Colts in der Tasche. Der ältere Junge sagte boshaft:

»Sie rechnen mit den Offizieren ab. Geschieht ihnen recht. In der ganzen Stadt waren ihrer nur achthundert Mann, und sie haben noch Dummheiten gemacht. Petljura ist gekommen. Er hat eine Millionenarmee.«

Er drehte sich um und zog den Schlitten bergauf.

Sofort wurde der cremefarbene Store am Fenster zwischen der Veranda und dem kleinen Eßzimmer zurückgezogen. Die Uhr – tick-tack …

»Ist Alexej schon zurück?« fragte Nikolka.

»Nein«, antwortete Jelena und brach in Tränen aus.

Es ist dunkel. Dunkel in der ganzen Wohnung. Nur in der Küche brennt eine Lampe. Dort sitzt Anjuta, die Ellbogen auf den Tisch gestützt, und weint. Natürlich um Alexej Wassiljewitsch … In Jelenas Schlafzimmer brennt Holz im Ofen. Durch die Ofentür springen tanzende

Flecke heraus auf den Fußboden. Jelena, die sich um Alexej ausgeweint hat, sitzt auf dem Fußbänkchen, den Kopf in die Hand gestützt, und Nikolka hockt zu ihren Füßen, im roten Feuerschein, die Beine wie eine Schere gespreizt.

Bolbotun ... der Oberst. Bei Stscheglows hatte man mittags erzählt, daß er niemand anders als der Großfürst Michail Alexandrowitsch sei. Kurzum, es herrschte eine verzweifelte Stimmung hier, im Halbdunkel und Feuerglanz. Was hilft es, um Alexej zu weinen? Gar nichts. Er ist zweifellos gefallen. Alles klar. Die machen keine Gefangenen. Da er nicht gekommen ist, haben sie ihn geschnappt und umgebracht. Das Schlimmste, man erzählt, daß Petljura eine Elitetruppe von achthunderttausend Mann besitzt. Man hat uns betrogen, in den sicheren Tod geschickt.

Woher kam diese schreckliche Armee? Wurde sie etwa aus dem Frostnebel in der stechenden blauen Luft gewoben? Alles nebelhaft ... unklar ...

Jelena erhob sich und streckte den Arm aus.

»Verflucht seien die Deutschen! Verflucht! Wenn der Herrgott sie nicht straft, ist er ungerecht. Darf es denn sein, daß sie sich jeder Verantwortung entziehen? Sie werden sich verantworten müssen. Sie werden sich genauso quälen müssen wie wir, jawohl!«

Sie wiederholte hartnäckig das Jawohl wie eine Beschwörung. Auf ihrem Gesicht und Hals spielte rotes Licht, ihre leeren Augen waren von schwarzem Haß erfüllt. Nikolka verfiel bei ihren Ausrufen in Trauer und Verzweiflung.

»Vielleicht lebt er doch noch?« fragte er schüchtern. »Sieh mal, er ist immerhin Arzt. Wenn er auch gefaßt wurde, vielleicht erschießen sie ihn nicht, sondern nehmen ihn nur gefangen.«

»Sie werden Katzen essen, sie werden einander töten wie wir«, sprach Jelena laut und drohte haßerfüllt dem Feuer mit dem Finger.

Ach, ach ... Bolbotum kann kein Großfürst sein. Das Heer kann keine achthunderttausend Mann haben und auch keine Million. Im übrigen ist alles unklar. Das ist sie also, die schreckliche Zeit. Talberg hat wohl doch schlau gehandelt, er ist zur rechten Zeit verschwunden. Auf dem Fußboden tanzen die Feuerflecke. Es gab doch friedliche Zeiten und herrliche Länder. Paris, zum Beispiel, und Ludwig mit den Bildchen auf dem Hut, und Clopin Trouillefou wärmte sich vor genauso einem Feuer. Sogar er, der Bettler, hat es gut gehabt. Aber nirgends und niemals gab es so einen gemeinen Lumpen wie diesen rothaarigen Hauswart Nero. Alle hassen uns, aber er ist ein richtiger Schakal. Einen von hinten am Arm zu packen ...

Da begannen draußen Kanonen zu donnern. Nikolka sprang hoch und lief unruhig hin und her.

»Hörst du? Hörst du? Vielleicht sind das die Deutschen. Vielleicht sind die Verbündeten zu Hilfe gekommen? Wer schießt dort? Sie können doch nicht die STADT beschießen, wenn sie sie schon eingenommen haben.«

Jelena faltete die Hände auf der Brust und sagte:

»Nikolka, ich lasse dich nicht weg. Ich lasse dich nicht. Ich flehe dich an, bleib hier. Sei vernünftig.«

»Ich würde nur bis zum Platz an der Andrej-Kirche gehen und von dort aus beobachten und horchen. Von dort ist ja ganz Podol zu sehen.«

»Nun gut, geh, wenn du imstande bist, mich in solchem Augenblick allein zu lassen. Geh.«

Nikolka wurde unschlüssig.

»Dann gehe ich nur auf den Hof und horche.«

»Ich komme mit.«

»Lena, und wenn Alexej zurückkehrt, hören wir die Klingel vom Haupteingang nicht.«

»Ja, wir werden sie nicht hören, und du bist schuld.«

»Ich gebe dir mein Ehrenwort, Lena, daß ich mich keinen Schritt vom Hof rühre.«

»Ehrenwort?«

»Ehrenwort.«

»Du gehst nicht durch die Pforte? Steigst nicht auf den Berg? Bleibst du nur im Hof stehen?«

»Ehrenwort.«

»Dann geh.«

Am vierzehnten Dezember 1918 fiel dichter Schnee und deckte die STADT zu. Und diese merkwürdigen, unerwarteten Kanonen schossen um neun Uhr abends. Sie schossen nur eine Viertelstunde lang.

Schneeflocken tauten hinter Nikolkas Kragen, und er kämpfte mit sich, ob er nicht doch die verschneite Anhöhe erklimmen sollte. Von dort aus könnte er nicht nur Podol übersehen, sondern auch einen Teil der oberen STADT, das Seminar, Hunderte Lichter in den hohen Häusern, die Hügel und die Häuschen darauf, in denen die Fenster wie Ewige Lampen blinkten. Aber ein Ehrenwort darf niemand brechen, sonst kann man auf der Welt nicht leben. So dachte Nikolka. Bei jedem drohenden, entfernten Schuß betete er: »O Gott, gib ...«

Aber die Kanonen verstummten.

Das waren unsere Kanonen, dachte Nikolka verbittert. Von der Pforte zurückkehrend, guckte er bei den Stscheglows ins Fenster. An einem Fenster des Seitenflügels war nämlich der weiße Vorhang etwas zurückgeschoben, und Nikolka sah Marja Petrowna ihren Petka baden. Petka saß nackt in der Waschbütte und weinte lautlos, denn er hatte Seife in die Augen bekommen. Marja Petrowna drückte den Schwamm über ihm aus. An einer Leine hing Wäsche, und über der Wäsche bewegte und bückte sich der große Schatten Marja Petrownas. Nikolka dachte, daß die Stscheglows es warm und gemütlich hätten, während er im aufgeknöpften Mantel fror.

Im tiefen Schnee, acht Werst nördlich der Vorstadt, saß in einem Wärterhäuschen, das vom Wärter verlassen und vom weißen Schnee zugeweht war, ein Stabskapitän. Auf dem Tischchen lag ein Brotkanten, daneben standen der Kasten eines Feldtelefons und ein Petroleumlämpchen mit verrußtem bauchigem Zylinder. Im Ofen war das Feuer am Erlöschen. Der Stabskapitän war klein, hatte eine lange, spitze Nase und trug einen Mantel mit breitem Kragen. Mit der linken Hand bröckelte er vom Brotkanten Stücke ab, mit der rechten drückte er die Knöpfe des Telefons. Aber das Telefon war wie tot, es antwortete nicht.

Fünf Werst im Umkreis gab es nichts als Dunkelheit und dichten Schneefall. Berge von Schnee.

Noch eine Stunde verging, der Stabskapitän ließ das Telefon in Ruhe. Gegen neun Uhr abends schnaufte er und sagte laut:

»Ich verliere den Verstand. Eigentlich müßte ich mich erschießen.« Und wie als Antwort klingelte das Telefon.

»Ist dort die sechste Batterie?« fragte eine ferne Stimme.

»Ja, ja«, antwortete der Stabskapitän, außer sich vor Freude.

Die erregte Stimme klang aus der Entfernung fröhlich und dumpf:

»Eröffnen Sie unverzüglich das Feuer auf den Stadtrand ...« Die ferne, undeutliche Stimme quakte durch den Draht. »Trommelfeuer ...« Die Stimme wurde abgeschnitten. »Ich habe den Eindruck ...« Die Stimme wurde wieder abgeschnitten.

»Ja, ich höre, ich höre«, rief der Stabskapitän in die Muschel und bleckte verzweifelt die Zähne. Eine lange Pause trat ein.

»Ich kann kein Feuer eröffnen«, sagte der Stabskapitän in die Muschel, obwohl ihm klar war, daß er ins Leere sprach, aber er mußte sprechen. »Meine ganze Bedienungsmannschaft und drei Fähnriche sind geflohen. An der Batterie bin ich ganz allein. Melden Sie das bitte in Post-Wolynski.«

Noch eine Stunde blieb der Stabskapitän sitzen, dann ging er hinaus. Draußen tobte heftiges Schneegestöber. Die vier düsteren und furchterregenden Kanonen waren schon zugeweht, auf den Läufen und Verschlüssen hatten sich Schneekämme gebildet. Es stöberte und wirbelte, und der Stabskapitän tastete sich in dem kalten Gewinsel des Schneesturmes umher wie ein Blinder. Lange hantierte er, ohne etwas zu sehen, bis es ihm in der schneereichen Finsternis gelang, den ersten Verschluß abzunehmen. Er wollte ihn in den Brunnen werfen, überlegte es sich aber und kehrte ins Wärterhäuschen zurück. Noch dreimal ging er hinaus, nahm von allen Kanonen den Verschluß ab und versteckte sie im Keller unter den Kartoffeln. Dann löschte er die Lampe und ging in die Finsternis hinaus. Zwei Stunden wohl stampfte er durch den tiefen Schnee, eine dunkle, unsichtbare Gestalt, und erreichte die Chaussee, die in die STADT führte. Die wenigen Laternen auf der Chaussee brannten trüb. Unter der ersten dieser Laternen säbelten ihn Berittene mit langgeschwänzten Mützen nieder und eigneten sich seine Stiefel und die Uhr an.

Die gleiche Telefonstimme ertönte in einer Erdhütte sechs Werst westlich vom Wärterhäuschen.

»Eröffnen Sie unverzüglich das Feuer auf den Stadtrand. Ich habe den Eindruck, daß der Feind zwischen uns in die STADT eingedrungen ist.«

»Hören Sie? Hören Sie?« antwortete es aus der Erdhütte.

»Erkundigen Sie sich in Post …« Die Verbindung war unterbrochen.

Die Stimme im Hörer quakte, ohne auf den Sprecher zu reagieren:

»Laufendes Feuer auf die Stadtgrenze … auf die Kavallerie …«

Die Verbindung brach ganz ab.

Aus der Erdhütte krochen drei Offiziere mit Laternen und drei Junker in Schafpelzen. Der vierte Offizier und zwei Junker standen bei den Kanonen, auch mit einer Laterne, die der Schneesturm dauernd auszublasen trachtete. Fünf Minuten später feuerten die Kanonen zurückprallend in die Dunkelheit. Sie erfüllten die ganze Gegend – fünfzehn Werst im Umkreis – mit mächtigem Gedröhn, das auch im Haus Nummer dreizehn am Alexejewski-Hang gehört wurde. »O Gott, gib …«

Eine berittene Hundertschaft, die sich im Schneegestöber herumtrieb, stieß aus der Dunkelheit von hinten auf die Laternen und säbelte die Junker und die vier Offiziere nieder. Der Kommandeur, der in der Erdhütte am Telefon saß, schoß sich in den Mund.

Seine letzten Worte waren:

»Stabsgesindel! Ich kann die Bolschewiken gut verstehen.«

Nachts knipste Nikolka in seinem Eckzimmer die obere Lampe an und schnitt mit seinem Taschenmesser ein großes Kreuz und eine ungefüge Inschrift in den Türrahmen:

»o. Turs gef. am 14. Dez. 1918 um 4 Uhr nachmit.«

»Nai« hatte er ausgelassen für den Fall, daß Petljura-Leute eine Haussuchung vornähmen.

Er wollte wach bleiben, um die Klingel zu hören, klopfte bei Jelena an die Wand und sagte:

»Schlaf Du, ich bleibe auf.«

Angezogen warf er sich aufs Bett und fiel in tiefen Schlaf. Jelena schlief bis zum Morgen nicht, sie lauschte und lauschte, ob es nicht klingelte. Aber es klingelte nicht, der ältere Bruder, Alexej, blieb verschwunden.

Ein müder, zerschlagener Mensch muß schlafen, es ist schon elf, und er schläft und schläft … Sein Schlaf war ungewöhnlich, muß ich Ihnen sagen! Die Stiefel waren lästig, das Koppel drückte gegen die Rippen, der Kragen würgte, und ein Alpgespenst saß mit seinen Pfötchen auf der Brust.

Nikolka lag auf dem Rücken, das Gesicht war rot, in der Kehle pfiff es … ein Pfiff! Schnee und ein Spinngewebe.

Ringsum Spinngewebe, der Teufel soll es holen! Er muß aus diesem Spinngewebe heraus, aber es wächst und wächst, das verfluchte, reicht schon bald bis zum Gesicht. Womöglich wickelt es ihn so ein, daß er nicht mehr herausfindet und erstickt! Hinter dem Netz des Spinngewebes sauberer Schnee, soviel man möchte, ganze Schneefelder. Dorthin muß man gelangen und möglichst schnell, denn eine Stimme ruft: »Nikolka!« Und da, stellen ie sich vor, verfängt sich ein munterer Vogel in dem Spinngewebe und zwitschert los: »Ti-ki-tiki, tiki, tiki. Fiu. Fiu! Tiki! Tiki!« Teufel noch mal! Er ist nicht zu sehen, aber er zwitschert irgendwo in der Nähe, jemand beklagt sich über sein Schicksal, und wieder die Stimme: »Nik! Nik! Nikolka!«

»Ach!« krächzte Nikolka, zerriß das Spinngewebe, fuhr hoch und blieb so sitzen – zerzaust, zerschunden, das Koppelschloß verrutscht. Sein helles Haar stand zu Berge, als ob ihn jemand lange daran gezaust hätte.

»Wer? Wer? Wer?« fragte Nikolka entsetzt, ohne etwas zu begreifen.

»Wer. Wer, wer, wer, so, so? Fi-ti! Fiu! Fiu!« antwortete das Spinngewebe, und eine traurige Stimme sagte, voll innerer Tränen:

»Ja, mit ihrem Liebhaber!«

Nikolka drückte sich entsetzt an die Wand und starrte auf das Trugbild. Das Trugbild hatte eine braune Jacke, eine braune Reithose und Stiefel mit gelben Jockeistulpen an. Die Augen waren trüb und traurig und blickten aus den tiefen Höhlen eines übermäßig großen, kurzgeschorenen Kopfes. Zweifellos war es jung, das Trugbild, aber seine Gesichtshaut war alt und grau, die Zähne schief und gelb. In den Händen hielt es einen mit schwarzem Tuch bedeckten Käfig und einen geöffneten blauen Brief.

Ich bin noch nicht wach, begriff Nikolka, machte eine Handbewegung, um das Trugbild wie ein Spinngewebe zu zerreißen, und stieß mit den Fingern schmerzhaft gegen die Gitterstäbe. Der Vogel in dem schwarzen Käfig schrie, pfiff und schmetterte los.

»Nikolka!« kam von weit her Jelenas erregte Stimme.

Herr Jesus, dachte Nikolka, ich bin wach, habe aber den Verstand verloren, und ich weiß auch weshalb – vor Übermüdung durch den Krieg. O mein Gott! Solchen Unsinn sehe ich ... Aber die Finger? O Gott, Alexej ist nicht zurück, ach ja, er ist nicht zurück, er ist gefallen, o weh, o weh!

»Mit ihrem Liebhaber auf demselben Sofa«, sagte das Trugbild mit tragischer Stimme, »auf dem ich ihr Gedichte vorgelesen habe.«

Das Trugbild richtete seine Worte zur Tür, sicherlich an einen Zuhörer, dann aber wandte es sich endgültig an Nikolka:

»Tja, auf demselben Sofa. Da sitzen sie jetzt und küssen sich ... nach den Wechseln über fünfundsiebzigtausend, die ich als Gentleman, ohne zu zaudern, unterschrieben habe. Denn ich war Gentleman und bleibe es. Sollen sie sich küssen!«

O weh, o weh, dachte Nikolka. Es rieselte ihm kalt über den Rücken, er riß die Augen auf.

»Verzeihen Sie«, sagte das Trugbild, trat immer deutlicher aus dem trüben Traumnebel und verwandelte sich in einen wirklichen, lebenden Menschen. »Ihnen ist wohl nicht alles klar? Nehmen Sie bitte den Brief – er erklärt Ihnen alles. Als Gentleman verheimliche ich meine Schande niemandem.«

Mit diesen Worten reichte der Unbekannte Nikolka den blauen Brief. Sprachlos nahm Nikolka ihn und las, die Lippen bewegend, die große, schwungvolle, aufgeregte Schrift. Ohne Datum stand auf dem bläulichen Blatt:

»Liebe, liebe Lena! Ich kenne Ihr gutes Herz und schicke Lariossik gleich zu Ihnen, wie es unter Verwandten üblich ist. Ein Telegramm habe ich Ihnen übrigens auch gesandt, aber er wird Ihnen alles selbst erzählen, der arme Junge. Er hat einen schrecklichen

Schicksalsschlag erlitten, und ich habe lange befürchtet, daß er ihn nicht überstehen würde. Milotschka Rubzowa, die er, wie Sie wissen, vor einem Jahr heiratete, hat sich als heimtückische Schlange entpuppt! Ich flehe Sie an: Nehmen Sie ihn auf und trösten Sie ihn so, wie nur Sie es verstehen. Ich werde seinen Unterhalt regelmäßig überweisen. Shitomir ist ihm verhaßt geworden, und ich verstehe das vollkommen. Mehr möchte ich nicht schreiben, ich bin zu aufgeregt, und außerdem fährt gleich ein Sanitätszug ab, Lariossik wird Ihnen selbst alles erzählen. Ich grüße Sie und Serjosha von ganzem Herzen.«

Eine unleserliche Unterschrift.

»Den Vogel habe ich mitgebracht«, sagte der Unbekannte seufzend. »Der Vogel ist der beste Freund des Menschen. Viele halten ihn zwar für überflüssig in der Wohnung, doch ich behaupte: Ein Vogel tut niemandem Böses.«

Der letzte Satz gefiel Nikolka. Er bemühte sich nicht mehr, etwas zu begreifen, kratzte sich verlegen mit dem Brief die Augenbraue, schob die Beine vom Bett und dachte dabei: Es ist peinlich, ihn nach seinem Namen zu fragen. Eine merkwürdige Geschichte.

»Ist das ein Kanarienvogel?« fragte er.

»Ja, aber was für einer!« antwortete der Unbekannte begeistert. »Ein ganz echter. Ein Männchen. Und davon habe ich in Shitomir fünfzehn Stück. Ich habe sie zu Mama gebracht, sie soll sie füttern. Dieser Schurke hätte ihnen bestimmt den Hals umgedreht. Er haßt Vögel. Darf ich ihn vorläufig hier auf den Schreibtisch stellen?«

»Bitte«, antwortete Nikolka. »Sie sind aus Shitomir?«

»Ja doch«, sagte der Unbekannte, »und stellen Sie sich so einen Zufall vor: Ich bin zusammen mit Ihrem Bruder angekommen.«

»Mit welchem Bruder?«

»Was für eine Frage? Ihr Bruder ist zusammen mit mir hier angekommen«, antwortete der Unbekannte erstaunt.

»Was für ein Bruder?« rief Nikolka mit kläglicher Stimme. »Was für ein Bruder? Aus Shitomir?«

»Ihr älterer Bruder.«

Jelenas Stimme rief ganz deutlich aus dem Wohnzimmer: »Nikolka! Nikolka! Illarion Larionowitsch, wecken Sie ihn doch! Wecken Sie ihn!«

»Triki, fit, fit, triki!« kreischte der Vogel langgedehnt.

Nikolka ließ den blauen Brief fallen, flog wie eine Kugel durch das Bücherzimmer ins Eßzimmer und blieb dort mit ausgebreiteten Armen wie angewurzelt stehen.

Alexej Turbin – in fremdem schwarzem Mantel mit zerrissenem Futter und fremden schwarzen Hosen – lag unbeweglich auf dem Sofa unter der Uhr. Sein Gesicht war bläulichblaß, die Zähne zusammengebissen. Jelena hastete um ihn herum, ihr Morgenrock stand offen, die schwarzen Strümpfe und die Spitzen ihrer Unterwäsche waren zu sehen. Sie faßte bald seine Knöpfe, bald seine Hände an und rief »Nikolka! Nikolka!«.

Drei Minuten später lief Nikolka mit der Studentenmütze auf dem Hinterkopf und mit offenem grauem Mantel keuchend den Alexejewski-Hang hinauf und murmelte: »Und wenn er nicht zu Hause ist? O Gott, ist das eine Geschichte mit den gelben Stulpen! Kurizki dürfen wir aber auf keinen Fall holen, das ist klar … Katze und Walfisch …« In seinem Kopf klopfte laut der Vogel – triki, fit, fit, triki!

Eine Stunde danach stand auf dem Fußboden im Eßzimmer eine Schüssel voll rotem Wasser, daneben lagen Klumpen zerrissenen, blutigen Mulls und weiße Scherben von dem Tellerstapel, den der Unbekannte vom Büfett gestoßen hatte, als er ein Glas holen wollte. Die Scherben knirschten, wenn einer darüber lief. Turbin – blaß, aber nicht mehr bläulich – lag noch immer auf dem Rücken. Er kam zu sich und wollte etwas sagen, aber der spitzbärtige Arzt mit den hochgekrempelten Ärmeln und dem goldenen Kneifer beugte sich zu ihm und sagte, während er die blutigen Hände mit Mull abwischte:

»Sprechen Sie noch nicht, Kollege.«

Anjuta, kreidebleich, mit riesigen Augen, und Jelena, zerzaust, rothaarig, hoben Turbin an und zogen ihm das mit Blut und Wasser bespritzte Hemd mit dem aufgeschnittenen Ärmel aus. »Schneiden Sie weiter auf, jetzt kommt es nicht mehr darauf an«, sagte der Spitzbärtige.

Das Hemd wurde Turbin auf dem Leib zerschnitten und fetzenweise abgenommen. Der magere gelbe Körper mit dem bis zur Schulter fest verbundenen linken Arm war entblößt. Oben und unten sahen die Enden von Schienen heraus. Nikolka kniete vor Turbin, knöpfte ihm vorsichtig die Hose auf und zog sie aus.

»Ziehn Sie ihn ganz aus und legen Sie ihn sofort ins Bett«, sagte der Spitzbärtige mit Baßstimme. Anjuta goß ihm aus der Kanne Wasser auf die Hände, Seifenschaum fiel in die Schüssel. Der Unbekannte stand abseits, beteiligte sich nicht an Hast und Durcheinander, sah bald bedauernd auf die zerschlagenen Teller, bald verlegen auf die zerzauste Jelena – ihr Morgenrock stand offen. Seine Augen waren feucht von Tränen.

Turbin wurde von allen aus dem Eßzimmer in sein Zimmer getragen, auch der Unbekannte beteiligte sich, legte den Arm um Turbins Knie und trug die Beine.

Im Wohnzimmer reichte Jelena dem Arzt Geld. Er wehrte ab. »Lassen Sie das, er ist doch Arzt. Etwas anderes ist viel wichtiger. Eigentlich müßte er ins Krankenhaus.«

»Das ist unmöglich«, ließ sich die schwache Stimme Turbins vernehmen. »Ins Krankenhaus unmögl...«

»Sprechen Sie nicht, Kollege«, sagte der Arzt. »Wir werden auch ohne Sie alles erledigen. Natürlich, ich verstehe. In der Stadt ist jetzt ein tolles Durcheinander.« Er nickte zum Fenster. »Er hat wohl recht, es geht nicht. Also zu Hause ... Heute abend komme ich wieder.«

»Ist es sehr schlimm, Herr Doktor?« fragte Jelena erregt.

Der Arzt heftete den Blick aufs glänzende gelbe Parkett, als ob dort die Diagnose stünde, krächzte, zwirbelte seinen Bart und sagte:

»Der Knochen ist heil. Hm … Die großen Blutgefäße sind unverletzt, der Nerv auch. Aber eine Vereiterung wird es geben. In der Wunde waren Fetzen vom Wollmantel. Das Fieber …« Nachdem er diese wenig verständlichen Gedanken herausgepreßt hatte, hob er die Stimme und sagte zuversichtlich: »Vollkommene Ruhe. Morphium – wenn er sich quält, ich werde es ihm abends selbst spritzen. Zu essen nur Flüssiges – Bouillon … Viel sprechen darf er nicht.«

»Herr Doktor, Herr Doktor, ich bitte Sie inständig … Er bat, niemandem etwas zu sagen.«

Der Arzt warf einen schrägen, düsteren und tiefen Blick auf Jelena und brummte:

»Ja, ich verstehe … Wie konnte das nur passieren?«

Jelena seufzte zurückhaltend und breitete ratlos die Arme aus. »Schon gut«, brummte der Arzt und schob sich wie ein Bär in die Diele.

Dritter Teil

12

In Turbins kleinem Schlafzimmer wurden die zwei Fenster zur Glasveranda mit den dunklen Gardinen verhängt. Das Zimmer lag in Dämmerung, in der Jelenas Kopf leuchtete. Ihr gegenüber schimmerten – ein weißer Fleck auf dem Kissen – Turbins Gesicht und Hals. Die Schnur kroch wie eine Schlange von der Steckdose zum Stuhl, das Lämpchen mit dem kleinen rosa Schirm flammte auf und verwandelte den Tag in Nacht. Turbin bedeutete Jelena mit einem Zeichen, die Tür zu schließen. »Sag sofort Anjuta, sie soll nichts erzählen.«

»Ich weiß, ich weiß, sprich nicht soviel, Aljoscha.«

»Ich weiß es selbst. Nur leise. Ach, wenn ich nur nicht den Arm verliere!«

»Um Gottes willen, Aljoscha ... Bleib ruhig liegen und schweig. Soll der Mantel dieser Dame vorläufig bei uns bleiben?«

»Ja, ja. Nikolka soll ja nicht auf den Gedanken kommen, ihn hinzuschleppen. Auf der Straße ist ja ... Hörst du? Laß ihn um Gottes willen überhaupt nicht raus.«

»Der Herrgott möge sie schützen«, sagte Jelena aufrichtig und zärtlich. »Und da sagt man, es gäbe keine guten Menschen auf der Welt.«

Die Wangen des Verwundeten färbten sich leicht, sein Blick heftete sich auf die niedrige weiße Decke, dann blickte er Jelena an und fragte, das Gesicht verziehend:

»Ja, hör mal, was ist denn das eigentlich für eine Kaulquappe bei uns?«

Jelena beugte sich in den rosa Schein und zuckte die Achseln. »Weißt du, er kam kurz vor dir, buchstäblich zwei

Minuten vorher. Er ist Talbergs Neffe aus Shitomir. Du hast von ihm gehört: Illarion Surshanski, der berühmte Lariossik.«

»Na und?«

»Na, er hat einen Brief mit. Ein Drama hat sich dort abgespielt. Gerade begann er zu erzählen, da brachten sie dich.«

»Einen Vogel hat er auch, weiß Gott ...«

Mit Lachen und Entsetzen in den Augen beugte sich Jelena zu ihm vor.

»Der Vogel ist nicht so schlimm. Er bittet darum, bei uns wohnen bleiben zu dürfen. Ich weiß nicht, was wir machen sollen.«

»Wohnen?«

»Nun ja. Rede nicht und beweg dich nicht, bitte, Aljoscha. Die Mutter schreibt, fleht uns an, dieser Lariossik ist ja ihr Abgott. So einen Tölpel wie ihn habe ich mein Lebtag nicht gesehen. Bei uns hat er damit angefangen, daß er das ganze Geschirr zerschlug. Das blaue Service. Nur zwei Teller sind heil geblieben.«

»Soso. Ich weiß auch nicht, was wir machen sollen.«

Im rötlichen Schatten war noch lange Geflüster zu hören. Von weitem, durch Türen und Portieren, kamen dumpf die Stimmen Nikolkas und des unerwarteten Gastes. Jelena streckte beschwörend die Hände aus und bat Alexej, weniger zu sprechen. Im Eßzimmer war Geklirr – die aufgeregte Anjuta fegte die Scherben zusammen. Endlich wurde flüsternd ein Beschluß gefaßt. In Anbetracht dessen, daß in der STADT alles mögliche passieren konnte und sehr wahrscheinlich Zimmer beschlagnahmt würden, in Anbetracht dessen, daß kein Geld da war und für Lariossik bezahlt werden würde, sollte er bleiben. Er mußte aber verpflichtet werden, die Regeln des Turbinschen Lebens zu befolgen. Was den Vogel anbetraf, so mußte man abwarten. Wenn er sich im Haus als unerträglich erwiese, würde man seine Entfernung verlangen, der Besitzer aber dürfe bleiben. Was das Service anbetraf: Da

Jelena keinen Ton sagen würde, weil es kleinbürgerlich wäre, sollte nicht mehr davon gesprochen werden. Lariossik sollte im Bücherzimmer wohnen, dort würden ein Bett mit Sprungfedermatratze und ein Tischchen aufgestellt.

Jelena betrat das Eßzimmer. Lariossik stand traurig mit hängendem Kopf da und starrte die Stelle an, wo einst auf dem Büfett zwölf Teller in einem Stapel gestanden hatten. Seine trübblauen Augen zeigten Kummer. Nikolka stand ihm mit aufgesperrtem Mund gegenüber und hörte seinen Reden zu. Seine Augen waren voll gespannter Neugier.

»Es gibt kein Leder in Shitomir«, sagte Lariossik zerstreut, »verstehen Sie, es gibt kein solches Leder, wie ich es zu tragen gewohnt bin. Ich habe bei allen Schuhmachern gefragt, ihnen jede Summe geboten, aber es war nichts da. Dann mußte ich ...«

Als Lariossik Jelena erblickte, erblaßte er, trat von einem Fuß auf den anderen, heftete seinen Blick auf die smaragdenen Quasten des Morgenrocks und sagte folgendes:

»Jelena Wassiljewna, ich fahre sofort in die Läden, stelle alles auf die Beine, und Sie bekommen noch heute Ihr Service ersetzt. Ich weiß gar nicht, was ich sagen soll, wie ich mich entschuldigen soll. Für das Service verdiene ich totgeschlagen zu werden. Ich bin ein schrecklicher Pechvogel«, das zu Nikolka, »ich fahre sofort in die Läden«, wieder zu Jelena.

»Ich bitte Sie sehr, nicht zu fahren, zumal sie natürlich alle geschlossen sind. Übrigens, wissen Sie denn nicht, was bei uns in der STADT los ist?«

»Natürlich weiß ich es!« rief Lariossik. »Ich bin doch mit dem Sanitätszug gekommen, wie Sie aus dem Telegramm erfahren haben müßten.«

»Aus welchem Telegramm?« fragte Jelena. »Wir haben kein Telegramm erhalten.«

»Wie bitte?« Lariossik sperrte den breiten Mund auf. »Nicht erhalten? Aha! Jetzt ist mir klar«, zu Nikolka, »warum Sie über meine Ankunft so erstaunt waren. Wie ist denn das möglich? Mama hat Ihnen doch ein Telegramm von dreiundsechzig Wörtern geschickt.«

»Ei, ei, dreiundsechzig Wörter!« wunderte sich Nikolka. »Wie schade! Telegramme werden jetzt so schlecht befördert. Genauer gesagt – überhaupt nicht.«

»Was soll denn nun werden?« Lariossik war sichtlich betrübt. »Werden Sie mir erlauben, bei Ihnen zu bleiben?« Er blickte hilflos um sich, seinen Augen war anzusehen, daß es ihm bei den Turbins gut gefiel und er sehr ungern wieder weggegangen wäre.

»Alles in Ordnung«, antwortete Jelena und nickte gnädig. »Wir sind einverstanden. Bleiben Sie da und richten Sie sich ein. Sie sehen doch, welches Unglück uns betroffen hat.«

Lariossik wurde noch trauriger. Seine Augen waren tränenumflort.

»Jelena Wassiljewna!« sagte er gefühlvoll, »verfügen Sie über mich, wie Sie wollen. Sie müssen wissen, ich kann drei bis vier Nächte hintereinander ohne Schlaf aushalten.«

»Ich danke Ihnen, vielen Dank.«

»Und jetzt«, Lariossik wandte sich an Nikolka, »darf ich Sie um eine Schere bitten?«

Nikolka, ganz verdattert vor Staunen und Neugier, eilte hinaus und kam mit einer Schere zurück. Lariossik knöpfte die Jacke auf, plinkerte verlegen und wandte sich wieder an Nikolka.

»Verzeihung, darf ich für einen Augenblick in Ihr Zimmer?«

In Nikolkas Zimmer zog er die Jacke aus, unter der ein außerordentlich schmutziges Hemd zum Vorschein kam, bewaffnete sich mit der Schere, trennte das blanke schwarze Futter auf und holte ein dickes grüngelbes Geldbündel hervor. Dieses brachte er feierlich ins Eßzimmer und legte es vor Jelena auf den Tisch.

»Hier, Jelena Wassiljewna, erlauben Sie mir, Ihnen das Geld für meinen Unterhalt sofort zu zahlen.«

»Wozu diese Eile?« fragte Jelena errötend. »Das hätten Sie auch später tun können.«

Lariossik protestierte heftig.

»Nein, nein, Jelena Wassiljewna, nehmen Sie es bitte jetzt. Ich bitte Sie, in solch schwieriger Zeit wird immer Geld gebraucht, ich verstehe das sehr gut!« Er wickelte das Bündel auf, wobei das Bild einer Frau zum Vorschein kam. Lariossik steckte es rasch mit einem Seufzer in die Tasche. »Es ist bei Ihnen auch besser aufgehoben. Was brauche ich? Nur Zigaretten und Vogelfutter.«

Jelena vergaß für einen Moment Alexejs Wunde, ein freundlicher Glanz trat in ihre Augen, so angemessen und umsichtig handelte Lariossik.

Eigentlich ist er gar nicht so ein Tölpel, wie ich anfänglich glaubte, dachte sie, er ist höflich und gewissenhaft, nur etwas wunderlich. Um das Service ist es jammerschade.

Das ist eine Type, dachte Nikolka. Lariossiks wunderbares Erscheinen verdrängte seine traurigen Gedanken.

»Achttausend«, sagte Lariossik und schob das Bündel, das an Rührei mit Schnittlauch erinnerte, auf dem Tisch hin und her. »Wenn es zuwenig ist, lasse ich sofort noch welches kommen.«

»Nein, nein, später, ausgezeichnet«, antwortete Jelena. »Hören Sie zu: Ich werde jetzt Anjuta bitten, daß sie Ihnen das Bad heizt, und Sie werden gleich baden. Sagen Sie nur, wie sind Sie überhaupt durchgekommen, das begreife ich nicht.« Jelena knüllte das Geld zusammen und steckte es in die große Tasche ihres Morgenrocks.

In Erinnerung an das Erlebte füllten sich Lariossiks Augen mit Entsetzen.

»Es war schrecklich!« rief er aus und faltete die Hände wie ein Katholik beim Gebet. »Ich war doch neun Tage … nein, Verzeihung, zehn? Sonntag, ja, ja, Montag … elf Tage von Shitomir unterwegs!«

»Elf Tage!« rief Nikolka. »Siehst du!« wandte er sich aus irgendeinem Grunde vorwurfsvoll an Jelena.

»Ja, ja. Elf Tage. Als ich abfuhr, gehörte der Zug dem Hetman, und unterwegs verwandelte er sich in einen Petljura-Zug. Als wir auf dem Bahnhof ... wie hieß er noch? Ach Gott, ich hab's vergessen ... ist auch egal ... und dort, stellen Sie sich vor, wollten sie mich erschießen. Diese Petljura-Leute mit den Schwänzen drangen ein ...«

»Mit blauen?« fragte Nikolka interessiert.

»Mit roten ... ja, mit roten ... und schrien: Komm runter, du wirst gleich erschossen! Sie dachten, ich wäre ein Offizier und hätte mich in dem Sanitätszug versteckt. Ich hatte ja nur die Empfehlung von Mama an Doktor Kurizki.«

»Kurizki?« rief Nikolka vielsagend. »Tja ... Kater und Walfisch. Den kennen wir.«

»Ja, an ihn. Er hatte auch den Zug zu uns nach Shitomir begleitet. O Gott! Ich fing an zu beten. Alles aus, dachte ich. Und wissen Sie, was geschah? Der Vogel hat mich gerettet. ›Ich bin kein Offizier‹, sagte ich. ›Ich bin ein gelehrter Vogelzüchter‹, und ich zeigte den Vogel. Dann schlug mich einer, wissen Sie, hinter die Ohren und sagte frech: ›Verschwinde, du verdammter Vogelzüchter.‹ So ein frecher Kerl! Ich hätte ihn, als Gentleman, umbringen müssen, aber Sie verstehen schon ...«

»Jelena ...«, kam es dumpf aus Turbins Schlafzimmer. Jelena drehte sich rasch um und lief hinüber, ohne die Geschichte zu Ende anzuhören.

Dem Kalender zufolge geht die Sonne am fünfzehnten Dezember um drei Uhr dreißig nachmittags unter. Deshalb wurde es schon ab drei Uhr dunkel in der Wohnung. Aber auf Jelenas Gesicht zeigten die Zeiger um drei die bedrückendste Stunde des Lebens – halb sechs. Beide Zeiger hatten die traurigen Fältchen an den Mundwinkeln überschritten und sich am Kinn zusammengezogen. In ihren Augen waren Trauer und Entschlossenheit, gegen das Unglück zu kämpfen.

Nikolkas Gesicht zeigte unsinnige und stachelige zwanzig vor eins, weil in seinem Kopf Chaos und Durcheinander herrschten, hervorgerufen von dem wichtigen und geheimnisvollen Wort »Malo-Prowalnaja«. Ein Wort, das ein Sterbender am Vortag an einer umkämpften Kreuzung gesprochen hat, ein Wort, dessen Sinn in den nächsten Tagen unbedingt herausgefunden werden muß. Chaos und Schwierigkeiten rührten daher, daß der geheimnisvolle und interessante Lariossik wie vom Himmel ins Leben der Turbins gefallen, und auch daher, daß ein ungeheuerliches und gewichtiges Ereignis eingetreten war: Petljura hatte die STADT eingenommen! Jener Petljura – was sagen Sie dazu! – diese STADT. Was jetzt in ihr geschehen würde, war für einen menschlichen Geist, auch für den höchst entwickelten, unmöglich vorauszusehen. Mit Sicherheit ist gestern eine schlimme Katastrophe hereingebrochen – die Unseren sind überrascht und getötet worden. Ihr Blut schreit zweifellos zum Himmel – erstens. Die verbrecherischen Generäle und auch das Stabsgesindel verdienen den Tod – zweitens. Aber mit dem Entsetzen wächst auch das brennende Interesse daran, wie es eigentlich weitergehen wird. Wie werden sie leben, die siebenhunderttausend Bewohner der STADT, unter der Herrschaft dieses geheimnisvollen Mannes, der den schrecklichen und häßlichen Namen Petljura trägt? Wer ist er? Warum? Im übrigen tritt das vorerst in den Hintergrund, verglichen mit dem Wichtigsten, dem Blutigen. Ach, ach … Schrecklich, sage ich Ihnen. Genaues weiß man natürlich nicht, aber Myschlajewski und Karausche kann man sicherlich als tot betrachten.

Nikolka zerschlug auf der glitschigen und fettigen Tischplatte mit einem breiten Hackmesser Eis. Das Eis spaltete sich knirschend oder entglitt dem Hackmesser und sprang durch die ganze Küche. Nikolkas Finger wurden steif. Der Eisbeutel mit dem silbrigen Deckel lag bereit.

»Malo … Prowalnaja …« Nikolka bewegte die Lippen, und durch seinen Geist huschten die Gestalten Nai-Turs', des rothaarigen Nero und Myschlajewskis. Als die letzte Gestalt im Mantel mit dem langen Schlitz seine Gedanken durchfuhr, zeigte das Gesicht Anjutas, die in traurigem Halbschlaf verwirrt am heißen Herd hantierte, immer deutlicher fünf Minuten nach halb fünf – eine Zeit der Trauer und Niedergeschlagenheit. Ob die verschiedenfarbigen Augen noch lebten? Wird man je wieder den watschelnden Gang mit dem Sporengeklirr hören?

»Bring das Eis«, sagte Jelena durch die Küchentür.

»Sofort, sofort«, antwortete Nikolka hastig, schraubte den Deckel zu und lief hinaus.

»Anjuta, Liebe«, sagte Jelena, »sag bitte keinem Menschen, daß Alexej Wassiljewitsch verwundet ist. Wenn sie, gottbehüte, erfahren, daß er gegen sie gekämpft hat, passiert ein Unglück.«

»Ich verstehe, Jelena Wassiljewna. Machen Sie sich keine Sorgen!« Anjuta sah Jelena mit erregten, weit aufgerissenen Augen an. »Wenn Sie wüßten, was in der Stadt los ist, heilige Mutter Gottes! Als ich heute über Boritschew Tok ging, sah ich zwei ohne Stiefel daliegen. Soviel Blut, soviel Blut! Ringsum stehen Menschen und gaffen ... Einer hat erzählt, das seien zwei getötete Offiziere. Sie sollten so liegen, ohne Mütze. Mir sind die Beine eingeknickt, im Laufen hätte ich beinah den Korb fallen lassen.« Anjuta zog fröstelnd die Schultern hoch, erinnerte sich an etwas, und sogleich rutschten ihr die Bratpfannen aus den Händen.

»Leise, leise, um Gottes willen«, sagte Jelena und streckte beschwörend die Hände aus.

In Lariossiks grauem Gesicht zeigten die Zeiger um drei den höchsten Aufschwung und die höchste Kraft an – genau zwölf Uhr. Beide Zeiger vereinten sich in der mittäglichen Stunde, klebten zusammen und zeigten nach oben wie die Spitze eines Schwertes. Das war so, weil es Lariossik nach der Katastrophe, die in Shitomir seine zarte Seele erschüttert hatte, nach der schrecklichen elftägigen Reise im Sanitätszug und nach all den Aufregungen in der Turbinschen Wohnung sehr gefiel. Was ihm so gefiel, war ihm selbst noch nicht ganz klar.

Die schöne Jelena schien große Achtung und Aufmerksamkeit zu verdienen. Nikolka gefiel ihm auch sehr. Um dies zu zeigen, benutzte Lariossik den Augenblick, als Nikolka aus Alexejs Zimmer kam, und half ihm das schmale Bett im Bücherzimmer aufstellen und auseinanderziehen.

»Sie haben ein offenes, sympathisches Gesicht«, sagte Lariossik höflich und sah das offene Gesicht so aufmerksam an, daß er nicht merkte, wie er das komplizierte, rasselnde Bett zusammendrückte und dabei Nikolkas Hand einklemmte. Der Schmerz war so stark, daß Nikolka aufheulte, zwar dumpf, aber dennoch so laut, daß Jelena kleiderraschelnd angelaufen kam. Nikolka, der alle Kräfte anstrengte, um nicht zu schreien, liefen große Tränen aus den Augen. Jelena und Lariossik zogen das automatisch zusammengeklappte Bett mühsam auseinander, um die blau angelaufene Hand zu befreien. Beinah weinte Lariossik selbst, als die gequetschte Hand mit roten Streifen zum Vorschein kam.

»O Gott!« sagte er und verzog sein ohnehin trauriges Gesicht noch mehr. »Was ist bloß mit mir los? Was bin ich für ein Pechvogel! Tut es Ihnen sehr weh? Verzeihen Sie mir, um Gottes willen.«

Nikolka stürzte wortlos in die Küche, wo Anjuta ihm einen kalten Wasserstrahl aus der Leitung über die Hand laufen ließ.

Nachdem das komplizierte Patentbett aufgestellt war und sich herausgestellt hatte, daß Nikolkas Hand nicht ernstlich verletzt war, wurde Lariossik von stiller Freude über die Bücher erfaßt. Außer der Leidenschaft und Liebe für Vögel hatte er eine Leidenschaft für Bücher. Hier in den offenen Schränken mit den vielen Fächern standen in engen Reihen wahre Schätze. Mit grünen, roten, goldgeprägten und gelben Umschlägen und schwarzen Einbänden sahen sie Lariossik von allen vier Seiten an. Längst war das Bett aufgestellt und bezogen, daneben stand ein Stuhl, über der Lehne hing ein Handtuch, auf dem Sitz fand zwischen den verschiedenen für einen Mann notwendigen Sachen – Seifendose, Zigaretten, Streichhölzer, Uhr – auch das geheimnisvolle Frauenbild seinen Platz, aber Lariossik wanderte noch immer an den mit Büchern vollgestellten Wänden entlang oder hockte vor den unteren Reihen dieser Fundgrube und betrachtete gierig die Umschläge, unschlüssig, was er zuerst in Angriff nehmen sollte – »Die Pickwickier« oder den »Russischen Boten« von 1871. Die Zeiger standen auf zwölf.

Aber in der Wohnung nahm mit der Dämmerung mehr und mehr die Trauer zu. Deshalb schlug die Uhr nicht zwölfmal, die Zeiger standen unbeweglich und glichen einem blinkenden Schwert, in einen Trauerflor gewickelt.

Schuld an der Trauer, schuld an der Unstimmigkeit der Lebensuhren all derer, die an der verstaubten Gemütlichkeit des Hauses Turbin hingen, war die dünne Quecksilbersäule in Turbins Schlafzimmer. Um drei Uhr zeigte sie 39,6. Jelena erblaßte, wollte sie herunterschlagen, aber Turbin wandte den Kopf, wies mit den Augen auf das Thermometer und sagte mit schwacher, doch nachdrücklicher Stimme: »Zeig!« Wortlos und unwillig reichte ihm Jelena das Thermometer. Turbin warf einen Blick darauf und seufzte tief.

Um fünf Uhr lag er da, auf dem Kopf den grauen Eisbeutel, in dem das kleingehackte Eis taute. Sein Gesicht war gerötet, die Augen glänzten und waren sehr schön.

»Neununddreißig sechs … allerhand«, sagte er und beleckte von Zeit zu Zeit die trockenen, aufgesprungenen Lippen. »Soso … Alles kann vorkommen … Mit der Praxis wird es jedenfalls zu Ende sein … für lange Zeit. Wenn ich bloß den Arm behalte, was bin ich ohne Arm.«

»Aljoscha, schweig doch«, bat Jelena und zog ihm die Decke über die Schulter, Turbin schloß die Augen und lag still. Von der Wunde an der linken Achselhöhle breitete sich eine trockene, stechende Hitze über den ganzen Körper aus. Zeitweilig füllte sie die Brust und umnebelte den Kopf, die Füße aber waren unangenehm kalt. Gegen

Abend, als überall schon Lampen brannten und die drei – Jelena, Nikolka und Lariossik – schweigend und sorgenvoll das Mittagessen längst beendet hatten, schwoll die Quecksilbersäule auf zauberhafte Weise aus dem festen Kügelchen bis hoch zum Teilstrich 40,2. Da lösten Trauer und Unruhe im rosa Schlafzimmer sich plötzlich auf und verschwammen. Die Trauer, die wie ein grauer Klumpen auf der Decke gesessen hatte, verwandelte sich in gelbe Saiten, die sich hinzogen wie Wasserpflanzen im Wasser. Die Praxis und die Angst vor dem Kommenden waren vergessen, weil die Wasserpflanzen alles verdeckten. Der reißende Schmerz in der linken Brustseite wurde dumpfer und ruhiger. Statt der Hitze kam Kälte. Die brennende Kerze in der Brust verwandelte sich manchmal in ein eisiges Messerchen, das irgendwo in der Lunge bohrte. Turbin schüttelte dann den Kopf, warf den Eisbeutel ab und rutschte tiefer unter die Decke. Der Schmerz in der Wunde kroch aus der mildernden Hülle heraus und quälte den Verwundeten so sehr, daß er unwillkürlich mit trockenen Lippen schwache Klageworte ausstieß. Als das Messerchen verschwand und wieder der brennenden Kerze Platz machte, durchdrang die Hitze seinen ganzen Körper, die Laken, die enge Höhle unter der Decke, und der Verwundete bat: »Trinken.« Aus dem Nebelschleier tauchten bald Jelenas, bald Nikolkas, bald Lariossiks Gesicht auf, lauschend zu ihm gebeugt. Ihrer aller Augen waren einander schrecklich ähnlich – finster und böse. Nikolkas Zeiger zogen sich zusammen und zeigten wie bei Jelena auf halb sechs. Nikolka lief dauernd ins Eßzimmer – das Licht brannte an diesem Abend trüb und flackernd – und sah auf die Uhr. Tonk-kr … tonk-kr …, ging böse und warnend das heisere Uhrwerk, und die Zeiger zeigten bald neun, bald neun Uhr fünfzehn, bald neun Uhr dreißig.

»Ach Gott, ach Gott«, seufzte Nikolka und lief wie eine schlaftrunkene Fliege vom Eßzimmer durch die Diele an Turbins Schlafzimmer vorbei ins Arbeitszimmer, zog den weißen Vorhang zurück und sah durch die Balkontür auf die Straße. Hoffentlich fürchtet sich der Arzt nicht zu kommen, dachte er. Die steile, gewundene Straße war leerer als all die Tage, aber doch nicht furchterregend leer. Manchmal fuhren knarrend Droschkenschlitten vorbei, doch nur selten. Nikolka dachte, daß er wahrscheinlich gehen mußte, und überlegte, wie er es Jelena beibringen sollte.

»Wenn er bis halb elf nicht kommt, gehe ich selbst mit Illarion Larionowitsch, und du bleibst bei Aljoscha. Keine Widerrede. Begreif doch, du hast ein Junkergesicht. Lariossik zieht Aljoschas Zivilsachen an. Mit einer Dame wird man ihn nicht anhalten«, sagte Jelena.

Lariossik äußerte hastig die Bereitschaft, sein Leben aufs Spiel zu setzen und allein zu gehen, und lief hinaus, um Zivilkleidung anzuziehen.

Das Messerchen war verschwunden, aber das Fieber stieg noch mehr, der Typhus trieb es hoch, und aus dem Fieber tauchte die verschwommene und dem Leben Turbins völlig fremde Gestalt eines Menschen auf, ganz in Grau.

»Weißt du, er ist sicherlich hingepurzelt, der Graue«, sagte Turbin plötzlich deutlich und streng und sah Jelena aufmerksam an. »Das ist unangenehm. Im Grunde genommen sind sie alle Vögel. Man hätte sie in die warme Speisekammer setzen müssen, in der Wärme wären sie zu sich gekommen.«

»Was ist, Aljoscha?« fragte Jelena erschrocken, beugte sich zu ihm und spürte die Hitze, die von seinem Gesicht aufstieg. »Ein Vogel? Was für ein Vogel?«

Im schwarzen Anzug sah Lariossik breit und bucklig aus, die gelben Stulpen waren unter den Hosenbeinen versteckt. Er erschrak, sein Blick wurde kläglich und unstet. Auf Zehenspitzen balancierend, lief er aus dem Schlafzimmer durch die Diele ins Eßzimmer, dann durch das Bücherzimmer in Nikolkas, stürzte, streng mit den Armen fuchtelnd, zum Käfig auf dem Schreibtisch und warf das schwarze Tuch über. Aber das war überflüssig, der Vogel schlief schon längst, zu einem Federknäulchen zusammengerollt, in seiner Ecke und schwieg sorglos. Lariossik machte die Tür zum Bücherzimmer und die von dort zum Eßzimmer fest zu.

»Es ist mir unangenehm, ach, wie unangenehm«, sagte Turbin besorgt und starrte in die Ecke. »Ich hätte ihn nicht erschießen sollen. Hör zu ...« Er zog den gesunden Arm unter der Decke hervor. »Am besten wäre es, ihn einzuladen und zu fragen, warum er sich wie ein Wahnsinniger herumtreibt. Natürlich nehme ich die Schuld auf mich. Alles ist zu Ende und sehr dumm.«

»Ja, ja«, sagte Nikolka mit schwerem Herzen, und Jelena ließ den Kopf hängen. Turbin wurde von Unruhe erfaßt, er wollte sich erheben, aber schneidender Schmerz überfiel ihn, er stöhnte und sagte boshaft:

»Dann schafft ihn fort!«

»Soll ich ihn vielleicht in die Küche bringen? Ich habe ihn aber zugedeckt, und er ist still«, flüsterte Lariossik aufgeregt Jelena zu.

Jelena winkte ab: Nein, nein, das meint er nicht. Nikolka ging entschlossen ins Eßzimmer. Seine Haare waren zerzaust, er sah auf das Zifferblatt: kurz vor zehn. Die beunruhigte Anjuta trat aus der Tür ins Eßzimmer.

»Wie geht es Alexej Wassiljewitsch?« fragte sie.

»Er phantasiert«, antwortete Nikolka mit einem tiefen Seufzer.

»Ach, du lieber Gott«, flüsterte Anjuta, »warum kommt der Arzt nicht?«

Nikolka sah sie an und kehrte ins Schlafzimmer zurück. Nachdrücklich sagte er Jelena ins Ohr:

»Mach, was du willst, aber ich gehe zu ihm. Wenn er nicht zu Hause ist, hole ich einen anderen. Es ist zehn Uhr. Auf der Straße ist es vollkommen ruhig.«

»Wir warten bis halb elf«, antwortete Jelena flüsternd, schüttelte verneinend den Kopf und wickelte die Arme in das Wolltuch. »Einen anderen zu holen gehört sich nicht. Ich weiß, er kommt noch.«

Kurz nach zehn dringt ein schwerer, unsinnig dicker Mörser in das schmale Schlafzimmer ein. Was soll das, zum Teufel! So kann man doch nicht leben. Er nimmt den ganzen Raum ein, von einer Wand zur anderen, so daß das linke Rad gegen das Bett drückt. So kann man doch nicht leben, man wird zwischen den schweren Speichen hindurchkriechen und sich dann bücken und durch das zweite, rechte Rad zwängen müssen, noch dazu mit Sachen, und es hängen Gott weiß wieviel Sachen an seinem linken Arm, ziehen ihm den Arm nach unten, der Strick schneidet unter der Achsel ein. Es ist unmöglich, den Mörser wegzuschaffen, die ganze Wohnung ist, laut Befehl, eine Mörserwohnung geworden, und der unvernünftige Oberst Malyschew und die unvernünftig gewordene Jelena, die durch die Räder blickt, können nichts machen, um die Kanone wegzubringen oder wenigstens den Kranken in erträglichere Lebensbedingungen zu schaffen, dorthin, wo keine Mörser stehen. Die Wohnung ist dieses verfluchten, schweren, kalten Dings wegen zu einer Herberge geworden. An der Tür ertönt immer wieder die Klingel – klingeling, Besucher kommen. Oberst Malyschew huscht vorbei – plump wie ein Lappe, mit einer Ohrenklappenmütze und goldenen Schulterklappen – und bringt einen ganzen Haufen Papiere mit. Turbin schreit ihn an, und er verschwindet in der Mündung der Kanone und wird von Nikolka abgelöst, der hastig, unsinnig und dumm in seinem Eigensinn ist. Nikolka gibt ihm zu trinken, aber nicht den kalten, brausenden Strahl vom Springbrunnen, sondern warmes Wasser, das widerlich nach einem Metalltopf schmeckt.

»Pfui, hör mit dem widerlichen Zeug auf«, murmelte Turbin.

Nikolka hob erschrocken die Augenbrauen, bleibt aber eigensinnig und ungeschickt. Jelena verwandelt sich öfters in den schwarzen, überflüssigen Lariossik, Talbergs Neffen, und dann wieder in die rötlichblonde Jelena, die mit den Fingern seine Stirn berührt, was ihm wenig Erleichterung bringt. Jelenas Hände, sonst so warm und geschickt, kratzen ihn jetzt wie eine Harke und tun nur Unnötiges, Störendes, was einem friedlichen Menschen auf dem verfluchten Hof des Zeughauses das Leben unerträglich macht. Sicherlich ist Jelena auch an dem Pfahl schuld, den man Turbin durch den angeschossenen Körper gesteckt hat. Nun setzt sie sich auch – was hat sie bloß? – auf das Ende des Pfahls, und er dreht sich unter ihrer Last, daß einem übel wird. Versuch zu leben, wenn sich dir ein runder Pfahl in den Körper bohrt! Nein, nein, nein, sie sind unerträglich! Und Turbin rief, so laut er konnte, aber es kam nur leise heraus:

»Julia!«

Aber Julia kommt nicht heraus aus dem altertümlichen Zimmer mit den goldenen Epauletten auf dem Porträt der vierziger Jahre, sie hört nicht den Ruf des Kranken. Die grauen Gestalten, die in der ganzen Wohnung und auch im Schlafzimmer zusammen mit den Turbins hin und her laufen, hätten ihn zu Tode gequält, wenn nicht der energische und geschickte Dicke mit der goldenen Brille gekommen wäre. Ihm zu Ehren kommt im Schlafzimmer noch ein Licht dazu – eine flackernde Stearinkerze auf einem schweren, schwarzen Leuchter. Die Kerze blinkt bald auf dem Tisch, bald läuft sie um Turbin herum, und über ihr läuft an der Wand der häßliche Lariossik, der einer Fledermaus mit abgeschnittenen Flügeln gleicht. Die Kerze senkt sich, weißes Stearin läuft an ihr hinunter. In dem kleinen Schlafzimmer riecht es schwer nach Jod, Spiritus und Äther. Auf dem Tisch entsteht ein Chaos von blanken Schachteln mit Lichtern auf vernickelten Spiegelchen und Bergen Watte – Weihnachtsschnee im Theater. Der Dicke, der Goldene mit den warmen Händen, gibt Turbin in den gesunden Arm eine wundertätige Spritze, und die grauen Gestalten hören nach wenigen Minuten auf, Unsinn zu treiben. Der Mörser wird auf die Veranda hinausgeschoben, so daß seine schwarze Mündung durch die verhängten Fenster gar nicht mehr so schrecklich aussieht. Das Atmen wird leichter, weil das große Rad weggerollt ist, und man nicht mehr durch die Speichen zu kriechen braucht. Die Kerze ist erloschen, und der eckige schwarze Illarion, Lariossik Surshanski aus Shitomir, ist von der Wand verschwunden. Nikolkas Gesicht ist auch gescheiter und nicht mehr so aufreizend eigensinnig, vielleicht, weil die Zeiger dank der Hoffnung auf die Kunst des goldenen Dicken etwas auseinandergegangen sind und nicht mehr so unbeugsam und verzweifelt an seinem spitzen Kinn hängen. Die Zeit geht zurück von halb sechs auf zwanzig vor fünf, und die Uhr im Eßzimmer, obwohl sie damit nicht einverstanden ist, obwohl sie ihre Zeiger immer vorwärts und vorwärts treibt, läuft jetzt nicht mehr mit dem heiseren Gebrumm des Alters, sondern tickt wie immer in sauberem, solidem Bariton – tonk! – und schlägt wie das Geläut einer Turmuhr in der Spielzeugfestung der herrlichen Gallier Ludwigs XIV. – bong! Mitternacht … höre … Mitternacht … höre … Sie schlägt warnend, und irgendwelche Hellebarden klingen angenehm silbern. Die Schildwache geht umher und wacht, denn die Türme, die Alarmsignale und die Waffen hat der Mensch, ohne es selbst zu wissen, nur zu einem einzigen Ziel geschaffen – der Menschen Haus und Herd zu schützen. Deshalb kämpft er auch, um ein anderes Ziel dürfte er nie kämpfen.

Julia, diese Egoistin, diese lasterhafte, aber berückende Frau, will nur in einem Heim der Ruhe erscheinen. Und sie kommt. Ihr schwarzbestrumpftes Bein, der pelzbesetzte Rand ihres schwarzen Überschuhs erscheint auf den leichten Backsteinstufen, und dem hastigen Geklapper und Geraschel antwortet mit plätschernden Glöckchen die Gavotte von dort, wo Ludwig XIV. in einem himmelblauen Garten am Ufer eines Sees, trunken vom eigenen Ruhm und den bezaubernden farbigen Frauen, sein Leben genießt.

Um Mitternacht begann Nikolka eine sehr wichtige und dringliche Arbeit. Zuallererst holte er aus der Küche einen schmutzigen, feuchten Lappen und wischte von der Brust des Zaardamer Zimmermanns die Worte ab:

Es lebe Rußland!
Es lebe die Monarchie!
Nieder mit Petljura!

Dann wurden mit tatkräftiger Unterstützung Lariossiks weitere wichtige Arbeiten verrichtet. Aljoschas Schreibtischschublade wurden geschickt und leise sein Browning, zwei Magazine und eine Schachtel Patronen entnommen. Nikolka prüfte den Browning und stellte fest, daß der Ältere sechs von sieben Patronen verschossen hatte.

»Toll ...«, flüsterte er.

Es bestand natürlich kein Zweifel, daß auf Lariossik Verlaß war. Ein intelligenter Mensch konnte überhaupt nicht auf seiten Petljuras sein, um so weniger ein Gentleman, der einen Wechsel auf fünfundsiebzigtausend unterschrieben und ein Telegramm von dreiundsechzig Worten abgeschickt hatte. Nai-Turs' Colt und Aljoschas Browning wurden mit Maschinenöl und Petroleum bestens eingeschmiert. Lariossik hatte sich wie Nikolka die Ärmel aufgekrempelt und half beim Einfetten und Einpacken in eine hohe längliche Bonbondose. Die Arbeit eilte sehr, denn jeder anständige Mensch, der an einer Revolution teilgenommen hat, weiß sehr gut, daß Haussuchungen unter jeder Macht im Winter zwischen zwei Uhr dreißig und sechs Uhr fünfzehn nachts und im Sommer zwischen Mitternacht und vier Uhr stattfinden. Dennoch verzögerte sich die Arbeit, weil Lariossik, der die Funktion der zehnschüssigen Pistole Marke Colt untersuchte, das Magazin verkehrt in den Griff eingesetzt hatte und es viel Kraft und Öl kostete, es wieder herauszukriegen. Außerdem tauchte ein zweites unerwartetes Hindernis auf: Die Dose, in der die Waffen, Nikolkas und Alexejs Schulterklappen, Tressen und das Bild des Thronfolgers Alexej lagen, die Dose, die innen mit Paraffinpapier ausgelegt und außen mit Isolierband zugeklebt war, ging nicht durch das Lüftungsfensterchen.

Die Sache war die: Wenn schon verstecken, dann richtig! Nicht alle sind solche Idioten wie Wassilissa. Nikolka hatte sich bereits am Tag ein Versteck ausgedacht. Zwischen der Wand des Hauses Nummer dreizehn und der des Hauses Nummer elf gab es höchstens einen Arschin Spielraum. In der Wand des Hauses Nummer dreizehn waren nur drei Fenster – eins in Nikolkas Eckzimmer und zwei im Bücherzimmer, überflüssigerweise, da es trotzdem dunkel war, und unten ein kleines vergittertes Fensterchen in Wassilissas Speisekammer; die Wand des Hauses Nummer elf war ganz fensterlos. Stellen Sie sich eine arschinbreite Schlucht vor – dunkel, von der Straße nicht einzusehen und vom Hof her für niemanden zugänglich, höchstens für zufällig eingedrungene Bengels. Nikolka war als Junge selber oft beim Räuberspiel hineingekrochen, über Ziegelsteine gestolpert und hatte sich gemerkt, daß an der Wand des Hauses Nummer dreizehn eine Reihe Haken bis zum Dach hinauflief. Wahrscheinlich hatte früher, als das Haus Nummer elf noch nicht stand, eine Feuerleiter drangehangen, die später weggeschafft wurde. Die Haken aber waren geblieben. Als Nikolka jetzt durch das Fensterchen griff, fand er gleich einen Haken. Es war ganz einfach. Nur ging die mit dem wunderbaren, sogenannten Zuckersackbindfaden dreifach über Kreuz verschnürte Dose mit der fertigen Schlinge nicht durch das Fensterchen.

»Es hilft nichts, wir müssen das Fenster aufmachen«, sagte Nikolka und rutschte vom Fensterbrett.

Lariossik spendete Nikolka für seinen Geist und seine Findigkeit Anerkennung und fing an, das abgedichtete Fenster aufzumachen. Diese schwere Arbeit nahm mindestens eine halbe Stunde in Anspruch, die gequollenen Rahmen wollten sich nicht öffnen. Schließlich gelang es doch, das erste und dann auch das zweite Fenster zu öffnen, wobei Lariossiks Fensterhälfte einen langen, welligen Sprung bekam.

»Licht aus!« kommandierte Nikolka.

Das Licht wurde ausgeschaltet, grimmige Kälte drang ins Zimmer. Nikolka beugte sich bis zum Gurt hinaus in die schwarze, eisige Leere und schob die Schlinge auf den Haken. Die Dose hing wunderbar an dem zwei Meter langen Bindfaden. Von der Straße her konnte man sie auf keinen Fall sehen, denn die Brandmauer des Hauses Nummer dreizehn stand nicht rechtwinklig zur Straße, außerdem hing das Schild der Schneiderwerkstatt ziemlich hoch. Man hätte sie nur sehen können, wenn man in den Spalt kroch. Aber das würde niemand vor dem Frühjahr tun, denn vom Hof her hinderten riesige Schneewehen und von der Straße her ein fester Zaun. Ideal war, daß man immer kontrollieren konnte, ohne das Fenster aufzumachen; man griff durch das Fensterchen, berührte den Bindfaden wie eine Saite. Ausgezeichnet.

Das Licht wurde wieder eingeschaltet, Nikolka knetete auf dem Fensterbrett den Kitt weich, den Anjuta im Herbst übriggelassen hatte, und verkittete die Fenster neu. Wenn die Dose zufällig gefunden würde, war die Antwort parat: »Erlauben Sie, wem gehört das? Revolver? Der Thronfolger?

Keine Ahnung! Ich weiß von nichts. Weiß der Teufel, wer sie hingehängt hat. Da muß jemand vom Dach heruntergeklettert sein und sie aufgehängt haben. Es treibt sich genug Volk rum. So ist es. Wir sind friedliche Menschen, uns gehen die Thronfolger nichts an.«

»Es ist ideal gemacht, bei Gott«, sagte Lariossik.

Und wie ideal! Griffbereit und doch außerhalb der Wohnung. Es war drei Uhr nachts. In dieser Nacht würde niemand mehr kommen. Jelena schlich auf Zehenspitzen ins Eßzimmer, ihre Augenlider waren müde und verschwollen. Nikolka mußte sie ablösen. Von drei bis sechs würde er wachen und von sechs bis neun Lariossik.

Sie sprachen im Flüsterton.

»Also, Typhus hat er«, flüsterte Jelena. »Heute war schon Wanda hier und hat sich erkundigt, was mit Alexej los ist.

Ich habe ihr gesagt, er hat wahrscheinlich Typhus. Sie glaubt es wohl nicht, hatte so einen unsteten Blick. Sie fragt mich dauernd aus, wie's bei uns steht, wo die Brüder waren, ob niemand verwundet ist. Über die Wunde bitte kein Wort.«

»Nein, nein, nein!« Nikolka fuchtelte mit den Armen. »Wassilissa ist ein Feigling, wie ihn die Welt noch nicht gesehen hat. Im Falle eines Falles erzählt er sowieso jedem, daß Alexej verwundet ist, nur um sich selbst ins rechte Licht zu setzen.«

»Ein Schuft«, sagte Lariossik, »das ist schuftig!«

Turbin lag ganz benommen. Sein Gesicht war nach der Spritze ruhig, die Züge schärfer und feiner geworden. Im Blut kreiste und wachte das beruhigende Gift. Die grauen Gestalten haben aufgehört, sich wie zu Hause aufzuführen, sie sind in ihren Geschäften auseinandergegangen, der Mörser ist ganz weggeschafft. Wenn dennoch ein Fremder auftaucht, benimmt er sich anständig, bemüht sich um Kontakt mit den Menschen und Dingen, die im Hause Turbin ihren angestammten Platz haben. Einmal erscheint Oberst Malyschew, sitzt eine Weile im Sessel, und sein Lächeln kann man so deuten, daß alles gut ist und zum Guten führt, er brubbelt nicht unheildrohend und schmeißt das Zimmer nicht voll Papier. Zwar verbrennt er Dokumente, wagt aber nicht, Turbins Diplom und Mutters Bild anzurühren. Außerdem verbrennt er die Papiere auf einer angenehmen, bläulichen Spiritusflamme, und diese Flamme wirkt beruhigend, denn ihr folgt gewöhnlich die Spritze. Oft klingelt die Glocke bei Madame Anjou.

»Klingeling«, sagte Turbin und versuchte, den Ton der Klingel dem im Sessel wiederzugeben, und im Sessel saßen abwechselnd bald Nikolka, bald ein Unbekannter mit Mongolenaugen, der infolge der Spritze keinen Radau zu machen wagte, bald der traurige Maxim, grauhaarig und zitternd. Klingeling ... Der Verwundete sprach freundlich und baute sich aus geschmeidigen Schatten ein bewegliches Bild, qualvoll und schwierig, das aber ein ungewöhnliches, fröhliches und schmerzliches Ende hatte.

Die Stunden flogen dahin, die Uhrzeiger im Eßzimmer drehten sich, und als der kurze sich der Zahl Fünf näherte, fiel Turbin in Halbschlaf. Er bewegte sich manchmal, öffnete die zugekniffenen Augen und murmelte undeutlich:

»Stufen, Stufen, Stufen, ich kann nicht mehr, ich verliere die Kräfte, ich falle hin. Ihre Füße sind flink ... die Überschuhe ... Durch den Schnee ... Eine Spur bleibt ... die Wölfe ... Kling ... klingeling ...«

13

Das »Klingeling« hatte Turbin zum letztenmal gehört, als er durch den Hintereingang aus dem Geschäft der verschwundenen, aufreizend nach Parfüm riechenden Madame Anjou floh. Das Klingeln zeigte an, daß jemand das Geschäft betreten hatte. Vielleicht war es einer wie Turbin, einer, der sich verirrt hatte, zurückgeblieben war, einer der Unsrigen, vielleicht aber auch Fremde, Verfolger. Jedenfalls durfte er nicht mehr in das Geschäft zurückkehren. Das wäre eine überflüssige Heldentat gewesen.

Glitschige Stufen führten Turbin in den Hof. Hier konnte er sehr deutlich hören, daß die Schießerei ganz in der Nähe, irgendwo auf der Straße, die breit und steilab zum Krestschatik führte, vielleicht sogar schon am Museum entbrannt war. Gleich wurde ihm auch klar, daß er in dem dämmerigen Geschäft viel zuviel Zeit mit traurigen Gedanken verloren, daß Malyschew recht gehabt hatte, als er ihm riet, sich zu beeilen. Sein Herz schlug unruhig.

Turbin sah sich um und stellte fest, daß der lange, hohe gelbe Kasten des Hauses, das Madame Anjou beherbergt hatte, auf einem riesigen Hof stand, der sich bis zu der niedrigen Mauer zum benachbarten Besitz der Eisenbahnverwaltung hinzog. Turbin kniff die Augen ein, sah sich um und ging über den leeren Hof direkt auf die Mauer zu. In ihr gab es eine Pforte, zu Turbins Erstaunen nicht abgeschlossen. Durch sie gelangte er in den häßlichen Hof der Verwaltung. Die stumpfsinnigen Fensterlöcher glotzten ihn an, es war deutlich zu merken, daß die Verwaltung ausgestorben war. Durch den hallenden asphaltierten Torweg, der das Haus durchbohrte, gelangte der Arzt auf die Straße. Die alte Turmuhr des Hauses gegenüber zeigte genau vier Uhr. Es fing schon an zu dunkeln. Die Straße war vollkommen leer. Turbin sah sich finster um und ging, von einer Vorahnung getrieben, nicht bergauf, sondern bergab, dahin, wo sich in der spärlichen Anlage das schneebedeckte Goldene Tor erhob. Nur ein Fußgänger in schwarzem Mantel kam ihm mit verschrecktem Gesicht entgegen und verschwand.

Eine leere Straße wirkt immer beängstigend. Hinzu kam eine wehe Vorahnung. Turbin verzog grimmig das Gesicht, um die Unentschlossenheit zu überwinden – er mußte gehen, durch die Luft konnte er nicht nach Hause fliegen –, schlug den Kragen des Militärmantels hoch und setzte sich in Bewegung.

Da begriff er, was ihn unter anderem beunruhigte – das plötzliche Schweigen der Kanonen. Während der beiden letzten Wochen hatten sie ringsum ununterbrochen gedröhnt, doch jetzt war am Himmel Stille eingetreten. Dafür war in der STADT, unten am Krestschatik, deutlich Gewehrfeuer zu hören. Turbin hätte vom Goldenen Tor gleich links in die Gasse einbiegen müssen und wäre dann hinter der Sophienkathedrale durch weitere Gassen gemütlich nach Hause auf den Alexejewski-Hang gelangt. Hätte er das getan, so wäre sein Leben ganz anders verlaufen, aber er tat es nicht. Es gibt eine Kraft, die einen manchmal zwingt, von einer Steilwand in den Bergen hinunterzublicken. Es zieht einen zur Kühle, zum Absturz. So zog es Turbin zum Museum. Er wollte wenigstens von weitem sehen, was dort vor sich ging. Statt also einzubiegen, tat er zehn Schritte zuviel und kam auf die Wladimirstraße. Da wurde in ihm gleich Unruhe wach, und deutlich hörte er Malyschew flüstern: »Lauf!« Turbin blickte nach rechts zum fernen Museum. Er sah nur ein Stück weiße Seitenwand, finstere Türme und in der Ferne wimmelnde schwarze Gestalten, mehr konnte er nicht erkennen.

Direkt auf ihn zu kamen durch die abschüssige Proresnaja-Straße, vom in frostigen Dunst gehüllten Krestschatik her, die ganze Straßenbreite einnehmend, graue Gestalten in Soldatenmänteln. Sie waren nicht weit, etwa dreißig Schritt von ihm entfernt. Es war gleich zu sehen, daß sie schon lange liefen und vom Laufen müde waren. Nicht die Augen, sondern eine instinktive Herzensregung sagte Turbin, daß dies Petljura-Soldaten waren.

Verloren, sagte in der Herzgrube deutlich die Stimme Malyschews.

Dann fielen einige Sekunden aus Turbins Bewußtsein heraus, und er wußte nicht, was während dieser Zeit geschah. Erst hinter der Ecke der Wladimirstraße fand er sich mit eingezogenem Kopf und galoppierenden Beinen wieder, die ihn schnell von der verhängnisvollen Ecke mit dem Süßwarengeschäft »Marquise« forttrugen.

»Los, los, schneller«, hämmerte das Blut in seinen Schläfen.

Noch ein bißchen Schweigen im Rücken! Wenn er sich doch in eine Messerschneide verwandeln oder durch die Wand gehen könnte! Los ... Aber das Schweigen hörte auf, das Unvermeidliche brach es.

»Halt!« brüllte eine heisere Stimme Turbin in den kalten Rücken.

Da ... stach es in der Herzgrube.

»Halt!« wiederholte die Stimme ernst.

Turbin drehte sich um und blieb sogar eine Sekunde stehen, denn ihm schoß der unsinnige Gedanke durch den Kopf, sich für einen friedlichen Bürger auszugeben. Ich bin in eigenen Angelegenheiten unterwegs. Laßt mich in Ruhe! Der Verfolger, etwa fünfzehn Schritt von ihm entfernt, nahm hastig das Gewehr vom Rücken. Als der Arzt sich umdrehte, wuchs in den Augen des Verfolgers die Verblüffung, und dem Arzt kam es vor, als habe jener schräge Mongolenaugen. Ein zweiter kam um die Ecke gelaufen und zog den Gewehrverschluß zurück. Die Verblüffung im Gesicht des ersten wechselte in unverständliche hämische Freude über.

»Teufel noch mal!« schrie er. »Petro, sieh mal, ein Offizier!« Als ob er, ein Jäger, am Wegesrand unerwartet einen Hasen erblickt hätte.

Wieso? Woran sieht man das? hämmerte es in Turbins Kopf.

Das Gewehr des zweiten verwandelte sich in ein kleines schwarzes Loch, nicht größer als ein Zehnkopekenstück. Dann merkte Turbin, daß er wie ein Pfeil durch die Wladimirstraße sauste und daß die Filzstiefel sein Verderben waren. Von hinten knallte es zischend heran – fuitt ...

»Halt! Hal ... Haltet ihn!« Es knallte wieder. »Haltet den Offizier!« dröhnte und schrie die ganze Wladimirstraße. Noch zweimal knallte es lustig, die Luft zerreißend.

Es genügt, einen Menschen mit Schüssen zu jagen, damit er sich in einen schlauen Wolf verwandelt; an Stelle des schwachen und in wirklich schwierigen Situationen überflüssigen Geistes erwächst ihm ein weiser tierischer Instinkt. Nach Wolfsart drehte sich Turbin im Rennen an der Ecke zur Malo-Prowalnaja-Straße um, sah das schwarze Loch sich in rundes weißes Feuer hüllen, beschleunigte die Schritte und bog in die Malo-Prowalnaja ein, womit er das zweite Mal in diesen fünf Minuten seinem Leben eine entscheidende Wendung gab.

Der Instinkt: Sie verfolgen mich hartnäckig, sie bleiben nicht zurück, sie holen mich ein, und wenn sie mich eingeholt haben, töten sie mich unweigerlich. Sie töten mich, weil ich geflohen bin, weil ich kein Dokument in der Tasche habe, aber einen Revolver und einen grauen Militärmantel trage; sie töten mich, weil man beim Laufen einmal Glück hat und auch ein zweites Mal, aber beim drittenmal treffen sie. Ja, beim drittenmal. Das ist eine schon von alters her bekannte Zahl. Bald ist es aus: noch eine halbe Minute. Die Filzstiefel sind mein Verderben. Alles ist unvermeidlich. Da es so war, sprang die Angst durch den

Körper und die Beine in die Erde. Durch die Beine drang wie eine eisige Wasserwelle die Wut in ihn ein und floß als kochendes Wasser aus seinem Mund. Turbin schielte im Laufen nach hinten wie ein Wolf. Zwei Graue, hinter ihnen ein dritter, sprangen um die Ecke der Wladimirstraße, und alle drei blitzten fast gleichzeitig. Turbin verlangsamte den Lauf, fletschte die Zähne und schoß dreimal auf sie, ohne zu zielen. Dann lief er wieder schneller, sah undeutlich vor sich dicht an der Wand, an der Regenrinne, einen zarten schwarzen Schatten huschen und merkte, daß ihn jemand mit hölzerner Zange an der linken Achselhöhle packte, wovon sein Körper merkwürdig schräg seitlich zu laufen begann. Noch einmal drehte er sich um, gab gelassen drei Schüsse ab und befahl sich streng, nach dem sechsten Schuß aufzuhören.

Die siebente ist für mich. Rothaarige Jelena und Nikolka. Alles ist aus. Sie werden mich foltern. Mir Schulterklappen in die Haut schneiden. Die siebente ist für mich.

Schräg lief er weiter und stellte etwas Merkwürdiges fest: Der Revolver zog den rechten Arm abwärts, schwerer aber schien der linke zu sein. Es war überhaupt an der Zeit stehenzubleiben. Luft hatte er sowieso keine mehr, es konnte nichts mehr werden. Bis zu einer Biegung dieser wunderlichsten Straße der Welt schaffte er es dennoch, verschwand dahinter und hatte für kurze Zeit Erleichterung. Weiterhin sah es hoffnungslos aus: eine blinde, durchgehende Gitterwand, dort das gewaltige Tor – verschlossen, dort – wieder verschlossen … Ein lustiges, unsinniges Sprichwort kam ihm in den Sinn: »Strample nicht unnütz an der Oberfläche herum, Gevatter, geh gleich zu den Fischen!«

Und da erblickte er sie im Moment des Wunders an der bemoosten schwarzen Wand, die das verworrene Muster der Gartenbäume abschloß. In dieser Wand halb versteckt, die Arme wie in einem Melodrama ausstreckend, mit vor Entsetzen übergroßen, leuchtenden Augen rief sie:

»Offizier! Hierher, hierher …«

In den etwas rutschenden Filzstiefeln, mit aufgerissenem Mund voll heißer Luft, keuchend lief Turbin langsam auf die rettenden Arme zu und verschwand mit ihnen in dem engen Spalt der Pforte in der schwarzen Holzwand. Sogleich war alles anders. Unter den Händen der schwarzgekleideten Frau schloß sich die Pforte, fiel ins Schloß. Die Augen der Frau waren direkt vor den seinen. In ihnen sah er verschwommen Entschlossenheit, Tatkraft und Schwärze.

»Kommen Sie, laufen Sie hinter mir her«, flüsterte die Frau, drehte sich um und eilte einen schmalen, ziegelgepflasterten Weg entlang. Turbin lief sehr langsam hinter ihr her. Links tauchten Schuppenwände auf, und die Frau bog ab. Rechts lag ein märchenhafter weißer Terrassengarten. Direkt vor der Nase ein niedriger Zaun, die Frau drang durch eine zweite Pforte, Turbin folgte ihr atemlos. Sie schlug die Pforte zu, vor seinen Augen tauchte ihr Bein auf, wohlgeformt, schwarzbestrumpft, der Rocksaum flatterte, die Beine trugen sie leicht eine Ziegeltreppe hinauf. Mit seinem geschärften Gehör nahm Turbin wahr, daß die Straße und die Verfolger irgendwo hinten zurückgeblieben waren. Da … da kommen sie um die Biegung gelaufen, suchen ihn. Wenn sie mich doch retten könnte, dachte Turbin, aber ich werde es wohl nicht schaffen, mein Herz … Plötzlich fiel er, kurz vor dem Ende der Treppe, auf das linke Knie und den linken Arm. Alles um ihn herum begann sich zu drehen. Die Frau bückte sich und faßte ihn unter den rechten Arm.

»Wir … haben's gleich geschafft!« rief sie, öffnete mit der zitternden Linken eine dritte niedrige Pforte, zog den stolpernden Turbin hindurch und rannte eine kleine Allee entlang. Sieh mal an, ein Labyrinth … wie für mich geschaffen, dachte Turbin sehr matt und sah sich plötzlich in einem weißen Garten, aber schon irgendwo sehr hoch und weit entfernt von der verhängnisvollen Malo-Prowalnaja. Er fühlte, daß die Frau ihn zog, daß seine linke Seite und sein linker Arm sehr warm waren und der übrige Körper kalt und das eiskalte Herz sich kaum noch bewegte. Sie hätte mich gerettet, aber es ist gleich aus mit mir, aus ... Die Beine werden schwach. Undeutlich sah er unberührte, schneebedeckte Fliederbüsche, eine Tür, eine verschneite Glaslaterne vor einem altertümlichen Flur. Und dann hörte er einen Schlüssel klirren. Die Frau war immer da, an seiner rechten Seite, und mit letzter Kraft, schwach wie ein Faden, zog sich Turbin hinter ihr her in die Laterne hinein. Dann mit dem zweiten Schlüsselklirren in die Dunkelheit, aus der ihm ein wohnlicher, alter Geruch entgegenschlug. Über seinem Kopf flammte schwach ein Lichtchen auf, die Dielen rutschten unter seinen Füßen nach links. Unerwartete giftgrüne Fetzen mit feuerrotem Rand flogen vor den Augen nach rechts, und das Herz spürte in der völligen Dunkelheit sogleich Erleichterung.

Im trüben, unruhigen Licht eine Reihe abgenutzter goldener Hütchen. Lebendige Kälte fließt auf die Brust und verschafft ihm mehr Luft, aber im linken Ärmel ist eine verderbenbringende, feuchte, tote Wärme. Das ist es, ich bin verwundet. Turbin begriff, daß er auf dem Fußboden lag und den Kopf schmerzhaft auf etwas Hartes und Unbequemes stützte. Die goldenen Hütchen vor den Augen gehörten zu einer Truhe. Es war so kalt, daß es ihm den Atem verschlug – sie goß ihm Wasser auf die Brust.

»Um Gottes willen«, sagte über ihm eine schwache Stimme, »schlucken Sie es hinunter, schlucken Sie. Atmen Sie noch? Was soll ich bloß machen?«

Das Glas stieß gegen die Zähne, Turbin nahm einen Schluck sehr kaltes Wasser. Jetzt sah er dicht vor sich helle Haarlöckchen und sehr schwarze Augen. Die Frau hockte neben ihm, stellte das Glas auf den Boden, faßte ihn weich um den Hals und versuchte, ihn aufzuheben.

Habe ich ein Herz? dachte er. Es scheint, ich lebe wieder auf ... Vielleicht habe ich gar nicht soviel Blut verloren ...

Ich muß kämpfen. Das Herz schlug sehr schnell, flatternd, bildete einen endlosen, verknoteten Faden, und Turbin sagte schwach: »Nein. Reißen Sie alles herunter und binden Sie mir mit irgendwas den Arm ab.«

Bemüht, zu verstehen, riß sie die Augen weit auf, dann begriff sie, sprang auf, stürzte zum Schrank und warf einen Berg Stoff heraus.

Turbin biß sich auf die Lippe und dachte: Oh, kein Fleck auf dem Fußboden, ich scheine zum Glück nicht viel Blut verloren zu haben. Mit ihrer Hilfe wand er sich aus dem Mantel, setzte sich auf und bemühte sich, das Schwindelgefühl im Kopf nicht zu beachten. Sie wollte ihm die Jacke ausziehen.

»Schere«, sagte er.

Das Sprechen fiel ihm schwer, die Luft war knapp. Sie verschwand mit schwingendem schwarzem Seidenrock und riß sich in der Tür Pelzmantel und Mütze herunter. Dann kehrte sie zurück, hockte sich hin, drang stumpf und qualvoll mit der Schere in den aufgeweichten und vom Blut vollgesogenen Ärmel ein, trennte ihn auf und befreite Turbin. Mit dem Hemd wurde sie schnell fertig. Der linke Ärmel war blutgetränkt, dunkelrot war auch die Seite. Da tropfte es auf den Fußboden.

»Reißen Sie ab, mutiger.«

Das Hemd wurde fetzenweise abgerissen. Turbin, weiß im Gesicht, bis zum Gurt nackt und gelb, mit Blut verschmiert, gewillt zu leben, zwang sich, kein zweites Mal umzufallen, rüttelte, die Zähne zusammenbeißend, mit der rechten Hand an der linken Schulter und sagte durch die Zähne:

»Gott sei D ... , der Knochen ist heil. Reißen Sie einen Streifen ab, oder geben Sie mir eine Binde.«

»Ich habe eine Binde«, rief sie froh und schwach, verschwand, kehrte zurück und riß das Päckchen auf mit den Worten: »Und niemand, niemand da. Ich bin allein.«

Sie hockte sich wieder hin. Turbin betrachtete die Wunde. Es war ein kleines Loch im Oberarm, mehr innen, da, wo der Arm am Körper anliegt. Aus ihm sickerte ein schmales Rinnsal Blut. »Hinten auch eins?« fragte er abgehackt, lakonisch, instinktiv die Kräfte schonend.

»Ja«, antwortete sie erschrocken.

»Binden Sie höher ab ... hier ... Sie retten mich.«

Noch nie hatte er solchen Schmerz empfunden, grüne Kreise – ineinander oder verflochten – tanzten in der Diele. Er biß sich auf die Unterlippe.

Sie zog fest, er half ihr mit den Zähnen und der rechten Hand, und so banden sie den Arm mit einem festen Knoten ab. Sofort hörte das Blut auf zu fließen.

Die Frau führte ihn dann auf folgende Weise hinüber: Er kniete sich hin und legte ihr den rechten Arm um die Schulter, dann half sie ihm, sich auf die schwachen, zitternden Beine zu stellen, und führte ihn, wobei sie ihn mit dem ganzen Körper stützte. Er sah ringsum die Schatten der völligen Dämmerung in einem niedrigen, altertümlichen Zimmer. Nachdem sie ihn auf etwas Weiches und Verstaubtes gesetzt hatte, flammte unter ihrer Hand seitlich eine mit kirschrotem Tuch bedeckte Lampe auf. Er erkannte das Samtmuster, ein Stück eines zweireihigen Gehrocks im Rahmen an der Wand und eine goldgelbe Epaulette. Sie streckte ihm die Arme entgegen und sagte, vor Aufregung und Anstrengung keuchend:

»Ich habe Kognak. Vielleicht brauchen Sie welchen? Kognak!«

»Ja, rasch!« antwortete er.

Und fiel auf den rechten Ellbogen.

Der Kognak schien geholfen zu haben, auf jeden Fall hatte Turbin das Gefühl, daß er nicht sterben, daß er den schneidenden Schmerz in der Schulter aushalten würde. Vor ihm kniend, verband die Frau ihm den verwundeten Arm, rutschte dann tiefer und zog ihm die Filzstiefel aus. Dann brachte sie ein Kissen und einen langen japanischen Morgenrock mit wunderlichen Sträußen und dem süßen Geruch der Vergangenheit.

»Legen Sie sich hin«, sagte sie.

Er legte sich gehorsam, sie warf ihm den Morgenrock über und darüber eine Decke, stellte sich dann vor das schmale Sofa und betrachtete sein Gesicht.

Er sagte:

»Sie ... Sie sind eine wundervolle Frau.« Dann, nach einer Weile: »Ich bleibe ein Weilchen liegen, bis die Kräfte wiederkehren, dann stehe ich auf und gehe nach Hause. Ertragen Sie diese Belästigung noch ein wenig.«

Sein Herz füllte sich mit Angst und Verzweiflung: Was ist mit Jelena? O Gott, o Gott ... Und Nikolka. Weshalb ist Nikolka umgekommen? Bestimmt ist er umgekommen ...

Sie wies schweigend auf das niedrige Fensterchen, das eine Gardine mit Quasten verhängte. Da hörte er entfernt, aber deutlich Schüsse.

»Man würde Sie sofort erschießen, ohne Zweifel«, sagte sie.

»Dann ... ich habe Angst, Ihnen Unannehmlichkeiten zu bereiten. Wenn sie plötzlich kommen ... der Revolver ... das Blut ... dort im Mantel«, er beleckte die trockenen Lippen. Vom Blutverlust und vom Kognak war ihm ein bißchen schwindelig. Das Gesicht der Frau sah erschrocken aus. Sie überlegte.

»Nein«, sagte sie entschlossen, »nein, wenn sie etwas gefunden hätten, wären sie schon hier. Das hier ist ein Labyrinth, in dem niemand Spuren finden kann. Wir sind durch drei Gärten gelaufen. Aber aufräumen muß ich gleich.«

Er hörte Wasser plätschern, Stoff rascheln, es klapperte in den Schränken.

Sie kehrte zurück, den Browning mit zwei Fingern am Griff haltend, als ob er heiß wäre, und fragte:

»Ist er geladen?«

Er streckte den gesunden Arm unter der Decke hervor, befühlte die Sicherung und sagte:

»Tragen Sie ihn unbesorgt, aber nur am Griff.«

Sie kehrte noch einmal zurück und sagte verlegen:

»Für den Fall, daß sie doch noch kommen, müssen Sie auch die Hose ausziehen. Sie bleiben liegen, ich werde sagen, daß Sie mein kranker Mann sind.«

Mit schmerzverzerrtem Gesicht begann er, die Hose aufzuknöpfen. Sie trat entschlossen näher, kniete nieder, zog die Reithose an den Strippen unter der Decke hervor und trug sie hinaus. Sie blieb lange weg. Während dieser Zeit betrachtete er den Bogendurchgang zum Nebenzimmer. Die Decken waren so niedrig, daß ein hochgewachsener Mensch sie, auf Zehenspitzen stehend und den Arm ausstreckend, berühren konnte.

Hinter dem Durchgang war es dunkel, aber die lackierte Seite eines alten Klaviers glänzte, und noch etwas glänzte, außerdem war dort anscheinend ein Gummibaum. Und hier im Rahmen wieder der Epaulettenrand.

O Gott, was für Antiquitäten! Die Epauletten hielten ihn im Bann. Eine Talgkerze im Leuchter verbreitete friedliches Licht. Es hat Frieden gegeben, und dieser Frieden ist jetzt getötet. Die Jahre kehren nicht zurück. Hinten sind niedrige Fensterchen und an der Seite noch eins. Was ist das für ein merkwürdiges Häuschen? Sie ist allein. Wer ist sie? Sie hat mich gerettet ... Es gibt keinen Frieden. Dort wird geschossen ...

Sie kam mit einem Armvoll Holz herein und warf es mit Gepolter in der Ofenecke zu Boden.

»Was machen Sie? Wozu?« fragte er ärgerlich.

»Ich muß sowieso heizen«, antwortete sie, und ein kaum merkliches Lächeln huschte um ihre Lippen. »Ich heize selbst.«

»Kommen Sie hierher«, bat Turbin leise. »Ich habe Ihnen noch gar nicht gedankt für alles, was Sie getan haben. Wie kann ich das auch?« Er streckte die Hand aus und ergriff ihre Finger, sie rückte gehorsam näher, und er küßte zweimal ihre schmale Hand. Ihr Gesicht wurde weicher, als ob der Schatten der Unruhe gewichen wäre, und ihre Augen erschienen ihm ungewöhnlich schön.

»Ohne Sie hätten die mich bestimmt umgebracht«, fuhr Turbin fort.

»Natürlich«, antwortete sie, »natürlich. Und so haben Sie einen umgebracht.«

Turbin hob den Kopf.

»Ich habe getötet?« fragte er und verspürte wieder Schwäche und Schwindelgefühl.

»Ja.« Sie nickte wohlwollend und sah ihn ärgerlich und neugierig an. »Ach, das ist so schrecklich ... Die hätten beinah mich erschossen.« Sie zuckte zusammen.

»Wie habe ich ihn erschossen?«

»Nun, die kamen um die Ecke gelaufen, Sie haben geschossen, und der erste fiel um. Vielleicht haben Sie ihn nur verwundet. Sie sind tapfer. Ich dachte, ich falle in Ohnmacht. Sie sind gelaufen, haben geschossen und sind weitergelaufen. Sie sind wohl Hauptmann?«

»Wie kommen Sie darauf, daß ich Offizier bin? Warum haben die mir ›Offizier‹ nachgerufen?«

Ihre Augen blitzten.

»Ich glaube, das ist nicht schwer zu erraten, wenn Sie die Kokarde an der Papacha tragen. Wozu dieses leichtsinnige Risiko?«

»Die Kokarde? Ach, du lieber Gott, da habe ich ...« Er erinnerte sich an die Klingel, an den verstaubten Spiegel. »Alles habe ich abgenommen, aber die Kokarde vergessen! Ich bin kein Offizier«, sagte er, »ich bin Militärarzt. Ich heiße Alexej Wassiljewitsch Turbin. Darf ich auch erfahren, wer Sie sind?«

»Ich heiße Julia Alexandrowna Reiß.«

»Warum sind Sie allein?«

Sie antwortete mühsam, mit abgewandtem Blick:

»Mein Mann ist jetzt nicht da. Er ist weggefahren. Seine Mutter auch. Ich bin allein.« Nach kurzer Pause fügte sie hinzu: »Hier ist es kalt. Brr ... Ich heize jetzt.«

Das Holz im Ofen loderte auf, und zugleich entbrannte ein grausamer Kopfschmerz. Die Wunde meldete sich nicht, alles konzentrierte sich im Schädel. Es begann an der linken Schläfe und breitete sich über die Schädeldecke bis in den Nacken aus. Ein Blutgefäß über der linken Augenbraue hatte sich verengt und schickte ringförmige Wellen dumpfen, unerträglichen Schmerzes nach allen Seiten. Julia kniete vor dem Ofen und stocherte mit dem Schüreisen im Feuer. Qualen leidend, machte Turbin die Augen bald auf, bald zu und sah dabei den zurückgelehnten Kopf, den die weiße Hand vor der Hitze abschirmte, und das undefinierbare Haar: entweder aschblond, mit Feuer durchwirkt, oder goldfarben. Brauen und Augen waren kohlschwarz. Schwer zu entscheiden, ob das unregelmäßige Profil und die etwas gebogene Nase schön waren. Und was lag in den Augen? Offenbar Angst, Unruhe oder vielleicht Laster. Ja, Laster.

So wie sie dort sitzt, von Hitzewellen übergossen, sieht sie wundervoll, anziehend aus. Retterin!

Viele Stunden dieser Nacht, als die Glut im Ofen schon längst erloschen war und die Glut im Arm und im Kopf begonnen hatte, schraubte jemand einen glühenden Nagel in die Schädeldecke und zerstörte das Gehirn. Ich habe Fieber, wiederholte Turbin trocken und tonlos und redete sich zu: Ich muß am frühen Morgen aufstehen und nach Hause gehen. Der Nagel zerstörte das Gehirn und zerstörte letzten Endes auch den Gedanken an Jelena, an Nikolka, an zu Hause und an Petljura. Alles wurde gleichgültig. Peturra ... Peturra ... Nur eines blieb übrig: Der Schmerz sollte aufhören.

Tief in der Nacht kam in weichen, pelzbesetzten Hausschuhen Julia herein, saß bei ihm, und wieder ging er, den Arm um ihren Hals gelegt, immer schwächer werdend, durch die kleinen Zimmer. Vorher hatte sie ihre Kräfte gesammelt und zu ihm gesagt: »Wenn Sie können, stehen Sie auf. Achten Sie nicht auf mich. Ich helfe Ihnen. Dann legen Sie sich wieder hin. Wenn Sie aber nicht können ...«

»Doch, ich stehe auf, helfen Sie mir nur«, antwortete er.

Sie führte ihn an die kleine Tür dieses geheimnisvollen Hauses und brachte ihn auch wieder zurück. Er legte sich, vor Kälte mit den Zähnen klappernd, hin und merkte, daß der Kopfschmerz nachließ.

»Ich schwöre, daß ich Ihnen das nie vergessen werde«, sagte er. »Gehen Sie schlafen.«

»Bleiben Sie ruhig liegen, ich streichle Ihnen den Kopf«, antwortete sie.

Dann wich der böse dumpfe Schmerz aus dem Kopf, floß aus den Schläfen in ihre weichen Hände und dann durch ihren Körper und den verstaubten dicken Teppich in den Fußboden und verschwand dort. An Stelle des Schmerzes breitete sich eine gleichmäßige widerliche Glut im ganzen Körper aus. Der Arm war abgestorben und schwer wie aus Gußeisen, deshalb bewegte er ihn auch nicht, sondern lieferte sich mit geschlossenen Augen ganz dem Fieber aus. Wie lange er so lag, hätte er nicht sagen können: fünf Minuten oder mehrere Stunden. Auf jeden Fall schien ihm, daß er in dieser Glut eine Ewigkeit liegen könnte. Als er die Augen öffnete, langsam, um die neben ihm Sitzende nicht zu erschrecken, sah er das gleiche Bild: Die Lampe unter dem roten Schirm brannte schwach und gleichmäßig und verbreitete friedliches Licht, und nahe bei ihm war das schlaflose Profil der Frau. Die Lippen kindlich-traurig vorgeschoben, sah sie zum Fenster. In Hitzewellen schwimmend, bewegte sich Turbin ihr entgegen.

»Beugen Sie sich zu mir«, sagte er. Seine Stimme war trocken, schwach und hoch. Sie wandte sich ihm zu, ihre Augen merkten ängstlich auf und wurden tiefer in den Schatten. Turbin legte ihr den rechten Arm um den Hals, zog sie zu sich und küßte sie auf den Mund. Ihm schien, daß er etwas Süßes und Kühles berührt hätte. Die Frau war darüber nicht verwundert. Sie sah ihm nur forschend ins Gesicht.

Dann sagte sie: »Sie haben schrecklich hohes Fieber. Was machen wir nur? Man müßte einen Arzt holen, aber wie?«

»Nicht nötig«, antwortete Turbin leise. »Einen Arzt brauche ich nicht. Morgen stehe ich auf und gehe nach Hause.«

»Ich habe solche Angst, daß es schlimmer wird«, flüsterte sie. »Wie soll ich Ihnen dann helfen? Blutet es nicht mehr?« Sie berührte kaum merklich den verbundenen Arm.

»Nein, Sie brauchen um mich keine Angst zu haben, mir passiert nichts. Gehen Sie schlafen.«

»Ich gehe nicht weg«, antwortete sie und streichelte ihm die Hand. »Sie haben Fieber«, wiederholte sie.

Er konnte nicht an sich halten, umarmte sie wieder und zog sie an sich. Sie widersetzte sich nicht. Er zog sie so lange an sich, bis sie sich neben ihn legte. Da spürte er durch seine krankhafte Glut hindurch die lebendige, klare Wärme ihres Körpers. »Liegen Sie still, ich streichle Ihnen den Kopf«, flüsterte sie.

Sie streckte sich neben ihm aus, er spürte die Berührung ihrer Knie. Mit der Hand strich sie ihm von der Schläfe aus über das Haar. Das war so wohltuend, daß er nur daran dachte, nicht einzuschlafen.

Dann schlief er doch ein. Er schlief lange, gleichmäßig und ruhig. Als er wieder aufwachte, merkte er, daß er in einem Kahn auf einem heißen Fluß fuhr, daß die Schmerzen verschwunden waren und vor dem Fenster langsam die Nacht verblaßte. Nicht nur im Häuschen, sondern in der ganzen STADT, in der ganzen Welt herrschte völlige Stille. Gläsernes, dünnes, bläuliches Licht drang durch die Ritzen im Fenstervorhang. Die Frau – warm und traurig – schlief neben ihm. Da schlief auch er wieder ein.

Am Morgen gegen neun nahm ein zufällig durch die ausgestorbene Malo-Prowalnaja-Straße fahrender Droschkenkutscher zwei Fahrgäste auf – einen sehr blassen Mann in schwarzer Zivilkleidung und eine Frau. Die Frau, die den Mann behutsam mit dem Arm stützte, brachte ihn zum Alexejewski-Hang. Hier war kein Verkehr. Nur vor dem

Haus Nummer dreizehn stand eine Droschke, der gerade ein merkwürdiger Gast mit Koffer, Bündel und Vogelbauer entstiegen war.

14 Sie fanden sich alle wieder ein. Keiner von ihnen war erschossen worden, sie kamen gleich am nächsten Abend.

Das ist er, jauchzte es in Anjuta, und ihr Herz hüpfte wie Lariossiks Vogel. Er klopfte leise an das verschneite Hoffensterchen der Turbinschen Küche. Anjuta drückte die Nase an die Scheibe und sah sein Gesicht. Er war es, nur ohne Schnurrbart. Er ... Mit beiden Händen glättete Anjuta ihr schwarzes Haar, öffnete die Tür zum Flur und die vom Flur zum verschneiten Hof, und plötzlich stand Myschlajewski dicht vor ihr. Ein Studentenmantel mit Schafpelzkragen und eine Mütze ... der Schnurrbart war verschwunden. Die Augen waren aber auch im Halbdunkel des Flurs gut zu erkennen. Das rechte mit den grünen Fünkchen, wie ein Edelstein vom Ural, das linke dunkel. Etwas kleiner ist er geworden ...

Anjuta schob mit zitternder Hand den Riegel vor, worauf der Hof verschwand, auch die Lichtstreifen aus der Küche verschwanden, denn Myschlajewskis Mantel hatte Anjuta eingehüllt, und die wohlbekannte Stimme flüsterte:

»Guten Tag, Anjuta, Sie werden sich erkälten. Ist niemand in der Küche, Anjuta?«

»Nein, niemand«, antwortete Anjuta, ohne zu wissen, was sie sagte und warum sie flüsterte. Er küßt mich, seine Lippen sind so süß geworden, dachte sie sehnsüchtig und flüsterte: »Viktor Viktorowitsch, lassen Sie mich los, Jelena ...«

»Was hat Jelena damit zu tun?« flüsterte die nach Tabak und Eau de Cologne riechende Stimme vorwurfsvoll. »Was haben Sie, Anjuta?«

»Viktor Viktorowitsch, lassen Sie mich los, ich schreie, bei Gott«, sagte Anjuta leidenschaftlich und fiel Myschlajewski um den Hals. »Uns hat ein Unglück getroffen – Alexej Wassiljewitsch ist verwundet.«

Die Riesenschlange ließ sie sofort los.

»Wieso verwundet? Und Nikolka?«

»Nikolka ist gesund und munter, aber Alexej Wassiljewitsch ist verwundet.«

Die Lichtstreifen aus der Küche, die Türen.

Im Eßzimmer brach Jelena, als sie Myschlajewski erblickte, in Tränen aus und sagte:

»Vitja, du lebst. Gott sei Dank. Und bei uns ...« Sie schluchzte und zeigte auf die Tür. »Er hat vierzig Fieber, eine böse Wunde.«

»Ach mein Gott«, sagte Myschlajewski und schob die Mütze in den Nacken. »Wie hat es ihn erwischt?«

Er drehte sich zu der Gestalt um, die sich am Tisch über eine Flasche und blanke Schachteln beugte.

»Erlauben Sie, sind Sie der Arzt?«

»Leider nicht«, antwortete eine traurige und matte Stimme.

»Ich bin kein Arzt. Darf ich mich vorstellen: Illarion Surshanski.«

Das Wohnzimmer. Die Tür zur Diele ist verschlossen und die Portiere zugezogen, damit kein Lärm und keine Stimmen zu Turbin dringen. Aus seinem Schlafzimmer sind vor kurzem drei Männer herausgekommen und weggefahren: ein spitzbärtiger mit goldgefaßtem Kneifer, ein zweiter, glattrasiert und noch jung, und schließlich ein grauhaariger, kluger Greis in schwerem Pelz und mit einer Bojarenmütze, ein Professor, Turbins Lehrer. Jelena hat sie hinausbegleitet, und ihr Gesicht ist steinern geworden. Immerzu hat alles von Typhus gesprochen und ihn nun heraufbeschworen.

»Außer der Wunde hat er Flecktyphus.«

Die Quecksilbersäule steht auf vierzig und ... »Julia« ... Im Schlafzimmer rötliche Hitze. Stille, und in der Stille ein Murmeln von der Treppe und der Klingel: Klingeling ...

»Guten Tag, Herr Zivilist«, flüsterte Myschlajewski giftig und stellte sich breitbeinig hin. Scherwinski, puterrot, schielte mit einem Auge. Sein schwarzer Anzug saß tadellos, die Wäsche war erstklassig, am Hals trug er eine Fliege und an den Füßen Lackschuhe. In der Tasche steckte ein Ausweis: Schauspieler vom Kramskoi-Opernstudio. »Wo sind denn Ihre Achselklappen?« fuhr Myschlajewski fort. »›Auf der Wladimirstraße wehen russische Fahnen. Zwei Divisionen Senegalesen im Odessaer Hafen und serbische Quartiermacher ... Fahren Sie in die Ukraine, meine Herren Offiziere, und stellen Sie Truppenteile auf ...‹ In den Arsch hätte man euch treten sollen!«

»Was willst du von mir?« antwortete Scherwinski. »Bin ich etwa an allem schuld? Was habe ich damit zu tun? Ich wäre selbst beinah erschossen worden. Ich habe den Stab als letzter genau um zwölf verlassen, als die feindlichen Ketten von Petschersk anrückten.«

»Bist ein Held«, antwortete Myschlajewski. »Aber ich hoffe, daß Seine Durchlaucht, der Oberbefehlshaber, schon früher weggegangen ist. Genau wie Seine Durchlaucht, der Herr Hetman, das verdammte Mistvieh! Ich tröste mich mit der Hoffnung, daß er sich an einem sicheren Ort befindet. Die Heimat braucht ihr Leben. Apropos, kannst du mir nicht sagen, wo sie stecken?«

»Weshalb willst du das wissen?«

»Deshalb.« Myschlajewski ballte die rechte Hand zur Faust und schlug mit ihr in die linke Handfläche. »Wenn ich diese Durchlauchten erwischen könnte, würde ich den einen am linken und den anderen am rechten Bein packen, auf den Kopf stellen und so lange mit dem Kopf gegen die Pflastersteine hauen, bis ich es überhätte. Und euer Stabsgesindel müßte man im Klosett ertränken.«

Scherwinski wurde dunkelrot im Gesicht.

»Sei bitte dennoch etwas vorsichtiger«, sagte er, »wähle deine Ausdrücke. Du mußt wissen, daß der Fürst auch die

Stabsoffiziere im Stich gelassen hat. Zwei seiner Adjutanten sind mit ihm gefahren, die übrigen hat er ihrem Schicksal überlassen.«

»Weißt du, daß jetzt im Museum tausend hungrige Menschen mit Maschinengewehren sitzen? Die Petljura-Leute werden sie zerquetschen wie Wanzen. Weißt du, wie Oberst Nai-Turs gefallen ist? Er war der einzige ...«

»Laß mich bitte in Ruhe!« rief Scherwinski ernstlich böse. »Was ist das für ein Ton? Ich bin genauso ein Offizier wie du!«

»Lassen Sie das, meine Herren!« Karausche keilte sich zwischen Myschlajewski und Scherwinski. »Das ist ein völlig unnützes Gespräch. Was willst du eigentlich von ihm? Lassen wir das, es bringt nichts ein.«

»Leise, leise«, flüsterte Nikolka traurig. »Sonst hört er's.«

Myschlajewski wurde verlegen und unschlüssig.

»Komm, reg dich nicht auf, Bariton. Ich hab das nur so gesagt. Du weißt doch selbst ...«

»Merkwürdig ...«

»Einen Augenblick, meine Herren, seien Sie still ...« Nikolka horchte auf und zeigte zum Fußboden. Alle lauschten. Von unten, aus Wassilissas Wohnung, kamen Stimmen. Etwas dumpf, aber man hörte Wassilissa fröhlich und etwas hysterisch auflachen. Wie als Antwort rief Wanda laut etwas Lustiges. Dann wurde es still. Nach einer Weile murmelten die Stimmen wieder dumpf.

»Erstaunlich«, sagte Nikolka tiefsinnig. »Wassilissa hat Gäste. Und das in dieser Zeit! Der reinste Weltuntergang.«

»Ja, euer Wassilissa ist schon eine Type«, bekräftigte Myschlajewski.

Es war gegen Mitternacht, Turbin war nach einer Morphiumspritze eingeschlafen, und Jelena hatte es sich neben seinem Bett in einem Sessel bequem gemacht. Im Wohnzimmer wurde Kriegsrat gehalten.

Es wurde beschlossen, daß alle in der Wohnung übernachten würden. Erstens sollte man in der Nacht auch mit guten Papieren lieber nicht herumlaufen. Zweitens war es so besser für Jelena, wenn was war, konnte man helfen. Das Wichtigste aber: In solchen Zeiten war es geraten, nicht zu Hause zu sitzen, sondern zu Gast zu sein. Außerdem, was auch wichtig war, man hatte nichts zu tun. Und man konnte Wint spielen.

»Spielen Sie?« fragte Myschlajewski Lariossik.

Lariossik errötete vor Verlegenheit und sprudelte hervor, daß er Wint spiele, aber schlecht, sehr schlecht, Hauptsache, man beschimpfe ihn nicht, wie ihn in Shitomir die Steuerinspektoren beschimpft hatten, und daß er ein Drama erlebt habe, aber hier bei Jelena Wassiljewna seelisch auflebe, weil sie ein außergewöhnlich guter Mensch und ihre Wohnung warm und gemütlich sei, besonders schön seien die cremefarbenen Stores an allen Fenstern, denn ihnen sei es zu danken, daß man sich von der Außenwelt abgeschlossen fühle. »Und diese Außenwelt, das werden Sie selbst zugeben, ist schmutzig, blutig und sinnlos.«

»Darf ich fragen, ob Sie Gedichte schreiben?« Myschlajewski sah Lariossik aufmerksam an.

»Ja«, sagte Lariossik bescheiden und errötete.

»So ... Verzeihen Sie, daß ich Sie unterbrochen habe. Sinnlos, sagten Sie ... Fahren Sie bitte fort.«

»Ja, sinnlos, und unsere wunden Seelen suchen Ruhe hinter solchen cremefarbenen Stores.«

»Na, wissen Sie, was die Ruhe betrifft, so weiß ich nicht, wie es bei Ihnen in Shitomir ist, aber hier in der Stadt werden sie sie kaum finden. Befeuchte die Bürste mit Wasser, sonst staubt es zu sehr. Sind Kerzen da? Wunderbar. Wir schreiben Sie also als Strohmann auf. Zu fünft ist es ein totes Spiel.«

»Nikolka spielt ja auch wie ein Toter«, warf Karausche ein.

»Was redest du, Fedja? Wer hat das letzte Mal am Ofen verspielt? Du warst ja selber in die Renonce gegangen. Weshalb lästerst du?«

»Die blauen Petljuraschen Tüpfel auf den Karten ...«

»Nur hinter den cremefarbenen Stores kann man leben. Alle lachen die Dichter aus.«

»Gottbewahre! Warum legen Sie meine Frage so negativ aus? Ich habe nichts gegen Dichter. Zwar lese ich keine Gedichte ...«

»Und auch sonst keine Bücher, außer den Vorschriften für die Artillerie und den ersten fünfzehn Seiten des römischen Rechts. Auf der sechzehnten Seite begann der Krieg, und da hörte er auf.«

»Er lügt, hören Sie nicht auf ihn. Wie heißen Sie – Illarion Iwanowitsch?«

Lariossik erklärte, daß er Illarion Larionowitsch heiße, aber die ganze Gesellschaft, eigentlich keine Gesellschaft, sondern eine einmütige Familie, sei ihm so sympathisch, daß er es sehr gerne hätte, wenn man ihn einfach Illarion, ohne Vatersnamen, nenne. Natürlich wenn niemand etwas dagegen habe.

»Scheint ein sympathischer Bursche zu sein«, flüsterte der zurückhaltende Karausche Scherwinski zu.

»Na, wir können uns näherkommen. Warum nicht? Er lügt aber, wenn Sie's wissen wollen, ich habe ›Krieg und Frieden‹ gelesen. Das ist wirklich ein gutes Buch. Ich habe es ganz gelesen und mit Vergnügen. Und warum? Weil dieses Buch nicht irgendein Tölpel, sondern ein Offizier der Artillerie geschrieben hat. Haben Sie zehn? Sie spielen mit mir. Karausche mit Scherwinski. Nikolka, spiel aus.«

»Aber schimpfen Sie, um Gottes willen, nicht mit mir«, bat Lariossik nervös.

»Was denken Sie eigentlich von uns? Sind wir etwa Papuas? Bei Ihnen in Shitomir scheinen die Steuerinspektoren furchterregend zu sein, daß Sie solche Angst haben. Bei uns herrscht ein ernster Ton.«

»Sie können ganz beruhigt sein, ich bitte Sie«, sagte Scherwinski und setzte sich.

»Zwei Pik. Tja ... Das war ein Schriftsteller, Graf Leo Nikolajewitsch Tolstoi, der Artillerieleutnant. Schade, daß er den Dienst quittiert hat … ich passe … , er hätte es bis zum General gebracht. Andererseits, er besaß ja ein Gut. Aus Langeweile kann man auch einen Roman schreiben. Im Winter hat man nichts zu tun. Auf so einem Gut ist das einfach. Ohne Trumpf.«

»Drei Karo«, sagte Lariossik schüchtern.

»Ich passe«, sagte Karausche.

»Was haben Sie denn? Sie spielen doch gut. Man muß Sie loben und nicht beschimpfen. Also drei Karo – sagen wir, vier Pik. Ich würde jetzt selbst gern auf ein Gut fahren.«

»Vier Karo«, sagte Nikolka Lariossik vor und sah ihm in die Karten.

»Vier? Ich passe.«

»Ich auch.«

Im flatternden Kerzenlicht, im Tabakrauch kaufte der aufgeregte Lariossik zu. Myschlajewski warf jedem eine Karte hin, so wie ein Gewehr Patronenhülsen auswirft.

»Spiel Pik klein aus!« kommandierte er und ermunterte Lariossik mit einem »brav so«.

Die Karten entflogen Myschlajewskis Händen lautlos wie Ahornblätter. Scherwinski warf sorgfältig; Karausche, der kein Glück hatte, schleuderte die Karten von sich. Lariossik legte sie seufzend, vorsichtig hin wie einen Ausweis.

»Papa-Mama, das kennen wir«, sagte Karausche.

Plötzlich lief Myschlajewski rot an, warf die Karten auf den Tisch, glotzte Lariossik an wie ein wildes Tier und brüllte:

»Warum, zum Teufel, schlägst du meine Dame, Illarion?«

»Gut gemacht! Hahaha!« Karausche freute sich diebisch. »Ohne eins!«

Am grünen Tisch entstand Krawall, die Kerzenflammen flatterten. Nikolka fuchtelte beschwichtigend mit den Armen und lief die Tür zumachen und die Portiere zuziehen.

»Ich dachte, Fjodor Nikolajewitsch hat einen König«, sagte Lariossik erschrocken.

»Wie kannst du so was denken!« Myschlajewski bemühte sich, nicht zu schreien, deshalb kam aus seiner Kehle nur ein Zischen, das ihn noch schrecklicher machte. »Wo du ihn mit eigenen Händen gekauft und mir zugeschoben hast? He? Das ist doch, weiß der Teufel!« Myschlajewski wandte sich an alle. »Das ist ... Ruhe sucht er. Ha? Und ohne eins zu sitzen – ist das Ruhe? Beim Spiel muß man rechnen, ein bißchen überlegen, das sind schließlich keine Gedichte!«

»Warte mal. Vielleicht kann Karausche ...«

»Was heißt ›vielleicht‹? Außer Unsinn kann gar nichts werden. Entschuldigen Sie, mein Lieber, vielleicht spielt man in Shitomir so, aber das ist doch ... Seien Sie nicht böse, aber Puschkin oder Lomonossow, obwohl sie Gedichte geschrieben haben, die hätten so was nie fertiggebracht, oder Nadson zum Beispiel.«

»Sei ruhig. Was hackst du auf ihm rum? Das kann jedem passieren.«

»Ich hab's ja gewußt«, murmelte Lariossik, »ich habe eben kein Glück.«

»Still! Still ...«

Vollkommene Stille trat ein. In der fernen Küche, hinter mehreren Türen, flatterte die Klingel. Alle verstummten. Dann hörte man Absätze klappern, die Tür öffnete sich, Anjuta kam herein. In der Diele war flüchtig Jelenas Kopf zu sehen. Myschlajewski trommelte mit den Fingern auf den Filz.

»Ein bißchen früh, nicht?«

»Ja, es ist zu früh«, sagte Nikolka, der in Sachen Haussuchung als der Sachkundigste galt.

»Soll ich öffnen?« fragte Anjuta beunruhigt.

»Nein, Anna Timofejewna«, antwortete Myschlajewski, »warten Sie noch ein bißchen.« Er erhob sich ächzend vom Sessel. »Von jetzt an werde ich öffnen. Sie brauchen sich nicht zu bemühen.«

»Gehen wir zusammen«, sagte Karausche.

»Tja«, sagte Myschlajewski und blickte drein, als stände er vor seinem Zug. »Also ... Dort ist alles in Ordnung. Der Arzt hat Flecktyphus und so weiter. Du, Lena, bist die Schwester. Karausche, du kannst dich für einen Mediziner ausgeben, einen Studenten. Hau ab ins Schlafzimmer. Nimm dort irgendeine Spritze in die Hand. Wir sind zu viele. Aber es macht nichts.«

Es klingelte wieder, ungeduldig. Anjuta zuckte zusammen, alle wurden noch ernster.

»Immer langsam«, sagte Myschlajewski und holte aus der hinteren Hosentasche einen kleinen schwarzen Revolver hervor, der wie ein Spielzeug aussah.

»Das ist höchst unklug«, sagte Scherwinski finster. »Ich wundere mich über dich. Du könntest etwas vorsichtiger sein. Damit bist du über die Straße gegangen?«

»Keine Sorge«, antwortete Myschlajewski ernst und höflich, »das bringen wir schon in Ordnung. Nimm ihn, Nikolka, und flitze zum Hinterausgang oder zum Lüftungsfensterchen. Wenn das Petljuras Erzengel sind, huste ich, und du läßt ihn verschwinden, aber so, daß man ihn wiederfindet. Ich hänge daran, er war mit mir bei Warschau. Ist bei dir alles in Ordnung?«

»Sei unbesorgt«, sagte der Fachmann Nikolka streng und stolz und bemächtigte sich des Revolvers.

»Also.« Myschlajewski wies mit dem Finger auf Scherwinski. »Du bist ein Sänger, bist zu Besuch gekommen.« Zu Karausche: »Mediziner.« Zu Nikolka: »Bruder.« Zu Lariossik: »Ein Untermieter, Student. Haben Sie einen Ausweis?«

»Mein Personalausweis stammt aus der Zarenzeit«, sagte Lariossik erblassend. »Dann habe ich noch einen Studentenausweis aus Charkow.«

»Den zaristischen verstecken, den Studentenausweis zeigen.« Lariossik verhedderte sich in der Portiere und verschwand.

»Die übrigen zählen nicht, es sind Frauen«, fuhr Myschlajewski fort. »Na, habt ihr alle Ausweise? In den

Taschen nichts Überflüssiges? He, Illarion! Frag ihn doch, ob er keine Waffen hat.«

»He, Illarion!« rief Nikolka aus dem Eßzimmer. »Hast du Waffen?«

»Nein, nein, gottbewahre«, antwortete von irgendwo Lariossik. Es klingelte wieder: lange, verzweifelt, ungeduldig.

»Nun, mit Gott«, sagte Myschlajewski und setzte sich in Bewegung. Karausche verschwand in Turbins Schlafzimmer.

»Wir haben Patience gelegt«, sagte Scherwinski und pustete die Kerzen aus.

Drei Türen führten aus der Turbinschen Wohnung hinaus. Die erste von der Diele in den Treppenflur, die zweite, eine Glastür, grenzte unten die eigentliche Turbinsche Besitzung ab. Hinter der Glastür war der dunkle, kalte Vordereingang, neben dem Wassilissas Tür lag; den Flur schloß eine letzte Tür zur Straße ab.

Die Türen schlugen auf und zu, und Myschlajewski rief unten: »Wer ist da?«

Oben, hinter sich auf der Treppe, bemerkte er dunkle Silhouetten. Eine dumpfe Stimme vor der Tür flehte:

»Man klingelt und klingelt ... Talberg-Turbina wohnt hier? Ein Telegramm für Sie. Machen Sie auf.«

Soo ... , huschte es durch Myschlajewskis Kopf, und er brach in krankhaftes Husten aus. Auf der Treppe verschwand eine Silhouette. Myschlajewski schob vorsichtig den Riegel zurück, drehte den Schlüssel um und öffnete die Tür, ließ aber die Kette vor. »Geben Sie mir das Telegramm«, sagte er und stellte sich so hinter die Tür, daß sie ihn verdeckte. Eine Hand in Grau schob sich durch und reichte ihm einen kleinen Umschlag. Der verblüffte Myschlajewski sah, es war wirklich ein Telegramm.

»Unterschreiben Sie«, sagte die Stimme vor der Tür erbost.

Myschlajewski riskierte einen Blick und stellte fest, daß draußen wirklich nur ein Mann stand.

»Anjuta, Anjuta«, rief Myschlajewski munter, sogleich von der Bronchitis geheilt, »gib mir einen Bleistift.«

Statt Anjuta trat Karausche zu ihm und reichte ihm den Bleistift. Auf den Papierstreifen, den er aus dem kleinen Umschlag hervorgezogen hatte, kritzelte er »Tur« und flüsterte Karausche zu:

»Gib fünfundzwanzig.«

Die Tür wurde zugeschlagen und abgeschlossen.

Der verblüffte Myschlajewski ging mit Karausche nach oben. Alle, ohne Ausnahme, hatten sich versammelt. Jelena faltete das kleine Quadrat auseinander und las mechanisch vor:

»Schreckliches Unglück ereilte Lariossik Punkt Schauspieler Lipski vom Operettentheater ...«

»O mein Gott«, rief Lariossik, puterrot im Gesicht. »Das ist ja mein Telegramm!«

»Dreiundsechzig Worte«, sagte Nikolka begeistert. »Sieh mal, ringsum vollgeschrieben.«

»O Gott«, rief Jelena, »was ist denn das? Ach, entschuldigen Sie, Illarion, daß ich angefangen habe zu lesen. Ich habe gar nicht mehr an Ihr Telegramm gedacht.«

»Was ist denn passiert?« fragte Myschlajewski.

»Seine Frau hat ihn verlassen«, flüsterte ihm Nikolka ins Ohr.

»So ein Skandal.«

Von der Glastür drang schreckliches Gepolter wie eine Berglawine in die Wohnung. Anjuta kreischte auf. Jelena erblaßte und sank gegen die Wand. Das Gepolter war so ungeheuer, so schrecklich und unsinnig, daß selbst Myschlajewski die Farbe wechselte. Scherwinski, ebenfalls blaß, fing Jelena auf. Aus Turbins Schlafzimmer kam Stöhnen.

»Die Tür ...«, rief Jelena.

Die Treppe hinunter liefen, den ganzen strategischen Plan durcheinanderbringend, Myschlajewski, Karausche, Scherwinski und der zu Tode erschrockene Lariossik.

»Das ist schon schlimmer«, murmelte Myschlajewski.

Hinter der Glastür schnellte eine schwarze, einsame Silhouette vorbei, das Gepolter brach ab.

»Wer ist da?« brüllte Myschlajewski wie im Zeughaus.

»Um Gottes willen, um Gottes willen, öffnen Sie, Lissowitsch ist hier, Lissowitsch!« rief die Silhouette. »Ich bin Lissowitsch, Lissowitsch …«

Wassilisssa sah schrecklich aus. Die Haare, durch die seine rosige Glatze schimmerte, standen ihm zu Berge. Der Schlips war verrutscht, die Schöße seiner Jacke baumelten wie die Türen eines aufgebrochenen Schranks. Seine Augen blickten irr und trüb wie die eines Vergifteten. Er erschien auf der untersten Stufe, wankte und fiel Myschlajewski in die Arme. Myschlajewski fing ihn auf, konnte ihn kaum halten, setzte sich selbst auf die Stufe und rief heiser und verwirrt: »Karausche! Wasser …«

15

Es war abends gegen elf. In Anbetracht der Ereignisse war die Straße, auch sonst nicht sehr belebt, viel früher als gewöhnlich menschenleer geworden.

Es schneite leicht, die Schneeflöckchen schwebten vor dem Fenster langsam abwärts, und die Akazienzweige, die im Sommer die Turbinschen Fenster verdunkelten, neigten sich immer tiefer unter ihren Schneekämmen.

Mittags fing es schon an, dann folgte ein unangenehmer düsterer Abend mit Widerwärtigkeiten, die sich schwer aufs Herz legten. Das elektrische Licht brannte nur mit halber Kraft, und Wanda hatte zum Mittag Bregen gemacht. Bregen war überhaupt ein schreckliches Gericht und in Wandas Zubereitung einfach unerträglich. Vor dem Bregen hatte es eine Suppe gegeben, von Wanda mit Öl angerichtet; der mißmutige Wassilissa war vom Tisch mit dem Gefühl aufgestanden, überhaupt nichts gegessen zu haben. Am Abend hatte er viel zu tun, lauter unangenehme und schwierige Angelegenheiten. Im Eßzimmer lag der Tisch mit den Beinen nach oben, auf dem Fußboden lag ein Packen Lebid-Jurtschik-Scheine.

»Du bist dumm«, sagte Wassilissa zu seiner Frau.

Wanda verfärbte sich im Gesicht und antwortete:

»Ich weiß schon lange, daß du ein Flegel bist. Dein Benehmen in letzter Zeit hat die Säulen des Herkules erreicht.«

Wassilissa quälte der Wunsch, ihr mit voller Kraft ins Gesicht zu schlagen, so, daß sie wegflöge und gegen die Büfettecke schlüge. Und dann noch einmal und noch einmal – bis dieses verfluchte knochige Wesen endlich schwieg und seine Niederlage zugab. Er, Wassilissa, war doch erschöpft, er arbeitete letzten Endes wie ein Ochse, und er verlangte, daß zu Hause seine Meinung akzeptiert würde. Zähneknirschend beherrschte er sich, ein Angriff auf Wanda war gar nicht so ungefährlich, wie man annehmen könnte.

»Mach, was ich dir sage«, sagte er mit zusammengebissenen Zähnen, »begreif doch, daß man das Büfett abrücken könnte, und was dann? Hierauf aber kommt keiner. In der Stadt machen's alle so.«

Wanda gehorchte, und sie gingen an die Arbeit – hefteten mit Reißzwecken die Geldscheine an die untere Seite der Tischplatte. Bald sah die untere Seite des Tisches ganz bunt aus und glich einem Seidenteppich mit verzwicktem Muster.

Mit vor Anstrengung rotem Gesicht erhob sich Wassilissa ächzend und betrachtete den Geldteppich.

»Das ist so umständlich«, sagte Wanda, »wenn man einen Schein braucht, muß man den Tisch umdrehen.«

»Dreh ihn um, davon werden dir nicht gleich die Hände abfallen«, antwortete Wassilissa heiser. »Lieber den Tisch umdrehen als alles verlieren. Hast du gehört, was in der Stadt los ist? Die sind schlimmer als die Bolschewiken. Sie sollen ja überall Haussuchungen machen und nach Offizieren suchen.«

Um elf brachte Wanda aus der Küche den Samowar und löschte überall in der Wohnung das Licht. Aus dem Büfett holte sie eine Tüte mit altem Brot und einen runden Kräuterkäse. Die Birne, die in einer Fassung des dreiarmigen Leuchters über dem Tisch hing, verbreitete mit ihren schwach brennenden Fäden ein düsteres, rötliches Licht.

Wassilissa kaute an einem Stück Weißbrot, der Kräuterkäse wirkte auf ihn wie bohrender Zahnschmerz. Bei jedem Bissen fielen ihm trockene Krümel auf die Jacke und hinter den Schlips. Ohne sich bewußt zu sein, was ihn quälte, betrachtete er finster die kauende Wanda.

»Ich wundere mich, wie glatt die dort alles überstanden haben«, sagte Wanda und hob die Augen zur Decke. »Ich war überzeugt, der eine oder andere würde erschossen. Aber nein, alle sind zurück, und jetzt ist die Wohnung wieder voller Offiziere.«

Zu anderer Zeit hätten Wandas Worte auf Wassilissa keinen Eindruck gemacht, aber jetzt, da seine Seele voll brennender Schwermut war, kamen sie ihm unerträglich gemein vor.

»Ich wundere mich über dich«, entgegnete er und wandte den Blick zur Seite, um sich nicht noch mehr aufzuregen. »Du weißt sehr gut, daß sie eigentlich ganz richtig gehandelt haben. Irgendwer mußte doch die Stadt vor diesen ...« (Wassilissa senkte die Stimme) »Halunken verteidigen. Außerdem irrst du dich, wenn du denkst, sie hätten alles glatt überstanden. Ich glaube, er ...«

Wanda sah ihn an und nickte.

»Ja, ja, ich bin selbst schon daraufgekommen. Natürlich ist er verwundet.«

»Na siehst du, brauchst dich also nicht zu freuen. Von wegen glatt ...«

Wanda beleckte die Lippen.

»Ich freu mich doch nicht, ich sage nur ›glatt‹. Wissen möchte ich aber, was wird, wenn, gottbehüte, irgendwer zu uns kommt und dich als Vorsitzenden des Hauskomitees fragt, wer bei uns oben wohnt, ob die beim Hetman waren. Was würdest du antworten?«

Wassilissas Gesicht verfinsterte sich, er sah sie von der Seite an. »Man könnte sagen, er sei Arzt. Und letzten Endes, woher soll ich das wissen? Woher?«

»Das ist es eben, woher ...«

Bei diesem Wort klingelte es in der Diele. Wassilissa erbleichte, Wanda drehte den sehnigen Hals.

Wassilissa holte laut Luft durch die Nase und erhob sich vom Stuhl.

»Weißt du was? Ob ich vielleicht zu den Turbins gehe und sie rufe?«

Wanda kam nicht zum Antworten, denn es klingelte wieder.

»Ach du lieber Gott«, sagte Wassilissa aufgeregt, »nein, ich muß gehen.«

Wanda sah ihn erschrocken an und folgte ihm. Sie öffneten die Tür von der Wohnung zum gemeinsamen Flur. Wassilissa trat hinaus. Kälte schlug ihm entgegen, aus der Tür sah Wandas spitzes Gesicht mit unruhig geweiteten Augen. Über ihr schrillte zum drittenmal die glänzende Schale.

Einen Augenblick dachte Wassilissa daran, an Turbins Glastür zu klopfen; dann würde gleich jemand kommen, und er brauchte sich nicht so zu fürchten. Aber er wagte es nicht. Und wenn sie dann fragen: Warum hast du geklopft? He? Hast du etwa Angst? Außerdem kam ihm die freilich schwache Hoffnung, vielleicht wären das gar nicht sie, sondern nur ...

»Wer ... ist da?« fragte er mit schwacher Stimme an der Tür.

Das Schlüsselloch antwortete ihm sogleich mit heiserer Stimme, und über Wanda schrillte abermals die Klingel.

»Mach auf«, knarrte das Schlüsselloch, »wir kommen vom Stab. Geh nicht zurück, sonst schießen wir durch die Tür.«

»O Gott«, hauchte Wanda.

Mit toten Händen schob Wassilissa den Riegel und den schweren Haken zurück und wußte selbst nicht, wie er auch die Kette abgenommen hatte.

»Schneller«, sagte das Schlüsselloch grob.

Die Dunkelheit sah Wassilissa von der Straße mit einem Stück grauen Himmels, mit Akazienzweigen und Schneeflocken an. Drei Mann kamen herein, aber Wassilissa glaubte ihrer viel mehr zu zählen. »Darf ich erfahren, was Sie zu mir führt?«

»Haussuchung«, antwortete der erste mit Wolfsstimme und drängte Wassilissa zurück. Der Korridor drehte sich, Wandas Gesicht in der beleuchteten Tür sah aus, als wäre es stark gepudert.

»Dann verzeihen Sie bitte«, Wassilissas Stimme klang blaß, farblos, »vielleicht haben Sie eine Order? Ich bin eigentlich ein friedlicher Bürger, ich weiß nicht, warum ausgerechnet zu mir? Ich habe doch nichts.« Verzweifelt suchte er ukrainisch zu sprechen.

»Das werden wir sehen«, antwortete der erste.

Wie im Traum wich Wassilissa unter dem Andrang der Ankömmlinge zurück, wie im Traum sah er sie. Der erste glich einem Wolf, jedenfalls kam es Wassilissa so vor. Das Gesicht schmal, die Augen klein, tief in den Höhlen, die Haut grau, der Schnurrbart stand ab wie Wergfetzen, über die unrasierten Wangen zogen sich trockene Furchen. Er schielte sonderbar, sein Blick war mißtrauisch, und sogar hier, im engen Raum, fiel an ihm der tierisch schleichende Gang eines an Schnee und Gras gewöhnten Wesens auf. Er sprach greulich fehlerhaft, ein Mischmasch aus russischen und ukrainischen Worten; diese Sprache war den Einwohnern der STADT wohlbekannt, die den Stadtteil Podol und die Ufer des Dnepr besuchten, wo im sommerlichen Hafen die Winden ratterten und sich drehten und zerlumpte Männer Wassermelonen von den Lastkähnen abluden. Auf dem Kopf trug der Wolf eine Papacha, an der ein posamentenbesetzter blauer Fetzen hing.

Der zweite, ein Riese, füllte Wassilissas Diele fast bis zur Decke aus. Sein Gesicht war, wie bei einem Weib, ohne Haarwuchs und von fröhlicher Röte. Er trug einen Baschlik mit mottenzerfressenen Ohrenklappen, einen grauen Militärmantel und an den unnatürlich kleinen Füßen gräßlich zerfetzte Schuhe.

Der dritte hatte eine eingesunkene Nase mit eitrigem Schorf an der Seite und eine genähte, entstellte Oberlippe. Auf dem Kopf trug er eine alte Offiziersmütze mit rotem Rand und einem dunklen Fleck an der Stelle, wo die Kokarde gesessen hatte, auf den Schultern eine altertümliche zweireihige Uniformjacke mit grün gewordenen Messingknöpfen, an den Beinen eine schwarze Hose und Bastschuhe über grauen Militärsocken. Sein Gesicht zeigte im Lampenlicht zwei Farben: Wächserngelb und Lila; sein Blick war leidend und boshaft.

»Das werden wir sehen«, wiederholte der Wolf. »Eine Order haben wir auch.«

Er entnahm der Hosentasche einen zerknüllten Papierfetzen und hielt ihn Wassilissa vor die Nase. Sein eines Auge durchbohrte Wassilissas Herz, das andere schielte zu den Truhen im Korridor.

Auf dem zerknüllten Blatt mit dem Stempel »Stab der 1. Setsch-Abteilung« war mit Tintenstift in großer Schrägschrift gekritzelt:

Es wird angeordnet, bei dem Bürger Wassili Lissowitsch, wohnhaft Alexejewski-Hang Nr. 13, eine Haussuchung vorzunehmen. Bei Widerstand droht Erschießung.

Stabschef Prozenko
Adjutant Miklun

In der linken unteren Ecke war noch ein unleserlicher runder Stempel.

Die grünen Sträußchen auf der Tapete hüpften vor Wassilissas Augen, und er sagte, während der Wolf das Papier wieder an sich nahm:

»Bitte schön, aber ich habe ja nichts ...«

Der Wolf holte einen eingeölten schwarzen Browning aus der Tasche und richtete ihn auf Wassilissa. Wanda schrie leise auf. Der Verstümmelte hatte einen ölglänzenden langen Colt in der Hand. Wassilissa knickten die Knie ein, er wurde etwas kleiner. Das elektrische Licht flammte plötzlich hell auf.

»Wer ist noch in der Wohnung?« fragte der Wolf heiser.

»Niemand«, antwortete Wassilissa mit weißen Lippen. »Nur ich und meine Frau.«

»Na los, Jungs, fangt an, aber schnell«, sagte der Wolf heiser zu seinen Begleitern, »wir haben keine Zeit.«

Der Riese schüttelte sogleich die Truhe, als wäre sie eine leichte Schachtel, der Verstümmelte huschte zum Ofen. Die Revolver wurden eingesteckt. Der Verstümmelte klopfte mit den Fäusten gegen die Wand, öffnete geräuschvoll die Ofenklappe, aus dem schwarzen Loch kam ihm spärliche Wärme entgegen.

»Habt ihr Waffen?« fragte der Wolf.

»Ehrenwort, ich bitte Sie, was für Waffen ...«

»Wir haben keine Waffen«, bestätigte Wandas Schatten tonlos.

»Sag's lieber, sonst – du hast's ja gelesen – Erschießung«, sagte der Wolf nachdrücklich.

»Bei Gott, wo sollte ich Waffen herhaben?«

Im Arbeitszimmer flammte die grüne Lampe auf, und Alexander II., empört bis in die Tiefe seiner gußeisernen Seele, sah die drei an. Im grünen Licht fühlte sich Wassilissa das erste Mal in seinem Leben einer Ohnmacht nahe. Die drei untersuchten zuerst die Tapeten. Der Riese warf spielend leicht große Packen Bücher, eine Reihe nach der anderen, von den Regalen herunter, und sechs Hände klopften die Wände ab: Tuk ... tuk ..., hallte dumpf die Wand. Tik, klirrte plötzlich die Metallplatte des Geheimfachs. Freude blitzte in den Wolfsaugen.

»Was hab ich gesagt?« flüsterte er fast lautlos. Der Riese trat mit schweren Füßen das Sesselleder durch, er reichte fast bis zur Decke. Etwas platzte und knackte unter seinen Fingern, und er riß die Platte aus der Wand. Das in Papier gewickelte, über Kreuz verschnürte Paket war schon in den Händen des Wolfs. Wassilissa wankte und lehnte sich an die Wand. Der Wolf wiegte den Kopf, wiegte ihn lange, während er den halbtoten Wassilissa betrachtete.

»Was hast du gesagt, du Drecksack?« begann er vorwurfsvoll. »Was hast du gesagt? Ich habe nichts, ich habe nichts, ach, du Hundesohn! Dabei hast du das Geld selbst in die Wand eingemauert! Erschossen müßtest du werden!«

»Um Gottes willen!« rief Wanda aus.

Da geschah etwas Merkwürdiges mit Wassilissa: Er brach plötzlich in krampfhaftes Lachen aus, und dieses Lachen war schrecklich, denn in seinen blauen Augen flackerte Entsetzen, und nur Lippen, Nase und Wangen lachten.

»Das ist doch nicht verboten, meine Herren, ich bitte Sie! Hier sind einige Bankpapiere und Sachgegenstände. Geld ist gar nicht viel da. Es ist selbstverdientes Geld. Die Zarenbanknoten sind sowieso ungültig.«

Wassilissa sprach und sah den Wolf so an, als hätte der ihm ein schauderhaftes Vergnügen bereitet.

»Man sollte dich festnehmen«, sagte der Wolf belehrend, schüttelte das Paket und ließ es in der bodenlosen Tasche seines zerrissenen Mantels verschwinden. »Los, Jungs, nehmt euch die Schubladen vor.«

Aus den Schubladen, die Wassilissa selbst öffnete, kamen Papierpacken, Stempel und Stempelchen, Kärtchen, Federhalter und Zigarettenetuis zum Vorschein. Papierblätter bedeckten den grünen Teppich und das rote Tuch des Tisches, fielen raschelnd zu Boden. Der Verstümmelte kippte den Papierkorb um. Im Wohnzimmer wurden die Wände nur oberflächlich, gleichsam unwillig abgeklopft. Der Riese schlug den Teppich zurück und trampelte auf dem Parkett herum, auf dem groteske, wie eingebrannte Spuren zurückblieben. Das Licht wurde immer heller, immer lustiger, der Grammophontrichter glänzte. Mit mühsam scharrenden Füßen folgte Wassilissa den dreien. Stumpfe Ruhe bemächtigte sich seiner, die Gedanken liefen etwas geordneter. Im Schlafzimmer entstand im Nu ein Chaos: Aus dem Spiegelschrank quollen Decken und Laken, die Matratze wurde umgedreht. Der Riese blieb plötzlich stehen, sah zu Boden, und ein schüchternes Lächeln erhellte sein Gesicht. Unter dem durchwühlten Bett standen Wassilissas neue Chevreauschuhe mit Lackspitzen. Der Riese lächelte und sah sich schüchtern nach Wassilissa um.

»Was für schöne Schuhe!« sagte er mit hoher Stimme. »Vielleicht passen sie mir.«

Wassilissa wußte noch nicht, was er antworten sollte, da bückte sich der Riese schon und berührte behutsam die Schuhe. Wassilissa zuckte zusammen.

»Es sind Chevreauschuhe, mein Herr«, sagte er geistesabwesend.

Der Wolf drehte sich zu ihm um, in seinen schrägstehenden Augen flammte bitterer Zorn.

»Schweig, Laus«, sagte er finster. »Schweig!« wiederholte er in plötzlichem Zorn. »Du solltest uns danken, daß wir dich wegen der versteckten Schätze nicht wie einen Dieb und Banditen erschossen haben. Schweig lieber«, fuhr er fort und drang mit wild blitzenden Augen auf den leichenblassen Wassilissa ein. »Du hast Reichtümer gehortet, dich rund und fett gefressen, bist rosig wie ein Schwein. Sieh dir doch mal an, was andere Menschen tragen! Siehst du das? Seine Füße sind erfroren, die Schuhe kaputt, er ist deinetwegen in den Schützengräben verfault, und du hast in der Zeit zu Hause gesessen und Grammophon gespielt. Hölle und Teufel!« Ihm war anzusehen, daß er Wassilissa am liebsten ins Gesicht geschlagen hätte, ihm zuckte direkt die Hand, Wanda schrie: »Sie werden doch nicht ...« Der Wolf wagte es nicht, den stattlichen Wassilissa zu schlagen, er stieß ihn nur mit der Faust gegen die Brust. Der bleiche Wassilissa taumelte und spürte heftigen Schmerz und Wehmut in der Brust.

So sieht die Revolution aus, fuhr es ihm durch den gepflegten rosigen Kopf. Schöne Revolution! Man hätte sie alle hängen müssen. Jetzt ist es zu spät.

»Wassilko, zieh die Schuhe an«, sagte der Wolf zärtlich zu dem Riesen. Der Riese setzte sich auf die Sprungfedermatratze und zog die zerfetzten Schuhe aus. Die Schuhe paßten nicht über die dicken grauen Socken. »Gib dem Kosaken ein Paar Socken«, sagte der Wolf streng zu Wanda. Sie bückte sich rasch zur unteren Schublade des gelben Schrankes und holte Socken heraus. Der Riese zog die grauen Socken aus, zeigte die Füße mit den roten Zehen und schwarzen Wunden und streifte Socken über. Mit Müh und Not zwängte er die Füße in die Schuhe, der Schnürsenkel am linken riß krachend. Der Riese zog die abgerissenen Enden zusammen und stand mit entzücktem kindlichem Lächeln auf. Und plötzlich schien es, als wäre in den gespannten Beziehungen dieser fünf merkwürdigen Menschen, die gemeinsam durch die ganze Wohnung gingen, etwas geplatzt. Alles wurde einfacher. Als der Verstümmelte die Schuhe des Riesen sah, nahm er rasch Wassilissas Hose vom Haken neben dem Waschtisch. Der Wolf sah Wassilissa mißtrauisch an, ob er etwas sagte, aber Wassilissa und auch Wanda sagten nichts, ihre Gesichter waren gleichermaßen blaß, die Augen riesig. Das Schlafzimmer sah aus wie ein Konfektionsladen. Der Verstümmelte stand in zerlumpter gestreifter Unterhose da und betrachtete Wassilissas Hose gegen das Licht.

»Ein teures Stück, Cheviot«, sagte er näselnd, setzte sich in einen blauen Sessel und zog die Hose an. Der Wolf wechselte seine schmutzige Uniformjacke gegen Wassilissas graue Anzugjacke, wobei er Wassilissa seine Papiere zurückgab mit den Worten: »Hier sind irgendwelche Dokumente, nehmen Sie, Herr, vielleicht brauchen Sie sie.« Vom Tisch nahm er eine gläserne Uhr in Form eines Globus mit dicken schwarzen römischen Ziffern.

Der Wolf zog den Mantel an, und man hörte die Uhr unter dem Mantel ticken.

»Eine Uhr braucht man. Ohne Uhr ist man wie ohne Hände«, sagte der Wolf zum Verstümmelten und zeigte sich Wassilissa gegenüber immer milder. »Nachts kann man sehen, wie spät es ist – großartig!«

Dann gingen die drei wieder durchs Wohnzimmer ins Arbeitszimmer. Wassilissa und Wanda folgten schweigend. Im Arbeitszimmer überlegte der Wolf einen Augenblick, schielte Wassilissa an und sagte dann:

»Geben Sie uns eine Quittung, Herr.« (Ein Gedanke beunruhigte ihn, seine Stirn faltete sich wie eine Ziehharmonika.)

»Wie bitte?« flüsterte Wassilissa.

»Eine Quittung, daß Sie uns die Sachen ausgehändigt haben«, erklärte der Wolf und blickte zu Boden.

Wassilissa wechselte die Farbe, seine Wangen wurden rosiger. »Wieso denn … ? Ich habe doch …« (Nach alldem auch noch eine Quittung? wollte er schreien, aber diese Worte kamen nicht über seine Lippen.) »Sie … Sie müßten doch unterschreiben.«

»Man müßte dich abknallen wie einen Hund. Duu – Blutsauger! Ich weiß, was du denkst. Ich weiß. Wenn du könntest, würdest du uns wie Ungeziefer vernichten. Ich sehe schon, im guten ist mit dir nicht auszukommen. Jungs, stellt ihn an die Wand. Ich knalle ihn …«

Wütend und nervös packte er Wassilissa am Hals, wovon dessen Gesicht rot anlief, und drängte ihn gegen die Wand.

»Ach!« schrie Wanda entsetzt und faßte den Wolf an der Hand. »Was machen Sie, ich bitte Sie … Wassja, schreib, schreib!«

Der Wolf ließ den Hals des Ingenieurs los, krachend sprang der Kragen wie eine Feder zur Seite. Wassilissa merkte nicht, wie er sich in den Sessel setzte. Seine Hände zitterten. Er riß ein Blatt aus dem Notizbuch und tauchte die Feder ein. Es wurde still, man hörte in der Tasche des Wolfs den gläsernen Globus ticken.

»Was soll ich schreiben?« fragte Wassilissa mit schwacher, heiserer Stimme.

Der Wolf überlegte, plinkerte mit den Augen.

»Schreiben Sie … Auf Anordnung des Stabs der Setsch-Kosaken die Sachen … die Sachen … in der Anzahl … in ordentlichem Zustand abgeliefert.«

»In der Anz …«, brachte Wassilissa knarrend heraus und verstummte gleich wieder.

»Abgeliefert bei der Haussuchung. Und erhebe keine Ansprüche. Und unterschreib.«

Wassilissa raffte die Reste seines Muts zusammen und fragte, zur Seite blickend:

»Und an wen?«

Der Wolf sah Wassilissa mißtrauisch an, hielt aber seine Empörung zurück und seufzte nur.

»Schreiben Sie: Unversehrt übergeben an Nemoljaka« (er überlegte und sah den Verstümmelten an), »Kirpaty und Ataman Uragan.«

Wassilissa schrieb, was er diktierte, und starrte mit trüben Augen auf das Papier. Dann setzte er als Unterschrift ein zittriges »Wassilis« darunter und reichte das Papier dem Wolf. Der nahm das Blatt und betrachtete es.

Da klirrte oben auf der Treppe die Glastür, Schritte und Myschlajewskis laute Stimme waren zu hören.

Des Wolfs Gesicht lief jäh dunkel an. Seine Gefährten gerieten in Bewegung. Der Wolf rief leise »pst«, holte den Browning aus der Tasche und richtete ihn auf Wassilissa, der gequält lächelte. Im Hausflur hörte man Schritte, Zurufe. Riegel, Haken und Kette klirrten, die Tür wurde abgeschlossen. Wieder hallten Schritte und das Lachen eines Mannes. Die Glastür schlug zu, die Schritte verhallten oben, und alles wurde still. Der Verstümmelte ging in die Diele und horchte an der Tür. Als er zurückkam, wechselte er mit dem Wolf vielsagende Blicke, und die drei drängten sich in die Diele. Der Riese bewegte die Zehen in den engen Schuhen und sagte:

»Es wird kalt sein.«

Und er zog Wassilissas Galoschen an.

Der Wolf drehte sich zu Wassilissa um und sagte mit weicher Stimme und unstetem Blick:

»Hören Sie mal, Herr... Schweigen Sie darüber, daß wir hier waren. Wenn Sie uns verpfeifen, machen unsere Jungs Ihnen den Garaus. Bleiben Sie bis morgen in der Wohnung, sonst werden Sie streng bestraft.«

»Wir bitten um Verzeihung«, sagte die eingefallene Nase mit fauliger Stimme.

Der rosige Riese sagte gar nichts, er sah Wassilissa nur schüchtern an und schielte vergnügt auf die glänzenden

Galoschen. Auf Zehenspitzen, einander drängelnd, gingen sie eilig durch den Hausflur zur Ausgangstür. Der Riegel krachte, der dunkle Himmel sah Wassilissa an, der mit kalten Händen den Riegel vorschob. Er verspürte ein Schwindelgefühl und glaubte plötzlich zu träumen. Das Herz stockte und hämmerte los. In der Diele weinte bitterlich Wanda. Sie sank auf die Truhe, schlug mit dem Kopf gegen die Wand, über ihr Gesicht liefen große Tränen.

»O Gott! Was war das? O Gott, o Gott, Wassja! Am hellichten Tage. Was sind das für Zustände?«

Wassilissa stand vor ihr und zitterte wie Espenlaub, sein Gesicht war verzerrt.

»Wassja«, rief Wanda. »Weißt du, das war kein Stab, kein Regiment. Wassja! Das waren Banditen!«

»Das hab ich auch schon mitgekriegt«, murmelte Wassilissa und breitete verzweifelt die Arme aus.

»O Gott!« rief Wanda. »Wir müssen sofort hinlaufen und es melden, damit sie gefaßt werden. Mutter Gottes! Alle Sachen. Alles! Alles! Wenn doch irgendwer ...« Am ganzen Leibe zitternd, rutschte sie von der Truhe zu Boden und bedeckte das Gesicht mit den Händen. Ihre Haare lösten sich auf, die Bluse öffnete sich auf dem Rücken.

»Wohin? Wohin?« fragte Wassilissa.

»O mein Gott! Zum Stab! Zur Wache! Wir müssen Anzeige erstatten! Schnell! Was sind das für Zustände?«

Wassilissa trat von einem Fuß auf den anderen, stürzte dann plötzlich in den Flur und schlug Krach.

Alle außer Scherwinski und Jelena drängten sich in Wassilissas Wohnung. Lariossik stand blaß an der Tür. Myschlajewski betrachtete breitbeinig das Schuhzeug und die Lumpen, die die Besucher zurückgelassen hatten, dann wandte er sich an Wassilissa.

»Das können Sie abschreiben. Das waren Banditen. Danken Sie Gott, daß Sie noch leben! Ich wundere mich, ehrlich gesagt, daß Sie so billig davongekommen sind.«

»O Gott, was haben sie mit uns gemacht!« sagte Wanda.

»Sie haben mir mit dem Tod gedroht.«

»Wir sollten zufrieden sein, daß sie die Drohung nicht wahrgemacht haben. So was sehe ich zum erstenmal.«

»Sauber gearbeitet«, bestätigte Karausche leise.

»Was sollen wir jetzt tun?« fragte Wassilissa stockend. »Soll ich mich beschweren? Aber wo? Um Gottes willen, Viktor Viktorowitsch, raten Sie mir.«

Myschlajewski krächzte und überlegte.

»Ich würde Ihnen nicht raten, sich irgendwo zu beschweren«, sagte er. »Erstens werden sie doch nicht gefaßt«, er bog den Daumen um, »zweitens ...«

»Wassja, erinnere dich, sie haben gesagt, daß sie dich umbringen, wenn du sie anzeigst.«

»Das ist natürlich Unsinn.« Myschlajewskis Gesicht verfinsterte sich. »Niemand wird Sie umbringen, aber, ich sagte schon, sie werden nicht gefaßt, und es wird auch niemand versuchen, sie zu fassen, und zweitens«, er bog den zweiten Finger um, »werden Sie dort angeben, daß Ihnen zaristisches Geld weggenommen wurde. Dann müssen Sie auf die zweite Haussuchung gefaßt sein.«

»Das kann passieren, ohne weiteres«, bestätigte der Fachmann Nikolka.

Wassilissa, zerzaust und nach kurzer Ohnmacht mit Wasser übergossen, ließ den Kopf hängen. Wanda, an den Türrahmen gelehnt, weinte. Die beiden taten allen leid. Lariossik seufzte schwer an der Tür, seine trüben Augen weiteten sich.

»So ist das, jeder hat sein Päckchen zu tragen«, flüsterte er.

»Womit waren sie denn bewaffnet?« fragte Nikolka.

»O Gott, zwei hatten einen Revolver, und der dritte ... Wassja, hatte der dritte nichts?«

»Zwei hatten Revolver«, bestätigte Wassilissa mit schwacher Stimme.

»Wie sahen sie aus, haben Sie das nicht bemerkt?« forschte Nikolka sachlich.

»Ich habe keine Ahnung«, antwortete Wassilissa seufzend. »Ich kenne doch die Typen nicht. Der eine war groß und schwarz, der andere klein und schwarz mit einer Kette.«

»Kette ...«, seufzte Wanda.

Nikolkas Gesicht verfinsterte sich, er sah Wassilissa wie ein Vogel von der Seite an. Eine Weile noch trat er von einem Fuß auf den andern, setzte sich dann, von Unruhe erfaßt, in Bewegung und lief eiligst zur Tür. Lariossik folgte ihm. Er hatte das Eßzimmer noch nicht erreicht, als er aus Nikolkas Zimmer Glasgeklirr und einen Schrei hörte. Er stürzte hin. Bei Nikolka brannte grell das Licht, durch das offene Lüftungsfensterchen kam Kälte herein, und in der Fensterscheibe klaffte ein riesiges Loch, das Nikolka mit den Knien herausgestoßen hatte, als er vor Schreck vom Fensterbrett abrutschte. Sein Blick irrte umher.

»Ist es möglich?« rief Lariossik und hob die Arme. »Das ist ja die reinste Hexerei!«

Nikolka stürzte durch das Bücherzimmer und die Küche hinaus, vorbei an der verdutzten Anjuta, die ihm nachrief: »Nikolka, Nikolka, wo rennst du hin ohne Mütze? O Gott, ist denn schon wieder was passiert?«, und lief durch den Korridor auf den Hof. Anjuta bekreuzigte sich, schob den Riegel vor, lief zurück in die Küche und drückte das Gesicht an die Fensterscheibe, aber Nikolka war nicht mehr zu sehen.

Er wandte sich nach links und blieb vor dem Schneeberg stehen, der den Eingang zu dem schmalen Gang zwischen den beiden Brandmauern versperrte. Der Schnee war unberührt. »Das versteh ich nicht«, murmelte Nikolka verzweifelt und stürzte sich kühn hinein. Er glaubte ersticken zu müssen, wühlte sich durch den Schnee, spuckte und prustete, drang endlich durch und gelangte, weiß vom Schnee, in den schmalen Spalt. Mit einem Blick nach oben stellte er fest, daß da, wo aus seinem verhängnisvollen Fenster das Licht fiel, die schwarzen Köpfchen der Haken und ihre spitzen Schatten zu sehen waren, die Dose aber fehlte.

Er klammerte sich an die letzte Hoffnung, daß vielleicht die Schlinge gerissen sei, und tastete auf den zerschlagenen Ziegeln umher, wobei er dauernd auf die Knie fiel. Die Dose war nicht da.

Plötzlich schoß es ihm blitzartig durch den Kopf. »Aah«, rief er und kletterte weiter zum Zaun, der den Spalt zur Straße hin verschloß. Mit beiden Händen drückte er dagegen, die Bretter gaben nach, ein breites Loch tat sich zur dunklen Straße hin auf. Jetzt ist alles klar: Sie haben die Bretter abgerissen, sind hier drin gewesen und ... Jetzt verstehe ich, sie wollten durch die Speisekammer zu Wassilissa rein, aber das Fenster ist vergittert.

Nikolka, weiß vom Schnee, betrat schweigend die Küche.

»O Gott, laß dich wenigstens abbürsten«, rief Anjuta.

»Laß mich in Ruhe«, antwortete Nikolka und ging ins Wohnzimmer, wobei er die klammen Hände an der Hose abwischte. »Illarion, schlag mir in die Fresse!« sagte er. Lariossik zwinkerte, riß die Augen weit auf und sagte: »Aber Nikolka, du darfst nicht verzweifeln.« Schüchtern klopfte er ihm mit den Händen den Rücken ab und half mit dem Ärmel nach.

»Abgesehen davon, daß mir Aljoscha den Kopf abreißt, wenn er, geb's Gott, wieder gesund wird«, fuhr Nikolka fort, »aber das Wichtigste war der Colt von Nai-Turs! Lieber hätten sie mich umbringen sollen, wahrhaftig! Das ist die Strafe dafür, daß ich mich über Wassilissa lustig gemacht habe. Wassilissa tut mir leid, aber verstehst du, sie haben ihn mit diesem Revolver fertiggemacht. Obwohl sie ihn auch ohne Revolver hätten ausrauben können. Er ist eben so ein Mensch. Ach ja ... Eine schöne Bescherung. Hol Papier, Illarion, wir wollen das Fenster zukleben.«

In der Nacht krochen Nikolka, Myschlajewski und Lariossik mit Nägeln, Beil und Hammer in den Spalt. Mit kurzen Brettern nagelten sie den Ausgang zur Straße zu. Nikolka schlug wutentbrannt die langen, dicken Nägel ein, so daß die Spitzen auf der anderen Seite heraussahen. Noch später liefen die drei mit Kerzen durch die

Veranda und die kalte Vorratskammer auf den Boden. Über der Wohnung trampelten sie unheilschwer herum, krochen zwischen die warmen Schornsteine und die aufgehängte Wäsche und vernagelten das Dachfenster. Als Wassilissa von der Expedition auf den Boden erfuhr, zeigte er lebhaftes Interesse, schloß sich ihr an und kroch auch zwischen den Balken herum, wobei er Myschlajewski lobte.

»Schade, daß Sie uns nicht irgendwie benachrichtigt haben. Hätten Sie doch Wanda Michailowna durch den Hintereingang zu uns geschickt«, sagte Nikolka, von dessen Kerze Stearin tropfte.

»Na, mein Lieber, so einfach ist das nicht«, sagte Myschlajewski. »Als sie schon in der Wohnung waren, mein Freund, wäre das ziemlich mulmig gewesen. Meinst du, die hätten das geduldet? Kaum. Ehe du zur Stelle gewesen wärst, hättest du eine Kugel im Bauch gehabt. Dann wärst du eine Leiche gewesen. So ist das. Er hätte sie gar nicht erst reinlassen sollen.«

»Sie haben mir gedroht, durch die Tür zu schießen, Viktor Viktorowitsch«, sagte Wassilissa vertraulich.

»Sie hätten nicht geschossen«, sagte Myschlajewski unter wütenden Hammerschlägen. »Auf keinen Fall. Das hätte doch die ganze Straße rebellisch gemacht.«

Spät nachts wurde Karausche in Lissowitschs Wohnung verwöhnt wie Ludwig XIV. Dem war folgendes Gespräch vorausgegangen:

»Die kommen heute nicht mehr, i wo!« sagte Myschlajewski.

»Doch, doch, doch«, riefen Wanda und Wassilissa auf der Treppe. »Wir bitten, wir flehen Sie an, Sie oder Fjodor Nikolajewitsch, bitte! Tun Sie uns den Gefallen! Wanda Michailowna kocht Ihnen Tee. Sie werden bequem schlafen. Wir bitten Sie darum, morgen auch. Es ist schlimm ohne einen Mann in der Wohnung!«

»Ich kann sowieso nicht schlafen«, bestätigte Wanda und wickelte sich fester in ihr Wolltuch.

»Ich habe guten Kognak, wir wärmen uns auf«, sagte Wassilissa auf einmal übermütig.

»Bleib die Nacht bei ihnen, Karausche«, sagte Myschlajewski.

Also wurde Karausche verwöhnt. Der Bregen und die mit Öl angerichtete Suppe waren nur Symptome jener widerlichen Geizkrankheit gewesen, mit der Wassilissa seine Frau angesteckt hatte. In Wirklichkeit waren in der Wohnung Schätze verborgen, von denen nur Wanda wußte. Auf dem Tisch im Eßzimmer erschienen ein Glas marinierte Pilze, Kalbfleisch, Kirschkonfitüre und der echte, herrliche Kognak von Schustow mit der Glocke. Karausche verlangte ein Glas auch für Wanda Michailowna und goß ihr ein.

»Nicht ganz voll, nicht ganz voll«, rief Wanda.

Wassilissa ließ sich nicht lange bitten, machte eine fast verwegene Handbewegung und trank sein Glas aus.

»Vergiß nicht, es schadet dir, Wassja«, sagte Wanda zärtlich.

Nach der kompetenten Erläuterung Karausches, Kognak könne für niemanden schädlich sein und sogar Blutarme bekämen ihn mit Milch zu trinken, leerte Wassilissa noch ein Glas, seine Wangen färbten sich rosa, Schweiß trat ihm auf die Stirn. Karausche trank fünf Kognaks und kam in Stimmung. Sie sähe gar nicht so schlecht aus, wenn man sie ein bißchen herausfütterte, dachte er und betrachtete Wanda.

Dann lobte er Lissowitschs Wohnung und erörterte ein Signalsystem zur Turbinschen Wohnung: eine Leitung von der Küche, eine zweite von der Diele aus. Wenn was passiert, wird geklingelt. Und dann – bitte schön – geht Myschlajewski zur Tür, und alles sieht ganz anders aus.

Karausche lobte die Wohnung als gemütlich und gut eingerichtet, aber sie habe einen Mangel – sie sei zu kalt.

Noch in der Nacht holte Wassilissa Holz und heizte selbst den Wohnzimmerofen. Karausche zog sich aus, legte sich auf das Sofa zwischen zwei herrliche Laken und fühlte sich wohl und gemütlich. Wassilissa, im Hemd, mit Hosenträgern darüber, kam zu ihm und setzte sich in den Sessel.

»Ich kann nicht schlafen, wissen Sie«, sagte er, »erlauben Sie mir, mit Ihnen zu plaudern.«

Der Ofen war ausgebrannt. Wassilissa, rund und schon wieder ruhig, saß im Sessel und sprach seufzend:

»So ist es, Fjodor Nikolajewitsch. Alles, was man sich mühsam angeschafft hat, wandert an einem Abend in die Taschen irgendwelcher Schurken, gewaltsam. Sie müssen nicht glauben, daß ich die Revolution ablehne, o nein, ich verstehe sehr gut die historischen Ursachen, die das alles hervorgerufen haben.« Rote Lichtflecke spielten auf seinem Gesicht und auf den Schnallen seiner Hosenträger. Karausche, vom Kognak in herrliche Schwäche versetzt, war im Einschlafen, bemühte sich aber, den Anschein höflicher Aufmerksamkeit zu wahren.

»Sie müssen aber zugeben: Bei uns in Rußland, einem zweifellos sehr rückständigen Land, ist die Revolution bereits zur Pugatschowerei entartet. Was geht eigentlich vor? In kaum zwei Jahren haben wir jegliche gesetzliche Stütze verloren, jeglichen Schutz unserer Rechte als Menschen und Bürger. Die Engländer sagen ...«

»Hm, die Engländer, die sind natürlich ...«, murmelte Karausche und merkte, daß eine weiche Wand ihn von Wassilissa zu trennen begann.

»... und wo gibt es das hier – ›mein Haus ist meine Burg‹ –, wenn Sie in Ihrer eigenen Wohnung hinter sieben Riegeln nicht sicher sind, daß nicht eine Bande wie die heute kommt und Ihnen Hab und Gut und womöglich noch das Leben nimmt?«

»Wir werden uns auf das Signalsystem und die Fensterläden verlassen«, antwortete Karausche nicht ganz passend mit schläfriger Stimme.

»Aber Fjodor Nikolajewitsch! Es kommt doch nicht nur auf das Signalsystem an, mein Lieber! Mit keinem Signalsystem können Sie den Verfall und die Verwesung aufhalten, die jetzt in den menschlichen Seelen nisten. Ich bitte

Sie, das Signalsystem ist ein Einzelfall, was aber, wenn es defekt wird?«

»Wir werden es reparieren«, antwortete Karausche glücklich.

»Man kann doch nicht das ganze Leben auf einem Signalsystem und Revolvern aufbauen. Das meine ich nicht. Ich spreche im allgemeinen, verallgemeinere sozusagen den Einzelfall. Die Hauptsache ist doch, das Wichtigste, die Achtung vor dem Privateigentum, existiert nicht mehr. Damit ist alles aus. Damit sind wir verloren. Ich bin ein überzeugter Demokrat und stamme selbst aus dem Volk. Mein Vater war einfacher Vorarbeiter bei der Eisenbahn. All das, was Sie hier sehen, und alles, was diese Gauner mir heute genommen haben, habe ich mir durch meiner Hände Arbeit geschaffen. Glauben Sie mir, ich war nie auf der Seite des alten Regimes, im Gegenteil, ich gestehe Ihnen im Vertrauen, ich bin konstitutioneller Demokrat, aber jetzt, wo ich mit eigenen Augen gesehen habe, wo das alles hinführt, wächst in mir, das schwöre ich Ihnen, die böse Überzeugung, daß uns nur eines retten kann ...« Durch den weichen Schleier, der Karausche umhüllte, drang ein Flüstern: »Die Selbstherrschaft. Jaja. Die härteste Diktatur, die man sich vorstellen kann. Die Selbstherrschaft.«

Er hört nicht auf zu quatschen, dachte der glückselige Karausche.

»Die Selbstherrschaft ist eine komplizierte Sache. Ah – hm ...«, sagte er durch die Watte.

»Ach, du-du-du-du – habeas corpus, ach, du-du-du-du ... Ach, du-du«, dudelte die Stimme durch die Watte, »ach, du-du-du, die irren sich, wenn sie denken, so ein Zustand kann lange dauern, ach, du-du-du, und rufen – lebe hoch. Nein, lange kann das nicht dauern, und es ist lächerlich anzunehmen, daß ...«

»Die Festung Iwangorod«, unterbrach ihn plötzlich
der verstorbene Kommandant in der Papacha,
»sie lebe hoch!«

»Auch Ardagan und Kars«, bestätigte Karausche im Nebel,

»sie leben hoch!«

Das dünne, ehrerbietige Lächeln Wassilissas drang aus der Ferne zu ihm.

»Sie leben hoch!«

sangen fröhlich die Stimmen in Karausches Kopf.

16

Hoch soll er leben! Hoch soll er leben!
Hoooch soll er leeben …

dröhnten die neun Bässe des berühmten Tolmaschewski-Chors.

Hoooch soll er leben …

griffen die kristallenen Diskantstimmen auf.

Hoch … Hoch … Hoch …

schraubte sich der Chor, in die Sopranstimmen zerfallend, zur Kuppel hinauf.

»Guck! Guck! Petljura …«

»Siehst du ihn, Iwan?«

»Dummkopf. Petljura ist schon auf dem Platz.«

Hunderte von Köpfen türmten sich auf der Empore, erdrückten einander, hingen von der Balustrade zwischen den alten Säulen mit den schwarzen Fresken. Menschen drängten, einander quetschend, dicht an dicht zur Balustrade, um einen Blick in die Tiefe der Kathedrale zu werfen, aber die Hunderte von Köpfen hingen wie gelbe Äpfel in dichter dreifacher Reihe. Im Abgrund wogte eine stickige tausendköpfige Welle, darüber schwebte eine glühende Wolke aus Schweiß, Dampf, Weihrauch, Ruß von Hunderten Kerzen und schweren, an Ketten hängenden Lampen. Ein dichter, an Ringen hängender graublauer Vorhang wurde knarrend zugezogen und verdeckte das verschnörkelte heilige Tor aus uraltem Metall, dunkel und düster wie die ganze Sophienkathedrale. Die Feuerschweife der Kerzen in den Kronleuchtern knisterten, flackerten, zogen sich in einem Rauchfaden aufwärts. Ihnen fehlte die Luft. Beim Seitenaltar herrschte wüstes Durcheinander. Aus den seitlichen Türen rieselten goldene Meßgewänder über die abgewetzten Granitstufen, Gebetbücher wurden geschwenkt. Aus runden Schachteln wurden lila Kappen hervorgeholt, von den Wänden wogende Kirchenfahnen heruntergenommen. Der schreckliche Baß des Protodiakons Serebrjakow brüllte irgendwo im Gewühl. Ein Priestergewand – ohne Kopf, ohne Arme – schwebte wie ein Buckel über der Menge, tauchte unter, dann wurde ein Ärmel des wattierten Gewandes hochgeschleudert, dann der andere. Karierte Tücher flatterten in der Luft, wanden sich zu Stricken.

»Vater Arkadi, binden Sie das Tuch fester ums Gesicht, der Frost ist sehr stark, kommen Sie, ich helfe Ihnen.«

Die Kirchenfahnen senkten sich an der Tür wie Fahnen von Besiegten, braune Antlitze und geheimnisvolle goldene Worte schwebten nieder, die Bänder schleiften über den Fußboden.

»Treten Sie zur Seite!«

»O Gott, wohin denn?«

»Manka! Ich ersticke ...«

»Wofür denn?« (Ein Baß, flüsternd.) »Für die Ukrainische Volksrepublik?«

»Weiß der Teufel.« (Flüsternd.)

»Wer kein Pope ist, ist Ataman.«

»Vorsichtig ...«

Hoch soll er leben!!!

dröhnte der Chor durch die Kathedrale. Der dicke, puterrote Tolmaschewski löschte die dünne Wachskerze und steckte die Stimmgabel in die Tasche. Der Chor in langen braunen Gewändern mit Goldstickerei, wippende blonde, kahl wirkende Köpfchen der Diskantstimmen, wogende Adamsäpfel und Mähnenköpfe der Bässe, lief von der düsteren Empore hinunter. Wie eine Lawine, die immer dichter wird, quoll die schäumende, wirbelnde, lärmende Menschenmasse aus allen Öffnungen.

Vom Nebenaltar schwebten Meßgewänder herbei, Köpfe, wie bei Zahnschmerzen verbunden, mit verstörten Augen, spielzeugartige lila Kartonmützen. Vater Arkadi – Hauptgeistlicher der Kathedrale, ein schmächtiges Männlein, das die edelsteinfunkelnde Mitra über das graukarierte Tuch gestülpt hatte – trippelte im Strom. Seine Augen blickten verzweifelt, sein Bärtchen zitterte.

»Los, Mitka, es wird eine Prozession geben.«

»Sachte! Wo wollt ihr hin? Ihr werdet noch die Popen erdrücken.«

»Geschieht ihnen recht.«

»Rechtgläubige, hier ist ein Kind eingequetscht!«

»Ich verstehe nichts.«

»Wenn Sie nichts verstehen, gehen Sie nach Hause, dann haben Sie hier nichts zu suchen.«

»Man hat mir das Portemonnaie herausgeschnitten!«

»Erlauben Sie, die nennen sich doch Sozialisten. Hab ich recht? Was machen dann die Popen hier?«

»Verzeihung.«

»Für einen blauen Lappen halten die Popen auch für den Teufel eine Messe ab.«

»Jetzt auf den Markt und die Judenläden demolieren, das wär das Richtige.«

»Ich spreche nur Ukrainisch.«

»Die Frau wird erdrückt, die Frau ...«

»Aaah ... aah ...«

Aus den Seitenschiffen hinter den Säulen, von der Empore, Stufe um Stufe, Schulter an Schulter, so daß niemand sich rühren noch umdrehen konnte, wogte die Menge zur Tür. Die alten Wandfresken zeigten dickwandige braune Gaukler aus einem unbekannten Jahrhundert, die tanzend auf Pfeifen spielten. Aus allen Gängen strömte unter Geraschel und Stimmengewirr die halberstickte, von Qualm und Weihrauch benommene Menschenmenge. Immer wieder flackerten kurze schmerzliche Frauenschreie auf. Taschendiebe mit schwarzem Schal um den Hals arbeiteten konzentriert und mühsam und schoben ihre geübten virtuosen Finger in die geballten Knäuel gequetschten Menschenfleisches. Die tausendfüßige Menge knisterte, flüsterte.

»O Gott, o Gott ...«

»Jesus Maria, himmlische Königin, Mutter Gottes ...«

»Wär ich bloß nicht gekommen, es ist ja schlimm hier.«

»Sollst hier verrecken, Schuft!«

»Meine Uhr, Leute, meine silberne Uhr! Du lieber Himmel, erst gestern gekauft.«

»Man kann sagen, sie wurde dir abgebetet.«

»In welcher Sprache lief eigentlich die Messe, liebe Leute? Ich hab das nicht verstanden.«

»In Gottes Sprache, Tante.«

»Die Moskowiter Sprache wird bald ganz verboten.«

»Erlauben Sie mal, wieso denn? Soll man nicht mehr in der rechtgläubigen Muttersprache reden dürfen?«

»Die Ohrringe mitsamt der Öse herausgedreht. Das halbe Ohr abgerissen.«

»Haltet den Bolschewiken, Kosaken! Ein Spion! Ein bolschewistischer Spion!«

»Hier ist nicht Rußland, Bürger.«

»Ach du lieber Gott, Geschwänzte. Guck, Marussja, mit Posamenten.«

»Mir ... ist schlecht ...«

»Der Frau ist schlecht.«

»Allen geht's schlecht, meine Liebe. Das ganze Volk hat es schwer. Das Auge, ihr stecht mir das Auge aus, drängelt nicht so! Seid ihr verrückt geworden, ihr Teufel?«

»Raus! Nach Rußland! Raus aus der Ukraine!«

»Iwan Iwanowitsch, jetzt müßten Polizeistreifen dasein, wissen Sie noch, wie früher manchmal bei den großen Kirchenfeiertagen? Oho!«

»Nikolaus den Blutigen sehnen Sie herbei? Wir wissen, wir wissen sehr gut, was für Gedanken Sie im Kopf haben.«

»Lassen Sie mich um Christi willen in Ruhe. Ich will mit Ihnen nichts zu tun haben.«

»O Gott, wenn wir nur bald am Ausgang wären, ich brauche frische Luft!«

»Ich halt's nicht aus. Ich sterbe.«

Aus dem Haupteingang wurde die Menschenmenge mit Druck herausgeschleudert, -gewirbelt, -gepreßt, verlor Mützen, redete durcheinander, bekreuzigte sich. Durch den zweiten, den Seitenausgang, wo gleich zwei Scheiben eingedrückt wurden, quetschte es die in Silber und Gold gekleidete, halb erdrückte, durcheinandergeratene Prozession nebst Chor. Goldene Flecke schwammen im schwarzen Gemisch, über der Menge ragten Kappen und Mitren, durch die Glastür kamen die Kirchenfahnen gesenkt heraus, richteten sich auf und schwebten senkrecht weiter.

Es herrschte starker Frost. Über der STADT kräuselte Rauch. Der Hof der Kathedrale, über den Tausende von Füßen trappelten, knirschte ununterbrochen. Gefrorener Dunst stieg in der kalten Luft zum Glockenturm empor. Die schwere Glocke auf dem Hauptturm der Sophienkathedrale dröhnte, versuchte, das schreckliche Durcheinander zu übertönen. Die kleinen Glocken kläfften ohne Takt und Eintracht um die Wette, als wäre der Satan, der Teufel selbst im Priesterrock auf den Glockenturm gestiegen und veranstaltete den Radau zu seinem Vergnügen. Durch die schwarzen Öffnungen des mehrstöckigen Turmes, der einst mit unruhigem Geläut die schlitzäugigen Tataren empfangen hatte, war zu sehen, wie die kleinen Glocken gleich bissigen Kettenhunden zappelten und jaulten. Der Frost knirschte und dampfte. Die befreite Menge floß auseinander, die Seelen waren bereit zur Buße, der Platz vor dem Dom war schwarz von Volk.

Mit untergeschlagenen Beinen saßen in einer Reihe entlang dem Steinweg, der zu dem großen Torbogen des Altsophien-Glockenturms führte, die Bettler, trotz der grimmigen Kälte mit unbedeckten Köpfen – einige kahl wie reife Kürbisse, andere dicht mit orangefarbener Wolle bewachsen – und sangen mit näselnden Stimmen.

Blinde Banduraspieler leierten das schreckliche Lied vom Jüngsten Gericht, vor ihnen lagen umgestülpt zerlumpte Mützen, wie Blätter fielen dreckige Karbowanzenscheine und abgegriffene Münzen hinein.

Oi, schon ist das Ende der Welt in Sicht,
bald stehen wir vor dem Jüngsten Gericht …

Jämmerliche, herzzerreißende Töne kamen aus den gelbzahnigen krummgriffigen Banduras und stiegen von der knirschenden Erde empor.

»Brüder und Schwestern, erbarmt euch meiner Armut. Eine milde Gabe um Christi willen.«

»Laufen Sie zum Platz, Fedossej Petrowitsch, sonst kommen wir zu spät.«

»Die Andacht.«

»Die Prozession.«

»Es wird ein Bittgottesdienst abgehalten, damit die ukrainische Volksarmee siegt und die revolutionären Waffen überwindet.«

»Erlauben Sie mal, was heißt siegt und überwindet? Sie haben doch schon gesiegt.«

»Sie werden noch mehr siegen!«

»Es wird einen Feldzug geben.«

»Wohin?«

»Gegen Moskau.«

»Was für ein Moskau?«

»Das gewöhnliche Moskau.«

»Bis dort langen eure Arme nicht.«

»Was haben Sie gesagt? Sagen Sie das noch mal! Jungs, hört, was er sagt!«

»Ich habe nichts gesagt!«

»Haltet ihn, haltet den Dieb!«

»Lauf, Marussja, durch das Tor dort, hier kommen wir nicht weiter. Man erzählt, Petljura ist auf dem Platz. Wir wollen uns Petljura ansehen.«

»Blödes Weib, Petljura ist in der Kathedrale.«

»Selber blöd. Er reitet auf einem weißen Roß, erzählt man.«

»Hurra, Petljura! Die Ukrainische Volksrepublik – hurra!«

»Bam, bam, bam … Bam-bam-bam … Tirli-bom-bom. Bam-bam-bam«, rasten die Glocken.

»Erbarmt euch der Waisen, rechtgläubige Bürger, liebe Leute … der Blinden … der Armen …«

Ein Beinamputierter mit lederbezogenem Hintern, ganz schwarz, griff wie ein verstümmelter Käfer mit den Handschuhen in den zertrampelten Schnee und kroch zwischen den Beinen hindurch. Arme Krüppel zeigten eiternde Wunden auf den frostblauen Oberschenkeln, wackelten mit dem Kopf, um Tick oder Paralyse vorzutäuschen, oder verdrehten die Augen, als wären sie blind. Im Gewühl knarrten die verfluchten Leiern wie alte Räder, sie stöhnten und heulten herztötend und seelenzermürbend, erinnerten an Armut, Betrug, Hoffnungslosigkeit, an die ausweglose Wildheit der Steppen.

»Kehr zurück, arme Waise, die weite Welt …«

Zottige, zitterige alte Weiber mit Krücken streckten dürre, pergamentene Hände vor und heulten:

»Bildhübscher junger Mann! Gott schenke dir Gesundheit!«

»Gnädige Frau, hab Mitleid mit der alten Frau, der armen Waise.«

»Ihr Lieben, der Herrgott wird's euch lohnen …«

Plattfüßige Bettlerinnen mit Hauben auf dem Kopf, Bauern mit Schafpelzmütze, rotwangige Mädchen, Beamte im Ruhestand mit staubigen Kokardenspuren, ältere Frauen mit vorgeschobenem Bauch, flinke Kinder und Kosaken in Militärmänteln mit Mützen, von deren Spitzen blaue, rote, grüne oder lila Schwänze mit Gold- und Silberstickerei oder goldene Sargtuchquasten hingen, strömten wie ein schwarzes Meer über den Platz vor der Kathedrale, aus deren Türen neue und immer neue Wellen herausdrängten. An der frischen Luft atmete die Prozession auf, gewann Kraft, stellte sich um, rückte zusammen, und nun schwebten sie in strenger Ordnung vorüber, die Köpfe in karierten Tüchern, Mitren und Kappen, dichte Diakonsmähnen, Mönchskäppchen, spitze Kreuze auf vergoldeten Stangen, Kirchenfahnen mit Bildnissen des Erlösers und der Mutter Gottes mit dem Kind, geschlitzte, langschwänzige Banner, rosa, gold- und lilafarben, mit altslawischer Schnörkelschrift.

Wie eine graue Wolke mit Schlangenleib, wie ein schmutzig-brauner trüber Fluß ergoß sich durch die alten Straßen die unübersehbare Kraft Petljuras auf den Sophienplatz zur Parade.

Als erste durchbrach, mit Trompetengeschmetter und dem Getöse der glänzenden Schlagbecken den Frost sprengend, die blaue Division in dichten Reihen den schwarzen Fluß des Volkes.

In blauen Shupans, die Persianermützen mit den blauen Deckeln keck in den Nacken geschoben, marschierten die Galizier. Hinter dem großen Blasorchester schwebten, von zwei Soldaten mit gezogenen Säbeln flankiert, zwei zweifarbige Fahnen, gefolgt von den Reihen der Soldaten, die mit gemessenen Schritten den kristallenen Schnee zerstampften und in gutes, wenn auch deutsches Tuch gekleidet waren. Hinter dem ersten Bataillon kamen die Schwarzen mit langen umgürteten Gewändern und mit Blechschüsseln auf dem Kopf, und das braune Dickicht der Bajonette zog wie eine stachelige Wolke zur Parade.

In unübersehbarer Menge marschierten die grauen, stark mitgenommenen Regimenter der Setsch-Schützen. Es kamen die Trupps der Haidamaken, Infanteristen, eine Abteilung nach der anderen, und zwischen den Bataillonen ritten tänzelnd die braven Regiments-, Kompanie- und Abteilungskommandeure. Siegesmärsche dröhnten und heulten goldglänzend in dem vielfarbigen Strom.

Hinter der Infanterie ritten in gelockertem Trab, im Sattel hüpfend, die Kavallerieregimenter. Die zerknitterten, in den Nacken geschobenen Papachas mit den blauen, grünen und roten Zipfeln, an denen goldene Quasten hingen, blendeten die Augen des begeisterten Volkes.

Die Lanzen hüpften wie Nadeln, deren Öhr über die rechte Hand gezogen war. Zwischen den Reihen der Kavalleristen rasselten lustig die Schellenbäume, und die Pferde der Kommandeure und Trompeter wurden vom Geschmetter der Trompeten angetrieben. Der fröhliche, kugelrunde Bolbotun rollte an der Spitze seines Trupps, die niedrige fettige Stirn und die freudeglänzenden dicken Wangen dem Frost preisgebend. Seine Fuchsstute schielte aus blutunterlaufenen Augen, kaute an der Trense, verlor Schaum, bäumte sich auf und schüttelte den sechs Pud schweren Bolbotun durch. Der krumme Säbel des Obersts rasselte, seine Sporen berührten die empfindlichen Flanken des Pferdes.

»Denn unsere Kommandeure
sind wie unsere Brüder!«

sangen im Trab die kecken Haidamaken, und ihre bunten Mützenzipfel hüpften.

Mit flatternder durchschossener gelbblauer Fahne, mit jauchzender Harmonika rollte das Regiment des dunkelhaarigen, schnurrbärtigen Obersts Kosyr-Leschko vorbei, der ein mächtiges Pferd ritt. Der Oberst schielte finster zur Seite und peitschte seinen riesigen Hengst über die Kruppe. Sein Mißmut war begründet: Nai-Turs' Schüsse hatten seine besten Züge im Morgennebel an der Brest-Litowsker Chaussee vernichtet, und nun trabte das Regiment in stark gelichteten Reihen auf den Platz.

Hinter Kosyr-Leschko ritt der tapfere ungeschlagene Schwarzmeer-Kavallerietrupp »Hetman Masepa«. Der Name des ruhmreichen Hetmans, der den Zaren Peter bei Poltawa beinah zugrunde gerichtet hätte, glänzte in Goldbuchstaben auf blauer Seide. Das Volk umspülte wie eine Wolke die grauen und gelben Häuserwände, das Volk stieg auf die Prellsteine, die Jungs kletterten auf die Laternen, saßen auf den Gesimsen, auf den Dächern, pfiffen, schrien: »Hurra! Hurra!«

»Hurra! Hurra!« tönte es von den Bürgersteigen.

Gesichter drückten sich an den Glasscheiben der Balkone und Fenster platt.

Kutscher stiegen balancierend auf den Kutschbock der Schlitten und schwenkten die Peitschen.

»Das sollten nun Banden sein. Da habt ihr die Banden. Hurra!«

»Hurra! Hurra, Petljura! Heil unserem Vater!«

»Hur-ra!«

»Manja, guck, guck! Petljura höchstpersönlich auf dem grauen Pferd. Sieh, wie schön er ist.«

»I wo, Madame, das ist ein Oberst.«

»Wirklich? Und wo ist Petljura?«

»Petljura ist im Schloß und empfängt französische Gesandte aus Odessa.«

»Sind Sie verrückt, Herr? Was für Gesandte?«

»Pjotr Wassiljewitsch, es wird erzählt« (Geflüster), »Petljura sei in Paris, was sagen Sie dazu?«

»Das sollen Banden sein ... Ein Millionenheer.«

»Und wo ist Petljura? Leute, wo ist Petljura? Ich möchte ihn wenigstens mit einem Auge sehen.«

»Petljura ist jetzt auf dem Platz und nimmt die Parade ab, gnädige Frau.«

»Stimmt nicht, Petljura stellt sich in Berlin aus Anlaß des Bündnisvertrages dem Präsidenten vor.«

»Welchem Präsidenten? Verbreiten Sie keine Provokationen, Bürger.«

»Dem Berliner Präsidenten ... Aus Anlaß der Republik.«

»Haben Sie gesehen? Haben Sie gesehen? So würdevoll. In einem Sechsergespann ist er durch die Rylski-Gasse gefahren.«

»Verzeihung, glauben die denn an die Bischöfe?«

»Ich habe nicht gesagt, daß sie glauben oder nicht glauben. Ich sagte nur, er ist durchgefahren, weiter nichts. Machen Sie sich selber einen Vers drauf.«

»Tatsache ist, die Popen halten jetzt Gottesdienst ab.«

»Mit den Popen ist es sicherer.«

»Petljura. Petljura. Petljura. Petljura.«

Schwere Räder ratterten, Munitionskisten klirrten – den zehn berittenen Trupps folgten die unendlich langen Reihen der Artillerie. Dicke, stumpfe Mörser, schlanke Haubitzen rollten endlos vorbei, auf den Kisten saß lustiges, gutgenährtes, siegestrunkenes Bedienungspersonal, würdig und friedlich ritten die Vorreiter. Angestrengt zogen große, kräftige, satte Pferde mit runden Kruppen und auch kleine, an die Arbeit gewöhnte, an schwangere Flöhe erinnernde Bauernmähren die Geschütze. Die leichte Gebirgsartillerie rasselte, die kleinen, von braven Reitern umgebenen Kanonen hüpften über das Pflaster.

»Ach, und uns wurde von fünfzehntausend Mann erzählt. Weshalb hat man uns belogen? Fünfzehntausend … Bandit … demoralisiert … O Gott, die sind ja nicht zu zählen. Noch eine Batterie, noch eine …«

Die Menge drückte und knetete Nikolka, bis er endlich, die Entennase im Kragen des Studentenmantels versteckt, eine Wandnische fand, in der er bleiben konnte. Ein lustiges Weiblein mit Filzstiefeln, das schon in der Nische stand, sagte freundlich:

»Halten Sie sich an mir fest, junger Mann, und ich halte mich an den Backsteinen, sonst fallen wir beide runter.«

»Danke«, murmelte Nikolka mutlos im rauhreifbedeckten Kragen, »ich halte mich an dem Haken hier fest.«

»Wo mag Petljura sein?« plapperte das geschwätzige Weiblein. »Ich möchte ihn so gerne sehen. Er soll unbeschreiblich schön sein.«

»Ja«, murmelte Nikolka in seinen Persianerkragen, »unbeschreiblich.« Noch eine Batterie … Teufel noch mal … Jetzt versteh ich alles.

»Er soll im Auto hier vorbeigefahren sein. Haben Sie ihn nicht gesehen?«

»Er ist in Winniza«, antwortete Nikolka mit trockener Grabesstimme und bewegte die in den Stiefeln frierenden Zehen. Weshalb habe ich keine Filzstiefel angezogen, Teufel noch mal? So eine Kälte!

»Guck, guck, Petljura.«

»Unsinn, das ist ein Offizier der Wache.«

»Petljuras Residenz ist in Belaja Zerkow. Das wird jetzt die Hauptstadt sein.«

»Erlauben Sie mir die Frage: Kommt er denn gar nicht in die Stadt?«

»Wenn die Zeit reif ist, wird er schon kommen.«

»So, so, so ...«

Bum, bum, bum, kamen vom Sophienplatz die dumpfen Schläge der türkischen Trommeln, durch die Straße krochen, den schweren Turm drehend, vier schreckliche Panzerwagen und drohten der Menge mit ihren Maschinengewehren. Aber der rotwangige Enthusiast Straschkewitsch saß in keinem von ihnen. Er lag, noch nicht geborgen, im Petschersker Marienpark gleich hinter dem Tor, nicht mehr rotwangig, sondern graugelb und starr. In seiner Stirn war ein kleines Loch, ein zweites, blutverkrustet, war hinter dem Ohr. Aus dem Schnee ragten seine nackten Füße, und mit glasigen Augen sah er durch die nackten Ahornzweige direkt zum Himmel. Ringsum war es sehr still, im Park befand sich keine Menschenseele, auch auf der Straße zeigte sich nur selten jemand. Die Musik von der alten Sophienkathedrale drang nicht hierher, deshalb war das Gesicht vollkommen ruhig. Die Panzerwagen durchbrachen dröhnend die Menge und rollten dorthin, wo sich vom Himmel die schwarze Silhouette Bogdan Chmelnizkis abhob, der mit dem Hetmansstab nach Nordosten zeigte. Der Glockenklang schwamm wie eine dicke, ölige Welle über den verschneiten Hügeln und Dächern der Stadt, in der Menge schlug dauernd die Pauke, und die freudig erregten Bengels liefen zu den Hufen des schwarzen Denkmals. Schon fuhren kettenrasselnd Lastautos durch die Straßen. In ihnen saßen, von ukrainischen Schafpelzen umhüllt, Mädchen mit Ährenkränzen auf dem Kopf, in bunte, selbstgewebte Wickelröcke gekleidet, und Burschen mit weiten blauen Pumphosen unter dem Schafpelz. Sie sangen harmonisch, aber verhalten.

In der Rylski-Gasse knallte ein Schuß. Wie Schneegestöber wirbelte dort das Kreischen der Weiber. Jemand lief vorbei und rief:

»Ein Unglück!«

Eine Stimme, hastig, heiser, überschnappend, schrie:

»Ich kenne sie. Haltet sie! Offiziere! Offiziere! Ich hab sie mit Achselklappen gesehen.«

Ein Zug der zehnten Abteilung mit dem Namen Rada, der auf seinen Abmarsch zum Platz wartete, sprang eilig aus dem Sattel, die Soldaten keilten sich in die Menge und ergriffen jemanden. Frauen schrien. Jämmerlich, hysterisch brüllte der an den Armen gepackte Hauptmann Pleschko.

»Ich bin kein Offizier! Das stimmt nicht. Das stimmt wirklich nicht. Wie kommen Sie darauf? Ich bin Bankangestellter.«

Neben ihm wurde noch jemand gefaßt; stumm und leichenblaß versuchte er sich loszureißen.

Dann flutete die Menge aus der Gasse, als sei dort ein Damm gebrochen. Kopflos vor Angst flüchtete das Volk. Im Nu war die Stelle weiß – mit nur einem dunklen Fleck, einer verlorenen Mütze. In der Gasse blitzte und knallte es, und Hauptmann Pleschko, der dreimal abgeschworen hatte, bezahlte seine Neugier auf Paraden mit dem Leben. Am Vorgartenzaun eines zur Sophia gehörenden Kirchenhauses blieb er mit ausgebreiteten Armen auf dem Rücken liegen, und der andere, der Schweigsame, fiel ihm über die Beine, das Gesicht auf dem Bürgersteig. Im gleichen Moment dröhnten auf dem Platz die Schlagbecken los, wieder strömte lärmend das Volk, spielte das Orchester. Eine siegesbewußte Stimme schrie: »Im Schritt – marsch!«

Die Reihen der berittenen Abteilung »Rada« setzten sich mit blitzenden Litzen in Bewegung.

Ganz unerwartet riß zwischen den Kuppeln der graue Vorhang auf, und im trüben Dunst zeigte sich die Sonne. So groß hatte sie in der Ukraine noch niemand gesehen, und sie war so rot wie reines Blut. Mühsam schien die Kugel durch den Wolkenvorhang, Streifen geronnenen Blutes zogen sich gleichmäßig nach allen Seiten. Die Hauptkuppel der Sophia färbte sich rot und warf einen bizarren Schatten auf den Platz, in dem Bogdans Denkmal lila und die hastende Menge noch dunkler, noch dichter, noch verworrener wirkte. Man sah umgürtete graue Gestalten über eine Leiter den Felsen hinaufklettern, sie versuchten, mit Bajonetten die Inschrift von dem schwarzen Granit abzuschlagen. Doch die Bajonette rutschten ab, ohne etwas auszurichten. Der galoppierende Bogdan riß grimmig das Pferd vom Felsen hoch, um denen, die schwer an seinen Hufen hingen, zu entfliehen. Sein Gesicht war wütend der roten Kugel zugewandt, sein Hetmansstab zeigte wie immer in die Ferne.

Um diese Zeit geschah es, daß Bogdan gegenüber viele Arme einen Mann über die lärmende, auseinanderfließende Menge auf das eisglatte Becken des Springbrunnens hoben. Er hatte einen dunklen Mantel mit Pelzkragen an, hielt aber seine Mütze trotz der Kälte in der Hand. Der Platz wimmelte noch wie ein Ameisenhaufen, doch der Glockenturm der Sophia schwieg schon, die Musik entfernte sich in den frostigen Straßen nach allen Seiten. Vor dem Springbrunnen sammelte sich eine riesige Menge.

»Petka, Petka, wer ist das, der dort hochgehoben wird?«

»Ich glaube, Petljura.«

»Petljura hält eine Rede.«

»Verbreiten Sie keine Gerüchte. Das ist ein einfacher Redner.«

»Marussja, ein Redner. Guck, guck.«

»Eine Deklaration wird bekanntgegeben.«

»Nein, ein Befehlsschreiben.«

»Es lebe die freie Ukraine!«

Der Mann auf dem Springbrunnen sah begeistert über die tausendköpfige Menge hinweg dahin, wo sich die Sonnenscheibe immer deutlicher abzeichnete und die Kreuze in dunkles, rötliches Gold färbte, winkte und rief mit schwacher Stimme:

»Ruhm dem Volk!«

»Petljura … Petljura …«

»Wieso denn Petljura? Sie sind wohl nicht normal.«

»Was soll Petljura auf dem Springbrunnen?«

»Petljura ist in Charkow.«

»Petljura ist gerade ins Schloß zu einem Bankett gefahren.«

»Ist ja nicht wahr. Es werden keine Bankette gefeiert.«

»Ruhm dem Volk!« wiederholte der Mann, und eine helle Haarsträhne fiel ihm auf die Stirn.

»Ruhe!«

Die Stimme des blonden Mannes festigte sich, sie war im Fußgetrappel, im Tosen der andrängenden Menge, in den verhallenden Trommelschlägen deutlich zu hören.

»Haben Sie Petljura gesehen?«

»Natürlich, o Gott, gerade eben.«

»Oh, Sie Glückliche. Wie sieht er aus?«

»Er hat einen nach oben gezwirbelten schwarzen Schnurrbart wie Wilhelm und trägt einen Helm. Da ist er, da, gucken Sie, Marja Fjodorowna, sehen Sie, da fährt er.«

»Veranstalten Sie keine Provokation. Das ist der Leiter der Stadtfeuerwehr.«

»Petljura ist in Belgien, meine Dame.«

»Was macht er in Belgien?«

»Er schließt ein Bündnis mit den Alliierten.«

»Aber nein. Er ist jetzt mit einer Eskorte zur Duma gefahren.«

»Warum?«

»Wegen des Eides.«

»Wird er einen Eid leisten?«

»Wieso er? Auf ihn wird der Eid geleistet.«

»Ich würde lieber sterben« (Geflüster), »als auf ihn den Eid leisten.«

»Das brauchen Sie gar nicht. Frauen werden in Ruhe gelassen.«

»Die Jidden nicht, das ist sicher.«

»Die Offiziere auch nicht. Ihnen geht's an den Kragen.«

»Und den Gutsbesitzern. Nieder mit ihnen!«

Der hellhaarige Mann wies traurig und entschlossen auf die Sonne.

»Habt ihr gehört, Bürger, Brüder und Genossen, wie die Kosaken gesungen haben: ›Denn unsere Kommandeure sind wie unsere Brüder!‹? Sie gehören zu uns. Zu uns!« Der Mann schlug sich mit der Mütze gegen die Brust, auf der eine große rote Schleife prangte. »Zu uns gehören sie. Denn diese Kommandeure sind aus dem Volk hervorgegangen, sind mit ihm geboren und werden mit ihm sterben. Mit uns zusammen haben sie im Schnee bei der Belagerung der STADT gefroren, und jetzt haben sie sie ruhmreich eingenommen, und die rote Fahne weht an ihren Riesenbauten.«

»Hurra!«

»Rote Fahne? Wieso? Was redet er? Gelbblau ist sie.«

»Eine rote Fahne haben doch die Bolschewiken.«

»Ruhe! Hurra!«

»Er spricht aber schlecht ukrainisch.«

»Genossen! Vor euch steht jetzt eine neue Aufgabe – die junge unabhängige Republik zum Glück aller werktätigen Arbeiter und Bauern zu stärken, denn nur sie, deren Schweiß und Blut unser Heimatland tränkte, haben das Recht, es zu besitzen!«

»Richtig! Hurra!«

»Hast du gehört, er redet uns mit ›Genossen‹ an? Wunder über Wunder.«

»Ru-he!«

»Deshalb, teure Bürger, wollen wir in der freudigen Stunde des Sieges unseres Volkes schwören«, die Augen des Redners leuchteten, immer erregter reckte er die Arme zum Himmel, in seiner Rede wurden die ukrainischen Wörter immer seltener, »wollen wir schwören, die Waffen so lange nicht aus der Hand zu legen, bis die rote Fahne, das Symbol der Freiheit, über der ganzen Welt der Werktätigen weht.«

»Hurra! Hurra! Hurra! Die Intern…«

»Waska, halt den Mund. Bist du verrückt?«

»Stschur, seien Sie doch still!«

»Bei Gott, Michail Semjonowitsch, ich halte es nicht aus – Wacht auf, Verdamm…«

Der schwarze Oneginsche Backenbart versteckte sich im dichten Biberkragen, nur die Augen blickten besorgt auf den begeisterten, in der Menge eingekeilten Heißsporn, Augen, verblüffend ähnlich denen des Fähnrichs Schpoljanski, der in der Nacht zum vierzehnten Dezember gefallen war. Die Hand im gelben Handschuh drückte fest die Rechte Stschurs.

»Schon gut, schon gut, ich höre auf«, murmelte Stschur und heftete den Blick auf den Mann mit den hellen Haaren.

Dieser rief, inzwischen seiner selbst und der Menge in den ersten Reihen sicher:

»Es leben die Räte der Arbeiter-, Bauern- und Kosakendeputierten! Es leben …«

Die Sonne erlosch plötzlich, auf die Sophia und die Kuppeln legten sich Schatten; Bogdans Gesicht zeichnete sich scharf ab, das des Redners auch. Der helle Haarschopf hüpfte auf seiner Stirn.

Die Menge lärmte.

»… die Räte der Arbeiter-, Bauern- und Rotarmistendeputierten. Proletarier aller Länder, vereinigt euch!«

»Wie? Wie? Was? Hurra!«

In den hinteren Reihen stimmten einige Männer und ein hoher, klangvoller Tenor »Wenn ich sterbe …« an.

»Hurra!« erklang es siegessicher an einer anderen Stelle. An einer dritten aber entstand plötzlich Tumult.

»Haltet ihn! Haltet ihn!« rief eine brüchige Männerstimme böse und weinerlich. »Haltet ihn! Das ist eine Provokation. Er ist ein Bolschewik! Ein Moskowiter! Haltet ihn! Habt ihr gehört, was er gesagt hat?«

Arme schnellten hoch. Der Redner sprang zur Seite, dann verschwanden seine Beine, sein Leib und dann auch der Kopf, auf den eine Mütze gestülpt wurde.

»Haltet ihn!« erschallte eine zweite Tenorstimme. »Das ist ein falscher Redner. Faßt ihn, Jungs! Faßt ihn, Bürger!«

»Halt! Wer? Wer wurde gefaßt? Wer? Niemand!«

Der Mann mit der hohen Stimme stürmte zum Springbrunnen vor. Dabei machte er Armbewegungen, als wolle er einen großen glitschigen Fisch fangen. Aber der unvorsichtige Stschur, im gegerbten Schafpelz, eine Ohrenklappenmütze auf dem Kopf, sprang vor ihm herum und schrie: »Haltet ihn!« Dann brüllte er plötzlich:

»Halt, Jungs, meine Uhr ist weg!«

Einer Frau wurde der Fuß gequetscht, und sie schrie gellend auf.

»Was, die Uhr? Wo? Lüge! Du wirst nicht entkommen!«

Jemand faßte den Mann mit der hohen Stimme hinten am Gurt und hielt ihn fest. Im selben Moment versetzte ihm eine große kalte Hand einen etwa anderthalb Pfund schweren Schlag auf Mund und Nase.

»Uuh!« schrie der Mann mit der hohen Stimme leichenblaß und merkte, daß sein Kopf unbedeckt war. Im gleichen Moment traf ihn eine zweite schmerzhafte Ohrfeige, und eine Stimme brüllte von oben:

»Hier ist er, der Dieb, der Freibeuter, der Hundesohn. Schlagt ihn!«

»Was fällt euch ein?« kreischte die hohe Stimme. »Weshalb schlagt ihr mich? Ich bin's nicht gewesen. Ich nicht! Den Bolschewiken muß man fassen. Auuu!« brüllte er.

»Oh, mein Gott, mein Gott, Marussja, schnell weg von hier; was geht bloß vor?«

In der Menge beim Springbrunnen entstand ein rasend rotierender Wirbel, jemand wurde geschlagen, jemand heulte, die Menschen wogten hin und her, der Redner aber war verschwunden. Auf wunderliche, spukhafte Art war er verschwunden, als hätte ihn die Erde verschluckt. Einen Mann schleuderte der Wirbel heraus, aber der falsche Redner hatte ja eine schwarze Mütze gehabt, dieser jedoch lief mit einer Papacha. Drei Minuten später hatte sich der Wirbel beruhigt, als wäre er nie dagewesen, denn ein neuer Redner wurde auf den Springbrunnen gehoben, und von allen Seiten drängte eine fast zweitausendköpfige Menge heran, um ihn zu hören.

In der weißen Gasse, aus der die neugierige Menge hinter den auseinanderlaufenden Truppen hergerannt war, hielt es der lachlustige Stschur nicht mehr aus und ließ sich vor einem Gartenzaun auf die Bordsteinkante plumpsen.

»Ich kann nicht mehr!« donnerte er und hielt sich den Bauch. Das Lachen sprudelte wie in Kaskaden aus ihm hervor, seine weißen Zähne blitzten. »Ich krepier vor Lachen wie ein Hund. Wie sie den verdroschen haben, du lieber Gott!«

»Es ist keine Zeit zum langen Sitzen, Stschur«, sagte sein Gefährte, der Unbekannte mit dem Biberkragen, der dem berühmten gefallenen Fähnrich und Vorsitzenden des »Magnetischen Trioletts« Schpoljanski so verblüffend ähnlich sah wie ein Ei dem andern.

»Sofort, sofort«, sagte Stschur hastig und erhob sich.

»Geben Sie mir eine Zigarette, Michail Semjonowitsch«, sagte Stschurs zweiter Gefährte, ein großer Mann in schwarzem Mantel. Er schob die Papacha in den Nacken, eine helle Haarsträhne fiel ihm auf die Stirn, er atmete schwer und prustete, als ob ihm bei diesem Frost zu heiß wäre.

»Na? War's schlimm?« fragte der Unbekannte freundlich, schlug den Mantel zurück, holte ein kleines goldenes Zigarettenetui hervor und bot dem Blonden eine deutsche Zigarette ohne Mundstück an. Dieser entzündete sie mit einem Streichholz und sagte nach dem ersten Zug:

»Uff! Uff!«

Dann gingen die drei rasch weiter, bogen um die Ecke und verschwanden.

Vom Platz her kamen eilig zwei Gestalten, Studenten wohl, in die Gasse. Einer war klein, stämmig, sorgfältig angezogen, mit blanken Galoschen. Der andere war groß, breitschultrig und hatte lange O-Beine, mit denen er Riesenschritte nahm.

Beide hatten den Kragen bis zum Mützenrand hochgeschlagen, und bei dem großen waren sogar das rasierte Kinn und der Mund vom Schal verdeckt, kein Wunder bei dem starken Frost. Beide wandten wie auf Kommando den Kopf nach den Leichen des Hauptmanns Pleschko und des anderen, der mit dem Gesicht nach unten lag und dessen Beine zur Seite verrenkt waren, doch sie sagten nichts und gingen weiter.

Erst später, als die Studenten aus der Rylski-Gasse in die Shitomirskaja-Straße eingebogen waren, wandte sich der Große dem Kleinen zu und sagte mit heiserem Tenor:

»Hast du gesehen? Hast du gesehen, frage ich?«

Der Kleine antwortete nicht, er verzog nur das Gesicht und stöhnte, als habe er plötzlich Zahnschmerzen.

»Das vergesse ich nicht, solange ich lebe«, fuhr der Große fort und ging schwungvoll weiter. »Ich werde immer daran denken.«

Der Kleine folgte ihm schweigend.

»Dank für die Lehre. Aber wenn mir jemals dieser Halunke übern Weg läuft, der Hetman …« Aus dem Schal kam ein Zischen, gefolgt von einem scheußlichen Fluch. Die beiden erreichten die Bolschaja-Shitomirskaja-Straße, wo ihnen ein Zug Menschen, der sich zum Staro-Gorodskoi-Polizeirevier bewegte, den Weg versperrte. Der Zug hätte vom Platz aus eigentlich geradeaus gehen können, aber die Wladimirstraße war noch von der zurückkehrenden Kavallerie verstopft, und so mußte er wie alle einen Umweg machen.

An der Spitze lief ein Schwarm Bengels. Sie sprangen, wackelten mit dem Hintern und stießen gellende Pfiffe aus. Dann folgte auf der festgetrampelten Fahrbahn ein Mann mit vor Angst und Verzweiflung irrlichternden Augen, in aufgeknöpfter und zerrissener Bekesche, mit unbedecktem Kopf. Sein Gesicht war blutig geschlagen, aus den Augen liefen Tränen. Er öffnete den breiten Mund und schrie mit hoher, aber heiserer Stimme in einem Gemisch aus russischen und ukrainischen Wörtern:

»Ihr habt dazu kein Recht! Ich bin ein berühmter ukrainischer Dichter. Ich heiße Gorbolas. Ich bin der Verfasser der ›Anthologie ukrainischer Poesie‹. Ich werde mich beim Vorsitzenden der Rada und beim Minister beschweren. Das ist unglaublich!«

»Schlagt ihn, den Halunken, den Taschendieb!« schrien die Menschen vom Bürgersteig.

»Ich wollte doch den bolschewistischen Provokateur festnehmen«, schrie der Mann hysterisch und drehte sich nach allen Seiten um.

»Was, was, was?« rief es von den Bürgersteigen.

»Wen hat man dort festgenommen?«

»Ein Anschlag auf Petljura.«

»Was Sie nicht sagen!«

»Er hat auf unser Väterchen geschossen, der Halunke.«

»Er ist doch ein Ukrainer.«

»Ein Lump ist er und kein Ukrainer«, brummte eine Baßstimme. »Geldbörsen hat er rausgeschnitten.«

Ringsum pfiffen verächtlich die Jungs.

»Was ist los? Mit welchem Recht?«

»Ein bolschewistischer Provokateur ist gefaßt worden. Man müßte ihn auf der Stelle totschlagen.«

Dem übel Zugerichteten folgte eine aufgeregte Menge, in der sich goldgestickte Papachaschwänze und die Läufe zweier Gewehre abhoben. Ein Subjekt, mit einer bunten Schärpe umwickelt, ging breitbeinig neben dem Gefangenen und schlug ihm, wenn er besonders laut schrie, mechanisch die Faust ins Genick; dann hörte der unglückliche Gefangene, der das Unfaßbare begreifen wollte, zu schreien auf und brach in heftiges, aber lautloses Schluchzen aus.

Die beiden Studenten ließen den Zug vorbei. Als dieser sich ein Stück entfernt hatte, faßte der Große den Kleinen unterm Arm und flüsterte schadenfroh:

»Geschieht ihm recht. Mir ist direkt leichter ums Herz. Ich will dir was sagen, Karausche: Die Bolschewiken sind in Ordnung. Ehrenwort – sie sind in Ordnung. Das war saubere Arbeit! Hast du gesehen, wie geschickt sie den Redner entkommen ließen? Tapfer sind sie auch. Ich achte sie wegen ihrer Tapferkeit, Teufel noch mal!«

»Wenn ich jetzt nicht bald was zu trinken bekomme, hänge ich mich auf«, sagte der Kleine leise.

»Ein guter Gedanke«, stimmte ihm der Große lebhaft zu. »Wieviel hast du?«

»Zweihundert.«

»Ich hundertfünfzig. Gehen wir zu Tamara und holen eineinhalb ...«

»Die hat geschlossen.«

»Sie wird schon aufmachen.«

Die zwei bogen in die Wladimirstraße ein und erreichten ein einstöckiges Häuschen mit einem Schild »Kolonialwaren«. Daneben hing ein anderes: »Weinkeller – Schloß Tamara.« Die beiden tauchten die Stufen hinunter und klopften vorsichtig an die verglaste Doppeltür.

17

Das Ziel, das Nikolka in den letzten drei Tagen verfolgt hatte, während die Ereignisse die Familie wie mit Steinen trafen, das Ziel, das mit den geheimnisvollen letzten Worten des auf dem Schnee Hingestreckten zusammenhing, dieses Ziel hatte Nikolka erreicht. Dafür aber hatte er den ganzen Tag vor der Parade her durch die Stadt laufen und nicht weniger als neun Adressen aufsuchen müssen. Viele Male während der Lauferei hatte er den Mut verloren und wiedergefunden und endlich doch erreicht, was er wollte.

Ganz am Rande der Stadt, in der Litowskaja-Straße, fand er in einem Häuschen einen Bataillonskameraden und erfuhr von ihm Nai-Turs' Adresse, Vor- und Vatersnamen.

Zwei Stunden lang kämpfte er gegen die stürmische Welle des Volkes, um den Sophienplatz zu überqueren. Aber es war einfach unmöglich! Dann verlor der durchfrorene Nikolka wieder eine halbe Stunde, um sich aus der Umklammerung zu befreien und zum Ausgangspunkt – dem Michail-Kloster – zurückzukehren. Von dort aus versuchte er, sich auf einem großen Umweg durch die Kostelnaja-Straße zum Krestschatik durchzuschlagen, um auf weiteren Umwegen die Malo-Prowalnaja-Straße zu erreichen. Aber auch das war unmöglich! Durch die Kostelnaja zog, wie überall, eine Riesenschlange Truppen hinauf zur Parade. Da machte er einen noch größeren Umweg über den menschenleeren Wladimir-Hügel. Er lief über Terrassen und Alleen, an weißen Schneewänden vorbei. Stellenweise lag der Schnee nicht so hoch. Von den Terrassen aus sah Nikolka den im Schneemeer versunkenen Zarengarten auf den Bergen gegenüber, und weiter links, jenseits des Dnepr, der weiß und würdig in seinen Eisufern lag, dehnten sich die im Winterschlaf versunkenen endlosen Tschernigower Weiten.

Alles sah friedlich und ruhig aus, aber dafür hatte Nikolka jetzt keinen Sinn. Er kämpfte gegen den Schnee, bezwang eine Terrasse nach der anderen und wunderte sich manchmal über vereinzelte Fußspuren – also war auch im Winter jemand über den Hügel gelaufen.

Endlich war Nikolka unten angelangt, atmete erleichtert auf, als er sah, daß auf dem Krestschatik keine Truppen waren, und schlug die Richtung zum gesuchten Ziel ein. Malo-Prowalnaja-Straße 21, so lautete die Adresse, und obwohl er sie nicht aufgeschrieben hatte, saß sie fest in seinem Gedächtnis.

Nikolka war aufgeregt und unsicher. Bei wem sollte er sich genauer erkundigen und wie? Er hatte keine Ahnung. Er klingelte an der Tür eines Seitenflügels auf der ersten Gartenterrasse. Lange rührte sich nichts, dann schließlich ertönten schlurfende Schritte, und die mit einer Kette gesicherte Tür wurde einen Spaltbreit geöffnet. Ein Frauengesicht mit einem Kneifer auf der Nase sah heraus und fragte streng aus der Dunkelheit der Diele:

»Was wünschen Sie?«

»Erlauben Sie die Frage: Wohnt hier Familie Nai-Turs?«

Das Frauengesicht wurde vollends mürrisch, die Gläser blitzten.

»Hier wohnen keine Turs«, sagte sie mit tiefer Stimme.

Nikolka errötete, wurde verlegen und traurig.

»Ist das Wohnung fünf?«

»Ja doch«, antwortete die Frau unwillig und mißtrauisch. »Sagen Sie, was Sie wollen.«

»Man hat mir gesagt, hier wohnt Familie Nai-Turs.«

Das Gesicht kam etwas näher heran, der Blick huschte über den Garten, ob nicht hinter Nikolka jemand stünde. Dabei konnte Nikolka das Doppelkinn der Dame sehen.

»Was wollen Sie? Sagen Sie es mir.«

Nikolka seufzte, sah sich um und sagte:

»Ich bin wegen Felix Felixowitsch gekommen. Ich habe eine Nachricht.«

Sofort veränderte sich ihr Gesichtsausdruck. Sie klapperte mit den Augen und fragte:

»Wer sind Sie?«

»Ich bin Student.«

»Warten Sie einen Augenblick.« Die Tür wurde zugeschlagen, die Schritte verhallten.

Gleich darauf klapperten hinter der Tür Absätze, die Tür wurde geöffnet und Nikolka hereingelassen. Aus dem Wohnzimmer fiel Licht in die Diele, Nikolka sah einen flauschigen Sessel und die Dame mit dem Kneifer. Er nahm die Mütze ab, und im gleichen Moment erschien vor ihm eine kleine, hagere Frau mit den Spuren verwelkter

Schönheit im Gesicht. An irgendwelchen unbestimmten Zügen – Schläfen oder Haarfarbe – erkannte Nikolka, daß er Nais Mutter vor sich hatte, und erschauerte: Wie sollte er es ihr sagen? Die Dame starrte ihn mit glänzenden Augen eigensinnig an, und Nikolka wurde noch verlegener. Neben ihm erschien noch eine Frau, offenbar jung und auch Nai ähnlich.

»Nun reden Sie endlich!« sagte die Mutter hartnäckig.

Nikolka knüllte die Mütze, hob den Blick zu der Dame und sagte: »Ich … ich …«

Die hagere Dame, die Mutter, starrte ihn mit schwarzen und, wie ihm schien, haßerfüllten Augen an und schrie plötzlich so laut auf, daß hinter Nikolka die Glasscheiben klirrten:

»Felix ist tot!«

Sie ballte die Fäuste, fuchtelte vor Nikolkas Gesicht und schrie: »Er ist tot, Irina, hörst du? Felix ist tot!«

Vor Angst wurde Nikolka dunkel vor Augen, er dachte verzweifelt: Ich habe doch gar nichts gesagt … O mein Gott! Die dicke Dame mit dem Kneifer schloß hinter Nikolka schnell die Tür. Dann lief sie rasch zu der hageren Dame, faßte sie um die Schultern und flüsterte hastig:

»Maria Franzewna, meine Liebe, beruhigen Sie sich doch.«

Dann beugte sie sich zu Nikolka und fragte: »Vielleicht stimmt es nicht? O Gott! Reden Sie doch. Ist es wahr?«

Nikolka konnte gar nichts sagen. Er warf nur einen verzweifelten Blick nach vorn und sah wieder den Sessel.

»Leise, Maria Franzewna, meine Liebe, leise, um Gottes willen. Es könnte jemand hören. Der Wille Gottes …«, murmelte die Dicke.

Nai-Turs' Mutter sank zu Boden und schrie:

»Vier Jahre! Vier Jahre! Ich warte und warte. Ich warte!«

Da stürzte die Junge, die hinter Nikolka stand, zur Mutter und fing sie auf. Nikolka hätte helfen müssen, aber er brach plötzlich in heftiges, unaufhaltsames Weinen aus.

Die Fenster waren mit Gardinen verhängt, im Wohnzimmer herrschte Halbdunkel, in dem es widerlich nach Medikamenten roch.

Das Schweigen brach schließlich die Junge, die Schwester Nai-Turs'. Sie drehte sich vom Fenster weg und trat auf Nikolka zu. Er erhob sich vom Sessel, die Mütze, deren er sich unter diesen schrecklichen Umständen nicht entledigen konnte, noch immer in der Hand. Die Schwester ordnete mechanisch eine schwarze Locke und fragte mit zuckendem Mund:

»Wie ist er gestorben?«

»Er starb wie ein Held«, antwortete Nikolka in seinem besten Tonfall, »wie ein wahrer Held. Alle Junker hat er rechtzeitig weggeschickt, im allerletzten Moment, und er«, Nikolka weinte beim Erzählen, »er gab ihnen Feuerschutz. Beinah wäre ich mit ihm gefallen. Wir waren in ein Maschinengewehrgefecht geraten, nur zu zweit, er schimpfte mit mir, jagte mich weg und schoß mit dem Maschinengewehr. Von allen Seiten her kam dann Kavallerie, wir waren in eine Falle geraten. Buchstäblich von allen Seiten.«

»Und wenn er nur verwundet ist?«

»Nein«, antwortete Nikolka bestimmt und wischte sich mit dem schmutzigen Taschentuch Augen, Nase und Mund. »Nein, er ist gefallen. Ich habe ihn selbst befühlt. Eine Kugel traf ihn am Kopf und eine in die Brust.«

Im Wohnzimmer wurde es noch dunkler, aus dem Nebenzimmer kam kein Laut, Maria Franzewna war ganz still. Nais Schwester Irina, die korpulente Dame mit dem Kneifer (die Hausbesitzerin Lydia Pawlowna) und Nikolka standen dicht beieinander und tuschelten.

»Ich habe kein Geld mit«, flüsterte Nikolka, »wenn nötig, gehe ich schnell Geld holen, dann können wir fahren.«

»Geld gebe ich«, sagte Lydia Pawlowna. »Darum geht's jetzt nicht; Hauptsache, Sie haben dort Glück. Der Mutter kein Wort, Irina ... Ich weiß gar nicht, was ich machen soll.«

»Ich fahre mit«, flüsterte Irina, »wir werden alles erreichen. Sagen Sie ihr, er liegt in der Kaserne, und man muß eine Erlaubnis haben, um ihn zu sehen.«

»Nun, das ist gut.«

Die korpulente Dame trippelte ins Nebenzimmer, und sogleich ertönte flüsternd ihre beschwörende Stimme.

»Maria Franzewna, bleiben Sie um Gottes willen liegen. Sie gehen jetzt los und bringen alles in Erfahrung. Dieser Junker sagt, er liegt in einer Kaserne.«

»Auf einer Holzpritsche?« fragte die klangvolle und, wie es Nikolka wieder vorkam, haßerfüllte Stimme.

»Nein, Maria Franzewna, in der Kapelle, in der Kapelle.«

»Vielleicht liegt er auf einer Straßenkreuzung, und die Hunde nagen an ihm.«

»Ach, Maria Franzewna, was reden Sie da! Ich flehe Sie an, bleiben Sie ruhig liegen.«

»Mama ist in diesen drei Tagen fast wahnsinnig geworden«, flüsterte Nais Schwester, strich eine widerspenstige Strähne zurück und sah irgendwohin ins Leere. »Aber das ist jetzt ganz gleich.«

»Ich fahre auch mit«, kam es aus dem Nebenzimmer.

Die Schwester fuhr zusammen und lief hinüber.

»Mama, du kommst nicht mit. Du bleibst hier. Der Junker lehnt es ab, sich um die Sache zu bemühen, wenn du mitkommst. Er kann festgenommen werden. Bleib ruhig liegen, ich bitte dich.«

»Irina, hör doch, Irina«, kam es aus dem Nebenzimmer. »Er ist doch tot, er ist erschossen, und du? Was soll ich machen, Irina, was soll ich bloß machen, wenn Felix nicht mehr da ist? Er ist tot. Er liegt im Schnee. Denkst du überhaupt ...« Sie brach wieder in heftiges Weinen aus, das Bett knarrte, dann hörte man die Stimme der Hauswirtin:

»Maria Franzewna, Ärmste, fassen Sie sich, Sie müssen es ertragen.«

»O mein Gott, mein Gott«, sagte die Junge und kam schnell durch das Wohnzimmer zurück. Nikolka überlief Grauen und Verzweiflung, und er dachte bestürzt: Und wenn wir ihn nicht finden, was dann?

Vor der allerschrecklichsten Tür, aus der trotz des starken Frostes ein furchtbarer Gestank kam, blieb Nikolka stehen und sagte:

»Würden Sie vielleicht hier einen Augenblick warten? Denn ... denn dort ist so ein Geruch, daß Ihnen vielleicht schlecht wird.«

Irina sah die grüne Tür, dann Nikolka an, und antwortete:

»Nein, ich komme mit.«

Nikolka faßte die schwere Tür an der Klinke, öffnete sie, und sie gingen hinein. Zuerst konnten sie gar nichts sehen. Dann tauchten endlose Reihen leerer Kleiderständer auf. Oben hing ein trübes Lämpchen.

Nikolka drehte sich besorgt nach seiner Gefährtin um, doch sie ging tapfer neben ihm, nur ihre Wangen waren blaß und die Augenbrauen zusammengezogen. Dadurch erinnerte sie Nikolka an Nai-Turs, doch war die Ähnlichkeit nur flüchtig: Nai hatte ein eisernes Gesicht gehabt, schlicht und kühn, und dieses Mädchen war eine Schönheit, aber keine russische, sie sah fremdländisch aus. Ein wunderbares, herrliches Mädchen.

Der Geruch, den Nikolka so fürchtete, war überall. Die Dielen, die Wände, die hölzernen Kleiderständer – alles roch. Der Geruch war so schrecklich, daß man ihn förmlich sehen konnte. Die Wände, die Kleiderständer, die Dielen schienen fettig und klebrig zu sein, die Luft dick, es roch nach Aas. An den Geruch übrigens gewöhnt man sich sehr schnell, aber genauer hinsehen und nachdenken sollte man lieber nicht. Nicht zu denken ist sogar das Wichtigste, denn sonst erfährt man sehr bald, was Übelkeit ist. Ein Student im Mantel huschte vorbei und verschwand. Hinter den Kleiderständern links öffnete sich knarrend eine Tür, und ein Mann in Stiefeln kam heraus. Nikolka sah ihn an und wandte rasch den Blick ab, um seine Jacke nicht zu sehen. Die Jacke glänzte wie die Kleiderständer, und auch die Hände glänzten fettig.

»Was wollen Sie?« fragte er streng.

»Wir haben ein Anliegen«, sagte Nikolka. »Wir möchten gern den Leiter sprechen ... Wir suchen einen Toten. Er ist sicherlich hier.«

»Was für einen Toten?« fragte der Mann und sah sie mißtrauisch an.

»Er ist vor drei Tagen auf der Straße gefallen.«

»Aha, also ein Junker oder Offizier. Von den Haidamaken sind auch welche gefallen. Wer ist es?«

Nikolka mochte nicht sagen, daß Nai-Turs Offizier war, deshalb antwortete er:

»Nun ja, er ist auch gefallen.«

»Es ist ein vom Hetman mobilisierter Offizier«, sagte Irina. »Er heißt Nai-Turs.« Und sie trat auf den Mann zu.

Dem schien egal zu sein, wer Nai-Turs war, er sah Irina von der Seite an, hustete, spuckte auf den Boden und sagte:

»Ich weiß nicht recht. Der Unterricht ist schon zu Ende, in den Sälen ist niemand mehr. Die anderen Wächter sind schon weg. Es ist schwer, ihn zu suchen. Sehr schwer. Die Leichen liegen in den unteren Räumen. Es ist schwer, sehr schwer ...«

Irina Nai öffnete ihr Täschchen, holte einen Geldschein hervor und reichte ihn dem Wächter. Nikolka sah weg aus Angst, der Wächter als ehrlicher Mann würde protestieren. Aber er protestierte nicht.

»Danke schön, Fräulein«, sagte er und wurde lebhaft. »Finden kann man ihn natürlich. Wir brauchen nur eine Erlaubnis dazu. Wenn der Professor es erlaubt, können Sie die Leiche mitnehmen.«

»Und wo ist der Professor?« fragte Nikolka.

»Hier im Hause, aber er ist beschäftigt. Ich weiß nicht ... Soll ich Sie melden?«

»Bitte, bitte, melden Sie uns bei ihm«, bat Nikolka, »ich werde den Toten schnell herausfinden.«

»Gut, ich melde Sie«, sagte der Wächter und ging voran. Sie stiegen die Treppe hinauf und kamen in einen Korridor, wo der Geruch noch schrecklicher war. Dann ging es durch einen Korridor, nach links, der Geruch wurde schwächer und der Korridor heller, denn er hatte hier eine Glasdecke und rechts und links weiße Türen. Vor einer dieser Türen blieb der Wächter stehen, klopfte an, nahm die Mütze ab und trat ein. Im Korridor war es still, durch die Decke rieselte Licht.

In der entfernten Ecke verdichtete sich die Dunkelheit.

Der Wächter kam heraus und sagte.

»Treten Sie ein.«

Nikolka ging hinein, gefolgt von Irina Nai. Er nahm die Mütze ab und sah als erstes die schwarzen Vierecke glänzender Vorhänge im riesigen Zimmer, ein Strahlenbündel grellen Lichtes, das auf den Tisch fiel, und in diesem Bündel einen schwarzen Bart, ein abgespanntes, runzliges Gesicht und eine gebogene Nase. Deprimiert blickte er auf die Wände. Im Halbdunkel blitzten endlose Schränke, durch deren Scheiben dunkle und gelbe Mißgeburten schimmerten, chinesischen Figuren ähnlich. Etwas weiter weg sah er einen großen Mann mit einer Lederschürze und schwarzen Handschuhen sich über einen langen Tisch beugen, auf dem wie Kanonen Mikroskope standen, deren Spiegel und Metallteile im Licht einer tiefhängenden grünen Lampe blinkten.

»Was wünschen Sie?« fragte der Professor.

Aus dem abgespannten Gesicht und dem Bart schloß Nikolka, daß dies der Professor sein müsse und der andere sein Helfer.

Nikolka hustete, starrte wieder in das Lichtbündel der merkwürdig gebogenen Lampe und auf die anderen Dinge – die tabakgelben Finger, den widerlichen Gegenstand, der vor dem Professor lag – einen menschlichen Hals nebst Kinn, der aus Sehnen und Fäden bestand und von Dutzenden glänzender Haken und Scheren gehalten wurde.

»Sind Sie Verwandte des Toten?« fragte der Professor. Er hatte eine dumpfe Stimme, die zu seinem ausgemergelten Gesicht und dem Bart paßte. Er hob den Kopf und musterte Irina Nai, ihren Pelzmantel und ihre Schuhe.

»Ich bin seine Schwester«, sagte Irina und bemühte sich, das, was vor dem Professor lag, nicht anzusehen.

»Sehen Sie, Sergej Nikolajewitsch, so kompliziert ist das alles. Dies ist nicht der erste Fall. Aber vielleicht ist er noch nicht bei uns. Auch in die Tschornorabotschaja sind Leichen gebracht worden.«

»Möglich«, sagte der Große und warf ein Instrument zur Seite.

»Fjodor!« rief der Professor.

»Nein, dort ... dort dürfen Sie nicht hinein. Ich gehe allein«, sagte Nikolka schüchtern.

»Dort würden Sie umfallen, Fräulein«, bestätigte der Wächter. »Sie können hier warten«, fügte er hinzu.

Nikolka nahm ihn beiseite, reichte ihm noch zwei Geldscheine und bat ihn, dem Fräulein einen sauberen Hocker zu geben. Machorka paffend, trat der Wächter in einen Raum, wo eine grüne Lampe brannte und Skelette standen, und brachte einen Hocker.

»Sie sind kein Mediziner, junger Mann? Mediziner gewöhnen sich schnell daran.« Er öffnete eine große Tür und knipste Licht an. Unter der verglasten Decke flammte eine Glaskugel auf. Schwerer Geruch schlug ihnen entgegen. Helle Zinktische standen in Reihen. Sie waren leer. Irgendwo fielen laut Tropfen in einen Ausguß. Auf dem Steinfußboden hallten die Schritte. Nikolka litt unter dem Geruch, der hier wohl ewig haften würde, und versuchte, an nichts zu denken. Er und der Wächter traten durch die gegenüberliegende Tür in einen stockdunklen Korridor, wo der Wächter eine kleine Lampe anknipste, und gingen dann noch ein Stück weiter. Der Wächter schob einen schweren Riegel zurück, öffnete eine eiserne Tür und knipste wieder. Kälte drang Nikolka entgegen. In den Ecken des dunklen Raumes standen riesige

Zylinder, bis über den Rand gefüllt mit Fetzen menschlichen Fleisches, mit Hautlappen, Fingern und Stücken zerschlagener Knochen. Nikolka wandte sich ab und schluckte, der Wächter gab ihm ein Fläschchen und sagte:

»Riechen Sie, junger Mann.«

Nikolka schloß die Augen und zog gierig den unerträglich scharfen Geruch von Salmiakgeist ein.

Wie im Halbschlaf sah Nikolka mit blinzelnden Augen die Glut in Fjodors Pfeife und spürte den herrlichen Geruch des brennenden Machorkas. Fjodor machte sich am Schloß des Liftes zu schaffen, öffnete ihn dann, und sie traten auf die Plattform. Fjodor legte den Hebel um, der Fahrstuhl sank knarrend abwärts. Von unten zog eisige Kälte herauf. Der Fahrstuhl hielt. Sie betraten ein riesiges Kellergewölbe. Nikolka sah wie durch einen Schleier, was er nie im Leben gesehen hatte. Wie Holz lagen nackte menschliche Leiber gestapelt, die trotz des Salmiakgeistes einen unerträglichen würgenden Geruch verbreiteten. Überall ragten steife oder schlaff gewordene Beine mit den Füßen nach vorn. Frauenköpfe lagen mit zottigen Haaren, die Brüste der Frauen waren zerquetscht, voller Wunden und blauer Flecke.

»So, ich drehe sie um, und Sie geben Obacht«, sagte der Wächter, bückte sich und faßte eine Frauenleiche am Bein; da sie glitschig war, rutschte sie wie geschmiert herunter und schlug dumpf auf den Fußboden. Nikolka kam sie hübsch wie eine Hexe vor. Ihre offenen Augen starrten Fjodor an. Mühsam riß Nikolka den Blick von der Schramme los, die ihren Leib wie ein rotes Band umgürtete, und sah beiseite. Ihm war übel und schwindlig bei dem Gedanken, daß sie diese ganze kompakte Masse zusammengeklebter Leiber würden umwühlen müssen.

»Halt, nicht mehr nötig«, sagte er zu Fjodor und schob das Fläschchen in die Tasche. »Dort ist er. Ich habe ihn gefunden. Da oben liegt er. Dort, dort.«

Balancierend, um nicht auszurutschen, ging Fjodor hin, faßte Nai-Turs am Kopf und zog kräftig. Auf Nais Bauch lag mit dem Gesicht nach unten eine breithüftige Frau, in ihrem Haar am Nacken blinkte wie ein Stück Glas ein vergessener billiger Kamm. Fjodor nahm ihn beiläufig heraus, steckte ihn in die Schürzentasche, faßte Nai-Turs unter den Armen und zog ihn aus dem Stapel; Nais Kopf hing hintüber, das spitze, stopplige Kinn ragte nach oben, ein Arm fiel herab.

Fjodor ließ Nai nicht fallen, wie die Frau, sondern drehte den schlaffen Körper behutsam so um, daß die Beine über den Fußboden rutschten und Nikolka das Gesicht sehen konnte.

»Schauen Sie ihn genau an, ob er's ist«, sagte er. »Damit kein Irrtum passiert.«

Nikolka sah Nai direkt in die offenen glasigen Augen, die ausdruckslos zurückblickten. Die linke Wange war grünlich verfärbt, über Brust und Bauch breiteten sich dunkle Flecken, sicherlich von Blut.

»Er ist es«, sagte Nikolka.

Fjodor zog Nai an den Schultern in den Fahrstuhl und legte ihn Nikolka zu Füßen. Die Arme des Toten waren ausgebreitet, das Kinn ragte wieder nach oben. Fjodor legte den Hebel um, und der Fahrstuhl fuhr aufwärts.

In derselben Nacht wurde die Kapelle nach Nikolkas Wünschen hergerichtet. Sein Gewissen war ruhig, aber er sah traurig und ernst aus. Die zur Anatomie gehörende Kapelle, sonst kahl und düster, war heller geworden. Der Sarg eines Unbekannten in der Ecke wurde zugedeckt, die unangenehme und furchterregende fremde Leiche störte nicht mehr Nais Ruhe. Nai sah im Sarg freundlicher aus.

Nai, von zufriedengestellten geschwätzigen Wächtern gewaschen, lag sauber in einer Uniformjacke ohne Schulterklappen, mit einem Kranz auf der Stirn unter drei Lichtern, und was das wichtigste war – er trug das arschinlange bunte Georgsband, das Nikolka ihm eigenhändig unter das Hemd auf die kalte steife Brust gelegt hatte. Die alte

Mutter drehte den zittrigen Kopf von den drei Lichtern Nikolka zu und sagte:

»Mein Sohn, ich danke dir.«

Davon mußte Nikolka wieder weinen. Er trat aus der Kapelle ins Freie. Über dem Hof war Nacht, war Schnee, waren kreuzförmige Gestirne und die weiße Milchstraße.

18

Am zweiundzwanzigsten Dezember lag Alexej Turbin im Sterben. Der Tag war trüb, weiß und ganz durchdrungen vom Widerschein des bevorstehenden Weihnachtsfestes. Dieser Widerschein glänzte besonders auf dem Wohnzimmerparkett, das Anjuta, Nikolka und Lariossik, lautlos darüberrutschend, gestern mit vereinten Kräften gebohnert hatten. Weihnachtlich glänzte auch das von Anjuta blankgeputzte Metallgeflecht der Ewigen Lämpchen vor den Ikonen. Überall roch es nach Tannengrün, dessen Zweige die Ecke erhellten, wo der bunte Valentin über der geöffneten Tastatur für immer vergessen zu sein schien:

Sie bleibt hier ohne Schützer …

Jelena kam gegen Mittag aus Alexejs Zimmer und ging mit unsicheren Schritten schweigend durch das Eßzimmer, wo ganz still Karausche, Myschlajewski und Lariossik saßen. Keiner von ihnen wagte, sich zu rühren, während sie vorüberging, denn sie fürchteten sich vor ihrem Gesicht. Jelena schloß hinter sich die Tür ihres Zimmers, und die schwere Portiere legte sich sogleich unbeweglich davor.

Myschlajewski brach das Schweigen.

»Der Kommandeur hat alles gut gemacht«, flüsterte er heiser, »nur Aljoscha hat er schlecht plaziert.«

Karausche und Lariossik sagten nichts. Lariossik plinkerte mit den Augen, lila Schatten legten sich auf seine Wangen.

»Ach Teufel«, fügte Myschlajewski noch hinzu, erhob sich, ging wankend zur Tür, blieb dann unschlüssig stehen, drehte sich um und wies zwinkernd auf Jelenas Tür. »Hört zu, Jungs, paßt hier auf, sonst ...«

Er trat noch eine Weile von einem Fuß auf den anderen und ging dann ins Bücherzimmer, wo seine Schritte verhallten. Nach einer Weile hörte man seine und noch eine jammernde Stimme aus Nikolkas Zimmer.

»Nikolka weint«, flüsterte Lariossik verzweifelt, seufzte, trat auf Zehenspitzen zu Jelenas Tür, bückte sich zum Schlüsselloch, konnte aber nichts erspähen. Hilflos drehte er sich zu Karausche um, machte ihm Zeichen, fragte wortlos. Da ging Karausche an die Tür, blieb auch eine Weile unschlüssig stehen, klopfte dann aber doch einige Male leise mit dem Fingernagel und sagte halblaut:

»Jelena Wassiljewna, Jelena Wassiljewna ...«

»Ach, sorgt euch nicht um mich«, kam dumpf ihre Stimme durch die Tür, »kommt nicht herein.«

Karausche und Lariossik wichen zurück, kehrten auf ihre Stühle am Ofen zurück und blieben wieder still sitzen.

In Alexejs Zimmer hatten die Turbins und alle, die ihnen eng und innig verbunden waren, nichts zu tun. Dort war es ohnehin zu eng für die drei Männer. Dies waren: der goldäugige Bär, ein junger Schlanker, Glattrasierter, der mehr wie ein Gardeoffizier als wie ein Arzt aussah, und der grauhaarige Professor. Seine Kunst hatte gleich schon am sechzehnten Dezember eine für ihn und die Familie Turbin traurige Erkenntnis gebracht: Alexej hatte Typhus. Sogleich war die Schußwunde unter dem linken Arm in den Hintergrund gerückt. Vor einer Stunde war der Arzt mit Jelena ins Wohnzimmer gegangen und hatte dort auf ihre hartnäckige Frage, eine Frage, die nicht nur ihre Worte, sondern auch ihre trockenen Augen, die aufgesprungenen Lippen und die herunterhängenden Haarsträhnen stellten, geantwortet, daß wenig Hoffnung sei, und mit einem vielerfahrenen und deshalb alle Menschen bemitleidenden Blick hinzugefügt »sehr wenig«. Allen, auch Jelena, war klargeworden, daß dies gar keine Hoffnung bedeutete und daß Alexej im Sterben lag. Danach ging Jelena ins Schlafzimmer zum Bruder, sah ihm lange ins Gesicht und begriff selbst, was das bedeutete – keine Hoffnung.

Auch für einen, der nicht die Kunst des grauhaarigen, gutmütigen alten Herrn besaß, war klar, daß Doktor Alexej Turbin sterben würde.

Er fieberte noch, aber dieses Fieber war schon unsicher, nicht mehr beständig, drohte jeden Moment abzusinken. Sein Gesicht nahm merkwürdige wächserne Schatten an, die Nase wurde spitz, und ein Zug von Hoffnungslosigkeit zeigte sich an der Stelle, wo der kleine, jetzt besonders deutlich hervortretende Höcker saß. Ein kalter Schauer stieg in Jelena hoch, wehmütige Trauer erfaßte sie in der nach Eiter und Kampfer riechenden Luft des Schlafzimmers. Aber das verging bald.

Alexejs Brust war wie mit einem Stein beschwert, pfeifend sog er klebrige, nur mühsam in die Lunge dringende Luft durch die gebleckten Zähne. Schon lange lag er ohne Bewußtsein, sah und begriff nicht, was um ihn geschah. Jelena stand und sah ihn an. Der Professor berührte sie an der Hand und flüsterte:

»Gehen Sie, Jelena Wassiljewna, wir tun schon alles, was nötig ist.«

Jelena gehorchte und ging hinaus. Aber der Professor tat nichts mehr.

Er zog den Kittel aus, rieb sich mit feuchten Wattebäuschen die Hände ab und sah noch einmal Turbin ins Gesicht. Der bläuliche Schatten in den Falten um Mund und Nase verdichtete sich.

»Hoffnungslos«, raunte der Professor dem Glattrasierten ins Ohr. »Bleiben Sie bei ihm, Doktor Brodowitsch.«

»Kampfer?« fragte Brodowitsch leise.

»Ja, ja, ja.«

»Eine Ampulle?«

»Nein.« Der Professor sah durchs Fenster und überlegte. »Drei Gramm auf einmal. Und öfter.« Wieder überlegte er und fügte hinzu: »Rufen Sie mich im Fall eines traurigen Ausgangs gleich in der Klinik an.« Diese Worte flüsterte der Professor sehr vorsichtig, damit Turbin sie nicht durch den Schleier der Bewußtlosigkeit vernahm. »Andernfalls komme ich gleich nach der Vorlesung wieder her.«

Jedes Jahr, soweit die Familie Turbin zurückdenken konnte, wurden bei ihnen die Ewigen Lämpchen vor den Ikonen in der Nachmittagsdämmerung des vierundzwanzigsten Dezember angezündet, und abends brannten im Wohnzimmer flackernde warme Lichter auf grünen Tannenzweigen. Die heimtückische Schußwunde aber und der röchelnde Typhus hatten diesmal alles durcheinandergebracht, hatten das Leben und das Anzünden des Ewigen Lämpchens beschleunigt. Jelena schloß die Tür zum Eßzimmer, ging zum Nachttischchen, nahm Streichhölzer, stieg auf den Stuhl und zündete die an Ketten hängende schwere Lampe vor der alten Ikone im massiven Rahmen an. Als das Lichtchen kräftiger, wärmer wurde, erglänzte golden die Krone über dem dunklen Antlitz der Mutter Gottes, und ihre Augen blickten freundlicher. Der etwas geneigte Kopf war Jelena zugewandt. Durch die beiden Fenstervierecke schaute der weiße, stille Dezembertag herein, und in der Ecke kündete das flackernde Lichtzünglein vom Heiligen Abend. Jelena stieg vom Stuhl, warf das Tuch von den Schultern und schlug den Teppich zurück. Sie kniete nieder, machte auf dem freien Stück des glänzenden Parketts schweigend eine tiefe Verbeugung.

Myschlajewski und hinter ihm Nikolka gingen mit geröteten Augen durchs Eßzimmer und betraten Alexejs Zimmer. Ins Eßzimmer zurückgekehrt, sagte Nikolka mit einem tiefen Atemzug zu den anderen:

»Er stirbt ...«

»Hör zu«, begann Myschlajewski. »Ob wir vielleicht einen Priester holen? Was meinst du, Nikolka? Soll er einfach so, ohne Beichte ...«

»Wir müssen Lena fragen«, sagte Nikolka erschrocken. »Ohne sie geht es nicht. Von dem Schreck könnte ihr etwas zustoßen.«

»Was sagt der Arzt?« fragte Karausche.

»Was soll er sagen? Jetzt gibt's nichts mehr zu sagen«, zischte Myschlajewski.

Lange noch flüsterten sie aufgeregt und hörten den blassen, betrübten Lariossik seufzen. Noch einmal gingen sie zu Doktor Brodowitsch hinein. Er kam in die Diele, zündete sich eine Zigarette an und flüsterte, Alexej liege in Agonie, und einen Priester könne man natürlich holen, das sei ihm gleich, denn der Kranke sei bewußtlos, ihm könne das nicht mehr schaden.

»Eine stumme Beichte.«

Sie flüsterten und flüsterten, schickten aber noch nicht nach dem Priester. Dann klopften sie bei Jelena, aber sie antwortete dumpf durch die geschlossene Tür: »Laßt mich ... Wartet, bis ich herauskomme.«

Da traten sie wieder zurück.

Kniend blickte Jelena zur Dornenkrone über dem altersdunklen Antlitz mit den klaren Augen auf, hob die Arme und flüsterte:

»Viel Leid schickst du uns auf einmal, Mutter Gottes, unsere Beschützerin. In einem Jahr zerstörst du unsere ganze Familie. Wofür? Du hast uns die Mutter genommen, mein Mann ist fort und kommt nicht wieder – das alles verstehe ich. Ja, das verstehe ich jetzt. Aber nun willst du uns auch den Ältesten nehmen. Wofür? Wie sollen Nikolka und ich ohne ihn leben? Sieh nur, was alles um uns geschieht, sieh es dir an. Beschützerin, hast du kein Mitleid mit uns? Vielleicht sind wir keine guten Menschen, aber haben wir denn solch harte Strafe verdient?«

Wieder verbeugte sie sich, berührte inbrünstig mit der Stirn den Boden, bekreuzigte sich, reckte die Arme hoch und flehte: »Du bist unsere einzige Hoffnung, Heilige Jungfrau. Nur du. Bitte deinen Sohn, bitte den Herrgott, daß ein Wunder geschieht.«

Jelenas Geflüster wurde inbrünstiger, sie sagte manchmal nicht die richtigen Worte, aber sie sprach ununterbrochen, es floß aus ihr wie ein Strom. Immer öfter verbeugte sie sich und warf mit einer Kopfbewegung die Strähne aus der Stirn. Der Tag in den Fenstervierecken verschwand, und es verschwand auch der weiße Falke, die plätschernde Gavotte um drei blieb ungehört, und ganz unhörbar kam jener, zu dem Jelena über die schützende brünette Jungfrau flehte. Er erschien neben dem offenen Grab, lebendig, gütig, barfuß. Jelenas Brust weitete sich, die Wangen bedeckten sich mit Flecken, die Augen füllten sich mit Licht, mit trockenem, tränenlosem Weinen. Sie drückte Stirn und Wange an den Fußboden, dann strebte sie mit ganzer Seele dem Lichtchen zu und spürte den harten Fußboden unter den Knien nicht mehr. Das Lichtchen wurde größer, das dunkle Antlitz unter der Dornenkrone belebte sich deutlich, die klaren Augen entlockten Jelena neue und immer neue Worte. Hinter Fenstern und Türen herrschte absolute Stille, der Tag erlosch schrecklich schnell, und noch einmal hatte sie Gesichte – das gläserne Licht der Himmelskuppel, nie gesehene rotgelbe Sandhügel und Ölbäume; dunkle jahrhundertealte Stille und Kälte hauchte ihr die Kathedrale ins Herz.

»Mutter, Beschützerin«, murmelte Jelena im Licht. »Bitte ihn! Dort steht er. Was kostet es dich schon! Hab Erbarmen mit uns! Erbarmen! Es naht dein Tag, dein Fest. Vielleicht kann er noch Gutes tun. Ich werde dir unsere Sünden abbüßen. Soll Sergej nicht wiederkommen. Willst du ihn mir nehmen, so nimm ihn, aber bestrafe nicht diesen mit dem Tode. Wir sind alle der Blutsünde schuldig, aber bestrafe ihn nicht. Bestrafe ihn nicht! Dort ist er, dort ...« Das Licht begann zu flimmern, ein langer, langer Strahl zog sich wie eine Kette bis in Jelenas Augen. In ihrer Ekstase sah sie plötzlich die Lippen in dem von einem goldenen Tuch umrahmten Gesicht sich öffnen, und die Augen wurden so wunderbar, daß Angst und trunkene Freude ihr das Herz sprengten, sie fiel zu Boden und blieb lange liegen.

Durch die ganze Wohnung huschte wie ein trockener Windhauch Unruhe, jemand lief auf Zehenspitzen durchs Eßzimmer. Ein anderer klopfte leise und flüsterte: »Jelena ... Jelena ...« Sie wischte mit dem Handrücken die feuchtkalte Stirn ab, strich die Haarsträhne zurück, erhob sich und ging blindlings, wie von Sinnen, ohne einen Blick in die erhellte Ecke, mit versteinertem Herzen zur Tür. Die öffnete sich wie von selbst, und im Rahmen der Portiere erschien Nikolka. Er sah Jelena verstört an, die Luft war ihm knapp.

»Weißt du, Jelena ... fürchte dich nicht ... du brauchst keine Angst zu haben, geh hinein, ich glaube ...«

Doktor Alexej Turbin, gelb wie eine von schweißigen Händen zerdrückte Wachskerze, hatte die knochigen Hände mit den langen Fingernägeln unter der Decke hervorgenommen und lag so, das spitze Kinn nach oben gerichtet. Sein Körper bedeckte sich mit klebrigem Schweiß, der magere glitschige Brustkorb hob und senkte sich unter dem Hemdschlitz. Er drückte das Kinn gegen die Brust, zeigte die gelb gewordenen Zähne und öffnete die Augen. In ihnen wogte noch der zerrissene Vorhang aus Nebel und Bewußtlosigkeit, doch durch die schwarzen Fetzen drang schon Licht. Mit einer sehr schwachen, heiseren und hohen Stimme sagte er:

»Das ist die Krise, Brodowitsch. Komme ich durch? Aha.«

Karausche hielt mit zitternden Händen die Lampe, die das eingedrückte Bett und die zerknüllten Laken mit den grauen Faltenschatten beleuchtete.

Der glattrasierte Arzt kniff mit nicht ganz sicherer Hand die Reste des Fleisches zusammen und jagte die Nadel einer kleinen Spritze in Turbins Arm. Schweißtropfen traten dem Arzt auf die Stirn. Er war aufgeregt und fassungslos.

19

Peturra. Seine Vita hielt sich schon siebenundvierzig Tage in der STADT. Über die Turbins war der vereiste und verschneite Januar 1919 hinweggegangen, der Februar war angebrochen und brachte wirbelnde Schneestürme.

Am zweiten Februar ging eine dunkel gekleidete Gestalt mit rasiertem Kopf, den ein schwarzes Seidenkäppchen bedeckte, durch die Turbinsche Wohnung. Es war der auferstandene Alexej Turbin. Er hatte sich sehr verändert. Um die Mundwinkel waren zwei Falten wohl für immer eingekerbt, die Haut sah wächsern aus, die Augen lagen in tiefen Schatten, ihr Ausdruck war für immer finster und freudlos geworden.

Im Wohnzimmer drückte sich Turbin wie vor siebenundvierzig Tagen an die Scheibe und lauschte wie damals, als in den Fenstern warme Lichter brannten, draußen Schnee lag, alles wie eine Opernszene wirkte und entfernte Kanonenschüsse herbeidrangen. Sein Gesicht legte sich in ernste Falten, er stützte sein ganzes Körpergewicht auf den Krückstock und blickte auf die Straße. Er sah, daß die Tage wie durch Zauber schon länger und heller wurden, obwohl vor den Scheiben Millionen Flocken stöberten.

Strenge, klare und freudlose Gedanken regten sich unter dem Seidenkäppchen. Der Kopf erschien leicht und leer wie eine fremde Schachtel auf den Schultern, und die Gedanken huschten wie außerhalb des Kopfes und in eigenwilliger Folge. Turbin war froh über seine Einsamkeit am Fenster, er schaute …

Peturra … Spätestens heute nacht wird es sich ereignen, und Peturra wird nicht mehr dasein. War er überhaupt da? Oder habe ich das alles nur geträumt? Wer weiß, man kann es nicht überprüfen. Lariossik ist sehr sympathisch. Er ist der Familie nicht hinderlich, nein, eher nützlich. Ich muß ihm für seine Sorge danken. Und Scherwinski? Weiß der Teufel. Eine Plage ist das mit den Weibern. Jelena wird bestimmt mit ihm anbändeln, ganz bestimmt. Was hat er schon Besonderes? Höchstens die Stimme. Er hat eine wunderbare Stimme, aber die kann sie doch auch so anhören, ohne in den Ehestand zu treten, nicht wahr? Im übrigen ist alles unwichtig. Was aber ist wichtig? Ja, Scherwinski hat erzählt, sie tragen rote Sterne auf den Papachas. Wahrscheinlich wird Grauenhaftes in der STADT geschehen. O ja … Also heute nacht. Vielleicht fahren schon die Trosse durch die Straßen. Trotzdem, ich gehe zu ihr, ich gehe am Tage hin. Und ich bringe ihr … Klirr. Haltet mich! Ich bin ein Mörder. Nein, ich habe im Kampf getötet. Oder habe ich ihn nur angeschossen? Mit wem lebt sie? Wo ist ihr Mann? Klirr. Malyschew. Wo mag der jetzt sein? In die Erde versunken. Und Maxim … Alexander der Erste …

Die Gedanken wurden von der Klingel unterbrochen. In der Wohnung war nur noch Anjuta, alle anderen waren in die STADT gegangen, um vor dem Dunkelwerden verschiedenes zu erledigen.

»Wenn das ein Patient ist, laß ihn herein, Anjuta.«

»Gut, Alexej Wassiljewitsch.«

Jemand kam hinter Anjuta die Treppe herauf, legte in der Diele den Mantel mit dem Ziegenfellkragen ab und trat ins Wohnzimmer.

»Bitte schön«, sagte Turbin.

Vom Sessel erhob sich ein hagerer junger Mann mit gelblicher Gesichtsfarbe in einem grauen Feldrock. Seine Augen waren trüb, blickten aber konzentriert. Turbin, in weißem Kittel, ließ ihm den Vortritt in die Praxis.

»Setzen Sie sich. Womit kann ich Ihnen dienen?«

»Ich habe Syphilis«, sagte der Besucher heiser und sah Turbin offen und finster an.

»Waren Sie schon in Behandlung?«

»Ja, aber sie war schlecht und unregelmäßig. Sie half wenig.«

»Wer hat Sie zu mir geschickt?«

»Der Vorsteher der Nikolai-Kirche, Vater Alexander.«

»Wer bitte?«

»Vater Alexander.«

»Kennen Sie ihn?«

»Ich habe bei ihm gebeichtet, und das Gespräch mit diesem heiligen Alten hat mich seelisch erleichtert«, erzählte der Besucher und sah zum Himmel auf. »Ich glaubte, mich nicht behandeln lassen zu dürfen und die Prüfung, die Gott mir für meine schreckliche Sünde auferlegt hat, geduldig ertragen zu müssen, aber der Vorsteher hat mich überzeugt, daß ich falsch handle. Da habe ich mich gefügt.«

Turbin sah aufmerksam in die Pupillen des Patienten und prüfte als erstes die Reflexe. Aber die Pupillen waren normal, nur erfüllt von trauriger Schwärze.

»Hören Sie«, sagte Turbin und legte das Hämmerchen zur Seite. »Sie sind anscheinend ein religiöser Mensch.«

»Ja, ich denke Tag und Nacht an Gott und bete zu ihm. Er ist meine Zuflucht und mein Trost.«

»Das ist natürlich sehr gut«, sagte Turbin und ließ den Blick nicht von des anderen Augen. »Ich achte solche Gefühle, aber mein Rat ist: Geben Sie für die Dauer der Behandlung diesen hartnäckigen Gedanken an Gott auf. Er wird bei Ihnen schon zur fixen Idee. Und das ist in Ihrem Zustand schädlich. Sie brauchen Luft, Bewegung, Schlaf.«

»Nachts bete ich.«

»Das muß sich aber ändern. Sie müssen Ihre Gebetstunden verkürzen. Die ermüden Sie, Sie aber brauchen Ruhe.«

Der Kranke senkte demütig den Blick.

Er stand nackt vor Turbin und ließ sich untersuchen.

»Haben Sie Kokain geschnupft?«

»Unter den abscheulichen Lastern, denen ich frönte, war auch dieses. Jetzt aber nicht mehr.«

Weiß der Teufel … und wenn er ein Spitzbube ist und sich nur verstellt? Man muß in der Diele aufpassen, daß die Pelze nicht verschwinden.

Turbin kratzte dem Kranken mit dem Griff des Hämmerchens ein Fragezeichen auf die Brust. Das weiße Zeichen wurde rot.

»Hören Sie auf, sich für religiöse Fragen zu begeistern. Überhaupt sollten Sie möglichst wenig belastenden Gedanken nachhängen. Ziehen Sie sich an. Morgen fange ich an, Ihnen Quecksilber einzuspritzen, und in einer Woche mache ich Ihnen die erste Infusion.«

»Gut, Herr Doktor.«

»Kokain – verboten. Trinken – verboten. Frauen auch.«

»Ich meide Frauen und Gifte. Ich meide böse Menschen«, sprach der Kranke, während er sein Hemd zuknöpfte. »Der böse Geist meines Lebens, der Vorbote des Antichrist, ist in die Stadt des Teufels gefahren.«

»So geht es aber nicht, mein Lieber«, stöhnte Turbin. »So landen Sie noch in der Nervenklinik. Welchen Antichrist meinen Sie?«

»Ich spreche von seinem Vorboten, Michail Semjonowitsch Schpoljanski, einem Menschen mit den Augen einer Schlange und einem schwarzen Backenbart. Er ist ins Reich des Antichrist gefahren, nach Moskau, um ein Signal zu geben und der bösen Engel Heerscharen in diese STADT zu führen um der Sünden ihrer Bewohner willen. Wie weiland Sodom und Gomorrha.«

»Mit bösen Engeln meinen Sie die Bolschewiken? Einverstanden. Trotzdem, so geht es nicht. Sie werden Brom einnehmen. Dreimal täglich einen Eßlöffel.«

»Er ist noch jung. Aber Abscheulichkeit steckt in ihm wie in einem tausendjährigen Teufel. Er verführt Ehefrauen zur Unzucht, Jünglinge zum Laster. Schon schmettern die Trompeten der sündigen Heerscharen, und über die Felder schwebt das Antlitz des Satans, der ihnen folgt.«

»Sie meinen Trotzki?«

»Ja, das ist der Name, den er angenommen hat. Sein Name heißt auf hebräisch Abaddon und auf griechisch Apollyon, was bedeutet – der Verderber.«

»Ich sage Ihnen mit allem Ernst, wenn Sie damit nicht aufhören, wird bei Ihnen … Nehmen Sie sich in acht, das sind ja schon Wahnvorstellungen.«

»Nein, Herr Doktor, ich bin normal. Wieviel bekommen Sie für Ihr heiliges Werk?«

»Na hören Sie, jedes zweite Wort bei Ihnen heißt ›heilig‹. In meiner Arbeit sehe ich nichts besonders Heiliges. Ich nehme für die Behandlung wie alle. Wenn Sie bei mir in Behandlung bleiben wollen, lassen Sie einen Vorschuß da.«

»Sehr gut.«

Er knöpfte den Feldrock auf.

»Vielleicht ist bei Ihnen das Geld knapp«, murmelte Turbin und blickte auf die abgewetzten Hosenknie. Nein, der ist kein Spitzbube, aber er schnappt über.

»Nein, Doktor, ich beschaffe Geld. Sie erleichtern die Menschheit auf Ihre Weise.«

»Und manchmal mit viel Erfolg. Das Brom nehmen Sie bitte regelmäßig ein.«

»Völlige Erleichterung, verehrter Doktor, finden wir nur dort«, der Kranke zeigte fanatisch auf die weiße Decke. »Jetzt aber erwarten uns Prüfungen, wie wir sie noch nie erlebt haben. Und sie werden sehr bald kommen.«

»Danke bestens. Ich bin schon genug geprüft.«

»Verreden Sie's nicht, Doktor, das darf man nicht«, murmelte der Kranke, während er in der Diele seinen Ziegenpelz anzog, »denn es steht geschrieben: Der dritte Engel goß aus seine Schale in die Wasserströme ..., und es ward Blut.«

Irgendwo habe ich das schon gehört. Aber natürlich, er hat sich ja ausgiebig mit dem Priester unterhalten. Die haben sich gesucht und gefunden.

»Ich rate Ihnen allen Ernstes: Lesen Sie nicht so viel die Apokalypse. Ich wiederhole, es ist schädlich für Sie. Habe die Ehre. Morgen ums sechs Uhr bitte. Anjuta, laß den Herrn hinaus.«

»Bitte, nehmen Sie es von mir an. Ich möchte, daß die Frau, die mir das Leben gerettet hat, etwas von mir zum Andenken hat. Es ist ein Armband meiner verstorbenen Mutter.«

»Das ist nicht nötig. Warum denn? Ich möchte es nicht«, antwortete Julia Reiß und wehrte ab, aber Turbin gab nicht nach und befestigte das schwere, gehämmerte dunkle Armband an ihrem blassen Arm. Es verschönte den Arm und ihre ganze Gestalt. Trotz des Dämmerlichts war zu sehen, wie ihr Gesicht rosiger wurde.

Turbin konnte nicht widerstehen, zog Julia mit dem rechten Arm an sich und küßte sie einige Male auf die Wange. Dabei rutschte ihm der Stock aus der geschwächten Hand und fiel polternd neben dem Tischbein zu Boden.

»Gehen Sie jetzt«, flüsterte Julia, »es ist Zeit. Die Troßwagen fahren schon durch die Straßen. Passen Sie auf, daß Sie nicht angehalten werden.«

»Ich habe Sie liebgewonnen«, flüsterte Turbin. »Erlauben Sie mir, Sie zu besuchen.«

»Gern.«

»Sagen Sie mir, warum sind Sie allein, und wer ist der Mann, dessen Bild auf dem Tisch steht? Der dunkelhaarige mit Backenbart.«

»Das ist mein Cousin«, antwortete Julia und senkte den Blick.«

»Wie heißt er?«

»Wozu wollen Sie das wissen?«

»Sie haben mich gerettet. Ich möchte es wissen.«

»Ich habe Sie gerettet, und Sie glauben das Recht zu haben, es zu wissen? Schpoljanski heißt er.«

»Ist er hier?«

»Nein, verreist. Nach Moskau. Sie sind aber sehr neugierig.«

Turbin zuckte innerlich zusammen und betrachtete lange den schwarzen Backenbart und die schwarzen Augen. Ein unangenehmer Gedanke blieb länger in ihm haften, während er den Vorsitzenden des »Magnetischen Trioletts« betrachtete. Der Gedanke war nicht ganz klar ... Ein Vorbote. Dieser Unglückliche im Ziegenpelz ... Was beunruhigt mich? Was nagt an mir? Was geht mich das an? Die bösen Engel ... Ach, es soll mir egal sein. Hauptsache, ich kann wieder in dieses merkwürdige stille Häuschen kommen, wo das Bild mit den goldenen Epauletten steht.

»Gehen Sie. Es ist Zeit.«

»Nikolka? Du?«

Die Brüder waren auf der unteren Terrasse des geheimnisvollen Gartens bei einem anderen Häuschen aufeinandergetroffen. Nikolka war verlegen, als habe man ihn bei etwas ertappt.

»Ich war bei Nai-Turs, Aljoscha«, erklärte er und sah dabei so aus, als habe man ihn auf einem Zaun beim Äpfelmausen erwischt.

»Da tust du ein gutes Werk. Hat er eine Mutter hinterlassen?«

»Ja, und eine Schwester. Weißt du, Aljoscha ... Überhaupt ...«

Turbin sah Nikolka von der Seite an und fragte nicht weiter.

Den halben Weg legten die Brüder schweigend zurück. Dann sagte Alexej:

»Peturra hat uns anscheinend alle beide in die Malo-Prowalnaja-Straße verschlagen. Na, es soll wohl so sein. Wer weiß, was daraus wird.«

Nikolka hörte diese geheimnisvollen Worte mit großem Interesse und fragte seinerseits:

»Hast du auch jemanden in der Malo-Prowalnaja besucht, Aljoscha?«

»Hm«, antwortete Turbin, schlug den Mantelkragen hoch, versteckte sich dahinter und sagte bis zu Hause kein Wort mehr.

An diesem wichtigen historischen Tag waren bei den Turbins alle zum Mittagessen versammelt: Myschlajewski, Karausche und Scherwinski. Es war die erste gemeinsame Mahlzeit seit Turbins Verwundung. Alles war wie damals, nur fehlten die dunkelrot glühenden Rosen auf dem Tisch, denn die Süßwarenhandlung »Marquise« existierte schon lange nicht mehr. Der Laden war demoliert worden und die Besitzerin verschwunden; anscheinend in derselben Richtung wie Madame Anjou. Auch fehlten die Schulterklappen bei allen am Tisch, sie hatten sich im Schneesturm vor dem Fenster aufgelöst.

Alle hörten Scherwinski mit offenem Mund zu, sogar Anjuta kam aus der Küche und lehnte sich an den Türrahmen.

»Was denn für Sterne?« fragte Myschlajewski finster.

»Kleine, wie Kokarden, fünfzackig«, erzählte Scherwinski. »Auf den Papachas. Sie ziehen heran wie eine Wolke, heißt es. Kurz, um Mitternacht werden sie hier sein.«

»Woher diese Genauigkeit?«

Scherwinski konnte nicht antworten, denn es klingelte, und Wassilissa erschien in der Wohnung.

Wassilissa verbeugte sich nach rechts und links, drückte allen freundlich die Hand, besonders Karausche, und ging mit knarrenden Schuhen zum Klavier. Jelena reichte ihm mit sonnigem Lächeln die Hand, die Wassilissa mit einem komischen Bückling küßte. Teufel noch mal, seit er sein Geld los ist, ist er direkt sympathisch geworden, dachte Nikolka und philosophierte: Vielleicht hindert das Geld die Menschen, sympathisch zu sein. Hier zum Beispiel hat niemand Geld, und alle sind sympathisch.

Wassilissa wollte keinen Tee. Nein, er bedankte sich höflichst. Schön, sehr schön. »Wie gemütlich es bei Ihnen ist, trotz der schlimmen Zeiten. Ach ja ... Nein, herzlichen Dank. Die Schwester meiner Frau Wanda ist vom Dorf zu Besuch gekommen, und ich muß gleich wieder runter. Ich bin nur gekommen, um Jelena Wassiljewna einen Brief zu bringen. Eben habe ich den Briefkasten aufgemacht, und da – hier ist er. Ich hielt es für meine Pflicht. Empfehle mich.« Wassilissa verabschiedete sich mit komischen Sprüngen.

Jelena ging mit dem Brief ins Schlafzimmer.

Ein Brief aus dem Ausland? Ist's möglich? Es gibt solche Briefe, die man nur zu berühren braucht, um zu wissen, was sie enthalten. Wie mag der überhaupt angekommen sein? Briefe werden ja gar nicht befördert. Sogar von Shitomir schickt man Briefe mit einer Gelegenheit in die STADT. Wie dumm und unsinnig ist alles in diesem Land. Die Gelegenheit fährt ja auch mit der Bahn. Warum werden keine Briefe befördert und gehen verloren? Dieser ist angekommen. Keine Sorge, solch ein Brief findet immer seinen Adressaten. War ... Warschau. Das ist nicht Talbergs Handschrift. Wie unangenehm das Herz klopft!

Obwohl die Lampe einen Schirm hatte, wurde es in Jelenas Zimmer so ungemütlich, als hätte jemand die bunte Seide abgerissen und das grelle Licht erzeugte ein Chaos wie damals beim Packen. Jelenas Gesicht veränderte sich, glich dem alten Gesicht ihrer Mutter, die sie aus dem Schnitzrahmen ansah. Die Lippen legten sich in verächtliche Falten. Sie zuckte mit dem Mund. Das dem Umschlag entnommene grobe graue Papierblatt lag im Lampenlicht.

»Ich habe eben erfahren, daß Du von Deinem Mann geschieden bist. Die Ostroumows haben Talberg in der Botschaft gesehen, er fährt zusammen mit Familie Herz nach Paris, es heißt, er werde Lidotschka Herz heiraten. Wie eigenartig sich alles in diesem Durcheinander gestaltet. Ich bedaure sehr, daß Du nicht weggefahren bist. Ihr tut mir alle leid, die Ihr in den Fängen der Bauern geblieben seid. Bei uns steht in den Zeitungen, daß Petljura die STADT angreift. Wir hoffen, daß die Deutschen ihn nicht reinlassen ...«

In Jelenas Kopf hüpfte und hämmerte mechanisch Nikolkas Marsch, der durch die Wände und die mit Ludwig XIV. verhängte Tür drang. Ludwig lachte, den Arm auf den bebänderten Stock gestützt. Ein Stockknauf schlug gegen die Tür, und Alexej trat ein. Er warf der Schwester einen Seitenblick zu, zuckte wie sie mit dem Mund und fragte:

»Von Talberg?«

Jelena schwieg, bedrückt und beschämt. Dann aber faßte sie sich und schob ihm das Blatt zu. »Von Olja, aus Warschau.« Alexej heftete den Blick auf die Zeilen und wandte ihn nicht ab, bis er zu Ende gelesen hatte. Dann las er noch einmal den Anfang.

»Liebe Lena, ich weiß nicht, ob dieser Brief …«

Auf seinem Gesicht spielten verschiedene Farben. Es wurde safrangelb, an den Schläfen traten rosa Flecke hervor, die blauen Augen wurden schwarz.

»Mit Vergnügen würde ich ihm eins in die Fresse hauen«, preßte er durch die Zähne.

»Wem?« fragte Jelena und schniefte, da sich in der Nase Tränen sammelten.

»Mir selbst«, antwortete, vor Scham vergehend, Doktor Turbin, »weil ich ihn damals geküßt habe.«

Jelena brach in Weinen aus.

»Tu mir einen Gefallen«, fuhr Turbin fort, »wirf das da zum Teufel.« Er zeigte mit dem Stock auf das Bild Talbergs. Jelena reichte es ihm schluchzend. Alexej riß es sofort aus dem Rahmen und zerfetzte es. Jelena heulte nach Frauenart, ihre Schultern bebten, sie drückte ihr Gesicht an seine gestärkte Hemdbrust. Abergläubisch und ängstlich schielte sie zu der braunen Ikone, vor der noch immer das Ewige Lämpchen hinter dem goldenen Gitter brannte.

Ich habe gebetet, eine Bedingung gestellt, sei mir nicht böse, Mutter Gottes, dachte die abergläubische Jelena. Turbin erschrak.

»Leise, leise … Die brauchen's nicht zu hören.«

Aber im Wohnzimmer hatte niemand etwas gehört. Unter Nikolkas Fingern erbrach das Klavier den verwegenen Marsch »Der Zarenadler«, durch die Wand drang Lachen.

20 Groß war es und fürchterlich, das eintausendneunhundertachtzehnte Jahr nach Christi Geburt, aber das Jahr 1919 war noch fürchterlicher.

In der Nacht zum dritten Februar zerrten am Eingang zur Kettenbrücke, die über den Dnepr führt, zwei Burschen einen Mann in zerfetztem schwarzem Mantel, mit blutigem, rot und blau verfärbtem Gesicht durch den Schnee, und der Herr Ataman lief nebenher und schlug mit einem Ladestock auf ihn ein. Bei jedem Schlag zuckte der Kopf, aber der Blutüberströmte schrie nicht mehr, er stöhnte nur. Die wuchtigen Hiebe drangen durch den zerfetzten Mantel, und jedem Hieb folgte ein heiseres »Och!«.

»Ach, du Jiddenfratze!« schrie der Herr Ataman wütend. »Zu den Holzstapeln mit ihm, dort wird er erschossen! Ich werd dir schon zeigen, dich in dunklen Ecken zu verstecken. Ich werd's dir schon zeigen! Was hast du hinter den Stapeln gemacht, du Spion?«

Aber der Blutüberströmte antwortete dem wütenden Herrn Ataman nicht. Da lief der Herr Ataman vor, die Soldaten sprangen zur Seite, um dem hochgeschwungenen Metallstab auszuweichen. Der Herr Ataman hatte den Schlag schlecht berechnet, blitzschnell sauste der Ladestock auf den Kopf nieder. Es knackte, und kein »Och!« kam mehr von dem Mann. Sein Arm bog sich nach hinten, der Kopf zuckte, er brach in die Knie und fiel zur Seite, mit dem anderen Arm weit ausholend, als wollte er möglichst viel von der zertrampelten, kotigen Erde an sich raffen. Die Finger verkrallten sich zu Haken und kratzten über den schmutzigen Schnee. In einer dunklen Blutlache liegend, zuckte der Mann einige Male krampfhaft und wurde dann still.

Über dem Liegenden zischte die Laterne am Brückeneingang, um ihn herum hasteten aufgescheucht die Schatten der Haidamaken mit den geschwänzten Köpfen, und noch höher war der schwarze Himmel mit den flimmernden Sternen.

Und in der gleichen Minute, als der Liegende sein Leben aushauchte, explodierte plötzlich in der frostigen Höhe über der Vorstadt Slobodka feuersprühend und mit ohrenbetäubendem Krachen der Stern Mars.

Gleich darauf setzte in der schwarzen Ferne hinter dem Dnepr, der Ferne, die nach Moskau führt, schwerer und langgedehnter Donner ein. Ein zweiter Stern explodierte, aber etwas tiefer, dicht über den schneebedeckten Dächern.

Sogleich setzte sich die blaue Haidamakendivision von der Brücke in Bewegung, zog in die STADT, durch die STADT und für immer fort.

Der blauen Division folgte wie ein Wolfsrudel auf durchfrorenen Pferden die Abteilung Kosyr-Leschkos, eine Feldküche hüpfte vorbei, dann verschwand alles, als wäre es nie dagewesen. Am Eingang zur Brücke blieben nur die erkaltende Leiche des schwarz gekleideten Juden, festgestampftes Heu und Pferdemist.

Nur diese Leiche bezeugte, daß Peturra kein Mythos, sondern wirklich dagewesen war. Blim ... blim ... Die Gitarre, der Türke, die schmiedeeiserne Laterne in der Bronnaja, im Schnee schleifende Mädchenzöpfe, Schußwunden, wildes Tiergeheul in der Nacht, Frost ... Ja, das alles war dagewesen.

Griz, Griz, an die Arbeit,
meine Stiefel sind kaputt ...

Aber wozu war es dagewesen? Niemand kann das sagen. Wird jemand für das vergossene Blut zahlen?

Nein. Niemand.

Der Schnee wird tauen, das grüne ukrainische Gras wird wachsen und die Erde bedecken, die Saaten werden üppig aufgehen, darüber werden Hitzewellen flimmern, und kein Blut wird zu sehen sein. Das Blut ist billig auf diesen rotgoldenen Feldern, und niemand wird dafür zahlen.

Niemand.

Am Abend wurde der Ofen so stark geheizt, daß er bis tief in die Nacht die Hitze hielt. Die Inschriften waren abgewaschen, nur eine war geblieben:

Jelena, ich habe Karten für »Aida«

Das mit der Mütze eines weißen Generals bedeckte Haus auf dem Alexejewski-Hang schlief schon lange und schlief warm. Hinter den dichten Gardinen wanderte Schlaftrunkenheit umher und wiegte sich in den dunklen Schatten.

Vor den Fenstern erblühte immer sieghafter die grimmig kalte Nacht und schwebte lautlos über der Erde. Die Sterne flimmerten, und besonders hoch am Himmel stand der rote fünfzackige Stern – der Mars.

In die warmen Zimmer waren Träume eingezogen.

Turbin schlief in seinem Zimmerchen, und der Traum hing über ihm wie ein verwaschenes Bild. Wankend schwebte das Vestibül vor ihm, und Alexander I. verbrennt die Divisionslisten in einem Öfchen. Julia geht vorbei, winkt ihm zu und lacht. Schatten huschen und schreien: »Haltet ihn! Haltet ihn!«

Sie geben lautlose Schüsse ab, und Turbin versucht, ihnen zu entkommen, aber seine Füße kleben fest am Bürgersteig der Malo-Prowalnaja-Straße, und er muß sterben im Traum. Stöhnend wachte er auf, im Wohnzimmer hörte er Myschlajewski schnarchen und im Bücherzimmer Karausche und Lariossik leise pfeifen. Er wischte den Schweiß von der Stirn, kam zu sich, lächelte schwach und streckte die Hand nach der Uhr aus. Sie zeigte drei.

»Wahrscheinlich sind sie abgezogen. Peturra ... Und sie kommen nie mehr wieder.«

Dann schlief er wieder ein.

Die Nacht blühte. Der Morgen nahte, das unter zottigem Schnee begrabene Haus schlief. Der geplagte Wassilissa ruhte in den klammen Laken und wärmte sie mit seinem abgemagerten Körper. Er hatte einen unsinnigen und runden Traum. Es hat gar keine Revolution gegeben, alles ist Unsinn und Nichtigkeit. Im Traum. Ein zweifelhaftes, trügerisches Glück überkommt ihn. Es ist Sommer, und er hat sich einen Gemüsegarten gekauft. Blitzschnell wächst das Gemüse. Die Beete bedecken sich mit lustigen Ranken, aus denen Gurken wie grüne Zapfen hervorlugen. Wassilissa, in einer Leinenhose, steht da, betrachtet die liebe untergehende Sonne, kratzt sich den Bauch und murmelt:

»So ist es besser ... ohne Revolution. Nein, wissen Sie, mit solchen Schweinen kann man keine Revolution machen ...«

Plötzlich erinnert er sich im Traum an die gestohlene Globusuhr und wünscht, daß es ihm um sie leidtut, aber die Sonne scheint so angenehm, daß aus dem Bedauern nichts wird.

In diesem herrlichen Augenblick kommen plötzlich runde, rosige Ferkel und wühlen mit ihren runden Rüsseln die Beete um. Erdfontänen spritzen hoch. Wassilissa nimmt einen Stock vom Boden und will die Ferkel verjagen, aber sie haben gefährliche scharfe Hauer. Sie greifen ihn an und springen dabei über einen Arschin hoch, denn in ihrem Innern sind Federn. Wassilissa schreit im Traum. Ein schwarzer Türflügel verbirgt die Ferkel, sie sinken in die Erde, und Wassilissa erblickte sein dunkles, feuchtes Schlafzimmer.

Die Nacht blühte. Die Schlaftrunkenheit flog wie ein grauer Vogel über die STADT, machte einen Bogen um das Wladimir-Kreuz, fiel hinter dem Dnepr in die undurchdringliche Nacht und schwebte die Eisenbahnschienen entlang. Sie erreichte die Station Darniza und verweilte. Auf dem dritten Gleis stand ein Panzerzug. Bis zu den Rädern waren die Wagen in grauen Stahl gezwängt. Die Lok glich einem kantigen schwarzen Felsen, aus ihrem Bauch fiel Glut auf die Schienen, von der Seite sah es aus, als wäre die Lok mit glühenden Kohlen gefüllt. Sie zischte leise und boshaft, etwas sickerte durch die Seitenwände, ihre stumpfe Schnauze schwieg, sie blinzelte den Wäldern am Dnepr zu. Auf der hintersten Plattform ragte ein mit einer Klappe verschlossenes riesiges Geschützrohr in die schwarzblaue Höhe, dessen Mündung direkt auf das zwölf Werst entfernte mitternächtliche Kreuz zielte.

Die Station war in Entsetzen erstarrt. Sie hatte sich die Dunkelheit tief in die Stirn geschoben, aus der, vom abendlichen Getöse verwirrt, gelbe Lichtchen blinkten. Auf ihren Bahnsteigen herrschte trotz der frühen Stunde ständige Hast. In der niedrigen gelben Telegrafenbaracke brannte in drei Fenstern grelles Licht, und durch die Scheiben drang pausenlos das Klappern von drei Apparaten. Trotz der grimmigen Kälte liefen Menschen in knielangen Schafpelzen, Militärmänteln oder schwarzen Joppen auf den Bahnsteigen hin und her. Etwas abseits vom Panzerzug stand ein langer Militärtransport, in dem alles wach war, Türen schlugen und Soldaten einander zuriefen.

Neben der Lok und dem ersten Wagen des Panzerzuges pendelte ein Mensch in langem Militärmantel, zerrissenen Filzstiefeln und spitzem Baschlik hin und her. Das Gewehr hielt er behutsam im Arm wie eine müde Mutter ihr Kind, und im spärlichen Licht der Laterne lief sein spitzer schwarzer Schatten mit dem stummen Bajonett auf dem Schnee zwischen den Schienen neben ihm her. Der Mensch war unendlich müde und tierisch durchgefroren. Die blauen Hände mit den steifen Fingern suchten in den zerfetzten Ärmeln vergeblich Wärme. Aus der rauhreifbedeckten, fransigen Baschliköffnung blickten der steifgefrorene Mund und die von bereiften buschigen Wimpern umrahmten Augen. Die Augen waren blau, müde, schläfrig, leidvoll.

Der Mann ging mechanisch hin und her, das Bajonett gesenkt, und hatte nur einen Gedanken: Wann endlich ist diese grimmig kalte Folter zu Ende, wann endlich darf ich von dieser vertierten Erde in einen Wagen gehen, wo die Heizungsrohre göttliche Wärme ausströmen, wo ich mich auf eine schmale Pritsche werfen, mich ausstrecken und ruhig liegen kann? Der Mann und sein Schatten liefen vom feuerspeienden Leib der Lok bis zu der dunklen Wand des ersten Wagens, mit der schwarzen Aufschrift:

Panzerzug »Proletarier«

Der Schatten, bald groß, bald häßlich bucklig, aber immer mit spitzem Kopf, pflügte mit seinem schwarzen Bajonett den Schnee. Die bläulichen Strahlen der Laterne hingen hinter ihm. Zwei bläuliche Monde schienen auf dem Bahnsteig, sie wärmten aber nicht, waren trügerisch. Der Mann suchte nach einer Wärmequelle, fand aber nichts, er biß die Zähne zusammen, bewegte die Zehen ohne jede Hoffnung, sie zu erwärmen, und starrte zu den Sternen auf. Am bequemsten war es ihm, den Stern Mars zu betrachten, der vorn, bei Slobodka, am Himmel leuchtete. Sein Blick überwand Millionen Werst und blieb auf dem rötlichen, lebendigen Stern haften. Der dehnte sich und schrumpfte wieder, war sichtlich lebendig und hatte fünf Zacken. Manchmal, wenn die Müdigkeit unerträglich wurde, blieb der Mann stehen, stützte den Gewehrkolben in den Schnee und sank im selben Moment in einen durchsichtigen Schlaf, aus dem weder die schwarze Wand des Panzerzuges noch die Geräusche der Station wichen. Aber dazu gesellten sich andere. Im Traum wuchs das Himmelsgewölbe riesig groß. Es war rot und ganz mit lebendig funkelnden Marssternen übersät. Das Herz des Mannes füllte sich mit Glück. Da erschien ein unbekannter, unbegreiflicher Reiter im Kettenhemd und näherte sich ihm freundlich. Der schwarze Panzerzug drohte aus dem Traum zu verschwinden, statt seiner wuchs das im Schnee begrabene Dorf Malyje Tschugry auf. Er, der Mann, steht am Dorfeingang, und ihm entgegen kommt sein Landsmann und Nachbar.

»Shilin?« fragte der Mann tonlos, nur mit dem Geist, und sogleich hämmerte die wachsame Stimme in seiner Brust drei Worte:

»Posten ... Wachhabender ... erfrierst.«

Mit übermenschlicher Anstrengung hob er das Gewehr auf, nahm es in den Arm, riß wankend die Füße vom Boden los und ging weiter.

Hin – zurück. Hin – zurück. Das Himmelsgewölbe seines Traumes verschwand, über die ganze kalte Welt spannte sich dunkelblaue Seide, durchbohrt von dem todbringenden schwarzen Rüssel des Geschützes. Am Himmel flimmerte die rötliche Venus, und im blauen Mond der Laterne funkelte antwortend auf der Brust des Mannes ein anderer Stern. Er war klein und hatte auch fünf Zacken.

Die aufgescheuchte Schlaftrunkenheit warf sich hin und her. Sie flog den Dnepr entlang, an den toten Anlegestellen vorbei, und fiel auf Podol nieder. Dort waren die Lichter schon längst erloschen. Alles schlief. Nur an der Ecke der Wolynskaja-Straße brannte in einem zweistöckigen Steinhaus in der Wohnung des Bibliothekars noch Licht. Dort saß in einem kleinen Raum, der wie ein billiges Hotelzimmer aussah, im Licht der Lampe mit gläsernem Buckel der blauäugige Russakow. Vor ihm lag ein schweres Buch in gelbem Ledereinband. Die Augen folgten den Zeilen langsam und feierlich.

»Und ich sah die Toten, beide, groß und klein, stehen vor Gott, und Bücher wurden aufgetan, und ein anderes Buch ward aufgetan, welches ist das Buch des Lebens. Und die Toten wurden gerichtet nach der Schrift in den Büchern, nach ihren Werken.

Und das Meer gab die Toten, die darin waren; und der Tod und die Hölle gaben die Toten, die darin waren; und sie wurden gerichtet, ein jeglicher nach seinen Werken.

....

Und so jemand nicht ward gefunden geschrieben in dem Buch des Lebens, der ward geworfen in den feurigen Pfuhl.

....

Und ich sah einen neuen Himmel und eine neue Erde; denn der erste Himmel und die erste Erde verging, und das Meer ist nicht mehr.«

Je weiter Russakow das erschütternde Buch las, desto heller wurde sein Verstand; er glich einem funkelnden Schwert, das die Finsternis durchdrang.

Qualen und Krankheiten kamen ihm unwichtig, unwesentlich vor. Sein Leiden fiel von ihm ab wie Borke von einem vergessenen dürren Zweig im Wald. Er sah die blaue, bodenlose Dunkelheit der Jahrhunderte, den Korridor der Jahrtausende. Er verspürte keine Angst, nur weise Demut und Ehrfurcht. Frieden legte sich auf seine Seele, und in Frieden kam er zu den Worten:

»... alle Tränen von ihren Augen, und der Tod wird nicht mehr sein, noch Leid noch Geschrei noch Schmerz wird mehr sein; denn das Erste ist vergangen.«

Der dunkle Schleier teilt sich und läßt den Leutnant Scherwinski zu Jelena ein. Seine vorstehenden Augen lächeln dreist.

»Ich bin ein Dämon«, sagt er und knallt die Hacken zusammen. »Er aber, Talberg, kommt nicht wieder, und ich singe für Sie.«

Aus der Tasche holt er einen großen Flitterstern und befestigt ihn links an der Brust. Der Nebel des Traums umschwebt ihn, und sein Gesicht tritt aus den Schwaden wie ein Puppengesicht. Er singt schrill, nicht so wie in Wirklichkeit.

»Wir werden leben!«

»Und wenn der Tod kommt, müssen wir sterben«, singt Nikolka und tritt ein.

Er trägt die Gitarre im Arm, sein Hals aber ist blutig, und um seine Stirn liegt ein gelbes Kränzchen mit kleinen Ikonen. Jelena durchzuckt der Gedanke, daß er sterben wird, sie schluchzt bitterlich, schrie auf und wurde wach.

»Nikolka, o Nikolka!«

Noch lange schluchzte sie und lauschte dem Murmeln der Nacht.

Und die Nacht schwebte immer weiter.

Und endlich hatte auch Petka Stscheglow im Seitenflügel einen Traum.

Petka war noch klein, deshalb interessierte er sich weder für die Bolschewiken noch für Petljura oder den Dämon. Sein Traum war einfach und fröhlich wie der Sonnenball.

Petka geht über eine große grüne Wiese, und auf dieser Wiese liegt eine glitzernde diamantene Kugel, größer als Petka selbst. Erwachsene kleben im Traum an der Erde, wenn sie fliehen wollen, sie stöhnen, wälzen sich und suchen die Füße aus dem Morast zu reißen. Kinderbeine aber sind flink und frei. Petka läuft zu der diamantenen Kugel und hebt sie fröhlich lachend auf. Die Kugel zerfällt in Tausende funkelnder Tröpfchen, die auf ihn niedersprühen. Das war Petkas ganzer Traum. Vor Vergnügen lachte er mitten in der Nacht laut auf. Hinter dem Ofen zirpte vergnügt das Heimchen für ihn. Petka träumte andere Träume – leicht und fröhlich, und das Heimchen zirpte und zirpte irgendwo in einer Ritze, in der weißen Ecke hinter dem Eimer sein Lied und belebte die schlaftrunkene, murmelnde Nacht der Familie.

Die letzte Nacht war erblüht. In ihrer zweiten Hälfte bedeckte sich Gottes schwerer blauer Vorhang, der die Welt umspannt, mit Sternen. Es sah so aus, als würde hinter diesem Vorhang an einem unermeßlich hohen Altar eine Abendmesse gelesen. Lichtchen wurden entzündet, und sie zeichneten sich als Kreuze, Büsche und Quadrate auf dem Vorhang ab. Über dem Dnepr ragte das mitternächtliche Wladimir-Kreuz von der sündigen, blutüberströmten und verschneiten Erde in die düstere Höhe. Von weitem schien es, als wäre der Querbalken verschwunden und mit dem senkrechten Balken verschmolzen und als hätte sich das Kreuz in ein drohendes scharfes Schwert verwandelt.

Aber man braucht es nicht zu fürchten. Alles wird vorübergehen: Leiden, Qualen, Hunger, Blut und Massensterben. Das Schwert wird verschwinden, aber die Sterne werden auch dann noch da sein, wenn von unseren Leibern und Taten auf Erden kein Schatten mehr übrig ist. Es gibt keinen Menschen, der dies nicht wüßte. Warum also wollen wir unseren Blick nicht zu den Sternen erheben? Warum?

1923–1924
Moskau

Urfassung der Kapitel 19 bis 21

19 »Mach einen Diener und sag dem Onkel: guten Tag, Onkel«, sagte Jelena vorgebeugt.

»Gutag, Onkel«, sagte Petja Stscheglow unsicher zu Myschlajewski und holte tief Luft.

»Guten Tag«, antwortete Myschlajewski finster, dann schielte er abwärts und fügte hinzu: »Nach deinem Gesicht zu urteilen bist du ein großer Wildfang.«

Petja griff sogleich nach Jelenas Rock, schnaufte, schob die Lippen vor und guckte böse.

»Du Tölpel, du langer Tölpel, warum neckst du das Kind?«

»Warum neckst du?« sagte auch Petja feindselig.

Scherwinski, Karausche und Jelena lachten, doch Petja versteckte sich hinter dem Rock, so daß nur sein linkes Bein mit dem stumpfen Schuh und dem festtäglichen lila Hosenbein hervorschaute.

»Hör nicht auf die, hör nicht auf die, Kleiner, sie sind nicht gut«, sagte Jelena und zog Petja aus ihren Rockfalten heraus, »schau auf die Tanne, sieh mal, die Lichter.«

Petja kam aus dem Rock hervor, seine Augen richteten sich auf die kleinen Lichter. Von ihnen blitzte und schimmerte das ganze Wohnzimmer, es duftete nach Wald, der Baum glitzerte.

»Gebt ihm eine Apfelsine«, sagte Myschlajewski gerührt.

»Später«, bestimmte Jelena, »jetzt laß uns tanzen. Alle. Du magst doch tanzen? Na gut.«

Die Portiere bewegte sich, und Turbin kam herein. Er trug einen Smoking, der die große weiße Brust zeigte, darauf schwarze Kragenknöpfe. Sein Kopf, der während des

Typhus kahlgeschoren worden war, zeigte wieder ersten Haarwuchs, das glatt rasierte Gesicht war zitronengelb, er stützte sich auf einen Stock. Der Glanz in seinen Augen verstärkte sich durch die brennenden Lichter. Nach Turbin kam Lariossik herein, gleichfalls im Smoking. Wo mochte er den beschafft haben? Alle wußten, daß er dieses Kleidungsstück nicht in seinem Gepäck gehabt hatte. Wie ein großes Kumt saß auf seinem Hals ein gestärkter Kragen mit einer zur Fliege gebundenen schwarzen Schleife, aus den Ärmeln schauten harte Manschetten mit Manschettenknöpfen in Form eines Pferdekopfes nebst Reitpeitsche. Lariossik war zwei Tage lang durch die STADT gesaust und hatte den Smoking irgendwo aufgetrieben, er wußte, daß dies eine Frage des Prinzips war. Petljura war eine Kanaille. Aber selbst wenn es zehn Petljuras in der STADT gegeben hätte, hier, in den vier Wänden von Anna Wladimirowna, hatte er nichts zu sagen. Wenn auch die Wände noch nach Formalin rochen, wenn auch wegen dieses verdammten Formalins die erste Weihnachtsfeier verdorben war, die zweite und letzte am heutigen Dreikönigstag würde nicht scheitern. Sie würde sein, sie war, und Turbin war gestern mit gelbem Gesicht aufgestanden. Seine Wunde verheilte wunderbar. Übernatürlich. Das hatte selbst Jantschewski gesagt, und er, der auf seinem Lebensweg schon alles gesehen hatte, wußte, daß es Übernatürliches im Leben nicht gab. Denn alles im Leben war übernatürlich.

Der Smoking stand Myschlajewski, wie er nicht jedem steht. Man begriff nicht recht, woran das lag. Er war nicht neu, das Plastron nicht erstklassig, dennoch paßte alles irgendwie zusammen. Wahrscheinlich war die Hose erstklassig. Lariossik zum Beispiel hatte es nicht leicht mit dem Smoking, sein Gesichtsausdruck paßte kaum dazu, und es schien die ganze Zeit, als würden sich die Hosenträger im Westenausschnitt zeigen. Myschlajewski dagegen bewegte sich ungezwungen, schwungvoll, zeigte keinen Gesichtsausdruck, und doch hätte man Filmaufnahmen mit ihm machen können. Nur eines verdarb den Eindruck: ein für Myschlajewski nicht typischer Gedanke, noch dazu ein sorgenvoller. Er legte sich in drei Falten auf seine Patrizierstirn und zeigte sich in den unruhigen Augen. Und so lebte Myschlajewski bald auf, bald verfinsterte er sich und grübelte. Worüber, wußte man nicht. Jedenfalls, als Nikolka auf dem Ofen im Eßzimmer mit chinesischer Tusche eine neue zeitgemäße Inschrift anbrachte:

»Oberleutnant Myschlajewski hat am Heiligabend 1919 versucht, ein Kind zu erziehen. Er ist ein guter Familienvater.«,

gefiel ihm diese Inschrift nicht. Seine Stirn umwölkte sich, seine Lippen mümmelten.

»Du witzelst ziemlich viel in letzter Zeit.«

Nikolka lief rot an.

»Viktor, wenn sie dir nicht gefällt, wisch ich sie weg. Bist du beleidigt?«

»Nein, ich bin nicht beleidigt, ich möchte nur wissen, weswegen du so aufgedreht bist. Du bist ein bißchen sehr fröhlich. Manschettenknöpfe stellst du zur Schau ... siehst aus wie ein Bräutigam.«

Nikolka erblühte in himbeerrotem Feuer, seine Augen versanken in einem See von Verlegenheit.

»In die Malo-Prowalnaja-Straße gehst du ziemlich oft.« Myschlajewski gab dem Gegner mit schwerer Artillerie den Rest. »Aber das ist ja gut. Du mußt ein Ritter sein, die Turbinschen Taditionen fortführen.«

»Viktor, ich weiß nicht, wovon du redest«, murmelte Nikolka. »Wieso denn in die Malo-Prowalnaja-Straße?«

»Ja, dorthin ... Geh aufmachen.«

Die Klingel in der Diele und in Nikolkas Herzen hatte geläutet. Im Wohnzimmer auf den Klaviertasten brach die Frisca aus der zweiten Rhapsodie unter Jelenas Fingern ab.

»Sehr erfreut. Sehr. Erlauben Sie mir, Sie vorzustellen. Alles Weißgardisten.«

»Elegant haben Sie's hier, das habe ich nicht gewußt. Man wird richtig verlegen.«

»Ich bitte Sie. Achten Sie nicht darauf. Dies sind alles unsere Leute. Den Smoking tragen sie aus Prinzip. Wegen Petljura.«

»Und der sozialen Revolution«, warf Myschlajewski ein.

Irina Nai, ganz in schwarzen Trauerkleidern und mager, verblaßte neben der üppigen Jelena mit ihrem Goldschimmer, und sie wirkte im Lichterschein wie eine Trauerkerze. Nikolka drückte sich sinnlos hinter den Gästen herum, die einander vorgestellt wurden. Ihm schien, seine Hände und Füße wären unangenehm und ungeschickt festgeschraubt, und er wußte nicht wohin damit. Der Kragen schnitt ihm in den Hals. Er trug seine Studentensachen, und außer ihm war auch Karausche nicht im Smoking, sondern in Einreiher und gestreifter Hose, die ihn, dick wie er war, wie einen erfolgreichen Jungunternehmer aussehen ließen. Auch Scherwinski war nicht im Smoking. Dafür stellte er die Smokingträger in den Schatten. Er war im Frack. Und das war ein Frack, verlassen Sie sich darauf! Erstens schlug die rechte Seite seines Plastrons, wenn Sie gestatten, Wellen wie die Papierrüsche eines Schinkens, in den Halbmond der Weste war etwas eingesetzt, was in Seidenfarben schillerte und mit dem Sternenbanner der majestätischen Vereinigten Staaten Ähnlichkeit hatte. Die Kragenknöpfe waren Brillanten, jeder zu einem Karat. Also zwei Karat. Die Hose war gebügelt und hochgezogen, so daß die engmaschigen Socken zu sehen waren. Seine Slipper schließlich waren mit schwarzen Schleifen geschmückt. Verlassen Sie sich darauf, binnen einem Monat würde er im Operntheater debütieren, trotz dieses Kerls Petljura und seines Pöbels. Den Dämon würde er singen. Re … la … fa … re! Ähem … Er stellte schon was vor!

»Die Stimme ist wirklich erstaunlich.«

»Ja, ich habe davon gehört. Man hat mir von Ihnen erzählt. Sie haben an dem Hetmanabend im Kaufmannsklub gesungen.«

»Das war er.«

»Singen Sie bitte. Ich bitte Sie sehr. Den Dämon.«

»Den Dä-mon!« (Nikolka hatte den obersten Rang in der Oper nachgeahmt. Sehr treffend.)

»Man sagt, Sie hätten eine Stimme wie Battistini.«

»Sogar noch etwas schlechter.«

»Nicht weinen, Kindchen.« (Der oberste Rang.)

»Er ist nicht stolz. Er wird singen.«

»Irina Felixowna, setzen Sie sich nicht zu nahe. Da hört man nichts.«

»Man hört ihn besser aus dem anderen Zimmer.«

»Noch besser aus der anderen Straße.«

In schwarzen Notenzeichen, dicht an dicht, erhob sich der Dämon über der hundertlippigen Klaviatur und drängte Valentin zur Seite, unter den rosa Lampenschirm. Gleichwohl würde Valentin bald ermordet werden, er war es schon. Bald würde der tückische Dämon herrschen. Aber der Dämon kam nicht dazu, Wassilissa zerschlug ihn. Wassilissa trug natürlich keinen Smoking. Auch seine Schuhe waren nicht festlich, sondern alltäglich. Seine Festtagsschuhe waren an den Füßen von Nemoljaka in eine unbekannte Finsternis davongegangen.

* *Wassilissa verbeugte sich nach rechts und links, drückte allen freundlich die Hand, besonders Karausche, und ging mit knarrenden Schuhen zum Klavier. Jelena reichte ihm mit sonnigem Lächeln die Hand, die Wassilissa mit einem komischen Bückling küßte. Teufel noch mal, seit er sein Geld los ist, ist er direkt sympathisch geworden, dachte Nikolka und philosophierte: Vielleicht hindert das Geld die Menschen, sympathisch zu sein. Hier zum Beispiel hat niemand Geld, und alle sind sympathisch.* Auch ich bin eigentlich sympathisch. Aber leider bin ich nicht schön. Ach, ach …

Wassilissa wollte keinen Tee. Nein, er bedankte sich höflichst. Schön, sehr schön. Auch die Tanne. Hähä. Wie gemütlich es bei Ihnen ist, trotz der schlimmen Zeiten. Ach ja … Nein, herzlichen

* Die kursiv gedruckten Textstellen sind in der Endfassung des Romans von 1929 erhalten geblieben. (s. Lit. Anm. S. 395 ff.)

Dank. Die Schwester meiner Frau Wanda ist vom Dorf zu Besuch gekommen, und ich muß gleich wieder runter. Ich bin nur gekommen, um Jelena Wassiljewna einen Brief zu bringen. Eben habe ich den Briefkasten aufgemacht, und da – hier ist er. Ich hielt es für meine Pflicht. Empfehle mich. – Wassilissa verabschiedete sich mit einem komischen Bückling und warf einen sehr aufmerksamen Seitenblick auf Irina Nai. Wie der guckt, dachte Nikolka finster, dieser Wassilissa ist ja ein Schürzenjäger. Schade, daß seine Wanda nicht hier ist, dann würde er nicht so gucken.

Jelena entschuldigte sich.

»Bitte-bitte-bitte-sehr«, sangen verschiedene Stimmen.

»Nikolka, spiel inzwischen einen Marsch.«

Moment mal.

Ein Brief aus dem Ausland? Ist's möglich? Es gibt solche Briefe, die man nur zu berühren braucht, um zu wissen, was sie enthalten. Wie mag der überhaupt angekommen sein? Briefe werden ja gar nicht befördert. Sogar von Shitomir schickt man Briefe mit einer Gelegenheit in die STADT. Wie dumm und unsinnig ist alles in diesem Land. Die Gelegenheit fährt ja auch mit der Bahn. Warum werden keine Briefe befördert und gehen verloren? Dieser ist angekommen. Keine Sorge, solch ein Brief findet immer seinen Adressaten. War… Warschau. Das ist nicht Talbergs Handschrift. Wie unangenehm das Herz klopft!

Obwohl die Lampe einen Schirm hatte, wurde es in Jelenas Zimmer so ungemütlich, als hätte jemand die bunte Seide abgerissen, und das grelle Licht erzeugte ein Chaos wie damals beim Packen. Jelenas Gesicht veränderte sich, glich dem alten Gesicht ihrer Mutter, die sie aus dem Schnitzrahmen ansah. Die Lippen legten sich in verächtliche Falten. Sie zuckte mit dem Mund. Das dem Umschlag entnommene grobe graue Papierblatt lag im Lampenlicht.

»Ich habe eben erfahren, daß Du von Deinem Mann geschieden bist. Die Ostroumows haben Talberg in der Botschaft gesehen, er fährt zusammen mit Familie Herz nach Paris, es heißt, er werde Lidotschka Herz heiraten. Wie eigenartig sich alles in diesem Durcheinander gestaltet. Ich bedaure sehr, daß Du nicht weggefahren bist. Ihr tut mir alle leid, die Ihr in den Fängen der Bauern geblieben seid. Bei uns

steht in den Zeitungen, daß Petljura die STADT angreift. Wir hoffen, daß die Deutschen ihn nicht reinlassen ...«

In Jelenas Kopf hüpfte und hämmerte mechanisch Nikolkas Marsch, der durch die Wände und die mit Ludwig XIV. verhängte Tür drang. Ludwig lachte, den Arm auf den bebänderten Stock gestützt. Ein Stockknauf schlug gegen die Tür, und Alexej trat ein. Er warf der Schwester einen Seitenblick zu, zuckte wie sie mit dem Mund und fragte:

»Von Talberg?«

Jelena schwieg, bedrückt und beschämt. Dann aber faßte sie sich und schob ihm das Blatt zu. »Von Olja, aus Warschau.« Alexej heftete den Blick auf die Zeilen und wandte ihn nicht ab, bis er zu Ende gelesen hatte. Dann las er noch einmal den Anfang.

»Liebe Lena, ich weiß nicht, ob dieser Brief ...«

Auf seinem Gesicht spielten verschiedene Farben. Es wurde safrangelb, an den Schläfen traten rosa Flecke hervor, die blauen Augen wurden schwarz. Das passierte bei Doktor Turbin selten, er war eigentlich ein sanfter, übermäßig sanfter Mensch.

»Mit Vergnügen würde ich ihm eins in die Fresse hauen«, preßte er durch die Zähne.

»Wem?« fragte Jelena und schniefte, da sich in der Nase Tränen sammelten.

»Mir selbst«, antwortete, vor Scham vergehend, Doktor Turbin, »weil ich ihn damals geküßt habe.«

Jelena brach in Weinen aus.

»Tu mir einen Gefallen«, fuhr Turbin fort, »wirf das da zum Teufel.« Er zeigte mit dem Stock auf das Bild Talbergs. Jelena reichte es ihm schluchzend. Alexej riß es sofort aus dem Rahmen und zerfetzte es. Jelena heulte nach Frauenart, ihre Schultern bebten, sie drückte ihr Gesicht an seine gestärkte Hemdbrust. Abergläubisch und ängstlich schielte sie zu der braunen Ikone, vor der noch immer das Ewige Lämpchen hinter dem goldenen Gitter brannte.

Ich habe gebetet, eine Bedingung gestellt, sei mir nicht böse, Mutter Gottes, dachte die abergläubische Jelena. Turbin erschrak.

»Leise, leise ... Die brauchen's nicht zu hören.«

Aber im Wohnzimmer hatte niemand etwas gehört. Unter Nikolkas Fingern erbrach das Klavier den verwegenen Marsch »Der Zarenadler«, durch die Wand drang Lachen.

»Ich werde arbeiten gehen«, murmelte Jelena verwirrt und schluckte Tränen.

»Daraus wird nichts«, flüsterte Turbin heiser.

Jelena, gepudert, die welken Augen nachgezogen, kam ins Wohnzimmer. Alle wandten sich ihr zu. Scherwinski schubste Petja Stscheglow in die Mitte. Der Junge, benommen von den Lichtern, dem Tanzen und den fremden fröhlichen Menschen, war zu allem bereit, er trug Jelena mit einer Miene vor, als wäre ihm alles egal.

»Papa schmiert mit ...«

»Jod ...« (Vom Souffleur geflüstert.)

»Jod mich ein, Mama schwingt das Tanzebein.«

»Du meine Güte!«

Besuche machen durfte man nur bis Mitternacht. Warum wußte niemand. Aber bis Mitternacht. Darum stand Irina Nai Punkt viertel zwölf auf und begann sich zu verabschieden. Die Lichter der Tanne waren heruntergebrannt, die erwärmten Nadeln verströmten Waldgeruch, auf dem Fußboden blinkte an zwei Stellen Konfektstanniol, es roch nach Apfelsinenschale.

»Besuchen Sie uns wieder«, sagte Jelena, »wir alle haben uns gefreut, Sie kennenzulernen.«

»Wir bringen Sie nach Hause, seien Sie unbesorgt«, sagte Myschlajewski, lächelte Irina zu und schielte zu Nikolka, »einer von uns. Ich oder Fjodor Nikolajewitsch.«

Nikolka wurde blaß und atmete hörbar aus. Dieses Schwein, dachte er weinerlich, er hat sich auf mich eingeschossen und vergällt mir das Leben.

»Oder vielleicht Nikolka?« erbarmte sich Myschlajewski. »Nikolka, gehst du mit? Oder willst du im Haushalt helfen?«

»Nein, ich geh natürlich mit. Ich«, antwortete Nikolka mit veränderter Stimme und setzte sofort die Schirmmütze auf.

»Ja, ich auch, sofort«, versetzte Lariossik, den keiner gebeten hatte, und suchte sogleich mit eingekniffenen Augen nach seiner Mütze.

Mein Gott, ist das ein Elend, ein Elend, dachte Nikolka, nahm den Militärmantel so hastig vom Haken, daß der Aufhänger abriß, und fuhr in die Ärmel.

»Nein, Illarion, Nikolka wird sie begleiten, er ist schon angezogen.« Myschlajewski fuhr aus der knienden Haltung hoch, er hatte an den grauen Überschuhen Irina Nais die Knöpfe geschlossen. »Du bleibst bitte hier. Du bist Fachmann im Verdünnen von Sprit. Ich habe welchen mitgebracht.«

»Ich? So? Ja ...« Lariossik war hochgradig verblüfft, er hatte noch nie im Leben Sprit verdünnt.

»Meine Herren, keine Umstände, ich gehe allein. Ich habe keine Angst.«

»Nein, das geht nicht«, sagte Myschlajewski fest, »allein lassen wir Sie nicht gehen. Und mit Nikolka sind Sie so sicher wie hinter einer Mauer.«

Die Nacht war frostklar, die Straße menschenleer. Als sie aus der Tür getreten waren, die Lariossik hinter ihnen mit polternden Riegeln verschloß, verschwanden Irinas Augen in schwarzen Ringen, und ihr Gesicht wurde weiß. Dann spritzte von hinter der Hausecke das Licht einer hochhängenden Lampe. Sie gingen den Bretterzaun entlang, der den Hof des Hauses Nr. 13 abschloß, und stiegen die steile Straße hinauf. Irina bewegte fröstelnd die Schultern und versenkte das Kinn im Pelz. Nikolka schritt neben ihr. Ihn quälte die schreckliche und unüberwindliche Frage, wie er ihr seinen Arm anbieten konnte. Er brachte es nicht fertig. An seiner Zunge schien ein kiloschweres Gewicht zu hängen. So darf ich nicht gehen. Unmöglich. Aber wie bring ich's ihr bei? Erlauben Sie mir, Ihnen ... Nein, da denkt sie sich vielleicht was. Und vielleicht ist es ihr unangenehm, eingehakt mit mir zu gehen? Ach!

»Was für ein Frost«, sagte er.

Irina blickte nach oben, wo am Himmel viele Sterne waren und auf der fernen Kuppel des erloschenen Seminars der Mond stand, und antwortete:

»Ja, sehr. Ich fürchte, Sie werden frieren.«

Da haben wir's, dachte Nikolka bedrückt. Es kann keine Rede davon sein, daß ich ihren Arm nehme, es ist ihr sogar unangenehm, daß ich mitgegangen bin. Anders ist das gar nicht zu verstehen.

Da rutschte Irina aus, rief »au« und griff nach Nikolkas Ärmel. Nikolka erstickte fast. Aber diese Gelegenheit ließ er sich doch nicht entgehen. So dumm war er schließlich nicht.

»Erlauben Sie mir Ihren Arm«, sagte er.

»Wo haben Sie Ihre Handschuhe? Sie werden frieren ... Das will ich nicht.«

Nikolka erbleichte und schwor dem Stern Venus: Wenn ich wieder zu Hause bin, erschieße ich mich. Diese Schande.

»Ich hab sie unterm Spiegel liegenlassen.«

Da waren ihre Augen näher bei seinen, und er konnte sich überzeugen, daß darin nicht nur das Schwarz der Sternennacht und die sich bereits mildernde Trauer um den Oberst waren, sondern auch Verschmitztheit und Lachen. Sie griff mit der rechten Hand nach seiner Rechten, zog sie durch ihren linken Arm und schob sie in ihren Muff neben die ihrige. Dann sprach sie rätselhafte Worte, über die Nikolka während der ganzen zwölf Minuten bis zur Malo-Prowalnaja-Straße nachdenken mußte:

»Sie müssen geschickter sein.«

Königin ... Worauf kann ich hoffen? Meine Zukunft ist dunkel und aussichtslos. Ich bin ungeschickt. Mit dem Studium habe ich noch nicht einmal angefangen ... Diese Schönheit, dachte Nikolka. Dabei war Irina Nai gar keine Schönheit. Sie war ein gewöhnliches hübsches Mädchen mit schwarzen Augen. Allerdings war sie gut gewachsen, ihr Mund war nicht häßlich, sehr regelmäßig, und das Haar schwarz und glänzend.

Vor dem Häuschen auf der ersten Terrasse des geheimnisvollen Gartens, vor der dunklen Tür blieben sie stehen. Der Mond hinter dem Geflecht der Bäume sah wie ein Schnitzwerk aus, und der Schnee war fleckig, bald schwarz, bald weiß, bald violett. Die Fenster des Häuschens waren dunkel bis auf eines, aus dem gemütliches Licht schimmerte. Irina lehnte sich an die schwarze Tür, legte den Kopf zurück und sah Nikolka an, als ob sie auf etwas wartete. Nikolka war verzweifelt, daß er, so was Dummes, ihr zwanzig Minuten lang nichts hatte sagen können, verzweifelt, daß sie jetzt von ihm weg durch diese Tür gehen würde, wo sich in seinem untauglichen Kopf eben wichtige Worte zusammenfügten, da wurde er tollkühn, fuhr mit der Hand in den Muff, suchte die andere Hand und merkte zu seiner größten Verblüffung, daß diese Hand, die den ganzen Weg über im Handschuh gesteckt hatte, jetzt ohne Handschuh war. Ringsum völlige Stille. Die STADT schlief.

»Gehen Sie«, sagte Irina Nai sehr leise, »gehen Sie, sonst werden Sie noch von den Petljura-Leuten verhaftet.«

»Und wennschon«, antwortete Nikolka aufrichtig. »Und wennschon.«

»Nein, so nicht.« Sie schwieg. »Das würde mir leid tun ...«

»Leid tun? Wirklich?« Er drückte die Hand im Muff stärker.

Da befreite Irina ihre Hand und legte sie ihm mitsamt dem Muff auf die Schulter. Ihre Augen wurden sehr groß, wie schwarze Blumen, so empfand es Nikolka. Sie rüttelte ihn so, daß seine Adlerknöpfe den Samt ihres Pelzes berührten, holte tief Luft und küßte ihn auf den Mund.

»Sie sind vielleicht tapfer, aber ein bißchen schwerfällig.«

Da spürte Nikolka, daß er auf einmal irrsinnig tapfer, verwegen und gar nicht schwerfällig war, er umfaßte Irina und küßte sie auf den Mund. Ihre rechte Hand griff listig nach hinten, und sie läutete, ohne die Augen zu öffnen. Sogleich waren Schritte und das Husten der Mutter zu hören. Nikolka ließ sie los.

»Kommen Sie morgen abend«, flüsterte sie. »Und jetzt gehen Sie bitte.«

Durch die menschenleeren Straßen ging Nikolka mit knirschenden Schritten zurück, aus irgendwelchen Gründen nicht auf dem Gehsteig, sondern auf der Fahrbahn bei den Straßenbahnschienen. Er ging wie betrunken, hatte den Mantel aufgeknöpft, die Mütze nach hinten geschoben und spürte, wie der Frost seine Ohren zwickte. In seinem Kopf und in seinem Mund summte die fröhliche Musik der Rhapsodie, und die Beine gingen ganz von selbst. Die STADT war weiß, geblendet vom Mond, und am Himmel prangte die Unmasse von Sternen. Kein Teufel wäre imstande, sie zu zählen. Es besteht auch keine Notwendigkeit, sie zu zählen und beim Namen zu kennen. Unter ihnen sitzt wohl ganz allein die abendliche Hirtenvenus, und dann glitzert noch der irrsinnig ferne, bösartige rote Mars.

Alexej Turbins Wunde verheilte auf übernatürliche Weise. Die runden Löcher eiterten nicht mehr. Dann begannen sie sich zu schließen. Turbin trug nicht mehr aufgeschnittene Hemden, der Verband verkleinerte sich, und am 24. Januar stieg Nikolka die Treppe hinunter, ging an den Türen vorbei und nahm den Aufkleber vom Schild ab. Das Schild blickte wieder in Gottes Welt. An einem klaren milchweißen Januartag brannte in Turbins Sprechzimmer mit zottiger blauer Flamme der Primuskocher, Turbin wirtschaftete in dem weißen Raum, klirrte mit Instrumenten, untersuchte Fläschchen, stellte sie wieder hin. Der Abend dieses Tages verlief still und friedlich, kein Patient kam. Turbin ging im Wohnzimmer auf und ab, sah häufig nach seiner Taschenuhr, und um acht Uhr abends kleidete er sich an und verließ die Wohnung mit den vagen Worten:

»Um halb zehn oder um elf bin ich zurück.«

Der Abend verlief wie üblich. Natürlich erschienen Scherwinski und Myschlajewski. Karausche kam selten. Er hatte beschlossen, auf alles zu pfeifen, hatte sich mit seinem Studentenausweis bewaffnet, die Offiziersdokumente so gut versteckt, daß selbst der Teufel sie nicht gefunden hätte, und dann brachte er es fertig, in Petljuras Lebensmittelverwaltung anzufangen. Ab und zu erschien er in der Zuflucht der Turbins und erzählte, wie häßlich die ukrainische Sprache sei.

»Wieso ukrainisch?« zischte Myschlajewski. »In dieser Sprache hat noch kein Teufel je gesprochen. Die hat sich dieser, wie heißt er gleich, dein Winnitschenko ausgedacht.«

»Wieso meiner?« protestierte Karausche. »Mit dem will ich nichts zu tun haben.«

»Brauchst du ja nicht«, sagte Myschlajewski und streckte die Beine zur Zimmermitte aus. »Dieser Winnitschenko ist eine fragwürdige Persönlichkeit, und du bist ein Gentleman.«

»Entschuldigen Sie, meine Herren«, sagte Nikolka auf ukrainisch und machte kleine Augen.

Wenn sein Bruder Alexej bei so etwas dabei war, pflegte er zu sagen:

»Ich bitte dich sehr, nicht in dieser Sprache zu reden.«

»Entschuldigung«, antwortete Nikolka dann auf ukrainisch.

Mit Nikolka vollzog sich eine jähe Veränderung. Er scherzte nicht mehr, wurde ernst und zog sich häufig in sein Zimmer zurück, dort machte er länger als sonst Toilette, zog den Mantel an und ging, bemüht, es heimlich zu tun. Trotzdem wußten alle bestens, wohin er ging, das war nicht weiter schwierig. Nikolka hatte sich eine Vorliebe für gestärkte Kragen zugelegt. Er bürstete seine Ellbogen, die ewig voller Kreide waren, und eines Tages rasierte er sich plötzlich und benutzte dazu das Rasiermesser von Lariossik. Der höfliche und verständnisvolle Lariossik stattete

Nikolka gern mit Rasierzeug aus, konnte sich jedoch nicht enthalten, blinzelnd und zwinkernd zu sagen:

»Nikolka, du bist doch blond und brauchst dich eigentlich nicht zu rasieren. Man sieht gar nichts. Die Wange mußt du von innen mit der Zunge rausdrücken.«

Nikolka, in den Spiegel schielend, drückte die dick eingeseifte Wange mit der Zunge heraus, und sogleich floß kirschrotes Blut und vermischte sich mit dem weißen Schaum.

Also, die Brüder Turbin fehlten am Abend meistens. Myschlajewski und Scherwinski hatten sich auf Dauer in dieser Zuflucht eingerichtet und verbrachten hier fast jede Nacht. Dank der Anwesenheit Myschlajewskis wurden die Mahlzeiten am Tag und am Abend zu Imbissen, bei denen die warmen Gerichte zweitrangige Ergänzungen waren. In den Mittelpunkt traten Heringe in scharfer Soße, Gurken und Zwiebeln, und im Eßzimmer nistete sich dauerhaft der Geruch eines kleinen, gemütlichen Restaurants ein.

»Viktor, du trinkst eine solche Masse Wodka, daß du Sklerose kriegen wirst«, sagte die goldene Jelena, die in blauem Tabakrauch schwamm.

»Champagner hat Petljura uns nicht besorgt«, krächzte Myschlajewski, der in giftigen Rauchwolken verschwand, »alle Hoffnung liegt bei den Bolschewiken, vielleicht bringen die welchen mit.«

Spät abends oder nachts, wenn alle beisammen waren und Turbin, geheimnisvoll in seine Fläschchen und Papiere vertieft, in grünes Licht getaucht in seinem Schlafzimmer saß, klangen aus Nikolkas Zimmer Gitarrenklänge. Oft saß er im Türkensitz auf seinem Bett und hörte Lariossik zu, der ihm seine Gedichte deklamierte.

Es fällt die Zeit,
es fällt die Zeit ...
wie Tropfen in einer Höhle ...

sprach Lariossik mit dumpfer Stimme und rollte die Augen.

»Sehr schön, Illarion, sehr schön«, lobte Nikolka.

Ja, die Zeit fiel ganz unbemerkt wie Tropfen in einer Höhle. Die weißen Tage verflogen bald in wirbelnden Schneestürmen, bald in weißen Frost geschmiedet, und die warmen Abende vertropften langsam. Aus dem Wohnzimmer tönte häufig der eherne Gesang des Dämons:

Ich fliege bald zu dir …

Der Dämon mit dem Biberhut und im Pelzmantel kam jeden Abend mit der Straßenbahn aus der fernen Diki-Gasse. Und sang. Seine Stimme wurde immer schöner, fast schon von Tag zu Tag.

Eigentlich ist er ein kleiner Mistkerl ohne Prinzipien, dachte Jelena in stiller Trauer, während sie durchs Fenster auf die Lichter der Oper blickte, aber seine Stimme ist erstaunlich, weiß Gott, er hat Talent. Nein, er geht nicht unter, verlaßt euch drauf.

Die Lichter zwinkerten verlogen, als wollten sie versichern, daß in der STADT alles gut und ruhig verlaufe, daß Petljura Blödsinn sei, Peturra, und das Wahre sei hier, in den warmen Wänden, im schummerigen Wohnzimmer. Und es war zu spüren, daß es verlogen war, leider, es gab keine Ruhe dort am Himmel, wo der flimmernde Mars brannte. Man mußte jede Minute nutzen, die wie ein Tropfen in dem warmen Hause herabfiel von der Uhr, denn wer konnte schon garantieren, daß der Himmel nicht in einer schlangenförmigen Schrappnellrakete zerplatzen und es nicht in der Ferne wieder wummern würde?

»Lassen Sie meine Hand los, Scherwinski«, sagte Jelena welk und halb flüsternd, »lassen Sie.«

Aber Scherwinski ließ nicht los, seine Finger spielten in der Hand, wanderten weiter zum Ellbogen, zur Schulter. Ab und zu beugte er sich zu ihrer Schulter und versuchte, sie mit seinen glattrasierten Lippen zu küssen.

»Ach, Sie Frecher, Sie Frecher«, sagte Jelena flüsternd. Die Gitarre ... blim ... blim ... Unbestimmt ... dumpf ... denn schauen Sie, man weiß ja noch nichts ...

Wir hatten keinen Kummer, dachte Turbin unter dem grünen Lampenschirm. Einen Lumpen sind wir los, und bestimmt kommt ein anderer. Die verdammten Weiber ... Nie zieht es sie zu einem guten Menschen. Er hat zwar eigentlich nichts besonders Schlechtes getan, aber verdammt nochmal, was soll das für ein Ehemann sein? Ein Lügenbold, wie ihn die Welt noch nie gesehen hat, und keinen Gedanken im Kopf. Nur die Stimme. Aber eine Stimme kann man doch auch hören, ohne zu heiraten. Ja ... Ach, verdammt ...

Turbin stand auf, ging umher, rauchte, zuckte mit dem Mund, und alle diese Spaziergänge im Zimmer endeten auf die gleiche Weise: Er entnahm der Schreibtischschublade das Bild, klappte das dünne Papier hoch, betrachtete das Frauengesicht mit den schwarzen Augenbrauen und den hellen Haaren, seufzte und zog den Mund schief. Dann sagte er »ich geh nicht ...«, biß die Zähne zusammen und machte sich auf dem Weg.

Spät abends saß er dann in dem staubigen, niedrigen Zimmer mit den alten Gerüchen und murmelte mit einem Blick auf die Epauletten der vierziger Jahre und dann in die Augen von Julia Reiß:

»Sag mir, wen liebst du?«

»Niemanden«, antwortete dann Julia und guckte so, daß selbst der Teufel nicht verstanden hätte, ob es stimmte oder nicht.

»Heirate mich«, sagte Turbin und preßte ihre Hand.

Julia schüttelte verneinend den Kopf und lächelte.

Turbin packte sie am Hals, würgte sie und zischte:

»Sag mir, wessen Foto war das auf dem Tisch, als ich verwundet bei dir lag? Schwarzer Backenbart ...«

Julias Gesicht lief dunkel an, sie begann zu röcheln. Sie tat ihm leid, er lockerte den Griff.

»Mein Vet ... mein Vetter.«

»Wo ist er?«

»Nach Moskau ist er gefahren.«

»Bolschewik?«

»Nein, Ingenieur.«

»Was will er in Moskau?«

»Er hat da zu tun.«

Das Blut floß zurück, und Julias Augen wurden kristallklar. Was war wohl in dem Kristall zu lesen? Rein gar nichts.

»Warum hat dein Mann dich verlassen?«

»Ich habe ihn verlassen.«

»Warum?«

»Er ist ein Lump.«

»Du bist eine Lumpin und Lügnerin. Ich liebe dich, du Schlange.«

Julia lächelte.

So war es an den Abenden und in den Nächten. Turbin ging gewöhnlich gegen Mitternacht durch den Garten mit den vielen Terrassen, und seine Lippen waren zerbissen. Er blickte auf das löchrige knöcherne Geflecht der Bäume und flüsterte etwas.

»Geld brauch ich ...«

Einmal stieß er auf Nikolka. Der ging mit hellem Kragen und blinkenden Mantelknöpfen, blickte hoch und studierte die Sterne. So trafen sie sich auf der untersten Terrasse des Gartens, da, wo der Ziegelweg begann, der zu der bemoosten Pforte führte. Eine Pause trat ein.

»Du, Nikolka? Wo warst du? Hm ...«

»Ich habe die Familie Nai-Turs besucht«, meldete Nikolka und blickte zur Seite, »ich habe ihnen einen Fahrplan gebracht.«

»Wollen sie etwa verreisen?«

»Nein, das nicht«, antwortete Nikolka, dem der Fahrplan gerade eingefallen war, und erschrak. Was denn, verreisen? Wer verreist? Ein unheimlicher Gedanke. »Nein, Aljoscha, weißt du, die alte Hausfrau.«

»Na schön, unwichtig ... Also die wohnen hier in dem Häuschen?«

»Bestimmt«, sagte Nikolka.

»Na, gehen wir zusammen.«

Die Brüder gingen knirschend durch den Schnee. Die Pforte klappte.

»Und du warst auch hier, Aljoscha?«

»Hm«, kam es aus dem Kragen.

»Geschäftlich oder bei einem Patienten?«

»Bei ... tja«, antwortete der Kragen.

»Origineller Garten.« Nikolka wollte den Bruder in ein Gespräch verwickeln. »Terrassen, Terrassen, Häuschen ...«

»Tja.«

Turbin hatte sich vorgenommen, keine Zeitungen zu lesen, schon gar nicht ukrainische. Er saß zu Hause, hörte trübsinnig zu, was in der STADT vorging; beim abendlichen Tee, als das Gespräch auf Petljura kam, äußerte er, daß der natürlich ein Mythos sei und daß es nicht mehr lange dauern könne.

»Und was soll werden?« fragte Jelena.

»Ich glaube, die Bolschewiken kommen«, antwortete Turbin.

»Herr du mein Gott«, sagte Jelena.

»Es kann nur besser werden«, warf Myschlajewski plötzlich ein, »zumindest werden sie uns allen sofort den Kopf abschrauben, dann herrscht Ruhe und Sauberkeit. Dafür in russischer Sprache. Sie holen uns in die, wie heißt sie gleich, Tscheka, beschimpfen uns und vernichten uns.«

»Was redest du da für Scheußlichkeiten?«

»Entschuldige, Lena, aber ich glaube, es weht ein kräftiger Wind von Moskau her.«

»Ja, seht euch das an«, mischte sich der Dämon Scherwinski ein und legte die Zeitung »Westi« auf den Tisch.

»Dieses Mistding«, fragte Turbin, »wieso gibt's die noch?«

Tatsächlich, die unsterbliche Zeitung war die einzig übriggebliebene in russischer Sprache. Einen halben Monat hatte sie dadurch gelebt, daß sie den seligen Hetman beschimpfte und darüber schrieb, daß Petljura gesunde Wurzeln habe und die Mobilisierung bei uns glänzend verlaufe. Den zweiten halben Monat hatte sie Befehle des geheimnisvollen Petljura in zwei Sprachen gedruckt – in gebrochenem Ukrainisch und prallel dazu in gebrochenem Russisch, und im dritten halben Monat veröffentlichte sie Leitartikel, wonach die Bolschewiken Bösewichte seien und einen Anschlag auf die gesunde ukrainische Staatlichkeit planten, und dann gab es noch geheimnisvolle und verwaschene Berichte, denen man bei aufmerksamer Lektüre entnehmen konnte, daß in der Ukraine wieder irgendein Blödsinn am Kochen sei, daß irgendwo Reibereien mit den Polen und irgendwo Reibereien mit den Bolschewiken stattfänden, wobei ...

»Gestatten Sie ... gestatten Sie ...«

Zack, schon hatte Turbin sei Ehrenwort gebrochen. Er vertiefte sich in die Zeitung ...

»Ärzte und Feldschere haben sich zur Registrierung zu melden ... schwerste Strafen angedroht ...«

»Der Chef der Sanitätsabteilung bei diesem Barfüßler Petljura ist Doktor Kurizki ...«

»Alexej, geh dich lieber registrieren lassen«, warnte Myschlajewski, »sonst fällst du ganz sicher auf die Nase. Bewirb dich für die Kommission.«

»Herzlichen Dank.« Turbin zeigte auf seine Schulter. »Dann ziehen sie mich aus und fragen, wo ich diesen Schmuck herhabe. Die Löcher sind frisch. Dann flieg ich erst recht auf die Nase. Wir machen folgendes. Du, Nikolka, bringst den idiotischen Fragebogen für mich hin und sagst, ich wäre krank. Dann sehen wir weiter.«

»Dann stecken sie dich in ein Regiment, wenn du gesund antrittst«, sagte Myschlajewski.

Turbin machte eine Feige und hielt sie dahin, wo man den mythischen und gesichtslosen Petljura vermuten konnte.

»Dann tauche ich sofort unter und warte ab, bis sie diesen Gauner aus der STADT hinauswerfen.«

»Das werden sie tun«, sagte Karausche überzeugt.

»Wer?«

»Darum kümmert sich der Genosse Trotzki, verlaß dich drauf«, erklärte Myschlajewski finster.

Geld. Verdammt nochmal, die Praxis ist kaputt. Da. Es klingelt. Mach auf, Nikolka.

Der erste Patient erschien am 30. Januar abends gegen sechs. Höflich zog er vor Nikolka den Hut, stieg mit ihm die Treppe hinauf, *legte in der Diele den Mantel mit dem Ziegenfellkragen ab und trat ins Wohnzimmer.* Die Insassen der Wohnung saßen im Eßzimmer beisammen und unterhielten sich leise wie immer, wenn Alexej Sprechstunde hielt.

»Bitte schön«, sagte Turbin.

Vom Sessel erhob sich ein hagerer junger Mann mit gelblicher Gesichtsfarbe in einem grauen Feldrock. Seine Augen waren trüb, blickten aber konzentriert. Turbin, in weißem Kittel, ließ ihm den Vortritt in die Praxis.

»Setzen Sie sich. Womit kann ich Ihnen dienen?«

»Ich habe Syphilis«, sagte der Besucher heiser und sah Turbin offen und finster an.

»Waren Sie schon in Behandlung?«

»Ja, aber sie war schlecht und unregelmäßig. Sie half wenig.«

»Wer hat Sie zu mir geschickt?«

»Der Vorsteher der Nikolai-Kirche, Vater Alexander.«

»Wer bitte?«

»Vater Alexander.«

»Kennen Sie ihn?«

»Ich habe bei ihm gebeichtet, und das Gespräch mit diesem heiligen Alten hat mich seelisch erleichtert«, erzählte der Besucher und sah zum Himmel auf. »Ich glaubte, mich nicht behandeln lassen zu dürfen und die Prüfung, die Gott mir für meine schreckliche Sünde auferlegt hat, geduldig ertragen zu müssen, aber der Vorsteher hat mich überzeugt, daß ich falsch handle. Da habe ich mich gefügt.«

Turbin sah aufmerksam in die Pupillen des Patienten und prüfte als erstes die Reflexe. Aber die Pupillen waren normal, nur erfüllt von trauriger Schwärze.

»Hören Sie«, sagte Turbin und legte das Hämmerchen zur Seite. »Sie sind anscheinend ein religiöser Mensch.«

»Ja, ich denke Tag und Nacht an Gott und bete zu ihm. Er ist meine Zuflucht und mein Trost.«

»Das ist natürlich sehr gut«, sagte Turbin vorsichtig und ließ den Blick nicht von des anderen Augen. »Ich achte solche Gefühle, aber mein Rat ist: Geben Sie für die Dauer der Behandlung diesen hartnäckigen Gedanken an Gott auf. Er wird bei Ihnen schon zur fixen Idee. Und das ist in Ihrem Zustand schädlich. Sie brauchen Luft, Bewegung, Schlaf.«

»Nachts bete ich.«

»Das muß sich aber ändern. Sie müssen Ihre Gebetsstunden verkürzen. Die ermüden Sie, Sie aber brauchen Ruhe.«

Der Kranke senkte demütig den Blick.

Er stand nackt vor Turbin und ließ sich untersuchen.

»Haben Sie Kokain geschnupft?«

»Unter den abscheulichen Lastern, denen ich frönte, war auch dieses. Jetzt aber nicht mehr.«

Weiß der Teufel ... und wenn er ein Spitzbube ist und sich nur verstellt? Man muß in der Diele aufpassen, daß die Pelze nicht verschwinden.

Turbin kratzte dem Kranken mit dem Griff des Hämmerchens ein Fragezeichen auf die Brust. Das weiße Zeichen wurde rot.

»Sehen Sie, Dermographismus ist bei Ihnen vorhanden. *Hören Sie auf, sich für religiöse Fragen zu begeistern. Überhaupt sollten Sie möglichst wenig belastenden Gedanken nachhängen. Ziehen Sie sich an. Morgen fange ich an, Ihnen Quecksilber einzuspritzen, und in einer Woche mache ich Ihnen die erste Infusion.«*

»Gut, Herr Doktor.«

»Kokain – verboten. Trinken – verboten. Frauen auch.«

»Ich meide Frauen und Gifte. Ich meide böse Menschen«, sprach der Kranke, während er sein Hemd zuknöpfte. »Der böse Geist meines Lebens, der Vorbote des Antichrist, ist in die Stadt des Teufels gefahren.«

»So geht es aber nicht, mein Lieber«, stöhnte Turbin. »So landen Sie noch in der Nervenklinik. Welchen Antichrist meinen Sie?«

»Ich spreche von seinem Vorboten, Michail Semjonowitsch Schpoljanski, einem Menschen mit den Augen einer Schlange und einem schwarzen Backenbart.«

»Was sagen Sie? Mit schwarzem Backenbart? Bitte, wo wohnt er?«

»Er ist ins Reich des Antichrist gefahren, nach Moskau, um ein Signal zu geben und der bösen Engel Heerscharen in diese Stadt zu führen um der Sünden ihrer Bewohner willen. Wie weiland Sodom und Gomorrha.«

»Mit bösen Engeln meinen Sie die Bolschewiken? Einverstanden. Trotzdem, so geht es nicht. ›Backenbart‹ ... Folgendes: Ammon. Bromat. Kal. Bromat. Natr. Bromat. *Sie werden Brom einnehmen. Dreimal täglich einen Eßlöffel.* Wie sieht er aus, dieser Vorbote?«

»Schwarzhaarig ...«

»Jung?«

»Er ist noch jung. Aber Abscheulichkeit steckt in ihm wie in einem tausendjährigen Teufel. Er verführt Ehefrauen zur Unzucht, Jünglinge zum Laster. Schon schmettern die Trompeten der sündigen Heerscharen, und über die Felder schwebt das Antlitz des Satans, der ihnen folgt.«

»Sie meinen Trotzki?«

»Ja, das ist der Name, den er angenommen hat. Sein Name heißt auf hebräisch Abaddon und auf griechisch Appollyon, was bedeutet – der Verderber.«

»Ich sage Ihnen mit allem Ernst, wenn Sie damit nicht aufhören, wird bei Ihnen ... nehmen Sie sich in acht, das sind ja schon Wahnvorstellungen.«

»Nein, Herr Doktor, ich bin normal. Nicht was Sie denken. *Wieviel bekommen Sie für Ihr heiliges Werk?«*

»Na hören Sie, jedes zweite Wort bei Ihnen heißt ›heilig‹. In meiner Arbeit sehe ich nichts besonders Heiliges. Ich nehme für die Behandlung 400 Rubel. Sie wird etwa anderthalb Monate dauern. *Wenn Sie bei mir in Behandlung bleiben wollen, lassen Sie einen Vorschuß da.«*

»Sehr gut.«

Er knöpfte den Feldrock auf.

»Vielleicht ist bei Ihnen das Geld knapp«, murmelte Turbin und blickte auf die abgewetzten Hosenknie. (Nein, der ist kein Spitzbube, aber er schnappt über.) »Dann können Sie weniger geben.«

»Nein, Doktor, ich beschaffe Geld. Sie erleichtern die Menschheit auf Ihre Weise.«

»Und manchmal mit viel Erfolg. Das Brom nehmen Sie bitte regelmäßig ein.«

»Völlige Erleichterung, verehrter Doktor, finden wir nur dort.« Der Kranke zeigte fanatisch auf die weiße Decke. »Jetzt aber erwarten uns Prüfungen, wie wir sie noch nie erlebt haben. Und sie werden sehr bald kommen.«

»Danke bestens. Ich bin schon genug geprüft.«

»Verreden Sie's nicht, Doktor, das darf man nicht«, murmelte der Kranke, während er in der Diele seinen Ziegenpelz anzog, »denn es steht geschrieben: Der dritte Engel goß aus seine Schale in die Wasserströme, und es ward Blut.«

Irgendwo habe ich das schon gehört. Aber natürlich, er hat sich ja ausgiebig mit dem Priester unterhalten. Die haben sich gesucht und gefunden.

»Ich rate Ihnen allen Ernstes: Lesen Sie nicht so viel die Apokalypse. Ich wiederhole, es ist schädlich für Sie. Habe die Ehre. Morgen um sechs Uhr bitte. Nikolka, *laß den Herrn hinaus.«*

Eines Abends hob Scherwinski gefühlvoll die Hand und sprach:

»Na, wie findet ihr das? Als man sie aufsammelte, hatten sie an ihren Papachas rote Sterne.«

Alle hörten Scherwinski offenen Mundes zu, sogar Anjuta stand in der Tür.

»Was denn für Sterne?« fragte Myschlajewski äußerst finster.

»Kleine, wie Kokarden, fünfzackig. Auf allen Papachas. Und in der Mitte eine Sichel und ein kleiner Hammer. Sie drängen heran wie ein Heuschreckenschwarm. Die erste Division Petljuras haben sie schon geschlagen und aufgerieben.«

»Woher weiß man das?« fragte Myschlajewski argwöhnisch.

»Man weiß es gut, denn in den Hospitälern der STADT liegen schon Verwundete.«

»Aljoscha«, rief Nikolka, »weißt du, die Roten kommen! Es soll schon Kämpfe bei Bobrowizy geben.«

Turbin verzog böse das Gesicht und sagte zischend:

»Das gönne ich dem Hundesohn, so gehört es sich für den Dreckskerl.« Er hielt inne und machte den Mund auf. »Erlauben Sie ... vielleicht ist das eine Ente ... nur eine kleine Bande ...«

»Eine Ente?« fragte Scherwinski freudig. Er schlug die »Westi« auf und zeigte mit dem manikürten Fingernagel auf den Satz:

»Unsere Truppen haben mit einem glanzvollen Schlag die Roten in Richtung Bobrowizy zurückgeworfen.«

»Na, dann ist das wirklich sein Grab. Wenn so etwas drinsteht, haben die Roten Bobrowizy genommen.«

»Bestimmt«, bestätigte Myschlajewski.

Die Epauletten auf dem schwarzen Tuch. Das alte Sofa.

»So, Julia«, sagte Turbin und holte Myschlajewskis Revolver, den er sich für diesen Abend geliehen hatte, aus der Gesäßtasche. »Sag mir bitte, in was für Beziehungen stehst du zu Michail Schpoljanski?«

Julia prallte zurück, stieß gegen den Tisch, der Lampenschirm klirrte. Ihr Gesicht war zum erstenmal wirklich bleich.

»Alexej ... Alexej ... was tust du?«

»Sag mir, Julia, in was für Beziehungen stehst du zu Michail Schpoljanski?« wiederholte Turbin fest wie einer, der endgültig beschlossen hat, sich den schmerzenden faulen Zahn ziehen zu lassen.

»Was willst du wissen?« fragte Julia, ihre Augen bewegten sich, sie hielt die Hand vor die Mündung.

»Nur das eine: Ist er dein Liebhaber oder nicht?«

Julias Gesicht belebte sich ein wenig. Das Blut kehrte in den Kopf zurück. Ihre Augen glänzten sonderbar, als empfände sie Turbins Frage als ganz leicht und hätte sie Schlimmeres erwartet. Ihre Stimme belebte sich.

»Du hast nicht das Recht, mich zu quälen«, sagte sie. »Nun gut ... ich sage dir zum letzten Mal, er war nicht mein Geliebter. Er war es nicht.«

»Schwöre.«

»Ich schwöre.«

Julias Augen waren durch und durch hell wie Kristall.

Spät in der Nacht kniete Doktor Turbin vor Julia, sein Kopf lag auf ihren Knien, und er murmelte:

»Du quälst mich. Du quälst mich. Und den ganzen Monat, seit ich dich erkannt habe, lebe ich nicht. Ich liebe dich, ich liebe dich ...« Er murmelte leidenschaftlich, beleckte die Lippen.

Julia Reiß beugte sich über ihn und streichelte ihm das Haar.

»Sag mir, warum hast du dich mir hingegeben? Liebst du mich? Ja oder nein?«

»Ja«, antwortete Julia und blickte auf die Gesäßtasche des Knienden.

Als Turbin um Mitternacht nach Hause ging, war kristallklarer Frost. Der Himmel war hart und gewaltig und mit fünfzackigen roten Sternen übersät. Der größte und lebendigste war der Mars. Aber der Arzt blickte nicht zu den Sternen.

Er ging und murmelte:

»Ich will keine Prüfungen. Mir reicht's. Nur dieses Zimmer. Epauletten. Der Leuchter.«

Binnen drei Tagen änderte sich wieder alles, und die Prüfung, die letzte vor dem Beginn des neuen, nie gehörten und nie gesehenen Lebens traf alle gleichermaßen. Der Vorbote war Lariossik. Es geschah Punkt vier an dem Tag, als alle im Eßzimmer zu Mittag beisammen saßen. Sogar Karausche war da. Lariossik erschien im Eßzimmer und war noch festlicher als sonst gekleidet (harte Manschetten). Höflich und dumpf bat er:

»Jelena Wassiljewna, könnten Sie mir zwei Minuten Zeit widmen?«

»Ein Geheimnis?« fragte Jelena verwundert, stand raschelnd auf und ging ins Schlafzimmer.

Lariossik folgte ihr.

»Er hat sich etwas recht Interessantes einfallen lassen«, sagte Nikolka nachdenklich.

Myschlajewski, der von Tag zu Tag finsterer wurde, drehte sich finster um (er verdünnte gerade Sprit am Büfett).

»Was gibt's?« fragte Jelena.

Lariossik zog Luft durch die Nase, blickte mit schmalen Augen zum Fenster, klapperte mit den Wimpern und hielt folgende Ansprache:

»Jelena Wassiljewna, ich bitte Sie um die Hand von Anjuta. Ich liebe dieses Mädchen. Da sie einsam ist und Sie an ihr Mutterstelle vertreten, habe ich als Gentleman beschlossen, Sie davon in Kenntnis zu setzen und Sie zu bitten, für mich zu werben.«

Jelena zog die Brauen hoch, soweit es ging, und setzte sich in einen Sessel. Eine lange Pause trat ein.

»Illarion«, sagte Jelena endlich, »ich weiß entschieden nicht, was ich darauf sagen soll. Erstens, entschuldigen Sie, Sie haben doch kürzlich erst ein Drama durchgestanden ... Sie haben selbst gesagt, das wäre unheilbar.«

Lariossik lief rot an.

»Jelena Wassiljewna, ich habe diese schlechte Frau aus meinem Herzen gerissen. Ich habe sogar ihr Foto zerfetzt. Damit ist Schluß.« Lariossiks Hand schnitt horizontal ein Stück Luft ab.

»Und dann ... Sprechen Sie im Ernst?«

Lariossik war beleidigt.

»Jelena Wassiljewna ... Ich ...«

»Entschuldigen Sie schon. Wenn Sie es ernst meinen, dann Folgendes. Illarion Larionowitsch, Sie sollten trotzdem nicht vergessen, daß Sie Ihrer Herkunft nach nicht zu Anjuta passen ...«

»Jelena Wassiljewna, von Ihnen, mit Ihrem Herzen, hätte ich eine solche Entgegnung nicht erwartet.«

Jelena errötete, wurde verwirrt.

»Ich sage das nur deshalb: Ist unter solchen Umständen eine glückliche Ehe möglich? Außerdem, vielleicht liebt sie Sie gar nicht?«

»Das ist was anderes«, sagte Lariossik fest. »Dann natürlich … Dann … Jedenfalls bitte ich Sie, ihr meinen Antrag zu übermitteln.«

»Warum sagen Sie es ihr nicht selbst?«

Lariossik senkte den Blick.

»Ich bin verlegen … schüchtern …«

»Gut«, sagte Jelena und stand auf. »Aber ich möchte Sie warnen … Ich glaube, sie liebt einen anderen.«

Lariossik wechselte die Farbe und folgte Jelena ins Eßzimmer. Auf dem Tisch dampfte bereits die Suppe.

»Fangen Sie ohne mich an, Herrschaften«, sagte Jelena. »Ich komme gleich wieder.«

Im Zimmer hinter der Küche wich Anjuta, die sich in letzter Zeit sehr verändert hatte, mager und auf naive Weise reif und schön geworden war, vor Jelena zurück, machte eine abwehrende Handbewegung und sagte:

»Was sagen Sie da, Jelena Wassiljewna? Ich will ihn nicht.«

»Nun …«, antwortete Jelena erleichtert, »reg dich nicht auf, sag ihm ab, und fertig. Und bleibe ruhig. Du findest schon noch den Richtigen.«

Als Antwort fuchtelte Anjuta mit den Händen und brach, an den Türrahmen gelehnt, plötzlich in Schluchzen aus.

»Was hast du?« fragte Jelena beunruhigt. »Anjuta, was hast du? Wegen solch einer Kleinigkeit?«

»Nein«, antwortete Anjuta schniefend. »Nein, keine Kleinigkeit. Jelena Wassiljewna, ich …« Mit der Schürze verschmierte sie Tränen im Gesicht, und in die Schürze hinein sagte sie: »Ich bin schwanger.«

»Waas? Wie?« fragte Jelena bestürzt in einem Ton, als hätte Anjuta ihr etwas ganz Unwahrscheinliches mitgeteilt. »Wie konntest du, Anjuta?«

Im Schlafzimmer unter dem Falken verstieß Myschlajewski zum erstenmal im Leben gegen eine Regel, die der berühmte Kommandeur der schweren Mörserabteilung seinerzeit aufgestellt hatte: »Ein Artillerieoffizier darf nie die Fassung verlieren. Wenn er sie verliert, taugt er nicht für die Artillerie.«

Oberleutnant Myschlajewski verlor die Fassung.

»Weißt du, Viktor, du bist ja doch ein Lump«, sagte Jelena kopfschüttelnd.

»Meinen Sie wirklich?« sagte Myschlajewski matt und schüchtern und ließ den Kopf hängen.

In der Dämmerung dieses berühmten 2. Februar 1919, an dem das Mittagessen verdorben und in völliger Unordnung zu Ende gegangen war, brachte Myschlajewski Anjuta mit einem geheimnisvollen Brief von Turbin ins Krankenhaus (der Brief war von Jelena nach einer schrecklichen Schimpferei mit Turbin in dessen weißem Sprechzimmer erwirkt worden). Nikolka, der sich alles denken konnte, tröstete den vernichteten Lariossik, und Jelena lehnte in ihrem Schlafzimmer am Türsturz und sagte zu Scherwinski, der wie üblich auf ihrer Hand Tonleiter spielte:

»Was seid ihr doch für Spitzbuben ...«

»Nichts dergleichen«, antwortete der Dämon flüsternd und kein bißchen verlegen, dann blickte er sich verstohlen um, zog Jelena an sich und küßte sie auf den Mund (zum erstenmal im Leben, um die Wahrheit zu sagen).

»Lassen Sie sich hier nicht mehr blicken«, flüsterte Jelena wenig überzeugend.

»Ich kann nicht ohne Sie leben«, flüsterte der Dämon, und man weiß nicht, was er noch geflüstert haben würde, wenn es nicht in der Diele geklingelt hätte.

Zwei Bewaffnete in Grau standen in der Diele und ließen kein Auge von Doktor Turbin. Nikolka lief hochgradig verwirrt um ihn herum und konnte ihm noch zuflüstern: »Hau bei der ersten Gelegenheit ab, Aljoscha ... die ziehen doch schon ab«, dann steckte er ihm Myschlajewskis Revolver in die Tasche. Turbin machte schmale Augen und war bemüht, sich in Gegenwart der beiden Soldaten nicht aufzuregen. Er blickte in ein Papier, auf dem in ukrainischer Sprache geschrieben stand:

»Mit Erhalt dieses haben Sie sich sofort ...«

Kurz und gut: Er sollte sich im 1. Regiment der Blauen Division beim Regimentskommandeur melden, um als Arzt ernannt zu werden. Für Nichterscheinen binnen drei Tagen wurde ihm Kriegsgericht angedroht.

»Pfeif drauf«, flüsterte Nikolka lautlos und drängte Turbin zur Eßzimmertür. »Hau so schnell wie möglich ab. Am besten jetzt gleich, oder?«

»Das geht nicht. Dann halten Sie sich an Jelena«, nur mit den Lippen, »besser unterwegs.«

»Ich komme selber hin«, sagte er finster.

»Nein.« Die Soldaten schüttelten den Kopf. »Wir haben Befehl, Sie unter Bewachung hinzubringen.«

»Wo liegt das Regiment?«

»Es rückt jetzt aus der STADT nach Slobodka«, sagte einer der Soldaten.

»Wer befehligt?«

»Oberst Mastschenko.«

Turbin las noch einmal die Unterschrift – Chef der Sanitätsverwaltung Arzt Kurizki.

»Wal und Kater«, sagte Nikolka empört.

21* Der Herr Ataman glitzerte im blendend hellen Licht von Reif wie die alte Tanne und heulte in einer sonderbaren Sprache, in einem Gemisch von russischen, ukrainischen und selbsterfundenen Wörtern: »Verdammtes Arschloch! Zieh die Stiefel aus, sag ich dir! Zieh sie aus, du Dreckskerl! Und wenn deine Füße nicht erfroren sind, knall ich dich ab, du gottverdammter Hundsfott!«

* Die Kapitelzahl 20 ist im Manuskript nicht vorhanden.

Der Herr Ataman schwenkte die Mauser, zielte auf den Stern Venus, der über Slobodka schwebte, und zog durch. Fünf schräge Blitze zuckten hoch, fünfmal kam ohrenbetäubend und lustig ein Donnerschlag aus der Hand des Herrn Ataman, und fünfmal stieg lustig – da-da-da-da-da – spielerisch das Echo zwischen den vereisten Brückenpfeilern auf.

Danach fiel der spätere Privatdozent und qualifizierte Spezialist Doktor Turbin von der Brücke.

Die Kosaken prallten zurück wie eine durchdrehende Viehherde, die Krankenhauskittel drangen wie eine schwarze Mauer auf sie ein, das morsche Geländer brach krachend, und Doktor Turbin fiel mit einem kläglichen Schrei hinunter wie ein Sack Hafer.

Ja, Schnee ist kalt. Wenn man aber aus drei Sashen Höhe von einer Brücke in eine bodenlose Schneewehe fällt, ist er heiß wie kochendes Wasser.

Doktor Turbin drang in den Schnee ein wie ein Taschenmesser, durchbrach die dünne Kruste, riß eine zwei Meter hohe sengende weiße Wolke hoch und verschwand keuchend. Er fiel auf die Seite, sank noch tiefer, warf mit übermenschlicher Anstrengung eine zweite Wolke hoch, spürte kochendes Wasser an den Händen und hinterm Kragen und gelangte wie durch ein Wunder wieder heraus, zuerst bis zur Brust, dann bis an die Knie und an die Knöchel (kochendes Wasser in der Unterhose), dann erreichte er endlich die harte vereiste Böschung. Hier vollführte er gegen seinen Willen eine gigantische Pirouette, riß sich an Stacheldraht die linke Hand blutig und saß dann auf dem Eis.

Auf der Brücke knallte zweimal die Mauser, tobte Stimmengewirr und Getrappel. Eine Etage höher war die makellose dunkelblaue Nacht, dicht mit Sternen überschüttet. Den flimmernden Sternen wandte Turbin sein Gesicht mit den schneeweißen zottigen Wimpern zu und sagte, Schnee ausspuckend:

»Ich Idiot!«

Tränen traten ihm in die Augen, und er sprach weiter zu den Sternen und zu den gelben flimmernden Lichtern von Slobodka:

»Idioten verdienen eine Lehre. Geschieht mir recht. Weil ich nicht abgehauen bin ...«

Mit starrer Hand zog er irgendwie das Tuch aus der Hosentasche und wickelte es um die Hand. Es zeigte sofort einen schwarzen Streifen. Der Arzt starrte in den verzauberten Himmel und sprach weiter:

»Herrgott, wenn es dich gibt, dann mach, daß die Bolschewiken noch in dieser Minute nach Slobodka kommen. Noch in dieser Minute. Ich bin aus Überzeugung Monarchist. Aber in diesem Moment werden hier die Bolschewiken gebraucht. Verdammt. Es blutet ... tüchtig aufgeschürft. Ach, diese Schufte. Was für Schufte. Herrgott, mach, daß die Bolschewiken jetzt gleich aus der schwarzen Finsternis hinter Slobodka die Brücke stürmen.«

Er zischte lustvoll, als er sich die Matrosen in ihren schwarzen Jacken vorstellte. Sie brausen heran wie ein Orkan, und die Krankenhauskittel stieben auseinander. Es bleiben nur der Herr Ataman und dieser widerliche Affe mit der roten Mütze, Oberst Mastschenko. Beide fallen natürlich auf die Knie.

»Erbarmen, gnädiger Herr«, heulen sie.

Aber da tritt Doktor Turbin vor und sagt:

»Nein, Genossen, nein. Ich bin Monar ...«

Nein, das nicht ... So: ich bin gegen die Todesstrafe. Ja, ich bin dagegen. Karl Marx habe ich, ehrlich gesagt, nicht gelesen, und ich verstehe auch nicht ganz, was er mit dem Durcheinander hier zu tun hat, aber diese beiden gehören abgeknallt wie tolle Hunde. Es sind Verbrecher. Gemeine Pogromhelden und Räuber.

»Ach so«, antworten die Matrosen unheildrohend.

»Ja, Genossen. Ich werde sie selbst erschießen.«

Der Arzt hat einen Matrosenrevolver in der Hand. Er zielt. Auf den Kopf. Des einen. Auf den Kopf. Des anderen.

Der Schnee im Kragen schmolz, dem Arzt lief ein Frösteln über den Rücken, er besann sich. Ganz von Schnee überpudert, funkelnd und glitzernd, kroch er die Böschung hinauf zur Brücke. Die Hand schmerzte unerträglich, und in seinem Kopf war ein Glockengeläut.

Die schwarzen Kittel standen im Halbkreis. Die graue Menge floh vor ihnen und verschwand in dem rätselhaften Slobodka. Zwei Schritte von einem Maschinengewehr saß ein Kosak ohne Mütze im zertrampelten Schnee und zog, stumpf zu Boden guckend, die Schuhe aus. Der Herr Ataman hatte die linke Hand in die Hüfte gestemmt, die rechte schwenkte im Takt seiner Worte die Mauser.

»Zieh die Stiefel aus, du Halunke«, sagte er. Sein rundes pickliges Gesicht zeigte kalte Entschlossenheit. Die Soldaten mit den Schüsseln auf den Köpfen starrten offenen Mundes die Kosaken an. In ihren Augenschlitzen war brennende Neugier. Der Kosak mühte sich lange ab. Endlich ging der löchrige Stiefel vom Fuß. Ein fleckiger, starrer graublauer Fußlappen kam zum Vorschein. Für den Arzt dauerte es anderthalb bleierne Jahre, als der Kosak den scheußlichen Lappen abwickelte.

Er bringt ihn um, summte es in seinem Kopf, der Idiot hat ja gesunde Füße. Mein Gott, warum sagt er nichts? Ob ich mich einmische? Das nützt nichts, dann geht's mir womöglich an den Kragen. Ach, ich bin ein Lump.

Etwas wie ein Seufzer oder Stimmengewirr entrang sich den Soldaten.

Der Kosak hatte endlich den Lappen abgewickelt; langsam, mit beiden Händen hob er den Fuß zur Nase des Herrn Ataman. Es war ein total erfrorener, knorriger weißer Fuß.

Eine trübe Wolke der Verwirrung wischte die Entschlossenheit aus dem runden Gesicht des Herrn Ataman.

»Ins Lazarett. Laßt ihn durch.«

Die Krankenhauskittel wichen auseinander, und der Kosak betrat humpelnd die Brücke. Turbin sah, wie der Mann mit dem bloßen Fuß den Stiefel und das Lappenbündel in der Hand trug, und brennender Neid nagte an ihm. Wenn ich mitgehen könnte. Jetzt. Da ist die STADT, da. Auf den Bergen jenseits des Flusses leuchtet das Wladimir-Kreuz, und am Himmel liegt der phosphoreszierende blasse Widerschein der Lampen. Häuser. Häuser. Mein Gott. O Frieden. O selige Ruhe …

Tierisches Winseln drang plötzlich aus dem weißen Gebäude. Winseln. Dann ein Schlag. Winseln.

»Ein Jidd wird verprügelt«, sagte eine Stimme halblaut und genüßlich.

Turbin, frostig überpudert, fror erbärmlich, und vor seinen Augen wogte bald die weiße Wand mit den schwarzen Augenhöhlen der zerschlagenen Fenster, bald ein breites Etwas, das zufällig an ein menschliches Gesicht erinnerte, auf dem die graue deutsche Schüssel saß. In dem Gebäude schien man einen Teppich zu klopfen. Das Winseln wurde schriller und schwoll dermaßen an, daß es schien, ganz Slobodka wäre mit dem Geheul von tausend Menschen angefüllt.

»Was soll das?« rief eine Stimme scharf und schallend. Erst als das breite Etwas vor Turbins Augen war, begriff er, daß es seine eigene Stimme war, und er begriff auch deutlich, daß er, wenn das menschliche Geheul noch eine Minute dauerte, mit leichtem und freudigem Herzen die Fingernägel in den Mund des breiten Etwas schlagen und ihn blutig reißen würde. Das Etwas aber riß dieAugen weit auf und wich im Nebel zurück, beeindruckt von dem Ausfall des Feindes.

»Wofür schlagen Sie ihn?«

Das nicht wiedergutzumachende Unheil für den künftigen Privatdozenten unterblieb nur deshalb, weil ein Poltern auf der Brücke das Winseln und die Schläge übertönte und ein Strudel die behelmte Visage und Turbin herumwirbelte. Eine neue Menge von desertierten Kosaken und Haidamaken strömte aus dem Rachen von Slobodka zur Brücke. Der Herr Ataman wich zurück und feuerte vier Kugeln über die Köpfe hinweg.

»Blaue Division, hierher«, rief die Stimme von Oberst Mastschenko hämmernd. Die Mütze mit dem roten Oberteil flog hoch, der Hengst, von den schwarzen Kitteln bedrängt, bäumte sich vor den andrängenden Bajonetten auf.

»Im Schritt ... marsch.«

Das Schwarze Bataillon der Blauen Division dröhnte mit den knirschenden Schritten hunderter Füße, trug eingeklemmt die berittenen Offiziere mit sich fort, drückte die letzten Reste der provisorischen Holzbrüstung weg, wälzte sich in die schwarze Mündung und jagte die verwirrten Kosaken vor sich her. In dem Poltern war trüb eine Stimme zu hören:

»Es lebe Vater Petljura!«

O heimatliche ukrainische Sternennächte.
O Frieden und selige Ruhe.

Um neun Uhr abends, als die schwarze Truppe den geehrten Arzt und überhaupt alles vor sich her fegte, herrschte in der STADT jenseits des Flusses in der wunderbaren Wohnung der gewohnte Frieden der Gegenstände und die Verwirrung der Seelen. Jelena ging von einem schwarzen Fenster zum anderen und blickte hinaus, als könnte sie in der dichten Finsternis mit den Lichtern von Slobodka den Bruder sehen. Nikolka und Scherwinski folgten ihr auf den Fersen.

»Hör doch auf, Lena! Warum machst du dir Sorgen? Ihm passiert schon nichts. Er wird ja wohl auf die Idee kommen abzuhauen.«

»Wirklich, ihm passiert nichts«, bestätigte Scherwinski, und die pomadisierten Federn auf seinem Kopf sträubten sich.

»Ach, hört doch auf, mich zu trösten. Vielleicht schleppen sie ihn mit nach Galizien.«

»Was redest du denn da! Er kommt ...«

»Jelena Wassiljewna!«

»Gut, ich begleite ... Erlauben Sie mal.« Jelena nahm Scherwinski bei den Schultern und drehte ihn zum Licht. »Mein Gott, was ist denn das? Was sind das für Federn? Sie sind verrückt. Wo ist der Scheitel geblieben?«

»Hi-hi. Er hat sich eine Frisur à la Bolschewik gemacht.«

»Überhaupt nicht«, log Scherwinski und lief rot an.

Es war jedoch die Wahrheit. Gegen Abend war Scherwinski bei dem Friseur Jean gewesen, der zwei Monate lang unter Petljura das geheimnisvolle Ladenschild »Barbier« herausgehängt hatte. Hinterher war er noch herumgebummelt, hatte zugesehen, wie Petljuras Stabsoffiziere mit den rotgeschwänzten Mützen mit Autos zum Bahnhof flohen, und war schließlich mit einem schwarzen Arbeitskittel zusammengestoßen. Er wollte rechts ausweichen, der andere auch, dann links ... Endlich kamen sie aneinander vorbei.

»So was, ein ukrainisches Herrchen. Den halben Bürgersteig nimmt er ein. Solche Stöcke mit Goldknauf gehören weggenommen und in die allgemeine Kasse ...«

Nachdenklich und aufmerksam drehte Scherwinski sich um, betrachtete den ölverschmierten Rücken, lächelte, als hätte er etwas darauf gelesen, und murmelte:

»Man soll sich nicht anlegen. Gratuliere. In der Nacht werden die Bolschewiken in der STADT sein.«

Er schwenkte den berühmten Stock und änderte plötzlich die Richtung. Mit der Straßenbahn fuhr er zurück zur Lwowskaja-Straße und ging nach Hause in die Diki-Gasse. Zu Hause beschloß er, sein Aussehen zu verändern, und das tat er in erstaunlicher Weise. Statt des anständigen Jacketts trug er nun einen Pullover mit einem Loch auf dem Bauch; der Stock wurde der Mutter zur Aufbewahrung gegeben. Eine scheußliche Mütze mit Ohrenklappen ersetzte die Bibermütze. Unter der Mütze war der Kopf abscheulich verändert. Scherwinski hatte das Kunstwerk von Jean angefeuchtet und die Haare nach hinten gekämmt. Es sah gar nicht so schlecht aus. Ein gescheiter junger Mann mit huschenden Augen. Nichts von einem Offizier.

»Ich fahre zu den Turbins und werde da übernachten«, rief er in der Diele und probierte noch ein gräßliches Kleidungsstück an.

Jetzt waren die Haare getrocknet und sträubten sich hoch. Mein Gott.

»Machen Sie das weg. Ich werde nicht begleiten. Weiß der Teufel, ein Papua.«

»Ein richtiger Komantsche.«

»Häuptling Falkenauge.«

Scherwinski senkte gehetzt den Kopf.

»Na gut, ich geh mich kämmen.«

»Das denke ich auch. Nikolka, bring ihn in sein Zimmer.«

Nikolka öffnete die Tür, dann spielte er auf dem Klavier einen Marsch. Scherwinski ging puterrot an ihm vorbei und flüsterte: »Du Halunke.«

Als er zurückkam, war er kein Komantsche mehr, sondern ein glatt gekämmter Gardeoffizier.

Die STADT ist schön.

Die STADT ist glücklich.

Der Gesang, wie ein Stück amethystfarbener Samt, floß leicht dahin und beruhigte die unruhigen Herzen.

O STADT ...

Scherwinski konnte es sich nicht verkneifen, er ließ, allmählich anschwellend, sein berühmtes mi hören. Der Amethyst verwandelte sich in einen silbernen bohrenden Strom. Das Wohnzimmer dröhnte vibrierend wie eine Holzschachtel von den unzähligen Echos der Wände und Scheiben. Nikolka im Sessel zog vor Schreck und Genuß den Kopf in die Schultern.

»Ist das eine Stimme«, flüsterte er.

Und erst als der glattgekämmte Komantsche den Schall dämpfte, über die Klavierbegleitung triumphierte und in Mezzo-Voce sang:

Der Mond erstraaahlt ...

hörten Nikolka und Jelena das teuflisch drohende Klappern der Kessel. Der Akkord brach ab, aber durch das Pedal klang das do fort, dann verstummte auch die Stimme. Nikolka sprang auf.

»Ich laß mich köpfen, wenn das nicht Wassilissa ist! Der verdammte Kerl.«

»Mein Gott ...«

»Ruhig, ruhig, Jelena Wassiljewna.«

»Ich laß mich köpfen. Daß die Erde solch einen Feigling trägt.«

Draußen tobte dumpf der Hexensabbat. Nikolka steckte hastig Myschlajewskis Pistole in die Tasche.

»Nikolka, leg die Waffe weg, ich bitte dich.«

Die Eßzimmertür klappte, dann die Verandatür zum Hof. Das Getöse drang für einen Moment ins Zimmer. Auf dem Hof, im Nachbarhof und weiter, die ganze Straße entlang, wurden Marmeladenkessel geschlagen. Das entsetzliche Klappern erschütterte die Frostluft.

»Nikolka, geh nicht raus aus dem Hof. Leonid, lassen Sie ihn nicht.«

Nikolka hatte richtig geraten. Wassilissa war der Urheber des Alarms. Nikolka, der als Sekretär des Hauskomitees die Listen der Hauswache führte, hatte sich nicht das Vergnügen versagt, in der wirren Nacht zum Dritten Wassilissa mit der schwammigen Schustersfrau Awdotja Semjonowna zur Wache einzuteilen. Darum stand in der Spalte:

Von 20 bis 22 Uhr Awdotja und Wassilissa.

Es gab überhaupt viel Vergnügen. Nikolka hatte Wassilissa einen ganzen Abend lang im Gebrauch des österreichischen Karabiners unterwiesen. Wassilissa saß auf der Bank an der Wand, zusammengesunken und mit trüben Augen, und Nikolka riß mit dem Auswerfer klackernd Patronen heraus, bemüht, Wassilissa zu treffen. Nachdem er seinen Spaß gehabt hatte, hängte er den Marmeladenkessel zum Alarmschlagen an einen Akazienzweig. Der reglose Wassilissa und die mürrische Awdotja saßen verlegen auf der Bank.

»Passen Sie gut auf, Wassili Iwanowitsch«, sagte Nikolka besorgt. »Wenn etwas ist … gut zielen.« Er zwinkerte drohend zu dem Karabiner.

Awdotja spuckte aus.

»Krepieren soll dieser Petljura, soviel Unruhe bringt er den Menschen.«

Wassilissa kam in Bewegung, nachdem Nikolka sich entfernt hatte. Vorsichtig ergriff er den Karabiner bei der Mündung und beim Kolben, legte ihn unter die Bank mit der Mündung zur Seite und saß wieder still. Verzweiflung packte ihn am Ende seiner Wache um 22 Uhr, als in der STADT die Geräusche des Lebens verstummten und Awdotja strikt erklärte, sie müsse sich für fünf Minuten entfernen. Die Wedenezki-Arie des Gastes klang dumpf, dumpf durch die cremefarbenen Stores und erleichterte ein wenig das Herz des unglücklichen Wassilissa. Aber nur für einen Moment. Auf der Anhöhe über dem Schuppendach, auf der in Stufen der verwilderte verschneite Garten lag, huschte deutlich ein Schatten, und eine Schneeschicht kam raschelnd herunter. Wassilissa schloß die Augen und sah in einem einzigen Moment eine ganze Reihe von Bildern: Banditen dringen ein, schneiden ihm die Kehle durch, und er liegt tot im Sarg. Mit einem schwachen Schrei schlug er den Stock gegen den Kessel. Sogleich klapperte es im Nachbarhof, dann noch einen Hof weiter, und nach einer Minute heulte der ganze Andrejewski-Hang mit drohenden Kupferstimmen. In der Nr. 17 wurde schon geschossen. Wassilissa stand breitbeinig mit dem Stock in der Hand da.

Der Mond erstraaa …

Die Tür klappte, Nikolka eilte heraus und fuhr dabei in die Mantelärmel. Nach ihm kam Scherwinski.

»Was ist passiert?«

Statt einer Antwort zeigte Wassilissa mit dem Finger auf den Schuppen. Nikolka und Scherwinski gingen vorsichtig um ihn herum, stiegen das Treppchen hinauf und blickten durch die Pforte in den schwarzen Garten. In Nikolkas Hand knackte leise der Sicherungshebel. Aber der Garten war leer und stumm, Awdotjas Katze war längst verschwunden, vertrieben von dem teuflischen Krachen.

»Sie haben als erster geschlagen?« (Streng.)

Wassilissa holte krampfhaft Luft, beleckte die Lippen und antwortete:

»Nein, ich glaube nicht.«

Nikolka sicherte die Waffe, blickte zum Himmel und sprach beiseite:

»Was ist das bloß für ein Mensch!«

Dann lief er trotz Jelenas Verbot hinaus und blieb zehn Minuten verschwunden. Das Klappern hörte nebenan auf, dann in der 17 und 19, nur am Ende der Straße schoß noch lange ein unruhiger Bürger, doch auch das hörte schließlich auf. Wieder herrschte unruhige Stille.

Als Nikolka zurückkam, beendete er die Folter Wassilissas, indem er mit der herrischen Hand des Sekretärs des Hauskomitees Stscheglow und seine Frau holte (22–24 Uhr), dann schlüpfte er zurück ins Haus. Auf Zehenspitzen lief er ins Wohnzimmer, gab aber Jelena keine Gelegenheit, ihn mit Vorwürfen zu überhäufen, sondern flüsterte mit rollenden Augen wie ein Souffleur:

»Hurra! Freu dich, Jelena! Hurra! Petljura wird vertrieben. Die roten Indianer sind ihm auf den Fersen.«

»Was sagst du?«

»Hört doch ... Ich war eben auf der Straße und habe das Knarren gehört. Fuhrwerke, Fuhrwerke. Die Schwänze ziehen ab! Mit Petljura ist es aus!«

»Schwindelst du auch nicht?«

»Du bist komisch, was hätte ich davon?«

Jelena stand auf.

»Ob Alexej ihnen entkommt?«

»Natürlich. Er ist doch kein Idiot. Hör zu: Ich bin überzeugt, daß sie schon aus Slobodka vertrieben sind. Gut. Bloß wie vertreibt man sie und wohin? Klar, in die STADT, zurück über die Brücke. Wenn sie durch die STADT ziehen, wird Alexej abhauen.«

»Und wenn sie ihn nicht lassen?«

»Na, von wegen. Er darf nicht dumm sein. Er muß rennen.«

»Klar. Anders geht es nicht«, bestätigte Scherwinski, sein Gesicht zeigte auf komische Art heiliges Entsetzen vor der Zukunft. Leise ging er ans Klavier.

»Ich beglückwünsche euch, Genossen«, sagte Nikolka und spielte einen Redner auf einem Meeting, »jetzt kommen die Unsrigen: Trotzki, Lunatscharski und die übrigen.« Er legte die Hand in den Blusenausschnitt und stellte das linke Bein vor. »Richtig«, antwortete er sich selbst im Namen einer unsichtbaren Menge, dann legte er die Hände um den Mund und rief wie Soldaten auf dem Platz »Hurra«.

»Hurra!«

Scherwinski legte die Finger auf die Tasten. Sol ... do. Besiegelt mit einem Fluch.

Als Antwort an den Redner spielte ein Blasorchester. Die Illusion gelang so vollkommen, daß Jelena anfangs herzlich lachte und dann in Entsetzen geriet.

»Ihr seid beide verrückt. Auf der Straße sind Petljuras Leute!«

»Hurra! Nieder mit Petljura!«

Jelena stürzte zu Nikolka und hielt ihm den Mund zu.

Den ersten Mord seines Lebens sah Doktor Turbin auf die Sekunde genau um Mitternacht zwischen dem zweiten und dritten Februar am Eingang zu der verdammten Brücke. *Zwei Burschen zerrten einen Mann in zerfetztem schwarzen Mantel mit blutigem, rot und blau verfärbtem Gesicht durch den Schnee, und der Herr Ataman lief nebenher und schlug mit einem Ladestock auf ihn ein. Bei jedem Schlag zuckte der Kopf, aber der Blutüberströmte schrie nicht mehr, er stöhnte nur. Die wuchtigen Hiebe drangen durch den zerfetzten Mantel, und jedem Hieb folgte ein heiseres »Och!«.*

Turbins Beine wurden watteweich und gaben nach, und das verschneite Slobodka schwankte.

»Ach, du Jiddenfratze!« schrie der Herr Ataman wütend. »Zu den Holzstapeln mit ihm, dort wird er erschossen! Ich werd dir schon zeigen, dich in dunklen Ecken zu verstecken. Ich werd's dir schon zeigen! Was hast du hinter dem Stapel gemacht?«

Aber der Blutüberströmte antwortete nicht. Da lief der Herr Ataman vor, die Soldaten sprangen zur Seite, um dem hochgeschwungenen Metallstab auszuweichen. Der Herr Ataman hatte den Schlag schlecht berechnet, blitzschnell sauste der Ladestock auf den Kopf nieder. Es knackte, und kein »Och!« kam mehr von dem Mann. Sein Arm bog sich nach hinten, der Kopf zuckte, er brach in die Knie und fiel zur Seite, mit dem anderen Arm weit ausholend, als wollte er möglichst viel von der zertrampelten, kotigen Erde an sich raffen.

Turbin sah deutlich, wie sich die Finger verkrallten und über den schmutzigen Schnee kratzten. *In einer dunklen Blutlache liegend, zuckte der Mann einige Male* mit dem Unterkiefer, als würgte es ihn, *dann wurde* er *still.*

Turbin schluchzte sonderbar, wie krächzend, auf und ging betrunken schwankend von der Brücke zu dem weißen Gebäude. Er hob den Kopf zum Himmel, sah eine zischende weiße Laterne und darüber den *schwarzen Himmel mit* dem blassen Streifen der Milchstraße und *den flimmernden Sternen. In der gleichen Minute, als der Liegende sein Leben aushauchte,* sah der Arzt am Himmel ein Wunder. *Der Stern* Venus *über Slobodka explodierte plötzlich in der frostigen Höhe* wie eine Feuerschlange und sprühte Funken, dann folgte ein *ohrenbetäubendes Krachen.* Die schwarze Ferne, die lange das Böse mit angesehen hatte, kam endlich dem kraftlosen und kläglichen Mann zu Hilfe. Die Ferne gab einen seltsamen Laut von sich, dann setzte *schwerer und langgedehnter Donner ein. Ein zweiter Stern explodierte, aber etwas tiefer, dicht über den schneebedeckten Dächern.*

Die Kosaken, eine graue Herde, ergriffen die Flucht, und niemand konnte sie halten. Es floh auch die Blaue Division, eine ungeordnete Menschenmenge, und die geschwänzten Mützen der Haidamaken tanzten über dem schwarzen Strom. Verschwunden waren der Herr Ataman und Oberst Mastschenko. Hinter ihnen blieb für immer Slobodka mit den gelben Lichtern und der blendenden weißen Lichterkette auf der Brücke zurück. Die schöne, glückliche STADT auf den Bergen schwebte ihnen entgegen.

Bei der weißen Kirche mit den Säulen löste sich Doktor Turbin plötzlich von der schwarzen Kolonne. Ohne sein Herz noch zu fühlen, ging er mit steifen Beinen direkt auf die Kirche zu. Die Säulen rückten näher, immer näher. Der Rücken brannte wie von tausend Blicken. Mein Gott, hier ist zugenagelt. Kein Mensch zu sehen. Wohin? Wohin? Und da schallte auch schon von hinten das schreckliche, wohlbekannte:

»Halt!«

Die Säulen kamen näher. Das Herz stand still.

»Halt! Haaalt!«

Da gab sich Doktor Turbin einen Ruck und stürmte davon, daß es ihm ins Gesicht pfiff.

»Halt! Haltet ihn!«

Peng. Es krachte. Peng. Es krachte. Schuß. Schuß. Schuß. Die dritte Kolonne. Die vierte. Die fünfte. Der Arzt gewann sein Leben durch Zufall, er stürzte in eine Seitengasse. Auf der beleuchteten, geraden, zugenagelten Alexandrowskaja-Straße würden ihn die berittenen Haidamaken im Nu eingeholt haben. Aber jetzt weiter, hinein in das Netz der krummen schwarzen Gassen. Lebt wohl für immer! Leb wohl, Petljura! Peturra!

Doktor Turbin zwängte sich in einen Mauerdurchbruch. Eine Minute lang erwartete er den Tod durch Herzschlag und schluckte glühende Luft. Der Wind verwehte die Bescheinigung, wonach er als Arzt für das erste Regiment der Blauen Division mobilisiert sei. Für den Fall, daß er in der leeren STADT der ersten roten Patrouille begegnete. Wer konnte wissen?

Um 3 Uhr nachts schrillte in der Wohnung die Klingel.

»Na, was hab ich gesagt!« schrie Nikolka. »Hör auf zu heulen.«

»Jelena Wassiljewna, das ist er. Hören Sie auf.«

Nikolka sprang zur Tür, um zu öffnen.

»Herr du mein Gott!«

Die goldhaarige Jelena stürzte zu Turbin und prallte zurück.

»Du bist ja ... grau geworden.«

Turbin blickte stumpf in den Spiegel und lächelte schief, seine Wange zuckte. Dann krauste er die Stirn, zog mit Nikolkas Hilfe den Mantel aus, ging ohne ein Wort ins Eßzimmer, setzte sich auf einen Stuhl und sackte zusammen. Jelena sah ihn an, und wieder liefen ihr Tränen aus den Augen. Scherwinski und Nikolka betrachteten offenen Mundes die weiße Strähne auf dem Kopf.

Turbin ließ den Blick durch das stille Eßzimmer gleiten, der Blick verweilte auf dem Samowar und studierte minutenlang das Abbild in dem blanken Gefäß.

»Ja«, stieß er endlich sinnlos hervor.

Nikolka hörte dieses erste Wort und entschloß sich zu fragen:

»Hör mal, du ... Du bist natürlich abgehauen? Sag doch, was hast du bei denen gemacht?«

»Wißt ihr«, antwortete Turbin langsam, »stellt euch vor, sie tragen Krankenhauskittel, die von Petljuras Blauer Division. Schwarze ...«

Turbin wollte noch etwas sagen, aber statt einer Rede geschah etwas Unerwartetes. Er schluchzte laut auf, schluchzte noch einmal und heulte dann los wie eine Frau, den Kopf mit der grauen Strähne in den Armen. Jelena, die noch nicht wußte, was los war, schluchzte ebenfalls auf. Scherwinski und Nikolka waren so verwirrt, daß sie blaß wurden. Nikolka besann sich als erster und eilte ins Sprechzimmer, um Baldrian zu holen. Scherwinski räusperte sich und sagte vor sich hin:

»Ja, dieser Petljura ist eine Kanaille.«

Turbin hob das vom Weinen verzerrte Gesicht und rief schluchzend:

»Banditen! Aber ich ... ich ... bin ein Intelligenzlump.« Das war auch beiseite gesagt.

Äthergeruch breitete sich aus. Nikolka zählte mit zitternden Händen Tropfen in ein Glas.

Um halb vier schloß sich das Leben der Familie wie ein Ring um den warmen Platz des Zimmermanns von Zaardam. Man hatte abends geheizt, der Ofen hielt noch die Wärme. Die halbverwischten, zum Verschwinden verurteilten Inschriften blickten noch von der blanken Oberfläche, und die cremefarbenen Gardinen waren zugezogen. Die Uhr ging wie vor dreißig Jahren – tonk-tank, und ihr Schlag klang in dieser Nacht gewichtig und bedeutungsvoll.

Der grüne Spieltisch war seitlich an den Ofen herangeschoben worden, sonst hätte er nicht genug Platz gehabt, und die goldhaarige Jelena, die alle Prüfungen durchgestanden hatte, die eine Frau innerhalb von anderthalb schrecklichen Monaten nur durchstehen kann, saß im Sessel am Ofen, um nicht immer wieder aufstehen zu müssen, wenn sich die Karten am Ende eines Robbers so ergaben. Ein flauschiges Tuch hüllte sie ein, ihre weißen Arme lagen auf der grünen Ebene des Tischs, und Scherwinski sah sie unverwandt an. In den langen Fingern lag weibliche Kraft, lagen Selbstsicherheit, Versöhnung und Ruhe.

Lariossik, der Butterbrote gegessen und Tee getrunken hatte, wärmte sich linker Hand von Jelena, er vergaß allmählich Anjuta und den neuen Schicksalsschlag und konzentrierte sich auf die atlasblauen Sprenkel des geliebten Kartenspiels der Turbins.

Nikolka spielte konzentriert und aggressiv, er hatte so die Vorstellung, Scherwinski dreißig Karbowanzen abnehmen zu können, der hatte immer Geld, oho! Trotz dieser Erwägungen hielt er die Ohren gespitzt und horchte aufmerksam, ob es nicht am Tor klopfte, ob nicht die Ketten klirrend antworteten. Er hatte alles gehörig organisiert, so wie er es an der

Ingenieurhochschule gelernt hatte. Natürlich klappte es nicht immer, was sollte man machen, es gab auch Pech.

Jedenfalls hatte er alles in Ehren getan. Der Gang aus der Küche war nur mit einem leichten Haken verschlossen. Den Schlüssel der Pforte zur Straße hatte er eingesteckt. Wenn Leute kämen, um den Arzt zu suchen, der aus dem Regiment geflohen war, wenn also bei ihm zu Hause gefahndet würde, mußte Alexej sofort aufstehen und durch den Hinterausgang in den Hof fliehen, von dort durch den schmalen Spalt zwischen den beiden Schuppen, Nikolka hatte ein Brett gelockert, dann die Anhöhe entlang durch die verschneiten Gräben in den Nachbarhof Nr. 15 und hinauf in den Garten, wo er warten würde, bis die Leute wieder weg wären.

Was konnten die machen?

Gar nichts.

»Wo der Arzt ist? Eingezogen und mit dem Regiment weg. Er ist nicht mehr beim Regiment? Na, das ist nicht unsere Sache. Wir machen uns selber Sorgen und sind unruhig.«

Aber niemand kommt, niemand. Das ist an allem zu spüren. Sogar an Jelenas warmen weißen Armen, auch an der Uhr. Tonk-tank. Auch an Lariossik, der sich in das göttliche Spiel Wint vertieft hat. Auch am Ofen. Die weißen Kacheln glänzen, verströmen Wärme, der Ofen ist ein geheimnisvoller weiser Felsen, wohlig warm.

Eine Zeit ist das, eine Zeit ... Ach, ach ... Aber macht nichts, wir haben's überlebt und werden's weiter überleben. Nikolka trällert durch die Szene:

Mützen – guter Ton,
Stiefel – mit Fasson ...

Aber die Gitarre mag den Marsch der Ingenieurkompanie nicht mehr spielen. Das gibt es nicht mehr ... Etwas Neues, nie Gesehenes, Schreckliches rückt heran. Leise, Herrschaften, leise ... Ach, ach ...

Messung – so zum Spaß,
nur nach Augenmaß …

Niemand kommt. Niemand. Alexej quält sich unnötig in einem unruhigen Schlaf. Heute entlassen wir deinen Sklaven in Frieden … Es ist aus … Was weiter wird, weiß man nicht … Doch jetzt in Frieden … Unnötig quält sich der Mann … Selbst wenn man durchs Fenster schaut, merkt man sofort, daß nichts mehr sein wird … Peturra! Peturra! krächzt Alexej. Aber Peturra wird nicht mehr sein … Nein, es ist aus. Wahrscheinlich krähen irgendwo am Himmel schon die morgendlichen Hähne, also ist die ganze Kraft des Bösen weggeschmolzen, davongeflogen, hat sich in den Fernen hinter dem Schädelberg zu einem Knäuel geballt und kommt nicht wieder. Es ist aus. Für alle Fälle aber sitzen wir da und passen auf. Alexej soll schlafen, und wenn der Morgen graut, legen wir uns auch hin und schlummern.

Scherwinskis Hände füllten sich plötzlich mit roten Karten. Zitternd, räuberisch blickte er auf das, was er gekauft hatte, und sagte:

»Zwei Herz.«

»Verdammt, haben die ein Schwein«, knirschte Nikolka, der lauter kleine Pik hatte und verliebt die Treffdame betrachtete, die Irina Nai ähnlich sah, und um höher zu kommen, rief er:

»Vier Herz.«

»Fünf Karo«, sagte Jelena.

»Fünf Herz«, riskierte Lariossik und rollte die Augen so heftig, daß Nikolka sich demonstrativ bekreuzigte.

»Wir lassen nicht spielen«, blaffte Nikolka und erklärte mit rollenden Augen: »Kleine Pik.«

»In Herz«, kaufte Jelena.

»Ach«, seufzte Nikolka. »Nimm, nimm.«

Die Karten raschelten. Scherwinski zuckte zusammen, als er von Jelena vier Herz bekam. Er schob drei Treff weiter und dachte: Verdammt, hoffentlich hat nicht einer blank, dann schlug er feierlich die Glocke:

»Große Herzflöte.«

Lariossik überlegte, überlegte, dann knallte er das Pik As auf den Tisch mit der schwachen Hoffnung, Nikolka werde stechen, aber leider hatte Nikolka die Hand voller Pik. Scherwinski stach das As mit der Herz drei. Dann breitete er triumphierend zwölf Karten aus. Sie waren durchweg rot. Die roten Herzen leuchteten auf der grünen Wiese mit den weißen Zahlen. Elf rote Karten leuchteten auf dem Tisch, nur die zwölfte war das Karo As.

»Schon mal gesehen?« fragte Scherwinski siegesbewußt.

Die Partner waren geschlagen.

Draußen, weit weg, ein schwerer Kanonenschuß. Die vier Spieler machten große Augen. Dem ersten Schuß folgte ein zweiter, ein dritter.

»Ein Kampf?«

»Ja.«

Die dumpfen Schläge folgten in regelmäßigen Intervallen. Leise klirrten die Fensterscheiben der Veranda. Geschossen wurde irgendwo am Dnepr in Podol. Vielleicht direkt am Ufer. Scherwinski war aufgestanden, er bewegte langsam die Lippen und zählte:

»Neunundzwanzig ... Dreißig ... Einunddreißig ...«

Die Schläge verstummten. Man wechselte verständnislose Blicke. Scherwinskis Augen glänzten triumphierend.

»Wißt ihr, was das ist?« fragte er und antwortete sich siegesbewußt selbst: »Da wird Salut geschossen. Einunddreißig Schüsse.« Er wölbte die Brust vor und sagte: »Ich gratuliere, meine Herrschaften. Die Bolschewiken haben die STADT genommen. Ihre Batterie schießt irgendwo am Dnepr.«

Die schwarze Uhr ging und ging. Sie zeigte den Beginn der 4. Stunde des 3. Februar 1919.

Um vier schlief das kleine einstöckige Haus am Alexejewski-Hang unruhig. Es war eine warme Familiennacht in dem noch nicht zerstörten Heim Anna Wladimirownas. Schlaftrunkenheit wandelte in dem dunklen Wohnzimmer, wogte in den geschichteten Schatten. Der Ofen spendete den alten Zimmern noch Wärme. Vor den Fenstern erblühte immer siegreicher die eisige Nacht über der Erde. Die silbrige Milchstraße strahlte am Himmel, dort spielten die Sterne, dort schrumpfte und wuchs der Stern Venus.

In den warmen Zimmern nisteten Träume. In seinem Zimmer schlief der älteste Turbin. Das unvermeidliche winzige Lämpchen, treuer Freund der Nächte (Turbin konnte im Dunkeln nicht schlafen), leuchtete neben dem Bett auf einem Stuhl. Die Taschenuhr tickte. Der Traum entfaltete sich. Es war ein schwerer, kranker, eifersüchtiger Traum. In seiner schrecklichen Klarheit war er prophetisch. Ach, Julia Reiß quälte Alexej Turbin. Alexej liebte die geheimnisvolle Julia.

Es ist eine scheußliche Nacht. Verstehen Sie, es ist Nacht, doch alles ist zu sehen wie am Tag. Zugleich ist es dunkel. Und da schleicht, schleicht Alexej über die Terrassen des schönsten Gartens der Welt zu dem Häuschen. Er schleicht einem unbekannten Mann hinterher, der trägt einen schönen Zobelkragen, einen teuren Mantel und hat Gamaschen an den Füßen. Von Zeit zu Zeit ist das halbe Gesicht zu sehen. Es zeigt einen schwarzen Backenbart. Den schwarzen Backenbart des verhaßten Onegin. Turbin schleicht voller Grimm, Argwohn und Tapferkeit, und in seiner Tasche ist der treue Browning. Ach, wenn er doch das Gesicht dieses verdammten Menschen sehen könnte! Aber das Gesicht zeigt sich nicht. Nein. Der Mann hat kein Gesicht. Oh, prophetische Träume! Oh, glaubt an Träume. Wenn jemand sagt, man solle ihnen nicht glauben – lächerlich, schmählich, hört nicht darauf. Es gibt prophetische Träume.

Da, der Mann ohne Gesicht hat den kleinen Garten durchquert, über dem sich Zweige wölben, und geht direkt auf die ersehnte Tür zu. Sie öffnet sich von selbst und läßt den Mann in Julias Haus ein. So ist das also, denkt Turbin ingrimmig, so ist das also. Ich bringe ihn um.

Nach ihm hinein in die Tür, ins Wohnzimmer. Und da sieht er: Der verzauberte Onegin küßt Julia. Und hat wieder kein Gesicht. Julia zeigt lächelnd die Zähne. In ihrem Gesicht ist Liebe. Turbin weiß, daß Eifersucht sinnlos ist. Mit einer Waffe kann man Liebe nicht erzwingen. Der Unbekannte ohne Gesicht hat Julia gefügig gemacht. Er, Turbin, hat das nicht vermocht – was soll man machen. Aber das ist Wirklichkeit. Im Traum ist er voller Ingrimm. Ich bringe ihn um! Ach, Doktor Turbin, bitte nicht, vergessen Sie Julia, lassen Sie das, sie ist eine schlechte Frau!

Er dringt hinter Onegin ins Wohnzimmer ein und sieht, wie Onegin Julia küßt und aufs Sofa legt. Turbin greift in die Tasche und holt den Browning hervor. Julia schreit entsetzt, Onegin dreht sich um und hat noch immer kein Gesicht. Da sind purpurrote Lippen, da ist eine Nase, aber das fügt sich nicht zu einem Ganzen. Ein Gesicht wird nicht daraus. Der Browning läßt Turbin im Stich. Turbin zieht durch, der Bügel gibt nach wie eine Wachskerze in der Hand, der Browning knackt, die Feder in seinem Innern wimmert, aber kein Schuß fällt. Das gesichtslose Gesicht wird drohend und gefährlich. Ja, er ist gefährlich, der backenbärtige Onegin, und es ist zu spüren, daß er gefährliche Unterstützung hat. Kein Wort sagt der tückische Onegin, aber Turbin spürt bereits, daß die Tscheka da ist, um seine Seele zu holen. Turbin dreht sich um wie ein Wolf, was soll er tun, wenn der Browning nicht schießt? Dumpfe Stimmen in der Diele – sie kommen. Tschekisten kommen! Turbin weicht langsam zurück und spürt, wie gemeine Angst in seine Seele kriecht. Schreckliche Eifersucht, leidenschaftliche unerwiderte Liebe und Verrat, aber die Tscheka ist schlimmer als alles auf der Welt. »Ach du …«, sagt Turbin knirschend zu Julia.

Mal gehe ich,
mal stehe ich,
nur immer Julia
sehe ich!

Er droht mit der Pistole. Aber was ist eine Pistole wert, die nicht schießt? Turbin weicht zurück zur Tür, sie öffnet sich in ein schwarzes Loch, einen Schuppen, und an dessen Ende ist Licht – sie kommen mit Taschenlampen und suchen Turbin. Das schlimmste, unter den Tschekisten sieht er einen in Grau, mit Papacha. Das ist der Mann, den Turbin im Dezember in der Malo-Prowalnaja-Straße verwundet hat. Wildes Entsetzen packt Turbin. Er versteht nichts. Das war doch ein Petljura-Mann, und dies sind Tschekisten, Bolschewiken! Das sind doch Feinde? Feinde, verdammt nochmal! Haben die sich jetzt etwa zusammengetan? Wenn ja, ist Turbin verloren!

»Faßt ihn, Genossen!« schreit jemand. Sie stürzen sich auf Turbin. »Faßt ihn! Nehmt ihn fest!« brüllt der nicht ganz erschossene Vampir. »Haltet ihn!«

Alles vermischt sich. In dem Ring der Ereignisse, die einander abwechseln, ist eines klar – Turbin hat stets das Nachsehen, er ist immer und für alle ein Feind. Ihm wird kalt.

Er erwachte. Nichts! Welch ein Glück. Der Angeschossene, die Tschekisten – nicht da.

Auf dem Stuhl brannte friedlich und gleichmäßig das Lämpchen, die Uhr tickte, da lag das Zigarettenetui. Im Zimmer war es warm. Auf dem Tisch stand im Schatten Julias Bild mit dem lackierten Rahmen. Im Schatten.

»Erstens, erstens«, murmelte Turbin, »warum schlafe ich ... was ist mit den Petljura-Leuten? Womöglich holen sie mich?«

Er griff nach der Uhr. Viertel vor fünf. Die Nacht war ruhig, nichts störte die Schlaftrunkenheit. Der Rauch von Turbins Papirossa zog in Schwaden. Er ließ sie fallen, sie brannte ein münzgroßes Loch ins Laken. Dieses glimmte ein wenig und erlosch. Turbin lag in tiefem Schlaf. Das Bild der schlaflosen Julia stand im tiefen Schatten und sah den schlafenden Liebhaber mit untermalten Augen an.

Die Nacht blühte und blühte. *Der Morgen nahte, das unter zottigem Schnee begrabene Haus schlief. Der geplagte Wassilissa* schlief *in den klammen Laken und wärmte sie mit seinem abgemagerten Körper. Er hatte einen unsinnigen und runden Traum. Es hat gar keine Revolution gegeben, alles ist Unsinn und Nichtigkeit. Im Traum. Ein zweifelhaftes, trügerisches Glück überkommt ihn. Es ist Sommer, und er hat sich einen Gemüsegarten gekauft. Blitzschnell* wachsen die Gurken. *Die Beete bedecken sich mit lustigen* grünen *Ranken, aus denen Gurken wie grüne Zapfen hervorlugen. Wassilissa, in einer Leinenhose, steht da, betrachtet die liebe untergehende Sonne, kratzt sich den Bauch und murmelt:*

»So ist es besser … ohne Revolution. Nein, wissen Sie, mit solchen Schweinen kann man keine Revolution machen …«

Die Uhr … na?

Plötzlich erinnert er sich im Traum an die gestohlene Globusuhr und wünscht, daß es ihm um sie leid tut, aber die Sonne scheint so angenehm, daß aus dem Bedauern nichts wird.

In diesem herrlichen Augenblick kommen plötzlich runde, rosige Ferkel und wühlen mit ihren runden Rüsseln die Beete um, Erdfontänen spritzen hoch. Wassilissa nimmt einen Stock vom Boden und will die Ferkel verjagen, aber sie haben gefährliche scharfe Hauer. Sie greifen ihn an und springen dabei über einen Arschin hoch, denn in ihrem Innern sind Federn. Wassilissa schreit im Traum. Ein schwarzer Türflügel verbirgt die Ferkel, sie sinken in die Erde, und Wassilissa erblickte sein dunkles, feuchtes Schlafzimmer.

Die Nacht blühte. Die Schlaftrunkenheit flog wie ein grauer Vogel über die STADT, machte einen Bogen um das strahlende Wladimir-Kreuz, fiel hinter dem Dnepr in die undurchdringliche Nacht und schwebte die Eisenbahnschienen entlang. Sie erreichte die Station Darniza und verweilte. Auf dem dritten Gleis stand ein Panzerzug. Bis zu den Rädern waren die Wagen in grauen Stahl gezwängt. Die Lok glich einem kantigen schwarzen Felsen, aus ihrem Bauch fiel Glut auf die Schienen, von der Seite sah es aus, als wäre die Lok mit glühenden Kohlen gefüllt. Sie zischte leise und boshaft, etwas sickerte durch die Seitenwände, ihre stumpfe Schnauze schwieg, sie blinzelte den Wäldern am Dnepr zu. Die Plattformen waren verschlossen, aus Schießscharten blickten Maschinengewehre, dünne Lichtstrahlen drangen heraus. *Auf der hintersten Plattform ragte ein mit einer Klappe verschlossenes riesiges Geschützrohr in die schwarzblaue Höhe, dessen Mündung direkt auf das zwölf Werst entfernte mitternächtliche Kreuz zielte.*

Die Station war in Entsetzen erstarrt. Sie hatte sich die Dunkelheit tief in die Stirn geschoben, aus der, vom abendlichen Getöse verwirrt, gelbe Lichtchen blinkten. Auf ihren Bahnsteigen herrschte trotz der frühen Stunde ständige Hast. In der niedrigen gelben Telegraphenbaracke brannte in drei Fenstern grelles Licht, und durch die Scheiben drang pausenlos das Klappern von drei Apparaten. Trotz der grimmigen Kälte liefen Menschen in knielangen Schafpelzen, Militärmänteln oder schwarzen Joppen auf den Bahnstiegen hin und her. Etwas abseits vom Panzerzug stand ein langer Militärtransport, in dem alles wach war, Türen schlugen und Soldaten einander zuriefen. Lichtbündel fielen auf die schwarzen Schienen und Schwellen und auf den mit bunter Schlacke übersäten Schnee. Pistolenmündungen schauten aus Ledertaschen, Umhängetaschen baumelten.

Neben der Lok und dem ersten Wagen des Panzerzuges pendelte ein Mensch in langem Militärmantel, zerrissenen Filzstiefeln und spitzem Baschlik hin und her. Das Gewehr hielt er behutsam im Arm wie eine müde Mutter ihr Kind, und im spärlichen Licht der Laterne lief sein spitzer schwarzer Schatten mit dem stummen Bajonett auf dem Schnee zwischen den Schienen neben ihm her. Der Mensch war unendlich müde und tierisch durchgefroren. Die blauen Hände mit den steifen Fingern suchten in den zerfetzten Ärmeln vergeblich Wärme. Aus der rauhreifbedeckten, fransigen Baschliköffnung blickten der steifgefrorene Mund und die von bereiften buschigen Wimpern umrahmten Augen. Die Augen waren blau, müde, schläfrig, leidvoll.

Der Mann ging mechanisch hin und her, das Bajonett gesenkt, und hatte nur einen Gedanken: Wann endlich ist diese grimmig kalte Folter zu Ende, wann endlich darf ich von dieser vertierten Erde in einen Wagen gehen, wo die Heizungsrohre göttliche Wärme ausströmen, wo ich mich auf eine schmale Pritsche werfen, mich ausstrecken und ruhig liegen kann? Der Mann und sein Schatten liefen vom feuerspeienden Leib der Lok bis zu der dunklen Wand des ersten Wagens mit der schwarzen Aufschrift:

Panzerzug »Proletarier«.

Der Schatten, bald groß, bald häßlich bucklig, aber immer mit spitzem Kopf, pflügte mit seinem schwarzen Bajonett den Schnee. Die bläulichen Strahlen der Laterne hingen hinter ihm. Zwei bläuliche Monde schienen auf dem Bahnsteig, sie wärmten aber nicht, waren trügerisch. Der Mann suchte nach einer Wärmequelle, fand aber nichts, er biß die Zähne zusammen, bewegte die Zehen ohne jede Hoffnung, sie zu erwärmen, und starrte zu den Sternen auf. Am bequemsten war es ihm, den Stern Mars zu betrachten, der vorn, bei Slobodka, am Himmel leuchtete. Sein Blick überwand Millionen Werst und blieb auf dem rötlichen, lebendigen Stern haften. Der dehnte sich und schrumpfte wieder, war sichtlich lebendig und hatte fünf Zacken. Manchmal, wenn die Müdigkeit unerträglich wurde, blieb der Mann stehen, stützte den Gewehrkolben in den Schnee und sank im selben Moment in einen durchsichtigen Schlaf, aus dem weder die schwarze Wand des Panzerzuges noch die Geräusche der Station wichen. Aber dazu gesellten sich andere. Im Traum wuchs das Himmelsgewölbe riesig groß. Es war rot und ganz mit lebendig funkelnden Venussternen *übersät. Das Herz des Mannes füllte sich mit Glück. Da erschien ein unbekannter, unbegreiflicher Reiter im Kettenhemd und näherte sich ihm freundlich. Der schwarze Panzerzug drohte aus dem Traum zu verschwinden, statt seiner wuchs das im Schnee begrabene Dorf Malyje Tschugry auf. Er, der Mann, steht am Dorfeingang, und ihm entgegenkommt sein Landsmann und Nachbar.*

»Shilin?« fragte der Mann tonlos, nur mit dem Geist, und sogleich hämmerte die wachsame Stimme in seiner Brust drei Worte:

»Posten … Wachhabender … erfrierst.«

Mit übermenschlicher Anstrengung hob er das Gewehr auf, nahm es in den Arm, riß wankend die Füße vom Boden los und ging weiter.

Hin – zurück. Hin – zurück. Das Himmelsgewölbe seines Traumes verschwand. Über die ganze kalte Welt spannte sich dunkelblaue

Seide, durchbohrt von dem todbringenden schwarzen Rüssel des Geschützes. Am Himmel flimmerte die rötliche Venus, und im blauen Mond der Laterne funkelte antwortend auf der Brust des Mannes ein anderer Stern. Er war klein und hatte auch fünf Zacken.

Die aufgescheuchte Schlaftrunkenheit warf sich hin und her. Sie flog den Dnepr entlang, an den toten Anlegestellen vorbei, und fiel auf Podol nieder. Dort waren die Lichter längst erloschen. Alles schlief. Nur an der Ecke der Wolynskaja-Straße brannte in einem zweistöckigen Steinhaus in der Wohnung des Bibliothekars noch Licht. Dort saß in einem kleinen Raum, der wie ein billiges Hotelzimmer aussah, im Licht der Lampe mit gläsernem Buckel der blauäugige Russakow. Vor ihm lag ein schweres Buch in gelbem Ledereinband. Die Augen folgten den Zeilen langsam und feierlich.

»Und ich sah die Toten, beide, groß und klein, stehen vor Gott, und Bücher wurden aufgetan, und ein anderes Buch ward aufgetan, welches ist das Buch des Lebens. Und die Toten wurden gerichtet nach der Schrift in den Büchern, nach ihren Werken.

Und das Meer gab die Toten, die darin waren; und der Tod und die Hölle gaben die Toten, die darin waren; und sie wurden gerichtet, ein jeglicher nach seinen Werken.

....

Und so jemand nicht ward gefunden geschrieben in dem Buch des Lebens, der ward geworfen in den feurigen Pfuhl.

....

Und ich sah einen neuen Himmel und eine neue Erde; denn der erste Himmel und die erste Erde verging, und das Meer ist nicht mehr.«

Je weiter Russakow das erschütternde Buch las, desto heller wurde sein Verstand; er glich einem funkelnden Schwert, das die Finsternis durchdrang.

Qualen und Krankheiten kamen ihm unwichtig, unwesentlich vor. Sein Leben fiel von ihm ab wie Borke von einem vergessenen dünnen Zweig im Wald. Er sah die blaue, bodenlose Dunkelheit der Jahrhunderte, den Korridor der Jahrtausende. Er verspürte keine Angst, nur weise Demut und Ehrfurcht. Frieden legte sich auf seine Seele, und in Frieden kam er zu den Worten:

»... alle Tränen von ihren Augen, und der Tod wird nicht mehr sein, noch Leid noch Geschrei noch Schmerz wird mehr sein; denn das Erste ist vergangen.«

Der dunkle Schleier teilt sich und läßt den Leutnant Scherwinski zu Jelena ein. Seine pomadisierten Haare stehen gesträubt. *Seine vorstehenden Augen lächeln dreist.*

»Habe die Ehre«, *sagt er und knallt die Hacken zusammen,* »Kommandeur der Schützenschule, Genosse Scherwinski.«

Aus der Tasche holt er einen großen Flitterstern und befestigt ihn links an der Brust. Der Nebel des Traums umschwebt ihn, und sein Gesicht tritt aus den Schwaden wie ein Puppengesicht.

»Das ist Lüge«, schreit Jelena im Schlaf. »Sie gehören aufgehängt.«

»Bitteschön«, antwortet der Alptraum. »Riskieren Sie es, Madame.«

Er stößt einen frechen Pfiff aus und verdoppelt sich. Auf dem linken Ärmel erscheint ein Rhombus, und in dem Rhombus glüht golden ein zweiter Stern. Strahlen gehen von ihm aus. Auf der rechten Schulter entsteht eine blasse Ulanenschulterklappe. Die rechte wird blau, die linke steckt in einer rötlichen Joppe. Das rechte Bein steckt in einer Reithose aus dünnem blauen Tuch mit einer Litze, das linke in Schwarz. Nur die Stiefel sind einheitlich blank und unnachahmlich modern.

»Stiefel – mit Fasson«, singt Nikolka zur Gitarre. Die Kopfbedeckung hat zwei Seiten.

Die linke Hälfte ist tarngrün und hat einen halben roten Stern, die rechte glänzt hell und hat eine Kokarde.

»Ich fahre«, sagt Jelena im Schlaf mit Verachtung und Entsetzen.

»Verführer«, antwortet Scherwinski.

»Abenteurer! Abenteurer!« schreit Jelena.

»Entschuldigen Sie«, antwortet der zweifarbige Alptraum. »Alles doppelt, ich habe alles doppelt, aber nur einen Hals, und der gehört nicht dem Staat, sondern mir. Wir werden leben.«

»Der Tod kommt, wir werden sterben«, singt Nikolka und geht hinaus.

Er trägt die Gitarre im Arm, sein Hals aber ist blutig, und um seine Stirn liegt ein gelbes Kränzchen mit kleinen Ikonen. Jelena weiß sofort, daß er sterben wird, sie schluchzt bitterlich und erwachte mit einem Schrei in der Nacht.

Die Nacht schwamm und schwamm.

Und endlich hatte auch Petka Stscheglow einen Traum.

Petka war noch klein, deshalb interessierte er sich weder für die Bolschewiken noch für Petljura oder die Liebe der Erwachsenen. *Sein Traum war einfach und fröhlich wie der Sonnenball.*

Petka geht über eine große grüne Wiese, und auf dieser Wiese liegt eine glitzernde diamantene Kugel, größer als Petka selbst. Erwachsene kleben im Traum an der Erde, wenn sie fliehen wollen, sie stöhnen, wälzen sich und suchen die Füße aus dem Morast zu reißen. Kinderbeine aber sind flink und frei. Petka läuft zu der diamantenen Kugel und hebt sie fröhlich lachend auf. Die Kugel zerfällt in Tausende funkelnder Tröpfchen, die auf ihn niedersprühen. Das war Petkas ganzer Traum. Vor Vergnügen lachte er mitten in der Nacht laut auf. Hinter dem Ofen zirpte vergnügt das Heimchen für ihn. Petka träumte andere Träume – leicht und fröhlich, und das Heimchen zirpte und zirpte irgendwo in einer Ritze hinter dem Eimer sein Lied und belebte die schlaftrunkene, murmelnde Nacht der Familie. Draußen blühte und blühte die Nacht. *In ihrer zweiten Hälfte bedeckte sich Gottes schwerer blauer Vorhang, der die Welt umspannt, mit Sternen. Es sah so aus, als würde hinter diesem Vorhang an einem unermeßlich hohen Altar eine Abendmesse gelesen. Lichtchen wurden entzündet, und sie zeichneten sich als Kreuze, Büsche und Quadrate auf dem Vorhang ab. Über dem Dnepr ragte das mitternächtliche Wladimir-Kreuz von der sündigen, blutüberströmten und verschneiten Erde in die düstere Höhe. Von weitem schien es, als wäre der Querbalken verschwunden und mit dem senkrechten Balken verschmolzen und als hätte sich das Kreuz in ein drohendes scharfes Schwert verwandelt.*

Aber man braucht es nicht zu fürchten. Alles wird vorübergehen: Leiden, Qualen, Hunger, Blut und Massensterben. Das Schwert wird verschwinden, aber die Sterne werden auch dann noch da sein, wenn von unseren Leibern und Taten auf Erden kein Schatten mehr übrig ist. Die Sterne aber werden immer so da sein, schön und flimmerig. *Es gibt keinen Menschen, der dies nicht wüßte. Warum also wollen wir unseren Blick nicht zu den Sternen erheben? Warum?*

Literaturgeschichtliche Anmerkungen

I

»Die weiße Garde« (1923/24, letzte Redaktion 1929), der erste Roman Michail Bulgakows (1891–1940), ist Grundlage und Ausgangspunkt der vielschichtigen und wechselvollen Geschichte seines Schaffens. Die unmittelbare Handlung des Romans blieb äußerlich begrenzt auf die Ereignisse des zweimaligen Machtwechsels in Kiew zwischen dem 12. 12. 1918 und den ersten Februartagen 1919 – Flucht des von der kaiserlichen deutschen Interventionsarmee eingesetzten Hetmans Skoropadski vor den Truppen der Ukrainischen Rada unter Petljura, Vertreibung Petljuras aus Kiew durch die Rote Armee. Aber die Gestaltung dieser Episoden in den Bürger- und Interventionskriegen 1917 bis 1920 entfaltete sich zu Bulgakows erstem – heute prophetisch erscheinenden – großen Versuch, Genesis, Dialektik und Perspektive der ganzen Revolutionsepoche in einem geschichtsphilosophischen Roman parabelhaft zu erschließen.

Stoffgrundlage des Romans sind die Erlebnisse, Empfindungen und Gedanken Bulgakows in den Jahren 1917 bis 1920.* Revolution, Bürger- und Interventionskriege empfand Bulgakow als »Einbruch der Geschichte« in sein ganz anders gelagertes und gedachtes Leben. Der Zusammenstoß mit übermächtigen und unverständlichen Geschichtsmächten wurde für den sechsundzwanzigjährigen Kiewer Arzt Michail Bulgakow zu einer seeli-

* Das überraschende Buch einer ungewöhnlichen historischen Spurensuche: Tatjana Lappa »Zeugnisse vom äußeren Leben. Bulgakows erste Frau im Gespräch mit Leonid Parschin« (Verlag Volk und Welt, 1992) offenbart, aufschlußreich für Bulgakows künstlerische Weltsicht, wie im Roman die realen Vorlagen umgemodelt wurden.

schen, geistigen und sozialen Katastrophe. Seine gewohnte, festgefügte und unerschütterlich scheinende Welt russisch-patriotischer Intelligenztradition brach plötzlich zusammen. »Die ungewöhnlichen Abenteuer eines Arztes«, wie Bulgakow seine autobiographische Erzählung des Jahres 1922 über die Revolutionszeit nannte, begannen. Allein in Kiew erlebte er zehn Machtwechsel. Ungeahnte, unwahrscheinliche, phantastische geschichtliche Räume klafften plötzlich auf. Im stürmischen Wirbel der Zeit verwirrten sich Gegenwart, Vergangenheit und Zukunft in einem grotesken Reigen voller Überraschungen, Alpträume und Visionen. Der plötzliche Wechsel, die ständige Überschneidung von vertrauter, überschaubarer Realität und irrationalen Ausbrüchen voraus- oder zurückstrebender verdrängter Emotionen und nicht zuletzt die bittere Niederlage seiner »weißen Idee« drohten den sensiblen Arzt um den Verstand zu bringen. Sehr autobiographisch ist die Beschreibung der Stimmung jener Anhänger des russischen Ancien régime, die 1918 vor der Revolution ins noch bzw. wieder weiße Kiew wie in eine Arche Noah geflüchtet waren: »Sie begriffen, daß das Schicksal sie an die Besiegten band, und ihr Herz füllte sich mit Grauen ... ›Wir sind besiegt‹ ... Oh, nur wer selbst besiegt worden ist, weiß wie dieses Wort aussieht! Es gleicht einem Abend in einem Haus, wo die elektrische Beleuchtung defekt ist. Es gleicht einem Zimmer, auf dessen Tapeten sich grüner Schimmel ausbreitet, voll krankhaften Lebens. Es gleicht rachitischen Dämonenkindern, ranzigem Pflanzenöl, einem schmutzigen Fluch aus einem Frauenmund im Dunkel. Kurzum, es gleicht dem Tod.«

Das Ende des Bürgerkrieges erlebte Bulgakow typhuskrank als Militärarzt der weißen Freiwilligenarmee des Generals Denikin in Wladikawkas. Dort erwachte er am 15. Februar 1920 aus einem Alptraum, als die Stadt bereits von der Roten Armee besetzt war. In den »Aufzeichnungen auf Manschetten«* (1922/23), der Fortsetzung von »Die ungewöhnlichen Abenteuer eines Arztes«, beschreibt Bulgakow seine mit Realitätssplittern vermengten Fieberphantasien so: »Die Katastrophe? ... Was quält mich eigentlich? ... Die Menschenmassen? ... Der Schädel ... Der Kopf ... Dieser verfluchte Februarnebel ... Ich gehe ins Kloster. Bestimmt. In die Einöde, ins Kloster. Der Wald steht wie eine Wand, die Vögel zwitschern, kein Mensch weit und breit ... Dieser idiotische Krieg hängt mir zum Halse heraus! Ich fliehe nach Paris, schreibe dort einen Roman, dann gehe ich ins Kloster ... Ich verlange, mich sofort nach Paris zu schicken! Ich wünsche nicht länger in Rußland zu bleiben. Wenn Sie mich nicht hinschicken, dann geben Sie mir bitte meinen Brow ... Browning ... Mein Kopf! Mein Kopf! Keine Nonnen, keine himmlischen Heerscharen, sondern Dämonen trompeten und reißen mir mit glühenden Haken den Schädel auseinander. Mein Kopf! Licht ... Finsternis. Li ...«

Für die Literaturgeschichte bestimmt, erklärte Bulgakow Ende der zwanziger Jahre seinem Freund und ersten Biographen Pawel Sergejewitsch Popow: »Am 15. Februar 1920 erlebte ich einen seelischen Umbruch. Damals sagte ich dem Arztberuf für immer ade und gab mich ganz der Literatur hin.«

Dem seelischen Umbruch folgte der geistige. Dessen erstes großes literarisches Ergebnis ist der Roman »Die weiße Garde«. Er entwickelte sich von den Fieberphantasien des Februars 1920 zu einem »Roman des Selbstbewußtwerdens«, wie Juri Trifonow solch eine geschichtliche und ästhetische Selbstfindung eines Autors definiert hat. Vor allem ging es Bulgakow um das Begreifen der Ursachen seiner Niederlage und die Neubestimmung der eigenen Position für die nachrevolutionäre Zeit.

* Beide Werke in Band 5 dieser Ausgabe »Die rote Krone. Autobiographische Erzählungen und Tagebücher«.

II

Die Dimension des seelisch-geistigen Umbruchs Bulgakows, den die Arbeit an der »Weißen Garde« zeitigte, markieren zwei Grundsatzartikel des Schriftstellers zum Romanthema. Der eine, »Kommende Perspektiven« – Bulgakows allererste Publikation –, ist ein militanter Durchhalteappell für die »weiße Idee«. Er wurde neun Monate nach den Ereignissen geschrieben, mit denen der Roman »Die weiße Garde« endet, und erschien am 13. November 1919 (26. neuen Stils) in der Lokalzeitung »Grosny« der gleichnamigen kaukasischen Stadt, die damals eine Festung der Denikinarmee war. Der andere, die Skizze »Kiew–Die Stadt«, die Bulgakow nach einem Kiewbesuch im Mai 1923 zur Neusicht seiner Romanproblematik in der prosowjetischen Berliner Emigrantenzeitung »Nakanune« am 6. Juni 1923 veröffentlichte, ist ein Rückblick auf die Revolutionszeit und die Niederlage aller weißen und Interventionsarmeen und beschwört bei aller Skepsis hoffnungsvoll eine neue Alternative, ausgehend von den neuen historischen Gegebenheiten, der Sowjetmacht, die allein in der Lage war, die nationale Integrität Rußlands zu wahren und den Weg der Neuen Ökonomischen Politik (NÖP) eingeschlagen hatte.

In »Kommende Perspektiven« schrieb Bulgakow angesichts der im Herbst 1919 bereits entscheidend geschlagenen weißen Armeen Denikins, Koltschaks und Judenitschs: »Jetzt, da unsere unglückliche Heimat sich auf dem tiefsten Grund der Grube der Schande und der Armut befindet, in die uns die ›große soziale Revolution‹ gestoßen hat, beginnt bei vielen von uns immer häufiger ein und derselbe Gedanke aufzutauchen. Es ist ein hartnäckiger Gedanke. Er ist dunkel, finster, drängt ins Bewußtsein und fordert Antwort. Er ist einfach. Was wird denn mit uns weiter werden. Sein Erscheinen ist natürlich. Wir haben unsere jüngste Vergangenheit analysiert. Oh, wir haben sehr gut, fast jeden Moment der letzten zwei Jahre sehr gut untersucht. Viele haben jedoch nicht nur untersucht, sondern auch verflucht. Die Gegenwart liegt vor unseren Augen. Sie ist derartig, daß man diese Augen schließen möchte. Nur nicht sehen! Es bleibt die Zukunft. Die rätselhafte, unbekannte Zukunft. In der Tat: Was wird denn mit uns werden? ... Für uns ist es jetzt undenkbar aufzubauen. Vor uns liegt eine schwierige Aufgabe: Unser eigenes Land müssen wir erobern, ihnen wegnehmen. Die Abrechnung hat begonnen. Die Helden-Freiwilligen entreißen Trotzki die russische Erde Fußbreit um Fußbreit. Und alle, alle, sowohl diejenigen, die unerschrocken ihre Pflicht erfüllen, als auch jene, die sich in den Etappenstädten des Südens herumdrücken, in bitterer Verwirrung, glauben, daß die Rettung des Landes ohne sie zustande kommen könne – alle erwarten leidenschaftlich die Befreiung des Landes. Und es wird befreit werden. Denn es gibt kein Land, das keine Helden hätte, und es ist verbrecherisch zu glauben, daß Rußland gestorben ist. Aber wir müssen uns lange schlagen, viel Blut vergießen, denn, solange hinter der unheilverkündenden Figur Trotzkis noch die von ihm genarrten Wahnwitzigen mit Waffen in den Händen hin und her stampfen, wird es kein Leben geben, sondern Kampf auf Leben und Tod. Man muß sich schlagen ... Der Wahnwitz der zwei letzten Jahre hat uns auf einen schrecklichen Weg gestoßen, und es gibt für uns keinen Halt, keine Atempause. Wir haben begonnen, den Kelch der Vergeltung zu trinken, und wir werden ihn bis zur Neige austrinken ... Wir werden uns schlagen. Denn es gibt keine Kraft, die das ändern könnte. Wir werden die eigenen Hauptstädte erobern ... Die Schurken und Wahnwitzigen werden verjagt, verstreut und vernichtet werden. Und der Krieg wird zu Ende sein. Dann wird das blutüberströmte, zerstörte Land anfangen aufzuerstehen, langsam, schwer ... Wir werden zahlen müssen für die Vergangenheit ... Zahlen im übertragenen und direkten Sinne des Wortes. Zahlen für den Wahnwitz der Märztage (die Februarrevolution 1917 – R. S.), für den Wahnwitz der Oktobertage, für die nationalistischen ukrainischen Verräter, für die Verführung der Arbeiter, für Brest, für den wahnwitzigen Gebrauch der Gelddruckpresse ... für alles! Und wir werden die Rechnung bezahlen. Und erst dann, wenn es schon sehr spät sein wird, werden wir darangehen, das eine oder andere aufzubauen, um gleichberechtigt zu sein. Um wieder Zugang zu den Sälen von Versailles zu erlangen. Wer wird diese lichten Tage erleben? Wir? O nein! Unsere Kinder, vielleicht, aber vielleicht auch erst unsere Enkel, denn die Geschichte hat einen langen Atem. Und wir, Repräsentanten einer glücklosen Generation, werden auch noch auf dem Totenbett als erbärmliche Bankrotteure unseren Kindern sagen müssen: ›Bezahlt, bezahlt nach Ehr und Gewissen und gedenkt in alle Ewigkeit der sozialen Revolution!‹«*

1923 sieht Bulgakow dagegen in der Skizze »Kiew–Die Stadt« den »Einbruch der Geschichte« im Jahre 1917 und dessen Folgen als einen unabwendbaren und folgerichtigen historischen Prozeß im Sinne der Geschichtsphilosophie von Tolstois Roman »Krieg und Frieden«, der andere Ergebnisse zeitigte, als die feindlichen Parteien von gestern erhofften oder befürchteten, aber einen neuen nationalen, allrussischen Aufschwung ermöglichen könnte: »Es waren legendäre Zeiten, als in den Gärten der schönsten Stadt unserer Heimat eine sorglose junge Generation lebte. In den Herzen dieser Generation wurde damals die Zuversicht geboren, daß das ganze Leben so still und geruhsam verlaufen würde, in weißem Licht ... Doch es kam ganz anders. Die legendären Zeiten rissen ab, und plötzlich, drohend rückte die Geschichte heran. Ich kann den Moment ihres Erscheinens genau nennen. Es war am 2. März 1917 um zehn Uhr vormittags. Da traf in Kiew ein Telegramm ein, mit

* Vollständig in Band 5 dieser Ausgabe »Die rote Krone. Autobiographische Erzählungen und Tagebücher«.

zwei rätselhaften Worten unterschrieben: ›Deputierter Bublikow‹ (Der Duma-Deputierte A. A. Bublikow informierte als erster die Kiewer Eisenbahner über den Sturz der zaristischen Selbstherrschaft. Sein Telegramm wurde in der Zeitung »Kiewskaja Mysl« am 3.3.1917 veröffentlich – R. S.) ... Mit ihnen erteilte die Geschichte Kiew das Signal zum Anfangen. Und es fing an, und es dauerte vier Jahre. Was sich in dieser Zeit in der berühmten Stadt abspielte, fügt sich keiner Beschreibung. Es war, als sei eine automatische Bombe, wie bei Wells, unter den Gräbern der Fürsten Askold und Dir (Regierende Kiewer Fürsten, die 882 von dem Fürsten Oleg getötet wurden – R. S.) geplatzt. 1 000 Tage lang dröhnte und brodelte und loderte es nicht nur in Kiew selbst, sondern auch in seinen Vorgärten und Datschensiedlungen, zwanzig Werst im Umkreis ... Die einzigen, die damals nicht nach Kiew kamen, waren die Griechen. Das war ein Zufall, eine kluge Führung hatte sie in aller Eile aus Odessa hinausgebracht ... Es gibt keinen Zweifel, daß wir sie hinausgeworfen hätten. Hier sei nur erwähnt, daß die Deutschen, die eisernen Deutschen, mit den Schüsseln auf den Köpfen, die mit dem Feldmarschall Eichhorn und mit prächtigen, wohlgeschirrten Troßfuhren nach Kiew kamen, ohne Feldmarschall und ohne Troßfuhren und sogar ohne Maschinengewehre wieder abzogen. Die wütenden Bauern hatten ihnen alles abgenommen. Den Rekord schlug der berühmte Buchhalter und spätere Angestellte des Städtebundes Semjon Wassiljewitsch Petljura. Viermal drang er in Kiew ein, und viermal wurde er wieder hinausgeworfen. Als letzte, kurz vor Toresschluß, kamen die polnischen Pans (der vierzehnte Besuch) mit französischen Geschützen. Anderthalb Monate lang spazierten sie durch Kiew. Die Kiewer, durch Erfahrung gewitzt, musterten die dicken Geschütze und den himbeerrosa Uniformansatz und sagten voller Überzeugung: ›Die Bolschewiken sind bald wieder da.‹ Und alles traf ein wie gedruckt. Bei Einbruch des zweiten

Monats, bei völlig wolkenlosem Himmel, drang die sowjetische Reiterei rücksichtslos und nach Budjonny-Art dahin vor, wohin sie sollte, und die Pans verließen binnen weniger Stunden die verwunschene Stadt. Aber hier ist eine Einschränkung vonnöten. Alle, die vor ihnen Kiew besucht hatten, verließen es im Guten und beschränkten sich auf eine vergleichsweise unschädliche Beschießung der Stadt aus Sechs-Zoll-Geschützen von heuchlerischen Positionen her. Unsere europäischen Vettern aber gedachten mit ihren Sprengmitteln zu protzen und sprengten drei Dnepr-Brücken, wobei die Kettenbrücke total zu Bruch ging. Noch immer ragen statt des prächtigen Bauwerks, des Stolzes von Kiew, nur die trostlosen grauen Brückenpfeiler aus dem Wasser. Au, ihr Polen, ihr Polen. Eijeijei, ein herzliches Dankeschön wird euch das russische Volk sagen. Nicht verzagen, liebe Kiewer Mitbürger! Es kommt der Tag, und die Polen werden uns nicht mehr böse sein, sondern uns eine neue Brücke bauen, schöner als die frühere. Natürlich auf eigene Kosten ... Die Stadt ist jetzt erschöpft nach den furchtbaren Donnerjahren. Sie ist still. Aber ich höre schon das Vibrieren des neuen Lebens. Die Stadt wird ausgebaut werden, ihre Straßen werden wieder brodeln, und sie wird sich erheben über den Fluß, den Gogol liebte, und wieder eine majestätische Stadt sein. Die Erinnerung an Petljura aber möge vergehen.«

In »Kiew–Die Stadt« weist Bulgakow auch indirekt auf die großen Hoffnungen hin, die er mit dem 1923 noch als Trilogie über die Zeit bis 1920 konzipierten Roman »Die weiße Garde« hegte: »Wenn ein Blitzschlag vom Himmel (denn auch der himmlischen Geduld sind Grenzen gesetzt) die zeitgenössischen Schriftsteller bis auf den letzten Mann tötet und in fünfzig Jahren ein wirklicher Lew Tolstoi erscheint, dann wird ein großartiges Buch über die gewaltigen Kämpfe in Kiew entstehen. An diesem grandiosen Denkmal der Jahre 1917 bis 1920 werden sich Verleger eine goldene Nase verdienen.«

III

In dem Stück »Don Quijote« (1938) hat Bulgakow auch seine eigene Tragödie und die seiner Epoche zukunftswichtig verallgemeinert und deren inneren Widerspruch dialektisch aufzuheben versucht: Das ideale Streben des »Ritters von der traurigen Gestalt« nach dem »Reich der Wahrheit und Gerechtigkeit«, in dem es »kein Gold« gibt, »von welchem alle Lüge, aller Betrug, alle Bosheit und alle Eigensucht herrührt«, wird nicht in Frage gestellt. Zugleich aber deckt Bulgakow schonungslos die grotesken Folgen des falschen Weges eines Don Quijote auf, des Gebanntseins von irrealen Dogmen, von der Magie der »Ritterbücher«. Erst die Niederlage im direkten Waffengang hat Don Quijote von seinem Wahn befreit. Und sein Vermächtnis lautet: Folgt nicht den »Ritterbüchern«, aber »der Seele eines Ritters«.

In diese weltgeschichtliche Verallgemeinerung des späten Bulgakow geht auch seine frühe bittere Erfahrung an der Seite der »Freiwilligen-Helden« und als Propagandist jener Ritter der Weißen Idee ein, die den »Einbruch der Geschichte« der Jahre 1917 bis 1920 in der Kostümierung und mit den Schlachtparolen der »Schokoladenbücher« der russischen Literatur des 19. Jahrhunderts zu bannen und gewaltsam zu bewältigen suchten.

Auch der Autor von »Kiew–Die Stadt«, der Bulgakow des Jahres 1923, der die Schrecken und den Wahnsinn der Bürger- und Interventionskriege auflistet und auf die Karte nationaler Wiedergeburt in Hoffnung auf eine Evolution der Sowjetmacht setzt, ist seiner »Ritterseele« des Jahres 1919 gerade dadurch treu geblieben, indem er sich von der Magie der damaligen weißen »Ritterbücher« befreit hatte.

In dem Roman »Die weiße Garde« wird eine analoge rigorose »Zurücknahme« ritterlich-epigonaler Totenbeschwörungen von »Schokoladenbüchern« des 19. Jahrhunderts und gleichzeitige Berufung auf deren »Seele« zum übergreifenden Kompositionsprinzip. Bulgakows Wahrheitssuche beginnt mit der kritischen Neusicht der Rußlandbilder Puschkins, Tolstois und Dostojewskis.

Als wichtigstes »Schokoladenbuch« wird in der »Weißen Garde« Lew Tolstois großer Roman »Krieg und Frieden« (1868–69) über das Zeitalter der Französischen Revolution, Napoleons und besonders des russischen »Vaterländischen Krieges« von 1812 bis zur Herausbildung der antizaristischen Dekabristenbewegung innerhalb der russischen Adelsintelligenz direkt genannt.

Entwicklung und Gliederung des geschichtlichen Vorgangs in den drei Teilen der »Weißen Garde« knüpft in der äußeren Handlung parodistisch und in der »Seele« bestätigend an Tolstois Gestaltung des russischen Verteidigungskrieges gegen Napoleon an. Tolstois Darstellung des Sieges gegen den Usurpator und Eroberer Napoleon konzentriert sich auf drei Hauptmomente: Der nationale Zusammenschluß aller Klassen und Stände gegen den Eindringling unter Führung der militärischen Intelligenz, der in der Treue zum Zaren Alexander I. symbolisiert wird. Die Wende des Krieges durch die Schlacht von Borodino sowie durch die Räumung und den Brand Moskaus, als Napoleon in die Hauptstadt einzieht. Und schließlich die Entfaltung des Vaterländischen Krieges und die Vertreibung der Großen Armee Napoleons durch den erhobenen Knüppel des Volkswiderstandes.

Von einer Wiederholung dieses klassischen Vorgangs träumen die Turbins und ihre Freunde, als Petljuras große Rebellenarmee im Dezember 1918 Kiew bedroht. Doch schon ihre Beschwörung des Geistes von Borodino und die Legende von der angeblichen Rettung und Rückkehr des Zaren im ersten Teil des Romans ist eine bittere Parodie auf den patriotischen Aufschwung, den die Ankunft Alexander I. in der Hauptstadt vor der Schlacht von Borodino auslöste. Das Farcenhafte dieser Totenbeschwörung deutet bereits das große Gelage im Turbin-Haus an. Genauso hilflos und illusionär ist der Aufbruch der Turbins zu ihrem Borodino in den letzten Kapiteln des ersten Romanteils. Sie berauschen sich an Lermontows Versen: »Und nicht umsonst gedenkt ganz Rußland des Heldentags von Borodino.« Aber als die neuformierte Weiße Garde im Gymnasium an dem großen Wandbild der Schlacht von Borodino vorbeimarschiert, wirft das Licht nur »einen schwachen Widerschein auf Alexander«. Die Beschwörung des Geistes von Borodino wird zum gespenstischen Schattenspiel. Alexej Turbin wird sich dieser Tatsache allmählich bewußt: »Leere Trauer erfaßt ihn.« Und die Erinnerung an die goldene legendär gewordene Schulzeit verbindet sich mit seiner Gymnasialweisheit von Borodino. »Oh, mein Gott, mein Gott! Damals war Sonnenschein«, seufzt er in Erinnerung an die Vergangenheit und in Verzweiflung über die Gegenwart: »Jetzt muß man verteidigen ... Aber was? Die Leere? Den Widerhall der Schritte? Kannst du, Alexander, mit den Regimentern von Borodino das untergehende Haus retten? Werde lebendig, führe sie von der Leinwand herab. Sie würden Petljura schlagen.« Und weiter gelangt Alexej Turbin zu der Einsicht: »Schluß mit der Sentimentalität. Wir waren unser ganzes Leben lang zu sentimental. Schluß.« Aber noch dominiert das Traditionsbewußtsein. Wie illusionär es aber geworden ist, veranschaulicht Bulgakow zugespitzt durch die Schilderung der »militärisch wichtigen Nacht« vor dem erhofften neuen Borodino: »Aus dem Fenster des Geschäfts von Madame Anjou fällt Licht. Das Licht zeigt die Damenhüte, Korseletts, Schlüpfer und Sewastopoler Geschütze. Ein Junker pendelt hin und her. Friert, zeichnet mit dem Bajonett die Initialen des Kaisers. Im Alexander-Gymnasium brennen die Lichtkugeln wie bei einem Ball. Myschlajewski, der sich hinlänglich mit Wodka gestärkt hat, läuft dauernd, um Alexander den Gesegneten zu sehen, und wirft Blicke zum Schaltkasten.« Aber in dieser Nacht flieht der vermeintliche Statthalter des Zaren Hetman Skoropadski in deutscher Uniform aus Kiew nach Berlin und mit ihm der örtliche weiße General Fürst Belorukow (in Wirklichkeit Fürst Dolgorukow). Das neue Borodino findet überhaupt nicht statt, obwohl die Junker noch in naiver Begeisterung borodinomäßig antreten: »Um sieben Uhr stand auf dem von rosa Lampenglocken beleuchteten Schlachtfeld von Borodino, murmelnd und in der Morgenröte fröstelnd, die gleiche langgezogene Raupe, die gestern die Treppe empor auf Alexander zustrebte.«

Der Unterschied zwischen der historischen Situation 1918 und dem von Tolstoi beschriebenen Modellfall von 1812 wird immer offenkundiger: Der erhobene Knüppel des Volkskrieges richtet sich zwar noch in erster Linie gegen die deutschen Okkupanten, aber zugleich auch gegen deren Statthalter – Skoropadski, die zaristische Generalität, die Gutsbesitzer und allgemein gegen die Weißen. Die von Tolstoi beschworene nationale Eintracht von 1812 gibt es nicht mehr. »Krieg und Frieden« erweist sich daher für die Turbins als ein »Schokoladenbuch«. Sie stehen vor dem Dilemma: entweder den Krieg gegen das eigene Volk mit den Parolen von 1812 führen und zu »erbärmlichen Bankrotteuren« werden oder umdenken. Ersteren Weg will Myschlajewski noch einschlagen. Er rät, nach dem Vorbild des Brandes von Moskau das Gymnasium anzuzünden: »›Das Zeughaus, die Geschütze und das Wichtigste‹ – er wies mit der Hand durch die Tür, wo im Vestibül der Kopf Alexanders zu sehen war –, ›werden Petljura in die Hände fallen‹.« Wenn Oberst Malyschew diese sentimentale Totenbeschwörung verbietet und seine weiße Division auflöst, weist er bereits auf jene Alternative, die sich Bulgakow selbst erst 1920 erschließen sollte.

Indem Bulgakow diesen kompositionellen Knotenpunkt seines Romans bereits bei der Schilderung der Dezemberereignisse 1918 in Kiew setzt, bestätigt er zugleich bei aller Parodie auf »Krieg und Frieden« als »Schokoladenbuch« die Gültigkeit von Tolstois Geschichtsphilosophie mit dem Blick auf den notwendigen Gang des Ganzen und der entscheidenden Kraft der Volksbewegung.

Dieser Doppelcharakter der Rezeption von »Krieg und Frieden« durchzieht den ganzen Roman. Schon in der Exposition des ersten Kapitels betont der Autor bei aller Nähe zu seinen Helden und ihrer Wehklage – »Wofür das Leid? Ist das nicht ungerecht?«: »Der zum geborstenen schwarzen Himmel aufstrebende Gott gab keine Antwort, und Nikolka selbst wußte noch nicht, daß alles, was geschieht, richtig ist und sich stets zum Guten wendet.«

IV

Im weiteren Verlauf der Romanhandlung, wohlgemerkt des ersten Teils der geplanten Trilogie, wendet sich allerdings kaum etwas »zum Guten«. Immer offensichtlicher dominiert eine apokalyptische Epochensicht in der Tradition Dostojewskis über eine Geschichtskonzeption im Geist von »Krieg und Frieden«. Darauf zielt letztlich der notwendige Gang des Ganzen der Romangestaltung. In dieser Hinsicht wird die Rezeption Dostojewskis der Tolstois übergeordnet. Darauf orientieren bereits die beiden Mottos, die Bulgakow dem Roman vorangestellt hat. Sie variieren die beiden Mottos von Dostojewskis Roman »Die Dämonen« (1872). Auch Dostojewski wählte als Motto ein Zitat aus Puschkin und eins aus der Bibel. In dem Puschkin-Zitat aus dem Gedicht »Dämonen« ist auch von dem revolutionäre Bewegungen symbolisierenden Schneesturm die Rede: »Schlag mich tot, wie fortgeblasen/ Wir sind ab vom Weg. Was tun?/ Teufel ziehn uns an der Nase/ Drehn uns in der Irre nun .../ Wieviel sinds? Was sie nur haben? Warum heult so weh die Schar?/ Wird ein Hausgeist hier begraben? Ists die Hexenhochzeit gar?« Und aus der Bibel zitiert Dostojewski aus dem Lukas-Evangelium (Kapitel 8, Vers 32–37) das Gleichnis, wie Jesus Dämonen austrieb, diese in eine Herde von Säuen fuhren, die Herde sich darauf vom Abhang in die See stürzte und ersoff. Bulgakows Zitat aus Puschkins »Hauptmannstochter« leitet die schicksalhafte Begegnung des jungen zarentreuen Offiziers Grinjow mit dem späteren Bauernrebellen und Usurpatoren des Zarenthrons Pugatschow ein. Pugatschow rettet Grinjow aus der Weglosigkeit des Schneesturms, und es beginnt eine persönliche Freundschaft, dank derer Grinjow auch die Wirren des Pugatschowaufstandes glücklich überstehen kann. Das Motiv des symbolischen Schneesturms wird so als Auftakt eines ganz realen großen Bauernaufstandes gedeutet. Und Bulgakows biblisches Motto (Offenbarung des Johannes, Kapitel 20, Vers 12) stellt Dostojewskis Hoffnung, daß nur einzelne Dämonen aufgetaucht seien, die spurlos ausgetrieben werden können, die reale Vision eines Jüngsten Gerichts entgegen.

Zu bedenken ist in diesem Zusammenhang, Puschkins »Hauptmannstochter« wird in der »Weißen Garde« neben »Krieg und Frieden« als ein »Schokoladenbuch« bezeichnet, nicht aber Dostojewskis Roman. Angesichts der Bauernrevolution der Jahre 1917–20, die zunächst – in der Ukraine – Petljura, dann der Roten Armee unter Trotzki den Sieg über die Weißen ermöglichte, erscheint den Turbins der begrenzte und von den Zarentruppen niedergeschlagene Pugatschowaufstand des 18. Jahrhunderts trotz aller Grausamkeiten sowohl auf seiten der Rebellen als auch auf der ihrer Henker fast noch wie eine Idylle aus legendären Zeiten. Und konnte eine persönliche Sympathie der neuen Usurpatoren den jungen Weißen der Jahre 1918/19 helfen, individuell den unerbittlichen Gesetzen des Klassenkampfes der Revolutionszeit zu entgehen und in Erwartung besserer Zeiten den »Schneesturm« zu überstehen?

V

Warum der Autor der »Weißen Garde« Dostojewskis »Dämonen« nicht zu den »Schokoladenbüchern« zählte, mag auf den ersten Blick verwundern. Aber das ist sehr bedeutsam für das Verständnis der Zukunftssicht, die Bulgakow parabelhaft in sein Werk hineingeheimnist hat.

Die bei aller Traditionsbeziehung schon durch die Wahl der Mottos offensichtliche Umwertung des literarischen Modells Dostojewskis ist auch in der weiteren Entwicklung der Romanhandlung unverkennbar. Gleich am Anfang des Romans wird sogar Dostojewskis Vision vom russischen Bauernvolk als »Gottesträger«, als alternative Hoffnung für die Austreibung der revolutionären Dämonen, die die Dostojewski geistig besonders nahe Romangestalt Schatow in »Die Dämonen« – nach Grundgedanken des »Ideemenschen« Stawrogin – entwickelt, noch entschiedener als Tolstois Idealisierung des demütigen russischen Bauern vom Typ Platon Karatajew aus »Krieg und Frieden« sarkastisch im Turbin-Kreis verhöhnt. Die Turbins mußten erkennen, daß diese »Gottesträger« Petljura unterstützen und grundsätzlich von der »Moskauer Krankheit« angesteckt sind, d. h. vom Bolschewismus, und später tatsächlich den Roten zum Sieg über Petljura und die Weißen verhalfen. Auch Alexej Turbins Alptraum, den seine Lektüre des Romans »Die Dämonen« nach dem Verrat Skoropadskis, Fürst Belorukows und seines Schwagers Talberg auslöst, zeitigt eine wesentliche Umwertung von Dostojewskis Fragestellung: Turbin dachte ursprünglich, mit Hilfe der kaiserlichen deutschen Armee könne den »Gottesträgern« die »Moskauer Krankheit« ausgetrieben werden. Die Fragwürdigkeit dieser epigonalen Vorstellung dringt in sein Unterbewußtsein ein. Immer wieder kehrt er bei der Lektüre der »Dämonen« auf den Satz zurück: »Den russischen Menschen ist die Ehre nur eine überflüssige Last.« Die Worte spricht in Dostojewskis Roman der liberale Westler Karamasinow aus, der aus Angst vor der russischen revolutionären Bewegung seiner Zeit nach Deutschland flieht, um seine privilegierte Stellung zu erhalten und diese Verhaltensweise sich noch als ehrenhaft anrechnet. In dem von Bulgakow nicht zitierten, aber mitgedachten

Kontext dieses Satzes geht es um ein Symptom, den Landesverrat einer »Teufelspuppe«, das Allgemeines ankündigt. In Europa, sagt Karamasinow, »ist das ganze Gebäude aus Stein, und alles steht fester. Für meine Lebenszeit wird Europa noch vorhalten. Das heilige Rußland kann am wenigsten von allem in der Welt irgendeinen Widerstand leisten. Das einfache Volk hält sich noch irgendwie mit dem russischen Gott, aber selbst der hat sich ja nach den letzten Erfahrungen als äußerst unzuverlässig erwiesen. Sogar gegen die Bauernreform hat er kaum standzuhalten vermocht. Ich verstehe nur zu gut, warum alle wohlhabenden Russen jetzt ins Ausland strömen und von Jahr zu Jahr immer mehr Leute auswandern. Hier ist es einfach ein Instinkt. Wenn das Schiff untergeht, wandern die Ratten aus. Das heilige Rußland ist ein hölzernes Land, ein bettelarmes und … gefährliches Land. Ein Land eitler Bettler in seinen höheren Schichten, während die riesige Mehrzahl in Hütten auf Hühnerbeinen hockt. Es wird über jeden Ausweg froh sein, wenn man ihnen einen solchen Ausweg zeigt und erklärt. Nur die Regierung will sich noch wehren, doch fuchtelt sie mit ihrem Knüppel im Dunkeln umher und trifft womöglich die eigenen Leute. Hier ist alles schon vorausbestimmt und verurteilt. Rußland hat so, wie es jetzt ist, keine Zukunft. Ich bin Deutscher geworden und rechne mir das als Ehre an.« Und gleichzeitig behauptet Karamasinow: »Der Kern der russischen revolutionären Idee ist die Verneinung der Ehre. Den russischen Menschen ist die Ehre eine überflüssige Last. Ich gehöre ja noch zur alten Generation und, ich muß gestehen, bin noch für die Ehre, aber doch nur aus Gewohnheit. Mir gefallen bloß die alten Formen, wenn auch vielleicht aus Kleinmut – aber man muß doch irgendwie sein Jahrhundert zu Ende leben.«

Alexej Turbins Alpgespenst, das mit seinen »karierten Hosen« an den Teufel Iwan Karamasows aus Dostojewskis letztem Roman und daher auch an den Dämon Korowjew in »Der Meister und Margarita« erinnert, zitiert diese Worte Karamasinows, benutzt sie aber zur Charakterisierung der weißen Position. Alexej Turbin will diese Wahrheit nicht hören und möchte daher sein Alpgespenst, sein zweites Ich, im Traum erschießen. Aber die Umwertung des traditionellen Dämonen-Bildes wird offenbar: Die Weißen – und nicht die Revolutionäre – werden hier zu »Teufelspuppen«. Der anschließende »prophetische Traum« Turbins vollendet diese Umwertung: Auch die erst 1920 bei Perekop fallenden Roten kommen ins Paradies.

Die mystische Logik dieses prophetischen Traums zielt darauf, daß die Soldaten der Weißen und der Roten sich 1920 in ihrem »dunklen Drange« wohl des »rechten Weges« bewußt werden könnten. Wie sollten sie sonst ins Paradies gelangen? Aber vorerst verrichten beide Seiten in dem gegenseitigen Vernichtungswahn des Bürgerkriegs Teufelswerk und beschwören daher eine apokalyptische Perspektive herauf.

Die Visionen Alexej Turbins, des sehr autobiographischen Romanhelden, verdeutlichen, daß Bulgakows Werke über den Bürgerkrieg tatsächlich, wie der Schriftsteller in seinem berühmten Brief »An die Regierung der UdSSR« vom 28. 3. 1930 betonte, von den »großen Bemühungen« des Autors zeugen, *»leidenschaftslos über den Roten und den Weißen zu stehen«*.

VI

Der »seelische Umbruch« Alexej Turbins nach dem zeitweiligen Triumph Petljuras im Dezember 1918 in Kiew läßt erahnen, was Bulgakow später am 15. Februar 1920 nach der endgültigen militärischen Niederlage der Weißen etwa durchlebt haben muß. Diese Neusicht der gegebenen geschichtlichen Realitäten zeitigte zugleich ein neues geistiges Dilemma: Der Bulgakow des Jahres 1919, der auf den militärischen Sieg der Weißen setzte, glaubte noch, eine geschichtliche Wahl treffen zu können. Die Anerkennung der Unabwendbarkeit einer gewaltigen Bauernrevolution mit der Schreckensherrschaft halbanalphabetischer, jahrhundertelang Erniedrigter und Beleidigter, die alle Erfahrungen der Französischen Revolution, sogar die des Jakobinerterrors von 1793 in den Schatten stellt, schloß jede Möglichkeit solch einer echten Wahl aus. Das Heranreifen dieser späteren Einsicht gestaltet Bulgakow im Roman – eigentlich für die Zeitgenossen vom Typ Alexej Turbins ahistorisch verfrüht – schon während der Kiewer Schreckenszeit unter Petljura im Winter 1918/19. Und um diese zeitgeschichtliche Hoffnungslosigkeit sinnvoll zu machen, rezipiert Bulgakow im Roman immer dominierender Dostojewski. Wenn Petljura durch die biblische Zahl des Antichristen 666 bezeichnet wird, so erinnert das noch mehr an die Versuche Pierre Besuchows in »Krieg und Frieden«, Napoleons geschichtliche Rolle mit eben dieser Zahl zu enträtseln. Aber die Schilderung der Siegesparade Petljuras als eines ukrainischen Napoleons läßt die schattenhaften apokalyptischen Visionen Dostojewskis bereits als geschichtliche Realität erscheinen, »als wäre der Satan, der Teufel selbst im Priesterrock auf den Glockenturm gestiegen und veranstalte den Radau zu seinem Vergnügen.« Petljura ist aber für die Turbins – und auch für den Autor – nur ein Paradigma der Revolution schlechthin. Und die Schlußvisionen des Romans verallgemeinern bei aller Polyphonie – und bei dem Gegensatz zwischen Wassilissas Traum von der baldigen Austreibung der dämonischen Säue und Russakows Verkündigung des siegreich anmarschierenden Antichristen in der Person Trotzkis – eine apokalyptische Zukunftsperspektive.

VII

Diese Zukunftsperspektive enthält bereits – und sogar noch konkreter und massiver – die Fassung der »Weißen

Garde«, in der der Roman noch als erster Band einer Trilogie angelegt war. Das war lange unklar. Es wurde vielmehr angenommen, Bulgakow hätte diese Zukunftsvision erst für die Buchausgabe des Romans 1929 geschrieben. Dies ist nun endgültig widerlegt durch die Urfassung des Romanschlusses, die der Moskauer Sammler antiquarischer Buchraritäten Igor Fjodorowitsch Wladimirow 1991 entdeckt hat. Und dank seiner freundlichen Unterstützung können wir diese Urfassung hier im Anhang erstmals deutsch vorlegen.

Der Roman sollte 1925 in drei Fortsetzungen in der unabhängigen Moskauer Zeitschrift »Rossija« (Nr. 4, 5, 6/1925) erscheinen. Aber nur die Nummern 4 und 5 wurden ausgeliefert. Dann ging die Zeitschrift ein. Und der Redakteur der »Rossija«, Issai Leshnew, gab Bulgakow das Manuskript des Schlusses des Romans mit den handschriftlichen Korrekturen des Autors nicht zurück. Leshnew legte es in eine Mappe und benutzte dessen leere Rückseiten zum Aufkleben eigener Texte. Diese Mappe hat Igor Wladimirow in einem Moskauer Antiquariat erstanden, entziffert und textkritisch für den Druck vorbereitet.

Vor dieser Entdeckung waren von dem ursprünglichen Schluß der »Weißen Garde« nur die ersten Szenen (Erstveröffentlichung in der Zeitschrift »Nowy mir« Nr. 2/87) bekannt, bis im Turbin-Haus die Türklingel läutete (s. S. 364) und – wie wir jetzt erst erfahren – Alexej Turbin von den Petljura-Truppen als Arzt zwangsmobilisiert wurde.

Der neuentdeckte Text bereichert – abgesehen von seinen besonderen künstlerischen Reizen – unsere Kenntnis von Bulgakows Werk zunächst vor allem durch detailstarke Szenen, in denen der Paradigmacharakter der Petljura-Geschichte für Bulgakows Revolutionsbild sowie die kompositionelle Dominanz der literarischen Rezeption von Dostojewskis »Dämonen« drastisch veranschaulicht werden.

Besondere Beachtung verdienen in dieser Hinsicht als Orientierungspunkte zum Verständnis dessen, was Bulgakow noch zwischen den Zeilen in den Romantext hineingeheimnist hat, Nikolkas Parodie bolschewistischer Siegesparaden sowie die »prophetischen Träume« Alexej Turbins und Jelenas.

Nikolka äfft die offiziell kanonisierte Rednerpose Lenins nach: »›Ich beglückwünsche euch, Genossen‹, sagte Nikolka und spielte einen Redner auf einem Meeting, ›jetzt kommen die Unsrigen: Trotzki, Lunatscharski und die übrigen.‹ Er legte die Hand in den Blusenausschnitt und stellte das linke Bein vor.«

Durch den Gebrauch der unleninschen Redewendung »die Unsrigen« wird der parodierte Lenin zugleich als ein Abenteurer von der Art der Anführer der »Dämonen« in Dostojewskis Roman abgestempelt.

Die Wendung »die Unsrigen« ist ein Leitmotiv in »Die Dämonen«. Der machtgierige Pseudorevolutionär und zynische Demagoge Pjotr Werchowenski, der skrupelloseste aller »Dämonen«, benutzt sie ironisch-herablassend zur Bezeichnung seiner terroristischen Verschwörergruppe von naiven Idealisten und durchtriebenen Spitzbuben, die er trügerisch als eine Sektion der Internationale ausgibt. Aber tatsächlich sind »die Unsrigen« für ihn »nur Material« zur Errichtung einer sozialistisch maskierten Selbstherrschaft über eine gehorsam gemachte Menschenherde. Um dieses Ziel zu erreichen, schreckt Werchowenski selbst vor den verwerflichsten Mitteln nicht zurück. Er fordert – »mit Volldampf durch den Sumpf« – zunächst alles Bestehende zu zerstören und die animalischen Instinkte in den Menschen zu entfesseln. Vor allem benötigt er aber, um seinen »Kasernenkommunismus« zu ermöglichen und zu stabilisieren, eine legendäre, von allen göttlich zu verehrende und unfehlbar erscheinende Führerpersönlichkeit. Für diese Rolle versucht Werchowenski vergeblich den hochintellektuellen und rätselhafte Ehrfurcht erheischenden, aber sehr widerspruchsvollen »Ideenmenschen«, Fürst Stawrogin zu gewinnen.

Fraglich bleibt hier, ob Nikolka mit seiner Leninparodie auf Werchowenski oder auf einen Stawrogin anspielt, der sich an die Spitze »der Unsrigen« gestellt hat. Im zweiten Falle wäre Russakows »Antichrist« Trotzki, den Bulgakow 1919 in »Kommende Perspektiven« als die eigentliche »unheilverkündende« Triebkraft der Revolution charakterisiert hat, ein Werchowenski, im ersten ein Stawrogin.*

In den Traumvisionen Alexej Turbins und Jelenas verbinden sich in der Urfassung die Motive Petljura-Bolschewiki-Tscheka-»Dämonen«: Alexej Turbin erkennt in einem Tschekisten einen Petljura-Terroristen. Und Jelena erfährt, daß sich Scherwinski, der ehemalige Adjutant der »Teufelspuppe« Skoropadski und begnadete Opern-Dämon, karrieristisch den Roten anpaßt und als ein »kleiner Dämon« entpuppt.

Nicht weniger bedeutsam als diese Szenen sind die neuen Handlungsknoten, die im Urtext des Romanschlusses geknüpft werden. Das gilt besonders für die sich anbahnenden Liebesbeziehungen Alexej Turbin – Julia Reiß und Nikolka – Irina Nai. Diese Handlungslinien weisen unmißverständlich darauf hin, daß der vorliegende Roman eben nur als Auftakt eines großen epischen Werkes angelegt ist, dem die eigentliche Geschichte der Weißen Garde, ihr Siegesrausch 1919 und ihre schmähliche Niederlage und Flucht 1920 erst folgen sollte. Daraus ergibt sich, daß der Schluß dieses ersten Bandes der geplanten Trilogie – etwa analog zur Komposition der vier Bände von »Krieg und Frieden« – nicht ohne weiteres mit dem des ungeschrieben gebliebenen zweiten und dritten Bandes gleichzusetzen ist. Doch wie Bulgakow 1923/24 das vielschichtige Thema der Trilogie »Die weiße Garde« literarisch im

* Wesentliche Orientierungspunkte zur Evolution von Bulgakows literarischer Rezeption Trotzkis und der »Dämonen« enthalten die Bände 5 und 8 dieser Ausgabe »Die rote Krone. Autobiographische Erzählungen und Tagebücher« und »Die Tage der Turbins. Die Flucht. Stücke«.

Geiste von »Krieg und Frieden« aufzulösen hoffte, ist nur in Umrissen zu rekonstruieren.

Vieles spricht dafür, daß Alexej Turbin nach den Erfahrungen der Nacht zum 3. Februar 1919 mit den Petljura-Banden und nach der späteren Traumvision, daß die Petljura-Leute und die Bolschewiki eine Art Zwillingsbrüder seien und ihm die Tscheka zum Alp wird – ähnlich wie Bulgakow selbst –, 1919/20 zu der weißen Freiwilligenarmee Denikins stoßen sollte. Und die Vision – oder ist es eine Erinnerung? – seiner Verhaftung durch die Tscheka, die kommt, »um seine Seele zu holen«, weist zugleich auf das Liebesdrama, das ihm mit Julia Reiß bevorsteht: »Turbin drehte sich um wie ein Wolf, was soll er tun, wenn der Browning nicht schließt? Dumpfe Stimmen in der Diele – sie kommen. Tschekisten kommen! Turbin weicht langsam zurück und spürt, wie gemeine Angst in seine Seele kriecht. Schreckliche Eifersucht, leidenschaftliche unerwiderte Liebe und Verrat, aber die Tscheka ist schlimmer als alles auf der Welt.« Es ist schwer zu enträtseln, wie sich Turbins Beziehungen zu Julia Reiß weiter gestalten sollten. Julia ist politisch mit dem undurchsichtigen Schpoljanski (Prototyp des Viktor Schklowski der Revolutionszeit) verbunden, in dem Russakow einen Vorboten des »Antichristen« Trotzkis zu erkennen glaubt.

War diese Handlungslinie etwa als Neusicht und Parodie eines Grundmotivs aus Puschkins »Hauptmannstochter« angelegt, der Freundschaft Pugatschows mit Grinjow? Julia Reiß hatte Alexej Turbin vor der Verfolgung durch Petljura-Leute gerettet. Sollte sie – offensichtlich ist sie eine Kundschafterin der Roten Armee – ihn auch weiterhin unter den Bolschewiki durch die Wirren der Revolutionszeit geleiten? In diesem Zusammenhang sei angemerkt, daß Bulgakow für dieses Motiv aus Puschkins »Schokoladenbuch« offenbar besonderes Interesse gehegt hatte. Folgte Bulgakow nicht später selbst auf neue Weise Puschkins Vision von der individuellen Freundschaft Pugatschows und Grinjows, als der Autor der Dramatisierung des Romans »Die weiße Garde«, der »Tage der Turbins«, eine besondere Sympathie Stalins für seine Person wegen dessen häufiger und demonstrativer Besuche der Aufführung des Stückes im Moskauer Künstlertheater zu erkennen glaubte und diese Sympathie auszunutzen versuchte?*

Als eine kontrastierende Handlungsparallele zu den Beziehungen Alexej Turbins und Julia Reiß' war offenbar die Liebesgeschichte Nikolkas und Irina Nais gedacht, der Schwester des heroischen Don Quijotes der »Weißen Garde« Nai-Turs. Auch diese Handlungslinie zielt auf eine erneute Entscheidung Nikolkas zum Kampf in der Weißen Garde im Geiste Nai-Turs. Seine jugendlich-romantische Idealisierung der Weißen Sache und sein sarkastisches Abhaken der bolschewistischen Führer als teuflische Gauner und despotische Usurpatoren lassen kaum einen anderen Schluß zu.

Doch wie konnte sich das Ganze letztlich gemäß der Autorenverkündung am Anfang des Romans »zum Guten wenden«?

Hat in diesem Kontext etwa Bedeutung, daß Bulgakow 1923 in der Skizze »Kiew–Die Stadt« die Behauptung sei-

* Außerdem hat Bulgakow offensichtlich – mindestens zeitweilig – auch politische Hoffnungen mit Stalins Wende vom revolutionären sozialistischen Internationalismus zum nationalen »Sozialismus in einem Land« und dann zur Ausrottung des Kerns der alten Bolschewiki und zur Beschwörung zaristischer Traditionen verbunden. Bulgakow war prinzipiell davon überzeugt, daß die Oktoberrevolution eigentlich keine sozialistische im Sinne von Marx war und auch nicht sein konnte, sondern ein spezifisch russisches, nationalgeschichtliches Ereignis, und daß die weitere Evolution – wenn nicht ausländische Interventions- und Kolonisationsversuche den inneren Prozeß nationaler Selbstfindung unterbrechen – letztlich wieder nur ein neues, altes Rußland zeitigen werde. Näheres dazu besonders in den Bänden »Die rote Krone. Autobiographische Erzählungen und Tagebücher«, »Die Tage der Turbins. Die Flucht. Stücke«, »Sojas Wohnung. Die Purpurinsel. Stücke« und »Briefe«.

nes Romanhelden Russakow, daß das Reich des »Antichristen« bereits angebrochen sei, indirekt zurücknimmt? Hoffnungen auf eine neue geschichtliche nationale Aussöhnung und Erneuerung im Geiste von »Krieg und Frieden« hegte Bulgakow trotz aller unverkennbaren gegenteiligen Befürchtungen offensichtlich noch 1923. Darauf orientiert die Skizze »Kiew–Die Stadt« mit der Perspektive eines Neuaufbaus des Landes aus Schutt und Asche wie der Moskaus nach 1812. Und bemerkenswert ist, daß Bulgakow sich in dieser Skizze scharf von apokalyptischen Zukunftsvisionen abgrenzt, die ihm selbst 1918/19 sehr nahe waren und die Russakow im Roman »Die weiße Garde« vertritt: Eine alte Kiewer Frau, die Bulgakow seit seiner Kindheit kannte, erläutert ihm eine Weissagung, »daß der Antichrist 1932 kommt. Sein Reich ist schon angebrochen.« Bulgakow erklärt dieser Frau, »daß erstens der Antichrist mitnichten 1932 erscheinen würde, und zweitens das Buch ein hoffnungslos unwissender Scharlatan geschrieben hat.« Darauf muß sich Bulgakow bei einer Predigt in der »Alten Kirche«, die weiterhin wie während der Bürger- und Interventionskriege die Weißen segnete, anhören, er selber sei, »so sicher wie zweimal zwei vier ist, niemand anders als ein Diener und Vorbote des Antichristen«.

Aus seinen Tagebüchern der Zeit während der Arbeit an der »Weißen Garde« wissen wir, daß Bulgakow damals zwischen der Hoffnung auf eine »große Evolution« und apokalyptischer Verzweiflung – »Leben oder Gangräne«? – schwankte.* Er setzte auf die Evolution nationaler Erneuerung, grenzte sich von den dogmatischen Weißen der

* Über Bulgakows konstruktive Suche – im Gegensatz zum Weg seines einstigen Idols Alexej Tolstoi – nach einem eigenen Pfad zwischen den extremen Alternativen: Emigration – äußere sowie innere – oder Anpassung. Näheres besonders in den Bänden »Die rote Krone. Autobiographische Erzählungen und Tagebücher«, »Die Tage der Turbins. Die Flucht. Stücke«, »Sojas Wohnung. Die Purpurinsel. Stücke« und »Briefe«.

Revolutionszeit ab, so daß er diesen sogar als ein »Vorbote des Antichrist« erschien, und hoffte, daß sein Werk hilft, das Schicksal Rußlands durch die Vermittlung der Seele der alten russischen »Schokoladenbücher« zum Guten zu wenden. Dieses Anliegen schien sich Mitte der zwanziger Jahre trotz ständiger Zensurschwierigkeiten sehr verheißungsvoll zu verwirklichen. Nachdem die Zeitschrift »Rossija« eingegangen war, öffnete sich für Bulgakow 1925 eine neue, unerwartete Perspektive. Das berühmte Moskauer Künstlertheater bot ihm an, den Roman »Die weiße Garde« zu dramatisieren. Diese Dramatisierung hatte 1926 in der dritten Fassung als »Die Tage der Turbins« Premiere. Und im selben Jahr begann Bulgakow, das Ende der geschichtlichen Weißen Garde in dem Stück »Die Flucht« zu gestalten: den grausamen Todeskampf der Weißen auf der Krim 1920, ihre Flucht nach Konstantinopel und Paris sowie die Rückkehr reumütiger Weißer in die nunmehr sowjetische Heimat. Statt der geplanten Roman-Trilogie entstand eine Dramen-Dilogie. Und Bulgakow beschloß daher, das schon fertige erste Buch der Trilogie als eigenständigen Roman redigiert herauszugeben. Deshalb mußte er vor allem im Schlußteil die neuen Handlungsansätze streichen, die zu den weiteren Bänden der Trilogie überleiten sollten.*

Die russischsprachige Ausgabe des so veränderten Romans, für den es in der Sowjetunion damals keine Publikationsmöglichkeit gab, besorgte – allerdings mit Genehmigung der sowjetischen Behörden – der Pariser Verlag »Concorde«. Die Edition erfolgte in zwei Teilen (erster Band 1927, zweiter Band 1929).** Als Bulgakow den Schlußteil der »Weißen Garde« für diesen Druck vorbe-

* Die von Bulgakow in diese veränderte Ausgabe des Romans übernommenen Textstellen sind in unserer Übersetzung der Urfassung kursiv hervorgehoben.

** Diese Ausgabe, nachgedruckt 1989 im Moskauer Verlag »Chudožestvennaja literatura«, liegt unserer Übersetzung zugrunde.

reitete, hatte sich seine Situation in der Sowjetunion radikal verändert. 1929, in Stalins »Jahr des großen Umschwungs«, wurden im Zuge des Kampfes gegen »Rechtsabweichler« auch alle Werke Bulgakows in der Sowjetunion verboten. 1928/29 tobte bereits eine Pressekampagne gegen Bulgakow, in der unter anderem Alexej Turbin als »Hundesohn« beschimpft und der Autor der »Tage der Turbins« als »Weißgardist und Feind« abgestempelt wurde. Das erklärt, warum es Bulgakow 1929 ratsam erschien, auch jene Szenen zu streichen, in denen die – vom Romanautor so nicht geteilten – antibolschewistischen Positionen der Turbins im Februar 1919 zugespitzt dargestellt werden, die Russakows apokalyptische Visionen polyphon ergänzen. Russakows Verteufelung des Oberbefehlshabers der Roten Armee während des Bürgerkriegs als den Antichristen der Offenbarung des Johannes konnte Bulgakow dagegen 1929 getrost stehenlassen. Trotzki war als angeblicher Partei- und Staatsfeind aus der Sowjetunion ausgewiesen worden. Und in der offiziellen Ideologie des Stalinismus fungierte er als Verkörperung alles Bösen und als ewiger dämonischer Widersacher des gottgleichen Stalin.

Wieder mußte Bulgakow einen »Einbruch der Geschichte« durchleben. Und dieser Einbruch war für Bulgakow literarisch letztlich nur mystisch zu bewältigen, wie sein bereits 1928 begonnener großer Epochenroman »Der Meister und Margarita« zeigen sollte, als Vision einer »Höllenfahrt«, der ein »Jüngstes Gericht« folgen muß, wonach sich alles »zum Guten wendet« und eine andere, bessere Welt entsteht. Die apokalyptische Zukunftsperspektive ohne Alternativmöglichkeit in dem ersten Roman der Trilogie »Die weiße Garde« mochte ihm daher jetzt als Parabel der ganzen Revolutionsepoche auch sehr angemessen erscheinen.

Berlin, Mai 1992 Ralf Schröder

Die Bulgakow-Ausgabe umfaßt folgende Bände:

Band 1
Die weiße Garde
Roman

Band 2
Das Leben des Herrn de Molière
Aufzeichnungen eines Toten
Romane

Band 3
Der Meister und Margarita
Roman

Band 4
Der schwarze Magier
Urfassungen von »Der Meister und Margarita«

Band 5
Die rote Krone
Autobiographische Erzählungen und Tagebücher

Band 6
Teufeliaden
Erzählungen

Band 7
1. Halbband: **Ich habe getötet**
Erzählungen und Feuilletons
2. Halbband: **Der sprechende Hund**
Feuilletons

Band 8
Die Tage der Turbins
Die Flucht
Stücke

Band 9
Sojas Wohnung
Die Purpurinsel
Stücke

Band 10
Adam und Eva
Glückseligkeit
Iwan Wassiljewitsch
Stücke

Band 11
Die Kabale der Scheinheiligen
Die letzten Tage
Batum
Stücke

Band 12
Don Quijote
Stücke, Szenarien, Libretti

Band 13
Briefe (in zwei Halbbänden)